KNAUR

Von Heidi Rehn sind bereits folgende Titel erschienen:

Die Wundärztin
Hexengold
Bernsteinerbe
Gold und Stein
Der Sommer der Freiheit
Tanz des Vergessens
Spiel der Hoffnung
Das Haus der schönen Dinge

Über die Autorin:

Heidi Rehn wurde 1966 in Koblenz/Rhein geboren und wuchs in einer Kleinstadt am Mittelrhein auf. Zum Studium der Germanistik, Geschichte, BWL und der Kommunikationswissenschaften kam sie nach München. Nach dem Magisterexamen war sie zunächst als Dozentin an der Ludwig-Maximilians-Universität München tätig, anschließend war sie PR-Beraterin in einer Agentur. Seit vielen Jahren arbeitet sie als freie Journalistin und Autorin. Zusammen mit ihrer Familie lebt sie mitten in München. 2014 erhielt sie den »Goldenen Homer« für den besten historischen Beziehungs- und Gesellschaftsroman.

HEIDI REHN

Der Himmel über unseren Träumen

Roman

KNAUR

Besuchen Sie uns im Internet:
www.knaur.de

FSC
www.fsc.org
MIX
Papier aus verantwortungsvollen Quellen
FSC® C083411

Vollständige Taschenbuchausgabe April 2018
Knaur Taschenbuch

Ein Imprint der Verlagsgruppe
Droemer Knaur GmbH & Co. KG, München

Redaktion: Regine Weisbrod
Covergestaltung: ZERO Werbeagentur, München
Coverabbildungen: Arcangel Images / Jasenka Arbanas; FinePic / shutterstock
Satz: Adobe InDesign im Verlag
Druck und Bindung: CPI books GmbH, Leck
ISBN 978-3-426-51938-7

2 4 5 3 1

Mascha Kaléko:

Emigranten-Monolog (1945)

Ich hatte einst ein schönes Vaterland –
so sang schon der Flüchtling Heine.
Das seine stand am Rheine,
das meine auf märkischem Sand.

Wir alle hatten einst ein (siehe oben!).
Das fraß die Pest, das ist im Sturz zerstoben.
O Röslein auf der Heide,
dich brach die Kraftdurchfreude.

Die Nachtigallen wurden stumm,
sahn sich nach sicherm Wohnsitz um,
und nur die Geier schreien
hoch über Gräberreihen.

Das wird nie wieder, wie es war,
wenn es auch anders wird.
Auch wenn das liebe Glöcklein tönt,
auch wenn kein Schwert mehr klirrt.

Mir ist zuweilen so, als ob
das Herz in mir zerbrach.
Ich habe manchmal Heimweh.
Ich weiß nur nicht, wonach.

Aus: Mascha Kaléko: Emigranten-Monolog. In: Verse für Zeitgenossen
Erstveröffentlichung dieser Ausgabe: 1958 Rowohlt Verlag, Hamburg

Prolog

München, 30. April 1938

Acht Kerzen! Veras Augen leuchteten, als ihr Vater Oscar die Geburtstagstorte auf den Tisch mit der festlichen, weißen Spitzendecke stellte. Ein verschwenderischer Traum aus Sahne, Schokolade und Zuckerguss, obenauf ein dickes rosa Marzipanschwein mit einem vierblättrigen Kleeblatt im Maul und natürlich acht rote Kerzen rundherum, für jedes Lebensjahr eine.

Auch ihre Freundinnen und Freunde, die artig um den Tisch saßen, machten große Augen. Eine solch gigantische Torte hatte noch keiner von ihnen zu Gesicht bekommen.

»Wetten, die schaff ich ganz allein?«, erklärte der dicke Rudi und ließ die Hosenträger von seiner speckigen Krachledernen auf die moppelige Kinderbrust schnalzen.

»Wetten, ich hab die schneller verputzt als du?«, brachte sich der hoch aufgeschossene, dunkelhaarige Constantin breitbeinig neben ihm in Stellung und krempelte sich schon einmal die Hemdsärmel an den langen, dünnen Armen auf.

»Macht doch ein Wettessen!«, schlug die blond gelockte Rosi begeistert vor.

»Das wär eine Gaudi!«, piepste der schmächtige Gerhard mit der dicken Brille, und die schüchterne Brigitte nickte aufgeregt.

»Dass ihr Burschen immer ans Essen denken müsst«, tadelte Oscar die Kinder vergnügt. Dabei war ihm anzusehen, wie sehr ihm das gefiel.

»Eins nach dem anderen, Jungs! Erst einmal muss Vera die Kerzen ausblasen«, stellte Veras Mutter Rike klar. »Tief Luft holen, mein Schatz! Zeig uns, dass du die alle auf einmal schaffst.« Aufmunternd klatschte sie in die Hände.

Vera legte das Skizzenbuch beiseite, das Großmutter Rebecca ihr eben geschenkt hatte. Dann füllte sie sich die Wangen mit Luft, bis sie fast platzten, und presste die Lippen fest aufeinander. Kein Hauch durfte zu früh entweichen. Nur wem es gelang, alle Kerzen auf einmal auszublasen, wurde mit der Erfüllung seines größten Wunsches belohnt.

Als sie sich mit prallen Wangen nach vorn beugte, blickten ihr ein Dutzend Augenpaare erwartungsvoll entgegen – die ihrer acht Freundinnen und Freunde aus Schule und Nachbarschaft in der Paradiesstraße sowie die ihrer Eltern und Großeltern. Vera war stolz, so viele Gäste um sich versammelt zu haben. Für jedes Lebensjahr hatte sie jemanden einladen dürfen. Dabei hatte die trampelige Annegret behauptet, zu ihr wolle gewiss niemand mehr kommen. Immerhin sei ihr Papa Jude und ein roter Revoluzzer noch dazu. Als Vera jedoch hatte durchblicken lassen, ihre Großmama, eine stadtbekannte Künstlerin, wolle mit ihren Gästen und ihr Verkleidungen schneidern und ein Theaterstück aufführen, hatten die anderen Kinder Annegret stehen lassen und sich um Veras Einladungskarten gebalgt. Nicht einmal Annegrets verzweifelter Nachtrag, die Großmutter sei genauso jüdisch versippt und obendrein noch eine ganz verrückte Malerin, deren scheußliche Bilder kein anständiger Deutscher mehr sehen wolle, war dagegen angekommen. Vera waren die Einladungskarten förmlich aus der Hand gerissen worden.

Gerade als sie an den Triumph dachte und Annegret beim Auspusten die Pest an den Hals wünschen wollte, klingelte es an der Tür. Wer kam da noch?

Das Mädchen öffnete. Schon trat Onkel Jobst, Constantins Vater und der beste Freund von Veras Eltern, ins Wohnzimmer. Als er bemerkte, dass sie mitten im Kerzenauspusten steckte, blieb er in einigen Schritten Entfernung stehen.

Plötzlich war Vera viel zu aufgeregt zum Auspusten. Dem neuen Gast war anzusehen, dass er eine Überraschung parat hatte. So wie er herumdruckste und versuchte, ihrem Vater Zeichen zu geben, schien sie allerdings nicht für sie bestimmt. Was mochte das sein?

Unter einem erbärmlichen Laut entwich ihr die Luft. Zwei-, dreimal zuckten die Flammen auf der Torte jämmerlich, dann brannten sie straff weiter.

»Och nee!«, entschlüpfte es ihrer Mutter enttäuscht.

»Noch mal!«, forderte ihr Vater.

Die anderen Kinder stimmten mit rhythmischem Klatschen und Rufen ein. »Noch-mal! Noch-mal! Noch-mal!«

»Erst will ich wissen, was Onkel Jobst uns mitgebracht hat.« Neugierig sah Vera ihn an.

»Tut mir leid, Prinzessin«, erwiderte er verlegen und suchte Blickkontakt mit ihren Eltern. »Das ist für deine Mama und deinen Papa.«

Er zog ein dickes, braunes Kuvert halb aus der Innentasche seines Sakkos.

Ihre Eltern seufzten, die Großeltern erblassten. Damit war Vera klar, was in dem Umschlag sein musste: die sehnlich erwarteten Papiere für Paris! Die waren so wichtig, dass er deswegen sogar ihre Feier stören durfte.

Die Erwachsenen glaubten vermutlich, sie hätte noch nichts von der geplanten Abreise und dem damit verbundenen Hin und Her mitbekommen. Dabei redeten ihre Eltern seit Tagen von nichts anderem mehr, natürlich immer nur dann, wenn sie meinten, Vera merkte nichts davon oder schliefe bereits. Dadurch war sie allerdings erst recht darauf aufmerksam geworden, dass da etwas Großes, Aufregendes vor sich ging.

Aus dem mühsam Belauschten hatte sie sich bald zusammengereimt: Wenn Onkel Jobst genug Geld aufgetrieben hatte, würden sie nach Paris ziehen, in ein Hotel. Fürs Erste zumindest. Constantins Mutter Ella sollte sie begleiten, andere Freunde der Eltern waren schon an der Seine.

Constantin und sein Vater würden so schnell wie möglich nachkommen. Offenbar hatte Onkel Jobst vorher noch etwas mit seiner Familie zu klären, was ihn und Constantin an der Abreise hinderte. Worum es da ging, hatte Vera nicht begriffen. Ihre Großeltern würden versuchen, ihnen möglichst bald zu folgen. Hoffentlich gelang ihnen das, bevor es für Vera und ihre Eltern voraussichtlich im Herbst oder spätestens im nächsten Frühjahr nach Amerika ging. Das hing allerdings von einer Bürgschaft ab, die wiederum ein anderer Freund der Eltern in Los Angeles leisten sollte. So ganz verstand Vera das alles nicht.

Sie biss sich auf die Lippen. Ihr schmächtiger Mädchenleib begann zu beben. Es kostete sie viel Kraft, ruhig zu bleiben. Sie wollte nicht weg. Nicht nach Paris und nicht nach Amerika. Erst recht nicht, wenn sie nicht wusste, wann ihre Großeltern und ihr Freund Constantin nachkommen konnten. Sie wollte in München bleiben. Hier war sie zu Hause. Auch wenn ihre Mutter aus Berlin stammte und sie sogar dort geboren war und sie früher einmal dort gelebt hatten. Das aber war viel zu lange her. Daran hatte sie keine Erinnerung.

Wie liebte sie die geräumige Wohnung in der Paradiesstraße im Lehel, ganz nah bei der Himmelreichstraße, die direkt in den Englischen Garten führte! Dort verlief der Eisbach, an dem man wunderbar spielen und im Sommer sogar baden konnte. Aber nur, wenn man mutig genug war, sich ins eiskalte, wild sprudelnde Wasser zu wagen.

Die beiden Straßen trugen ihre Namen völlig zu Recht, fand Vera. Alle ihre Freunde lebten hier. Das war ihr persönliches Paradies und Himmelreich. In dem Skizzenbuch hatte Großmama Rebecca es auf Papier gebannt, ebenso wie Veras andere Lieblingsorte in der Stadt: den Chinesischen Turm im Englischen Garten, den Stachus, den Viktualienmarkt, den alten Südfriedhof …

Mit einem Mal begriff sie, warum Großmama Rebecca es ihr zum Geburtstag geschenkt hatte. Überall auf der Welt sollte es sie an ihre geliebte Heimatstadt und die schönen Stunden mit ihren Freunden und Großeltern erinnern. Veras Augen füllten sich mit Tränen. Jetzt wusste sie, was sie sich mehr als alles andere auf der Welt wünschen musste. Wie gut, dass sie noch einmal pusten durfte. Sie blies die Wangen so dick auf wie möglich, beugte sich vor und pustete sich die Seele aus dem Leib.

Die acht Kerzen erloschen in einem Atemzug.

1

München, Anfang Juli 1954

Verflucht! So hatte Vera sich das Aussteigen aus dem eleganten BMW ihres Chefs nicht vorgestellt. Mit den neuen Pumps landete sie mitten in einer Pfütze. Eiskaltes Dreckwasser bespritzte ihre Seidenstrümpfe bis hinauf zu den Knien. Was aber hatte sie bei diesem Schmuddelwetter auf einer Baustelle am südwestlichen Stadtrand anderes erwartet?

»Kein Wunder, dass in der Baubranche vor allem Männer arbeiten«, würde ihre Mutter sagen. Das stimmte! Selbst bei feierlichen Anlässen wie diesem Richtfest liefen die nicht groß Gefahr, ihre dunklen Schuhe und Anzüge auf dem unwirtlichen Gelände zu beschmutzen.

Vera warf einen neidischen Blick auf die Füße ihres Kollegen Arthur Brandt. Tatsächlich war seinem Schuhwerk kaum etwas von den Widrigkeiten des provisorisch zum Parkplatz umfunktionierten Ackers anzusehen. Tagelanger Dauerregen hatte den in eine riesige Seenlandschaft verwandelt.

Am liebsten hätte Vera ihre vollgesogenen Schuhe weggeworfen, um auf Strümpfen weiterzulaufen. Daran aber hinderte sie nicht nur ihre gute Erziehung, sondern auch die schlichte Tatsache, dass Arthur ihr galant den Arm bot. Ein wahrer Gentleman. Und ein überaus gut aussehender noch dazu.

Für den Bruchteil einer Sekunde glühten ihre Wangen. Um seine Lippen spielte ein Lächeln, das zwischen Spott, Belustigung und Aufmunterung changierte. Sie reckte das Kinn und hängte sich so gelassen wie möglich an seiner Seite ein, um neben ihm über die Erdkrumen Richtung Rohbau zu stöckeln, in dem das Richtfest für das Altenheim stattfand.

Seiner Eleganz zum Trotz entschloss Arthur sich zu weit ausholenden Siebenmeilenschritten, um dem Matsch so schnell wie möglich zu entkommen. Erstaunlich bei seiner eher durchschnittlichen Körpergröße. Wollte sie im strömenden Regen außer den Schuhen nicht auch noch Hut, Frisur und Kostüm ruinieren, musste sie einigermaßen mitzuhalten versuchen. Zugleich musste sie sich ein wenig ducken. Dank der Absätze an den Schuhen und dem Hut auf dem Kopf war sie einige Fingerbreit größer als er. Nur leicht gebeugt fand sie ausreichend Schutz unter dem Schirm, den er über ihre Köpfe hielt.

Sie gehörten zu den Letzten, die die Festgesellschaft im Dachgeschoss des halbfertigen Verwaltungstrakts erreichten. Als Repräsentanten des ausführenden Architekturbüros mussten sie zu allem Unglück Plätze in den vorderen Reihen einnehmen. Während sie sich durch die dicht stehenden Gäste bis dorthin vorarbeiteten, verursachten sie einigen Aufruhr, was der eine oder andere mit einem pikierten Augenbrauenhochziehen quittierte.

Von den wenigen anwesenden Frauen meinte Vera besonders giftige Blicke im Rücken zu spüren. Die galten gewiss ihrer trotz schmutziger Schuhe und Strümpfe immer noch schicken Erscheinung. Es hatte durchaus seine Vorteile, Tochter einer vor mehr als fünfundzwanzig Jahren sehr erfolgreichen Vorführdame zu sein. Natürlich wusste sie auch in Situationen wie diesen Haltung zu bewahren. Ebenso Arthur. Dass sie an seiner Seite graziös durch die Reihen schritt, ärgerte so manche der Damen. In seinem gut sitzenden Anzug machte der Dreißigjährige eine tadellose Figur.

Was ihn jedoch besonders aus der Reihe der Nullachtfünfzehn-Gesichter heraushob, war der Anflug von Schalk, der in seinen Augen lag. Seit ihrem ersten Arbeitstag im Architekturbüro von Hellmuth Sandrart war Vera in dieses charmante Blitzen verliebt. Das satte Blau der Iris erinnerte an den Sommerhimmel über goldenen Weizenfeldern und lud zum Träumen ein. Nie konnte sie sich daran sattsehen. Kein Wunder, dass die wenigen anderen Frauen an der Seite der überwiegend korpulenten, glatzköpfigen, langweilig wirkenden Herren sie derart böse musterten. Nur zu gern sähen sie sich selbst an ihrer Stelle.

Als Arthur ihren Blick bemerkte, zwinkerte er ihr vergnügt zu. An Selbstbewusstsein mangelte es ihm nicht.

Vera konzentrierte sich auf das Geschehen auf dem kleinen Podest. Hoffentlich dauerte die Prozedur nicht zu lange. Wegen des nasskalten Schmuddelwetters war es in dem offenen Dachstuhl alles andere als gemütlich. Feucht und schwer hingen die bunten Bänder von der Richtkrone. Trostlos tropfte es vom Gebälk, gelegentlich ergänzt durch das Pfeifen des Windes.

Zum Glück verspürten weder die Handwerker noch der Pfarrer oder der Vertreter der Stadt in der zugigen Kulisse sonderlich große Lust, lange Reden auf das nach neuesten Erkenntnissen konstruierte Altenheim zu schwingen. Der Zimmermann leierte den Richtspruch derart lustlos herunter, dass die meisten Gäste erst begriffen, was er gesagt hatte, als er bereits das Glas zu Boden warf, damit es in tausend Scherben zerbrach und somit Glück über Haus und Bewohner brachte. Erleichterter Applaus setzte ein. Sogleich strebten die Ersten der Treppe zu, um im trockenen Erdgeschoss das Büfett zu stürmen.

Arthur und Vera wurden von einer Handvoll würdevoller Anzugträger umringt, die sich für wichtig genug hielten, nicht allzu offensichtlich nach den profanen leiblichen Genüssen zu hasten. Ihre nervösen Blicke durch das sich rasch leerende Dachgeschoss verrieten dennoch, dass es auch sie zu Schnittchen und Getränken zog.

Mehr der Höflichkeit als wirklichem Interesse geschuldet, erkundigte sich ein weitsichtiger Herr mit schwarzer Hornbrille nach ihrem Chef, Hellmuth Sandrart. Die hinter den Gläsern stark vergrößerten Augen schauten ungeduldig zwischen Arthur und Vera hin und her. Offenkundig gehörte er zu den Auftraggebern.

»Wenn er uns schon so einen raffinierten Bau aufs Auge drückt, sollte er auch den Mumm haben, selbst beim Richtfest aufzutauchen«, knurrte er. »Oder hat er Angst vor heftigen Beschwerden?«

Zustimmend nickten die anderen Anzugherren.

Vera genügte ein kurzer Blickkontakt mit Arthur, um sicher zu sein, wie übertrieben auch er den Begriff »raffiniert« für die in ihren Augen doch eher langweilig-konventionell ausgeführte Anlage mit einem dreigeschossigen Giebelhaupthaus und zwei niedrigeren Seitentrakten in Flachbauweise fand. In ihren Augen hatten viel zu viele Kompromisse mit den konservativ denkenden Bauherren geschlossen werden müssen, was den ursprünglichen Charakter des Entwurfs, der in der Tat einmal eine gewisse Raffinesse besessen hatte, stark verwischt hatte.

»Darf ich Ihnen meine neue Architektenkollegin Vera Cohn vorstellen?«, wich Arthur der versteckten Kritik an Sandrart geschickt aus. »Die Anwesenheit einer so bezaubernden jungen Dame wird Sie sicher angemessen für das Fehlen unseres Chefs entschädigen.«

Seine Worte lösten Befremden aus, wie die erstaunten bis missbilligenden Mienen der Herren verrieten. Vera ahnte, dass sie sowohl über ihren jüdischen Namen wie auch über die Tatsache stolperten, dass sie nicht einfach nur Arthurs weibliche Begleitung, sondern tatsächlich seine Kollegin war. Hatte Sandrart die Herren nicht über ihre Mitarbeit informiert? Immerhin unterstützte sie ihn seit einem Monat bei dem Projekt, auch wenn sie bislang noch nicht nach außen in Erscheinung getreten war. Das aber war nur noch eine Frage von wenigen Tagen, wie das Fortschreiten der Arbeiten zeigte.

»Ich wusste gar nicht, wie schwierig die Lage auf dem Arbeitsmarkt immer noch ist«, erklärte einer der Herren, dessen kahler Schädel im grellen Licht einer nackten Glühbirne glänzte. »Richten Sie Sandrart aus, dass er sich beim nächsten Mal, wenn er wen sucht, gleich bei mir melden soll. Ich habe noch eine lange Liste mit zuverlässigen Kameraden zur Hand, wenn Sie verstehen, was ich meine. Sandrart weiß Bescheid.«

»Danke für Ihr Angebot, aber ich denke, er kommt bei der Suche nach ausgezeichneten Mitarbeitern bestens klar, wie man sieht«, gab Arthur mit leicht gequälter Miene zurück.

Der Glatzkopf stutzte, dann empfahl er sich nach einem letzten abschätzigen Blick auf Vera. Die anderen folgten ihm.

»Ein früherer Anhänger der Heimatschutzarchitektur. Seine Kenntnisse über die Moderne enden bei Hitlers Lieblingsarchitekten Trost und Speer. Solche wie ihn gibt es leider zuhauf, gerade hier in München. Nehmen Sie's bitte nicht persönlich«, beeilte Arthur sich, Vera zu erklären.

»Keine Sorge, ich kenn die Münchner. Ich stamme selbst von hier«, erwiderte sie und zwang sich zu einem Lächeln.

Ihre betont ruhige Reaktion kostete sie mehr Kraft, als sie sich eingestehen wollte. In ihrem Innern begehrte alles gegen die Unverschämtheit des Glatzkopfes auf. Zugleich wusste sie, wie sinnlos es war, jemandem wie ihm offen zu widersprechen. Ihre Meinung interessierte niemanden, seine Haltung dagegen teilten viele. Trotzdem würde sie nicht klein beigeben. Sie dachte an ihre Großeltern, an Großmama Rebeccas Skizzenbuch mit den liebevollen Zeichnungen von ihren Lieblingsorten in ihrer Heimatstadt München. Die meisten davon waren im Krieg in Schutt und Asche gelegt worden. Leuten wie diesem Unbelehrbaren würde sie es am besten zeigen, indem gerade sie, die aus dem Exil zurückgekehrte Tochter eines Juden, als Architektin daran mitwirkte, die aufgerissenen Löcher und sichtbaren Lücken in der Stadt wieder zu schließen und den heimatlos gewordenen Menschen ein Obdach zu verschaffen. Und das so schnell und so schlicht wie möglich, um keinen neuen, grauenhaften Allmachtsfantasien in bedeutungsüberfrachteten Baustilen mehr Raum zu geben, wie Hitler und seine Schergen sie sich in ihrem verblendeten Größenwahn für die »Hauptstadt der Bewegung« einst ausgedacht hatten.

»Brandt, Sie alter Schwerenöter«, begrüßte der nächste ältere Herr Arthur in jovialem Ton. Der stiernackige Mann mit stark gerötetem Gesicht präsentierte seinen Wohlstandsbauch mit sichtlichem Stolz unter einem viel zu eng sitzenden Jackett. Umständlich wechselte er seine Zigarre von der rechten in die linke Hand. Seine kleinen Augen saugten sich an Vera fest. »Gestehen Sie: Welche Leichen haben Sie mit Ihrem Chef im Keller, dass er Ihnen sein Allerheiligstes überlässt?«

»Worauf beziehen Sie das: auf Sandrarts neues Auto oder auf meine neue Kollegin?«, erwiderte Arthur gewohnt schlagfertig und nutzte den Moment, um dem Beleibten ihren Namen zu nennen. Ihr Gegenüber besaß einen Doktortitel, wie sich herausstellte, war als Baurat für die städtischen Altenheime zuständig und hielt sich offenkundig für sehr weltläufig. An dem jüdischen Cohn störte er sich anscheinend nicht.

»Sie sind wahrlich zu beneiden, dass Sandrart Ihnen derart blind vertraut.« Dieses Mal musterte er Vera noch direkter. »An der bezaubernden Kollegin muss etwas Besonderes sein, wenn sie schon gleich zu einem so wichtigen Termin wie diesem Richtfest geschickt wird. Unser nächstes gemeinsames Projekt darf Sandrart gern in ihre zarten Hände legen. Ich bin sicher, sie wird es mit Bravour betreuen. Schon jetzt freue ich mich auf eine intensive Zusammenarbeit.«

»Freuen sollte sich Herr Doktor Häutle lieber nicht zu früh«, ahmte sie an Arthur statt an ihn gewandt mit einem unschuldigen Augenaufschlag nach, wie er an ihr vorbei mit ihm über sie in der dritten Person sprach. »Die Projektbetreuung in den zarten Händen der bezaubernden Kollegin wird am Ende ganz anders ausfallen, als er sich das vorstellt.«

»Das will ich doch hoffen«, entgegnete Häutle mit einem jovialen Lachen und verabschiedete sich von ihr mit einem überraschend galanten Handkuss, bevor er vor Arthur andeutungsweise die Hacken zusammenschlug.

»Ich muss ihm recht geben«, stellte Arthur fest, sobald er aus ihrem Blickfeld verschwunden war. »Wenn Sandrart Sie schon nach Ihren ersten Wochen im Büro zur Einweihung dieses Renommierprojekts schickt, liegen Sie ihm näher am Herzen als jeder andere im Büro.«

»Sie etwa nicht?«, konterte sie amüsiert. »Immerhin dürfen Sie ihn hier ganz offiziell vertreten, während ich nur Ihre weibliche Begleitung spiele.«

»Was Sie übrigens hervorragend tun.«

»Danke für das Kompliment. Falls das mit meiner weiteren Architektenkarriere nichts wird, weiß ich damit für die Zukunft wenigstens eine sinnvolle Alternative: Ich werde Escortdame.«

Im dichten Gedränge im Erdgeschoss verloren sie sich für einen Moment aus den Augen. Rücksichtslos bahnte sich jeder den direktesten Weg zum Büfett, notfalls zwischen ins Gespräch Vertiefte hindurch. Neun Jahre nach Kriegsende war das Essen und Trinken immer noch – oder jetzt erst recht? – das Wichtigste bei solchen Veranstaltungen.

»Ich hoffe, Sie mögen Leberkäs und Weißwürste. Die kalten Platten mit den exotischen Toasts sind bereits leer gefegt. Auch bei den gefüllten Eiern und den Käseigeln herrscht schon Ebbe. Also bleibt uns wohl nur das Altbewährte.«

Arthur musste sich auf die Zehenspitzen recken, um über Schultern und Köpfe hinweg die aktuelle Lage an den mit weißen Tüchern verhüllten Biertischen abzuschätzen.

»Ich liebe Hausmannskost«, erwiderte sie. »Besser als die ewigen Gurkenschiffchen oder zu Fliegenpilzen mutierten Eier mit Tomaten-Mayonnaise-Haube, die sich neuerdings auf sämtlichen Büfetts zwischen Kiel und Garmisch finden.«

»Ich fürchte, bis wir vorn ankommen, gibt's nur noch trockene Brezn.«

Nach einer halben Ewigkeit erreichten sie den Tisch mit dem Geschirr und rüsteten sich trotz des raschen Schwunds in den Schüsseln hoffnungsvoll mit Tellern und Besteck aus. Zwei Hilfsköche schleppten neue Platten mit Kanapees an, die aufwendig mit Unmengen eingelegter Cornichons, Salzstangen und den obligatorischen Remouladekringeln verziert waren.

»Mayonnaise im Glas müsste man produzieren«, lästerte Arthur mit süffisantem Grinsen. »Dann hätte man für alle Zeiten ausgesorgt. Ohne ein Kilo davon scheint bei Partyhäppchen nichts mehr zu gehen.«

»Weil alle auf dieselben Kochbücher und Rezepte vertrauen«, stimmte Vera zu.

»Das haben die Köche wohl mit den Bauherren gemeinsam. Die wollen auch alle nur noch nach denselben Plänen bauen. Was sich einmal bewährt hat, passt eben immer und überall. Vor allem lässt es sich gut und schnell realisieren. Wie am Fließband.«

»Das sollten Sie lieber nicht unseren Chef hören lassen.« Sein Sarkasmus überraschte sie. Bislang hatte sie ihn für Sandrarts braven Kronprinzen gehalten, der voll und ganz hinter dessen Plänen und vor allem seiner Art, sie umzusetzen, stand. Ebenso ging sie fest davon aus, dass ihr Chef ihm eines Tages zur Belohnung für seine Nibelungentreue das Büro übergeben würde. Bester Beweis für das blinde Vertrauen in Arthur schien ihr das Überlassen der Schlüssel für das fast fabrikneue, weinrote BMW-502-Cabriolet zu sein, mit dem sie auf der Baustelle vorgefahren waren.

»Keine Sorge«, wiegelte Arthur auch schon ab. »Unser Chef ist sich durchaus bewusst, dass er aus reinem Pragmatismus an seinen Erfolgsmodellen festhält. Dabei wäre ein Ausbrechen aus den gängigen Mustern der beste Ansatz, um beim Wohnungsbau für alle Beteiligten mehr herauszuholen. Dafür aber fehlt Sandrart der Mut und vor allem die Notwendigkeit. Mit dem Gewohnten lässt sich ohne großen Aufwand die nächsten hundert Jahre gutes Geld verdienen. Wie alle unsere Landsleute neigt eben auch unser ›Barockengel‹ zur Bequemlichkeit.«

»Wie nennen Sie Sandrart?« Vera musste lachen. Der Spitzname passte nicht nur auf den dank seiner geschwungenen Linien im Volksmund als »Barockengel« bezeichneten BMW, sondern tatsächlich auch auf ihren Chef, dessen Leib mindestens so üppige Formen besaß wie sein Auto.

»Wie der Herr, so 's Gescherr«, erwiderte Arthur ebenso amüsiert. »Oder wollen Sie die Ähnlichkeit bestreiten? Nach der schlechten Zeit stürzt sich Sandrart nur zu gern aufs Essen. Nicht eben schmeichelhaft für die Figur, aber Hauptsache, es schmeckt. Gehungert haben wir alle lange genug. Am besten, wir folgen endlich auch dem Motto unseres Chefs, sonst kriegen wir nicht einmal mehr die letzten Schnittchen.«

»Du hast es wieder mal besonders eilig, Sandrart nachzueifern«, mischte sich jemand in ihr Geplänkel und hielt sie abermals vom Büfett ab.

Erstaunt drehte Vera sich um. Auch Arthur wandte sich dem Neuankömmling zu.

Die Art, wie die beiden einander ansahen und begrüßten, sprach Bände. Noch ehe der Unbekannte mehr gesagt hatte, begriff Vera, dass diese Begegnung weitreichende Folgen haben würde. Für sie alle.

2

Darf ich vorstellen? Meine neue Kollegin, Vera Cohn – Ludger Trautner, seines Zeichens Bauingenieur und Bauunternehmersohn«, stellte Arthur vor. »Die Firma seines Vaters hat beim Altenheim natürlich kräftig mitgewerkelt. Ohne sie geht derzeit fast kein Bau in München. Davon abgesehen ist Ludger ein alter Freund von mir. Seit Kindertagen auf Rosen gebettet, was ihn trotzdem nicht vor Neid gegenüber uns Mittellosen schützt.«

Vera horchte auf. Bislang hatten Arthur und sie einander kaum Einblicke in Privates gewährt. Ebenso wie sie war er kein Freund allzu leichtfertig eingeräumter Nähe. Jetzt unverhofft einem seiner ältesten Freunde vorgestellt zu werden schien ihr fast ein Ritterschlag.

Neugierig musterte sie Ludger. Er war auffallend schmal und gut zwei Handbreit größer als Arthur. Obwohl er im selben Alter war, verlieh ihm das schüttere, helle Haar ein älteres, strenges Aussehen. Das hoben die rosige Färbung der Wangen wie auch die unbekümmert leicht nach oben gebogene Nasenspitze mit der winzigen Warze an der rechten Seite wieder auf. Die weitsichtigen Augen vergrößerten sich hinter dicken Brillengläsern auf Froschniveau.

»Mein Neid ist wohl berechtigt«, griff er Arthurs Spott auf. »Wie hast du es nur wieder geschafft, mit dem sündhaft teuren

Luxusauto deines Chefs eine so reizende junge Dame chauffieren zu dürfen? Wie hat Sandrart es überhaupt geschafft, in der rauen Männerwelt des Baugeschäfts ein so rares Wesen wie eine Architektin aufzuspüren?«

»Es gibt Dinge, die musst du nicht wissen, auch wenn wir noch so eng befreundet sind«, erwiderte Arthur.

»Wissen Sie eigentlich, worauf Sie sich mit Arthur einlassen?«, wandte Ludger sich gleich wieder an Vera. »Achtung! Mein Freund hat es faustdick hinter den Ohren.«

»Was man von dir wohl auch behaupten kann«, schaltete Arthur sich von Neuem ein.

Das Pingpong zwischen den beiden amüsierte Vera.

»Darf ich dich an deine Verlobung erinnern? Kaum drei Wochen dürfte die her sein«, neckte Arthur seinen Freund. »Wenn auch noch nichts offiziell ist, ist es jetzt trotzdem höchste Zeit, dass du solide wirst und aufhörst, anderen Frauen schöne Augen zu machen. Eine so anständige Frau wie Ysabel hast du eigentlich gar nicht verdient.«

»Gratuliere zur Verlobung.« Vera schüttelte Ludger noch einmal die Hand. »Ich wünsche Ihnen und Ihrer Zukünftigen alles Glück dieser Welt.«

»Jetzt überraschen Sie mich aber«, spottete Arthur. »Täusche ich mich, oder bricht da gerade Ihre romantische Ader durch? Und ich dachte schon, Sie hätten sich nicht nur am Reißbrett, sondern auch in Ihrem Leben ganz dem Purismus verschrieben.«

»Gelegentlich sollten Sie selbst den Blick vom Zeichentisch heben«, gab Vera ebenso keck zurück. »Wie immer im Leben kommt es darauf an, zu wissen, was man will, am Reißbrett wie im Leben. Dann schließt das eine das andere auch nicht aus.«

»Bei Ihnen mache ich mir keine Sorgen. Sie wissen bestimmt jederzeit, was Sie im Leben wollen.«

»Sie etwa nicht? Falls Sie Bedarf haben, gebe ich Ihnen gerne Nachhilfe.«

»Eins zu null für Sie, Fräulein Cohn«, konstatierte Ludger amüsiert. »Darauf sollten wir anstoßen. Wie wäre es mit einem Glas Sekt?«

Horden von Halbverhungerten waren über das Büfett hergefallen. Auf den Platten und in den Schüsseln fanden sich nur mehr letzte Krümel. Außer dem Sekt erbeuteten sie lediglich noch eine Handvoll Kanapees und einige trockene Brezn. Dafür eroberten sie sich relativ schnell einen freien Stehtisch in einer abgelegeneren Ecke des mit bunten Lampions, Krepppapiergirlanden und Blumenkübeln geschmückten halbfertigen Saals.

Der unablässige Regen vor den leeren Fensterhöhlen ließ ebenso wenig nach wie das fröhliche Zuprosten und Geschirrklappern im Innern des Rohbaus. So unwirtlich die Atmosphäre während des offiziellen Teils im Dachstuhl gewesen war, so gemütlich ging es in dem provisorischen Festsaal im Erdgeschoss zu. Ohne Ansehen der Person und bar jeglicher Berührungsängste saßen Handwerker, Lieferanten, Vertreter der Stadt und Honoratioren mit ihren Begleiterinnen auf den schlichten Bierbänken Schulter an Schulter. Launig stießen sie miteinander auf das gemeinsam Geschaffte und das zukünftig noch zu Bauende an. Alle bewiesen reichlich Sitzfleisch und vor allem Trinkfestigkeit. Niemand hatte es eilig, wegzukommen, zumal es Samstag war und damit am nächsten Tag kein Arbeitstag anstand.

Zwischen den unverputzten Wänden hallten die Stimmen laut wider, der raue Zementboden tat ein Übriges, jedes Tischerücken auch im hintersten Winkel deutlich hörbar zu machen. Ob des Geräuschpegels schwirrte Vera bald der Kopf. Sie musste sich konzentrieren, um Arthur und Ludger zu verstehen.

»Haben Sie auch in München studiert?«, wollte Ludger von ihr wissen.

»Nein, in Aachen.«

Es freute Vera, wie selbstverständlich er sie nach dem Studienort fragte, ganz so, als hieße sie nicht Cohn und hätte nicht wegen Hitler eine so viel kompliziertere Geschichte als die meisten ihrer Altersgenossen hinter sich. Als wäre sie den ganz normalen Weg in Deutschland von Schule zu Studium und Beruf gegangen, trotz Krieg und Besatzungszeit.

Zugleich schloss sie aus dem »auch«, dass Arthur und er die Münchner Universität besucht hatten. Über solche Details aus ihrem Leben hatten sie bislang nie gesprochen, wie ihr bei der Gelegenheit auffiel, dabei redete Arthur eigentlich gern und vor allem viel.

Es war ein spannendes und wichtiges, gelegentlich allerdings auch bloßstellendes Thema. Die Professoren, bei denen man gelernt hatte, prägten einen lebenslang. Die jüngste Geschichte sorgte dafür, dass es wirklich eine Aussage war, wo man studiert und wen man sich zum Lehrmeister erkoren hatte: einen, der nach dem Krieg wieder oder zum ersten Mal auf eine Professur berufen worden war und die nach 1933 verpönte Moderne vertrat, oder einen, der bereits im Dritten Reich erfolgreich gewesen war und nach kurzer Pause wieder an das Althergebrachte anknüpfte und, ohne rot zu werden, so tat, als habe er schon immer das lang in Deutschland bekämpfte »Neue Bauen« als allein gültige Form der Architektur betrachtet.

Arthurs knappe Bemerkung zu den Äußerungen des Unbelehrbaren vorhin kam ihr in den Sinn. Als einen »früheren Anhänger der Heimatschutzarchitektur« hatte er ihn bezeichnet. Solche gab es leider zuhauf ausgerechnet in einflussreichen Positionen des Bauwesens, noch dazu auf allen Seiten, Behörden wie Bauträgern und Architekten. In den ersten Nachkriegsjahren hatten sie sehr schnell eine Kehrtwendung vollzogen. Zu gern würde Vera von Ludger und Arthur mehr darüber erfahren, wie sie zu dieser Haltung standen.

Schon wollte sie nachhaken, da kam Ludger ihr mit der nächsten Frage zuvor: »Wie sind Sie ausgerechnet bei Sandrart in München gelandet? Ist er in Aachen so bekannt, dass man sich aus der Ferne bei ihm bewirbt? Altenheime zu bauen, wie er es hauptsächlich tut, ist sicher nicht unbedingt der Traum einer jungen Architektin.«

»Einen Teil meiner Kindheit habe ich in München verbracht. Die Familie meines Vaters stammt von hier«, begann sie und warf einen Blick auf Arthur.

Bildete sie sich das ein oder kniff er gerade die Lippen zusammen? Natürlich konnte sich jeder ihres Familiennamens wegen zusammenreimen, wie das weitere Schicksal ihrer Verwandten ausgesehen hatte. Daran, das hatte sie in den letzten fünf Jahren in Deutschland gelernt, wollte jedoch niemand mehr erinnert werden, erst recht nicht von Leuten wie ihr, die sich »erdreistet hatten zurückzukehren«, wie ihr einmal jemand wütend an den Kopf geschleudert und wie wohl auch der Unbelehrbare gedacht hatte. Dabei wollte auch sie nicht mehr ständig an früher und an das Verlorene denken. Es war vorbei. Der einzige Blick, der möglich war, um mit dem Erlebten umzugehen, war der nach vorn. Auch deshalb hatte sie sich – ausdrücklich gegen den Rat ihrer Eltern – für eine Rückkehr nach München entschieden, die Stadt, in der sie als Kind die glücklichste Zeit ihres Lebens verbracht hatte und in der sie nach deren rücksichtsloser Zerstörung neue Paradiese und Himmelreiche für künftige Generationen errichten wollte. Zwar lebten Rike und Oscar auch wieder in Deutschland, allerdings nicht in München, sondern in Bonn. »An die Isar bringen mich keine zehn Pferde mehr zurück«, verweigerte ihre Mutter sich sogar jeder Stippvisite in ihrer einstigen Heimat.

»Das mit den Altenheimen ist ein guter Anfang, wenn man sich mit den Anforderungen des modernen Wohnungsbaus beschäftigt.« Vera beschloss, auf den sachlichen und damit weitaus weniger prekären Teil von Ludgers Bemerkung einzugehen. »Wohnungen werden dringender gebraucht denn je, wie wir alle wissen. Beim Bau von Altenheimen lernt man, sich ganz auf die Bedürfnisse der Nutzer zu konzentrieren und dennoch möglichst günstig für die Kostenträger zu bauen. Genau darauf kommt es jetzt an. Sandrarts Büro genießt einen ausgezeichneten Ruf. Neben den Altenheimen plant er außerdem noch andere Wohnsiedlungen. Darauf lässt sich also im wahrsten Wortsinn hervorragend aufbauen.«

»Habe ich es nicht eben schon gesagt? Sie wissen immer sehr genau, was Sie wollen«, nutzte Arthur betont munter die Pause, in der sie ihr Glas leerte. Wie ihr schien, wollte er so die weitere Richtung des Gesprächs bestimmen. Vermutlich war auch er froh über den Themenwechsel.

»Recht haben Sie! Nur so kommt man ans Ziel. Darauf sollten wir noch einmal anstoßen.« Ludger beeilte sich, die Gläser ein weiteres Mal zu füllen. Vorsorglich hatte er eine ganze Flasche beim Kellner geordert.

»Sie interessieren sich doch sicher auch nicht für alle Ewigkeit für den Bau von Altenheimen«, griff Vera das Stichwort wieder auf, sobald sie ihre Sektkelche abgestellt hatten. »Welche Pläne brüten Sie für Ihre Zukunft aus?«

Eigentlich hatte sie das mehr der Höflichkeit halber und ohne Hintergedanken gefragt. Sobald sie Arthurs und Ludgers betretene Mienen sah, erschrak sie. Peinliche Stille breitete sich aus. Verlegen wichen beide ihr aus.

Da hatte sie wohl einen Volltreffer gelandet! Ihr fiel ein, was Arthur vorhin über die immer gleichen Wünsche der Bauherren sowie Sandrarts Pragmatismus und dessen mangelnden Mut für

Neues gesagt hatte. Offenbar hegte Arthur für die Zukunft andere Pläne als ihr gemeinsamer Chef. Und die hingen vermutlich eng mit seinem Freund, dem Bauingenieur und Bauunternehmersohn Ludger zusammen.

»Heute ist wohl wirklich mein Glückstag.« Sie musste lachen. »Erst ruiniere ich mir die neuen Schuhe im Baustellenmatsch, und jetzt erwische ich mit meiner Frage gleich ein riesiges Fettnäpfchen. Wollen Sie mir nicht wenigstens andeutungsweise erzählen, in welches Wespennest ich gerade gestochen habe? Ich werde auch brav den Mund halten. Darauf gebe ich Ihnen mein ganz großes Indianerehrenwort.«

Theatralisch hob sie die rechte Hand zum Schwur.

Arthur beschäftigte sich mit den letzten Krümeln auf seinem Teller, Ludger dagegen sah erst auf ihn, dann zu ihr, schließlich noch einmal zu seinem Freund, der den Blick weiter gesenkt hielt.

»Arthur und ich träumen von einem gemeinsamen Büro, das effizienteren Wohnungsbau anbietet«, begann er leise und räusperte sich. »Dabei werden sein Fachwissen als Architekt und meines als Bauingenieur eine besondere Rolle spielen. Wir arbeiten an einer starken Vereinfachung der Planung wie auch der Ausführung. Denkbar wäre eine Art Katalog von bestimmten Elementen, die individuell nach den Wünschen der Bauherren kombiniert werden.«

Ehe Arthur es verhindern konnte, steigerte Ludger sich in seine Begeisterung und legte die Karten offen auf den Tisch.

Natürlich war Vera bald klar, dass er sich und Arthur um Kopf und Kragen redete, sollten Sandrart und wohl auch sein Vater zu früh erfahren, was sie beide im Sinn hatten. Bestimmt würden die beiden ihnen Steine in den Weg legen, weil sie nicht auf ihre Mitarbeit verzichten wollten.

Ludgers Enthusiasmus war ansteckend, nicht nur für Vera. Nach einigem Zögern verwarf offenbar auch Arthur seine Bedenken und ergänzte die Ausführungen seines Freundes. Mit weitaus kühlerem und zugleich auch erfindungsreicherem Kopf als Ludger umriss er noch einmal die Grundidee, wog Chancen und Risiken gegeneinander ab, wenn sie auf das Anbieten bestimmter Elemente setzten, und bedachte das Für und Wider der engen Verbindung von Architekt und Bauingenieur.

»Damit schlagen wir mehrere Fliegen mit einer Klappe«, behauptete er kühn. »Der Planungsprozess wird vereinfacht, weil er von Anfang bis Ende in einer Hand liegt, der Bauprozess verkürzt sich, weil die einzelnen Phasen viel enger als bislang miteinander verzahnt sind, und die Kosten bleiben besser kalkulierbar, weil die von uns eingesetzten Module in sämtlichen Details im Vorhinein bekannt sind.«

Der Ansatz klang genial. Und wirkte schon ausgereift. Wahrscheinlich feilten sie schon seit Langem daran. Zudem war klar, wem welche Rolle in dem gemeinsamen Projekt zukam und wie eng und selbstverständlich sie miteinander arbeiteten. Das konnten sie wohl nur, weil sie einander schon lange kannten. Jeder war über die Stärken und Schwächen des Partners im Bilde, wusste, wo sie sich ergänzten und wo sie sich im Weg standen und wie sie das verhindern konnten. Letztlich vertrauten sie einander blind. Eine solche Freundschaft war Gold wert. In Vera keimte Neid.

Von Arthurs weiteren Ausführungen hörte sie bald nur noch einzelne Satzfetzen wie »besondere Anforderungen an die Effizienz«, »Konzentration auf moderne Wohneinheiten nach den Erfordernissen der Zeit« oder »weitaus leistungsfähiger als die Konkurrenz«. Wie gern sie seiner Stimme lauschte. Darüber schweiften ihre Gedanken ab. Er gefiel ihr immer besser, nicht nur als Kollege, auch als Mann.

Durfte sie das? War es möglich, dass sie, die aus dem Exil zurückgekehrte Tochter eines Juden, sich keine zehn Jahre nach dem Ende der Nazizeit in einen jungen Deutschen verliebte? Wie aus dem Nichts sah sie Bill Dawson vor sich, ihre erste große Liebe auf der Highschool in New York.

»Eines Tages wirst du zurückgehen, einen netten jungen Deutschen kennenlernen, dich verlieben, alles verzeihen und vergessen«, hatte er prophezeit.

»Völlig ausgeschlossen!«, hatte sie erbost erwidert.

Sie musste an die verlorenen Freunde und Verwandten denken. Ihre Augen füllten sich mit Tränen. Warum kochte die Vergangenheit bei jeder Gelegenheit wieder hoch? Sie wollte doch nur noch nach vorn schauen. Hatte sie kein Recht auf eine unbeschwerte Zukunft? Durfte sie nicht einfach ihren Gefühlen nachgeben? Sie schluckte, um die Tränen niederzuringen.

»Sind Sie mit dabei?«

Ludger rüttelte sie sacht am Arm. Sie schreckte auf.

»Wie? Was?« Verwirrt sah sie ihn an. Wie sie seinem Blick entnahm, hatte sie da gerade weitaus mehr verpasst als nur das abschließende Fazit zum geheimen Vorhaben der beiden. Jetzt war sie es, die sich ertappt fühlte. Ihre Wangen begannen zu glühen. Zum Glück lösten die beiden Freunde die Situation schnell auf.

»Das Fußballspiel morgen, großes Finale in Bern, Deutschland gegen Ungarn«, wiederholte Arthur die Stichworte, die sie ihr offenbar schon einmal genannt hatten.

»Sicher haben Sie mitbekommen, welche Sensation der deutschen Mannschaft gelungen ist. Wir stehen im Endspiel der Weltmeisterschaft!«

Ludger strahlte übers ganze Gesicht. Unmerklich zuckte Vera zusammen. Noch der kleinste Anflug von Patriotismus flößte ihr Unbehagen ein. Sie war zu empfindlich. Außerdem war sie selbst in Deutschland geboren, hatte einen deutschen Pass und zählte zu den Deutschen. Ludger hatte ausdrücklich »wir« gesagt und sie ganz selbstverständlich eingeschlossen. Sie gehörte dazu, genau wie alle anderen. Deshalb war sie doch wieder da.

»Natürlich wollen wir uns das mit Freunden und Kollegen in einer Fernsehstube ansehen«, ergänzte Arthur.

Vera war sich nicht sicher, ob er ihre Verwirrung registriert hatte.

»Wäre fein, wenn Sie uns dabei Gesellschaft leisteten.« Ludger strahlte noch immer. Er zumindest hatte offenbar nichts von ihrer Unsicherheit bemerkt. »Meine Verlobte und einige andere Damen sind auch dabei. Sie wären also nicht allein unter Männern.«

»Ich würde mich wirklich sehr freuen, wenn Sie morgen mit zum Fußballschauen kämen«, wiederholte Arthur die Einladung, nachdem er sie am frühen Abend mit Sandrarts schickem BMW vom Richtfest in Forstenried in die Agnesstraße in Schwabing chauffiert hatte. Dort bewohnte sie ein möbliertes Zimmer bei einer betagten Professorenwitwe, die noch ihren Großvater, den Philosophieprofessor Daniel Cohn, gekannt hatte.

Arthurs neuerliche Einladung klang fast schon flehentlich. Das rührte Vera. Dennoch zögerte sie mit ihrer Zusage. Eigentlich war sie anderweitig verabredet, ebenfalls zum Fußballschauen. Ausgerechnet mit Constantin, dem einzigen Freund aus Kindheitstagen, der ihr in München geblieben war. Sie war froh, wie selbstverständlich sie bei ihrer Rückkehr vor knapp fünf Wochen an die alte Vertrautheit hatten anknüpfen können. Auf das gemeinsame Fernsehschauen freuten sie sich seit Tagen.

»Ich muss erst noch …«, setzte sie an und brach sofort wieder mittendrin ab.

Einen Wimpernschlag lang war Arthur irritiert. Enttäuschung blitzte in seinen himmelblauen Augen auf. Vera wollte ihm tröstend die Hand auf den Arm legen, da fing er sich bereits wieder und versicherte ihr mit seinem charmanten Lächeln: »Überlegen Sie sich gut, was Sie jetzt sagen. Diesen Knaller dürfen Sie sich einfach nicht entgehen lassen. Sie werden viel Spaß mit uns haben. Es ist eine sehr nette Runde. Sie passen bestens dazu.«

Hatte er das gerade tatsächlich gesagt? Sie hätte aufjauchzen mögen vor Glück! Wann hatte sie solche Worte zuletzt gehört? Noch dazu von jemandem, der ihr derart gut gefiel?

»Ich habe zwar keine Ahnung von Fußball, aber wenn Sie so nett bitten …«

»Sie wären die erste Frau, die ich kenne, die Ahnung von Fußball hat.«

»Und trotzdem laden Sie mich dazu ein?«

»Es gibt schlimmere weibliche Eigenheiten.«

»Das nehme ich jetzt einfach mal als Kompliment.«

»So war es auch gemeint.«

Seine Stimme wurde leise und weich. Vera verspürte ein wohliges Kribbeln. Sie hatte die richtige Entscheidung getroffen. Es ging um ihre Zukunft. Constantin würde das verstehen. Letztlich war er mehr als ein guter Freund. Eigentlich war er der große Bruder, den sie nie gehabt hatte.

»Die Gastwirtschaft ist nicht weit vom Rotkreuzplatz in Neuhausen«, hatte Arthur es zu ihrem Bedauern plötzlich eilig. Die Situation wurde ihm wohl zu heikel. Sie musste schmunzeln. Dabei war er es gewesen, der als Erster ein eindeutiges Signal ausgesandt hatte. Männer! Immer wieder schreckten sie im letzten Moment vor der eigenen Courage zurück. Von Neuem dachte sie an Bill, dieses Mal allerdings mit einem breiten Lächeln auf den Lippen. Ihren ersten Kuss hatte sie ihm gegeben, nachdem er im letzten Moment einen Rückzieher gemacht hatte. Hoffentlich blieb sie nicht zeit ihres Lebens diejenige, die zum ersten Schritt verdammt war.

»Ich hole Sie gegen vier Uhr nachmittags ab«, brachte Arthur sie in die Gegenwart zurück. »Das heißt natürlich, sofern es Ihnen nichts ausmacht, in meinen schlichten Käfer zu steigen, nachdem Sie heute so vornehm im BMW chauffiert wurden.«

»Der ›Barockengel‹ wäre mir zwar lieber, aber deswegen zu Fuß zu gehen ist bei dem Wetter auch keine Alternative.«

»Vor allem nicht, wenn Sie sich nicht ein weiteres Paar Schuhe ruinieren wollen.«

»Mal schauen, was ich mir stattdessen in Ihrem schnöden Käfer ruiniere.«

3

Im Bus herrschte großes Gedränge. Großmama Rebeccas Skizzenbuch eng an die Brust gedrückt, den nassen Schirm unter den Arm geklemmt und eine Hand in der ledernen Halteschlaufe, versuchte Vera, die Balance zu halten. Sie gab ihr Bestes, um dem unwirsch schauenden Herrn mit der schiefen Brille direkt vor ihr nicht zu nahe zu rücken. Das war jedoch alles andere als einfach. Immer wieder stockte der Bus mitten in der Fahrt, bremste ab, neigte sich schwungvoll in die Kurve. Auf dem nassen Kunststoffboden fanden Veras Schuhe kaum Halt. Es war wie das Schlittern auf einer rutschigen Eisbahn. Wie gerne hätte sie einfach losgelassen und vor Freude laut gejauchzt. Als kleines Mädchen hatte sie das geliebt! Deutlich hörte sie die Ermahnungen ihrer Großmutter, die allerdings nie so ganz ernst gemeint gewesen waren, weil Rebecca selbst größten Spaß an solchem Unsinn gehabt hatte.

Constantin grinste. In seinen nahezu schwarzen Augen blitzte Übermut auf. Am liebsten würde er wohl ebenfalls auf der Stelle losrutschen. Der unwirsche Herr stand jedoch genau zwischen ihnen. Wie viel leichter wäre es, wenn er mit Constantin den Platz tauschen würde! Dann könnten Vera und Constantin sich wenigstens ein bisschen Spaß gönnen und sich gegeneinanderfallen lassen.

Veras Blick glitt über die Schultern und Köpfe der Fahrgäste zu den Seitenfenstern. Unablässig klatschte der Regen gegen die

Scheiben. Vom Atem der Fahrgäste waren sie beschlagen. Einer wischte mit der Faust ein kleines Loch frei. Dennoch war kaum etwas von den vorbeiziehenden Bäumen und Sträuchern entlang der Straße durch den Englischen Garten zu sehen. Nicht eben das ideale Wetter für einen Spaziergang. Doch sie hatte Constantin versprochen, ihn wenigstens am Vormittag auf den altvertrauten Pfaden ihrer Kindheit zu begleiten, wenn sie ihn schon am Nachmittag anders als ursprünglich vereinbart zugunsten des Fußballspielschauens mit Arthur und Ludger versetzte.

Seit sie Ende Mai nach München zurückgekehrt war, unternahmen sie fast jeden Sonntag diese Touren. Natürlich hatte sie die erste gleich vor Veras früheres Zuhause in der Paradiesstraße ins Lehel geführt. Es stand nicht mehr. Auch die Nachbargebäude, in denen Rosi, Brigitte und Rudi gewohnt hatten, waren verschwunden. Tiefe Baugruben verrieten, dass bald neue Gebäude die Lücken schließen würden. Vera hoffte, darin würden Kinder ähnlich glückliche Zeiten verleben wie sie und ihre Freunde damals in ihren vier Münchner Jahren.

Sie presste sich das Skizzenbuch fester gegen die Brust. Zumindest Großmamas Zeichnung der Straße war ihr geblieben. Abends vor dem Einschlafen holte sie sie gern hervor und tauchte in Erinnerungen ab.

Heftig bremste der Bus am Chinesischen Turm, und Vera wurde nun doch dem unwirschen Herrn direkt in die Seite geschleudert.

»Verzeihung!«, murmelte sie. Er knurrte empört etwas Unverständliches.

Ohne ihn anzusehen, schlängelte sie sich zur Tür. »Endlich wieder frische Luft!«, atmete sie nach dem Aussteigen tief durch und beeilte sich, den Regenschirm aufzuspannen. Das kostbare Skizzenbuch presste sie sich noch enger gegen die Brust. Sie brauchte keinen Blick auf die Zeichnung zu werfen, sie hatte auch so genau vor Augen, wie ihre Großmama darin in wenigen Strichen diese Bushaltestelle festgehalten hatte. Wie oft war sie Ziel gewesen auf gemeinsamen Nachmittagsausflügen zu jeder Jahreszeit. Wann immer Vera im Exil die Skizzen angeschaut hatte, hatte sie sich ausgemalt, wie sie eines Tages von Neuem die vertrauten Pfade gehen und sich die geliebten Orte wieder anschauen würde. Natürlich gemeinsam mit Großmama Rebecca und Großpapa Daniel. Jetzt begleitete Constantin sie an deren statt.

Manche Ecken waren noch erstaunlich gut erhalten, andere nach der Zerstörung täuschend echt wiederhergestellt und manches wohl für immer verloren. Vera war nicht zuletzt deshalb Architektin geworden und nach München zurückgekehrt, um die verlorenen Winkel im Sinn ihrer Großmutter wiederaufzubauen. Allerdings ohne die vielen Schnörkel von früher, stattdessen glatt und gerade, befreit von der schweren Last der Vergangenheit. Das hätte sich Großmama als Neuanfang gewünscht. Sie spürte, wie ihr die Augen feucht wurden. Verschämt wischte sie mit der freien Hand darüber.

»Es war deine Idee, den Bus zu nehmen«, erklärte Constantin und öffnete ebenfalls seinen Schirm. Obwohl Vera groß gewachsen war, überragte er sie noch einmal um mehr als einen Kopf. Seine schlanke Figur wie die auffallend langen Arme und Beine ließen ihn regelrecht riesig wirken, ein Eindruck, der durch den Schirm über dem Kopf noch verstärkt wurde.

»Mit Großmama bin ich oft diese Linie gefahren. Deshalb mussten wir auch heute den Bus nehmen, genau so, wie Großmama es mit uns getan hätte.«

»Die Einkehr in den Biergarten schenken wir uns hoffentlich.«

Mit dem Kinn nickte Constantin auf die Bänke und Tische, die zum Schutz vor der Nässe schräg gestellt waren. Die gähnende Leere rund um den berühmten fünfstöckigen Holzturm hatte an diesem ersten Julisonntag etwas Trostloses. Bei schönem Wetter saß die Musikkapelle auf den oberen Plattformen.

»Ausnahmsweise«, entgegnete Vera augenzwinkernd und hakte sich bei ihm ein. Es dauerte einen Moment, bis sie die Schirme über ihren Köpfen sortiert hatten. »Auch wenn ich mir seit Jahren nichts sehnlicher wünsche, als wieder hier zu sitzen, eine Zitronenlimonade zu trinken und eine Brezn zu essen.«

»Zum Glück sind die Zeiten vorbei, in denen dir das jemand verbieten konnte.«

»Großpapa hat sich nie darum geschert, dass wir als Juden nicht mehr hier sitzen durften.« Trotz stieg in Vera auf. »›Mit weitaus größerem Recht als Hitler bin ich Münchner‹, hat er immer gesagt. Seine Familie lebte schon seit Generationen hier. Deshalb hat er auch darauf bestanden, seine geliebten Biergartenbesuche beizubehalten, und Großmama ist immer tapfer mitgegangen.«

»Deine Großeltern waren zwei besondere Menschen. Immer mutig und aufrecht, trotz allem, was ihnen unter den Nazis Furchtbares widerfahren ist. Wenn es einen Himmel gibt, dann haben sie dort die besten Logenplätze verdient.«

»Lass uns zum Haus der Kunst gehen«, überging Vera die Bemerkung. Es tat zu weh, sich daran zu erinnern, welch grausiges Ende die beiden gefunden hatten. Ihre Namen hatten bereits auf der Liste des ersten Transports Münchner Juden nach Kaunas gestanden. Das hatte Veras Vater gleich nach dem Krieg erfahren. Von dort war niemand lebend zurückgekehrt.

»Hat deine Großmutter den hässlichen Klotz etwa auch in ihrem Skizzenbuch verewigt?«, erkundigte Constantin sich, als Hitlers Kunstbau in der Ferne zu erahnen war.

»Nein. Dabei kann ich mich noch gut an die Zeit erinnern, als er gebaut wurde. Fast jeden Tag sind wir an der Baustelle vorbeispaziert. Großmama hat sich furchtbar über den pompösen Säulengang auf der Südseite mokiert. Nie hätte sie das Ungetüm freiwillig gezeichnet. Trotzdem gehört er zu unserer heutigen Tour dazu. Hoch erhobenen Hauptes sind meine Großeltern kurz nach Eröffnung in Hitlers Ausstellung ›deutscher Kunst‹ marschiert. Die war Juden natürlich verboten. ›Wenn dort *echte deutsche Kunst* gezeigt wird, sollten doch eigentlich gerade die sie sehen, die angeblich keine Ahnung davon haben‹, hat Großmama gesagt. Dass in Hitlers einstigem ›Tempel deutscher Kunst‹ genau das gezeigt wird, was die Nazis als ›entartet‹ bezeichnet haben, wäre eine große Genugtuung für sie.«

»Schade, dass Rebeccas Bilder verschollen sind. Sie würden bestens in die derzeitige Ausstellung passen.«

»Sie hätten einen Ehrenplatz verdient.«

Vera tastete nach dem kostbaren Skizzenbuch unter ihrem Mantel. Es war das Einzige, was ihr vom Werk ihrer Großmutter geblieben war. Ein Londoner Kunsthändler hatte ihr bereits eine atemberaubende Summe dafür geboten. Immerhin hatte Rebecca Cohn einst zu den bedeutendsten Münchner Malern gezählt. Doch Vera würde es niemals verkaufen. Sie gab es immer nur kurzzeitig und immer nur unter ihrer Aufsicht aus der Hand. Aus Angst, es zu verlieren oder bestohlen zu werden, bewahrte sie es in ihrem Zimmer sogar in einem wöchentlich wechselnden Versteck auf.

»Hast du schon von den turbulenten Faschingsbällen gehört, die die Künstler-Genossenschaft seit einigen Jahren hier feiert?«, fragte Constantin, als sie das Südende des Englischen Gartens erreicht hatten. Hinter den Baumwipfeln ragte die graue Fassade des Hauses der Kunst auf. »Versprich mir, dass du mich im nächsten Jahr dorthin begleitest. Das sind wir deinen Großeltern schuldig.«

»Soll das etwa jetzt schon eine Einladung sein?«

»Keine Einladung, sondern eine eindringliche Aufforderung«, erwiderte er schmunzelnd. »Eine Absage werde ich nicht akzeptieren. Ich muss sichergehen, dass du mich nicht wieder kurzfristig sitzen lässt wie bei der heutigen Übertragung des Fußballendspiels. Du ahnst nicht, was du mir damit angetan hast. Wie soll ich je darüber hinwegkommen?«

Er blieb stehen und legte sich theatralisch die Hand aufs Herz.

Sie wurde unsicher. Meinte er das jetzt doch ernst?

»Ich wusste gar nicht, dass dir so viel daran liegt«, begann sie vorsichtig. »Du weißt, wie wenig Ahnung ich von Fußball habe. Es wird alles andere als ein Vergnügen, mit mir vor dem Fernseher zu sitzen.«

Um das Glühen ihrer Wangen zu verbergen, lief sie rasch weiter.

»Ahnung hast du davon mindestens so viel oder so wenig wie ich.« Constantin folgte ihr dicht auf den Fersen. Sein munterer Ton verriet, wie unbegründet ihre Sorge gewesen war.

»Wenn das ganze Land vom Fußballfieber infiziert ist, können doch nicht ausgerechnet wir beide uns dem entziehen«, setzte er nach, sobald sie die nassen Mäntel und Schirme in der Garderobe abgegeben hatten.

Das Skizzenbuch weiter fest vor der Brust, wandte Vera sich einem der Ausstellungssäle zu. Constantin blieb an ihrer Seite. Es gefiel ihr, die überwiegend abstrakten Gemälde und Plastiken direkt neben Hitlers einstiger »Ehrenhalle« präsentiert zu sehen. Das rege Interesse der Münchner, die sich dicht an dicht vor den lange verpönten Kunstwerken drängten, war eine weitere Bestätigung. Großmama Rebecca hatte es richtig vorhergesehen. Auf Dauer hatte sich die verblendete Kunstauffassung der Nationalsozialisten nicht halten können. Inzwischen dürsteten die Menschen regelrecht danach, sich einen Überblick über die Gegenwartskunst und ihre sehr unterschiedlichen Stile zu verschaffen.

»Du hast es doch auch mitbekommen, wie sich unsere tapferen Jungs Runde um Runde gegen einen Favoriten nach dem anderen durchgesetzt haben«, fuhr Constantin unterdessen mit dem Fußballthema fort. »Zu Beginn der Weltmeisterschaft hat niemand auch nur ernsthaft in Erwägung gezogen, sie kämen je über die Vorrunde hinaus. Wie überrascht war nicht nur die Fußballwelt, dass sich Sepp Herbergers Burschen als liebenswürdige, brave Spieler erwiesen. Endlich einmal schicken wir Deutschen uns an, ein anderes Land fair nach festen Regeln und rein sportlich zu bezwingen. Endlich einmal dürfen auch wir guten Gewissens wieder stolz auf unser Land sein – und das keine zehn Jahre nach der bedingungslosen Kapitulation!«

Er strahlte Vera an. Im grellen Licht der Ausstellungsbeleuchtung war der Spott in seinen Augen unverkennbar.

»Ein solches Erlebnis verbindet auf friedlichste Weise«, sprudelte es weiter aus ihm hervor. »Unbedingt sollten wir uns das Spiel mit Menschen ansehen, die uns besonders wichtig sind, wie etwa Kollegen aus dem Büro. Das dient dem Gemeinschaftsgefühl. Oder hast du etwa einen anderen Grund, dich heute Nachmittag lieber mit deinen Kollegen als mit mir vor den Flimmerkasten zu setzen?«

Ertappt! Ihr Kopf musste die Farbe einer überreifen Tomate angenommen haben. Dabei hätte sie wissen müssen, wie leicht er sie durchschauen würde. Sie kannten einander einfach zu gut.

Am liebsten hätte sie ihm jetzt wie früher wütend die Zunge herausgestreckt, sich umgedreht und wäre davongerannt. Für solche Albernheiten aber waren sie inzwischen zu alt. Von Neuem versuchte sie, ihm durch rasches Weitereilen zum nächsten Kunstwerk lange genug zu entkommen, bis ihr Teint wieder einigermaßen normal geworden war.

»Spielen wir jetzt Nachlaufen?« So schnell es in dem Gedränge der Kunstinteressierten möglich war, schloss er wieder zu ihr auf. »So, wie es hier zugeht, wird das wohl eher ein Hindernislauf.«

»Ich wollte in einen ruhigeren Saal«, flunkerte sie und atmete auf, als sie tatsächlich eine weniger stark frequentierte Ecke erreichten.

Die Erleichterung währte jedoch nur kurz. Fast allein fanden sie sich vor einem düsteren Gemälde eines jungen Künstlers wieder, der den Schrecken der Atombombenexplosion in Japan in die unterschiedlichsten Grau- und Schwarztöne gebannt hatte. Zutiefst schockiert betrachteten sie das Bild.

»Sehr bedrückend«, kommentierte Constantin, nachdem sie eine Weile schweigend davorgestanden hatten.

»Man spürt den ganzen Schrecken, der darin steckt.«

Instinktiv tastete Vera nach seiner Hand. Es beruhigte sie, den Gegendruck zu spüren. Sie brauchte ihn nicht anzusehen. Sie wusste auch so, dass sie dasselbe dachten. Das war früher schon so gewesen, als sie noch Kinder gewesen waren und allmählich begriffen hatten, wie sich alle Welt gegen sie und ihre Eltern gewandt hatte. Sie biss sich auf die Lippen. Eine dicke Träne rann ihr über die Wange. Es gab wohl eine Vertrautheit, die nie verging.

»Es muss dir nicht peinlich sein, dass du mich heute Nachmittag versetzt.« Bevor er weitersprechen konnte, räusperte er sich zwei-, dreimal. »Es ist völlig in Ordnung, dass du dich nach neuen Freunden umsiehst. Das Leben geht weiter. Wir können nicht ewig trauern und dürfen nicht in jedem anderen Deutschen einen Schuldigen vermuten. Das macht unsere Toten nicht wieder lebendig und das Leben hier sowieso nur unerträglich. Die einzig logische Konsequenz daraus wäre das endgültige Weggehen. Dagegen aber hast du dich bereits entschieden.«

Von Neuem versagte ihm die Stimme. Sie schmiegte sich an ihn. Sie wusste, wie schwer es auch für ihn war, über die Vergangenheit zu reden. Die Nazis hatten seine Familie entzweit. Seine Eltern waren wie auch die ihren von Beginn an gegen Hitler gewesen, der Bruder seines Vaters hatte den Führer dagegen schon früh verehrt. Erst durch den schrecklichen Unfalltod von Constantins Eltern kurz vor der geplanten Ausreise ins rettende Exil war er von seiner Begeisterung für die braunen Schergen abgerückt. Eine tiefe Depression hatte ihn daraufhin erfasst, vermutlich infolge der Vorwürfe, die er sich wegen des Todes seines Bruders machte. Allein dem beherzten Eingreifen seiner Tante Viktoria hatte Constantin es zu verdanken, den Krieg einigermaßen unbeschadet überstanden zu haben. Sie hatte auch das Familienerbe, eine einst gut gehende Maschinenfabrik, über die schwere Zeit gerettet und nach dem Krieg zusammen mit einer ihrer Töchter wiederaufgebaut.

»Du hast recht. Wenn wir uns unsere Zukunft in Deutschland selbst versagen, hätte Hitler letztlich doch gesiegt.« Vera zwang sich zu einem aufmunternden Lächeln. Das hatte sie schon einmal gesagt, direkt nach Kriegsende. Noch immer glaubte sie fest daran. Auch wenn es verdammt schwer war.

»Bist du deshalb zurückgekommen?«

»Auch.«

Arm in Arm spazierten sie nach dem Museumsbesuch durch den Hofgarten zur Haltestelle der Elektrischen am Odeonsplatz. Der Regen hatte zwar nachgelassen, doch sie mussten noch immer unter aufgespannten Schirmen gehen. Dabei war es mehr ein umsichtiges Balancieren auf den einigermaßen festen Streifen der hellen Kieswege und ein stetes Überspringen kleinerer und größerer Pfützen, bis sie die überdachten Arkaden seitlich des Hofgartens erreichten. Außer ihnen waren nur wenige andere Spaziergänger unterwegs. Das aber konnte auch an der Mittagszeit liegen, die vom Läuten der Kirchturmglocken an der Theatinerkirche angekündigt wurde.

»Wie wäre es mit einem verspäteten Weißwurstfrühstück?« Constantin hatte zu seiner gewohnten Munterkeit zurückgefunden und sah sie erwartungsvoll an.

»Nach dem Mittagsläuten?«

»Im Donisl gibt's immer welche.«

»Hoffentlich mit röschen Brezn.«

Die Aussicht beschleunigte ihre Schritte. Fast schon im Laufschritt eilten sie die Residenzstraße hinunter. Trotz der Eile konnte sie es sich nicht verkneifen, den vier Löwen vor den Eingängen über die goldglänzenden Nasen zu streichen. Das sollte Glück bringen, hatte sie als kleines Mädchen von ihren Großeltern gelernt.

»Glaubst du etwa immer noch daran?« Ein wenig unwirsch wartete Constantin in einigen Schritten Entfernung auf sie. Komplett in Schwarz gekleidet und mit dem schwarzen Schirm über dem schwarzen Hut auf dem tiefschwarzen Haar wirkte er unheimlich, vor allem, wenn er sich auch noch das Lächeln verkniff wie in diesem Moment.

»Vor einer so schicksalsträchtigen Entscheidung wie heute schadet das nicht«, erwiderte sie vergnügt. »Komm schon, du alter Griesgram! Hast du mir nicht vorhin einen klugen Vortrag über die Bedeutung des heutigen Fußballspiels für unser geliebtes Heimatland und unser aller Gemeinschaftsgefühl gehalten?«

»Musst du mich immer so wörtlich nehmen?« Sein Antlitz hellte sich auf.

»Dein Wort ist mir heilig. Schließlich bist du der Ältere und Klügere von uns beiden.«

»Als ob dich das je groß interessiert hätte.«

Wie beschlossen, bestellten sie im Donisl Weißwürste und Brezn. Vera verzichtete auf das Weißbier, was ihr einen missbilligenden Blick des Obers eintrug, noch dazu, als sie stattdessen wie eine amerikanische Touristin »Coke, please« orderte. Um den Spaß weiterzutreiben, sprachen Constantin und sie fortan Englisch miteinander.

»Versprich mir, gut auf dich aufzupassen«, verabschiedete er sie knappe zwei Stunden später am Stachus von Neuem mit erstaunlicher Ernsthaftigkeit.

»Was wird das? Die große Abschiedsrede? Keine Sorge, ich wandere nicht wieder aus, sondern gehe lediglich mit Kollegen weg«, neckte sie ihn. Im selben Moment musste sie durch einen Schritt auf die Fahrbahn einem entgegenkommenden Schirm ausweichen. Der Mann darunter achtete weder auf den Weg noch auf die anderen Fußgänger.

»Gerade deswegen.« Energisch zog Constantin sie zurück auf den schmalen Gehsteig, gerade noch rechtzeitig, bevor ein Auto viel zu schnell und zu dicht an ihr vorbeibrauste. Schmutziges Pfützenwasser spritzte auf. Angewidert drehte sie sich ab.

»Übertreibst du jetzt nicht?«, fragte sie, nachdem sie die abperlenden Regentropfen vom hellen Popelinemantel gestrichen hatte. »Vorhin hast du dich noch ganz anders angehört.«

Hin- und hergerissen zwischen Belustigung und Beunruhigung musterte sie ihn. Er wich ihrem direkten Blick aus, inspizierte stattdessen seine Schuhspitzen, die deutliche Spuren ihres Spaziergangs durch den nassen Hofgarten trugen.

Niemand konnte so verloren aussehen wie er. Diese Kunst hatte er schon als Kind wie kein anderer beherrscht und damit erfolgreich nach Mitleid wie auch Beachtung geheischt. Leider hatte man nie leicht erkennen können, wann er es nur als Attitüde gebrauchte und wann es ihm ernst damit war.

»Was ist eigentlich mit dir?«, fragte sie und wartete, bis er den Blick hob. »Hast du dir inzwischen auch dein eigenes Leben aufgebaut und neue Freunde gefunden? Wann lerne ich sie kennen?«

Statt zu antworten, beugte er sich vor und hauchte ihr einen Kuss auf die Wange. Bevor sie nachhaken konnte, wandte er sich ab, um in großen Schritten zur Linie 3 zu sprinten. Unter energischem Klingeln machte deren weiß-blauer Wagen auf seine Ankunft aufmerksam.

4

Der Regen hatte aufgehört. Vera beschloss, das Risiko einzugehen und auf den Schirm zu verzichten. Am Ende vergaß sie ihn sonst nur in der Gaststube.

Kaum dachte sie daran, was sie gleich erwartete, beschleunigte sich ihr Herzschlag. Albern! Genauso albern, wie schon einige Minuten vor vier Uhr vor der Haustür zu stehen und auf Arthur zu warten. Constantin hätte seine helle Freude daran gehabt, sie in diesem Moment zu beobachten. Sofort würde er lästern. Bei jedem Motorengeräusch beugte sie sich nach vorn, um besser auf die Straße zu sehen. Was musste Arthur denken, wenn er sie so sah?

In der Wohnung hatte sie es nicht mehr ausgehalten. Zwar hatte sie nach ihrer Rückkehr von der Verabredung mit Constantin brav eine Tasse Kaffee mit ihrer Zimmerwirtin getrunken sowie ein Stück ihres vorzüglichen Guglhupfs gegessen und ihr dabei von der Ausstellung im Haus der Kunst erzählt. Dann aber war ihre Unruhe unerträglich geworden, und sie hatte sich eilig verabschiedet.

Das typische Tuckern eines Käfers näherte sich. Vera strich eine dunkle Locke hinters Ohr und setzte ein unbekümmertes Lächeln auf. Schon hielt der dunkelgraue VW am Straßenrand, und Arthur Brandt stieg aus.

»Welch ein Empfang!«, begrüßte er sie amüsiert. »Warten Sie schon lange?«

Bei seinem Anblick verschlug es ihr für einen Moment den Atem. Wieder einmal sah er viel zu gut aus. Anzug, Hemd und Krawatte hatte er gegen dunkelblaue Chinos, hellen Blouson und weißes Shirt getauscht. Saloppe Slipper an den Füßen rundeten die sportliche Kluft ab. Sie passte fast besser zu seiner athletischen Figur als die werktägliche Büromontur. Und sie passte hervorragend zu ihrer eigenen legeren Erscheinung mit Twinset, Caprihose und ebenfalls flachen Slippern.

»Bilden Sie sich nur nichts ein«, bremste sie seinen Übermut, der ihn nun mit ausgebreiteten Armen auf sie zugehen ließ. »Meine Ungeduld rührt allein daher, dass ich ungern das erste Tor für Deutschland verpasse.«

»Keine Sorge! Solange der Schiedsrichter nicht angepfiffen hat, tut sich auf dem Spielfeld gar nichts. Den Ball hält er bis dahin fest unterm Arm.«

»Hoffentlich wartet er mit dem Anpfiff, bis wir vor dem Fernseher sitzen«, erwiderte sie.

»Und hoffentlich wartet unsere Mannschaft auch mit dem ersten Tor so lange. Bislang gelten unsere Burschen als absolute Außenseiter und die Ungarn als unangefochtene Favoriten. Schon allein das Erreichen des Finales ist grandios. Es wäre ein Wunder, wenn unsere Mannschaft eine echte Chance hätte.«

»Das klingt mir eher nach einem Trauerspiel denn nach einem gemütlichen Sonntagsvergnügen. Interessant, dass Sie mich ausgerechnet dazu einladen.«

»Es kommt halt immer darauf an, was man aus solchen Gelegenheiten macht. Ich bin sicher, Sie werden trotz allem auf Ihre Kosten kommen. Uns erwartet eine sehr angenehme Gesellschaft.«

»Das hoffe ich für Sie.«

»Wie darf ich das verstehen? Als Drohung? Was steht mir bevor: Werde ich sofort geköpft, falls Sie sich nicht amüsieren, oder besteht eine winzige Chance auf Rettung?«

»Lassen Sie sich überraschen.«

Mit einer tiefen Verbeugung öffnete er die Beifahrertür. Nicht zum ersten Mal musste sie sich eingestehen, dass ihr sein Witz gefiel. Ebenso wie die Art, sich das dunkelblonde Haar aus der Stirn nach hinten zu streichen. Sie seufzte kaum hörbar und beschloss, auch die letzten, noch versteckt in ihrem Innern lauernden Bedenken gegen ihn und seine mögliche NS-Vergangenheit zu tilgen. So sehr konnte sie nicht irren, dass sie jemanden wie ihn verkannte. Das verriet schon das heftige Herzklopfen, das er ihr bereitete.

Schwungvoll ließ sie sich auf dem hellen Sitz nieder. So schick sie Sandrarts luxuriösen Fünfer-BMW fand, so sehr bewunderte sie, dass Arthur ein eigenes Auto besaß. Sie hatte noch nicht einmal einen Führerschein.

Neugierig musterte sie die schlichte Innenausstattung des Käfers. Es war nicht gerade das neueste Modell. Seit dem Vorjahr gehörte die geteilte Heckscheibe, die dem »Brezelkäfer« einst seinen Spitznamen verliehen hatte, in die Klamottenkiste, noch dazu, wenn es sich um die billige Graulackierung wie bei diesem handelte. Dass ausgerechnet der auf guten Stil bedachte Arthur ein solches Auto fuhr, entsprach schon wieder seinem Sinn für Humor.

»Besser schlecht gefahren als gut gelaufen«, kommentierte er beim Anfahren. Ihr prüfender Blick auf das Wageninnere war ihm offenbar nicht entgangen.

»In Sandrarts Alter fahren Sie bestimmt mindestens so einen flotten Wagen wie er, vor allem, wenn das Büro von Ihnen und Ihrem Freund Ludger so einschlägt, wie Sie es sich wünschen.«

Arthur antwortete mit einem undefinierbaren Brummen und tat, als erforderte das Fahren seine ganze Aufmerksamkeit. Vera begriff, dass er nicht weiter darüber reden wollte, und wandte den Blick zum Fenster.

Die Straßen waren leer gefegt, dabei hatten doch alle das Ende des Regens herbeigesehnt. Dieser Sonntagnachmittag aber war eindeutig der Tag der Fernsehstuben und Wirtshäuser mit TV-Gerät. Die überwiegende Mehrheit der Deutschen würde sich dort versammeln, um gemeinsam das Glück oder Unglück der Fußballnationalmannschaft zu verfolgen. Auf dem Josephsplatz sprangen zwei kleine Mädchen einsam Gummitwist, an der nächsten Straßenkreuzung stand eine ältere Dame mit ihrem Rauhaardackel geradezu verloren auf weiter Flur. Als sich ihr ein älterer Herr in grauem Anzug näherte, hellte sich ihre Miene erwartungsvoll auf. Belustigt verfolgte Vera, wie er der Dame jedoch nicht den Gefallen tat, sich auf ein Gespräch einzulassen. Stattdessen wandte er sich ostentativ dem Zigarettenautomaten an der Hauswand zu und eilte, sobald er seine Batscharis bekommen hatte, in Riesenschritten von dannen. Wie alle Welt wollte er wahrscheinlich rechtzeitig zu Beginn der Fernsehübertragung seine Lieblingskneipe erreichen.

Abermals meldete sich das lästige Kribbeln in Veras Bauch. Was oder vielmehr wer sie gleich in der Gaststube wohl erwartete? So wie gestern schon sein Freund Ludger war auch Arthur eben wieder ganz selbstverständlich davon ausgegangen, dass sie zu der Gesellschaft passte. Sosehr sie das freute und so entschlossen sie am Vormittag Constantin gegenüber noch getan hatte, so sehr beunruhigte es sie in Wahrheit. Wer mochten die anderen sein, auf die sie gleich traf? Waren es Arthurs Schul- oder Studienfreunde, also ebenfalls Architekten und Bauingenieure, oder seine Kriegskameraden, am Ende vielleicht sogar Gefährten aus der Hitlerjugend? Hoppla! Jetzt waren die ewigen Bedenken doch wieder da. Hatte sie nicht gerade erst beschlossen, die Unschuldsvermutung gelten zu lassen, zumindest Arthur gegenüber?

Constantin hatte recht. Sie konnte nicht allen Deutschen mit Argwohn begegnen, wenn sie mit ihnen leben, zu ihnen gehören und mitten unter ihnen ihre Zukunft aufbauen wollte. Sonst hätte sie im Ausland bleiben müssen. Allein und ohne neue Freunde. Genau das aber hatte sie nicht gewollt.

Sie äugte zu Arthur. Erschreckend, wie wenig sie von ihm wusste. Eins aber stand allein aufgrund seines Alters fest: Natürlich musste er dabei gewesen sein.

Ihr brach der Schweiß aus. Was ging da in ihr vor? Ob dieses ewige Hin und Her jemals endete? Nicht zum ersten Mal in den vergangenen fast vierundzwanzig Stunden wurde ihr bewusst, dass sie sich eher gewappnet fühlte, von Neuem dem offen antisemitisch auftretenden Unbelehrbaren wie auch dem frauenverrückten Doktor Häutle auf dem Richtfest zu begegnen, als sich vermeintlich ungezwungen mit gleichaltrigen Deutschen zu vergnügen.

Arthur schien unterdessen ganz aufs Fahren konzentriert. Sie befanden sich bereits ein gutes Stück westlich des Rotkreuzplatzes. Stadtauswärts ragte auf der linken Straßenseite der sogenannte Amerikanerblock auf, ein wuchtiges vierstöckiges Gebäude mit geschwungener Fassade und abgerundeten Ecken, errichtet in der Wirtschaftskrise Ende der Zwanzigerjahre. Seinen Namen verdankte es einem großzügigen Kredit aus den Vereinigten Staaten, der damals überhaupt erst seinen Bau ermöglicht hatte. Dunkel erinnerte Vera sich an entsprechende Erzählungen ihrer Eltern und wunderte sich nicht zum ersten Mal, welche Gebäude die Bombenangriffe unbeschadet überstanden hatten. Schnell hochgezogene, einstöckige Lückenfüller, die immer wieder an Straßenecken auftauchten, verrieten, dass auch diese Ecke der Stadt nicht vom Bombenkrieg verschont geblieben war.

Am Steubenplatz bog Arthur links ab, um bei der nächsten Kreuzung erneut nach links auf die stadteinwärts führende Arnulfstraße einzuschwenken. Während er den Käfer in der nächsten Seitenstraße rückwärts in eine Parklücke rangierte, wurde Veras Blick abermals von dem kolossalen Amerikanerblock schräg gegenüber angezogen.

Im Münchner Skizzenbuch ihrer Großmutter kam er nicht vor. Mit ihr war sie nie hier gewesen. Dafür einige Male mit ihren Eltern. Wie aus dem Nichts stand ihr plötzlich eine lang verdrängte Szene vor Augen: sie und ihre Eltern zu Besuch bei einem Genossen ihres Vaters in ebendiesem Wohnhaus, südlicher Querriegel, dritter Stock Mitte. Die Erwachsenen hatten sich mit ernsten Gesichtern, mehreren Flaschen Bier und Cognac sowie unzählig vielen Schachteln Zigaretten in einem an Büchern überquellenden Wohnzimmer versammelt. Vera war zum Spielen in den Innenhof mit der riesigen Rotunde geschickt worden. Ein halbes Dutzend Buben war dort wild grölend um sie herumgesprungen, hatte versucht, sie zu necken und zu ärgern. Als einziges Mädchen hatte sie sich in der Meute zu behaupten gehabt. Und hatte es dank ihrer Schlagfertigkeit und ihres Drangs, sich um keinen Preis unterordnen zu wollen, auch geschafft. Letztlich hatten die kräftigen Buben in den abgewetzten Lederhosen und den zerschlissenen billigen Hemden tun müssen, was sie, die weitaus schmächtigere, fein herausgeputzte Göre ihnen befohlen hatte. Weil sie von Anfang an gewusst hatte, was sie wollte, während die Buben nur auf Krawall und Kräftemessen aus gewesen waren. Sie musste schmunzeln. Bislang war es ihr also noch immer gelungen, sich nicht unterkriegen zu lassen. Was fürchtete sie sich also davor, mit einem Pulk anderer junger Frauen inmitten von fußballbegeisterten Männern einen gemütlichen Fernsehnachmittag zu verbringen?

»Da wären wir auch schon«, erklärte Arthur, als er den Käfer akkurat in einer Lücke geparkt hatte. Das Auto stand fast exakt vor der Gaststube, in der sie verabredet waren. Die befand sich in einem der flachen Zwischenbauten, die die Reihen der längs ausgerichteten mehrstöckigen Wohnhäuser hinter dem Amerikanerblock rhythmisch gliederten. Auf der anderen Straßenseite lag der »Künstlerhof«, wie Vera erfreut feststellte. Dort gruppierte sich hinter einem hohen Torbogen eine Handvoll Ateliers um einen lauschigen Platz. Vera staunte, wie vertraut ihr das alles wieder war, dabei war seit ihrem letzten Besuch eine kleine Ewigkeit, gefühlt sogar ein ganzes Leben, vergangen. Wie schön, dass zumindest die Siedlung, wenn auch vermutlich nicht alle ihre Bewohner, den Krieg nahezu unbeschadet überstanden hatte.

»Bereit?«

Sie verharrten vor der Eingangstür. Arthur sah Vera an. Für den Bruchteil einer Sekunde verhakten sich ihre Blicke ineinander. In seinen Augen schimmerte eine Spur Unsicherheit. Das behagte ihr. Ehe sie allerdings begriff, was da gerade zwischen ihnen geschah, verwandelte er sich schon wieder in den charmanten Strahlemann, als der er gemeinhin durchs Leben tanzte. Mit einem übertriebenen Diener stieß er die Tür für sie auf.

Offenbar gehörten sie zu den Letzten, die man noch einließ, bevor der Gastraum wegen Überfüllung geschlossen wurde. Sobald sich der dicke Zigarettenqualm lichtete, machte Vera eine unübersichtliche Menge Köpfe aus. Erst langsam schälten sich die dazugehörigen Gesichter heraus. Natürlich hockten da mehrheitlich Männer aus der Nachbarschaft zusammen, begleitet eher von ihren halbwüchsigen Söhnen, Brüdern und Kameraden als von Ehefrauen, Verlobten, Töchtern oder Schwestern. Nur vereinzelt erspähte Vera einige unerschrockene Frauen, der Kleidung wie den Frisuren und Staturen nach eher bodenständige Vertreterinnen ihres Geschlechts. Bis Veras Blick den Tisch an der hinteren Wand erreichte.

Eine bunt durcheinandergewürfelte Truppe junger Leute scharte sich da zusammen. Vera rutschte das Herz in die Hose, als ihr klar wurde, dass es etwa gleich viele Frauen wie Männer waren. Hoffentlich saßen da nicht nur Pärchen beisammen. An der Wandseite drängten sie sich dicht auf einer Bank, auf den restlichen drei Seiten okkupierten sie Stühle, die Schmaleren von ihnen durchaus auch zu zweit. Mehr als eine Halbe schien jeder bereits geleert zu haben, wie die ausgelassene Stimmung verriet.

Fröhlich winkte Arthur zu ihnen hinüber und fasste Vera sacht am Arm, um sie zu dem Tisch zu lotsen.

»Der arme Ludger! Wie immer braucht Ysabel wohl wieder den ganz großen Auftritt«, verriet er. »Pünktlichkeit ist für sie ein Fremdwort. Er wird Blut und Wasser schwitzen, ob sie es wirklich bis zum Anstoß schaffen. Verraten Sie mir doch bitte, warum Frauen nie rechtzeitig anfangen können, sich herzurichten. Egal, was man ausmacht, läuft es immer auf eine unnötige Verspätung hinaus.«

»Da fragen Sie eindeutig die Falsche. Wie Sie sich bestimmt noch erinnern, habe ich vorhin bereits an der Haustür auf Sie gewartet.«

»Oh, verzeihen Sie. Wie konnte ich das vergessen? Sie haben immer alles im Griff, sowohl am Reißbrett als auch im wahren Leben.«

»Da haben wir beide wohl etwas gemeinsam.«

»Wieder einmal eins zu null für Sie.«

Die anderen am Tisch wurden auf sie aufmerksam. Eine der jungen Frauen mit wasserstoffblondem, hochtoupiertem Haar stieß eine Brünette mit auffälliger grüner Schmetterlingsbrille in die Seite und flüsterte ihr etwas ins Ohr. Die Brünette verzog die Lippen zum frechen Grinsen.

»Schau an, unser Herr Rühr-mich-nicht-an in weiblicher Begleitung! Was ist los mit dir, Arthur? Wie kannst du mich derart schmählich hintergehen und mit einer anderen Frau am Arm auftauchen? Wie du weißt, verzehre ich mich seit Langem vor Sehnsucht nach dir.«

Schlagartig stieg Vera Schamesröte ins Gesicht. Natürlich hielt man sie für Arthurs Freundin. Sie spähte zu ihm, um zu sehen, wie er darauf reagierte. Im Gegensatz zu ihr kannte er die Runde und hätte sich ausrechnen können, wie man ihr Auftauchen interpretieren würde. Oder hatte er es darauf angelegt? Das aber passte nicht zu ihm, zumindest nicht zu dem Arthur, den sie bislang erlebt hatte.

Genauso wenig wie seine Reaktion. Das Gesicht ebenfalls tiefrot, tat er alles, um ihrem Blick auszuweichen. Obendrein wand er sich nach einer passenden Erwiderung. So hatte sie ihn bislang noch nicht erlebt. Wo war nur sein Selbstbewusstsein? Sonst war er nie um eine freche Antwort verlegen. Ihr wurde warm ums Herz.

»Fräulein Cohn!«, platzte Ludger als Retter dazwischen. Den linken Arm um eine mit ihm um die Wette strahlende Rothaarige gelegt, schob er Arthur unsanft beiseite und streckte ihr zur Begrüßung die rechte Hand entgegen. Die Freude auf seinem schmalen Antlitz war wohltuend echt.

»Schön, dass Sie es tatsächlich wagen, sich mit uns das Fußballspiel anzusehen«, plapperte er weiter. »Wie ich Arthur kenne, hat er es noch nicht geschafft, Ihnen die lausige Meute unserer Freunde vorzustellen.«

Stolz wies er auf die Runde an dem langen Tisch. Einer mit dicker Haartolle und noch dickerer Brille hob kurz den Kopf und winkte ihnen zu, die Schwarzhaarige an seiner Seite tat es ihm nach. Die meisten anderen aber bekamen gar nicht mit, dass da jemand Neues zu ihnen gestoßen war. Zu sehr waren sie ins Gespräch und vor allem in den Austausch offenbar sehr witziger Bemerkungen vertieft, wie das stete Kichern und Lachen verriet.

»Die vielen Namen erspare ich Ihnen und mir«, ließ Ludger sich nicht beirren. »Sie würden sie sich ohnehin kaum merken können. Es reicht, wenn Sie wissen, dass das größtenteils Freunde aus Arthurs und meinen Studienzeiten sind. Manche sind auch einfach Kollegen aus der Firma. So lange kennen wir uns fast alle nämlich schon und werden uns einfach nicht mehr los, noch dazu, wo wir alle in derselben Branche arbeiten. Deshalb waren Arthur und ich uns gestern auch gleich einig, dass Sie als Architektin dazu passen. Aber das Wichtigste ist eigentlich, dass Sie meine Verlobte kennenlernen. Ysabel ist ein Schatz! Hoffentlich bleibt sie mir für den Rest meines Lebens erhalten.«

Damit küsste er seine Begleiterin aufs Haupt.

»Freut mich«, erwiderte Vera und reichte ihr die Hand.

»Freut mich ebenfalls. Ludger hat mir schon von Ihnen erzählt«, erwiderte Ysabel.

Ihr Händedruck war erstaunlich fest, dabei war sie über einen Kopf kleiner als Vera und auch eher zierlich gebaut. Lediglich ihre üppige Oberweite fiel sofort auf, weil sie nicht zu ihren schmalen Schultern passte.

»Ich höre wohl nicht recht«, mischte sich die Brünette mit der Schmetterlingsbrille wieder ein und erhob sich von ihrem Stuhl, um sich nah vor ihnen aufzubauen. Auf ihrem spitzen Gesicht lag ehrliche Empörung. »Das mit dem ›Fräulein‹ und dem ›Sie‹ ist wohl nicht euer Ernst. Wer es wagt, sich heute Nachmittag bei diesem alles entscheidenden Fußballspiel zu uns an den Tisch zu setzen, muss es auch wagen, sich mit uns zu duzen. Nachdem Ludger es für überflüssig hält, uns vorzustellen, und es Arthur offenbar komplett die Sprache verschlagen hat, übernehme ich das lieber gleich selbst. Ich bin Hannelore, und das ist meine beste Freundin Helga.«

Sie wies auf die Wasserstoffblonde, bevor sie Vera erstaunlich herzlich die Hand schüttelte und gleich noch ergänzte: »Als technische Zeichnerinnen gehören wir zwar nur zum Fußvolk von euch Architekten, aber ohne uns kommt ihr auch nicht weit.«

»Ich bin Vera. Seit Anfang Juni arbeite ich in Sandrarts Büro. Mit euch Zeichnerinnen lege ich mich ungern an. Ich weiß, was wir Architekten an euch haben.«

»Das höre ich gern. Bring das bitte auch unseren Genies bei.« Hannelore boxte Arthur neckend in die Seite. »Die vergessen gern, wem sie es zu verdanken haben, dass ihre sensationellen Entwürfe vom Rest der Menschheit gewürdigt werden können.«

»Freut mich, endlich eine Kollegin von Arthur kennenzulernen«, schaltete Helga sich ein. »Bislang gibt er sich sehr geheimnisvoll, wer da noch mit seinem Chef und ihm die riesigen Wohn- und Altenheime am Stadtrand hochzieht. Gäbe es nicht seinen Busenfreund Ludger, müssten wir befürchten, der arme Arthur lebte mutterseelenallein auf der Welt.«

»Was brauche ich Kollegen und Familie, wenn ich euch reizende Geschöpfe habe«, fand Arthur zu seiner gewohnten Form zurück. »Zieht mal alle eure Wirtschaftswunderbäuche ein und rückt noch einen Meter zusammen, damit Vera und ich uns zu euch setzen können.«

Erfreut nahm Vera den lockeren Ton, in dem er ihren Vornamen nannte, als Hinweis, dass damit auch sie beide ab sofort beim Du waren. Das Brüderschafttrinken blieb ihr also erspart. Sie hätte es auch kaum über sich gebracht, ihn vor aller Augen zu küssen. Zugleich enttäuschte es sie, wie sehr er trotz der Enge auf der Bank darauf achtete, ihr nicht allzu dicht auf die Pelle zu rücken. Halb seitwärts neben ihr Platz nehmend, schirmte er sie von Ludger ab und drehte auch dessen Verlobter Ysabel den Rücken zu. Stießen ihre Knie doch einmal zufällig gegeneinander oder musste er sich nah zu ihr beugen, weil er der Bedienung ausweichen musste, beeilte er sich, so schnell wie möglich wieder Abstand zu gewinnen. Dabei durchzuckte Vera mehr als ein Mal ein überaus angenehmer Blitz, wenn sie seinen Atem auf der Haut spürte oder ihr eine Ahnung seines Rasierwassers in die Nase stieg. Fast wäre ihr sogar das Bierglas aus der Hand gerutscht, das ihr die Bedienung über Helgas Kopf hinweg reichte. Automatisch hatten Arthur und sie gleichzeitig danach gegriffen. Länger als nötig hatten sich ihre Finger dabei berührt.

»Verzeihung«, zog Arthur sich mit heißen Ohren sofort zurück und rutschte zu ihrem Bedauern wieder so weit als möglich auf der Bank von ihr weg.

5

Vom Fußballspiel selbst bekam Vera kaum etwas mit. Der Fernsehapparat war ohnehin viel zu klein und stand zu weit von ihrem Platz entfernt. Selbst ein Opernglas hätte ihr kaum genutzt, um mehr als nur schemenhafte Schatten zu erkennen. Was für eine absurde Idee, dass so viele Menschen die Übertragung auf dem winzigen Gerät in der großen Gaststube verfolgen wollten! Umso erstaunlicher, wie aufmerksam sie wurden, sobald die Partie gestartet war. Angeheizt von den Kommentaren derjenigen, die die Begegnung nah vor dem Apparat schauen konnten, fieberten die anderen weiter hinten aufgeregt mit.

Für Vera und Arthurs Freundc an dem langen Tisch war es mehr ein Hörspiel denn eine Fernsehübertragung. Erleichtert lehnte sie sich zurück. Noch hatte sie nicht entschieden, ob sie wie alle anderen das Wunder erhoffen und sich einen Sieg der Deutschen wünschen sollte oder ob sie auf das größere Können der Ungarn vertrauen und bei ihrer zwiespältigen Haltung gegenüber ihrer früheren Heimat bleiben sollte.

Rasch sah es so aus, als wäre Letzteres die bessere Wahl. Schon wenige Minuten nach Spielbeginn begleitete ein Aufstöhnen das erste Tor für die haushoch überlegenen Ungarn. Bald folgte fassungsloses Entsetzen, weil sie nur zwei Minuten später auf zwei zu null erhöhten. Die Fachleute vor dem Fernsehgerät ergingen sich bereits in Erklärungen für die spielerischen Mängel der Deutschen, als wiederum zwei Minuten später ein Anschlusstreffer die Deutschen völlig unverhofft zurück ins Spiel brachte. Nun begannen die Ersten zu hoffen, der stete Regen wie auch das Glück des Außenseiters, das den Deutschen bereits in den vorangegangenen Runden geholfen hatte, würden auch dieses Mal für eine Wende sorgen.

Nicht lange, und es herrschte von Neuem ängstliche Stille im Saal. Jeder bangte, ob die Ungarn ihre deutlich sichtbare Überlegenheit nicht im nächsten Moment schon wieder durch ein weiteres Tor bewiesen. Selbst die vorlaute Hannelore und ihre Freundin Helga verharrten ähnlich andächtig wie auch die anderen Frauen auf ihren Plätzen und wagten keine bissige Bemerkung über die Unzulänglichkeiten der Männer in den weißen Trikots. Bis Fritz Walter zu einem Eckstoß antrat, den Helmut Rahn dank eines Fehlers des ungarischen Torhüters zum Ausgleich verwandelte.

»Tor! Tor! Tor!«, erschallte ein eher ungläubiger denn wirklich triumphaler Jubel aus den ersten Reihen, dem sich die anderen auf den weiter entfernten Plätzen zögernd anschlossen. Kurz darauf lag wieder das ängstliche Mitzittern über der Gaststube. Glaubte man den Kommentatoren aus den vorderen Reihen, zeigten die Ungarn eindeutig die bessere Leistung, drängten immer wieder selbstbewusst zum deutschen Tor und brachten Abwehr wie auch Torwart in verfängliche Situationen. Mehr als ein Mal sei es pures Glück für Sepp Herbergers Jungs gewesen, dass der Ball an der Latte abprallte oder im letzten Moment auf der Linie gerettet wurde, hieß es.

Nur wenige Minuten vor dem regulären Spielende geschah tatsächlich das Wunder: Abermals erzielte Helmut Rahn einen Treffer. Im allgemeinen Jubel ging fast unter, dass die Ungarn wenig später ebenfalls ein drittes Tor schossen. Nach einer lähmenden Schrecksekunde erklärte der englische Schiedsrichter das jedoch zum Abseitstor. Erleichtert atmeten alle auf.

Jäh schoss Vera durch den Kopf, wie sie am Mittag vor der Residenz die Nasen der Löwen gestreichelt hatte. Offenbar wirkte der Zauber tatsächlich. Ihre Großeltern hätten ihre Freude, genau wie sie sich schon darauf freute, Constantin bei ihrer nächsten Begegnung davon zu berichten. Sie musste schmunzeln. Darüber verpasste sie beinahe, dass der Abpfiff ertönte.

Es dauerte einige Sekunden, bis die Bedeutung des gerade Gesehenen ins Bewusstsein der Anwesenden drang.

»Sieg!« Plötzlich sprang ein vierschrötiger Mann mit hochgerissenem rechtem Arm vor dem Fernseher auf.

Erschrocken hielt Vera die Luft an. Auch Arthur neben ihr verkrampfte. Für den Bruchteil einer Sekunde rückte er dicht an ihre Seite, als gelte es, sie zu schützen.

»Gewonnen!«, durchbrach ein weitaus unschuldigerer Jubel eines anderen endlich den Bann. »Wir sind Weltmeister!«

Ostentativ begann er, über seinem Kopf in die Hände zu klatschen. Allmählich stimmten die anderen in den Applaus ein. Mitten in die Hurrarufe verkündete der Wirt: »Die nächste Runde geht auf mich!«

Im Handumdrehen verwandelte sich die eben noch angespannte in eine fröhlich jubelnde Menge. Jeder jauchzte vor Freude über den völlig unerwarteten und nicht eben durch spielerische Glanzleistung errungenen Erfolg. Ganz selbstverständlich stieß man quer über die Tische und Bänke miteinander an, beglückwünschte seinen Sitznachbarn, als hätte der eigenhändig gewonnen, fiel einem anderen, eben noch Wildfremden ungeniert um den Hals, als wäre man eng befreundet. Das war ansteckend. Auf einmal fühlte Vera sich befreit von der unsichtbaren Last, die ihr die ganze Zeit auf der Seele gelegen hatte.

Zu ihrer größten Freude fasste Arthur sie an den Händen und tanzte mit ihr im Gefolge von Ludger und Ysabel und all den anderen ausgelassen durch die Stube.

Erst war es eine überschwängliche Polonaise, in der sich Jung und Alt, Dick und Dünn, Männer wie Frauen singend und tanzend wiederfanden. Bald ging sie in zügellosen Jive und Boogie Woogie über. Je mehr und je ausschweifender getanzt wurde, desto deutlicher wechselte das Publikum. Die vorwiegend älteren, reinen Fußballanhänger aus der Nachbarschaft verabschiedeten sich per Handschlag vom Wirt, dafür tauchten immer mehr jüngere Gäste auf. Offenbar war die Gaststube im Münchner Westen ein Geheimtipp. Die Bedienung und zwei, drei Neuankömmlinge schoben die Tische vor der Theke zusammen, um eine provisorische Tanzfläche zu schaffen. Irgendwer manipulierte die Jukebox, damit die Musik ohne Unterbrechung lief. Vera vergaß, dass sie sich in einer einfachen Vorstadtkneipe befand, und kam sich bald vor wie auf einer Studentenparty. Bis zur Atemlosigkeit tanzte sie mit Arthur, Ludger, dem dunkelhaarigen Brillengesicht und einigen anderen Herren aus der lustigen Freundesclique.

Im weiteren Verlauf des Abends wurde das Licht schummriger und die Musik aus der Jukebox langsamer. Auf übermütigen Swing folgte sanfter Foxtrott. Je mehr Gäste sich verabschiedeten, desto enger rückten die Verbliebenen zusammen. Manche Pärchen verdrückten sich in die dunklen Nischen vor den Toiletten und Garderoben, andere stillten auf der Tanzfläche ihr Verlangen nach Nähe.

Wie selbstverständlich blieben auch Vera und Arthur beieinander, versanken ganz im Zauber der Musik. Sanft legte er ihr den Arm um die Schultern und zog sie an seine Brust. Nach einer Weile wagte sie, den Kopf an seine Schulter zu lehnen. Das schien ihm zu gefallen. Behutsam bettete er sein Kinn darauf. Ihn so nah bei sich zu spüren, tat mindestens so gut, wie einfach nur ihren Gefühlen nachzugeben. Schweigend gaben sie sich dem Slowfox hin. Vera schloss die Augen und wünschte sich, der Abend würde niemals enden.

»Letzte Runde!«, zerstörte der Wirt jäh die Stimmung und knipste die Lampen wieder an. Schlagartig wurde die Gaststube von grellem Licht geflutet. Mit einem Ruck erwachte Arthur aus dem tranceartigen Zustand.

»Noch etwas zu trinken?« Zu Veras Bedauern ließ er sie viel zu schnell los und wandte sich der Theke zu. Benommen blinzelte sie in die zigarettenrauchgeschwängerte Luft.

Kaum mehr als ein Dutzend Leute hielt sich noch in der Gaststube auf. Verloren drückten sich zwei andere Pärchen auch nach Musikende noch auf der Tanzfläche herum. Hannelore und Helga tuschelten, die Köpfe eng zusammengesteckt, am entferntesten Ende ihres Tisches eifrig miteinander.

Sie waren die Letzten aus der Freundesclique, die noch da waren, stellte Vera erstaunt fest. Den Abschied von Ludger und Ysabel musste sie verpasst haben. Am Nachbartisch schlief ein blonder Jüngling mit dem Kopf auf dem Tisch. Die vollbusige Bedienung rüttelte ihn an der Schulter wach, während ein betrunkener Glatzkopf hartnäckig versuchte, ihre Aufmerksamkeit zu erregen. Gefährlich schwankend stand er neben ihr und beharrte lallend auf einem letzten Schnaps.

Mit zwei Hellen in der Hand kehrte Arthur zu Vera zurück. Zu ihrem Bedauern war die zauberhafte Nähe verflogen, er schien so unnahbar und unerreichbar wie ehedem. Die Schutzhülle, die er um sich breitete, um sein Innerstes vor anderen zu verbergen, war wieder geschlossen. Keine Lücke, kein winziger Riss, durch den sie zu seinem Innersten vordringen konnte.

»Auf den unverhofften Erfolg in Bern!«, prostete er ihr zu.

Er war nicht mehr der anlehnungsbedürftige, fast schon scheue Tanzpartner von eben, sondern wieder ganz der charmante, distanzierte Sonnyboy, der nie um eine spöttische Bemerkung verlegen war.

Sein Gesinnungswandel versetzte ihr einen Stich. Zu ihrer Enttäuschung schien er regelrecht froh darüber, fast, als wäre sein Verhalten vorhin ein unverzeihliches Zeichen von Schwäche gewesen.

»Ich will nicht ungemütlich sein, aber ich fürchte, es wird Zeit, aufzubrechen«, verkündete er. »Hannelore und Helga habe ich versprochen, sie ebenfalls nach Hause zu fahren. Es liegt auf dem Weg in die Agnesstraße.«

Auch das eine Enttäuschung. Statt noch einmal zu zweit würden sie also zu viert in seinem Käfer sitzen. Vera konnte sich vorstellen, wie Hannelore und Helga die Gelegenheit nutzen würden, um mit Arthur ausgiebig über den Nachmittag und Abend zu lästern. Stoff gab es mehr als genug. Nicht nur das Endspiel in Bern, sondern auch die anderen Fernsehzuschauer und Tanzpärchen im Gasthaus boten ausreichend Anlass, witzige wie bösartige Bemerkungen loszuwerden. So sympathisch Vera die beiden auch fand und sosehr sie es selbst im Allgemeinen liebte, über andere zu spotten, stieß ihr jetzt bereits die Aussicht darauf auf. Was gäbe sie dafür, Arthur wenigstens für einige Minuten noch einmal ganz für sich zu haben!

Tatsächlich verlief die Fahrt mit Arthurs Bekannten jedoch überraschend ruhig. Hannelore und Helga waren offenbar zu müde. Vielleicht hatten sie auch einige Bier zu viel getrunken. Vor ihrer Wohnung in der Karlstraße, nahe beim Zirkus Krone, musste Arthur ihnen sogar aus dem Wagen helfen. Kichernd schälten sie sich aus dem engen Fond, warfen Vera noch ein halbes Dutzend Handküsse zu und verschwanden schwankend Arm in Arm im Dunkel eines Hinterhofeingangs.

Schweigend fuhren Vera und Arthur weiter. Bis zur Agnesstraße war es nicht mehr weit, zumal kaum andere Autos unterwegs und die wenigen Ampeln an den Kreuzungen längst ausgeschaltet waren. Wieder beeilte Arthur sich, als Erster aus dem Auto zu steigen und ihr galant die Beifahrertür zu öffnen. Vor der Haustür verabschiedete er sich mit einem artigen Händeschütteln. Sie murmelte leise »gute Nacht« und begann, in ihrer Tasche nach dem Schlüssel zu kramen, damit er ihr enttäuschtes Gesicht nicht sah.

Fast hatte er seinen Käfer schon wieder erreicht, als er doch noch einmal innehielt und langsam zu ihr zurückkam.

»Noch eine Bitte.« Im schwachen Schein der Hausbeleuchtung war ihm anzusehen, wie sehr er mit sich rang.

»Und die wäre?«, wollte sie ihm die Sache erleichtern.

»Morgen im Büro kehren wir besser wieder zum Sie zurück. Nicht, dass jemand falsche Schlüsse aus dem Du …«

Mitten im Satz brach er ab. Auch wenn er grinste, als handelte es sich um einen Scherz, empfand sie es als einen Schlag in die Magengrube.

»Ganz wie Sie wünschen, Herr Brandt«, versuchte sie, sich nichts anmerken zu lassen. Der Traum war zerplatzt, ehe er so richtig begonnen hatte. Wer weiß?, sagte sie sich. Vielleicht war es besser so.

»Noch einmal danke für den unterhaltsamen Abend«, krächzte sie, bevor sie sich eilig abwandte. »Kommen Sie gut nach Hause, Herr Kollege.«

6

Schon wieder zum Diktat! Enerviert bestätigte Ysabel die knappe Aufforderung ihres Chefs durch die Gegensprechanlage. Dabei hatte sie dem alten Trautner an diesem Tag schon über ein Dutzend Briefe in die Maschine getippt sowie die Verbindung für mindestens fünf Ferngespräche hergestellt. Er schien in der Stimmung, Gott und die ganze Welt auf Trab zu halten. Oder er wollte ganz einfach nur in doppelt und dreifacher Menge nachholen, was er am Vortag versäumt hatte. Wie die meisten Chefs hatte er am gestrigen Dienstag generös seinen Angestellten und Arbeitern freigegeben, damit sie in der Innenstadt den Empfang für die unerwarteten Fußballweltmeister miterleben konnten.

Es war ein wahrer Triumphzug geworden. Tausende hatten sich entlang der Straßen, auf den Baugerüsten und Balkonen gedrängt, um den »Helden von Bern« zuzujubeln. Bei der Erinnerung lief Ysabel noch immer ein Schauer über den Rücken. Dieser überschwänglichen Euphorie der Massen misstraute sie seit frühester Kindheit. Viel lieber, als am Marienplatz zu stehen und eins der Papierfähnchen zu schwingen, die ihre Vorzimmerkollegin Erna wohlweislich für alle besorgt hatte, wäre sie mit Ludger bummeln gegangen oder hätte sich mit ihm in eine Milchbar verdrückt.

»Ausgeschlossen!«, hatte er sie jedoch gleich sämtlicher Illusionen beraubt, als sie ihm zufällig auf dem Flur begegnet war.

»Ein solches Ereignis können wir uns nicht entgehen lassen. Davon werden wir später noch einmal unseren Enkelkindern erzählen.«

Fast wäre ihr schlecht geworden vor Schreck. Mit denselben Worten hatte sie einst ihr Vater als Fünfjährige in die Stadt geschleift. Zur Feier des »Münchner Abkommens« war das Oktoberfest um eine Woche verlängert worden, weshalb die Massen den angeblich so friedliebenden Führer hochleben ließen. Natürlich war sie damals zu jung gewesen, um die Bedeutung des Ganzen zu begreifen. Geängstigt hatte sie es dennoch, dass erwachsene Menschen wie ihr Vater derart außer Rand und Band gerieten, nur weil eine von ihnen verehrte Persönlichkeit im offenen Wagen nah an ihnen vorbeifuhr. Wie schnell das offenbar schon wieder in Vergessenheit geraten war!

Leider musste Ysabel jetzt die Folgen des gestrigen Triumphzugs ausbaden und eine Sonderschicht an der Schreibmaschine einlegen. Brav schnappte sie sich Stenoblock und Bleistift, strich sich im Aufstehen den engen Rock glatt und stöckelte zur Tür.

Ihr Blick streifte die große Uhr an der Wand. Schon nach fünf. Bald hatte auch sie es endlich geschafft. Die Kollegin im Vorzimmer wie auch die anderen im angrenzenden großen Büro hatten längst Feierabend. Nichts lag mehr auf den Tischen herum, die Stühle waren akkurat untergeschoben, Schreib- und Rechenmaschinen schlummerten unter den Plastikhüllen einem neuen Tag mit neuen Temporekorden im Tippen entgegen. Selbst der raumhohe Gummibaum zwischen den beiden Fenstern schien bereits im Dämmerschlaf versunken, derart trist hingen seine Blätter herunter. Kein Wunder angesichts der trüben Dauerregenstimmung, die einem den ganzen Sommer zu verleiden drohte! Auf dem kahlen Büroflur hatte die Putzfrau mit ihrer Arbeit begonnen und malträtierte lustlos den einfallslosen Linoleumboden mit der Bohnermaschine.

Mit einem verbindlichen Lächeln auf den Lippen betrat Ysabel Engelbert Trautners Büro und steuerte den einfachen Holzstuhl vor seinem wuchtigen Schreibtisch an. Kaum hob er den Blick und wartete, bis sie zum Schreiben bereit war. Noch während er mit dem Abwickeln der Banderole von seiner Zigarre beschäftigt war, rasselte er bereits Adressat und Anschrift des Schreibens herunter.

Flink huschte Ysabels Bleistift übers Papier. Während sie mitstenografierte, was der übergewichtige Bauunternehmer dem in Ungnade gefallenen Geschäftspartner in der Nähe von Stuttgart an Beschwerden aufs Brot schmierte, schweiften ihre Gedanken ab. Was freute sie sich auf den Abend mit Ludger! Zum Glück hatte sein Vater bislang nichts von ihrer Verbindung mitbekommen. Er würde toben. Als Tochter eines im Krieg gebliebenen Schusters aus Traunstein war sie in seinen Augen bestimmt keine angemessene Partie für den einzigen Erben. Mehr schlecht als recht hatte ihre Mutter sie als Magd bei Verwandten auf dem Land durchgebracht. Ein Wunder, dass ihre Schwester und sie eine Ausbildung hatten machen können. Ludger war stolz darauf, wie sie sich durchs Leben boxte. Überhaupt war er ein guter, verständnisvoller Mensch. Kaum zu glauben, dass ihr Chef und er Vater und Sohn waren. Weder vom Äußeren noch vom Wesen her hatten die beiden viel gemeinsam.

»›… bestehen wir selbstverständlich auf Erstattung der uns entstandenen Kosten.‹ Absatz«, sagte Trautner gerade. »Haben Sie das, Fräulein Staudt?«

»Natürlich.«

»Dann weiter in der nächsten Zeile. ›Sie werden verstehen, dass wir unter diesen Umständen …‹«

Brav notierte sie Silbe für Silbe. Gelernt war gelernt. Auf ihre Stenokenntnisse konnte sie sich blind verlassen. Ebenso auf ihre Fähigkeit, einerseits dem Diktat zu folgen und andererseits im

Kopf den Abend mit Ludger zu planen. Seit den frühen Morgenstunden beschäftigte sie nichts anderes. Den avisierten Kinobesuch würde sie ihm ausreden. Ihr stand der Sinn nach trauter Zweisamkeit. Ihre Schwester war nicht zu Hause. Also hatten sie sturmfreie Bude in der winzigen Dachwohnung im Westend, die sie seit einem Jahr mit der drei Jahre älteren Margot bewohnte, eine Gelegenheit, die so schnell nicht wiederkommen würde. Ysabels Wangen glühten – vor Aufregung und ein wenig auch vor Scham, was Ludger und sie nachher ganz allein im Dachjuchhe anstellen konnten. Bei dem Gedanken jagte ihr ein heißer Schauer durch den Leib. Ob er sie für verdorben hielt? Stets verhielt er sich anständig und korrekt, fast schon zu anständig und zu korrekt, wie sie fand. Zehn Jahre war er älter als sie, hatte ihr also einiges an Erfahrung voraus. Hoffentlich sprang er später endlich einmal über seinen Schatten und ließ sie an seinem Wissen über das geheimste Verlangen teilhaben! Andererseits sollte er keinesfalls denken, sie hätte es nur darauf abgesehen.

»›... in Zukunft davon Abstand nehmen werden, weiter geschäftlich mit Ihnen in Verbindung zu bleiben‹«, drang Engelbert Trautners Bass an ihr Ohr. »Punkt. Wieder neue Zeile. ›Hochachtungsvoll‹ und den ganzen Schmodder. Lesen Sie mir das Schreiben bitte noch einmal im Ganzen vor.«

Genüsslich zog Trautner an der Zigarre, stieß den Rauch in lustigen Kringeln aus und lehnte sich mit halb geschlossenen Augen in seinem Stuhl zurück. Wie ein gewaltiger Berg ragte sein dicker Bauch aus dem Jackett heraus. Ein Vermögen musste er in den letzten Jahren investiert haben, um sich derart viel Speck anzufressen.

Ysabel versuchte, den irritierenden Anblick zu verdrängen. Folgsam las sie ihm das Schreiben vor, glitt beim Sprechen in Gedanken jedoch rasch wieder zu Ludger ab. Gegen seinen Vater wirkte er geradezu wie ein Hungerhaken, dabei liebte auch er das gute Essen. Allerdings konnte er so viel in sich hineinstopfen, wie er wollte, ohne dass man ihm etwas ansah. Nur zu gern verwöhnte Ysabel ihn deshalb mit besonderen Köstlichkeiten. Schmeckte es ihm, glänzten seine Augen. Da war er wie ein kleines Kind. In ihrem Bauch begann es von Neuem zu kribbeln. Auf dem Heimweg würde sie noch die letzten Kleinigkeiten für eine kalte Platte einkaufen. Ludger würde begeistert sein, was sie aus simplem Brot, Käseaufschnitt, hart gekochten Eiern und Tomaten zaubern konnte. »Das Auge isst mit!«, hatte schon ihre Großmutter gewusst. Ganz genau sah Ysabel vor sich, wie sie die Wurst-, Schinken- und Käsebrote mithilfe von Mayonnaise, Paprikapulver und Salzstangen zu wahren Kunstwerken gestalten würde. Das Bier hatte sie schon am Morgen kalt gelegt, ebenso hatte sie eine Flasche Martini und eingelegte Oliven für einen Begrüßungscocktail besorgt. Zum ersten Mal kämen ihre schicken Martinikelche wie auch die lustigen bunten Plastikspießchen zum Einsatz, die sie vor einigen Tagen bei einer Sonderpreisaktion im Kaufhof am Stachus erstanden hatte. Küche und Zimmer waren aufgeräumt, die Garderobe im Flur abgestaubt. Sogar das Bad hatte sie blitzblank geputzt. Auch das würde Ludger gefallen. Seit dem Krebstod seiner Mutter vor zwei Jahren lebte er allein mit seinem Vater in dem viel zu großen Haus am Pasinger Stadtpark. Haushälterin Mia war ihm zwar wie eine zweite Mutter, aber das war doch etwas ganz anderes als die liebevolle Fürsorge einer Verlobten! Wie zu Hause sollte er sich bei ihr fühlen, nein, noch besser: wie im eigenen Heim, das sie für ihn herrichten wollte.

»Tippen Sie das sofort ins Reine, lassen mich unterschreiben und dann bringen Sie den Brief persönlich zur Hauptpost am Bahnhof. Unbedingt muss der heute Abend noch weg.«

Schwungvoll kehrte Trautner in die Senkrechte zurück und paffte weiter mit zusammengekniffenen Augen an der Zigarre.

Insgeheim stöhnte Ysabel auf. Das würde sie alles mehr als eine Stunde kosten, wertvolle Zeit, die ihr vom Abend mit Ludger abging. Musste der Alte ausgerechnet heute seinen schlechten Tag haben und sich brieflich mit allen möglichen Leuten anlegen?

»Natürlich«, erwiderte sie unterdessen laut und eilte nach draußen, um einen weiteren Rekord beim fehlerfreien Tippen auf der Schreibmaschine abzulegen.

»Spät kommst du, aber du kommst. Wahrscheinlich würde es mich völlig umhauen, wenn du einmal pünktlich auftauchen würdest«, begrüßte Ludger sie eine Dreiviertelstunde später wie verabredet vor dem Kino in Laim. Es lag drei Trambahnhaltestellen stadteinwärts von der Firma entfernt. Unwahrscheinlich, dass einer der Kollegen sie ausgerechnet hier zusammen sah und das Ludgers Vater weitertratschte. Tauchte jemand auf, konnten sie immer noch so tun, als stünden sie rein zufällig dort und informierten sich über das Abendprogramm.

»Leider muss ich erst noch zur Hauptpost, um diesen Brief aufzugeben. Dein Vater war heute in entsetzlicher Laune.«

»Dann fahren wir schnell dort vorbei. Es liegt sowieso fast auf dem Weg.«

»Was heißt das? Was hast du vor?« Sie rang mit der aufsteigenden Enttäuschung. »Ich dachte, wir verzichten aufs Kino und genießen den Abend bei mir in der Wohnung. Margot ist bis morgen verreist. Das Essen ist im Handumdrehen fertig. Bier liegt kalt, auch einen Martini habe ich uns besorgt. Wir müssen nur kurz bei Berthas Laden halten. Du wirst staunen …«

Weiter kam sie nicht. Ludger beugte sich zu ihr herunter und verschloss ihr die Lippen mit einem zärtlichen Kuss.

»Meine süße kleine Hausfrau! Du hast wie immer schon an alles gedacht, um uns einen gemütlichen Abend zu bereiten.

Stell dir vor, ich habe auch eine Überraschung für dich. Du wirst Augen machen!«

Er nahm ihr den Schirm aus der Hand, legte ihren Arm auf seinen und führte sie zum Parkplatz, wo sein dunkelroter Opel Rekord stand.

»Wohin fahren wir?«, versuchte Ysabel ein weiteres Mal ihr Glück, nachdem sie den Brief, wie von Trautner senior aufgetragen, an der Hauptpost aufgegeben hatte. Die ganze Strecke von Laim bis in die Innenstadt hatte sie tapfer geschwiegen, weil sie Ludger angesehen hatte, dass er noch nichts verraten wollte. Hoffentlich würden sie nicht wieder im Trubel einer großen Menschenmenge schwelgen müssen wie am Tag zuvor. Als er den Wagen Richtung Sendling lenkte, hielt sie es trotz bester Vorsätze nicht mehr aus. Was sich dort so Großartiges ereignen sollte, war ihr ein Rätsel. Diese Ecke der Stadt fand sie eher langweilig und in manchen Ecken sogar schmuddelig.

»Was kann so viel aufregender sein als ein gemütlicher Abend ganz allein mit mir in meiner Wohnung?«

Das Schmunzeln um Ludgers schmale Lippen wurde breiter. Kurz schaute er zu ihr herüber und zwinkerte ihr zu.

»Den Abend zu zweit allein in deiner Wohnung können wir später immer noch haben. Nachdem du gleich meine Überraschung gesehen hast, wirst du unser trautes Tête-à-Tête erst recht genießen.«

Nach wenigen Minuten hatten sie ihr Ziel erreicht. Geschickt manövrierte Ludger den Opel in eine Lücke am Straßenrand und öffnete Ysabel gentlemanlike die Beifahrertür. Der Regen hatte eine Pause eingelegt, und der Himmel zeigte zaghafte Anzeichen von Blau, die langsam in abendliches Rot wechselten.

»Hier?«, fragte Ysabel ungläubig und drehte sich auf dem breiten Bürgersteig einmal um die eigene Achse. Sie befanden sich mitten in Sendling. Die Straßen waren gesäumt von klobigen, vierstöckigen Wohnhäusern, entstanden gegen Ende der Zwanzigerjahre, als man schon einmal ähnlich wie jetzt mit aufwendigen Bauprogrammen der drängenden Wohnungsnot hatte Herr werden wollen. Letztlich sah es kaum anders aus als im Westend. Der einzige Unterschied war, dass es in Sendling anders roch. Hier fehlten die großen Brauereien, die im Westend für den typisch herben Malzgeruch sorgten. Dafür war der Schlachthof nicht weit. Auch der konnte Gestank und noch dazu Lärm verbreiten. Schweine und Kälber auf dem Weg zur Schlachtbank konnten furchtbar greinen, wie Ysabel als typisches Kind vom Land nur zu gut wusste.

»Es geht einmal kurz durch den Hof dort vorn«, erklärte Ludger und wies auf ein Haus, in dessen Erdgeschoss sich ein Milchladen sowie eine Bäckerei befanden. Beide hatten bereits geschlossen. Abermals bot er ihr den Arm.

Erstaunt stellte sie fest, dass er zu der hölzernen Eingangstür, die zwischen den beiden Geschäften in den besagten Hof führte, einen Schlüssel besaß. Wohin führte er sie? In einen geheimen Club? Ein verbotenes Kellerlokal, zu dem nur Eingeweihte Zutritt hatten? Auch wenn ihr der Sinn mehr nach Zweisamkeit stand, erwachte ihre Neugier.

An der Sendlinger Kirche wie auch an der nahen Himmelfahrtskirche schlug es einträchtig sieben. Zu früh, um sich ins Abendvergnügen zu stürzen. Außerdem fühlte Ysabel sich mit ihrem schmalen Tweedrock, dem kurzärmeligen Pulli und dem Regenmantel völlig unpassend gekleidet. Wie gern würde sie Ludger ihren neuen Tellerrock vorführen! Mehrere Nächte hatte sie sich an der Nähmaschine um die Ohren geschlagen, um das gute Stück nach einem Schnitt aus ihrer geliebten *Constanze* zu schneidern. Beim Boogie-Woogie würde ihr der Rock um die Beine schwingen, dass Ludger Hören und Sehen verging. Leider war er letzten Sonntag noch nicht fertig gewesen, sonst hätte sie ihn schon zum Jive nach dem Fußballspiel getragen. Als sie daran dachte, wie zielstrebig Ludgers Hand beim Slowfox über ihren Po getastet hatte, musste sie schlucken. Es wurde wirklich höchste Zeit, dass sie beide einmal länger ganz allein miteinander waren. Aber so, wie es aussah, wurde daraus auch an diesem Abend nichts.

Sie passierten einen typischen Münchner Mietshausdurchgang, von dem es durch eine Tür drei Treppenstufen hinauf zu den Wohnungen im Vorderhaus und geradeaus in den Hinterhof ging. Noch ehe sie den erreichten, ahnte Ysabel bereits, wie der aussehen würde.

Sie wurde nicht enttäuscht. An den Längsseiten erstreckten sich Brandschutzmauern, während ein einstöckiges Rückgebäude mit großen Fenstern die hintere Breitseite verschloss. Meist waren in solchen Bauten Handwerksbetriebe untergebracht, wie Ysabel es aus dem Westend kannte. Dieser hier aber schien leer zu stehen.

»Voilà!«, erklärte Ludger und öffnete ihr die Tür.

»Überraschung!«, dröhnte es ihr von drinnen entgegen. Verdutzt schaute sie in die Gesichter von Arthur, Hannelore, Helga und Eduard, einem Architektenfreund von Arthur.

»Was sagst du dazu?« Ludger strahlte von einem Ohr zum anderen. Beide Arme zur Seite gestreckt, drehte er sich einmal um sich selbst. »Ist das nicht großartig?«

Auch die anderen vier platzten vor Stolz.

Ysabel sah sich um. So viel Mühe sie sich auch gab, blieb es ihr ein Rätsel, was so Besonderes an dem Hinterhaus sein sollte. Sie befanden sich in einem riesigen, niedrigen Raum, der lediglich zur Hofseite Fenster aufwies. Die aber waren relativ großzügig, um selbst in den frühen Abendstunden für ausreichend Licht zu sorgen. Die Wände waren grob getüncht, der Boden entpuppte sich als kahler, abgeschliffener, einfacher Stein. An der rückwärtigen Wand entdeckte sie zwei offen stehende Türen. Hinter einer führte eine Treppe in den Keller, hinter der zweiten lag eine Toilette mit Waschbecken. Ein kleiner Luxus, auf den man schon vor zwanzig oder dreißig Jahren beim Bau solcher Anlagen Wert gelegt hatte.

»Feiern wir hier heute Abend eine Party? Als Nachtrag zu gestern? Auf die Jungs von Sepp Herberger, die uns zurück an die Weltspitze geschossen haben?«, fragte sie in die gespannte Stille, mit der die anderen ihre Reaktion erwarteten. »Wann kommt das Büfett, wann die Musik, wann die anderen Gäste?«

»Von mir aus kann die Party sofort losgehen«, erwiderte Arthur. »Sekt zum Anstoßen habe ich dabei. Allerdings feiern wir heute Abend uns und nicht das Wunder von Bern.«

Er lief zur offen stehenden Kellertür, sprang einige Stufen ins Dunkel hinunter, um kurz darauf mit einem Korb zurückzukehren. Triumphierend zog er zwei Flaschen Sekt sowie einfache Wassergläser und eine Tüte mit belegten Semmeln und Butterbrezn heraus. Mit Hannelores und Helgas Hilfe richtete er auf der Fensterbank ein bescheidenes Büfett her.

»Dachte ich mir doch gleich, dass wir diesen feierlichen Moment nicht völlig trocken überstehen.« Vergnügt reichte Ludger Ysabel das erste Glas. »Noch reicht es zwar weder für Champagner noch für richtige Kristallgläser, aber der Anfang ist gemacht, und wir sind für alle Erfolge offen. Auf uns!«

»Auf uns!«, stimmten die anderen ein, nachdem Hannelore und Helga die restlichen Gläser verteilt und Eduard den Sekt eingegossen hatten.

»Könnt ihr mir bitte endlich verraten, worauf wir hier eigentlich anstoßen?«

Mitten im fröhlichen Zuprosten hielt Arthur inne und wandte sich irritiert an Ludger, der Ysabel ebenfalls verwundert ansah.

»Das kannst du dir doch denken, mein Schatz.« Ludger stellte sich nah vor sie hin, fasste sie an der Hand und suchte ihren Blick. »Seit Wochen reden wir über nichts anderes! Das hier wird unser erstes gemeinsames Büro. Ab Juli firmieren Arthur und ich hier als ›Brandt & Trautner. Ingenieure‹. Stell dir vor, die ersten Auftraggeber haben zugesagt! Dank unserer bescheidenen Ersparnisse haben wir ein kleines Polster, um den großen Schritt zu wagen. Hannelore und Helga fangen in einigen Wochen bei uns an, und auch Eduard wird so bald wie möglich einsteigen. Unsere größte Hoffnung ruht allerdings auf dir. Es wäre schön, wenn du als gute Seele des Ganzen die Büroarbeit übernimmst. Ohne dich werden wir das wohl kaum alles jemals stemmen.«

»Heißt das …« Sie war perplex. Natürlich hatten sie immer wieder darüber geredet, in den letzten Wochen sogar nahezu täglich. Ludger und Arthur wollten endlich ihren Traum von der eigenen Firma verwirklichen. Wann immer sie sich einige ungestörte Momente freigeschaufelt hatten, war es darum gegangen, woher sie das Anfangskapital nehmen, wie sie mögliche Auftraggeber gewinnen und vor allem, wann sie am besten ihre bisherigen Anstellungen aufgeben sollten.

»Ihr wollt also kündigen. Wann? Sofort?«

»Offenbar fürchtest du, Sandrart und Ludgers Vater könnten das nicht überleben«, mischte Arthur sich amüsiert ein. »So bitter es ist, aber wir beide sind ersetzbar. Für mich ist es natürlich einfacher, weil Sandrart und ich nicht verwandt sind. Letztlich bin ich nur einer seiner Angestellten, auch wenn einige behaupten, er behandelte mich, als wäre ich wie ein Sohn für ihn. Mir gegenüber hat er allerdings noch nichts in der Richtung angedeutet.«

»Und mein Vater kann sich an einer Hand abzählen, dass ich über kurz oder lang in der Firma meinen Hut nehme«, ergänzte

Ludger. »Ich bin Bauingenieur. Ich will mehr Verantwortung übernehmen, statt nach der Pfeife anderer zu tanzen. Außerdem streiten Vater und ich uns ständig. Das geht auf Dauer nicht mehr lange gut mit uns.«

»Bringst du es wirklich übers Herz, ihm das zu sagen?« Bang suchte Ysabel seinen Blick. »Du weißt, wie schnell er aufbraust. Sein Herz …«

»Mein Herz leidet seit Langem unter der jetzigen Situation«, unterbrach er sie trotzig. »Wenn ich noch länger unter Vaters Fittichen stehe, kann ich für nichts mehr garantieren.«

So entschlossen hatte sie ihn selten erlebt. Also war er wirklich willens, den entscheidenden Schritt zu tun. Ysabel fühlte sich überrumpelt. Auf einmal ging alles so schnell. Letztlich aber hatte sie sich das wohl selbst zuzuschreiben. Sie hatte die Pläne der beiden nicht für voll genommen, wie ihr in dieser Sekunde erschreckend bewusst wurde. Träumen, reden und Luftschlösser entwerfen war das eine, sie zu realisieren stand auf einem ganz anderen Blatt. Beschämt musste sie sich eingestehen, wie wenig sie damit gerechnet hatte, dass dieser Moment tatsächlich einmal einträfe, zumal sich gerade die Frage nach dem nötigen Anfangskapital als fast unlösbar dargestellt hatte.

»Zum Glück haben Ludger und ich keine großen Ansprüche. Die letzten Monate haben wir jeden überflüssigen Pfennig auf die hohe Kante gelegt«, schaltete Arthur sich wieder ein, als könnte er ihre Gedanken lesen. »Bis Geld aus den Projekten sprudelt, können wir uns einigermaßen über Wasser halten. Sobald die ersten Aufträge schriftlich fixiert sind, dürfte es kein Problem mehr sein, von den Banken Kredite zu bekommen. An allen Ecken und Enden der Stadt wird gebaut. Mit unserer Idee, wie man das gerade im Wohnungsbau beschleunigen kann, liegen wir goldrichtig. Außerdem ist es ein großes Glück, dass wir ausgerechnet jetzt diese alte Werkstatt gefunden haben. Sie ist wie geschaffen für unser Büro. Also, lasst uns noch einmal auf das alles anstoßen.«

Vergnügt prosteten sie einander zu. Als Ysabel die strahlenden Gesichter um sich herum sah, zerplatzten ihre letzten Zweifel. Wie hatte sie nur so wenig an Ludger und seine Entschlusskraft glauben können? Kaum schaffte sie es, den Blick zu heben und ihm in die Augen zu sehen.

»Willst du dabei sein?«, hakte er noch einmal ganz leise und fast schon verzagt nach.

Ihre Augen füllten sich mit Tränen. Halt suchend klammerte sie sich an seine Hand.

»Ich will alles, was du willst«, hauchte sie und warf sich ihm gegen die Brust.

Den erleichterten Applaus der anderen nahm sie wie aus weiter Ferne wahr. Das Einzige, was für sie zählte, war die Übereinstimmung mit ihrem geliebten Ludger.

7

Als Ysabel die Augen aufschlug, konnte sie ihr Glück kaum fassen. Vorsichtig wandte sie den Kopf zur Seite. Sie fürchtete, das Knistern der Bettwäsche oder eine unbedarfte Bewegung könnte den Traum zerplatzen lassen.

Im schwachen Licht des frühen Morgens stellte sie beruhigt fest: Es war wahr. Ludger schlummerte friedlich neben ihr.

Das war ihr kleines, persönliches Wunder. Nicht das Wunder von Bern, aber das Wunder vom Westend. Wahrhaftig hatte sie den Mut aufgebracht, Ludger am Abend zuvor mit nach Hause zu nehmen. Und das, obwohl sie beide gewusst hatten, was das bedeutete: Danach gab es keinen Schritt mehr zurück. Für keinen von ihnen. Genau das hatten sie gewollt.

Selig sank Ysabel in ihr Kissen. Ihr Blick schweifte durch den kleinen Raum. Zur Hälfte lag er unter der Dachschräge, was ihn in ihren Augen besonders heimelig machte, erst recht, da der Regen schon seit Stunden wieder aufs Dach trommelte. Wo, wenn nicht hier in ihrer winzigen Stube, war sie wirklich geborgen? In der Dämmerung der frühen Morgenstunde gewannen die Konturen der Möbel allmählich Gestalt. Mehr als ein Bett, ein Nachtkasten sowie ein Stuhl und eine kleine Kommode hatten keinen Platz. Für Ysabel war es völlig ausreichend, um daraus ihr winziges Paradies zu schaffen, vor allem, wenn Ludger bei ihr war.

Ihr Blick verharrte auf dem hellen Fleck, der sich vor dem Gaubenfenster abzeichnete. Noch war der neue Tag erst eine Handvoll Stunden alt. Das lichter werdende Grau kündigte einen weiteren Regentag an. Ihr war es einerlei. Ganz gleich, ob es regnete, die Sonne schien oder sogar mitten im Sommer plötzlich schneite – seit dem letzten Abend hatte sie mit Ludger etwas erlebt, was alles in den Schatten stellte. Ihr gesamtes Leben hatte sich verwandelt. Sie war kein Fräulein mehr. Ludger hatte sie zur Frau gemacht. Und das fühlte sich gut an.

Gedankenverloren betrachtete sie ihn. Unschuldig wie ein kleiner Junge schlief er neben ihr. Ihm war nicht das Geringste anzusehen. Am liebsten würde sie es in die Welt hinausschreien: Ab sofort waren sie wirklich Mann und Frau! Sie könnte platzen vor Glück.

Zu zweit allein hatten sie sich ganz der süßen Versuchung hingegeben, nach der ihre Körper schon so lange lechzten. Nie hätte sie gedacht, welche Wonnen sie miteinander erleben würden. Es war wie eine Sucht. Sie konnte nicht genug davon bekommen. War sie verdorben?

Beschämt biss sie sich auf die Lippen, dachte an die wenigen Andeutungen anderer Frauen, die sie aufgeschnappt hatte, sowie an das heimlich auf dem Klo verschlungene und später unter der Matratze versteckte Aufklärungsbuch. *Das Intimste der Liebe und Erotik* von Dr. Rolf Rother richtete sich eigentlich an Ehe- und Brautleute. Mit Sonnenbrille auf der Nase und glühenden Wangen hatte sie es sich in einer Buchhandlung am anderen Ende der Stadt gekauft. Brautleute waren sie ja irgendwie, also war es schon gerechtfertigt, dass sie es erworben hatte. Leider war darin aber vor allem die Rede davon, welche Lust der Mann empfand und was frau tun sollte, um ihm diese in höchstem Maß zu schenken. Nie ging es darum, ob auch die Frau Genuss empfand. Als wäre das eine Schande. Warum hatte sie dennoch so starke

Lust verspürt? Allein der Gedanke bescherte ihr von Neuem Kribbeln im Unterleib. Zum Glück hatten Ludger ihr Stöhnen und Jauchzen sogar eher angespornt. Also konnte es nichts Schlechtes sein.

»Du bist ja schon wach.« Schlaftrunken blinzelte er sie an.

»Denkst du, ich will auch nur eine der kostbaren Minuten verpassen, die du neben mir liegst?«

Sie kuschelte sich gegen seinen warmen Leib. Täuschte sie sich oder regte sich da auch bei ihm von Neuem etwas? Ehe sie sich so recht bewusst wurde, wie ihr geschah, umarmte er sie, streichelte sacht ihren Rücken und bewies ihr mit neu entflammtem Verlangen, wie er die kostbaren Minuten neben ihr zu nutzen gedachte.

Eng umschlungen ließen sie die Aufregung ihrer Körper verebben. Noch blieb ihnen eine gute Stunde, bis sie zur Arbeit aufbrechen mussten. Auch wenn Ysabel todmüde war, weil sie kaum geschlafen hatte, wünschte sie sich, der Moment würde zur Ewigkeit. Ludgers nackten Leib zu spüren, den rhythmisch aufs Dach trommelnden Regen als Hintergrundmusik im Ohr zu hören, war einfach paradiesisch. Wie sollte sie nur nachher im Vorzimmer seines Vaters sitzen, Geschäftsbriefe tippen und so tun, als wäre er ihr fremd? In der letzten Nacht hatte sie die verschwiegensten Stellen seines Körpers erkundet. Niemals konnte sie ihm wieder unbefangen gegenübertreten. Bestimmt würde sie puterrot anlaufen, sollte er im Büro bei ihr auftauchen. Obwohl sie seit einigen Monaten schon miteinander ausgingen, siezten sie sich in der Firma. Ob ihr das half, besser mit der Situation umzugehen?

»Zum Schauspielern fehlt euch beiden jedes Talent«, hatte Arthur das letztens amüsiert kommentiert, als er bei einem Besuch im Büro in der Landsberger Straße miterlebt hatte, wie sie sich offiziell begegneten. »Ich wette, jeder in der Firma weiß längst über euch Bescheid. Schon auf zehn Kilometern Entfernung sieht man euch euer Verliebtsein an.«

»Ist mir egal, solange nur mein Vater nichts merkt«, hatte Ludger erwidert.

»Früher oder später musst du es ihm sagen, wenn ihr heiraten wollt. Oder wozu habt ihr euch sonst verlobt?«

Als Ysabel diese Frage plötzlich durch den Kopf spukte, wurde ihr abermals heiß. Dieses Mal allerdings aus einem ganz anderen Grund. Jäh setzte sie sich im Bett auf und sah mit einer Mischung aus Vorwurf und Angst auf Ludger hinunter.

»Liebst du mich wirklich?«

»Wie kannst du das fragen? Ich dachte, spätestens in den letzten Stunden hätte ich dir bewiesen, was du für mich bist: mein Ein und Alles!«

Langsam schob er sich ebenfalls in den Kissen auf, nahm ihre Hand und begann, jede einzelne Fingerkuppe zärtlich zu liebkosen.

Ysabel schämte sich. Sie sank zurück ins Bett, zog sich die Decke bis zur Nasenspitze. Schon wieder hatte sie ihm kleinmütig misstraut. Sie musste an den gestrigen Abend denken, an die Stunden, bevor sie mit Ludger in ihre winzige Dachwohnung ins Westend zurückgekehrt war. Als er ihr zusammen mit Arthur, Hannelore, Helga und Eduard noch einmal seine Pläne für das eigene Büro offenbart hatte. Auch da war ihr schmerzlich klar geworden, dass sie zu Unrecht an ihm gezweifelt hatte. Dabei war er die treueste Seele, die auf Erden lebte. Es gab nicht den geringsten Grund, je infrage zu stellen, dass er meinte, was er sagte. Er liebte sie wirklich und hatte sich nicht einfach nur mit ihr verlobt, um sie leichter ins Bett zu kriegen.

»Wie soll es jetzt mit uns weitergehen?«, entschlüpfte ihr unvermittelt.

Irritiert hob Ludger den Kopf, suchte ihren Blick. »Natürlich werden wir heiraten. Oder denkst du, ich gönne dich je einem anderen?«

»Das will ich nicht hoffen. Aber wann?«, drängte sie ungeduldiger als beabsichtigt. Und begriff in der nächsten Sekunde, welch ein Fehler das war. Über Ludgers Antlitz huschte blankes Entsetzen. Offenkundig war er zu unausgeschlafen, um souverän zu bleiben. Ihr wurde blümerant.

»*Setzen Sie einem Mann nie unnötig die Pistole auf die Brust*«, hatte die kluge Ratgeberfrau Irene in einer der letzten Ausgaben der *Hörzu* gewarnt. »*Männer mögen es nicht, in die Enge getrieben zu werden. Versuchen Sie lieber, durch geschicktes Argumentieren dafür zu sorgen, dass er letztlich gar nicht anders kann, als so zu reagieren, wie Sie es ihm in den Mund gelegt haben. Er wird es als seinen eigenen Erfolg ansehen und nur zu gern tun, was Sie von ihm erwarten.*«

»Also, ich meine, erst einmal wirst du mit deinem Vater über deinen Ausstieg aus seiner Firma reden …«

»Genau«, stimmte er erleichtert zu. »Das wird ein schwerer Schlag für ihn. Als sein einziger Sohn hat er mir …«

»… und ihm dann schonend beibringen müssen, dass du die Firma ausgerechnet mit deinem besten Freund Arthur gründest«, überging sie seinen Einwand, um bei ihrer eigenen Logik zu bleiben.

»Mit wem denn sonst?«

Von Neuem drohte Ludgers Mimik zu entgleiten. Ysabel spürte, dass sie sich auf dünnem Eis bewegte. Und das nach einer Nacht wie dieser, in der sie beide wenig geschlafen hatten. Aber schenkte ihr nicht gerade diese unvergessliche Nacht mit ihm ausreichend Kraft, um die Herausforderung anzunehmen? Es ging um ihre Zukunft, um ihre gemeinsame Zukunft!

»Ich meine nur …«, setzte sie behutsam an, strich den weißen, gestärkten Bezug des Plumeaus glatt und schmiegte ihr Bein an Ludgers Oberschenkel. Verzückt spürte sie die borstigen Haare auf seiner Haut. Aber dazu war jetzt nicht der richtige Moment. Behutsam rutschte sie wieder ein Stück weg.

»Dein Vater ist nicht eben sehr überzeugt, ob Arthur dir wirklich gut…«

»Es spricht nichts gegen seine Leistungen als Architekt, das weiß auch mein Vater.«

»Aber …«, begann sie vorsichtig und überlegte krampfhaft, wie sie es am besten ausdrücken sollte, um weder Ludger zu nahe zu treten noch seine aufrichtigen Gefühle für seinen besten Freund zu verletzen oder sich selbst als Tratschtante bloßzustellen.

»Du weißt, in den letzten Monaten habe ich im Auftrag deines Vaters einige Verabredungen für dich mit …«

»Ich verstehe!« Über Ludgers schmales Gesicht huschte ein schmutziges Grinsen. So etwas kannte sie nicht von ihm.

»Da also läuft der Hase lang.« Nun klang er sogar amüsiert. »Du willst mir beibringen, dass mein Vater dich die diversen Einladungen mit sogenannten ›Damen aus bestem Haus‹ nicht nur hat arrangieren lassen, weil er es an der Zeit findet, mich mit meinen einunddreißig Jahren endlich unter die Haube zu bringen. In seinem Sinn natürlich gut unter die Haube zu bringen. Das Ganze ist auch ein Test gewesen, um herauszufinden, ob ich nicht vielleicht vom anderen Ufer bin. Das hätte er einfacher haben können! Sowohl den Beweis, dass Arthur und ich einfach nur die besten Freunde sind, als auch den Beleg, dass wir beide völlig normal auf Frauen reagieren.«

Er lachte. »Was hältst du davon, ihm auf der Stelle zu beweisen, wie unbegründet seine Sorgen sind?«

Ungestüm wollte er sie von Neuem umarmen. Sosehr es sie verlockte, sich ein weiteres Mal seinen Zärtlichkeiten hinzugeben, entzog sie sich dennoch schweren Herzens. Noch war sie nicht am Ziel. Noch hatte sie nicht von ihm gehört, was sie hören wollte.

»Hier in meinem Schlafzimmer wird er sich das ungern ansehen wollen. Ich hätte da eine bessere Idee.«

Ludger sah sie erwartungsvoll an.

»Warum schlagt ihr nicht gleich zwei Fliegen mit einer Klappe?«

»Du sprichst in Rätseln, Liebchen. Klär mich bitte auf. Ich fürchte, als Mann kann ich nicht so schnell denken.«

»Das ist doch ganz einfach: Du und ich, wir sind verlobt, was eindeutig für deine gesunde Manneskraft spricht, auch dein Freund Arthur hat offenbar ernste Absichten …«

»Wie kommst du darauf? Mit wem sollte er … Ich fürchte, du weißt offenbar mehr über meinen besten Freund …«

»Deshalb reden wir darüber!«, erinnerte sie ihn mit einem nachsichtigen Lächeln und erlaubte ihnen beiden zur Belohnung einen spontanen Kuss auf seine Nasenspitze.

»Was ist mit seiner Kollegin, die er letztens zum Fußballschauen mitgebracht hat? Also, wenn du mich fragst, sind die beiden in spätestens einem Jahr verheiratet. Da gehe ich jede Wette ein. Wir sollten uns also sputen, wenn wir neben den beiden nicht etwas dämlich in die Röhre gucken wollen. Wir sind doch schon viel länger zusammen.«

»Jetzt dämmert's mir!« Ludger rieb sich nachdenklich das eckige Kinn. Die Bartstoppeln knisterten. »Ich soll meinem Vater nachher nicht nur die Kündigung auf den Tisch legen, sondern gleichzeitig auch die Einladung zu unserer Hochzeit. Die am besten als Doppelhochzeit mit Arthur und seiner feschen Kollegin Vera stattfindet. Das muss meinen Vater einfach überzeugen, dass wir nur beste Freunde und in Zukunft Geschäftspartner sind.«

Er schüttelte den Kopf.

Ysabel wurde seltsam zumute. Was hatte er?

»Weißt du was?« Er zog ihren Kopf nah zu sich herüber. »Du hast es faustdick hinter den Ohren! Wie konnte ich nur so naiv sein und mich leichtfertig in deine Fänge begeben? Jetzt hast du mich. So einfach komme ich da wohl nicht wieder raus.«

Sie stutzte. War sie zu weit gegangen?

Im nächsten Moment prustete er los. »Jetzt hast du dich aber gründlich erschrocken! Dabei kannst du sicher sein, dass ich mich nur zu gern für alle Ewigkeit in deine Fänge begebe. Nimm mich, nackt wie ich bin, und fessele mich an dein Bett. Ab sofort werde ich alles tun, was du von mir verlangst.«

Erleichtert wollte sie ihm um den Hals fallen. Dieses Mal jedoch war er es, der auswich.

»In einem Punkt muss ich dich allerdings enttäuschen. Eine Doppelhochzeit wird es kaum geben. Der arme Arthur muss sich noch gedulden, bis er die richtige Frau trifft, die mit ihm vor den Traualtar tritt. Vera wird es wohl kaum sein. Die beiden sind wirklich nur Kollegen.«

»Das kann ich kaum glauben. Sie haben einander angesehen, als hätten sie in dem anderen das fehlende Tüpfelchen auf dem i gefunden.«

»Wahrscheinlich war es nur ein Gedankenstrich, und das Tüpfelchen lässt noch auf sich warten. Doch kein Grund zu verzagen. Lass uns doch gleich noch einmal ausprobieren, ob dein Tüpfelchen und mein i …«

Schwungvoll schlug er das Plumeau zurück und stürzte sich auf sie. Sie stieß einen spitzen Schrei aus. Im selben Moment flog die Zimmertür auf.

»Ilse!«, rief Margot zu Ysabels Entsetzen ihren verhassten Namen. Die Schwester war zurück. Früher als erwartet.

»Sag, dass das nicht wahr ist, was ich hier sehe.«

8

Vera merkte sofort, dass etwas nicht stimmte. Kaum fiel die Eingangstür in ihrem Rücken ins Schloss, breitete sich eine unheilvolle Stille aus. Rosemarie Gegenfurtner, die ungekrönte Herrscherin am Empfang, hob kaum den Blick. Dabei versäumte sie es sonst nie, sie mit einem fröhlichen »guten Morgen« im Büro willkommen zu heißen. An diesem Donnerstag aber hielt sie den wasserstoffblonden, ondulierten Haarschopf geflissentlich auf die Unterlagen gerichtet, die sie vor sich auf dem Schreibtisch sortierte. Auch ihre rechte Hand, die rothaarige Gisela Birnstock, hieb emsig weiter auf die Tasten ihrer Schreibmaschine ein, statt sie zu grüßen.

Das ganze Büro wirkte wie ausgestorben. Die Glastüren, die vom Flur in den Zeichensaal wie auch in den großen Raum der Architektenkollegen führten, waren geschlossen. Kein Mucks drang nach draußen. Ebenso war die Tür zu dem etwas kleineren Zimmer zu, das Vera sich mit den beiden Buchhaltungsdamen Ulla Schmidt und Käthe Waldmüller teilte. Nicht einmal einer der technischen Zeichner oder einer der Architekten ließ sich blicken. Dabei herrschte sonst um diese Stunde ein munteres Kommen und Gehen zwischen den Büros. Rosemarie hatte um diese Zeit den ersten Kaffee in der kleinen Küche zum Hof aufgebrüht. Der aromatische Duft verhieß stets einen guten Start in den neuen Arbeitstag. Einer der Herren in den weißen Kitteln holte sich dann gern eine erste Tasse Kaffee, ein anderer musste einem Kollegen mitten im Flur von seinen Erlebnissen am Vorabend berichten. Ein dritter diskutierte mit einem der Lehrlinge über die weitere Zukunft der deutschen Fußballspieler nach dem Sieg in Bern. Munter mischte sich das Geplapper von Gisela und Rosemarie darunter, die mit den beiden Buchhaltungskräften den neuesten Tratsch austauschten. Sandrart selbst tauchte stets als Letzter auf, also frühestens um Viertel nach acht. Bis dahin war das fröhliche Geplauder quer durch alle Ränge gang und gäbe. Schneite der Chef einmal unerwartet früher herein, pflegte er sich gern daran zu beteiligen.

An diesem Morgen aber war Giselas Tippen das einzige Geräusch. Niemand ließ sich blicken. Angesichts der seltsamen Stimmung wähnte Vera sich kurz vor dem Weltuntergang.

»Einen wunderschönen guten Morgen«, trällerte sie umso lauter, stellte den tropfenden Regenschirm zu den anderen in den Schirmständer an der Garderobe, entledigte sich ihres Kopftuchs und zog den nassen Mantel aus. Um ihre gute Laune als Kontrastprogramm zu Rosemaries und Giselas verkniffenem Schweigen zu unterstreichen, hätte sie fast zu pfeifen begonnen, als sie ihn auf den Bügel hängte. Ein solch undamenhaftes Betragen aber hätte wohl ein für alle Mal die gute Meinung zunichtegemacht, die die beiden derzeit noch von ihr als einziger weiblicher Architektin in Sandrarts erfolgreichem Mitarbeiterstab hatten. Also begnügte sie sich mit einem leisen Summen.

»Wurden die Herren vom Erdboden verschluckt?«, erkundigte sie sich beiläufig, während sie zu ihrem Wandschrank ging, den weißen Kittel für den Zeichensaal herauszog und überstreifte.

»Oder kommen sie ihrer staatsbürgerlichen Pflicht nach und helfen, Sandsäcke zu füllen?«, schob sie nach und sah neugierig zu Rosemarie hinüber. Die Nachrichten über den anschwellenden Pegelstand der Isar waren alarmierend. »Wenn es so weiterregnet wie die letzten Tage, steigt die Isar pro Stunde mehrere Zentimeter. Das kann sich noch zu einer echten Katastrophe auswachsen.«

»Der Chef erwartet Sie bereits«, war alles, was Rosemarie erwiderte. Geduldig sah sie zu, wie Vera die Knöpfe an ihrem Kittel verschloss und mit einem kurzen Blick in den Spiegel den Sitz ihrer Frisur prüfte.

»So früh?« Vera entschied, sich jetzt erst recht ihre Unbekümmertheit zu bewahren, auch wenn ihr nun doch flau wurde. Sie befand sich noch in der Probezeit. Hatte Sandrart einen Anlass entdeckt, ihr zu kündigen? Hatte sie ihn erzürnt? Hatten die Kollegen sich schleunigst an ihre Schreibtische verdrückt, weil sie fürchteten, seine Wut ebenfalls abzubekommen?

Auch wenn Vera sich keines Fehlers oder Versäumnisses bewusst war, begann es emsig in ihrem Kopf zu rattern. Grob überschlug sie sämtliche Aufgaben und Pflichten, die man ihr übertragen hatte. Ohne Ergebnis.

Ob es mit Arthur und ihrer verpatzten Begegnung am letzten Sonntag zu tun hatte? Sie spürte, wie ihr die Knie weich wurden. Bislang arbeitete sie vor allem ihm zu, hatte kaum etwas ohne ihn zu entscheiden oder gar auszuführen. Stets musste er den letzten Blick auf alles werfen, was aus ihrer Hand das Haus verließ oder den Bauherren übermittelt wurde. Das erforderte wohl oder übel einen häufigen und mitunter engen Umgang miteinander, auch wenn sie beide in den vergangenen Tagen strikt darauf geachtet hatten, den aufs Nötigste zu beschränken und sich ansonsten weiträumig aus dem Weg zu gehen. War ihm das lästig geworden? Zog er deshalb die Notbremse und hatte Sandrart überredet, sich von ihr zu trennen? Die antisemitischen Andeutungen des Unbelehrbaren auf dem Richtfest hatten ihm womöglich das geeignete Argument geliefert. Wenn ihr jüdischer Name wie auch ihr Geschlecht möglichen Auftraggebern unangenehm aufstießen, wurde sie zum Problem für das gesamte Büro. Dann war es besser, man trennte sich von ihr, bevor es unerwünschte Konsequenzen nach sich zog.

Trotz der zittrigen Beine folgte Vera der etwas kleineren, stämmigen Rosemarie so gelassen wie möglich zu Sandrarts Büro am Kopfende des langen Flurs. Als sie die geschlossenen Türen passierten, hätte sie fast aufgelacht. War es nicht anmaßend von ihr zu vermuten, dass sämtliche rund zwanzig Mitarbeiter in derart verdrießliche Laune versanken, nur weil sie Ärger mit dem Chef bekam? Es musste einen anderen Grund geben, warum an diesem Morgen eine so eigenartige Stimmung im Büro herrschte. Zur Ablenkung konzentrierte sie sich ganz auf Rosemarie.

Wie gewohnt trug die Chefsekretärin ein farblich exakt auf einen ihrer unzähligen Tweedröcke abgestimmtes Strickensemble. An diesem Morgen war es Zitronengelb. Die Grundfarbe des wadenlangen Bleistiftrocks dagegen war Limettengrün, durchzogen von einem dünnen gelben Karree. Das Beige der Schuhe passte hervorragend dazu. Vera bewunderte Rosemarie für ihren Stil. Sie musste etwa im Alter ihrer Mutter sein. Mehrfach schon hatte Vera auf der Zunge gelegen, sie zu fragen, ob sie früher ebenfalls als Vorführdame in einem Modehaus gearbeitet hatte. Dunkel erinnerte sie sich an das *Hirschvogl am Rindermarkt,* in ihrer Kindheit die beste Einkaufsadresse der Stadt. In Großmama Rebeccas Skizzenbuch existierte auch davon eine Zeichnung. Bei exklusiven Nachmittagstees hatten die Hirschvogls in ihrem hypermodernen Café zwischen blitzendem Chrom und kühlem Bauhausmobiliar die neueste Mode präsentiert. Vera hatte es geliebt, ihre Mutter und deren beste Freundin, Constantins Mutter Ella, zu begleiten. Wie nirgendwo sonst in der Stadt war dort der Duft der weiten Welt zu ahnen gewesen. Aber das gehörte der Vergangenheit an. Das *Hirschvogl* war dem Erdboden gleichgemacht, die einstigen Besitzer lebten in Amerika. Niemand sprach mehr darüber. Am wenigsten die Menschen, die sich noch genauso gut daran erinnerten wie sie.

Energisch klopfte Rosemarie an die ledergepolsterte Tür, wartete einige Sekunden, bevor sie die Klinke herunterdrückte und eintrat, um Vera anzukündigen. Auf Sandrarts unwirsches »Soll kommen!« antwortete sie mit einem knappen »Bitte« und schlüpfte an Vera vorbei nach draußen.

Zögernd trat Vera ein.

Es wäre übertrieben gewesen, die Atmosphäre in Sandrarts mit klassischen Stahlrohrmöbeln eingerichtetem Büro als heimelig zu bezeichnen. An diesem Morgen aber war sie regelrecht eisig. Hinter der nahezu leeren, auf Hochglanz polierten schwarzen Schreibtischplatte thronte reglos Veras Chef. Ihm gegenüber, mit dem Rücken zu ihr, saß Arthur Brandt.

Vera rutschte das Herz in die Hose. Also stand ihr tatsächlich eine ernsthafte Standpauke, wenn nicht gar die Kündigung bevor. Aber weshalb? Und wieso musste ausgerechnet Arthur dabei sein? Was gäbe sie darum, ein anderer, x-beliebiger Kollege aus dem Büro säße jetzt vor Sandrarts Schreibtisch. Vielleicht sollte sie einfach so tun als ob. Bestimmt erleichterte ihr das die Situation. Sie holte tief Luft, reckte das Kinn und sah ihrem Chef geradewegs in die Augen.

»Schön, dass Sie da sind«, holte Hellmuth Sandrart die überfällige Begrüßung erstaunlich freundlich nach. Einem gewaltigen Koloss gleich ragte er hinter seinem Schreibtisch auf. Sein ohnehin zu ungesunder Röte neigendes, feistes Gesicht, das nahezu ohne Halsansatz auf den Schultern saß, glühte dunkelrot. Zwischen den Fingern der rechten Hand klemmte eine Zigarre.

Ihr Rauch kringelte sich unbeachtet in die Luft. Wahrscheinlich hatte Sandrart vergessen, dass sie brannte. Träge fiel die weiße Asche zu Boden.

»Ab sofort werden Sie mehr Verantwortung übernehmen.«

»Bitte?« Verdutzt riss Vera die Augen auf, schob die Hände Halt suchend in die Seitentaschen ihres Kittels. Fragend sah sie zu Arthur. Erst jetzt fiel ihr auf, dass er im Anzug dasaß. Entweder hatte er vergessen, den obligatorischen weißen Kittel anzuziehen, oder Sandrarts ungewöhnlich frühes Auftauchen im Büro hatte ihn daran gehindert.

Statt weiterzureden, entsann Sandrart sich zunächst seiner dicken Zigarre, führte sie mit der riesigen Hand zum Mund und inhalierte tief. Für einige Sekunden verschwand er ganz in der dichten Wolke, die er zwischen seinen ebenfalls sehr voluminösen Lippen ausstieß.

Vera musste an den Spitznamen »Barockengel« denken, den Arthur ihrem Chef verpasst hatte. Mit einem Barockengel hatte er gerade lediglich den Umfang gemein, ansonsten fehlte ihm jeder Anflug von Güte, Sanftmut und vor allem guter Laune, alles Eigenschaften, die für Vera unweigerlich mit einem Engel verbunden waren.

»Ihr werter Herr Kollege wird uns Ende des Monats verlassen«, erklärte Sandrart knapp.

Von Neuem dauerte es einen Moment, bis die Bedeutung des Gehörten zu Vera vordrang. Sie hoffte, den Mund vor Überraschung nicht allzu weit aufgerissen zu haben.

»Da Sie in den letzten Wochen einige unserer wichtigsten Projekte mit ihm gemeinsam betreut haben, nutzen Sie ab sofort jede Sekunde, sich von ihm mit den notwendigen Details vertraut machen zu lassen. Die Zeit ist knapp. Ab dem nächsten Ersten werden Sie in seine Fußstapfen treten und seine bisherigen Projekte verantwortlich leiten.«

Hatte sie sich verhört? Oder sollte sie tatsächlich Arthurs Nachfolgerin werden?

Offenkundig hatten die beiden das vorher nicht miteinander abgesprochen. Auch Arthur traf es sichtlich aus heiterem Himmel, dass Sandrart sie damit mehrere Stufen auf einmal auf der Karriereleiter nach oben beförderte. Völlig verblüfft starrte er ihren Chef an. Dafür hatte er fünf Jahre gebraucht.

Anders als er war sie eine blutige Anfängerin, befand sich gerade einmal fünf Wochen in ihrer ersten Anstellung nach dem Examen. Dass Sandrart sie nun wie nebenbei auf Arthurs Posten hievte, musste für ihn der berühmte Schlag ins Gesicht sein. Noch dazu war sie eine Frau. Die einzige Frau im Büro, die nicht zum Briefetippen, Zahlenaddieren oder Toilettenputzen angestellt war. Ungewöhnlich für ihre Branche. Und noch ungewöhnlicher: Sie war die Tochter eines Juden, die aus dem Exil zurückgekehrte Tochter eines Juden.

Von Neuem dachte Vera an die Kommentare, die sie beim Richtfest letzte Woche von einflussreichen Herren gehört hatte. Die Architektenzunft war noch immer geprägt von Hitlers Lieblingsbaumeister Albert Speer. Das Netzwerk, das er und seine Parteifreunde einst in der Bauwirtschaft gewoben hatten, funktionierte nach wie vor. Vor allem in der ehemaligen »Hauptstadt der Bewegung«. Kaum einer, der vor 1945 Karriere gemacht hatte, konnte diese nach Kriegsende nicht fortsetzen. Schließlich hätten sie alle nur ihre fachliche Kompetenz zur Verfügung gestellt, sich nie für Politik interessiert, geschweige denn aktiv Politik betrieben. Steine seien unschuldig. Demzufolge auch der, der sie aufeinandersetzte. Das behaupteten sie alle, ohne auch nur ansatzweise zu erröten. Letztlich war Vera sich nicht einmal sicher, inwieweit auch Hellmuth Sandrart zum Kreis der alten Kameraden gehörte. Die hämische Bemerkung des Unbelehrbaren auf dem Richtfest sprach Bände. Allerdings fehlte ihr der Mumm, der Sache auf den Grund zu gehen. Bislang begnügte sie sich mit der Auskunft ihres Vaters, eines gebürtigen Münchners der dritten Generation, der ihr versichert hatte, bei Hellmuth Sandrart zu arbeiten, ginge in Ordnung.

»Am besten fangen Sie gleich an.« Sandrart wandte sich an seinen bisherigen Lieblingsmitarbeiter. »Arthur: Auf der Baustelle für das Altenheim in der Agnes-Bernauer-Straße wurde die Baugrube ausgehoben. Fahren Sie zusammen mit Fräulein Cohn hin und stellen Sie sie den Herren vor Ort als die künftige verantwortliche Architektin unseres Büros vor.«

»Jawoll.«

Was war das? Vera zuckte zusammen. Fehlte nur noch, dass er aufsprang und salutierte. Ob die Jungs das nie mehr aus dem Unterbewusstsein bekamen? Auch Sandrart schien für einen Moment irritiert.

»Was ich noch vergessen habe …«

Sie waren schon fast an der Tür, da rief er sie noch einmal zurück.

»Nehmen Sie meinen Wagen.« Verächtlich warf er Arthur den Schlüssel zu. »Dann haben Sie wenigstens einen anständigen Auftritt. Wenn Sie als verantwortliche Architekten vor den Augen aller Bauarbeiter einem klapprigen grauen Brezelkäfer entsteigen, sieht das lächerlich aus.«

Mehr brauchte er nicht zu sagen. Vera genügte ein flüchtiger Blick zu Arthur, um zu wissen, dass die Botschaft auch bei ihm angekommen war. Seine Kündigung war ein herber Schlag für Sandrart. Vera ahnte, dass er sich zutiefst verletzt fühlte. Derjenige, auf dem alle seine Hoffnungen geruht hatten, ließ ihn im Stich. Das wollte er ihm heimzahlen, indem er eine junge, unerfahrene Frau auf seine Stelle setzte.

»Und Sie, Fräulein Cohn«, fügte Sandrart beängstigend stark schnaufend hinzu, »passen gut auf sich auf. Arthur Brandt versteht es, einen um den Finger zu wickeln. Seinem Charme dürfen Sie niemals vertrauen, nicht als Kollegin und schon gar nicht als Frau.«

Zu ihrem Entsetzen spürte Vera, wie sie puterrot anlief. Auch Arthur war peinlich berührt. So schnell wie möglich verdrückten sie sich aus Sandrarts Büro.

9

Eines musst du zugeben: Der Mann hat Größe«, kommentierte Charlotte von Kirchenreuth mit ihrer rauchigen Stimme Veras Bericht über Arthurs Kündigung sowie Sandrarts Erwiderung, die ihr nach nur fünf Wochen einen rasanten Karrieresprung bescherte. »So gelassen hätte nicht jeder reagiert.«

Am ersten Sonntag seit Langem, der mit sonnigem Wetter und angenehmen Temperaturen dazu verlockte, sich ohne Mantel und Regenschirm ins Freie zu wagen, spazierten Vera und Constantin mit seiner Cousine am östlichen Rand des Englischen Gartens Richtung Tivolibrücke. Ausnahmsweise hatte Vera Rebeccas Skizzenbuch zu Hause gelassen, damit es Charlotte nicht zu sehen bekam. Abgesehen von Constantins Eltern war ihre Familie mit den Kirchenreuths nie warm geworden. Zu deutlich war deren ablehnende Haltung Juden gegenüber zu spüren gewesen.

Ohnehin wäre kaum die Gelegenheit gewesen, die Zeichnungen von vor sechzehn Jahren ungestört mit dem jetzigen Zustand zu vergleichen. Auf den schmalen Wegen herrschte ähnlich reger Betrieb wie werktags auf dem Stachus. Gefühlt halb München hatte dieselbe Idee gehabt und war nach dem Mittagessen zum Spaziergang aufgebrochen. Wahrscheinlich lag es an den marktschreierischen Zeitungsberichten über die Schäden, die das Hochwasser der letzten Wochen an Brücken und Uferbefestigungen der Isar angerichtet haben sollte. Alle Münchner wollten sich die Katastrophe mit eigenen Augen ansehen.

»Wen meinst du? Sandrart oder Arthur?«, knüpfte Vera nach einer kurzen Pause an Charlottes Einschätzung an.

Deren Reaktion irritierte sie, wie es sie überhaupt irritierte, dass es Constantins sieben Jahre älterer Cousine so schnell gelungen war, sie binnen kürzester Zeit zu derartiger Vertraulichkeit zu animieren. Mehr als sechzehn Jahre hatten sie einander nicht gesehen. Auch vor ihrem Weggang aus München waren die Zwillinge Charlotte und Klara von Kirchenreuth nicht nur wegen des großen Altersunterschieds für Vera weit entrückt gewesen. Wie ihr Vater, Constantins Onkel Falk, hatten sie sich für die Ideen der Nationalsozialisten begeistert. Vera erinnerte sich noch gut daran, wie die beiden »die putzigen Kinder«, wie sie Vera und Constantin gönnerhaft genannt hatten, einmal beaufsichtigt hatten. Dabei war Klara auf die absurde Idee verfallen, die damals erst sechs- oder siebenjährige Vera ihrer dunklen Haare und ihres sozialdemokratischen jüdischen Vaters zum Trotz mit dem Gedankengut der Nazis zu infiltrieren. Unbedarft hatte Vera zu Hause nicht nur lauthals eines der beim Bund Deutscher Mädel üblichen Lieder geträllert, sondern auch erklärt, bald unbedingt wie die von ihr verehrte Klara den schicken dunkelblauen Rock, die fesche weiße Bluse und die Respekt einflößende schwarze Krawatte des BDM tragen zu wollen. Das hatte genügt, um es ein für alle Mal vorbei sein zu lassen mit den gerade erst neu entdeckten, unbeschwerten Nachmittagen ohne Aufsicht der Erwachsenen. Fortan hatte Veras Mutter Rike die Kirchenreuth-Zwillinge fernzuhalten versucht und war selbst dabei, wenn sie etwas mit Constantin unternahm.

»Ich habe gleich gesagt, man darf den Mädchen nicht über den Weg trauen«, hatte Rike Veras Vater erklärt. »Sie sind und bleiben die Kinder von Ellas unberechenbarem Schwager Falk.

Der hatte schon früh eine Neigung für die Herren in brauner Uniform. Kein Wunder, dass seine blonden Rauschgoldengel ebenfalls auf den Spuk hereinfallen.«

Unauffällig musterte Vera jetzt die erwachsene Charlotte. Sie schien nicht zu dem Mädchen zu passen, das sie aus der damaligen Zeit in Erinnerung hatte. Erst recht nicht zu der Vorstellung, die sie nach ihrer letzten Begegnung vor mehr als einem halben Leben von ihr entworfen hatte. Von der strammen BDM-Anhängerin war nichts mehr zu ahnen. Obwohl Constantin sie gewarnt hatte, sie werde seine Cousine kaum wiedererkennen, war Vera perplex gewesen, als Charlotte aus dem Wagen gestiegen war, einem schnittigen dunkelroten Borgward, an dessen Steuer sie selbst gesessen hatte. Constantin hatte sich aus dem hellen Beifahrersitz geschält und sich neben ihr stolz auf seine Respekt einflößende Größe entfaltet. Dennoch hatte Charlotte immer noch hoch aufgeschossen gewirkt.

Sie strotzte vor Selbstbewusstsein und sah ganz anders aus, als man sich eine der wenigen weiblichen Maschinenbauingenieure im Land vorstellte. Der dunkelblaue Hosenanzug im Marlene-Dietrich-Stil mit den lässig weiten Hosenbeinen verlieh ihr eine nüchtern-kühle Note. Leichtsinnigen Schwärmereien würde sie sich wohl kaum hingeben. Das verriet auch die strenge Art, mit der sie die kurzen, blonden Haare zu bändigen versuchte. Allen Anstrengungen zum Trotz kringelten sich unter dem hellgrauen Herrenhut, natürlich einem italienischen Borsalino, schon wieder die ersten Locken im Nacken. Das nach wie vor schwülfeuchte Sommerwetter wie auch die Natur machten ihrem Willen einen Strich durch die Rechnung. Sonderlich stören tat sie das anscheinend nicht. Über ihr sommersprossenübersätes Gesicht breitete sich ein Lächeln. Die blassblauen Augen funkelten, und sie spitzte die Lippen. Dieser Gesichtsausdruck war es, der Vera vorhin sofort das Gefühl vermittelt hatte, trotz aller äußeren Veränderungen doch wieder die Charlotte vor sich zu haben, die sie als Kind gekannt und angeschwärmt hatte. Kein Wunder, dass sie ihr auf Anhieb vertraut und in wenigen Sätzen leichtherzig ihre derzeitige Lebens- und Arbeitssituation offenbart hatte.

»Wann darf ich ihn kennenlernen?«, schob Charlotte übermütig nach. »Also Arthur natürlich, nicht deinen Chef. Der ist mir schlichtweg zu alt und wahrscheinlich auch zu dick.«

Ihre Direktheit irritierte Vera. Das klang fast so, als hätte sie ein besonderes Interesse an Arthur. Absurd! Sie hatte ihn doch noch nie persönlich getroffen. Zugleich ärgerte Vera sich über sich selbst. Warum reagierte sie derart unsouverän? Hatte sie nicht beschlossen, sich jegliche Schwärmerei für ihn zu verkneifen? Er war ein Kollege, mehr nicht, und außerdem nur noch für kurze Zeit. Was zum Teufel störte sie daran, wenn Charlotte darauf drängte, ihn kennenzulernen?

»Eigentlich haben beide Größe bewiesen«, räumte Charlotte nach einer kurzen Pause ein. »Hut ab, wie ruhig dein Kollege darauf reagiert, dass dein Chef dich Küken auf seinen Posten hievt. Ich gehe jede Wette mit dir ein, dass er alles tun wird, um dich dem gewachsen sein zu lassen. Das ist er schon sich selbst schuldig. Schließlich muss er das Gesicht wahren.«

Charlottes neuerliches Lob für Arthur wurde Vera nun doch zu viel. Mühsam musste sie sich zurückhalten, sie nicht zurechtzuweisen.

»Und dennoch ebenso Hut ab dafür, dass Sandrart ihm in den letzten Wochen noch seinen geliebten BMW leiht, damit er sich auf den Baustellen weiter Respekt verschafft«, fügte Charlotte hinzu. »Das zeigt, wie wichtig es ihm ist, allen zu beweisen, dass er trotz Kündigung weiter viel von ihm hält. Die zwei sind wohl aus demselben Holz geschnitzt. Ein Jammer, dass sich ihre Wege trennen. Gemeinsam hätten sie eine Menge bewirken können. Gerade die Baubranche hat aufrechte Menschen bitter nötig.«

Beschwingt hakte sie Vera unter und winkte Constantin an ihre andere Seite. Folgsam trat er die Zigarette auf dem Boden aus und hängte sich an ihrem Arm ein.

Bislang hatte er mit keiner Silbe verraten, was er von Arthur und der ganzen Angelegenheit hielt. Dabei musste ihm doch klar sein, dass es sich um den Mann handelte, für den Vera letztens das gemeinsame Fußballspielschauen abgesagt hatte. Dessentwegen sie mehrfach vor ihm errötet war. Auf ihre Freundschaft war eben Verlass. Dankbar nickte sie.

»Dass ich aufgrund dieser Geschichte beruflich einen riesigen Schritt vorankomme, scheint dich weniger zu freuen«, versuchte sie, dem Gespräch eine neue Wendung zu geben.

»Falsch«, widersprach Charlotte. »Natürlich freut es mich. Aber ich bin sicher, du hättest auch ohne Arthurs Kündigung Karriere gemacht. Du bist gut. Das weiß dein Chef.«

»Frauen in Männerberufen sind deiner Meinung nach sowieso dazu prädestiniert, Karriere zu machen«, mischte Constantin sich zum ersten Mal ins Gespräch ein.

»Auch das ist falsch.« Charlotte schmunzelte. »Frauen in Männerberufen sind in der Regel schlichtweg besser und leistungsorientierter als ihr Herren der Schöpfung. Sie wissen, dass sie ihr Können jederzeit beweisen müssen, und tun es deshalb von Beginn an. Männer haben zwar durchaus ebenfalls ihre Chancen, nur leider sind sie oft zu faul, von sich aus anzupacken, und vertrauen stattdessen darauf, dank ihres Geschlechts einen natürlichen Anspruch auf den direkten Weg nach oben zu haben.«

»Was in der Regel leider auch funktioniert«, warf Vera ein.

»Ich glaube, ich sollte die Branche wechseln und als Mann in einer Frauendomäne mein Glück versuchen. Vielleicht gilt das dort umgekehrt.« Constantin klang resigniert, und Vera war sich nicht ganz sicher, ob er nur scherzte. Leider lief Charlotte zwischen ihnen, sodass sie sein Gesicht nicht sehen konnte, um mehr daraus zu lesen.

»Ich habe gleich gesagt, du bist nicht zum Ingenieur geboren«, entgegnete Charlotte. »Meinetwegen darfst du deinen Neigungen nachgeben und dir etwas anderes suchen. Großpapas Maschinenfabrik schaukle ich auch ohne deine Hilfe. Dank deiner Anteile ist dir dein Einkommen trotzdem gesichert.«

»Sehr großzügig von dir.«

Für eine Weile verstummte das Gespräch. Vera war es ein Rätsel, warum Constantin Charlottes großzügiges Angebot nicht annahm. Als Maschinenbauingenieur konnte sie ihn sich beileibe nicht vorstellen. Eher als Kunsthändler oder etwas in der Richtung – finanziell wäre er abgesichert. Eine beneidenswerte Position. Ob er davor zurückschreckte, Charlotte die Leitung der familieneigenen Firma allein zu überlassen? Zum Glück war das nicht ihr Problem, beschloss Vera.

Das Wetter wurde immer sommerlicher. Die blauen Streifen am Himmel gewannen an Terrain, verdrängten die Wolken. Vera, Charlotte und Constantin schlenderten den von Pfützen durchweichten Kiesweg am Eisbach entlang zur Tivolibrücke. Wenn Vera die Augen schloss, meinte sie, sechzehn Jahre in der Zeit zurückversetzt zu sein und zusammen mit der blond gelockten Rosi, der schüchternen Brigitte und dem dicken Rudi umherzuhüpfen. Verstecken hatten sie in dieser Ecke des Englischen Gartens gern gespielt, weil es so wunderbar dichte Büsche gab, hinter denen man unauffindbar war. Oder Schiffchenversenken im Eisbach. Die kleinen Boote hatten sie aus Stöckchen, Taschentüchern, Blättern und Abfall gebastelt und dann mit dicken Steinen auf sie gezielt.

Was aus den drei Freunden wohl geworden war? Constantin hatte sie leider auch aus den Augen verloren, wie er ihr erzählt hatte. Ihre jüdische Herkunft ließ das Schlimmste für sie befürchten. Der schmächtige Gerhard wie auch die trampelige Annegret und natürlich Constantin waren dagegen nicht von den sogenannten Nürnberger Rassegesetzen betroffen gewesen. Allerdings legte Vera keinerlei Wert darauf, Annegret und Gerhard wiederzusehen. Auch Constantin hatte die beiden nicht mehr erwähnt.

»Schaut euch das viele Wasser an!«, riss er sie aus ihren Gedanken und deutete auf die braunen Fluten, die unter lautem Getöse in dem Bett, das dem Eisbach zur Verfügung stand, nordwärts brandeten.

»Darin hätten unsere Boote keine Chance gehabt«, stellte Vera fest.

»Niemals hätten wir bei Hochwasser hierher gedurft.« Constantin grinste.

»Als ob uns das groß gestört hätte.«

Versonnen betrachtete Vera die weißen Schaumkronen auf dem zu einem reißenden Fluss angeschwollenen Eisbach. Weiter nördlich in der Hirschau würde er in die Isar münden. So weit aber wollten sie gar nicht laufen. Lediglich die Reste der vom Jahrhunderthochwasser Anfang Juli verursachten Schäden an der Bogenhausener Brücke wollten sie sich noch ansehen. Fast fünfeinhalb Meter hoch hatte die Isar dort gestanden.

Bis dahin war es noch ein gutes Stück. Genießerisch streckte Vera das Gesicht der wärmenden Sonne entgegen, blinzelte in das grelle Licht und fühlte sich abermals um viele Jahre in glückliche Kindheitstage zurückversetzt.

»Wo steckt eigentlich deine Schwester Klara? Lebt sie auch hier in München? Was macht sie?«, fragte sie Charlotte unvermittelt.

Das Rauschen des Eisbachs schwoll an, eindeutiges Zeichen, wie nah sie der Tivolibrücke gekommen waren. An dem Lärm des Wassers aber lag es nicht allein, dass Charlotte nicht gleich antwortete. Vera ahnte, ein heikles Thema angeschnitten zu haben.

»Leider war sie von der damaligen Entwicklung in Deutschland sehr angetan«, begann Charlotte vorsichtig, um ungeduldig von Constantin unterbrochen zu werden. »Vera gegenüber kannst du ruhig ehrlich sein. Sie wird noch wissen, wie überzeugt Klara von den Ideen der Nazis gewesen ist. Sehr zu Großpapas Entsetzen ist sie im BDM rasch aufgestiegen. Großpapa war zwar konservativ und sicher auch antisemitisch, mit Hitler aber wollte er sich nie gemein machen. Der war in seinen Augen schlichtweg ein ungehobelter Prolet, wie er überhaupt alle Nazis für Proleten hielt. Umso schlimmer war es deshalb für ihn zu erleben, wie Klara im Dunstkreis von Schirachs Jüngern einen sehr blonden, blauäugigen jungen Mann kennengelernt hat, den sie zur Zucht vieler weiterer blonder, blauäugiger Arier geheiratet hat. Weil die beiden im Gegensatz zu vielen anderen Deutschen auch nach Kriegsende offen an ihren Idealen festgehalten haben, sind sie mit Sack und Pack nach Argentinien geflohen. So haben sie sich der hier drohenden Strafe entzogen. Dort verliert sich offiziell ihre Spur. Alle paar Monate erhält Tante Viktoria einen Brief von angeblichen Nachbarn Klaras mit Fotos und ausführlichen Schilderungen, wie es der Familie mit sehr blonden, auffällig blauäugigen Kindern inzwischen geht.«

»Dann hat sie wohl Glück gehabt«, entschlüpfte es Vera.

»Du hast doch keine Ahnung«, brauste Charlotte unerwartet auf und blieb mitten auf dem Weg stehen, suchte ihren Blick. »Ihr alle seid weit weg gewesen und habt nicht mitbekommen, wie es hier zugegangen ist. Als es vorbei war, hat man euch hier den roten Teppich ausgerollt, damit ihr wieder zurückkehrt. Dein Vater sitzt für die SPD im Bundestag, deine Eltern haben eine schicke Dienstwohnung in Bonn, du konntest gleich in Aachen studieren, was du wolltest, und arbeitest jetzt hier in einem der renommiertesten Architekturbüros der Stadt. Aber die, die geblieben sind, mussten erst einmal schauen, wie sie klarkommen. Wer es sich einfach gemacht hat, hat zu allem Ja und Amen gesagt, was die Amerikaner hören wollten. Zur Belohnung hat er dafür den Persilschein gekriegt. Wer aber aufrichtig an seinen Überzeugungen festgehalten hat, der musste …«

»Es reicht!«, fiel Vera ihr ebenso aufgebracht ins Wort. »Das alles brauchst du nicht ausgerechnet mir zu erklären. Oder was denkst du, warum meine Eltern damals fortmussten und was wir die ganzen Jahre im Exil erlebt haben? Eine Vergnügungsreise war das nicht. Der Rest unserer Familie, sowohl Papas jüdische Eltern hier in München als auch Mamas Berliner Familie, die fast alle Kommunisten waren, konnten nicht mehr rechtzeitig weg. Von ihnen hat fast keiner überlebt.«

»Bitte verzeih.« Charlotte wischte sich die Augenwinkel und setzte wieder ein Lächeln auf. Sie fixierte Vera mit ihren auffällig blauen Augen. »Manchmal gehen da wohl die Gäule mit mir durch. Es ärgert mich, welche Schmierenkomödie sich hier seit einigen Jahren abspielt. Dabei habe ich selbst nie viel von den Parolen der Nazis gehalten. Anfangs fand ich es zwar noch toll, beim BDM mitzumischen. Je mehr ich allerdings begriff, worauf das hinauslief, desto entsetzlicher fand ich es. Besonders Klaras blinde Begeisterung hat mich erschreckt. Bald hatten wir uns nichts mehr zu sagen. Seit ihrer Flucht nach Argentinien haben wir keinen Kontakt mehr. Es ist, als wäre sie gestorben. Dabei hätte sie es selbst in der Hand, die Situation zu ändern. Sie könnte ihre Fehler eingestehen, dann stünde auch ihrer Rückkehr nichts mehr im Weg. Das aber will sie nicht. Wir haben sie wohl für immer an diese furchtbare Hetze verloren. Doch du hast recht. Was ist das im Vergleich zu dem, was ihr durchgemacht habt! Das kann ich mir nur ansatzweise vorstellen.«

»Man kann das nicht gegeneinander aufrechnen«, erwiderte Vera. »Es ist absolut kontraproduktiv, sich darüber zu streiten, wer wie viel unter den Nazis gelitten hat.«

Endlich erreichten sie die Bogenhausener Brücke. Da die Brückenmauer gesäumt war von Neugierigen, die hofften, noch eine letzte Spur der Überschwemmung vor zwei Wochen zu erhaschen, blieben sie nicht stehen. Stattdessen überquerten sie die Isar und wandten sich auf dem rechten Ufer den Maximiliansanlagen zu, um zum Friedensengel zu gelangen.

Die Sonne hatte die letzten Wolkenzipfel aufgeleckt und strahlte vom tiefblauen Himmel.

»Warum bist du eigentlich zurückgekommen?«

Sie waren eine Zeit lang schweigend nebeneinander gegangen, als die Frage fiel. Vera horchte auf. Sie war sich sicher gewesen, Charlotte würde sie das nie fragen, weil sie es für zu banal hielt. An ihrem lauernden Blick merkte sie jedoch, dass sie sich getäuscht hatte. Charlotte brannte offenbar wirklich auf ihre Antwort.

Sie blieb stehen.

Auch die beiden anderen hielten an.

Constantin wirkte verlegen, Charlotte dagegen war wieder ganz die selbstbewusste Ingenieurin. »Nach allem, was ihr hier durchgemacht habt, ist es kaum nachvollziehbar, dass du und deine Eltern freiwillig nach Deutschland zurückwolltet«, setzte sie nach. »Warum du ausgerechnet in Hitlers frühere Lieblingsstadt München zurückgekommen bist, ist besonders erstaunlich. Ich kann mir vorstellen, dass vor allem deine Mutter außer sich ist. Sie hat München nie gemocht. Dass du als Architektin diese Stadt wieder mit aufbauen willst, ist geradezu grotesk.«

»Wäre es nicht ebenso grotesk, wenn ausgerechnet Leute wie meine Eltern und ich nicht zurückkehrten?« Herausfordernd suchte Vera Charlottes Blick. »Damit wäre die Politik der Nazis endgültig aufgegangen und Deutschland für alle Zeiten ›judenfrei‹, ganz so, wie sie es bezweckt haben.«

Auch wenn sie den Begriff mit Bedacht gewählt hatte, wunderte sie sich, wie leicht er ihr über die Lippen kam. Würde man jemals wieder aufhören, solches Vokabular zu benutzen? Mehr als neun Jahre waren vergangen, seit man die KZs befreit und die Nazis besiegt hatte. Und trotzdem dachten sie noch in den alten Kategorien. Selbst sie.

Abermals sah sie zu Charlotte.

Die erwiderte ihren Blick. Wie vertraut sie sich inzwischen wohl schon wieder geworden waren, wenn sie keine Scheu mehr hatten, solche Themen anzuschneiden. Sie verspürte einen Schmerz in der Brust. Nein. Das war eine Täuschung. Sie waren sich nicht mehr vertraut. Zu vieles stand zwischen ihnen, über das sie nicht so einfach und offen miteinander reden konnten. Sie sollte auf der Hut bleiben. Nicht nur, was Charlottes Interesse an Arthur betraf.

10

Dieses Mal machte Vera gleich bei der ersten Pfütze kurzen Prozess. Kaum versank sie mit dem rechten Fuß darin, sickerte eiskaltes Dreckwasser in ihre Pumps. Kurzerhand streifte sie die Schuhe von den Füßen und lief barfuß weiter, die Pumps an den schmalen Riemchen locker in der Hand schwingend. Es waren zwar nicht ihre besten und neuesten, aber auch sie waren absolut nicht geeignet, um zwischen den schlammigen Furchen voranzukommen.

Erstaunt zog Arthur die Augenbrauen hoch und verlangsamte sein Tempo.

»Beim Richtfest vor zwei Wochen war es noch etwas anderes«, erklärte sie leichthin. »Damals musste ich wohl oder übel schick über den durchweichten Acker zum Rohbau stöckeln, schließlich saßen beim Festakt selbst die Maurergehilfen im weißen Hemd und mit Krawatte auf den Bänken. Heute aber wird sich kaum einer der Handwerker wundern, wenn ich eher baustellen- denn festtagstauglich vor ihnen auftauche. Die stecken selbst in ihren Arbeitsklamotten. Besser wäre natürlich gewesen, ich hätte an Gummistiefel gedacht. Die besorge ich mir gleich heute Abend.«

»Gute Idee.« Schmunzelnd sortierte er die Papprollen mit den Plänen und Entwürfen unter den anderen Arm. »Meinetwegen müsstest du nicht im Kostüm herumlaufen. Lange Hosen haben in unserem Beruf durchaus ihre Vorteile.«

»Meine Rede.«

Es freute sie, dass er, wenigstens wenn sie unter vier Augen waren, zum Du zurückgekehrt war. Seit er bei Sandrart gekündigt und begonnen hatte, sie auf seine Nachfolge vorzubereiten, schien bei ihm ein Damm gebrochen. So abwehrend er nach dem ungeschickten Ende des Fernsehnachmittags im Wirtshaus gewesen war, so gelöst verhielt er sich ihr gegenüber in den letzten Tagen. Manches Mal gab er sich geradezu überschwänglich liebenswürdig, und sie spürte, wie darüber auch ihre hastig hochgezogenen Schutzwälle einzustürzen drohten.

Vielleicht rührte sein Sinneswandel daher, dass ihre berufliche Zusammenarbeit bald beendet war. Vera hoffte, sie blieben trotzdem in Kontakt. Der kollegiale Austausch mit ihm war fabelhaft. Von ihm lernte sie weitaus mehr als von allen anderen Kollegen im Büro zusammen. Er konnte hervorragend erklären und war sich nie zu schade, sich mit großer Geduld selbst den simpelsten Fragen zu stellen.

»Am besten fange ich erst einmal mit den Gummistiefeln an«, setzte sie nach, um die aufsteigende Verlegenheit zu überspielen, die sie immer öfter befiel, wenn er so nah neben ihr stand. »Die Herren der Baubranche sind konservativ. Ich will sie nicht überfordern.«

»Stimmt. Vorerst haben sie genug daran zu knabbern, dass du bei diesem Projekt künftig Sandrart und sein Büro vertrittst. Gummistiefel zum Kostüm sind da eine weitere Herausforderung. Dabei haben sie sicherlich fest mit Siegfried Eisele als meinem Nachfolger gerechnet. Der trägt wenigstens Hosen und feste Schuhe.«

»Auf die Beförderung hat er wohl selbst gehofft. Bislang hat er offiziell als dein Stellvertreter fungiert. Er wird wohl kaum mein neuer Lieblingskollege.«

»Sandrarts Entscheidung für dich als meine Nachfolgerin war eine fette Kröte für ihn. Seit Kriegsende ist er bei Sandrart beschäftigt, mehr als doppelt so lang wie ich.«

»Warum kommt er trotzdem nicht weiter?«

»Viele Berufsjahre bedeuten nicht automatisch viel Berufserfahrung«, erwiderte Arthur. »Eisele sprüht vor Ideen, aber er schafft es selten, sie umzusetzen. Leider beginnt es schon damit, dass er ungern zu den Baustellen fährt. Er taucht dort nur auf, wenn es sich gar nicht vermeiden lässt. Zu Besprechungen bestellt er den Polier und die Handwerker lieber ins Büro. Da fühlen die sich aber nicht wohl und reagieren verschlossen. Überhaupt tut Eisele sich schwer, einen Draht zu den Handwerkern zu finden. Die reden nun einmal ganz anders als wir Akademiker. Das ist keine Schande, sondern schlichtweg normal. Darauf muss man sich einstellen. Knappe, klare Worte sind das Beste, um mit ihnen zu sprechen. Wenn sie wissen, wer die Ansagen macht, fügen sie sich ohne Probleme.«

»Wollen wir hoffen, es gelingt mir einigermaßen, die Erwartungen zu erfüllen. Du hast die Messlatte sehr hoch gelegt.«

»Wenn Sandrart sich dessen nicht sicher wäre, hätte er dich wohl kaum auf meinen Posten befördert.«

»Danke.«

Dieses Mal glühte ihr Gesicht wirklich tiefrot. Dabei war es nicht das erste Mal, dass Arthur ihr Sandrarts hohe Meinung von ihr in Erinnerung rief. Faszinierend, wie souverän er mit der Situation umging. Von Sandrarts Streich, sie nach nur fünf Wochen an die Position rücken zu lassen, die er sich in fünf Jahren mühsam erarbeitet hatte, war er ebenso überrascht worden wie sie, Eisele und die anderen Kollegen. Eigentlich musste es ihm mindestens ebenso bitter aufstoßen, auch wenn er Sandrart mit seiner Kündigung erst den Anstoß für diesen Schachzug geliefert hatte. Sie dagegen war rein zufällig in das krude Spiel der beiden geraten. Arthur tat jedoch sein Möglichstes, sie dabei nicht unter die Räder kommen zu lassen. Tatsächlich verhielt er sich ihr gegenüber sogar besonders fair. Ob das ein zarter Hoffnungsschimmer war?

So sehr sie versuchte, sich zur Vernunft zu rufen, so wenig konnte sie verhindern, dass ihr Herz bei dem Gedanken einen kleinen Satz machte. Sie biss sich auf die Lippen. In jedem Fall hatte Charlotte recht, wenn sie Arthur eine gewisse Größe attestierte.

Sie liefen weiter über den matschigen Grund. Galant bot er ihr den Arm, als sie ins Straucheln geriet. Dankbar für die Hilfe blieb sie bei ihm eingehakt, bis sie den Rohbau am Ende des Ackers erreichten.

Im mittleren Verwaltungstrakt erwarteten sie der Polier sowie der Zimmerer- und der Dachdeckermeister. Ihre mürrischen Gesichter machten wenig Hoffnung auf eine fröhliche Gesprächsrunde. Umso offener sah Vera ihnen entgegen. Dass sie die Pumps in der Hand statt an den Füßen trug, entlockte dem Zimmermann dann doch ein breites Grinsen, dem Polier dagegen ein anerkennendes Nicken. Offenbar begriff er, wie wenig Wert sie darauf legte, als schickes Modepüppchen bei ihnen aufzutauchen.

»Beim nächsten Mal komme ich in Gummistiefeln«, versprach sie, was er durch ein weiteres Nicken guthieß.

»Wollen wir uns nicht besser an den Tisch setzen? Dann können wir auch gleich die Pläne vor uns aufrollen«, schlug Arthur vor und geleitete sie zu einem der Biertische mit zwei schmalen Bänken, die offenbar noch vom Richtfest stehen geblieben waren. Leere Flaschen und Butterbrotpapier sowie durchweichte Essensreste deuteten auf die weitere Nutzung als behelfsmäßige Kantine hin. Keiner der drei Handwerker machte Anstalten, sie beiseitezuräumen. Stattdessen sahen sie Vera erwartungsvoll an.

Arthur drückte ihr kurzerhand die aufgerollten Pläne in die Hand und räumte den Tisch frei.

»Das wollen Sie wohl kaum Ihrer künftigen Ansprechpartnerin aus unserem Büro überlassen«, stellte er klar.

Die Handwerker quittierten den Rüffel mit einem vielsagenden Brummen.

Vera beschloss, das zu ignorieren, und begann stattdessen, die noch zu klärenden Punkte anzusprechen.

»Warum gibt es Schwierigkeiten bei der Lieferung der Dachpappe?«, wollte sie vom Dachdeckermeister wissen und lauschte aufmerksam seiner Antwort.

»Bestehen Sie auf den zugesagten Terminen und drohen Sie notfalls mit Preisminderung. Das wirkt immer. Damit es zu keinen weiteren Verzögerungen kommt, beginnen Sie am besten noch heute Ihre Arbeit statt im Westtrakt im Verwaltungsbau. Der sollte ohnehin zuerst bezugsfertig sein. Dann können wir die Räumlichkeiten schon einmal nutzen. Wie läuft es mit dem Dachstuhl am Osttrakt?«

Nach und nach hakte sie die Details mit den einzelnen Herren ab und registrierte zufrieden, wie diese zunehmend freundlicher auf ihre direkte Ansprache reagierten. Arthur überließ ihr die Gesprächsführung, schaltete sich nur ein, wenn es um Absprachen ging, die noch zu seiner Zeit als verantwortlicher Architekt getroffen worden waren.

»Nächsten Samstag um elf sehen wir uns wieder«, beendete sie die Runde nach einer halben Stunde.

»Auf weitere gute Zusammenarbeit, Fräulein Cohn«, reichte ihr der Polier zum Abschied lächelnd die Hand. Die beiden Handwerksmeister folgten seinem Beispiel.

»Gratuliere«, stellte Arthur wenig später im Auto fest. »Denen hast du erfolgreich beigebracht, dass eine Frau zu mehr als zum Aufräumen und Kaffeekochen fähig ist.«

»Daran hast du auch deinen Anteil. Du hast ihnen geschickt vermittelt, wer künftig das Sagen hat.«

»Dazu bin ich da.«

So selbstverständlich er das sagte, so traurig stimmte es sie. Bald wäre er nicht mehr da. Schon jetzt wusste sie, wie sehr sie ihn vermissen würde. Nicht nur als Kollegen. Dagegen kam sie einfach nicht an.

Im Büro verlief die Übergabe nicht ganz so reibungslos wie auf der derzeit wichtigsten Baustelle am südwestlichen Stadtrand. Erwartungsgemäß zweifelte vor allem Eisele Veras Eignung an. Wie befürchtet, bemängelte er fehlende Berufserfahrung.

»Es soll Leute geben, die werkeln bereits seit nahezu zehn Jahren als Architekten in Büros und sind trotzdem noch nicht viel weiter als direkt nach dem Examen«, wies Arthur ihn bei einer Besprechung vor versammelter Mannschaft zurecht.

Deutlich war ihm anzusehen, wie sehr ihm Eiseles ständiges Sticheln gegen den Strich ging. Vera war die Situation unangenehm. Am liebsten hätte sie selbst etwas zu Eiseles Vorwurf gesagt. Doch Arthur gab ihr keine Gelegenheit.

»Das liegt wohl daran, dass diese Leute Angst davor haben, hinter ihrem Reißbrett hervorzukriechen und sich häufiger auf der Baustelle zu zeigen«, fuhr er ungewohnt schroff fort. »Natürlich holt man sich dort nasse, dreckige Füße. Aber die gehören dazu. Ohne die Leute vor Ort wird nämlich nichts aus unseren hochfliegenden Plänen. Selbst wenn die noch so schön sind. Das hat weniger mit langjähriger Erfahrung zu tun als mit dem guten Gespür für das, was in unserem Beruf verlangt wird. Entweder man hat es, oder man hat es nicht.«

Nach seinen Worten senkte sich beklemmende Stille über die Anwesenden. Der massige Hellmuth Sandrart enthielt sich jeden Kommentars, dabei wäre ihm sicherlich nicht nur Vera für ein klärendes Wort dankbar gewesen. Einige Kollegen nickten jedoch zustimmend. Offenbar hatte Eisele weitaus weniger Rückhalt im Büro, als er selbst erwartet hatte. Fast tat er Vera schon leid, wie er nach Arthurs Zurechtweisung verlegen in sich zusammensackte. Rasch zündete er sich eine Zigarette an und rauchte derart verkrampft, als gelte es, auf diese Weise den ersehnten Halt zu finden. Die gelben Fingerkuppen verrieten, wie oft er das schon versucht haben musste.

»Nichts für ungut«, bemühte sich Arthur mit dem gewohnt charmanten Lächeln selbst wieder um ein friedliches Miteinander. »Wir wissen alle, was wir aneinander haben, und wir brauchen jeden Einzelnen genauso, wie er ist. Die einen sind gut in der Theorie und im Luftschlösserbauen, die anderen sind besser in der Praxis und im Umgang mit den Handwerkern. Für jeden gibt es genug zu tun. Nur gemeinsam können wir die Wünsche unserer Bauherren erfolgreich umsetzen. Lasst uns also weiter zusammenarbeiten und nicht neidisch auf irgendwelche Posten schielen.«

Langsam hob Sandrart die Hände und begann zu klatschen. Nach und nach fielen die anderen ein. Arthur bedankte sich mit einem scheuen Lächeln in die Runde, blieb dabei einen Moment länger als nötig an Vera hängen. Ein weiteres Mal fiel ihr Charlottes Urteil ein. Arthur zeigte tatsächlich Größe, weitaus mehr als der ewig schweigende Sandrart.

»›Weiter zusammenarbeiten‹ klingt gut, wenn man den Fuß schon halb aus der Tür hat. Aber im rechtzeitigen Abhauen war er schon immer gut«, hörte Vera Eisele sagen, als der Applaus verklungen war. Sie horchte auf. Die meisten Kollegen hatten den Besprechungsraum bereits verlassen, Sandrart und Arthur standen in der Tür und redeten eifrig miteinander. Eisele und sie saßen als Einzige noch am Tisch und packten ihre Notizen zusammen.

»Bilden Sie sich nur nicht ein, ich hätte nicht mitbekommen, was hier läuft«, fuhr er fort, dieses Mal eindeutig an sie gerichtet. »Ich kann zwei und zwei zusammenzählen und weiß genau, warum Sandrart Sie überhaupt ins Büro geholt hat. Bei Gelegenheit übrigens schöne Grüße an den verehrten Herrn Papa im fernen Bonn. Als Sozialdemokrat ist er bestimmt ein eifriger Verfechter des sozialen Wohnungsbaus. Und genauso eifrig wird er sich wohl auch dafür einsetzen, dass ganz bestimmte Büros zum Zuge kommen, vor allem, wenn das Fräulein Tochter dabei auf so sagenhafte Weise Karriere macht.«

11

Vera war froh, in den nächsten Tagen genug damit zu tun zu haben, sich in Arthurs Nachfolge einzuarbeiten. So konnte sie Eisele aus dem Weg gehen. Darüber verblassten seine ungeheuren Unterstellungen für eine Weile, insbesondere, da Arthur in derselben Zeit geradezu zu Hochform auflief, um ihre fachliche Eignung zu unterstreichen. Das entschädigte sie für die Stichelei, die wahrscheinlich ohnehin nur das beleidigte Aufjaulen des unterlegenen Konkurrenten gewesen war.

Zufällig stand sie eines Vormittags im Foyer an ihrem Postkorb, als Arthur sich mit Bravour Gisela Birnstock vorknöpfte. Halbherzig hatte die zweite Sekretärin kurz zuvor einen Anrufer am Telefon über die geänderten Zuständigkeiten bei der Projektleitung aufgeklärt.

»Sie haben richtig gehört«, wiederholte sie. »Bedauerlicherweise ist Ihr künftiger Ansprechpartner aus unserem Büro Fräulein Cohn, nicht Herr Eisele.«

»Aber, aber, liebe Gisela, was war denn das? Was gibt es denn bei uns zu *bedauern?*«, fragte Arthur, nachdem sie aufgelegt hatte.

Verunsichert schaute sie ihn an. Sonst hatte er für die quirlige Rothaarige immer einen kecken Spruch auf den Lippen und ein lustiges Zwinkern in den Augen. Dafür himmelte sie ihn an. Nun wusste sie nicht so recht, worauf er mit seiner Frage hinauswollte.

»Habe ich etwas versäumt? Befinden wir uns hier neuerdings in einem Beerdigungsinstitut?«

Je spöttischer sein Ton wurde, desto mehr verwirrte er die arme Gisela. Mit aufgerissenen Augen starrte sie ihn an. Das Einzige, was sie noch zu wissen schien, war, dass sie gerade einen entscheidenden Fehler begangen hatte. Ihre Unterlippe zitterte bereits verräterisch.

»Dabei haben wir doch gute Nachrichten«, erlöste Arthur sie mit aufmunterndem Lachen, legte ihr tröstend die Hand auf die Schulter und wandte sich zugleich auch an Rosemarie Gegenfurtner sowie an die beiden Buchhaltungsdamen Ulla Schmidt und Käthe Waldmüller. Neugierig waren die aus ihrem Büro an den Empfangstresen gekommen.

»Gerade Sie als Frau müssten doch vor Stolz platzen«, fuhr Arthur fort. Lässig zog er ein blütenweißes Taschentuch aus der Hosentasche und reichte es Gisela, damit sie sich die Augen tupfen konnte.

»Ab sofort liegt die Bauleitung der Altenheime im Westen und Südwesten bei Fräulein Cohn. Was für ein Glücksfall für unsere Auftraggeber! Eine junge Frau auf dem Posten sorgt für frischen Wind in den verrosteten Vorstellungen der grauhaarigen Herren. Genau das müssen Sie den Leuten vermitteln. Ein Architekturbüro ist ein Hort zukunftsweisender Ideen und ungewöhnlicher Entscheidungen, kein Beerdigungsinstitut, das den eigenen Niedergang betrauert.«

Zur Bekräftigung nahm er Giselas Hand und hauchte einen Kuss darauf. Gisela errötete bis in die Haarspitzen. Ulla Schmidt begann zu kichern, Käthe Waldmüller prustete sogar schon laut los, und Rosemarie Gegenfurtner bedachte Gisela mit einem breiten Grinsen.

Auch Vera schmunzelte. Sandrart hatte recht. Arthur verstand es, jeden und vor allem jede im Büro um den Finger zu wickeln.

Wie so oft in der letzten Zeit aber galt sein letzter Blick ihr allein. Der Schalk war daraus verschwunden. Das tiefe Blau spiegelte Aufrichtigkeit wider. Wie gern würde sie darin versinken!

Warum aber beließ er es nur dabei? Warum folgte nie der nächste Schritt? Dabei waren sie sich doch schon einmal nahegekommen. Was stand zwischen ihnen? Etwa ihrer beider Vergangenheit?

Nein!, rief sie sich zur Ordnung. Diese Grübelei hatte sie ein für alle Mal abgehakt und sich entschlossen, allein auf ihr Gefühl zu vertrauen. Und das sagte ihr, dass sie von ihm keine unerfreulichen Enthüllungen zu erwarten hatte. Er war der Mann, auf den sie die letzten Jahre gehofft hatte, um am Himmel über ihren Träumen zu bauen. Bestimmt hatte ihn nur der Mut verlassen. Seine übermütigen Freundinnen hatten letztens doch vorgeführt, wie schnell er in die Defensive gedrängt werden konnte. Vielleicht war er ein Mann, der erobert werden wollte? Anscheinend war sie für solche Charaktere prädestiniert, wie sie schon auf der Highschool mit Bill erlebt hatte. Sie sollte die Initiative ergreifen. Was gab es zu verlieren? Sie konnte nur gewinnen – und zwar ihn! Bei dem Gedanken raste ihr Puls.

Es war wie verhext. Sobald Vera sich ein Herz fasste und Arthur nach Feierabend einen unverfänglichen gemeinsamen Besuch im *Espresso* am Stiglmaierplatz oder in der *Milchbar* am Rotkreuzplatz vorschlagen wollte, entwischte er ihr im letzten Moment.

»Bis morgen!«, verabschiedete er sich mit einem fröhlichen Winken, ehe sie nach Büroschluss ihre Siebensachen gepackt hatte und ihn fragen konnte.

Hatte sie sich doch getäuscht? Interpretierte sie zu viel oder gar etwas Falsches in sein Verhalten? Oder hatte er es einfach nur eilig, weil er nach Feierabend mit seinem Freund Ludger an der Eröffnung ihres Ingenieurbüros arbeitete?

Vera stützte den Kopf in die Hände, zerwühlte sich die dunklen, kurzen Locken. Sie wusste einfach nicht, was sie tun sollte.

Was gäbe sie dafür, jemanden zu haben, mit dem sie sich beraten könnte! Constantin kam dafür nicht infrage, auch wenn sich bei ihren sonntäglichen Spaziergängen auf den Spuren von Großmama Rebeccas Skizzenbuch so manches Mal eine günstige Gelegenheit zu ergeben schien. Mehr als ein Mal schon hatte Constantin sich scheinbar beiläufig danach erkundigt, ob sie weiterhin von den Kollegen zu Freizeitaktivitäten eingeladen werde so wie letztens zum gemeinsamen Fußballspielschauen. Oder wie sie mit Arthur klarkomme. Ob er sich immer noch so fair verhalte, um sie als seine Nachfolgerin auf alle Eventualitäten vorzubereiten. Das wären passende Stichworte gewesen, aber Vera ließ die Gelegenheiten ungenutzt verstreichen. Bei aller Freundschaft war Constantin eben doch ein Mann. Unvorstellbar, ihn ausgerechnet bei Herzensangelegenheiten ins Vertrauen zu ziehen.

Blieb Charlotte. Die aber schien selbst an Arthur interessiert, zumindest hatte das letztens so gewirkt. Dabei war sie ihm noch nie begegnet. Wenn allerdings schon die pure Beschreibung genügte, um ihr Interesse zu wecken, ließ das einiges von ihrem Temperament erahnen. Zum Glück war sie derzeit in Sachen Maschinenbaufabrik auf einer Messe im Rheinland unterwegs und frühestens in zwei Wochen wieder erreichbar.

Was für ein Jammer, keine echte Freundin zu haben! Ob Rosi oder Brigitte ihr welche geworden wären, hätte das Schicksal sie nicht getrennt? Leider würde Vera das nie erfahren. Ihr wurde schwer ums Herz. Umso wichtiger, sich über Arthur im Klaren zu werden. Allzu lange konnte sie nicht mehr warten, sonst war er aus Sandrarts Büro verschwunden. Wie schon so oft in ihrem Leben war sie auf sich allein gestellt. Sie wurde nervös.

Die Gelegenheiten, Arthur unter vier Augen zu sprechen, häuften sich erfreulicherweise bald wieder. Je näher sein Ausscheiden aus Sandrarts Büro rückte, desto öfter mussten sie zu zweit bei Bauherren vorsprechen. Wie von Sandrart gewünscht, chauffierte Arthur sie stets in dem dunkelroten »Barockengel« dorthin. Allerdings gab es auf den Hinfahrten wichtige Absprachen zu den anstehenden Terminen zu treffen, und die Rückfahrten nutzte Arthur, um Vera Instruktionen über die weitere Vorgehensweise bei den Projekten zu erteilen. Es schien, als käme er kaum zum Luftholen, weil es bis zum Monatsende noch so vieles zu erledigen gab.

»Manchmal bin ich wohl doch kaum mehr als eine bessere Tippse«, stöhnte sie, als sie wieder einmal gemeinsam Richtung Innenstadt fuhren. Dieses Mal stand ein Treffen mit zwei Vertretern der Stadt zum Stand der Dinge auf der neuen Baustelle für das Altenheim im Münchner Westen an. Wie so oft in der letzten Zeit diktierte Arthur ihr im Auto noch einige Stichpunkte, die sie später unbedingt mit den zuständigen Herren klären mussten.

»Aber eine sehr teure Tippse«, erwiderte er und verlangsamte den Wagen vor einer Ampel. Vergnügt zwinkerte er ihr zu. »Im Vergleich zu Gisela und Rosemarie kostest du den guten alten Sandrart eine ganze Stange mehr Gehalt. Gib dir also bitte Mühe, damit sich der Mehraufwand lohnt.«

»Besten Dank. Dann weiß ich ja, was du letztlich von mir hältst.« Sie klappte den Block zu und steckte ihn mit dem Bleistift in ihre Tasche. »Vielleicht gibst du mir anschließend Gelegenheit, dich mit einem Glas Wein in der *Pfälzer Weinstube* an meinem unverdient hohen Tippsengehalt teilhaben zu lassen?«

Jetzt war es heraus. Ihr Herz raste. Kaum wagte sie, ihn anzusehen.

»Nichts lieber als das«, erwiderte er und fuhr an, schaltete. Den Blick stur nach vorn gerichtet, tat er, als wäre er ganz aufs Autofahren konzentriert.

Unauffällig beobachtete sie ihn und bemühte sich zugleich, ihre aufsteigende Enttäuschung nicht allzu deutlich zu zeigen. Noch ehe er es aussprach, wusste sie, dass er absagen würde.

»Aber ich muss leider nachher sofort los«, entschuldigte er sich auch schon. »Ludger erwartet mich in unserem neuen Büro. Wir haben einfach sehr viel zu tun, können derzeit jedoch nur abends oder sonntags für unsere Auftraggeber arbeiten.«

Verflixt! Warum nur bekam sie ihn nicht zu fassen? Einerseits sandte er ihr deutliche Signale, andererseits verbarrikadierte er sich hinter einem Wall aus Arbeit. Fast konnte man meinen, er fürchtete sich vor einem Rendezvous mit ihr. Unvermittelt musste sie lachen. Wie hatte diese Brünette mit der Schmetterlingsbrille ihn damals genannt? »Prinz Rühr-mich-nicht-an.« Das passte wie die Faust aufs Auge. Was gäbe sie dafür, wenn es daran läge!

Zum Glück waren die altgedienten Honoratioren im Rathaus ein harter Brocken. Vera hatte das Gefühl, dass Arthur ebenso wie sie froh um die Herausforderung war, ihnen die neue Konstellation im Architekturbüro zu vermitteln. Stur hielten sie an ihren Rollen- und Geschlechtervorstellungen fest. Weibliche Wesen gab es in ihrem Umfeld inzwischen nur entweder als brave Ehefrauen oder Töchter zu Hause oder als fleißige Sekretärinnen im Vorzimmer. Als hätte es vor dem »Tausendjährigen Reich« nicht schon einige erfolgreiche Architektinnen auf wichtigen Posten gegeben. Die Rathausherren schienen die Erinnerung daran vollständig aus ihrem Gedächtnis getilgt zu haben. Dabei waren sie sicherlich schon damals im Dienst gewesen, wie ihr Alter verriet. Dennoch wollten sie nicht akzeptieren, dass Vera Arthur bei den Besprechungen nicht als Stenotypistin, sondern als künftige verantwortliche Architektin begleitete. Fast hätte sie aufgelacht, so deutlich hatte sie das Bild von vorhin im Auto vor Augen, als er ihr letzte Instruktionen diktiert hatte.

Das hätte den beiden Magistratsbeamten sicherlich gefallen.

»Sie können uns also garantieren, dass unser Projekt auch nach Ihrem Weggang mit bewährtem Engagement weiter von Sandrarts Büro betreut wird?«, wandte sich Hubert Wohlrat als Vertreter der Stadt noch einmal ausschließlich an Arthur.

Sie standen bereits im Flur des Rathauses, nachdem sie die Sitzung in Wohlrats winzigem Büro beendet hatten. Es lag zu einem der Innenhöfe, die kaum Licht von außen erhielten. Wie durch ein Wunder hatte das Neue Rathaus am Marienplatz die Fliegerangriffe der letzten beiden Kriegsjahre nahezu unbeschadet überstanden. Die benachbarten Häuser waren in Schutt und Asche gelegt worden. Nach und nach erstanden sie mit glatten, modernen Fassaden wieder.

Kurz schoss Vera die Erinnerung an die Zeichnungen ihrer Großmutter in den Sinn. Natürlich befand sich darunter auch ein Blatt mit dem Marienplatz und dem Neuen Rathaus. Rebecca hätte sich darüber mokiert, dass es weiterhin dieses Adjektiv trug. Das neogotische Gewölbe wie auch das dunkle Mobiliar und die verwirrenden Gänge, Nischen und Treppen des Rathauses stammten eindeutig aus einer anderen Epoche. Als letztes Überbleibsel der Vergangenheit ragte der Bau zwischen all dem Neuen jetzt auffällig altertümlich heraus.

Herren wie Wohlrat fühlten sich sichtlich wohl darin. Wahrscheinlich saß er wie die meisten seit Jahrzehnten am selben Schreibtisch, unterbrochen nur für eine kurze Zeit direkt nach dem Krieg, bis er das Spruchkammerverfahren überstanden hatte. Spätestens im Rahmen der großen Beamtenamnestie vor wenigen Jahren war er gewiss wieder auf den vertrauten Posten zurückbeordert worden.

Auf einmal meinte Vera, kaum mehr Luft zu bekommen. Dabei war es selbst jetzt, Ende Juli, erstaunlich kühl in dem unübersichtlichen Gebäude, und das lag nicht allein an dem schlechten Sommer.

Geflissentlich sah der hagere Wohlrat an ihr vorbei. Kein einziges Mal war er in der letzten Stunde auf ihre Erläuterungen zu den aktuellen Planänderungen eingegangen.

»Es freut mich, dass wir tatsächlich einmal zusammenarbeiten, Doktor Häutle«, wandte sie sich ostentativ an ihm vorbei dem stiernackigen Herrn mit feistem Wohlstandsbauch zu, der Arthur und ihr schon vor einigen Wochen auf dem Richtfest begegnet war. Wie damals hatte er sie auch an diesem Vormittag geradezu gierig mit kleinen, runden Schweinsaugen verschlungen. Das aber war ihr nun einerlei. Wenigstens nahm er sie wahr und akzeptierte, dass sie künftig miteinander zu tun hatten.

»Die Freude ist ganz meinerseits, Fräulein Cohn«, erwiderte er.

Das registrierte Vera mit Genugtuung. Ihre Taktik ging auf. Sie direkt anzusprechen, hatte er bei ihrer letzten Begegnung noch vermieden.

»Darf ich Sie noch einmal daran erinnern, bei der nächsten Bauausschusssitzung vorzuschlagen, sämtliche Zimmer des Altenheims, also Doppel- wie Einzelzimmer, mit fließend kaltem und warmem Wasser auszustatten? Das haben Sie vorhin quasi schon versprochen.«

Sie begleitete ihre Worte mit einem aufreizenden Augenaufschlag. Häutle grunzte wohlig und streckte den vorragenden Bauch noch weiter vor. Arthur schmunzelte, Wohlrat kochte.

»Wie schon erwähnt, ist der Kostenaufwand im Vergleich zum Nutzen lächerlich gering. Den künftigen Bewohnern bietet es allerdings wesentlich mehr Komfort. Und den zuständigen Krankenschwestern spart es wertvolle Arbeitszeit, weil sie die Hilfsbedürftigen direkt in ihren Zimmern waschen können, statt sie mühsam ins Etagenbad verfrachten zu müssen. Das wiegt die zusätzlichen Kosten langfristig auf.«

Zur Bekräftigung schenkte sie Häutle ein entwaffnendes Lächeln. Von Neuem sonnte er sich in ihrer Aufmerksamkeit. Wohlrats ausgezehrtes Gesicht dagegen wurde spitz angesichts ihres Vorstoßes, ihn zum einen offen zu übergehen und zum anderen ausgerechnet den niederrangigen Häutle mit der Bitte zu beauftragen. Dabei sah er sich doch als Hauptbindeglied zum Bauausschuss.

»Der höhere Nutzen ist im Vergleich zu den Kosten wirklich umwerfend«, pflichtete Häutle bei. »Da sieht man wieder, wie praktisch Frauen denken. Bislang ist noch niemand auf die Idee gekommen, das einzuplanen.«

»Genau deshalb ist es so wichtig, dass Sie das Projekt künftig gemeinsam mit Fräulein Cohn begleiten«, schaltete Arthur sich ein. »Sie sprüht geradezu vor Ideen. Als Frau hat sie eben eine andere Perspektive. Für den modernen Wohnungsbau kann das entscheidend sein, um den Bedürfnissen aller Beteiligten gerecht zu werden.«

»Ein Hoch auf uns Frauen und unsere neue Perspektive auf die Architektur!«, verkündete Vera auf der Rückfahrt im Auto sarkastisch. »Das verschafft den Alten im Münchner Westen wahrscheinlich fließend warmes und kaltes Wasser in ihren Zimmern. Zumindest weiß Sandrart jetzt, dass ich das hohe Tippsengehalt wert bin.«

Arthur schwieg. Er musste noch den BMW in die Erzgießereistraße zurückbringen und hatte angeboten, einen Schlenker über die Agnesstraße einzulegen, um sie zu Hause abzusetzen. Das hatte sie dankend abgelehnt. Wenn er mit ihr nicht auf ein vorabendliches Glas Wein einkehren wollte, konnte sie auch noch länger im Büro bleiben. Arbeit lag genug auf ihrem Tisch.

Das war besser, als allein in ihrem Zimmer zu sitzen und in Grübeleien zu versinken oder mit ihrer Zimmerwirtin in deren Wohnzimmer selbst gemachten Eierlikör zu trinken und ihren Geschichten aus der »guten alten Zeit« zu lauschen.

»Du hast es vorhin im Rathaus selbst provoziert«, erklärte er, nachdem er den Wagen im Hof abgestellt hatte und sie gemeinsam die Treppe in den ersten Stock des Bürohauses hinaufstiegen. »Du weißt, wie gern Doktor Häutle dir unter den Rock schauen würde. Deshalb sagt er zu allem, was du vorschlägst, Ja und Amen. Nur damit hast du durchgesetzt, dass er sich für deinen Vorschlag verwendet.«

»Neidisch?« Herausfordernd schob sie beim nächsten Schritt den Saum ihres Rocks etwas nach oben. Arthur schüttelte den Kopf.

»Warum hast du das mit dem warmen und kalten Wasser bei Wohlrat nicht angesprochen?«, warf sie ihm brüsker als nötig vor. »Es geht um besseren Wohnkomfort für die Bewohner.«

»Und es geht um das Einhalten des vorgegebenen Kostenrahmens«, stellte er klar. »Dafür bist ab sofort du verantwortlich.«

Sie hörten, wie die Bürotür eine halbe Treppe höher ins Schloss viel. Die flinken Schritte ließen auf Gisela Birnstock oder Ulla Schmidt schließen. Im nächsten Moment kam Ulla ins Blickfeld.

Sofort wechselte Arthur zum Sie. »Arbeiten Sie nicht mehr zu lang, Fräulein Cohn. Ich brauche Sie morgen früh gut ausgeruht, um die letzten Details für die Projektübergabe zu besprechen.«

»Jawoll!« Sie deutete ein Salutieren an. Arthurs Blick wurde starr. Sie erschrak. Rasch beeilte sie sich hinzuzufügen: »Morgen ist ja leider schon Ihr letzter Tag bei uns. Einen schönen Abend, lieber Herr Brandt. Vielleicht machen Sie es sich mit Ihren Freunden im Biergarten gemütlich. Wetter dafür wäre ja endlich einmal.«

12

Mit schlechtem Gewissen betrat Vera am folgenden Morgen Arthurs Büro, das ab dem kommenden Montag ihres sein würde. Er erwartete sie bereits, den Schreibtisch übersät mit Plänen und Schriftstücken, die er noch mit ihr durchgehen wollte.

Der schmale Raum war mit einer Glaswand vom Saal der Architektenkollegen abgetrennt. Bislang gab es darin lediglich einen Schreibtisch, einen Wandschrank für die Akten und Unterlagen sowie zwei Stühle. Außer einem kleinen Gummibaum keine Pflanze, kein Foto oder Bild oder sonst ein Stück überflüssigen Zierrats, das etwas Persönliches über Arthur verriet. Nicht zum ersten Mal wunderte sie sich darüber. Seltsam für jemanden, der so stilsicher wirkte wie er und der es verstand, in jeden Bauplan ein individuelles Element einzuschmuggeln, das für eine besondere Note sorgte.

»Am besten fangen wir gleich an«, empfing er sie mit einem scheuen Lächeln.

Verwundert sah sie ihm in die ozeanblauen Augen. Sollte sie sich für gestern Abend entschuldigen? Schon war die Gelegenheit vertan. Zielsicher lotste er sie zum Schreibtisch, auf dem obenauf ein umfangreicher Entwurf lag. Es handelte sich um die ersten Skizzen für eine neue Wohnsiedlung, die im Südwesten der Stadt nahe dem Forstenrieder Park entstehen sollte.

»Endlich einmal etwas anderes als Altenheime«, begann er seine Ausführungen. »Am wichtigsten ist dem Bauträger das Anknüpfen an die Gestaltungselemente der spektakulären Amerikanersiedlung, wie sie gerade am Perlacher Forst kurz vor dem Abschluss steht. Sie kennen die ersten Berichte aus der Fachpresse. Neben der aufgelockerten Zeilenbauweise soll es eine gut durchdachte Mischung aus Mehr- und Einfamilienhäusern geben. Kleine Läden für den täglichen Bedarf, Spielplätze wie auch Grünanlagen sind selbstverständlich. Was mir noch fehlt, sind eigene Akzente. Wir müssen uns etwas einfallen lassen, um uns von dem beeindruckenden Vorbild im Südosten klar abzuheben.«

»Wir?« Spöttisch griff Vera das auf.

»Ab Montag Sie natürlich«, ging Arthur auf ihren scherzenden Ton ein, betonte mit Blick auf den angrenzenden Raum jedoch das Sie. »Sobald ich heute Nachmittag das Büro verlasse, werde ich alles vergessen, was wir heute besprochen haben. Großes Ehrenwort!«

Theatralisch hob er die rechte Hand zum Schwur. Vera freute sich, dass er zur gewohnten Ungezwungenheit zurückgefunden hatte. Das ließ hoffen, dass sie vielleicht auch wieder beim Du landeten, sobald sie unter vier Augen waren.

»Mit wenig Aufwand ließen sich noch weitaus mehr Annehmlichkeiten für die künftigen Bewohner herausholen«, resümierte sie nach abermaligem Studium der Skizze.

»Fließend warmes und kaltes Wasser ist bereits eingeplant.« Er grinste.

»Danke für den Hinweis. Das klingt nach wahren Luxusbauten! Doch im Ernst: Warum verzichten wir beispielsweise von vorneherein auf Einbauküchen?«

Sie verschränkte die Arme vor der Brust und wartete gespannt auf Arthurs Reaktion. An dieser Idee feilte sie seit ihren ersten Semestern. In einem ihrer Lehrbücher über das Neue Bauen der

Zwanzigerjahre war sie auf Fotos und Berichte über die Entwürfe von Architektinnen wie Margarete Schütte-Lihotzky und Hanna Löv gestoßen, die damit den Grundstein für die moderne, an praktischen Bedürfnissen orientierte Einbauküche gelegt hatten. Seither ließ sie das Thema nicht mehr los. Küchen hatten von jeher etwas Heimeliges, waren über Jahrhunderte das Zentrum des familiären Zusammenlebens gewesen. Sehnten sich nicht alle wieder danach?

Für einige Sekunden schloss sie die Augen, erinnerte sich an die gemütlichen Nachmittage beim Kuchenbacken mit Großmama Rebecca und deren Köchin Guste. Bevor ihr die Augen vor Tränen überquollen, rief sie sich lieber die behaglichen Stunden bei Köchin Änne in der Bonner Abgeordnetenwohnung ihrer Eltern ins Gedächtnis. Auch in deren modern bunter Resopalküche fühlte sie sich stets geborgen. Das sollte zum Standard des neuen Wohnens werden. In Zeiten des Wirtschaftswunders ergaben sich schier unendliche Möglichkeiten, die effektiv geplanten Küchen aus dem Neuen Bauen mit dem sozialen Aspekt zu kombinieren.

Nervös zupfte sie am runden Kragen ihres Kleides. Ausnahmsweise trug sie noch nicht den weißen Kittel darüber. Passend zum sonnig warmen Wetter und in Vorfreude auf den freien Sonntag hatte sie sich am Morgen für ein hellblaues Kleid mit schmalem Oberteil und weitem Tellerrock entschieden. Der breite, weiße Gürtel betonte ihre schlanke Taille.

Arthurs anerkennender Blick bestätigte ihr, dass er das sehr wohl registriert hatte. Lässig rückte er sich den Stuhl vor dem Tisch zurecht und setzte sich, studierte aufmerksam den Plan. Offenbar beschäftigte ihn ihr Vorschlag tatsächlich.

Rosemarie hatte Kaffee serviert. Der aromatische Duft legte sich über den kalten Zigarettenrauch. Vera war das einen Tick zu viel. Sie trat zum Fenster und öffnete es.

Warme Luft strömte herein, durchmischt mit dem herben Malzgeruch aus den nahen Brauereien. Einen Moment blieb sie am Blick aus dem Fenster hängen. Der Himmel übte sich an diesem Morgen in einem ganz besonderen Blau. Munter zwitscherten die Vögel in den wenigen Bäumen und Büschen zwischen den engen Häuserreihen der Maxvorstadt. Von der nahen Nymphenburger Straße wehte das Brausen des Autoverkehrs herüber, durchmischt mit dem rostigen Rattern einer Tram.

»Haben Sie eine Ahnung, wie viel es die Baugesellschaft kostet, jede Wohnung standardmäßig mit einer kompletten Küche auszustatten?«, erwiderte Arthur in ihrem Rücken nach einer langen Pause. »Heutzutage gehört etwas mehr dazu als ein einfacher Herd, eine emaillierte Spüle sowie zwei, drei Einbauschränke und eine beschichtete Arbeitsplatte, wie sie die berühmte Frankfurter oder die legendäre Münchner Küche vor fünfundzwanzig Jahren hatte. Die Ansprüche der Hausfrauen sind enorm gestiegen. Was die in einer Küche haben wollen, kann oft kaum der Ehegatte bezahlen.«

Sie hörte, wie sein Feuerzeug klackte, als er sich eine Zigarette anzündete. Genüsslich schien er zu inhalieren und sich in seinem Schreibtischstuhl zurückzulehnen. Das verriet das knarzende Leder. Erst im letzten Moment unterdrückte er anscheinend den Impuls, die Füße gemütlich auf dem Tisch hochzulegen, wie Vera beim Zurückdrehen ins Zimmer feststellte. Stattdessen sortierte er seine Beine. Auch er trug bislang nicht den obligatorischen Kittel, sondern nur seinen hellen Straßenanzug.

»Bei den Herren steigen die Ansprüche ebenfalls rasant. Denken Sie nur an die pfiffigen Möbel für Radio- und Schallplattenapparate, die kaum mehr aus einem Wohnzimmer wegzudenken sind. Von der schicken, kleinen Hausbar für die diversen Alkoholika ganz zu schweigen«, entgegnete sie ebenso vergnügt. Es beruhigte sie, wie er ihre Idee aufgriff. Ein gutes Zeichen. »Als

Nächstes kommt bestimmt der Fernseher dazu, den sich jeder in die eigenen vier Wände stellen will. Dann muss er zum Fußballschauen nicht mehr das Haus verlassen.«

»Ein großer Verlust für die Gastwirte! Allerdings nicht nur für die. Doch dieser Schnickschnack gehört Ihrer Ansicht nach hoffentlich nicht auch noch zur komfortablen Standardausstattung der Wohnungen.«

»Keine Sorge. Den Nierentisch, die Cocktailsessel und die Tütenlampe muss jeder Mieter schon selbst mitbringen. Ich fürchte, die meisten bevorzugen ohnehin den klobigen Gelsenkirchener Barock«, überging sie seine Anspielung. »Die Kosten für solche Küchen sind rasch durchgerechnet. Geben Sie mir bis heute Nachmittag Zeit, und ich stelle Ihnen das zusammen.«

Sie beugte sich über den Schreibtisch, um nach Zettel und Stift zu greifen. So nah bei ihm zu stehen elektrisierte sie. Deutlich roch sie sein Rasierwasser.

»Störe ich?«

Sie fuhren beide herum. Siegfried Eisele streckte den Kopf durch die Tür, in der einen Hand die unvermeidliche Zigarette, in der anderen eine dampfende Tasse Kaffee.

»Der Chef meinte, ich solle mich zu Ihnen gesellen. Sie würden Details für die Wohnsiedlung am Forstenrieder Park besprechen. Wird wohl nicht schaden, wenn ich dabei bin. Immerhin stammt ein wesentlicher Teil des Entwurfs von mir.«

Ehe sie etwas einwenden konnten, nahm er ihr den Zettel mit den Stichworten zur Küchenkalkulation aus der Hand.

»Einbauküchen als Standardeinrichtung? Das wird teuer.«

»Nicht, wenn man sich auf das Notwendigste beschränkt«, entgegnete sie. »Die Küche ist ein zentraler Bestandteil des Alltags, der Mittelpunkt der Familie. Gerade in Zeiten des einsetzenden Aufschwungs ist viel damit gewonnen, durch ihre Einrichtung für einen besseren Wohnkomfort der breiten Masse zu sorgen. Das erleichtert die Akzeptanz der nüchtern wirkenden Neubauwohnungen. So funktioniert heutzutage gelungener Wiederaufbau.«

»Das klingt mir mehr nach politischem Manifest als nach Bauauftrag.«

»Herr Brandt hat eben die Modellküchen der späten Zwanzigerjahre erwähnt«, überging sie den Seitenhieb. »Die hatte ich bei der Idee auch im Sinn. Neues Bauen ist heute so aktuell wie damals. Die Grundausstattung dieser Küchen war ebenso schlicht wie pragmatisch. Im Vordergrund standen damals kürzere Wege, Arbeitserleichterung für die Hausfrau sowie geschickte Nutzung des Raums. Das hielt die Kosten gering. Diesen Ansatz sollten wir aufgreifen, um den Wohnungen mit den Küchen einen behaglichen und zugleich funktionalen Mittelpunkt zu geben. Unser Vorteil ist, dass wir mit neuen Materialien wie etwa Resopal bunte, abwaschbare und höchst strapazierfähige Oberflächen für die Schränke anbieten können. Das hellt die engsten Räume auf. Dank der standardmäßigen Strom-, Wasser- und Gasanschlüsse in den Häusern lassen sich außerdem alle denkbaren Geräte einplanen. Wenn wir einen der derzeit führenden Küchenhersteller zur Zusammenarbeit gewinnen, können wir bestimmt günstige Konditionen herausschlagen. Bedenken Sie nur, was das für ein Werbeeffekt für Firmen wie Poggenpohl oder Leicht ist. Auch für Gerätehersteller wie Bosch, AEG oder Miele wird es attraktiv sein, mit uns zusammenzuarbeiten. Von den Vorteilen für die Wohnungsbaugesellschaft ganz zu schweigen. Jeder will in einer gut ausgestatteten Wohnung leben. Die Wohnungen werden weggehen wie warme Semmeln.«

»An Ihnen ist wohl eine Reklamefachkraft verloren gegangen. Attraktiv für Mieter zu sein, ist allerdings nicht das Problem unserer Auftraggeber.«

Eisele drückte seine Zigarette in einem der Kristallaschenbecher aus, wie sie heutzutage dutzendfach in Büros zu finden waren, meist als Geschenk eines zufriedenen Auftraggebers oder einer glücklichen Ehefrau. Mit mehr durften sie sich selten ins Berufsleben ihrer Ehegatten einbringen.

»Nach wie vor stehen die Leute Schlange, um aus ihren dunklen, engen Löchern in der Innenstadt in die hellen, gut durchdachten Wohnungen am Stadtrand umzuziehen«, setzte Eisele hinzu.

Arthur schwieg und angelte sich die nächste Zigarette aus dem Spender. War er nervös? So viel rauchte er selten.

»Wenn im bisherigen Tempo weitergebaut wird, kann sich das rasch ändern«, widersprach Vera – verärgert, dass Eisele ihre Idee allein auf den Punkt der Nachfrage reduzierte. »Derzeit sprießen die Siedlungen nur so aus dem Boden. Über kurz oder lang müssen sich die Baugesellschaften Argumente einfallen lassen, warum man bei ihnen einziehen soll und nicht bei der Konkurrenz. Abgesehen davon ist es Zeit, den Menschen den Komfort zu bieten, der möglich ist, gerade in der Küche als Keimzelle des Familienlebens. Nach all den Jahren der Not und des Verlusts steht das bei den Menschen wieder hoch im Kurs.«

»Münchens Wirtschaft wächst und wächst«, wiegelte Eisele ungerührt ab. »Die Stadt zieht immer mehr Leute an. Die Nachfrage nach Wohnungen bleibt hoch, ganz egal, wie schnell und wie viel gebaut wird, und ganz egal, wie die Wohnungen ausgestattet sind. In erster Linie geht es für die breite Masse einfach darum, ein Dach über dem Kopf zu haben.«

»Warum dieses ›Dach über dem Kopf‹ für die breite Masse nicht so gestalten, wie es ohne großen Aufwand machbar ist? Ihnen nicht nur ein schlichtes Dach über dem Kopf, sondern ein echtes Zuhause bieten?«, entgegnete sie. Dass Arthur sich ganz heraushielt und Eisele derart eingleisig argumentierte, verdross sie. »Davon abgesehen wird es für die Unternehmen schwerer, geeignetes Personal zu finden. Werkseigene Wohnungen sind durchaus ein Argument, sich für Siemens oder BMW oder Krauss-Maffei als Arbeitgeber zu entscheiden, erst recht, wenn sie mit einer hochwertigen Küche ausgestattet sind.«

»Eben haben Sie noch von möglichst einfachen Standardküchen gesprochen, die den Bauherrn möglichst wenig kosten sollen«, erinnerte er.

»Die Wohnungen sollten standardmäßig fest eingebaute Küchen mit den üblichen Geräten wie Herd, Kühlschrank, Durchlauferhitzer und Spüle haben, um den Hausfrauen den Alltag zu erleichtern«, beharrte sie fast schon trotzig und richtete ihren Blick knapp an Arthur vorbei auf die glänzenden Blätter des Gummibaums. Er war die einzige persönliche Habseligkeit, die sie in dem Büro entdecken konnte. In dem kahlen Raum wirkte er so verloren, wie sie sich zwischen dem verstummten Arthur und dem provokanten Eisele fühlte.

»Herr Eisele?« Gisela Birnstock streckte den Kopf durch die angelehnte Tür. »Telefon für Sie. Ferngespräch aus Hannover.«

»Schade«, erklärte Eisele und grinste Vera an. Er war etwa gleich groß wie sie und wirkte dank seiner Farblosigkeit in Haut, Haar und Kleidung weitaus älter als die vierzig Jahre, die er alt sein mochte. »Statt mich mit den Hannoveraner Kollegen über die Entwürfe der neuen Messehallen herumzuärgern, würde ich doch weitaus lieber mit Ihnen über sinnvolles Küchenmobiliar diskutieren. Ein aufregendes Thema! Sie entschuldigen mich.«

Sobald Eisele verschwunden war, legte Arthur die Zigarette beiseite, erhob sich vom Stuhl und schloss die Tür.

»Weißt du, was dein Problem ist?«

Die Hände in den Hosentaschen schlenderte er gemächlich zu ihr herüber. Nah vor ihr blieb er stehen. Sie spürte seinen Atem warm auf ihren Wangen.

Dass er sie im Büro plötzlich doch wieder duzte, beunruhigte sie. Sie äugte durch die Glaswand ins benachbarte Büro. Keiner der Kollegen schien Notiz von ihnen zu nehmen.

»Was?«, fragte sie.

»Du argumentierst viel zu sehr aus der weiblichen Sicht.«

»Vielleicht sollte ich wie bei Doktor Häutle den Rock ein wenig heben oder den obersten Knopf am Kleid öffnen? Das scheint erfolgversprechend«, versuchte sie sich in einer spaßigen Bemerkung.

»Es ist mir ernst.« Auf seinem Antlitz entdeckte sie echte Besorgnis. »Das mit der Küche und deinem ständigen Beharren auf ihrer Bedeutung als Keimzelle der Familie war eine Steilvorlage für Eisele.«

»Könnte es schlichtweg daran liegen, dass ich eine Frau bin und deshalb naturgemäß eher die weibliche Perspektive einnehme?«, entgegnete sie und trat einen Schritt beiseite, um etwas Abstand zwischen sie beide zu bringen. »Vor nicht allzu langer Zeit hat es in Deutschland viele Architektinnen gegeben, die Bahnbrechendes geleistet haben.«

»Die Zeiten sind vorbei, wie wir beide wissen. Falls du dich jetzt als Architektin behaupten willst, solltest du dir sofort abgewöhnen, deine weibliche Seite etwa mit dem Thema Küche zu sehr herauszukehren. Doktor Häutles und Siegfried Eiseles begegnen dir immer wieder. Die zwei sind noch harmlos, andere werden weniger zurückhaltend sein. Die Herren Kollegen werden froh sein, wenn du dir auf diese Art selbst ein Bein stellst. Dann wirst du bald abgestempelt sein als die verkappte Hausfrau, die ihre luxuriösen Küchenträume auf Kosten der Allgemeinheit verwirklichen will.«

»Wenn die wüssten, wie wenig Hausfrau in mir steckt! Mir brennt morgens beim Kaffeekochen schon das Wasser an. Doch darum geht es doch gar nicht. Wir leben im Jahr 1954. In

Deutschland blüht das Wirtschaftswunder. Ich will, dass der Wohnungsbau den Komfort bietet, der machbar ist. Und dazu gehören Standardküchen für jedermann.«

»Du hast dich gerade eben für bunte Resopaleinbauküchen mit allem denkbaren Schnickschnack starkgemacht«, mahnte er. »Das klingt nach mehr als nach Standardküchen für jedermann, gerade aus dem Mund einer Frau. Vergiss nie, dass die Architektur leider kein Beruf mit hohem Frauenanteil ist.«

»Welcher Beruf, abgesehen von Köchin, Putzfrau, Sekretärin oder Krankenschwester, hat überhaupt einen hohen Frauenanteil?«

»Du hast Kindergärtnerin vergessen.«

»Das muss daran liegen, dass ich mir hier oft vorkomme wie im Kindergarten.«

»Kein Wunder«, pflichtete er ihr grinsend bei. »In der Baubranche hast du es vor allem mit Männern zu tun, die wie im Kindergarten im Sandkasten sitzen und mit Bagger, Schaufel und Sand spielen. Da kämpft eine Clique gegen die andere und zertrampelt der Konkurrenz die schönsten Gebäude.«

»Klingt, als fühltest du dich dem riesigen Sandkasten nicht so ganz zugehörig.«

»Die Frage ist, ob man wirklich mitspielen will.«

Täuschte sie sich, oder huschte ein Schatten über sein eben noch amüsiert wirkendes Antlitz? Er wandte sich von ihr ab.

Sie studierte sein Profil. Die hohe Stirn wie auch die markanten Wagenknochen und das eckige Kinn verliehen ihm eine einprägsame Kontur.

Sie holte tief Luft. Zeit, der Realität ins Auge zu sehen. Es war vorbei, noch ehe es begonnen hatte. Ab morgen saß er mit seinem Freund Ludger in seinem eigenen Ingenieurbüro, und sie hatte nichts mehr mit ihm zu tun. Sie musste ihn vergessen. Sofort. Außerdem gab es genug zu tun, wollte sie ihre Position im Büro behaupten. Darüber hatten sie ja gerade gesprochen.

Als er ihr sein Gesicht wieder zuwandte, lag darauf das atemberaubendste Lächeln, das sie je gesehen hatte. Sie schluckte. »Darf ich dir noch einen guten Rat geben, so quasi zum Ende unserer Zusammenarbeit?«

Seine Stimme klang rau. Das gefiel ihr. Warum machte er es ihr nur so schwer?

»Ja?«, hauchte sie. Rasch räusperte sie sich und fügte betont energisch hinzu: »Und der wäre?«

»Mach den Führerschein.«

»Bitte?«

Wahrscheinlich sah sie ihn an, als hätte er ihr gerade vorgeschlagen, zum Nordpol auszuwandern und ihr Geld fortan mit dem Bau von Iglus zu verdienen.

»Lern so schnell wie möglich Autofahren«, wiederholte er. »Kauf dir einen lächerlichen Käfer oder meinetwegen auch einen noch lächerlicheren Kabinenroller. Hauptsache, ein eigener fahrbarer Untersatz. Mit dem fährst du hier auf dem Hof vor, am besten morgens, kurz bevor Sandrart mit seinem Barockengel auftaucht, damit es auch wirklich alle mitbekommen.«

»Sonst noch was?«

»Ja«, entgegnete er nach einer kurzen Pause. »Gewöhn dir das Rauchen und Trinken an und verzichte auf allzu enge Röcke, feine Blusen und hochhackige Schuhe. Auf der Baustelle letztens hast du gesehen, was du barfuß bewirkst. Die Gummistiefel hast du dir hoffentlich inzwischen besorgt. Je weniger du wie eine attraktive junge Frau aussiehst, desto eher nehmen die Burschen hier im Sandkasten dich ernst.«

»Tust du mir auch einen Gefallen?«

Er war schon fast wieder am Schreibtisch und streckte die Hand nach der Zigarette aus, die er dort abgelegt hatte. Verwundert hielt er inne, sah langsam zu ihr auf.

»Empfiehl mir eine Fahrschule und übe mit mir auf einem Acker Autofahren.«

»Hast du sonst niemanden?«

»Hast du Angst um deinen Käfer?« Sie lachte.

»Muss ich?«

»Also abgemacht?« Ihre Stimme klang fröhlich, auch wenn in ihrem Bauch gerade ein riesiger Schwarm Schmetterlinge wild durcheinanderflatterte.

»Wann geht's los? Morgen?«

13

Arthur hielt Wort. Am nächsten Tag, der praktischerweise ein Sonntag war, holte er Vera um kurz nach zehn Uhr morgens mit seinem Käfer in der Agnesstraße ab. Dafür hatte sie Constantin von Neuem einen Korb gegeben. Die Spuren ihrer gemeinsamen Kindheit mussten sie später weiterverfolgen. Autofahren zu üben hatte Vorrang. Großmama Rebecca wäre die Erste, die darüber entzückt wäre.

»Ich hoffe, du bist dir sicher bei dem, was du tust«, hatte Constantin nur gemeint, als sie ihn am Abend zuvor angerufen und ihm vage etwas von einem Abschiedsausflug mit Arthur erzählt hatte. Das war weder gelogen noch die ganze Wahrheit. Constantin kannte sie gut genug, um nicht nachzubohren.

»Pass auf dich auf!« Beim besorgten Unterton in seiner Stimme hatte ihr sein Gesicht klar vor Augen gestanden. Trotz der langen Jahre der Trennung war er ihr nach wie vor ein echter Freund.

»Darauf verstehe ich mich bestens, wie du weißt«, hatte sie erwidert.

Zum Glück war ihre Zimmerwirtin eine beflissene Katholikin und saß sonntagmorgens um zehn längst im Hochamt in der nahe gelegenen Josephskirche. So entkam Vera der Verlegenheit, ihr Arthur vorstellen zu müssen. Wie hätte sie ihn auch bezeichnen sollen, jetzt, da er kein Kollege mehr war?

Selig, dass es ihr gelungen war, ihn unter dem Vorwand des Autofahrenlernens endlich aus der Reserve zu locken, ließ sie sich in den Beifahrersitz seines dunkelgrauen Käfers fallen. Die Existenz eines Picknickkorbs nebst Decke auf der Rückbank weckte sehnsüchtige Erwartungen. Nicht nur der anstehenden inoffiziellen Fahrstunde wegen schlug ihr Herz schneller. Offenbar war er entschlossen, ihr noch etwas mehr zu bieten als die Unterweisung in der Bedienung von Schalthebel, Kupplung, Gas- und Bremspedal.

»Auf geht's!«, rief er gut gelaunt, sobald er hinter dem Steuer Platz genommen hatte, schob sich die Sonnenbrille von der Stirn auf die Nase, startete den Motor und brauste aus der Stadt Richtung Süden.

Die Sonnenbrille wie auch die aufgekrempelten Ärmel seines weißen Hemdes verliehen ihm etwas Verwegenes. Wäre Vera nicht schon bis über beide Ohren in ihn verschossen, hätte sie sich auf der Stelle in ihn verguckt. Es fiel ihr schwer, ihn nicht ständig anzustarren. Sicher war er sich ihres Zustands bewusst und kostete das leidlich aus, wie das spöttische Zucken um seine Mundwinkel verriet. Andererseits musste es ihm ähnlich gehen. Warum sonst ließ er sich auf das Abenteuer mit der inoffiziellen Fahrstunde ein?

»Wo geht es hin?«, fragte sie, als sie die letzten Häuser hinter sich gelassen hatten.

»Auf jeden Fall weit genug weg, um deine ersten Fahrversuche nicht zur Gefahr für den Rest der Menschheit werden zu lassen.«

»Wie mutig von dir, dich in dieses Wagnis zu stürzen.«

Übermütig klatschte sie ihm Beifall. Dafür schenkte er ihr ein Lächeln, für das sie alle Gefahren der Menschheit auf sich genommen hätte. Viel zu rasch wandte er den Blick wieder nach vorn, wo der rege Ausflugsverkehr seine ganze Aufmerksamkeit erforderte.

Ohne die Augen von der Straße zu nehmen, kurbelte er das Schiebedach auf. Sonne und Fahrtwind wehten ins Auto. Binnen Minuten verwandelte sich der knottrige VW in ein Urlaubsgefährt. Sie lehnte den Kopf in den Nacken, schloss für einige Sekunden die Augen und badete das Gesicht in der wohligen Sonnenwärme.

Der süße Duft des beginnenden Spätsommers mischte sich mit dem Geruch nach Diesel und Dung. Vera öffnete die Lider und sah durchs offene Seitenfenster. Am Horizont reckten sich die Berggipfel in den Schönwetterdunst, davor ergossen sich sattgrüne, blumenübersäte Wiesen zwischen oberbayerischen Bilderbuchdörfern und Bilderbuchgehöften. Das Korn hatte unter dem Regen der letzten Wochen gelitten. Immer wieder fanden sich großflächige Wasserlachen auf den Feldern. Stellenweise faulte das Getreide.

In großen Pulks bevölkerten Wanderer und Radler die Wege, als wäre dieser Tag der einzige, an dem man auf absehbare Zeit in die Natur gelangen konnte.

»Sieht ganz danach aus, als müssten wir heute bis ans Ende der Welt fahren, um den Rest der Menschheit von meinen Fahrkünsten zu verschonen«, stellte sie fest, als sie nach einer guten Stunde Benediktbeuern erreichten.

»Dafür haben wir hier göttlichen Beistand«, erwiderte er und lenkte den Wagen an der langen Klostermauer vorbei auf einen Feldweg. Der Käfer holperte über tiefe Spurrillen. Auf ihren schlecht gefederten Sitzen wurden sie heftig durchgeschüttelt. Arthur musste Schlaglöchern und Pfützen ausweichen und zugleich auf Fußgänger wie auf Radfahrer achten. Je weiter sie sich vom Kloster und von der dortigen Schenke entfernten, desto leerer wurde es. Sie erreichten die Loisach. Wundersamerweise fand sich dort ein befestigter Schotterweg.

»Erst die Arbeit, dann das Vergnügen?« Knapp wies Arthur mit dem Kinn auf den Picknickkorb im Fond.

»Von nichts kommt schließlich nichts!«

So gern Vera das Geheimnis unter dem rot-weiß karierten Geschirrtuch gelüftet hätte, schwang sie sich entschlossen aus dem Käfer. Etwas in Arthurs Stimme und seinem Blick deutete darauf hin, dass sie entweder jetzt gleich oder gar nicht mehr mit dem Autofahrenüben beginnen sollten.

Mit einem Mal bekam sie Angst vor der eigenen Courage. Das Autofahren versprach jedoch noch eine kleine Atempause, um etwas Ordnung in ihr Gefühlschaos zu bringen.

»Oder ist es dir doch bang um dein Auto?«, hakte sie noch einmal nach, als sie die Plätze getauscht hatten und er verkrampft die Fäuste zusammenballte.

»Vielleicht weniger um mein Auto als um meine Gesundheit«, erwiderte er und zwang sich zu einem Lächeln.

Noch ehe er zu einer ersten Einweisung in die Funktionsweise eines Autos ansetzen konnte, platzierte sie die Füße auf Bremse und Kupplung, legte den ersten Gang ein und startete den Motor. Der Käfer machte einige Sätze nach vorn, bis sie genug Gefühl für ihn hatte, um die Kupplung kommen zu lassen und ruhig anzufahren.

»Was ist das?« Erstaunt riss Arthur die Augen auf.

Sie grinste und schaltete wieder. Das gab ein nervenzerrendes Knirschen der Kupplung, dann hatte sie es geschafft und fuhr im zweiten Gang langsam über den Schotterweg.

»Bist du ein Naturtalent?«

»Eher eine Exilantin aus Amerika. Schon vergessen?«

Stolz lenkte sie um eine Kurve und gab, als der Weg frei war, mehr Gas. Für den Bruchteil einer Sekunde hob Arthur die linke Hand, als wollte er sie bremsen, ließ sie dann aber sinken und entspannte sich. Nach zwei, drei weiteren Malen unsanften Schaltens und einer Handvoll stotternder Mucken lief der Motor gleichmäßig. Vera gewann an Sicherheit und traute sich bald vom Schotterweg auf einen Feldweg. Einige Hundert Meter entfernt ragte aus einer Wiese ein offener Heuschober auf, ein Apfelbaum streckte seine Zweige übers Gras. Der geeignete Platz zum Picknicken.

»Drüben durfte ich schon mit sechzehn fahren«, erzählte sie weiter, während sie auf ihr Ziel zuhielt. »Meine Eltern hatten zwar keinen eigenen Wagen, aber Tante Judith, eine gute Freundin von ihnen, fand es wichtig, dass ich es lerne. Also habe ich die Wochenenden mit ihr auf Long Island beim Fahrenüben verbracht. Das waren herrliche Zeiten.«

»Kann ich mir denken.«

»Enttäuscht?« Mit einem Ruck hielt sie in Höhe des Heuschobers, zog die quietschende Handbremse und wandte sich ihm zu. »Ich war mir nicht sicher, ob ich es noch kann. Die *driver license* habe ich nie gemacht und seit meiner Rückkehr vor fünf Jahren auch nicht mehr hinterm Steuer gesessen.«

»Zumindest muss ich jetzt weder um meinen kostbaren Käfer noch um deine Zukunft in der Baubranche bangen.«

Mit einem Satz sprang er aus dem Auto und beeilte sich, ihr die Fahrertür zu öffnen.

»Wie schön, dass du dir tatsächlich um meine Zukunft Gedanken machst«, griff sie seine Bemerkung noch einmal auf, als sie wenig später auf der ausgebreiteten Picknickdecke im Gras saßen. Im Korb hatten sich mit Käse und Wurst belegte Brote befunden, die Arthur in Anspielung auf ihren Besuch beim Richtfest dick mit Mayonnaise und sauren Gurken verziert hatte. Zum Trinken bot er ihr »aus pädagogischen Gründen« Cola an. Das sei der einzig richtige »Autofahrerproviant«.

»Ich mache mir noch um ganz andere Dinge Gedanken«, erklärte er und steckte ihr einen Schnitz vom Pfirsich in den Mund, den er gerade akkurat mit seinem Taschenmesser zerteilte.

»Um meine Ernährung?«, neckte sie und verlangte ein zweites Stück. Der Pfirsich schmeckte wunderbar weich und süß.

»Auch.«

»Und worum noch?«

Von Neuem schob er ihr ein Stück Obst in den Mund, neigte sich dabei so nah zu ihr herüber, dass sein warmer Atem ihre Wangen liebkoste. Ihre Nasenspitzen berührten sich fast, ihre Blicke tauchten ineinander. Unwillkürlich fasste sie nach seiner Hand, hielt sie fest, schloss die Augen und beeilte sich mit dem Kauen. Dafür belohnte er sie mit einem Kuss, scheu und vortastend erst, dann, als er spürte, wie sie darauf einging, weitaus kühner.

Rücklings sank sie auf die Decke und zog ihn sanft zu sich herunter.

Eng umschlungen gaben sie dem viel zu lang schon aufgesparten Verlangen nach, den anderen nah bei sich zu fühlen, mit ihm eins zu werden – wenn nicht für die Ewigkeit, dann wenigstens für die nächste Zeit.

Der aufbrausende Wind wie auch die immer lästiger werdenden Fliegen über den Essensresten bereiteten ihrer leidenschaftlichen Zweisamkeit ein jähes Ende. Wie aus dem Nichts war der Himmel plötzlich wolkenverhangen, ein dumpfes Grummeln in der Ferne ließ Übles ahnen. Schweren Herzens entschlossen sie sich, ihr lauschiges Picknick zu beenden.

»Wie wäre es zum Abschluss mit einem Glas Wein in der *Pfälzer Weinstube*?«, schlug Arthur vor, als sie die Münchner Innenstadt erreichten. Bislang waren sie dem Gewitter immer knapp davongefahren, doch es war absehbar, dass auch München bald Schauplatz heftigen Donnerns und Blitzens werden würde. In grüngelben Wolken dräute das Unwetter bereits unheilvoll im Südwesten. Hastig wurden auf den Plätzen Tische abgedeckt und Bänke zusammengeschoben. Die Menschen stemmten sich den aufbrausenden Böen entgegen, eilten zu Tram- und Bushaltestellen, um noch trockenen Fußes heimzukommen. Selbst die meisten Auto- und Radfahrer steuerten auf schnellstem Weg ihr Zuhause an.

»Hast du keine Briefmarken- oder Plattensammlung, die du mir bei dir zu Hause vorführen willst?« Sie bemühte sich, die Enttäuschung über seinen Vorschlag mit der Weinstube nicht allzu deutlich anklingen zu lassen. Nach der Nähe vorhin wollte sie ihn ungern den Rest des Abends auf der gegenüberliegenden Tischseite vor sich haben. Zur Bekräftigung ihres Wunsches nahm sie kurz seine rechte Hand vom Steuer, hauchte einen Kuss darauf.

»Oberste Lektion für den Beifahrer: Nie den Fahrer ablenken«, erklärte er und warf ihr beim Schalten ein schelmisches Grinsen zu, bevor er leise nachsetzte: »Hab bitte noch etwas Geduld mit mir. Ich bin ein schrecklich unordentlicher Mensch. Die Briefmarkensammlung suche ich noch, und die Schallplatten sortiere ich gerade neu.«

Große Geduld verlangte Arthur zu Veras Leidwesen auch am darauffolgenden Sonntag von ihr. Die ganze Woche hatte sie ihrem Wiedersehen entgegengefiebert. Darüber hatte sie die langen, arbeitsintensiven Tage im Büro erstaunlich gelassen durchgestanden, obwohl diese bestimmt gewesen waren von leidigen Vormachtskämpfen mit Eisele und kräftezehrenden Begegnungen mit den ewig gestrigen Magistratsbeamten. Ein lustiger Kinoabend mit Constantin und ihre erste offizielle Übungsstunde in einer richtigen Fahrschule hatten in der raren Freizeit für den nötigen Ausgleich gesorgt. Natürlich hoffte sie inständig, zur Belohnung am Wochenende Arthurs Wohnung und damit auch ein gutes Stück mehr von ihm selbst kennenzulernen.

»Mein Fahrlehrer hat Bauklötze gestaunt, wie selten ich den Motor abwürge«, berichtete sie ihm auf dem Weg zu ihrer zweiten Privatfahrstunde, um ihre Nervosität zu überspielen.

Wieder einmal hatte sie ihn bereits vor der Haustür erwartet, den leichten Sprühregen geduldig unterm Regenschirm ertragen. Statt sie zärtlich zu umarmen oder wenigstens mit einem Wangenkuss zu begrüßen, hatte er ihr förmlich die Hand gereicht. »Prinz Rühr-mich-nicht-an«, wie eine seiner Freundinnen ihn beim Fußballschauen genannt hatte, brauchte wohl reichlich Zeit, bevor er an die Vertraulichkeit der letzten Begegnung anknüpfte. Das beunruhigte sie. Kaum konnte sie seinem Bericht über die erste Woche als eigener Chef im eigenen Büro folgen, schnappte nur einzelne Satzfetzen auf wie »großes Chaos mit dem Telefon«, »Ysabel besteht auf einer Rechenmaschine für die Buchhaltung« und »Hannelore mag meinen Kaktus nicht«. Arthur ging offenbar ganz in diesen Details auf.

»Wie findest du Ysabels Vorschlag, die Besprechungsecke mit verschiedenfarbigen Cocktailsesseln auszustatten? Wirkt das nicht zu häuslich?«, wollte er unvermittelt wissen und parkte zum Fahrerwechsel vor einem Holzstapel im Wald.

Dieses Mal absolvierten sie das inoffizielle Üben stadtnah im Forstenrieder Park. Der leichte Sprühregen war in den für diesen Sommer typischen Dauerregen übergegangen und sorgte dafür, dass die größtenteils asphaltierte Strecke menschenleer war.

»Wie?« Vera schreckte aus ihren Gedanken auf. Gerade hatte sie sich ausgemalt, wie sie Arthur im Auto verführte, während der Regen romantisch auf das Kunststoffverdeck prasselte. Worte wie »Cocktailsessel« und »Besprechungsecke« hatten darin ebenso wenig Platz wie »häuslich« oder »Ysabel«.

»Sind Stahlrohrsessel wirklich zu kühl?«, überging er ihre Unaufmerksamkeit. »Ludger meint, das wäre einfallslos, weil sich inzwischen alle Architektenbüros nur noch Bauhausmöbel hinstellen.«

»Alles andere ist viel zu verspielt«, erwiderte sie knapp und begriff, wie fehl am Platz ihre Tagträumerei war. Arthur war mit ganz anderem beschäftigt. Schweren Herzens beschloss sie, sich auf den eigentlichen Zweck ihres Ausflugs zu konzentrieren: das Autofahrenüben.

Auf Picknickkorb und Decke hatte Arthur an diesem Vormittag verzichtet. Das schürte Veras Hoffnung auf ein trautes Stelldichein zum Ende der Fahrstunde in seiner Wohnung. Es wäre die angemessene Belohnung für seine Strenge bei Manövern wie plötzlichem Abwürgen des Motors, unerwartetem Abbremsen vor einem kreuzenden Kaninchen oder Anfahren aus einem Schlammloch. Je eher sie dorthin kamen, umso besser. Zu sich nach Hause konnte sie ihn unmöglich mitnehmen. Ihre Zimmerwirtin würde sofort ihre Eltern informieren. Wie sie ihrer Mutter Rike schonend beibringen wollte, mit einem jungen Deutschen auszugehen, der aller Wahrscheinlichkeit nach Hitlerjugend und Fronteinsatz hinter sich hatte, das verdrängte sie vorerst lieber.

»Was hältst du von Kino?«, überraschte Arthur sie mit einem völlig unerwarteten Programm, kaum dass er nach knapp zwei Stunden wieder selbst am Lenker saß und sie zurück in die Stadt chauffierte. Noch immer hatte er zu ihrem Verdruss nicht den geringsten Versuch unternommen, sie zu küssen.

»Wir könnten erst im *Augustiner* etwas essen und dann zum Film-Casino am Odeonsplatz«, fuhr er vergnügt fort, als gäbe es keine anderen Optionen für ein Zusammensein. »Heute Nachmittag wird dort noch einmal ›Ein Herz und eine Krone‹ gezeigt. Den habe ich letztes Jahr leider verpasst.«

»Unverzeihlich.« Vera rang mit der aufsteigenden Enttäuschung, obwohl sie den Film sehr mochte. Dass Arthur ausgerechnet den mit ihr sehen wollte, sprach zwar für ihn, aber viel lieber als im Kino würde sie den Nachmittag mit ihm woanders verbringen. »Ich wusste gar nicht, dass dich solche Liebesgeschichten interessieren.«

»›Solche Liebesgeschichten‹ und noch ganz andere interessieren mich im Moment brennend.« Seine Stimme wurde leise. Kurz legte er ihr die Hand aufs Knie. In ihrem Bauch flog ein Schwarm Schmetterlinge auf.

»Audrey Hepburn soll übrigens eine wahre Wucht sein«, setzte er amüsiert nach und zog die Hand wieder zurück. Für seine vermeintliche Unbekümmertheit hätte sie ihn ohrfeigen mögen.

»An irgendwen erinnert sie mich. Nur an wen?«

Er drosselte das Tempo, fuhr rechts ran und wandte sich ihr zu. Sie rutschte tiefer in den Sitz. Ein angenehmer Schwindel befiel sie. Kaum wagte sie zu atmen.

Endlich brach sich sein Begehren Bahn, und die eben noch als Tagträumerei zurückgedrängte Verführung im Auto wurde Wirklichkeit. Sogar der Regen setzte passgenau ein und prasselte wildromantisch auf das Kunststoffverdeck des Käfers.

14

Arthurs Junggesellenwohnung in der Haidhauser Preysingstraße lernte Vera erst Wochen später kennen. Nach Imbiss im *Augustiner* und Nachmittagskino im Film-Casino musste Arthur ins Büro, um mit seinem bislang einzigen Architektenmitarbeiter Eduard das Treffen mit einem wichtigen Bauherrn vorzubereiten.

Vera versuchte, sich mit Françoise Sagans *Bonjour tristesse* abzulenken, das derzeit in aller Munde war. Kein leichtes Unterfangen. Je mehr sie über Céciles Rendezvous mit dem Jurastudenten Cyril las, desto bereitwilliger schweiften ihre Gedanken zu Arthur ab. Sie wollte ihn öfter sehen, das Zusammensein mit ihm ungestört genießen, wann immer ihr danach war, und vor allem endlich damit beginnen, zarte Zukunftspläne mit ihm zu entwerfen.

Ihr Blick wanderte durch das möblierte Zimmer, das sie seit mehr als zwei Monaten bewohnte. Gediegene Eichenholzmöbel, Blümchentapete und verspielte Spitzengardinen vor dem Fenster zum Hof schienen ihr nicht das Ambiente, in dem sie es auf Dauer aushielt. Ganz zu schweigen von der Zimmerwirtin, Frau Professor Lundorf, die Möbel wie auch Moral in der weitläufigen Altbauwohnung strikt überwachte. Selbst die sonntäglichen Telefonate zwischen Vera und ihren Eltern belauschte sie vom Nachbarzimmer aus.

Kein Zweifel: Sie brauchte eine eigene Wohnung! Kein Hoffen und Bangen mehr, was Arthur ihr zu tun vorschlug. Stattdessen würde sie ihn nach den Spritztouren mit dem Auto oder nach späten Büroterminen generös zu sich einladen. Allein die Vorstellung, wie verblüfft er schauen würde, wenn sie ihm provozierend die Schlüssel unter die Nase streckte, erfüllte sie mit unbändiger Vorfreude.

Als alleinstehende junge Frau eine passende Bleibe zu finden erwies sich jedoch als alles andere als einfach. Beruflich hatte Vera oft genug mit Bauträgern und Hausverwaltungen zu tun, um die Vorbehalte der Vermieter zu ahnen. Selbst gesichertes Einkommen und gut beleumundetes Elternhaus halfen wenig. Junge Damen hatten entweder brav bei der Familie oder, falls das nicht möglich war, möbliert zu wohnen, bevor sie anständig heirateten und mit dem Ehegatten ein sittsames Zuhause gründeten. Wohnraum war knapp. Er musste nicht auch noch an junge Frauen verschwendet werden.

Die ersten Termine mit Vermietern und Maklern verliefen entsprechend ernüchternd. Sogar der Hinweis, sie sei Architektin und auf Wohnungsbau spezialisiert, rief kein positives Echo hervor. Gelegentlich war Vera sogar erleichtert, wenn ihr jüdischer Nachname »nur« auf abweisende Mienen stieß – und das neun Jahre nach Ende der Naziherrschaft!

Arthur gegenüber erwähnte sie nichts davon. Für ihren Geschmack sahen sie einander ohnehin zu selten und immer zu kurz, weiterhin meist zu einer privaten Fahrstunde irgendwo am Stadtrand und anschließend im Wirtshaus, waren außer im Auto nie wirklich richtig allein.

Eines Abends schüttete sie Charlotte und Constantin ihr Herz aus. Sie saßen im Biergarten am Chinesischen Turm. Der unverhofft laue Sommerabend wollte spontan genutzt werden, was sich offensichtlich halb München vorgenommen hatte. Um die

Plätze unter einer Kastanie hatten sie hart kämpfen müssen und auch nur den halben Tisch erobert. Die andere Hälfte beanspruchten zwei laut beim Essen schmatzende und eifrig dem Bier zusprechende Ehepaare mittleren Alters. Vera war froh, dass wenigstens Charlotte und Constantin Zeit für sie hatten. Arthur musste mit Ludger ein Bauprojekt am Tegernsee besichtigen und hatte sie wieder einmal auf den folgenden Sonntag vertröstet.

»Du bist genau im richtigen Moment auf Wohnungssuche«, verkündete Charlotte und zündete sich eine Zigarette an, was ihre Tischnachbarn mit sichtlichem Missfallen quittierten. Rauchende junge Frauen in der Öffentlichkeit galten als suspekt. Die Blicke, die sie der im dunklen Hosenanzug ohne Bluse steckenden Charlotte zuwarfen, sprachen Bände. Genüsslich stieß Charlotte den Rauch in ihre Richtung aus.

»Kennst du das Appartementhaus von Sep Ruf an der Theresienstraße?«, erkundigte sie sich bei Vera und drapierte einhändig den Teller mit dem frisch aufgeschnittenen Radi auf der karierten Tischdecke, bevor sie ihn ordentlich salzte, damit er »weinte«, sprich: Wasser zog.

»Du meinst das neue Hochhaus Ecke Türkenstraße?« Vera deckte Besteck und Servietten. »Und ob! Ein Meisterwerk moderner Architektur. Der Traum jedes Wohnungsplaners.«

Einer ihrer dick beleibten Tischnachbarn verzog jetzt erst recht das Gesicht. Um ihn von ihrem Gespräch abzulenken, schob seine Frau ihm das Brotzeitbrettl mit Wurstaufschnitt hin.

»Eine Freundin von mir zieht dort aus und sucht für ihre Zweizimmerwohnung eine Nachmieterin.«

Charlotte verfolgte das Tun ihrer Tischgefährten mit sichtlichem Vergnügen. Frech stibitzte sie eine Scheibe Fleischwurst von ihrem Brett und bot ihnen im Gegenzug vom Radi an. Als sie ihn pikiert zurückwiesen, zuckte sie nur die Schulter. »Wer nicht will, der hat schon.«

»Eigentlich habe ich selbst mit dem Gedanken gespielt, das Angebot anzunehmen«, fuhr sie an Vera gewandt fort und kaute die Wurstscheibe länger als nötig, spülte mit einem Schluck Bier nach. »Aber noch ist es in der Kirchenreuth-Villa gut auszuhalten.«

Sie grinste. Constantin dagegen verdrehte die Augen. Ohnehin wirkte er gereizt. Es passte ihm nicht, dass Charlotte sich zu ihnen gesellt hatte, wie Vera nicht zum ersten Mal feststellte, noch dazu, wo sie ihm auch für den folgenden Sonntag schon wieder ihren gemeinsamen Kindheitserinnerungsspaziergang abgesagt hatte.

»Ich gebe dir Bescheid, wann du dir das Appartement ansehen kannst.«

Das konnte Vera überraschenderweise schon am übernächsten Abend. Kurz nur wunderte sie sich, Charlottes Freundin bei der Gelegenheit nicht kennenzulernen. Die Begeisterung über die Wohnung im obersten Stockwerk des Gebäudes nahe der im Wiederaufbau begriffenen Alten Pinakothek rückte das jedoch rasch in den Hintergrund.

Schon beim Eintreten in den winzigen Flur war klar, wie schlicht und elegant sie ausgestattet war. Weiße Einbauschränke, heller Parkettboden sowie Stahlrohr- und schwarze Ledermöbel verströmten Leichtigkeit und Licht. Balkon und Wohnzimmer lagen nach Süden und boten dank der bodentiefen, vorhanglosen Fensterfront einen atemberaubenden Blick über die langsam wieder auferstehende Maxvorstadt.

»Bei Föhn sieht man sogar bis in die Berge«, wie Charlotte betonte, was aber gerade nicht nachprüfbar war. Wieder einmal präsentierte sich der Sommer an diesem Abend wolkenverhangen. Zumindest blieb es trocken und einigermaßen warm. Vera konnte sich die Aussicht dennoch gut vorstellen.

Das Appartement entsprach ganz den Bedürfnissen eines alleinstehenden Berufstätigen. Küche und Bad waren fensterlos und winzig, allerdings funktional eingerichtet. Ebenso war das rückwärtige Schlafzimmer praktisch geschnitten und dank eines wandlangen Einbauschranks optimal nutzbar. Persönliche Dinge der Mieterin fehlten. Anscheinend war Charlottes Freundin schon ausgezogen, zahlte aber noch die Miete.

»Möbel, Musikanlage und sogar ein Fernseher gehören ebenso dazu wie Geschirr und Töpfe in der Küche«, kommentierte Charlotte Veras verwundertes Umherschauen. »Es ist alles da, was du brauchst, bis auf frisches Brot und Milch. Wenn du willst, kannst du Mitte September einziehen. Bis dahin sind nur einige kleinere Reparaturen nötig, wie ich gehört habe.«

Das Appartement war ein Sechser im Lotto! Charlotte ließ keinen Zweifel, dass die Entscheidung dafür oder dagegen allein bei Vera lag. Sogar die Miete war verlockend günstig. Bis Mitte September waren es nur noch drei Wochen. Natürlich sagte Vera zu, eine solche Gelegenheit bot sich nur ein Mal. Arthur würde Bauklötze staunen.

So schnell aber gab er ihr gar keine Chance, mit der Neuigkeit herauszuplatzen. Stattdessen überrumpelte er sie am Sonntagmorgen seinerseits mit einer Überraschung. Sie saßen kaum in seinem VW, als er freudestrahlend verkündete: »Ich habe meine Briefmarkensammlung wiedergefunden und die Schallplatten neu sortiert. Jetzt musst du nur meinen Käfer beim Üben heil lassen, dann serviere ich dir heute Nachmittag in meinen vier Wänden Kaffee und Kuchen.«

»Warum erst Kaffee und Kuchen?«

»Du bist auch nie zufrieden!«, spottete er. »Den Kuchen habe ich beim besten Bäcker von Haidhausen gekauft, und mein frisch aufgebrühter Kaffee ist berühmt. Fürs Mittagessen mute ich dir meine Kochkünste auf dem schnöden Kohleherd lieber nicht zu.«

»Das werte ich mal als Zeichen, dass du mich nicht vergraulen willst.«

»Seltsam, nicht?«, neckte er sie weiter. »Dabei bin ich derjenige, auf dessen guten Willen du angewiesen bist. Schließlich habe ich das Auto und den Führerschein.«

»Ich bald auch. Mein Fahrlehrer ist zuversichtlich, dass ich noch im September die Prüfung schaffe.«

»Muss ich mir Sorgen machen? Bei ihm bleibt es in den Fahrstunden hoffentlich nur beim Einparken- und Anfahrenüben.«

»Ordentlich Gasgeben zeigt er mir schon auch. Gestern sind wir auf der Autobahn bis zum Chiemsee gefahren.«

»Das geht aber rasant.«

»Fast so rasant wie bei dir.«

»Das beunruhigt mich.«

Insgeheim jubelte sie. Auch wenn sie scherzten, verriet ihn der winzige Funken Unsicherheit in seinen himmelblauen Augen. Offenbar war er ähnlich heftig verliebt wie sie. Früher oder später würde es ihr gelingen, ihn vollständig aus der Reserve zu locken.

Zuvor stellte sie Arthurs Geduld auf eine harte Probe. Beim Rangieren auf einem schmalen Pfad in der Hirschau nördlich des Englischen Gartens manövrierte sie den Käfer fast in ein Bachbett. Im Eifer des Gefechts hatte sie Gas- und Bremspedal verwechselt. Das hätte böse ausgehen können. Arthurs Geistesgegenwart wie auch sein entschlossener Griff ins Lenkrad verhinderten Schlimmeres.

»Darf ich dich als Wiedergutmachung zum Essen ins *Seehaus* einladen?«, fragte sie mit zittriger Stimme, als er ebenso erschrocken wie sie einige Sekunden nach Anhalten des Wagens noch immer halb über dem Lenkrad hing. Am liebsten wäre sie ihm um den Hals gefallen, hätte ihr Gesicht an seiner Schulter vergraben und vor Scham über das Missgeschick geheult. Das aber traute sie sich nicht. Zu laut und verärgert hatte er gerade »Brems gefälligst!« geschrien.

Zerzaust hing ihm sein dunkelblondes Haar ins Gesicht, die glatt rasierten Wangen glühten vor Aufregung. Der Duft seines Rasierwassers mischte sich mit dem leichten Schweißgeruch, den die Aufregung verursacht hatte.

Langsam richtete er sich auf und sah ihr direkt ins Gesicht. Das Blau seiner Augen betörte sie selbst durch ihren tränenverschleierten Blick. Statt zu antworten verschloss er ihr den Mund mit einem langen Kuss.

Vera wagte kaum zu atmen, geschweige denn, sich zu bewegen. Sie wollte Arthur nicht wecken. Friedlich schlummerte er in ihren Armen, auf dem Gesicht ein seliges Lächeln. So lange wie möglich sollte ihm das bleiben. Der Anblick rührte sie.

Ihre Augen wanderten durch das Schlafzimmer. Die Abenddämmerung warf gelbliches Licht durch das Dachfenster. Das Zimmer war winzig und ebenso wie der Rest der Wohnung im Dachjuchhe des viergeschossigen Hauses spartanisch mit viel zu dunklen Möbeln eingerichtet. Wie schon in seinem Büro bei Sandrart gab es nahezu nichts, was Persönliches von ihm preisgab. Keine Fotos oder Bilder an den Wänden, kein Schnickschnack im Regal, nicht einmal besonders viele Bücher, abgesehen von den üblichen Klassikerausgaben zu Goethe, Schiller und Kleist sowie einer Handvoll Standardwerke über moderne Architektur und die Meister des Neuen Bauens. Selbst die Plattensammlung, über die sie gewitzelt hatte, existierte nicht, stattdessen lediglich ein Transistorradio, auf dem AFN eingestellt war.

Bei genauerer Betrachtung sprach der Mangel an Persönlichem Bände. Vera musste schlucken. Schon wieder füllten sich ihre Augen mit Tränen. Offenbar hatte Arthur niemanden mehr, von dem er Fotos aufstellen konnte oder Gemälde oder Geschirr hätte erben können. Nie sprach er darüber, was mit seinen Eltern, seiner Familie war. Nie erwähnte er überhaupt Verwandte. Hatte er sie alle im Krieg verloren?

Sie schloss die Augen, rang einen bösen Verdacht hinunter, warum er sich über seine Vergangenheit und die seiner Nächsten ausschwieg. Das durfte nicht sein. Sie konnten keine Nazis gewesen sein. Das hätte sie gespürt. Bestimmt war ihnen etwas Tragisches widerfahren, worüber er noch nicht reden konnte. Eines Tages würde er es erzählen. Sie musste ihm Zeit lassen. Auch sie hatte ihm bislang nichts von den ihren und deren Schicksal gesagt. Das war normal. Das hielten alle so. Die Vergangenheit war vorbei. Sie brauchten ihre Kraft für die Zukunft.

Wie die meisten ihrer Generation vergrub Arthur sich in seiner Arbeit, erst bei Sandrart, jetzt im eigenen Büro. Beim Gedanken daran, wie einsam er in den letzten Jahren gewesen war und wie schwer es ihm fallen musste, sich auf Nähe einzulassen, fühlte sie einen Stich im Herzen. Wahrscheinlich fürchtete er sich davor, noch einmal einen geliebten Menschen zu verlieren. Deshalb gab er den »Prinzen Rühr-mich-nicht-an« und trat im entscheidenden Moment den Rückzug an. Sie rief sich ihr enges Tanzen nach dem Fußballendspiel in Erinnerung, ebenso ihre vergeblichen Versuche, ihn danach zu einer Verabredung zu überreden. Dass er sich irgendwann doch auf die Sache mit dem Autofahrenüben eingelassen hatte, war ein Wunder. Und das, was seither zwischen ihnen geschehen war, erst recht.

Sie würde ihn von der Angst vor neuerlichem Verlust erlösen. Sie würde ihm beweisen, dass es sich lohnte, zu seinen Gefühlen zu stehen. Dafür wurde man mit der schönsten Erfahrung überhaupt belohnt: mit der Liebe zu einem wundervollen Menschen! Von Neuem wurde ihr warm ums Herz. Nur mit Mühe widerstand sie der Versuchung, Arthur fest an sich zu drücken und ihn mit Küssen und Liebkosungen zu überschütten.

Wie gut, dass sie die Wohnung gefunden hatte. Darin würde sie ein Nest für sie beide einrichten, in das er nach aufreibenden Tagen im Büro gern heimkehrte. Das würde auch ihr guttun. Seit Jahren sehnte sie sich nach einem richtigen Zuhause, das sie mit einem lieben Menschen teilte. Es wieder in München gefunden zu haben war kein Zufall. Hier hatte sie die beste Zeit ihres Lebens verbracht. Hierher hatte sie sich seit Jahren zurückgesehnt.

Sie dachte an Großmama Rebeccas Skizzenbuch. Ab sofort würde sie den Schatz tief in ihren Sachen vergraben. Die Zeit war reif für neue, ebenso schöne Erlebnisse und Lieblingsplätze, die sie mit Arthur entdecken wollte. Sie sollten mit dem Errichten des gemeinsamen Himmels über ihren Träumen beginnen. Vielleicht gestaltete sie ihm ein ähnliches Bilderbuch, in dem sie eines Tages in gemeinsamen Erinnerungen schwelgen konnten. Ein leiser Jauchzer entschlüpfte ihr.

Arthur räkelte sich und schlug die Augen auf. Im ersten Moment starrte er sie verwirrt an. Sie tat ihr Bestes, ihm in den nächsten Minuten wieder zu zeigen, wer sie war und was sie in seinem Bett tat. Nach anfänglichem Zögern ließ er sich allzu gern darauf ein.

15

Als Ludger das Mercedes-Coupé auf die Wiese lenkte, die am südlichen Rand der Osterseen unterhalb von Iffeldorf als Parkplatz diente, stieg in Ysabel Enttäuschung auf. Sie hatte gehofft, als Letzte anzukommen. Damit auch allen Freunden auffiel, welch schickem Wagen Ludger und sie entstiegen. Warum sonst waren sie das Risiko eingegangen, sich heimlich das fabrikneue Mercedes-Coupé seines Vaters mit den futuristischen Flügeltüren auszuborgen?

Für zwei Wochen weilte Engelbert Trautner auf Kur in Bad Kissingen. Aber nicht, weil Ludgers Ausstieg aus der väterlichen Firma oder Ysabels gleichzeitige Kündigung seinem gelegentlich schwächelnden Herzen zu arg zugesetzt hätten. Beides hatte er erstaunlich gut verkraftet. Ebenso auch die Erkenntnis, dass die zwei mehr füreinander empfanden. Der befürchtete Wutausbruch war ausgeblieben.

Zur Kur hatte er gemusst, weil er nach Ansicht seines Hausarztes endlich auf sein Gewicht achten sollte, um Herz und Kreislauf zu schonen. Der Ärger darüber hatte ihn dann tatsächlich an den Rand eines Infarkts gebracht.

»Erst müssen wir jahrelang hungern, weil es nichts zu beißen gibt, und dann sollen wir auf einmal freiwillig hungern, weil wir zu viel zu beißen haben!«

Vor Empörung hatte er seinen Blutdruck in derart schwindelerregende Höhen gejagt, dass eine sofortige Ruhigstellung angeraten schien.

»Sonst haben Sie bald für alle Ewigkeit nichts mehr zu beißen, weil Sie im Sarg liegen«, hatte der Hausarzt gemahnt und durchblicken lassen, dass »rein zufällig« zur selben Zeit ein hoher Beamter aus der Staatsregierung, zuständig für die Auftragsvergabe bei Bauvorhaben des Freistaats Bayern, seine jährliche Kur in Bad Kissingen absolviere.

»Sich beim gemeinsamen Magenknurren vom Geschmack der röschesten Schweinsbraten zu erzählen, schweißt mehr zusammen als dasselbe Parteibuch«, hatte Engelbert beschlossen und sich plötzlich nur zu gern der ärztlichen Empfehlung zur Erholung gebeugt.

Just während seiner Abwesenheit war das schon vor langer Zeit bestellte Auto abholbereit. Also hatte Ludger sich nach Sindelfingen aufgemacht und entschieden, dass diese »Überführungsfahrt« noch das ganze Wochenende dauern würde. Nun aber waren er und Ysabel trotz des regen Ausflugsverkehrs auf den Münchner Ausfallstraßen doch als Erste am Treffpunkt angelangt. Das Auto fuhr eindeutig zu schnell.

»Da haben wir uns ganz umsonst beeilt«, stellte Ludger fest und blieb im Wagen sitzen.

Eine Bilderbuchlandschaft umfing sie. Weiß-blau wölbte sich der Himmel über dem Voralpenland. Nach dem verregneten Sommer zeigten sich die Wiesen Ende September immer noch saftig grün. Auch das Laub an den Bäumen verfärbte sich erst äußerst zaghaft. Idyllisch grasten die Kühe auf den Weiden. Neugierig kam eine näher und glotzte sie über den Zaun hinweg ungeniert an.

Ysabel hoffte, die klapprigen Latten reichten aus, um das Vieh auf Abstand zu halten. »Du hättest mich nicht so hetzen müssen«, schmollte sie. »Es wäre genug Zeit gewesen, um mich in aller Ruhe fertig anzuziehen.«

»Meinetwegen müsstest du dich nie anziehen. Ich liebe es, dich nackt vor mir zu haben.«

»Aber doch nicht etwa in aller Öffentlichkeit!«, entrüstete sie sich.

Sie klappte die Sonnenblende auf der Beifahrerseite herunter, um sich die Lippen nachzuziehen. Das zarte Seidentuch über ihren frisch ondulierten Haaren war verrutscht. Geschickt brachte sie die Frisur mit wenigen Handgriffen wieder in Form.

»Meine süße kleine Hausfrau«, neckte er sie. »Weißt du eigentlich, wie wunderschön du bist?«

Er beugte sich zu ihr, nahm ihr den Lippenstift aus der Hand und presste ihr einen Kuss auf den Mund.

»Nicht!«, wollte sie sich widersetzen, doch er war schneller. Entschlossen zwang er sie, die Lippen zu öffnen und sich seiner Leidenschaft zu ergeben. Zugleich spürte sie seine Hand auf dem Oberschenkel. Sie hielt den Atem an. Geschickt wanderten Ludgers Finger unter dem Stoff ihres Rocks nach oben. Ihr wurde heiß. Sie rutschte tiefer in den Ledersitz, stöhnte leise. Seine Finger fanden ihr Ziel.

Fröhliches Hupen hieß ihn jäh innehalten. Ysabel stieß einen spitzen Schrei aus.

»Wir stören doch nicht etwa?«

Noch ehe Ysabel sich wieder einigermaßen hergerichtet hatte, tauchten die Köpfe von Hannelore und Helga neben dem Mercedes auf. Vor den Augen glitzernde Schmetterlingssonnenbrillen und auf den Lippen knallroter Lippenstift waren sie Ysabel modemäßig mal wieder einen Tick voraus.

»Was ist das denn für ein sensationelles Teil?« Hannelore strich mit den ebenfalls knallrot lackierten Fingerspitzen über den in der Sonne funkelnden Lack des Coupés.

»Sag mir, wie dick dein Auto ist, und ich sage dir, wie dick dein …«, prustete Helga los.

Ysabel wollte im Erdboden versinken. Sicherlich konnte die Farbe ihres Gesichts jetzt mit Nagellack und Lippenstift der beiden mithalten.

»Nicht!«, rief Ludger erschreckt, um Hannelore vom weiteren Betatschen des Lacks abzuhalten. Wahrscheinlich fürchtete er, ihre langen Fingernägel könnten Kratzer hinterlassen. Die Fettdatscher reichten schon. Hektisch hantierte er an den Schaltern und Hebeln, bis es ihm gelang, den richtigen zu erwischen und die Flügeltür auf seiner Seite mit einem leisen »Klack« aufspringen zu lassen. Mit einem Stab musste er nachhelfen, um sie ganz nach oben zu schwenken.

Ysabel wurde die Situation immer peinlicher. Unauffällig schob sie den Rock wieder herunter, versuchte, mit der Zunge den sicherlich reichlich verschmierten Lippenstift abzuwischen.

»Bravo!« Begeistert klatschten Hannelore und Helga in die Hände.

»Hab ich's nicht gewusst? In einem dicken Auto kann nur ein großer, beeindruckender Mann sitzen.« Helga stemmte die Hände in die Seiten, betrachtete den im tiefen Sitz eingeklemmten Ludger und ließ eine Kaugummiblase vor dem Mund zerplatzen. Lässig wischte sie die klebrigen Reste ab.

Zu Ludgers Leidwesen brauchte er eine Weile, bis er die langen Beine aus dem Wagen schwingen konnte. Erst musste er noch den unteren Teil des Lenkrads Richtung Armaturenbrett klappen, dann hatte er genug Platz, um sich nicht eben elegant aus der Enge zwischen Sitz und Lenkrad herauszuschälen.

»Gib zu, du übst noch.« Belustigt zwinkerte Hannelore ihm zu, während er um den Wagen herumlief, um Ysabel die Tür zu öffnen.

Inzwischen war auch Eduard dem klapprigen Käfer entstiegen, in dem er die beiden Freundinnen hergefahren hatte. Neugierig bestaunte er den Mercedes von allen Seiten.

»Die Geschäfte laufen wohl blendend, wenn du dir schon nach den ersten zwei Monaten so eine Karre leisten kannst. Dann darf ich wohl bald mit einer ersten Gehaltserhöhung rechnen?«

»Geduld, Geduld. Der Wagen gehört meinem Vater«, gestand Ludger kleinlaut.

»Das ist gewiss ein Bild für die Götter, wenn dein Vater seine zwei Zentner aus dem Ding hievt!«, platzte Hannelore schon wieder vor Lachen.

Das war das Stichwort. Jetzt oder nie! Ysabel spürte, wie wichtig es war, den dreien durch elegantes Aussteigen zu beweisen, dass sie bereits an das Fahren in dem schicken Wagen gewöhnt war.

Zum Glück reichte Ludger ihr nach dem Aufschwingen der Tür die Hand, sonst wäre das Ganze doch eher kläglich gescheitert. Die Sitze lagen eindeutig zu tief, um leicht ins Stehen zu gelangen. Noch dazu, wenn man so wie sie hohe Schuhe und einen engen Rock trug.

»Das ist nicht dein Ernst«, entschlüpfte es Helga, während Ysabel den Stoff an ihren Beinen glatt strich.

»Das wird eine Wanderung, keine Modenschau!« Hannelore maß sie mit zusammengekniffenen Augen. »In dem Aufzug kommst du wohl kaum bis zum ersten See, geschweige denn, dass du die ganze Runde mit uns schaffst.«

»Wart's ab!«, entgegnete Ysabel eingeschnappt und stakste über den unebenen Grund zum Kofferraum. »Ich hab noch was zum Wechseln dabei. Ich bin doch nicht doof.«

Leider achtete keiner mehr auf sie, wie sie verärgert feststellte. Hupend kam Arthurs grauer, alter Brezelkäfer den Berg hinuntergetuckert – mit Vera am Steuer!

Ysabel schloss die Augen, holte tief Luft und zählte langsam bis zehn. Reichte es nicht schon, dass die beiden jetzt zusammen waren? Musste Vera immer noch eins draufsetzen, um ihnen zu beweisen, wie besonders sie war?

Die anderen brachen in Jubelrufe aus, als würden sie noch einmal wie im vergangenen Juli die deutschen Fußballweltmeister auf dem Marienplatz willkommen heißen.

»Hat ein bisschen gedauert«, entschuldigte Vera sich über die halb heruntergekurbelte Beifahrerscheibe hinweg.

»Lag aber nicht an ihrem Fahrstil«, sprang Arthur ihr sofort bei. Flink war er ausgestiegen und um den grauen Wagen gelaufen, um mit einer tiefen Verbeugung die Fahrertür für sie zu öffnen.

Natürlich trug sie wie Hannelore und Helga bereits passende Wanderkleidung, sprich: eine praktische Hose und noch praktischere Wanderschuhe. Ysabel musste nicht genauer hinsehen, um zu wissen, wie gut sie darin aussah. Ihre schlaksige, flachbrüstige Figur kam in sportlicher Kleidung am besten zur Geltung. Und doch fühlte Ysabel sich ihr in eng anliegender Bluse und Bleistiftrock haushoch überlegen. Die brachten ihre gelungenen Rundungen an den richtigen Stellen zur Geltung. Genau deshalb hatte sie sich ja auch dafür entschieden, trotz anstehender kleiner Wanderung um die Osterseen. Sie schlüpfte in die hellen Segeltuchschuhe.

»Du hast es also geschafft? Du hast die Fahrprüfung bestanden?«, hörte sie Hannelore Vera überflüssigerweise fragen, und Helga rief begeistert: »Ein Hoch auf uns Frauen!«

»Gratuliere!« Ludger schüttelte Vera die Hand, Eduard beeilte sich, es ihm nachzutun.

»Heute außerdem nur drei Mal am Sendlinger Berg abgewürgt«, gestand Vera vergnügt, bevor Arthur augenzwinkernd hinzusetzte: »Und dafür unterwegs in halsbrecherischer Manier zwei kriechende DKW überholt. Ich glaube, ich sollte eine Lebensversicherung abschließen.«

»Aber nur zu meinen Gunsten«, konterte Vera.

Wieder brachen alle in Gelächter aus.

Ysabel ließ sich Zeit, die Schnürsenkel zu binden, bevor sie zu den Freunden hinüberschlenderte. Dafür wurde sie mit entsprechender Aufmerksamkeit belohnt, weil sie den Picknickkorb schon hinter dem Fahrersitz des Mercedes hervorgeholt hatte und trotz des Gewichts am linken Arm trug.

»Das sieht mir ganz nach einem Festessen aus!«, frohlockte Hannelore, die als Erste den Korb erspähte.

»Wollen wir uns die Wanderung nicht sparen und gleich hier mit dem Essen beginnen?«, schlug Helga vor und versuchte, neugierig das Tuch zu lüpfen.

»Willst du das wohl lassen!« Energisch klopfte Ysabel ihr auf die Finger. »Erst die Arbeit, dann das Vergnügen.«

»Dann lass mich dir die schwere Last abnehmen, damit ich mir nachher ganz besonders viel Vergnügen verdient habe.«

Galant griff Arthur nach dem Korb.

Sofort umringten ihn alle und begannen zu rätseln, was sich unter dem Tuch verbarg. Dessen ansehnliche Wölbung sowie die darunter hervorragenden beiden Weinflaschen und das französische Baguette verrieten, wie gut gefüllt der Korb war.

»Natürlich hat meine liebe Ysabel wieder einmal keine Mühen gescheut, um sich für euch ins Zeug zu legen.« Stolz legte Ludger ihr den Arm um die Schultern und küsste sie unter dem Applaus der anderen schmatzend auf die Wange.

»Hört, hört«, erwiderte sie lachend. »Heute früh hat er noch geschimpft, weil ich schon um sechs Uhr mit den Vorbereitungen angefangen habe.«

»Bist du wahnsinnig?«, entschlüpfte es Helga.

Irritiert sah Ysabel sie an.

»Pfui, ihr beiden!«, rief Hannelore amüsiert. »Da habt ihr euch wohl die ganze Nacht miteinander im Sündenpfuhl gewälzt. Wie sonst kann Ludger wissen, wann du mit dem Kochen begonnen hast? Das ist nur mit Würstchenbraten und Broteschmieren nicht unter drei Stunden zu bereinigen.«

»Dann betreibst du wohl mittlerweile einen Imbissstand, um deine Lotterseele zu retten«, kommentierte Arthur ebenso vergnügt, woraufhin ihm Hannelore einen Klaps auf den Hintern versetzte.

»Sieh dich vor, sonst berichte ich den anderen, was du in deiner Junggesellenbude neuerdings so treibst.«

»Pass auf, nicht, dass er den Korb mit all den Leckerbissen fallen lässt«, warnte Helga.

Ysabel sonnte sich in der Aufmerksamkeit, die sie dank ihrer Schufterei nun doch erhielt. Das frühe Aus-den-Federn-Kriechen hatte sich also gelohnt. Dagegen kam selbst Vera mit ihrem Führerschein nicht an. Niemand beherrschte die Zubereitung von falschen Fliegenpilzen, Kartoffelsalat, Hackbällchen oder Käsehappen so gut wie sie. Von ihrem ausgezeichneten Kalten Hund ganz zu schweigen. Noch dazu, wo sie das alles in der hervorragend eingerichteten Küche von Ludgers Elternhaus hatte zaubern dürfen. Solange der gute Engelbert in Bad Kissingen kurte und Haushälterin Mia bei ihren Verwandten in Berchtesgaden weilte, lebten Ludger und sie dort wie ein Ehepaar im eigenen Haus. Ein Paradies! Nicht einmal ihre Schwester Margot wusste davon. Der hatte sie etwas von vorübergehender seelischer Unterstützung bei einer Freundin vorgelogen. Es reichte, dass Margot sich die »Entdeckung« ihrer »gefallenen« Schwester im Sommer so teuer mit einem maßgeschneiderten Modellkleid bei *Beck am Rathauseck* hatte bezahlen lassen. Ysabel wurde jetzt noch rot, wenn sie daran dachte, wie sie vor ihr splitterfasernackt mit Ludger im Bett gelegen hatte. Wenigstens hatte Ludger vor lauter Schreck dem hässlichen »Ilse« nicht allzu viel Beachtung geschenkt und blieb nach wie vor beim viel schickeren »Ysabel«. Bislang hatte er nicht einmal gefragt, wie es überhaupt zu dem Namen gekommen war.

»Lasst uns losmarschieren, sonst müssen wir Ysabels Köstlichkeiten noch im Dunkeln verzehren«, schlug Eduard vor.

Fröhlich schlossen sich die anderen ihm an.

»Danke dir für die viele Mühe, die du dir unseretwegen gemacht hast. Das ist einfach großartig.«

Verwundert fuhr Ysabel herum. Vera stand neben ihr und streckte ihr die Hand entgegen.

»Leider habe ich keinerlei Talent fürs Kochen, trotzdem kann ich mir gut vorstellen, was du da geleistet hast.«

»Danke.« Ysabel war viel zu perplex, um mehr zu sagen. Ausgerechnet die sonst so unnahbare Vera lobte sie – noch dazu für ihre Kochkünste! Ob Vera jemals mehr als Teewasser gekocht hatte, wagte Ysabel zu bezweifeln. Wahrscheinlich war sie in einem vornehmen Haushalt mit viel Personal aufgewachsen.

»Würdest du mir einen Gefallen tun?«

Das klang beinahe verzagt. Überrascht schaute Ysabel sie an. Zum ersten Mal entdeckte sie so etwas wie einen Anflug von Sanftmut in ihrem Lächeln. Vielleicht war sie doch nicht so arrogant, wie sie bislang gedacht hatte, auch wenn sie Cohn hieß und einen Großteil ihres Lebens im Ausland zugebracht hatte.

»Und der wäre?«, fragte sie vorsichtig zurück.

»Würdest du mir das Kochen beibringen?«

16

Der Blick aus den bodentiefen Fenstern im siebten Stock hoch über der Maxvorstadt war gigantisch. Sternengleich funkelten die Lichter der Stadt vor dem dunklen Nachthimmel. So zu wohnen war ein Traum. Ysabel hielt den Atem an. Wenn sie den Arm ausstreckte, konnte sie die Alte Pinakothek berühren. Oder zumindest einen der weit ausladenden Arme der Kräne, die rund um das kriegsbeschädigte Gebäude aufragten. Scheinwerfer strahlten sie an, als wären sie eine eigene Sehenswürdigkeit.

»Gefällt's dir?« Vera trat mit einem Glas Martini zu ihr.

»Wie kannst du dir das leisten?«

Ysabel drehte sich um, wies mit der freien Hand in das geräumige Wohnzimmer. Schwarzes Leder, silbernes Stahlrohr und Glas beherrschten die Einrichtung. Auch wenn sie wenig davon verstand, begriff sie doch, dass das spärliche Mobiliar eine beträchtliche Summe gekostet haben musste. Besonderer Luxus war eine Kombination aus Fernseher, Radio und Plattenspieler, die sich in einem schwarzen Lackmöbelkasten versteckte. Obwohl sie aus den filigranen Regalen herausstach, wirkte sie noch immer weitaus feiner als die rustikale *Kuba*-Musiktruhe, die sich Ludgers Vater letztens geleistet hatte. Zur Krönung hatte er ein wuchtiges Fernsehgerät obenaufgestellt.

»Sandrart zahlt gut.« Vera schmunzelte. »Das ist meine erste eigene Wohnung. Bis vor drei Wochen habe ich zur Untermiete in einem möblierten Zimmer in der Agnesstraße gewohnt.«

»Der Teppich kommt wohl mit dem Weihnachtsgeld«, entschlüpfte es Ysabel, als sie über das glänzende Parkett zu einem der Ledersessel ging, die eher wie Lederwürfel aussahen, und sich vorsichtig daraufsetzte.

»Findest du, den braucht's wirklich?«

Vera kam ebenfalls zur Sitzgruppe und nahm im Schneidersitz auf dem Sofa Platz.

»Sonst ist alles ein bisschen kahl«, erwiderte Ysabel.

Ihr Blick wanderte über die weiß getünchten Wände. Ein großes Gemälde mit viel dunklem Rot, etwas Orange und Gelb hing in der Ecke beim Esstisch. Tapeten gab es keine, ebenso wenig Gardinen, nur dicke, dunkelrote Vorhänge, mit denen die raumhohe Fensterfront nach Süden nachts abgedunkelt werden konnte. Wie wohl das Schlafzimmer aussah? Unauffällig rutschte sie auf dem Sessel vor. So konnte sie einen flüchtigen Blick durch die halb offen stehende Tür in den gegenüberliegenden Raum erhaschen.

»Magst du auch den Rest sehen?«

Schon sprang Vera auf und reichte ihr die Hand. Ysabel fühlte sich ertappt. Andererseits interessierte es sie wirklich.

Zumindest bedeckte ein flauschiger Teppich das Parkett im Schlafzimmer. Ysabel wagte jedoch kaum einen Blick auf das breite Doppelbett. Offensichtlich befanden sich beide Hälften in regelmäßiger Benutzung, wie die zerknüllte Bettwäsche verriet. Vera war wirklich keine Hausfrau. Nicht nur, dass das Plumeau nicht ordentlich aufgeschüttelt und mit einer Tagesdecke überzogen war. Um das Bett herum lagen bunt verstreut einzelne Wäschestücke, sogar, wie Ysabel mit leichtem Rotwerden bemerkte, dunkle Herrensocken und Herrenunterhosen. Peinlich berührt drehte sie sich weg.

»Arthur schnarcht manchmal.« Vera kicherte. »Und schnauft dann wie ein Walross.«

»Ludger redet im Schlaf«, platzte Ysabel heraus. »Und bei Vollmond steht er auf. Da muss ich immer drandenken, die Tür abzusperren, sonst steht er eines Nachts noch bei meiner Schwester vorm Bett.«

Sie brachen in Lachen aus. Ysabel musste sich den Bauch halten, derart heftig schüttelte es sie. Die Vorstellung, wie die altjüngferliche Margot aus dem Schlaf schreckte, weil Ludger wirres Zeug plappernd halbnackt vor ihr stand, war einfach zu komisch. Vera wischte sich die Tränen aus den Augenwinkeln, als ahnte sie, was Ysabel sich gerade ausmalte.

»Deine Schwester ist wohl sehr tolerant, wenn sie ihn nachts bei euch duldet.«

Statt zu antworten zuckte Ysabel die Schultern.

Arm in Arm schlenderten sie ins Wohnzimmer zurück und setzten sich nebeneinander aufs Sofa.

Ysabel fühlte sich geschmeichelt, wie inständig Vera ihre Nähe und Freundschaft suchte. Andere Freunde hatte sie offenbar keine. Zumindest hatte sie bislang niemanden erwähnt. Wie bei so vielen hatte der Krieg bestimmt dazu beigetragen, Kontakte aus Kindertagen abreißen zu lassen.

»Margot und tolerant?«, griff sie Veras Bemerkung auf. »Sagen wir eher, sie ist pragmatisch. Seit sie Ludger bei mir im Bett erwischt hat, lässt sie sich ihr Schweigen teuer bezahlen. Mal will sie ein schickes Kleid von *Beck am Rathauseck*, mal neue Schuhe von *Schuh Klein* oder eine Karte für die Oper. Zuletzt musste es sogar eine neue Stelle bei einer Baustofffirma sein, mit der Ludger und Arthur auf der Baustelle in Moosach zusammenarbeiten. Ich bin gespannt, was ihr noch so alles einfällt. Aber pst!« Beschwörend legte sie den Zeigefinger über die Lippen. »Davon darf Arthur nichts erfahren. Er mag es noch weniger als

Ludger, wenn man Beziehungen nutzt, um an bessere Arbeit oder lukrative Aufträge zu kommen.«

»Von mir erfährt er kein Wort.« Vera hob die Hand zum Schwur. »Warum heiratet Ludger dich nicht einfach?«

»Vorerst hat die neue Firma Priorität. Wenn die endlich läuft, können wir daran denken.«

»Ihr kennt euch alle wohl schon sehr lange. Woher eigentlich?«

»Hat Arthur das nie erzählt?«

»Leider nicht.«

»Ludger und er waren schon zusammen in der Schule.«

»Und Hannelore, Helga und Eduard?«

Ysabel wunderte sich, warum Vera das alles wissen wollte. So war das wohl, wenn man selbst mehr oder weniger allein dastand. Dann interessierten einen die Freundschaften der anderen umso mehr.

»Eduard hat mit Arthur studiert, und Hannelore und Helga sind ihnen in den letzten Jahren bei einem ihrer Aufträge begegnet«, erwiderte sie. »Als ich Ludger kennengelernt habe, steckten die fünf schon wie Pech und Schwefel zusammen.«

»Beneidenswert.«

»Stimmt.«

»Und Ludger ist dir bei deiner Arbeit für die Firma seines Vaters begegnet?«

»Ja.« Ysabel nippte erst an ihrem Martini, pflückte dann voller Genuss die grüne Olive mit den Schneidezähnen vom Zahnstocher. Noch nie war sie von einer Freundin so schick verwöhnt worden. Voller Stolz setzte sie nach: »Letztes Jahr habe ich bei Trautner angefangen. Auf Anhieb bin ich zweite Vorzimmerdame geworden. In Steno bin ich unschlagbar, im Maschinenschreiben spitze. Das ist übrigens meine erste Stelle hier in München. Die habe ich mir ganz allein besorgt, ohne irgendwelche Unterstützung.«

»Dann bist du gar nicht von hier?«

»Ursprünglich stamme ich aus Traunstein. Mein Vater war dort Schuster. Nachdem er im Krieg gefallen ist, ist meine Mutter mit meiner Schwester und mir zu Verwandten nach Wildenwart. Das ist ein kleines Dorf oberhalb von Prien am Chiemsee. Dort haben die Verwandten einen Hof. Meine Mutter verdingt sich bei ihnen als Magd. Was anderes hat sie nie gelernt. Meine Schwester und ich haben auch ordentlich mit anpacken müssen. Trotzdem ist es Margot und mir gelungen, nach Rosenheim in die Schule zu gehen und einen Abschluss zu machen. Das ist unserer Mutter sehr wichtig gewesen. Genauso wie der Kurs in Stenografie und Schreibmaschine. So konnten wir bei der Sparkasse in Prien im Büro anfangen. Zuerst ist Margot vor drei Jahren nach München. Ich habe es letztes Jahr geschafft. Nur unsere arme Mutter hockt immer noch in Wildenwart bei den Verwandten. Sobald ich genug Geld habe, hole ich sie nach. Sie soll nicht ihr Lebtag lang für einen Hungerlohn bei den Verwandten schuften müssen. Schöne Kleider werde ich ihr kaufen, gute Schuhe, jeden Tag Fleisch und Wurst, so viel sie mag, und eine feine Maniküre soll sie auch endlich einmal kriegen, damit die Haut an ihren Fingern wieder weich wird.«

Über den letzten Worten hatte sie die Hände zu Fäusten geballt, bis die Knöchel weiß wurden. Das merkte sie erst, als Vera ihr sanft die Hand darauf legte. Zögernd öffnete sie sie wieder und lächelte Vera dankbar an. »Hast du auch Geschwister? Was ist mit deinen Eltern?«, fragte sie, um im nächsten Moment erschrocken nachzusetzen. »Oder frag ich das besser nicht?«

»Warum nicht? Weil mein Vater Jude ist?«

Veras ebenmäßiges Gesicht wurde spitz, die Stimme leicht schrill. Im nächsten Moment lächelte sie allerdings schon wieder. Ysabel atmete auf.

»Geschwister habe ich leider keine«, bekannte Vera. »Meine Mutter hatte wohl selbst zu viele. Die Erfahrung wollte sie mir vermutlich ersparen. Und mein Vater ist das verhätschelte Einzelkind einer gefeierten Künstlerin und eines durchgeistigten, aber erstaunlich kinderlieben Philosophieprofessors. Für meine Großeltern war ich die ungekrönte Prinzessin. Wir hatten eine wunderschöne Zeit miteinander. Leider war die viel zu schnell vorbei.«

Von Neuem hielt sie inne, schaute verträumt in die Ferne. Tränen glitzerten in ihren langen, elegant gebogenen Wimpern. Ysabel wurde blümerant. Wenn sie geahnt hätte, was sie mit ihrer Frage anrichtete, hätte sie gar nicht erst gefragt.

»Meine Eltern und ich sind während der Nazizeit im Ausland gewesen, erst in Paris und später in New York«, sagte Vera plötzlich ganz gefasst und fügte energisch hinzu: »Über all dem Elend und dem Ärger ist meinen Eltern wohl gründlich die Lust vergangen, sich noch mehr Verantwortung aufzuladen. Als es ihnen hier in Deutschland wieder besser ging, waren sie längst zu alt für weitere Kinder. Also bin und bleibe ich für alle Zeit allein. Was wohl auch seine Vorteile hat, wenn ich an die teuren Ansprüche deiner Schwester denke.«

Vergnügt zwinkerte sie ihr zu. Trotzdem nahm Ysabel ihr nicht ganz ab, dass sie das wirklich so leichtnahm. In ihren Augen lag noch immer tiefe Traurigkeit.

Zu gern hätte Ysabel mehr über die Großeltern und das Leben im Ausland erfahren, doch ehe sie fragen oder etwas Tröstendes sagen konnte, stand Vera auf, nahm die Gläser und ging in die kleine Küche am anderen Ende des Raums. Eindeutiges Zeichen, dass damit die Geschichte für sie zu Ende war, wie Ysabel enttäuscht feststellte. Bislang hatte sie noch niemanden getroffen, der vor dem Krieg weggegangen und danach freiwillig nach München zurückgekehrt war.

»Wo leben deine Eltern jetzt?«, versuchte sie ungeschickt, trotzdem noch mehr von ihr zu erfahren, und folgte Vera zu der kleinen Küche, die in Höhe der schlichten Essecke abzweigte.

Die war kaum größer als ein längliches Badetuch und bis unter die Decke mit praktischen weißen Einbauschränken bestückt. Über ein Fenster verfügte sie allerdings nicht, ein typischer Hinweis darauf, dass hier nicht sonderlich viel gekocht werden sollte. Wohin würden dann Rauch und Gerüche abziehen können?

»Sie wohnen in Bonn«, erwiderte Vera und drehte sich schon wieder ins Wohnzimmer um. »Mein Vater sitzt seit fünf Jahren für die SPD im Bundestag.«

»Oh.«

Ysabel war beeindruckt. Dabei war ihr klar gewesen, dass Vera aus besseren Verhältnissen stammte. »Juden halt«, würde Margot sagen. Aber so etwas sagte man nicht mehr. Trotzdem. Ein bisschen war schon dran. Eine berühmte Künstlerin und ein gelehrter Professor als Großeltern, das kam vor allem in deren Kreisen vor. Eine Kindheit in Paris und New York sowieso, wenn auch aus tragischen Gründen. Mit einem waschechten Politiker in der Bundeshauptstadt als Vater aber hätte Ysabel nicht im Entferntesten gerechnet. Kein Wunder, dass sich kaum jemand traute, sich mit Vera anzufreunden. Das jagte jedem normalen Menschen Angst ein, weil er nicht wusste, wie er sich ihr gegenüber verhalten sollte. Ysabel beschloss, nichts darauf zu geben. Vera hatte sie gefragt, ob sie ihr Kochen beibringen und sie besuchen wolle. Sie sehnte sich also danach, ihre Freundin zu werden. Stolz richtete Ysabel sich auf.

»Bist du öfter in Bonn?«

»Klar.«

»Wie ist es da? Trifft man da viele Politiker?«

»Du meinst Adenauer und Erhard?« Vera grinste.

Sofort fühlte Ysabel sich dumm.

Vera beeilte sich, das zu überspielen, und winkte ab. »Gelegentlich schon. Aber die gehören ja zu den anderen. Die schütteln jemandem wie mir nicht unbedingt die Hand. Der Vater meiner Mutter war waschechter Kommunist. Und ihre vielen Brüder und Schwestern auch. Die stammen alle aus dem Berliner Wedding, in früheren Zeiten die Hochburg echter Arbeiterschaft. Eine ganz elende Gegend. Kräftig malochen mussten die dort. Und um jeden Brotkanten hart kämpfen. Ein bitteres und sehr einfaches Leben mit einem Klo für zwanzig Leute die halbe Treppe runter und nichts als wässriger Kohlsuppe auf dem Herd. Den Geruch wirst du nie mehr los. So etwas riecht ein ordentlicher Christdemokrat schon von Weitem.«

Ysabel stutzte. Was redete Vera da? Sie verstand nur noch Kommunisten und Arbeiter und Berlin. Wie passte das zu den feinen, hochgebildeten jüdischen Großeltern? Und wie zu dem Abgeordnetenvater in Bonn? Ob sie sich das mit dem Anfreunden nicht doch noch einmal überlegen sollte? Bei Kommunisten war nach wie vor Vorsicht angesagt, das wusste jeder.

Offenbar schaute sie reichlich verwirrt. Vera lachte.

»Keine Sorge! Das ist nicht ansteckend. Genauso wenig wie die Sozialdemokratie oder das Judentum meines Vaters. Meine Mutter ist übrigens ganz ordentlich getauft. Trotz kommunistischem Vater. Allerdings evangelisch. Stammt halt aus Berlin.«

Vor der Wohnungstür wurde es laut. Fröhliche Männerstimmen erklangen. Ein Schlüssel wurde ins Schloss gesteckt und umgedreht. Ysabel und Vera wechselten verdutzte Blicke.

»Ist es schon so spät?« Vera sah auf ihre zierliche, goldene Armbanduhr.

»Wir wollten doch noch etwas kochen!« Ysabel erschrak. Bestimmt hatten Arthur und Ludger einen Bärenhunger. Immerhin hatten die zwei den ganzen Tag im Büro gesessen. Und außerdem hatten Vera und sie ihnen großspurig ein ordentliches Abendessen versprochen. Erste Lektion des privaten Kochkurses lautete: Abendbrot für ausgehungerte Schreibtischhengste und anschließend gemeinsames gemütliches Schauen von Wilmenrods Kochsendung im Fernsehen. Die Taschen mit den frisch eingekauften Köstlichkeiten türmten sich allerdings noch unausgepackt vor der winzigen Küche.

»Überlass das mir. Ich habe alles im Griff«, beruhigte Vera sie mit einem verschwörerischen Augenzwinkern. »Wozu gibt es Suppen aus der Konservendose? Davon leben Arthur und ich seit Wochen.«

Mit einem Anflug von Neid begriff Ysabel, dass die abenteuerliche Mischung aus kommunistischem Berliner Arbeitermilieu und großbürgerlichem Münchner Gelehrtentum bei Vera für eine beneidenswerte Souveränität gesorgt hatte. Eine wie sie war jeder Situation gewachsen. Bestimmt gab es keinen Moment, in dem sie sich je verlegen fühlte oder sich nicht zu helfen wusste. Dass sie nicht einmal ein Spiegelei braten konnte, war ein Klacks dagegen. Was wollte Vera von ihr überhaupt noch groß lernen? Wieso wollte sie trotzdem unbedingt ihre Freundin sein?

17

Mitte November 1954

Zum Glück hatte es zu mehr als zu einem Messerschmitt-Kabinenroller gereicht. Dank der großzügigen finanziellen Unterstützung ihrer Eltern fuhr Vera seit einigen Wochen einen VW Käfer. Sogar ein neueres Modell als Arthur. Ohne geteiltes Rückfenster und außerdem in fröhlichem Himmelblau, was im tristen Novembergrau ein erfreulicher Lichtblick war.

Anders, als Sandrart es bei Arthur gehalten hatte, ermutigte er sie, im eigenen Auto auf den Baustellen vorzufahren. Anscheinend genügte es in seinen Augen als Provokation, dass sie bereits in ihrem Alter und noch dazu als Frau verantwortliche Architektin war. Da musste sie nicht auch noch mit einem dicken Wagen wie dem seinen aufkreuzen, um sich Respekt zu verschaffen. Dass sie den Käfer selbst lenke, sorge ohnehin für genug Aufsehen, hatte Sandrart noch gemeint.

Bei der Erinnerung an die Worte ihres Chefs schüttelte Vera den Kopf. Frauen am Steuer waren wieder selten geworden. Fast fünfzig Jahre nach seiner Einführung durften sie den Führerschein weiterhin nur mit Zustimmung ihres Vaters oder Ehemanns erwerben. Unglaublich, wenn man bedachte, wie weit die Frauen hierzulande in den Zwanzigerjahren schon einmal gewesen waren!

»Die Wirtschaftswunderzeit katapultiert Deutschlands Frauen zurück ins Mittelalter. Erschreckend, wie bereitwillig sie inzwischen wieder Errungenschaften wie eigenen Lohn oder Autofahren an ihre Männer abgeben«, hatte Judith Lichtblau, die progressive Journalistenfreundin von Veras Eltern, letztens festgestellt.

Natürlich waren viele Frauen erst kriegsbedingt Technikerinnen oder Ingenieurinnen geworden, hatten sich um die Leitung von Fabriken oder Handwerksbetrieben gekümmert, weil die Männer an die Front ausgerückt waren. In der im D-Zug-Tempo aufstrebenden Bundesrepublik hatten sie sich allerdings überraschend schnell aus diesen Bereichen wieder zurückgezogen. Vor allem junge Frauen in Veras Alter sahen ihr Lebensglück mittlerweile statt im Beruf am heimischen Herd und in der Kindererziehung. Tätigkeiten wie Sekretärin oder Verkäuferin, die keine komplizierte Ausbildung oder gar ein Studium erforderten, sowie typisch weibliche Berufe wie Krankenschwester oder Kindergärtnerin standen in der Übergangszeit zwischen Schule und Eheschließung hoch im Kurs. Als hätte es die Aufbruchsstimmung lange vor dem Dritten Reich nie gegeben! Stolz hatten sich in den Zwanzigerjahren noch die Mütter der jetzigen jungen Frauen ihren Platz im Medizin- oder Physikstudium erstritten und selbstbewusst nach jeder Chance gegriffen, um sich zumindest in den Städten ein unabhängiges Leben aufzubauen.

Ob die furchtbaren Kriegserlebnisse und die drückende Verantwortung während der Abwesenheit der Ehegatten und Väter die Frauen nun dazu trieben, sich als Nurhaus- und Ehefrauen hinter den breiten Männerrücken zu ducken? Obendrein gab es kriegsbedingt mehr Frauen als Männer. Böse Zungen wie Tante Judith lästerten gern, manche Frauen würden ihr vermeintliches Schutzbedürfnis als Waffe nutzen, um eines der begehrten Männerherzen zu erobern.

Sinnierend sah Vera durch die Frontscheibe des Käfers. Sie befand sich mit ihrem Kollegen Siegfried Eisele auf dem Rückweg von einer Baustelle in Thalkirchen, die sie gemeinsam betreuten. Nebel packte die Stadt seit Tagen in eine milchige Hülle. Schon sehnte man sich einen kräftigen Wind herbei, der den Dunst wegpustete und für mehr Leben auf den Straßen sorgte. Geduckt, die Schultern hochgezogen und die Hände tief in den Taschen vergraben, schlichen die Menschen umher. Dicke Schals hatten sie um die Hälse geschlungen, Mäntel über die Wirtschaftswunderwohlstandsbäuche gezogen.

»Wollen wir noch kurz an der Maxburg vorbeifahren?«, schlug Vera Eisele vor.

»Wir müssen dort nicht aussteigen«, fügte sie hinzu, als sie bemerkte, wie er die Finger nervös durchzukneten begann. »Ich will nur sehen, wie weit sie inzwischen mit dem Aushub sind. Mich fasziniert, was da gerade entsteht. Das Amts- und Landgericht an der Stelle, wo früher einmal Herzöge und Militärs Hof gehalten haben, das ist einfach großartig, noch dazu, wenn die letzten Reste der Burg so geschickt in den neuen Bau integriert werden. In der *Süddeutschen* wurde bereits darüber berichtet, wie das einmal aussehen soll.«

Eiseles Nervosität überraschte sie nicht. Wie so oft war es schon ein harter Kampf gewesen, ihn überhaupt zum gemeinsamen Besuch der Baustelle in Thalkirchen zu bewegen. Schon im Sommer hatte Arthur sie davor gewarnt, seit Wochen erlebte sie hautnah, wie vehement er sich jedes Mal aufs Neue gegen das Betreten von Baustellen sträubte. Es musste etwas mit seinen Kriegserlebnissen zu tun haben. Sie hatte Schweißperlen auf seiner Stirn gesehen, als sie den Rohbau betreten hatten. Dabei waren es nur wenige Grad über null. Wegen des eisigen Windes fühlte es sich sogar noch kälter an. Der Matsch an den Schuhen wie überhaupt der Dreck und die Unordnung auf den Baustellen schienen Eisele, der sich ständig die Hände wusch und übertriebenen Wert auf Sauberkeit legte, ein Gräuel. Dennoch konnte sie wenig Rücksicht darauf nehmen, wenn es darum ging, ihrer Arbeit als verantwortliche Architektin nachzukommen. Sie musste regelmäßig mit den Handwerkern reden, die Baustelle inspizieren und sich ein Bild von den Fortschritten vor Ort machen. Bei gemeinsamen Projekten mit Eisele bestand sie darauf, dass er sich nicht davor drückte.

»Trotz des scheußlichen Wetters geht es wohl bestens voran«, plapperte sie weiter. »Bald gießen sie das Fundament.«

»Kein Wunder.« Eisele strich sich über das spitze Kinn. Dass sie ihn gebeten hatte, in ihrem Auto nicht zu rauchen, setzte ihm vielleicht noch mehr zu als die Aussicht, gleich eine weitere Baustelle zu besichtigen. »Theo Pabst hat schon mit dem Neubau des *Kaufhofs am Stachus* bewiesen, dass man sich auch bei uns in Deutschland aufs schnelle und effiziente Bauen versteht.«

»Und das mit einem großartigen Gebäude.« Vera schaute nach links, wo der imposante Kaufhausbau aus Beton, Stahl und Glas passenderweise in diesem Moment hinter den Seitenfenstern auftauchte.

In rekordverdächtigen achtundzwanzig Wochen war er vor drei Jahren errichtet worden. Die schlichte Fassade wie auch die klar gegliederte Anlage der verschiedenen Gebäudekörper waren der Inbegriff der Moderne. Ganz bewusst verzichtete sie auf jeglichen historisierenden Putz oder verspielte Formelemente. Damit knüpfte die derzeitige Architektur wieder an das an, was vor der unseligen Zeit der Nationalsozialisten im Kommen gewesen war: demokratisches, in die Zukunft gerichtetes Bauen. Die klare Formensprache, die an den schmucklosen, möglichst transparent gestalteten Gebäuden zum Tragen kam, war die einzige Möglichkeit, den Willen zum Neubeginn für alle Welt sichtbar zu unterstreichen. Man musste gar nicht so weit gehen wie beispielsweise in Hannover, wo man nicht nur die Kriegstrümmer beseitigt, sondern gleich auch noch stehen gebliebene alte Viertel abgerissen hatte, um breite, schnurgerade Straßen sowie luft- und lichtdurchflutete Häuserzeilen anzulegen. Dennoch war es wichtig, das Ziel nicht aus den Augen zu verlieren, das in einer klaren Absage an den wuchtigen, bedeutungsüberfrachteten Stil der vergangenen Ära bestand.

»Mitten in der Stadt müsste man bauen, natürlich solche Hingucker wie ein Kaufhaus oder ein Gerichtsgebäude, die jedermann im Alltag präsent sind. Nicht nur langweilige Altenheime und Wohnsiedlungen am Stadtrand, die kaum einer wahrnimmt«, erklärte Eisele, als sie wenig später die gigantische Baugrube an der Maxburgstraße passierten.

Zu Veras Überraschung signalisierte er ihr, den Wagen am Fahrbahnrand abzustellen, um mit ihr zur Bautafel zu gehen.

Eine eigenartige Ruhe lag über dem Gelände. Die Bauarbeiter hatten längst Feierabend. Im Südosten war die bereits wiedererrichtete Bürgersaalkirche zu sehen. Das benachbarte Kaufhaus *Oberpollinger* war ebenfalls nahezu vollständig wiederhergestellt. Markant zeichneten sich die drei Giebel vor dem dunkler werdenden Spätnachmittagshimmel ab. Ein Schauer erfasste Vera. Die Zeit schien stehengeblieben. Genauso hatte Großmama Rebecca das Kaufhaus einst in ihrem Skizzenbuch festgehalten. Plötzlich war Vera klar, warum sie geradlinige Bauten wie den *Kaufhof am Stachus* diesen wiedererrichteten reich verzierten Gebäuden vorzog. Die Vergangenheit war vorbei. Man konnte sie nicht zurückholen, auch nicht mit dem Wiederaufbau im alten Stil.

Vera wandte sich ihrem Kollegen zu. Mit zittrigen Fingern zündete Eisele sich eine Zigarette an und betrachtete nachdenklich den alten Turm mitten auf der Baustelle. Er war der traurige Rest, der nach dem Bombenhagel von der Herzog-Max-Burg stehen geblieben war. Der Entwurf der Architekten Sep Ruf und Theo Pabst stellte ihn vor dem Neubau des Amts- und Landgerichts weithin sichtbar frei, wie der Skizze auf der Tafel zu entnehmen war. Damit erhielt das Alte im Neuen einen prominenten Platz, ohne dass es verleugnet oder zu sehr verherrlicht wurde, fand Vera.

»Wenn Sie von solch renommierten Projekten träumen, warum bewerben Sie sich nicht in Büros wie denen von Pabst oder Ruf? Auch Leuweritz & Mangfall in Bogenhausen machen viel von sich reden«, griff Vera Eiseles Bemerkung von vorhin auf. Jede Silbe ließ eine kleine Atemdunstwolke aus ihrem Mund aufsteigen. Der gelbliche Schein der Straßenlaternen beleuchtete sie. Fröstelnd trat sie von einem Bein aufs andere, vergrub das halbe Gesicht in dem hochgeschlagenen Mantelkragen und versenkte die Hände tief in den Taschen. »Gute Leute wie Sie können die bestimmt immer gebrauchen.«

»Wollen Sie mich loswerden?«

»Das haben Sie gesagt.«

Offen sahen sie einander an. Eisele war nicht viel größer als sie und ähnlich hager wie Ludger. Obwohl er erst um die vierzig war, wirkte er mindestens zehn Jahre älter, woran auch seine leicht nach vorn gebückte Haltung Schuld trug.

»Man muss seine Grenzen kennen«, entgegnete er nach einer bedeutungsvollen Pause und wandte sich wieder der Baugrube zu, studierte offenbar jeden einzelnen Meter, der dort ausgehoben worden war. »Irgendwann ist einfach die Gelegenheit verpasst, noch etwas Besonderes zu leisten.«

»Eine bequeme Ausrede. Solange man Träume hat, ist es nie zu spät, sich daran zu versuchen, sie in die Tat umzusetzen«, antwortete sie leicht ungehalten. Sein ewiges Selbstmitleid stieß ihr auf.

»Wissen Sie, was ich Ihnen wünsche?«

Gründlicher als nötig trat er die Zigarette auf dem Boden aus, verschränkte die geröteten Hände hinter dem Rücken und reckte den Kopf übertrieben nach vorn. Im Schatten seiner Hutkrempe war seine Mimik nicht zu erkennen.

»Dass die Umstände für Sie allezeit so günstig bleiben wie bisher und Sie nie auf die Nase fallen«, gab er gleich selbst die Antwort auf seine Frage. »Wenn man hochfliegende Pläne verfolgt, kann so eine Landung auf dem Boden der Tatsachen ganz schön bitter werden. Freuen Sie sich, dass Sie bislang so viel Glück gehabt haben und man Sie hier mit offenen Armen empfangen hat. Leuten wie Ihnen legt man mittlerweile überall den roten Teppich aus. Und das, nachdem Sie den ganzen Schlamassel hier nicht einmal miterleben mussten.«

»Wenn Sie denken, es war so viel einfacher, wegzugehen und sich in der Fremde durchzuschlagen, warum sind Sie dann geblieben und haben hier den ›ganzen Schlamassel‹, wie Sie es so verharmlosend bezeichnen, über sich ergehen lassen? Falls es Ihnen noch nicht aufgefallen ist: Im Gegensatz zu Ihnen war ich noch zu klein, um selbst zu entscheiden, was ich tun wollte, und auch meinem Vater hat man keine Wahl gelassen. Juden und Sozialdemokraten waren im Tausendjährigen Reich schlichtweg nicht erwünscht.«

»Dafür sind sie es jetzt umso mehr. Oder warum sonst hat Sandrart Sie so schnell befördert? Etwa, weil Sie schon so viel Bahnbrechendes geleistet haben?«

»Hei… hallo Eisele!«

Aus dem Dunkel zwischen zwei Bauwagen kam ein Mann in langem Mantel, den Hut tief ins Gesicht gezogen, direkt auf sie zu. Den verbotenen Gruß mit der rechten Hand unterdrückte er gerade noch rechtzeitig, wie er auch im letzten Moment noch das verräterische »Heil« in ein unverfängliches »Hallo« verwandelt hatte. Dennoch grinste er Eisele herausfordernd an. Vera war sich sicher, dass er absichtlich provozierte. Er wollte Eisele bloßstellen.

Der hatte auch gleich den Kopf noch tiefer zwischen die Schultern gezogen.

»Das ist wohl deine kleine Kollegin, die an deiner Stelle Karriere gemacht hat, was?«, fuhr der Unbekannte fort und wies mit dem Kopf auf Vera. »Vorlautes Fräulein, wie es scheint. Die weiß, was sie will und was sie zu sagen hat. Schade, dass du dagegen immer noch nicht auf die Beine kommst. Dabei hat es fast einmal so ausgesehen, als wärst du zu Großem berufen. Dir hat wohl doch der letzte Biss gefehlt, sonst wäre mehr aus dir geworden. Schade, dass du schon diesen Arthur Brandt an dir hast vorbeiziehen lassen. Es wäre ein Leichtes gewesen, dem ein Bein zu stellen. Doch nichts für ungut. Der ist ja inzwischen weg. Bedauerlicherweise hast du deine Chance trotzdem vermasselt. Dir ist wirklich nicht zu helfen.«

Er tippte sich an die Hutkrempe und verschwand zwischen den abgestellten Baufahrzeugen genauso lautlos, wie er aufgetaucht war.

»Ein alter Freund von Ihnen?« Befremdet sah Vera ihm nach.

»Vergessen Sie's.« Eisele schob die Hände in die Manteltaschen. »Einen schönen Abend. Ich nehme die Tram nach Hause.«

Schon wandte er sich ab.

»Und Ihre Tasche?«, rief Vera ihm nach. »Sie haben noch Ihre Tasche bei mir im Auto.«

»Bringen Sie sie morgen mit ins Büro«, winkte er halb über die Schulter ab, ohne sich noch einmal zu ihr umzudrehen.

18

So sehr sie sich auch bemühte, Vera bekam die seltsame Begegnung an der Maxburg nicht aus dem Kopf. Mehr als vier Stunden waren seither vergangen. Mit Einkaufen, Aufräumen und Kochen hatte sie sich zwischenzeitlich abzulenken versucht.

Dank Ysabels unerschütterlicher Beharrlichkeit, mit der sie ihrem mangelnden Talent am Herd tapfer trotzte, brachte sie es inzwischen auf ein richtiges Dreigängemenü: Weinsuppe als Entree, Schaschlik mit buntem Tomatenreis als Hauptspeise sowie Butterbananen zum Dessert. Selbst Fernsehkoch Wilmenrod würde das zur Ehre gereichen! Inzwischen bereitete es ihr sogar Spaß, nach einem langen Tag im Büro zu Hause den Kochlöffel zu schwingen. Die Freude auf Arthurs überraschtem Gesicht, wenn sie mehr zustande brachte als nur das Aufwärmen einer Ochsenschwanzsuppe aus der Dose, lohnte die Mühe in jedem Fall. Dennoch wäre es ihr als alleinige Beschäftigung zu wenig. Zur Nurhaus- und Ehefrau war sie trotz neu erwachter Begeisterung fürs Kochen nicht geschaffen.

An diesem Abend stocherte sie freudlos in ihrem Reis herum. Arthur bemerkte das nicht einmal. Gierig schlang er sein Essen hinunter, schien kaum wahrzunehmen, dass sie ihnen auch optisch etwas Ansprechendes auf die Teller gezaubert hatte. Petersiliensträuße hatte sie stets griffbereit, um einen Farbtupfer auf jedes Gericht zu setzen. Sogar ein weißes Tischtuch und gestärkte Stoffservietten gehörten inzwischen zu ihrer Ausstattung, ebenso eine Kerze und ein im grauen November sündhaft teurer Blumenstrauß.

Über so viel häuslichen Einsatz würde ihre Mutter Bauklötze staunen. Zu Derartigem hatte sie nie Lust verspürt, von echten Gelegenheiten in ihren Exiljahren ganz zu schweigen. Auch Großmutter Rebecca waren stets andere Dinge wichtiger gewesen als ein aufwendig dekoriertes Mahl. Dafür wäre Änne, die gute Seele im Bonner Abgeordnetenhaushalt ihrer Eltern, umso stolzer auf sie, weil ihre Mahnungen zu mehr hausfraulichem Engagement endlich fruchteten.

»Mit Speck fängt man Mäuse und Männer mit einem guten Essen«, lautete ihre Devise, die in ihren Augen in Zeiten chronischen Männermangels und beginnenden Wirtschaftswunders umso wichtiger war, wollte man kein »übrig gebliebenes« Fräulein werden. Auch Ysabel schien diesem Motto verfallen, wie sie Vera in ihrem privaten Kochunterricht jedes Mal aufs Neue bewies.

Dass Arthur nicht auffiel, welche Mühe sie sich seinetwegen gab, enttäuschte Vera an diesem Abend besonders. Natürlich wusste sie, wie viel Ludger und er schufteten und wie sehr ihn das erschöpfte. Längst hatten sie Arbeit für vier, trauten dem aber noch nicht genug, um außer dem gutmütigen Eduard weitere feste Mitarbeiter anzustellen.

»Wir müssen eine langfristige Perspektive bieten können«, erklärte Arthur immer wieder aufs Neue. »Jemanden ein halbes Jahr später wieder vor die Tür zu setzen, weil die Aufträge doch nicht reichen, halte ich für verantwortungslos.«

Eine bewundernswerte Einstellung. Dennoch bedauerte Vera, sie letztlich ausbaden zu müssen. Selten kam er vor neun Uhr abends zu ihr. Ebenso selten war er dann noch aufnahmebereit für ein anregendes Gespräch, und noch seltener war er fähig zu registrieren, wie sehr sie sich anstrengte, um ihm eine entspannende Atmosphäre zu bieten.

Seit sie das schicke Zweizimmerappartement in der Theresienstraße gemietet hatte, lebte er mehr oder weniger bei ihr, genau, wie sie es sich erhofft hatte. Seine eigene Behausung in der Haidhauser Preysingstraße lag zwar günstiger zu seinem Büro in Sendling, doch sie war weitaus beengter. Vera mochte die altmodisch dunkle Möblierung nicht und weigerte sich, auf dem alten Kohleherd auch nur ein Rührei anzurichten.

Längst hatte sie sich daran gewöhnt, nach den eigenen, ebenfalls aufreibenden Arbeitstagen zwischen Büro und Baustelle noch einzukaufen und für Arthur zu kochen. Mit Ysabels Unterstützung, die ihr ein- oder zweimal wöchentlich »Haushaltsnachhilfe« erteilte, gelang ihr das immer besser. Auch die klugen Ratschläge im *Praktischen Haushaltsbuch* von Lilo Aureden sowie aus Ysabels Lieblingszeitschriften *Constanze* und *Hörzu* wusste sie mittlerweile zu schätzen. Allmählich empfand sie es sogar als Erholung vom Ärger im Büro oder von den ewigen Disputen mit den männlichen Ansprechpartnern in den Amtsstuben.

An diesem Abend hatte sie jedoch vergeblich darauf gewartet, zwischen Zwiebelhacken, Fleischaufspießen und Reiskochen den Kopf freizubekommen. Immer wieder war der Unbekannte von der Baustelle in seinem langen Mantel und mit den mysteriösen Andeutungen in ihren Gedanken herumgespukt. Während sie die Speisestärke in die Soße gerührt hatte, hatte er in ihrem Kopf von Neuem Eisele hämisch zur Rede gestellt und Arthur ins Zwielicht gerückt. Leider traf er damit noch immer einen wunden Punkt bei ihr, wie sie erschrocken feststellte, als das Mondamin zu klumpen drohte. Dabei war sie sicher gewesen, ihren einstigen Argwohn Arthur gegenüber endgültig besiegt zu haben. Nun aber genügte die seltsame Begegnung, um sie erneut aufzuwühlen. Als gelte es, die bösen Zweifel durch energisches Rühren in die Flucht zu treiben, hatte sie daraufhin den Schneebesen umso hektischer durch das Gemisch aus Tomaten, Ketchup, Fleisch- und Gemüsebrühe geschlagen.

Was das Ganze allerdings noch schlimmer machte, war die bittere Erkenntnis, einem obskuren Fremden, der offensichtlich eine braune Vergangenheit hatte, auf Anhieb mehr zu vertrauen als Arthur. Dabei liebte sie ihn! Bislang aber hatte sie noch nicht einmal zu fragen gewagt, was genau er während der Nazizeit und im Krieg gemacht und erlebt hatte. War ihr Glaube an ihn derart schwach, dass sie sich vor der Antwort fürchtete und lieber schwieg? Wie lange wollte sie das aushalten? Wie lange konnte ihre Liebe das aushalten? Zum Glück war ihr über diesen ewigen Gedankenspiralen die Soße ebenso sämig gelungen wie im Lehrbuch.

Endlich hatte Arthur die letzten Reiskörner zusammengekratzt, das letzte Stück Fleisch zum Auftunken der Soßenreste benutzt und alles zusammen in den Mund geschoben. Zufrieden legte er das Besteck in Dreiuhrstellung auf dem Teller ab.

»Wunderbar wie immer!«, lobte er kauend, tupfte sich die Mundwinkel mit der Serviette und lächelte sie an. »Wenn du so weitermachst, wirst du bald eine ernsthafte Konkurrenz für Ysabel.«

»Vielleicht wäre eine Karriere als Hausfrau wirklich die bessere Alternative für mich.« Sie legte ebenfalls ihr Besteck beiseite und schob den Teller von sich weg.

»Hast du keinen Hunger?«

Arthur deutete auf das kaum angerührte Essen auf ihrem Teller. Sein Schielen auf ihr Schaschlik amüsierte sie nun doch.

»Iss nur.« Sie reichte ihm den Teller.

»Keinesfalls will ich dir …«, stammelte er verlegen.

»Wenn du meine Portion mit ähnlichem Genuss vertilgst wie deine, ist das das größte Kompliment an meine Kochkünste.«

»Das will ich meinen«, erwiderte er erleichtert und langte voller Appetit ein weiteres Mal zu. Das freute und ermutigte sie.

»Wie lange kennst du eigentlich Siegfried Eisele?« Sie nahm einen Schluck vom Rotwein und ließ ihn nicht aus den Augen.

»Habe ich dir doch schon gesagt«, erwiderte er beiläufig und widmete sich äußerst konzentriert der diffizilen Aufgabe, ein Stück grüne Paprika mitsamt einer Scheibe Zwiebel und einem Fleischwürfel gleichzeitig zum Mund zu balancieren. Dieses Mal kaute er gründlicher, spülte mit Wein nach.

»Seit ich bei Sandrart angefangen habe«, setzte er nach. »Also genau fünf Jahre.«

»Sicher?«

»Natürlich.«

»Und vorher seid ihr euch nie begegnet?«

»Studiert hat er, soweit ich weiß, schon vor dem Krieg. Da war ich noch brav in der Schule. Zusammen mit Ludger natürlich. Oh, Gott, stand der Ärmste mit dem Lateinischen auf Kriegsfuß! Habe ich dir davon schon erzählt?«

Voller Genuss schob er sich eine Gabel voll mit Tomatenreis in den Mund und kaute auch darauf ausgiebig herum. Als hätte ihm das die Zunge gelöst, plapperte er aufgekratzt weiter: »In meinem früheren Leben muss ich ein Römer gewesen sein. Mir ist es nie schwergefallen, den ollen Cäsar und seinen Gallischen Krieg zu übersetzen. Selbst Ovids Metamorphosen haben mich nicht sonderlich herausgefordert. Dafür war Ludger in Mathe und Physik von Anfang an ein Ass. Unser Direktor war richtig stolz auf ihn. Wir sind auf dem Theresien-Gymnasium am Kaiser-Ludwig-Platz gewesen. Das muss ich dir mal zeigen. Eine ehrwürdige Schule, übrigens benannt nach der Mutter des berühmten Prinzregenten Luitpold. Es steht ganz in der Nähe der Wiesn. Sehr praktisch für uns Schüler. Zum Oktoberfest hatten wir es nie weit. Entsprechend oft waren wir dort.«

»Eigentlich wolltest du mir von Eisele erzählen und seit wann du ihn kennst«, unterbrach sie seinen unerwarteten Redefluss, auch wenn er zum ersten Mal über diese Zeit sprach und es sie durchaus interessierte. Doch sie fürchtete, er wollte vom Thema ablenken. Übers Oktoberfest und die damit verbundenen Jugendsünden konnten sie ein anderes Mal sprechen.

»Stimmt. Eisele. Der muss auf einer anderen Schule gewesen sein. Auf dem Luitpold vielleicht oder auf dem Ludwigs? Oder kannst du ihn dir als blassen Jüngling mit einem Maßkrug in der Hand ... Ach, lassen wir das«, lenkte er ein, weil sie ihn offenbar zu streng angesehen hatte. »Im Gegensatz zu uns ist der arme Eisele schon früh an die Front einberufen worden. Russland, heißt es. Wirklich schlimm, was sie den jungen Burschen angetan haben. Dem Schicksal bin ich dank meines jüngeren Jahrgangs zum Glück entgangen.«

Er schüttelte den Kopf, sortierte Gabel und Messer auf dem halbleeren Teller und griff nach ihrer Hand, strich sacht darüber.

»Warum reden wir die ganze Zeit ausgerechnet über Eisele? Eigentlich dachte ich, wir sind uns einig, dass er weder eine Konkurrenz für dich als Architektin noch für mich als Mann ist. Oder sollte ich mir jetzt doch ernsthaft Sorgen machen? Also, zu letzterem Punkt natürlich, denn deine fachliche Eignung steht wie immer völlig außer Frage.«

»Oh, so weit habe ich noch gar nicht gedacht.« Sie versuchte, auf seinen scherzhaften Ton einzugehen. Eigentlich hatte er recht. Sie sollten sich nicht noch die kostbaren Abendstunden mit dem miesepetrigen Kollegen verderben. Es reichte, dass sie ihm schon untertags kaum ausweichen konnte. Die Zeit, die Arthur und ihr füreinander blieb, war viel zu kostbar, um sie derart zu vergeuden. Warum vertraute sie nicht einfach auf ihre Liebe? Für einen Moment schloss sie die Augen, versank in dem wohligen Gefühl. Sagte ihr Herz ihr nicht schon lange, dass mit Arthur alles in Ordnung war? Dass es nicht den geringsten Anlass gab, an ihm und seiner Vergangenheit zu zweifeln? Sie öffnete die Augen, badete in seinem verführerischen Blick. Natürlich würde sie es spüren, wenn er etwas zu verbergen hätte. Bestimmt hätte er sich nicht ausgerechnet mit der Tochter eines Juden eingelassen, wenn er einmal zu den Nazis gehört hatte. Sie schürzte die Lippen, wollte schon aufatmen, da sah sie sich von Neuem zusammen mit Eisele und dem mysteriösen Fremden an der Maxburg stehen. Und ihr wurde klar: Sie konnte die Begegnung nicht verdrängen. Zu viel war damit aufgewühlt worden.

»Als ich mit Eisele von der Baustelle in Thalkirchen zurückgefahren bin, haben wir noch einen Schlenker zur Maxburg gemacht, um …«

»Ich fürchte, ich muss mich jetzt doch ernsthaft einmal mit Eisele auseinandersetzen«, unterbrach Arthur sie mit einem spöttischen Lächeln. »Wie hochnäsig von mir, ihn wegen seiner gelb gerauchten Finger und dem aufdringlichen Geruch nach Kernseife einfach abzuhaken. Fleißige Hausfrauen stehen wohl auf solch sauberkeitsverliebte Männer wie ihn.«

»Hör auf damit!«, wies sie ihn verärgert zurecht. Als er zurückwich, setzte sie freundlicher nach: »Dort hat uns jemand angesprochen, der Eisele wohl kannte …«

»Das soll Architekten auf Baustellen öfter passieren.« Nun war Arthur es, der leicht verärgert reagierte.

»Er wusste einiges aus seiner Vergangenheit, hat ihn darauf angesprochen, wie wenig er trotz seiner Begabung seine Chancen zu nutzen …«

»München ist ein Dorf. Hier kennt jeder jeden, vor allem in derselben Branche. Ist dir das noch nicht aufgefallen?«

Arthur griff nach seinem Glas, trank einen Schluck und hielt den beerenrot schimmernden Wein prüfend gegen das Licht, als gäbe es im Moment nichts Wichtigeres als die satte Farbe des Rebsafts in seinem Glas.

»Außerdem hat er dich erwähnt.«

Kaum merklich blitzte etwas in Arthurs Augen auf. Oder war es nur der Widerschein der Kerzenflamme, der sich im Blau seiner Pupillen spiegelte?

»Ich sagte doch, München ist ein Dorf«, wiederholte er und stellte das Glas ab, strich die Tischdecke glatt. »Auf einer großen Baustelle wirst du wohl immer jemanden treffen, der meinen Namen kennt oder jemand anderen kennt, der mich kennt.«

Was tat sie da eigentlich? Wenn sie nicht aufpasste, verrannte sie sich in einer absurden Idee. Und das nur, weil ein Wildfremder im dämmrigen Novemberdunst an einer riesigen Baugrube missverständliche Worte vor sich hin gemurmelt hatte!

»Erzähl mir ein wenig mehr von dir«, schlug sie nach einer Pause vor und begann, zärtlich mit seinen Fingern zu spielen. Die Wärme seiner Haut zu spüren tat gut. »Also, natürlich einmal abgesehen von deiner Begabung fürs Lateinische und euren heimlichen Oktoberfestbesuchen im jugendlichen Alter, über deren Verlauf ich mir sehr leicht eine Vorstellung machen kann.«

Warum ihr Herz plötzlich schneller klopfte, wusste sie sich nicht so recht zu erklären. Ebenso wenig, warum sie den Blick senkte und ihrer beider Hände betrachtete, statt Arthur weiter offen anzusehen.

»Von meinen Übersetzungserfolgen mit Ovid und Virgil oder den Ausrutschern, wenn wir besoffen in der *Bräurosl* oder überfressen im *Schottenhammel* gesessen haben, gibt es tatsächlich erschreckend wenig Originelles zu erzählen. Solche Geschichten hat wohl jeder in seinen Flegeljahren erlebt«, entgegnete er mit so rauer Stimme, dass er sich vor dem Weitersprechen erst noch einmal räuspern musste. Dabei betrachtete er ebenfalls versonnen ihre sich ineinander verhakenden Finger.

»Ansonsten war ich ein ganz braver Bub, der weder seinen Eltern noch sonst irgendwem Ärger gemacht hat. Shakespeare habe ich übrigens ebenfalls mit Bravour gemeistert, aber auch Schiller und Goethe zum Entzücken meines Deutschlehrers gemocht. Zum Aufsässigsein war ich wohl schlichtweg zu feige. Frag Ludger. Der war ähnlich harmlos wie ich.«

Kurz lachte er auf, schüttelte noch einmal den Kopf. Ob er an eine bestimmte Begebenheit dachte? Vera wollte fragen, er redete jedoch schon weiter und spielte mit ihren Fingern.

»Das Abitur haben wir im Juni 1942 abgelegt, mitten im Krieg. Danach ging es erst einmal weit weg von zu Hause. Deshalb bin ich auch der Einzige aus meiner Familie, der das elende Schlamassel überlebt hat.«

»Das tut mir sehr leid«, sagte sie und drückte seine Hand. Sie hatte es gewusst: Es steckte etwas Tragisches dahinter, weshalb er davor zurückschreckte, über seine Familie und deren Schicksal im Krieg zu reden. Auch jetzt schien er nicht mehr erzählen zu wollen.

»Seltsam«, fügte sie nach einer weiteren Pause hinzu und hob das Antlitz, wartete, bis auch er aufsah und sich ihre Blicke im flackernden Licht der Kerze trafen. »Genau dasselbe hat Eisele vorhin auch gesagt.«

»Was? Dass er als Einziger seiner Familie überlebt hat, während der Rest …«

»Dass es sich um einen ›elenden Schlamassel‹ gehandelt habe, der hier in Deutschland passiert sei.«

»Da sind wir uns wohl alle einig.« Er räusperte sich abermals. »Oder wie sonst würdest du es bezeichnen, wenn deine Eltern im Bombenhagel unter den Trümmern ihres Hauses begraben werden und auch sonst niemand aus der riesigen Verwandtschaft mehr übrig bleibt?«

Unter den letzten Silben brach ihm die Stimme. Seine meerblauen Augen schimmerten feucht.

O Gott, was hatte sie da angerichtet? Sie wollte aufspringen und ihn umarmen, trösten, doch stattdessen blieb sie sitzen und umklammerte seine Finger, als ob sie sich für alle Ewigkeit daran festhalten wollte.

»Es wird Zeit, dass wir das alles vergessen.« Von Neuem klang seine Stimme rau. »Wir müssen einen Schlussstrich ziehen, sonst zerfleischen wir uns. Besser, wir schauen nach vorn, bauen uns ein eigenes Leben auf, richten uns ein behagliches Zuhause her, gründen eine Familie, konzentrieren uns auf das Wesentliche.«

Sie nickte benommen. Er sprach ihr aus der Seele. Das war genau das, wonach sie sich seit Langem schon sehnte, streng genommen seit dem Tag, an dem sie vom Ende des Krieges und vom Sieg über Hitlerdeutschland erfahren hatte. Von Neuem schloss sie die Augen, spürte dem Gedanken nach, der so unendlich guttat.

»Lass uns heiraten.«

»Was?« Wie aus weiter Ferne drang seine Stimme an ihr Ohr. Sie öffnete die Augen. Es dauerte eine Weile, bis sie begriff.

Jäh befreite er seine Hand aus der ihren, warf die Serviette auf den Tisch, sprang vom Stuhl und kniete vor ihr nieder. Theatralisch die Hände in die Luft gereckt, sah er zu ihr auf.

»Liebste Vera, bitte heirate mich!«

Benommen sah sie ihn an.

Er regte sich nicht, wartete.

Ihr wurde flau. Wie lange hatte sie sich diesen Moment herbeigesehnt? Jetzt, da er da war, fühlte sie sich wie gelähmt.

»Ich weiß nicht … Das kommt jetzt alles ein bisschen … Ich bin völlig … Ach, verdammt!«, rief sie und fiel ihm um den Hals, presste ihr tränennasses Gesicht in die Kuhle an seinem Hals und schluchzte auf.

»Ja, ich will!«, krächzte sie.

19

Und ich will eben doch!« Vera streckte ihrem Spiegelbild mit einer gehässigen Fratze die Zunge heraus. In der vorausgegangenen Nacht hatte sie kaum ein Auge zugetan, so aufgeregt war sie. An diesem letzten Sonntag im November und zugleich dem ersten Sonntag im Advent würde sie offiziell ihre Verlobung mit Arthur feiern – in der Villa der Kirchenreuths an der Südlichen Auffahrtsallee in Nymphenburg, unweit des Schlosses! Charlotte hatte darauf bestanden, nachdem sie ihr glückstrahlend von Arthurs Antrag berichtet hatte.

»Wenn ihr schon beide keine Familie mehr in München habt, solltet ihr diesen wichtigen Tag wenigstens im Kreis der euch Nächsten begehen«, hatte sie in einem Ton erklärt, der keine Widerrede duldete. »Es ist mir eine große Ehre, dieses Fest für euch auszurichten. Das ist das Mindeste, was ich dir und deinen Eltern Gutes tun kann. Sie waren die besten Freunde meines Onkels und haben so viel für Constantin getan. Damit kann ich es ihnen zumindest ansatzweise vergelten.«

Auch Constantin war sofort Feuer und Flamme für die Idee gewesen. »Du bist so eine Art kleine Schwester für mich. Natürlich musst du deine Verlobung bei uns im Haus feiern«, hatte er Charlottes Idee unterstützt. »Etwas anderes kommt gar nicht infrage.«

Arthur hatte sich jedoch dagegen gesträubt. »Weder kenne ich die Kirchenreuths, noch zählen sie zu deinen Verwandten«, hatte er gemeint, als Vera ihm von Charlottes Vorschlag berichtet hatte. »Bevor wir bei deinen Eltern in Bonn gewesen sind und mit ihnen darauf angestoßen haben, sollten wir unsere Verlobung nicht groß feiern. Sie sind die einzige Familie, die du hast und demnächst auch ich habe. Unbedingt sollten wir auf ihre Gefühle Rücksicht nehmen.«

Insgeheim hatte Vera ihm zwar zugestimmt. Andererseits aber reizte sie die Vorstellung, ihre Verlobung ganz mondän im Kreis der Münchner Gesellschaft zu feiern, die noch vor wenigen Jahren ihr und ihrer Familie den Garaus hatte machen wollen. Denn auch wenn Charlotte betont hatte, es ginge ihr vor allem um die Nähe ihrer Familien, war Vera sicher, dass sie aus der Feier ein gesellschaftliches Ereignis machen würde.

»Wie rührend, dass es dir so wichtig ist, ganz offiziell bei meinen Eltern um meine Hand anzuhalten!«, hatte sie Arthur geneckt. »Ein Grund mehr, mich rettungslos in dich zu verlieben. Letztlich bist du doch ein verkappter Romantiker. Schade nur, dass wir es erst Weihnachten nach Bonn schaffen und meine Eltern sich weigern, nach München zu kommen. Damit bleibt dir nichts anderes übrig, als deine Prinzipien über Bord zu werfen. Charlotte und Constantin würden es mir nie verzeihen, wenn ich ihr Angebot ausschlage. In gewisser Weise sind auch sie Familie für mich.«

Mit einem langen Kuss und einem noch längeren Fünfgängemenü, das sie mit Ysabels Hilfe aus Fernsehkoch Clemens Wilmenrods Vorschlägen und den »Leckerbissen« in der *Constanze* sowie den Tipps für die *Kluge Hausfrau* zusammengestellt hatte, war es ihr letztlich gelungen, Arthur davon zu überzeugen, Charlottes Angebot anzunehmen.

»Meine Eltern sind die Letzten, die sich an solchen Kleinigkeiten stören«, beruhigte sie ihn bei der abschließenden Zitronencreme. Ysabel hatte recht gehabt, dieser Traum aus Eischnee,

Zucker und Zitronenaroma zerging zart wie Seide auf der Zunge. Genießerisch schloss sie für den Bruchteil eines Moments die Augen. Das verlieh ihren folgenden Worten eine besondere Wirkung, wie sie überrascht feststellte. »Sie legen keinerlei Wert auf Formalitäten. Diesen Luxus haben sie sich nie leisten können. Im Exil standen andere Dinge im Vordergrund, um unser Überleben zu sichern.«

»Tut mir leid«, lenkte Arthur reumütig ein. »Ich wollte nicht an alten Wunden …«

»Tust du doch gar nicht«, widersprach sie und legte ihm die Hand zärtlich auf den Arm. Sie liebte es, die dunklen Härchen darauf zu streicheln.

»Du redest nie über eure Zeit damals im Ausland«, bemerkte er vorsichtig.

»Da gibt es wenig zu erzählen. Ständig hatte ich Heimweh, nach München, nach meinen Freunden und vor allem nach meinen Großeltern. Die sind jetzt leider alle tot. Nur ich bin jetzt wieder hier in München zu Hause.«

Verschämt wischte sie sich die Augenwinkel und zwang sich durch tränenverschleierte Augen zu einem Lächeln. Arthur hatte nicht gewagt, sie weiter auszufragen.

»Wenn wir über die Weihnachtstage bei meinen Eltern sind, wirst du erleben, wie unkompliziert die beiden sind«, hatte sie ihm wenig später in Aussicht gestellt. »Mit offenen Armen werden sie dich als neues Familienmitglied empfangen.«

Ganz so stimmte das zwar nicht, wie sie tief in ihrem Innern wusste, aber sie hatte beschlossen, einfach so zu tun als ob. Das half entscheidend, die eigene Angst vor der ersten Begegnung zwischen ihren Eltern und ihm zu überspielen.

Natürlich würde ihre Mutter nicht mit ihrer Fragerei hinterm Berg halten, was Arthur vor 1945 gemacht hatte. Seit einiger Zeit hatte er begonnen, erstaunlich freimütig davon zu erzählen. Die

Lausbubengeschichten und Halbwüchsigenabenteuer mit Ludger konnte Vera inzwischen fast auswendig. Dennoch war sie sich nicht sicher, ob vor Rike Gnade fand, was er von seiner Kindheit und Jugend in München preisgab. Was nach dem Abitur »weit weg von zu Hause« stattgefunden hatte, darüber schwieg er sich weiterhin hartnäckig aus. Dass sein faires Auftreten wie auch seine besonnene Art und sein unvergleichlicher Charme es jedoch schwer vorstellbar machten, er hätte einst Gefallen an schwarzen Schaftstiefeln, martialischem Gebrüll und blindem Hass gegen alles Undeutsche gefunden, war wohl Veras von tiefer Liebe geprägte Argumentation. Rike würde sein Geburtsjahr 1923 nur als schwache Ausrede akzeptieren, warum er nicht doch Teil des grausamen braunen Getriebes gewesen sein sollte.

»Schon die Pimpfe haben sie in Uniform gesteckt und im Gleichschritt aufmarschieren lassen. Erzähl mir keiner, einer, der bei Hitlers Machtantritt schon zehn gewesen ist, wäre aufgrund seines Alters über jeden Verdacht erhaben«, hatte sie bereits mehrfach gegenüber Kommilitonen verlauten lassen, die Vera in Studienzeiten aus Aachen nach Bonn eingeladen hatte. »Mir will es einfach nicht in den Kopf, dass fast ein ganzes Millionenvolk zwölf Jahre lang von angeblich so wenigen Braunen so bitter geknechtet und gezwungen worden ist, gegen sein Gewissen zu handeln.«

Ihr Vater sah das in der Regel zwar etwas differenzierter, aber auch er hatte seinen Argwohn gegenüber den nach 1938 in Deutschland Gebliebenen nie ganz abgelegt.

»Schade nur, dass dieser zahlenmäßig angeblich so große Widerstand letztlich doch so erfolglos geblieben ist«, pflegte er das zu kommentieren.

Vera hatte viel Fingerspitzengefühl beweisen müssen, ihren Eltern trotz ihrer fehlenden Konventionalität einen Deutschen, der noch dazu während des gesamten Tausendjährigen Reichs in

Deutschland ausgeharrt hatte, als künftigen Schwiegersohn anzukündigen. Erstaunlicherweise machte es einen eklatanten Unterschied, ob man wie ihr Vater Oscar bei der erstbesten Gelegenheit in die frühere Heimat zurückgekehrt war und wenig Scheu davor gehabt hatte, wer einem aufseiten der Dagebliebenen wiederbegegnen würde, weil es einem vor allem um die Rückkehr nach Hause ging, oder ob man sich, wie ihre Mutter Rike, nur unter großen Bedenken in Deutschland wieder heimisch fühlte, eben weil man sich so sehr davor gefürchtet hatte, wer einem aufseiten der Dagebliebenen wieder gegenüberstehen würde. Oscar hatte bereits 1948 das Angebot angenommen, als leitender Redakteur bei der *Süddeutschen Zeitung* in seiner Heimatstadt München zu arbeiten. Erst als er 1949 als Abgeordneter für die SPD nach Bonn wechselte, folgte Rike ihm zusammen mit Vera aus Amerika. Münchner Boden wollte sie nie wieder betreten. Den habe Hitler ihr »für immer verseucht«. Auch die Münchner als Bewohner seiner Lieblingsstadt seien ihr durch ihn für alle Zeit zuwider geworden. In Bonn würde sie wenigstens nicht ständig Gefahr laufen, auf jemanden zu treffen, den sie aus jener furchtbaren Zeit kenne und über dessen unrühmliches Verhalten in jener unsäglichen Zeit sie Bescheid wisse.

Einen Deutschen in den engsten Kreis der Familie aufzunehmen, war dann aber doch noch einmal etwas ganz anderes, als sich mit seinen Mitmenschen im Alltag mehr oder weniger gut zusammenzuraufen, wie Vera bei ihren Telefonaten mit Rike und Oscar allmählich begriffen hatte. Hatte ihr Bill das nicht prophezeit? Einen Deutschen lieben hieß aber doch nicht gleich, allen Deutschen zu verzeihen und für immer zu vergessen, was geschehen war. Das würde sie niemals tun!

Deshalb musste sie jetzt für Arthur kämpfen. Ihre aufrichtige Liebe zueinander war ihr Beweis genug, dass er es verdiente. Zumal auch er Schlimmes hinter sich hatte. Seit Jahren allein, ohne Familie und ohne richtiges Zuhause war es Zeit, ihm wieder ein Nest zu bereiten. Das musste auch Rike einsehen.

Zugleich hatte sie ihren Eltern erklären müssen, dass Arthur und sie wegen der vielen Arbeit erst an den Weihnachtsfeiertagen nach Bonn kommen konnten. Des Weiteren hatte es vieler guter Argumente bedurft, ihnen die opulente Feier bei den Kirchenreuths am ersten Adventssonntag zu vermitteln. Natürlich waren sie dazu herzlich eingeladen, aber Vera hatte von Anfang an gewusst, dass Rike und Oscar nicht kommen würden. Abgesehen von Rikes gespaltenem Verhältnis zu München hing das natürlich auch mit den Kirchenreuths zusammen. Obwohl Charlottes Mutter nie eine Nazisse gewesen war und ihr Vater sich spätestens nach dem mysteriösen Unfalltod seines jüngeren Bruders Jobst und seiner Schwägerin Ella von seiner einstigen Begeisterung für Hitler losgesagt hatte, hegte Rike weiterhin enorme Vorbehalte gegen sie. Nie war sie über den ungeklärten Tod ihrer besten Freundin Ella hinweggekommen. Den Kirchenreuths schob sie nach wie vor die Verantwortung dafür in die Schuhe. Und noch einiges mehr, wie sie immer wieder ankündigte, wenn die Rede auf Constantins Verwandte kam.

»Eines Tages werde ich dir erzählen, was Ella mit denen schon lange vor 1933 durchgemacht hat«, sagte sie dazu gern.

Diese leidige Diskussion aber hatte Vera am Morgen des entscheidenden Tags, dem ersten Adventssonntag, erfolgreich aus ihrem Kopf verbannt. Es gab auch so genug Gründe, die Nacht zuvor schlaflos wach gelegen zu haben und am nächsten Morgen auf Knien weich wie Butter aus dem Bett zu kriechen.

Stundenlang hatte ein kräftiger Wind durch die Straßen geheult, hatte an den Jalousien gerüttelt und durch die Luftschächte im Bad geweint. Keine guten Voraussetzungen, um zur Ruhe zu finden und alle quälenden Gedanken aus dem Kopf zu verbannen.

Mit kleinen Augen, dafür umso größeren dunklen Ringen darunter stand sie nun in ihrem Bad und musterte sich im Spiegel. Erbarmungslos leuchtete die grelle Lichtröhre jede Pore aus. Es würde Stunden dauern, bis sie einigermaßen salontauglich aussah, von verlobungstauglich ganz zu schweigen. Erschöpft zupfte sie an ihren dunklen Locken. Die mussten unbedingt gewaschen und gebändigt werden. Arthur sollte sich nicht schämen, sie in aller Öffentlichkeit noch einmal um ihre Hand zu bitten.

Bei dem Gedanken, wie die entscheidende Szene nachher ablaufen würde, befiel sie entsetzlicher Taumel. Ihr Kopf fuhr Karussell mit ihr, und das in einem atemberaubenden Tempo. Sie stützte die Hände auf den Rand des Waschbeckens, senkte den Blick und atmete einige Male tief durch. Nach einer kleinen Ewigkeit war das Schlimmste überstanden, allerdings nur, was ihren Kreislauf betraf. Das bevorstehende Ereignis bescherte ihr nach wie vor ein flaues Gefühl im Magen.

Wie vermutet, hatte Charlotte nicht nur auf der Ausrichtung des Festes, sondern auch auf einer beeindruckenden Gästeliste bestanden. So waren außer den Freunden – allen voran natürlich Ysabel und Ludger – auch Veras Chef Hellmuth Sandrart, Ludgers Vater, der Bauunternehmer Engelbert Trautner, sowie einige Kollegen aus dem Büro, darunter sogar Siegfried Eisele, und viele Leute aus dem Kirchenreuth-Umfeld eingeladen worden. Charlotte behauptete, Vera würde die meisten noch aus ihrer Münchner Kindheit kennen. Auch wenn Vera das einkalkuliert hatte, war sie sich jetzt doch nicht mehr sicher, ob sie sich über das Wiedersehen mit diesen Leuten freuen oder sich davor fürchten sollte. In jedem Fall waren darunter nicht die früheren Spielkameraden Rosi, Brigitte oder Rudi. Die waren wohl wie fast alle Münchner Juden dem Naziterror zum Opfer gefallen. Vera schluckte.

»Du kennst meine Meinung dazu«, hatte Arthur noch einmal betont, als sie sich am Vorabend zusammen mit der üblichen Clique bei der Schwabinger Gisela getroffen hatten. »Noch ist Zeit genug, diesen Aufruhr sausen zu lassen, sich ins Auto zu setzen und einfach abzuhauen.«

Zur Bekräftigung nahm er ihre Hand und machte Anstalten, tatsächlich zu gehen.

»Das halte ich sowieso für die beste Idee«, pflichtete Hannelore ihm bei. »Steigt in den ollen Käfer, der draußen parkt, und düst ab nach Venedig. Venedig im Winter ist für zwei Turteltauben wie euch genau der richtige Ort, um sich zu verloben. Das wird eure gemeinsame Zukunft für alle Zeit besiegeln.«

»Aber nach all den Vorbereitungen könnt ihr doch die Kirchenreuths nicht im Stich lassen.« Ysabel klang weinerlich. In Wahrheit ging es ihr wohl weniger um die Enttäuschung für Charlotte und ihre Familie als vielmehr darum, ein schickes Fest zu verpassen.

»Keine Sorge«, schaltete Helga sich ein. »Wir werden ihnen schon helfen, das Büfett zu vernichten und den Schampus zu schlürfen.«

Darauf hob sie ihr Helles und stieß mit allen am Tisch betont fröhlich an.

Vera hatte der Mut gefehlt, den Rat in die Tat umzusetzen. Vielleicht hatte sie auch schlichtweg Trotz daran gehindert. Insgeheim gefiel ihr der Gedanke nämlich nach wie vor verteufelt gut, von Arthur noch einmal in aller Form mit einem dicken Strauß roter Rosen und einem sündhaft teuren Ring vor den Augen und Ohren einer illustren Gästeschar um ihre Hand gebeten zu werden. Wenn er sonst schon so wenig Aufhebens um sich und seine Liebe zu ihr machte, sollte er wenigstens das auf sich nehmen, um sich bewusst zu werden, was er an ihr hatte.

Ihre Eltern würden ihr niemals eine ähnlich opulente Verlobungsfeier ausrichten. Das lag weder an fehlendem Geld noch an mangelndem Platz in ihrer Bonner Abgeordnetenwohnung, sondern schlicht und einzig an ihrer Abneigung gegenüber solchen gesellschaftlichen Ereignissen. Selbst nach Jahren als Vorführdame im schicken Berliner Modehaus *Gerson* und nach langem Exil erst in Paris und zuletzt in New York steckte in Mutter Rike immer noch eine gehörige Portion Arbeiterkind aus dem Wedding. Vater Oscar dagegen besaß trotz großbürgerlicher Abstammung zu viel sozialdemokratisches Verantwortungsbewusstsein. Das ließ ihn ein solches Fest zugunsten seines einzigen Kindes als unangemessen feudal empfinden. Großmama Rebecca und Großpapa Daniel dagegen hätten sich gewiss nicht lumpen lassen, die Verlobung ihrer geliebten Prinzessin derart nobel zu feiern.

Für einen Moment blitzte die Erinnerung an einen gemeinsamen Besuch in der Oper auf. Der war Juden damals bereits verboten gewesen. Wie immer aber hatten weder Großmama noch Großpapa einen Deut darum gegeben. Sie hatten der sechsjährigen Vera zeigen wollen, wie vornehm es in München zugehen konnte. In ihrem violetten Samtkleid hatte Rebecca geradezu fürstlich ausgesehen, und Daniel war in seinem Frack ein echter Gentleman gewesen. Angewidert hatte ein anderer weißhaariger Herr, der den ehemaligen Philosophieprofessor erkannt hatte, vor ihnen ausgespuckt. »Juden raus!«, hatte er gezischt.

Trotz dieses hässlichen Vorfalls hatte Großmama das Nationaltheater in ihr Skizzenbuch aufgenommen. Ein wertvolles Dokument – lag der imposante Bau am Max-Joseph-Platz doch seit Jahren in Schutt und Asche.

Vera wischte sich über die Augenwinkel. Was für eine Genugtuung, nachher im Mittelpunkt der sogenannten »besseren« Münchner Gesellschaft zu stehen! Mit dem erzwungenen Weggang waren ihr vor sechzehn Jahren auf einen Schlag die geliebte Heimat und die liebsten Menschen entrissen worden. Vor allem diejenigen, die diesen Weg nicht hatten gehen, die diese

Opfer nicht hatten bringen müssen und die nach Kriegsende mit bestem Gewissen einfach so weitergemacht hatten wie zuvor, sollten sie, die Tochter eines jüdischen Sozialdemokraten, jetzt ordentlich feiern.

Langsam knöpfte sie sich das Nachthemd auf, ließ es zu Boden gleiten und stieg in die Dusche. Fein prasselte das Wasser auf ihren Kopf, feuchtete ihr nackenkurzes Haar an, massierte ihr die verkrampften Schultern und wärmte ihr den fröstelnden Körper. Sie schloss die Augen und wiegte sich auf der Stelle, träumte sich zu einem ersten Verlobungstanz in Arthurs Arme.

Wie auch immer er zu dem Fest bei den Kirchenreuths stand – er würde sie nachher so verliebt ansehen wie die letzten Monate. Und sie allein wusste, dass da noch mehr bei ihm mitschwang. Letztlich war ein Blick in seine ozeanblauen Augen ein Blick auf den Grund seiner Seele. Er war mutterseelenallein. Er hatte niemanden mehr, nicht einmal ein Elternpaar, auf das er bei dem riesigen Fest im Haus der Kirchenreuths Rücksicht nehmen musste.

Eine Welle der Zärtlichkeit wogte durch ihren schmächtigen Leib. Mit Arthur hatte sie ihren Himmel auf Erde gefunden. Jetzt ging es darum, daraus gemeinsam den Himmel über ihren Träumen zu errichten. Fortan würde sie ihm die Familie sein, nach der er sich sehnte. Sie würde ihm vor Augen führen, dass Familie bedeutete, füreinander da zu sein und einander zu vertrauen. Dass man keine falsche Rücksicht aufeinander zu nehmen brauchte, weil man sich in einer Familie mit Nachsicht begegnete und Formalitäten außen vor ließ. Was zählte, war allein die Liebe füreinander. Man gehörte zusammen. Für immer und ewig. Und war nie mehr allein.

Von Neuem rief sie sich sein geliebtes Gesicht vor Augen, badete sich im Funkeln seiner zauberhaften Augen und wusste zugleich, dass ein Blick in sie letztlich auch ein Blick in ihre eigene Seele war.

20

Ein Traum! Gerührt schnäuzte Ysabel sich ins Spitzentaschentuch. Ludger legte ihr den Arm um die Taille, zog sie näher zu sich heran. Aus dem Augenwinkel sah sie, dass auch seine Augen feucht waren. Kein Wunder. Arthur war sein bester Freund. Es bewegte ihn mindestens so wie sie, zu sehen, wie glücklich er war. Sie biss sich auf die Lippen, lehnte den Kopf vorsichtig gegen Ludgers Schulter und genoss es, an seiner Seite zu sein.

Sie kam sich vor wie im Märchen. Im weitläufigen Salon der Familie Kirchenreuth mischte sich die vorweihnachtliche Dekoration aus Tannenzweigen, dunkelroten Kerzen und Lametta mit romantischen Gebinden aus weißen und roten Rosen. Unter einem Himmel aus zartem weißem Tüll bat Arthur Vera mit belegter Stimme um ihre Hand.

Die Zeremonie ging zu Herzen. Von Neuem rang Ysabel mit den Tränen. Keiner der Gäste blieb davon unberührt, einige Damen tupften sich verlegen die Wangen trocken, einige Herren räusperten sich kräftig.

Gebannt verfolgte Ysabel das Geschehen. Ob sie Ludger vorschlagen sollte, ihre Verlobungsfeier auch noch einmal im großen Kreis nachzuholen? Jetzt, da sein Vater sich damit abgefunden hatte, dass sie die Dame seines Herzens war, würde er sich gewiss nicht lumpen lassen und seinen Teil dazu beitragen. Engelbert Trautner besaß eines der größten Bauunternehmen der Stadt. Die Villa am Pasinger Stadtpark war zwar etwas bescheidener als die der Kirchenreuths an der südlichen Auffahrtsallee in Nymphenburg, aber immer noch äußerst repräsentativ. Man musste nur Haushälterin Mia davon überzeugen, Hilfe von außen anzunehmen, dann ließe sich bestimmt etwas ähnlich Beeindruckendes auf die Beine stellen.

Unauffällig äugte sie nach links, erspähte die massige Gestalt von Ludgers Vater. Im selben Moment wandte er den Kopf und nickte ihr zu. Bestimmt ging ihm gerade Ähnliches durch den Kopf. Ludger war sein einziger Sohn und Erbe. Sie waren seine ganze Familie. Sie erwiderte sein Nicken mit einem scheuen Lächeln und schaute wieder nach vorn.

Arthur steckte Vera den Verlobungsring an die linke Hand. Gold mit einem funkelnden Rubin. Arthurs Hände zitterten. Auch Vera wirkte angespannt. Ysabel schluckte. Nie hätte sie gedacht, wie betroffen sie sein würde, wenn Arthur und Vera sich einander in aller Öffentlichkeit versprachen. Deutlich war ihm die Verlegenheit anzusehen. Weder stand er gern im Mittelpunkt, noch wollte er viel Aufhebens um sein Tun machen, vor allem nicht um so etwas Intimes wie einen Heiratsantrag. Bestimmt hätte er am liebsten seinen Vorschlag vom Vorabend wahr gemacht und wäre letzte Nacht noch mit Vera nach Venedig durchgebrannt. Was unleugbar auch wunderbar romantisch gewesen wäre. Angesichts des phänomenalen Festes, das die Kirchenreuths in ihrer vornehmen Villa für die beiden ausrichteten, wäre es jedoch ein alberner Streich gewesen.

Applaus brandete auf, als Vera und Arthur sich küssten. Es wirkte sympathisch unbeholfen angesichts der vielen Menschen, die ihnen zusahen. Ysabel wurde warm ums Herz.

»Geschafft!«, rief Charlotte von Kirchenreuth in ihrer burschikosen Art in den tosenden Beifall hinein. Sie hatte große

Ähnlichkeit mit Marlene Dietrich. Wie diese trug auch sie nur lange weite Hosen und weiße Hemden mit Schlips. Trotzdem stierten ihr die Männer nach, was ihr völlig egal zu sein schien. Ein solches Selbstbewusstsein müsste man haben!

Wie so oft in den letzten Tagen versetzte Charlottes Anblick Ysabel auch einen Stich. Sie war eifersüchtig. Auf einmal tat Charlotte, als wäre sie Veras allerbeste Freundin. Mit welchem Recht? Nur weil sie einander vor dem Krieg einmal gekannt hatten? Das war mehr als ein halbes Leben her! Wo war sie danach gewesen? Natürlich konnte Ysabel nicht mit dem Aufwand mithalten, den Charlotte mit der Verlobungsfeier trieb. Doch was war das im Vergleich zu der seelischen Unterstützung, die Ysabel Vera ständig gab? In den letzten Wochen war sie immer für sie da gewesen, ganz gleich, ob es um Kochrezepte, Haushaltstipps oder Ratschläge ging, wie sie dem erschöpften Arthur nach einem langen Arbeitstag abends am besten Erholung verschaffte. Ganz zu schweigen davon, dass ihre Verlobten, Arthur und Ludger, ohnehin die dicksten Freunde waren. Also war es nur logisch, dass auch Vera und sie beste Freundinnen wurden. Sie beschloss, darauf zu vertrauen und das Fest zu genießen. Allzu oft erlebte sie solche Feierlichkeiten schließlich nicht.

»Eine Runde Champagner für alle«, verkündete Charlotte übermütig.

Heerscharen von zierlichen Serviermädchen mit weißen Spitzenhäubchen auf den wohlgeformten Köpfen und Schürzchen vor den schwarzen Kleidchen sowie stattliche Burschen in gut sitzenden Fräcken mit blütenweißen Handschuhen schwärmten aus, um die Gäste zu verwöhnen. Ungeduldig drängten die sich um die Silbertabletts mit den edlen Champagnerkelchen und griffen so gierig danach, als stünden sie vor dem Verdursten.

Anfangs hatte Ysabel nicht gewagt, von den Ehrfurcht einflößenden Gestalten etwas anzunehmen. Schon beim Eintreten hatten sie ihr Tabletts mit Getränken und winzigen belegten Broten sowie Schälchen mit Knabberzeug unter die Nase gehalten. Ganz genau hatte sie erst einmal beobachtet, wie die anderen Gäste es mit diesen Dingen hielten, vor allem, wie sie das salzige und fettige Knabberzeug aßen, ohne sich die Finger schmutzig zu machen. Erst dann hatte sie sich ebenfalls zuzugreifen getraut. Inzwischen hatte sie ihre Scheu abgelegt, nahm entschlossen ein Glas und reichte Ludger ein zweites.

»Auf uns!«, prostete sie ihm zu.

»Auf Vera und Arthur«, stellte er lächelnd klar.

»Auf alle Verlobten im Raum«, widersprach sie leicht trotzig, was er mit einem herzhaften Lachen parierte.

»Ist es nicht beeindruckend?« Wie aus dem Nichts tauchten Hannelore und Helga bei ihnen auf, Arm in Arm natürlich und ebenfalls mit Champagnerschalen in den Händen.

»Was meinst du? Den Antrag, die Feier, die Gäste oder dieses Haus?« Übermütig stieß Ludger mit ihnen an.

»Alles auf einmal natürlich.« Helga grinste.

»Wenn das so weitergeht, bekomme ich eine Maulsperre, weil mir der Mund so weit offen steht«, ergänzte Hannelore.

»Pass lieber auf, dass du dir nicht den Hals erkältest«, spottete Ludger.

»Hast du jemals so viele Menschen in derart teuren Klamotten und mit so vielen Brillantklunkern um den Hals auf einmal gesehen?« Hannelore trank einen weiteren Schluck aus ihrem Glas und musterte ungeniert die Gäste.

»Phänomenal, wie selbstverständlich die bei dem scheußlichen Schneegestöber auf ihren feinen Ledersohlen die Auffahrt hochstolziert sind«, ergänzte Helga.

»Wer vornehm ist, kennt kein schlechtes Wetter«, erwiderte Hannelore und zwinkerte vergnügt mit den eine Spur zu verrucht dunkel geschminkten Augen hinter der silbern umrandeten Schmetterlingsbrille.

Dem konnte Ysabel nur zustimmen. »*Um festliche Kleidung wird gebeten*«, hatte es auf der Einladung geheißen, die auf cremeweißes Büttenpapier gedruckt war. Damit ihre Schwester Margot das gebührend würdigen konnte, stand sie noch immer gut sichtbar bei ihr zu Hause im Flur auf dem kleinen Schuhschrank. Leider hatte Margot noch kein Wort darüber verloren.

Verunsichert über den Hinweis zur erwünschten Garderobe hatte Ysabel erst einmal die letzten Ausgaben der *Hörzu* und der *Constanze* durchgeblättert, die sie fein säuberlich in dem Wandregal in ihrem Zimmer aufbewahrte. Frau Irene von der *Hörzu* hatte diesbezüglich keinen brauchbaren Rat zur Hand gehabt, und selbst die Rubrik »Was zieht man da an?« aus der ersten Septemberausgabe der *Constanze* war die geeignete Antwort schuldig geblieben, drehte es sich darin doch lediglich um »kleine Einladungen«. Diese Verlobungsfeier war jedoch eindeutig etwas Größeres. Die Damen trugen schicke, knielange Cocktailkleider, manche sogar knöchellange Abendkleider, die Herren allesamt mindestens dunkle Anzüge mit weißen Hemden und Seidenkrawatten, einige sogar Frack. Schmuck glitzerte in den frisch ondulierten Haaren, um die gepuderten Hälse sowie an den Handgelenken und den nicht immer grazil zu nennenden Fingern. Selbst die Herren machten mit goldenen Taschenuhren und dicken Siegelringen auf sich aufmerksam. Solch elegante Auftritte kannte Ysabel bislang nur aus dem Fernsehen oder aus Zeitschriften.

Zum Glück hatte Ludger das vorausgesehen und ihr gestern bei *Lodenfrey* ein violettes Cocktailkleid aus schimmerndem Georgette spendiert, wie es sonst nur Filmstars trugen. Wie ein solcher fühlte sie sich seither auch. Sogar die Pumps waren im passenden Farbton gefärbt und bescherten ihr bei jedem Schritt die Illusion, auf Wolken zu schweben. Lediglich die große Menge an sicherlich noch teurer gekleideten Damen trübte das Vergnügen ein wenig.

»Ich weiß gar nicht, was ich mehr bewundern soll«, sagte sie laut zu den anderen und war froh, sich endlich etwas Luft über die unglaublichen Eindrücke verschaffen zu können. »Den wertvollen Schmuck oder überhaupt die wahnsinnig vornehme Gesellschaft mit den vielen ›vons‹ und ›zus‹ und ›Grafen‹ und ›Gräfinnen‹. Man weiß ja gar nicht, wie man so jemanden anreden soll.«

»Keine Sorge«, winkte Hannelore grinsend ab. »In die Verlegenheit wirst du bestimmt nicht kommen. Die vornehmen Herrschaften bleiben lieber unter sich.«

»Aber diese Kleider!«, überging Ysabel den Seitenhieb und suchte den Blickkontakt mit Helga. Die war gemeinhin etwas verständiger als Hannelore. »Viele von den Modellen stammen aus Paris. Davon habe ich in der *Constanze* gelesen. Sogar Dior ist dabei. Und dann natürlich auch diese prächtige Villa. Die vielen Bilder an den Wänden sind doch bestimmt echt? Ganz zu schweigen von den riesigen Lüstern an der Decke und …«

»Warte mal, bis du gleich das Büfett siehst, das die im Speisezimmer aufgefahren haben. Übrigens ein waschechter Rittersaal. Bei dem Anblick kriegst du Schnappatmung! Jede Wette, du weißt gar nicht, was man alles essen kann, wenn man es mal ordentlich und richtig teuer krachen lassen will.«

Helga grinste.

»Da sei dir mal nicht so sicher«, entgegnete Ysabel. So hinterm Mond, wie Helga gerade tat, war sie nicht, auch wenn sie vom Land kam. Immerhin lebte sie schon über ein Jahr in der Stadt.

»Was Essen betrifft, macht mir so schnell keiner etwas vor«, stellte sie klar. »Frag Vera. Der habe ich in den letzten Wochen …«

»So hat Helga das doch gar nicht gemeint, mein Schatz.«

Ludger tätschelte ihr den Arm in einer Weise, die sie alarmierte. Stand er nun auf ihrer oder auf Helgas Seite? Sie hasste es, wenn seine beiden Freundinnen überlegen taten. Die waren auch nichts Besseres als sie, zeichneten und bastelten den lieben langen Tag im Zeichensaal, was die Ingenieure und Architekten ihnen anschafften, und hatten privat noch nicht einmal einen Freund, geschweige denn, dass überhaupt schon einmal irgendein Mann ihnen ernsthaft den Hof gemacht hätte. Die zwei brauchten sich wahrlich nichts einzubilden! In Clemens Wilmenrods spektakuläres Kochbuch *Es liegt mir auf der Zunge* hatten sie bestimmt noch nicht einmal die Nase gesteckt, während Ysabel schon mindestens die Hälfte der ausgefallenen Gerichte für Ludger eigenhändig nachgekocht hatte. Sogar in den *Dallmayr* an der Dienerstraße hatte sie sich dafür letztens getraut und das, wo dort hundert Gramm französische Salami so viel wie zwei Pfund Leberkäs bei ihrem Lebensmitteltandler im Westend kosteten.

»Ich muss mich mal frisch machen«, beschloss sie, die Unterhaltung zu beenden, bevor sie sich noch mehr aufregte. Mit jemandem wie Helga stritt sie sich doch nicht, erst recht nicht bei einer so schicken Einladung. »Bis gleich!«

Sie reckte sich auf die Zehenspitzen und hauchte Ludger einen Kuss auf die Wange, dann stellte sie dem nächsten vorbeieilenden Kellner die leere Champagnerschale aufs Tablett und nickte Hannelore und Helga gnädig zu, bevor sie Richtung Diele stöckelte.

Die Pfennigabsätze an ihren Schuhen waren zwei Zentimeter zu hoch und entschieden zu dünn. Auf Dauer war das Gehen und Stehen in solchen Dingern eine Qual. Doch es gelang ihr, ohne umzuknicken oder sonst wie ins Schwanken zu geraten, bis in die Diele zu gelangen. Dort standen ebenfalls kleine Grüppchen und plauderten, dazwischen jonglierten die Kellnerinnen die Tabletts. Ratlos sah Ysabel sich um. Irgendwo bei der Garderobe musste die Toilette sein, das war in solchen Häusern immer so, wie sie aus dem Studium diverser Baupläne für Luxusvillen wusste.

Stolz auf sich, dass sie sich vornehm mit »Ich muss mich mal frisch machen« statt »Ich muss mal dringend bieseln gehen« aus der Affäre gezogen hatte, reckte sie das Kinn. Hannelore hatte ganz schön blöd geguckt. Bestimmt hatte sie ihr nicht zugetraut, dass sie sich so gewählt auszudrücken verstand. Aber Lesen bildet eben, vor allem, wenn man das Richtige liest. Und mit der *Constanze* war sie da zum Glück für alle Situationen bestens gewappnet.

21

Was war das? Irritiert wandte Ysabel sich um. Sie stand in der dämmrigen Garderobennische vor dem Spiegel und zog sich gerade die Lippen nach, als sie meinte, Arthurs Stimme zu hören. Nicht weit entfernt von ihr unterhielt er sich mit jemandem. Das heißt, nicht mit irgendjemandem, sondern mit Charlotte von Kirchenreuth.

Die rauchige Stimme war unverkennbar. Ebenso das kehlige Lachen. Natürlich war da nichts dabei. Eigentlich. Die Art aber, wie sie leise miteinander tuschelten, gelegentlich spitz auflachten, hatte etwas umeinander Werbendes, Verführerisches. Nein, das konnte nicht sein! Doch nicht Charlotte und Arthur, der sich gerade auf so herzergreifende Art mit Vera verlobt hatte!

Ysabel entdeckte eine angelehnte Tür, die von dem kleinen Vorraum der Diele abzweigte. Vorsichtig spähte sie durch den Spalt.

Tatsächlich! Lässig lehnte Charlotte mit dem Gesäß an der Kante eines klobigen Eichenholzschreibtisches, den linken Arm vor der Brust, den rechten mit einer Zigarette zwischen den Fingern darauf abgestützt. Unerhört aufreizend bot sie sich dem nah vor ihr stehenden Arthur dar. Der Ausschnitt ihrer Smokingjacke war verrutscht, ob zufällig oder mit Absicht, war nicht zu erkennen. So oder so gewährte er einen viel zu tiefen Blick in ihr Dekolleté.

Ysabel schnaubte empört. Diese Haltung kannte sie aus zweideutigen Filmen. Typisch, dass Charlotte sie beherrschte, schoss es ihr durch den Kopf. Die kannte gewiss keinerlei Hemmungen. So eine falsche Schlange! Ihr wurde übel, wenn sie daran dachte, dass Vera sie für ihre beste Freundin hielt.

Leider kehrte Arthur ihr den Rücken zu, sodass sie sein Gesicht nicht sehen konnte. Die schlechten Lichtverhältnisse in dem dunkel getäfelten Zimmer, in dem der Zigarrenqualm vergangener Jahrzehnte in der Luft hing und für vergilbte Gardinen sorgte, taten ein Übriges.

Eigentlich hatte sie genug gesehen. Trotzdem rührte sie sich nicht vom Fleck.

Arthur sprach in der ihm typischen spöttischen Art auf Charlotte ein, wedelte dabei mit der rechten Hand durch die Luft, zwischen deren Fingern ebenfalls eine Zigarette steckte. Die linke Hand hatte er salopp in die Hosentasche geschoben. Seine Worte konnte Ysabel zwar nicht verstehen. Aus Charlottes tiefem Lachen und der Art, wie sie den Kopf mit den blonden Locken in den Nacken warf, schloss sie allerdings, dass es höchst amüsant sein musste. Oder dass Charlotte ihm zuliebe zumindest so tat, als wäre es das.

Ganz offensichtlich wollte sie ihn becircen.

Leichthin zog Charlotte an ihrer Zigarette, blies den Rauch mit gespitztem Mund dicht an Arthurs Kopf vorbei in die Luft. Er gefiel ihr. Zweifelsohne war er ein Frauentyp. Ein Charmeur, wie er im Buche stand. Aus dem Stand konnte Ysabel mindestens ein Dutzend Frauen aufzählen, die ihm verfallen waren. Abgesehen von Hannelore und Helga eigentlich jede weibliche Person aus ihrem engeren und weiteren Bekanntenkreis. Auch sie selbst, das musste sie ehrlich eingestehen, war anfangs ein wenig in ihn verschossen gewesen. Er sah eben einfach zu gut aus, war sportlich und wusste eine Frau wunderbar zu unterhalten, schenkte selbst dem langweiligsten Mauerblümchen für einen Moment das Gefühl, es mit einer Filmdiva aufnehmen zu können.

Ludger wirkte dagegen blass und langweilig. Aber nur auf den ersten Blick. Wer ihn näher kennenlernte, musste sich einfach in ihn verlieben. Zumindest war es Ysabel so ergangen. Er hatte das Herz auf dem rechten Fleck, war eine Seele von Mensch. Und ein guter Freund noch dazu. Jederzeit konnte man sich auf ihn verlassen. Grundanständig durch und durch. Einfach *ihr* Ludger.

Welcher Teufel aber ritt Arthur, sich jetzt von Charlotte umgarnen zu lassen? Und das keine Stunde, nachdem er Vera einen Antrag gemacht und einen sündhaft teuren Ring an den Finger gesteckt hatte? Er liebte sie doch. Wie konnte er sie derart hintergehen?

»Kann ich Ihnen helfen?«, hörte Ysabel eine melodische, dunkle Frauenstimme und fuhr herum. Jetzt war es passiert! Jetzt stand sie da wie eine elende Lauscherin. Ihre Wangen färbten sich glutrot. Kaum wagte sie es, die Frau anzusehen.

Es handelte sich um Charlottes Mutter, wie ihr im selben Moment siedend heiß klar wurde. Viktoria von Kirchenreuth. Trotz ihrer sicherlich fast sechzig Jahre sah sie beneidenswert jugendlich aus, was nicht allein am rötlich blonden Haar, den wachen blaugrünen Augen und dem zarten Sommersprossenteint lag. Auch ihre aufrechte Haltung wie die umwerfend schlanke Figur trugen ihren Teil dazu bei.

»Suchen Sie wen?«, schenkte Viktoria ihr mit einem Stichwort die Möglichkeit, sich elegant aus der Affäre zu ziehen. Dankbar ergriff Ysabel den rettenden Strohhalm.

»Meinen Verlobten, Ludger Trautner. Er ist der beste Freund von Arthur …«, setzte sie noch hinzu, um zu unterstreichen, dass sie zum engsten Kreis um die beiden Verlobten gehörte.

»Ich glaube, den habe ich zuletzt mit meinem Neffen zusammen im Wintergarten gesehen. Wollen wir gemeinsam zu ihnen gehen?«

An der Seite der Respekt einflößenden, attraktiven Hausherrin ging Ysabel durch den Salon in den Wintergarten. Wobei es sich eher um ein würdevolles Schreiten denn ein banales Gehen handelte. Viktorias Haltung färbte ab. Diese Art, sich zu bewegen, sollte sie beibehalten. Mit ein wenig Übung würde sie die bald aus dem Effeff beherrschen.

Natürlich erregten sie Aufmerksamkeit. Unentwegt grüßte Viktoria nach allen Seiten, wusste stets auf Anhieb, wen sie vor sich hatte, und sprach jeden Einzelnen mit Namen an. Ysabel erinnerte sich, dass sie vorhin keinen Moment gezögert und nachgefragt hatte, wer Ludger war. Außerdem hatte sie auf Anhieb sagen können, wo er sich befand. Als weltgewandte Gastgeberin hatte man alles und alle im Blick. Beneidenswert. Gewiss konnte man das üben. Sie würde es versuchen.

»Ihre Verlobte sehnt sich nach Ihnen«, flötete Viktoria unterdessen Ludger auf eine Handvoll Schritt Entfernung zu. Auch ihn erkannte sie gleich wieder.

»Wie konnten Sie die Ärmste nur alleinlassen? Fast hätte sie sich in den Tiefen des Hauses verlaufen.«

Ehe Ysabel das klarstellen konnte, war Viktoria schon wieder verschwunden, natürlich, um sich dem großen Rest der weitaus wichtigeren Gäste zuzuwenden.

Die ganze Situation war Ysabel schrecklich peinlich. Einige Damen in glitzernden Dior-Jäckchen über dem kleinen Schwarzen oder feinen dunklen Kostümen hatten sich zu ihr umgedreht. Ein weißhaariger Herr runzelte indigniert die Stirn.

»Alles in Ordnung?«, erkundigte Ludger sich besorgt und fasste ihr fürsorglich unter den Arm. »Soll ich dir ein Glas Wasser holen?«

»Passt schon.«

Sie lächelte ihn dankbar an. Was war er nur für ein liebenswürdiger Mensch! Zärtlichkeit flutete ihren Körper. Am liebsten wäre sie ihm auf der Stelle um den Hals gefallen. Doch nicht nur die Anwesenheit von Veras Kindheitsfreund Constantin hinderte sie daran. Auch die Tatsache, dass Ludger Liebesbekundungen in aller Öffentlichkeit hasste. Und die Scham, sich vor den Augen der strengen Damen fünf Schritte weiter eine Blöße zu geben.

»Sie sehen wirklich blass aus«, sagte Constantin. »Am besten setzen Sie sich eine Weile.«

Schon machte er Anstalten, ihr einen der Korbsessel heranzurücken, die zwischen den Kübeln mit den raumhohen Palmen standen und den Blick in den winterlich verschneiten Garten versperrten.

»Wirklich nicht nötig«, versuchte sie, seinen Eifer zu bremsen. Zu spät. Längst waren weitere Herrschaften im Wintergarten auf sie aufmerksam geworden, darunter auch Vera, wie Ysabel erschreckt feststellte. Sie sagte etwas zu einem beleibten, älteren Herrn, mit dem sie sich gerade angeregt unterhalten hatte. Er antwortete ihr mit einem verständnisvollen Kopfnicken. Daraufhin kam sie sofort vom anderen Ende des länglichen Wintergartens zu ihr herüber.

In ihren smaragdgrünen Augen spiegelte sich der Stolz, der Mittelpunkt der Gesellschaft zu sein. Mit ihren burschikosen kurzen Locken, dem hellen, zarten Teint und der schlanken Figur in dem schlichten schwarzen Kleid sah sie blendend aus. Und sie bewegte sich wie ein Filmstar auf dem roten Teppich.

Je näher sie kam, desto fürsorglicher wurde ihre Miene. Kaum konnte Ysabel es ertragen, ihr offen entgegenzusehen. Bedrückend stand ihr vor Augen, was sie in dem verrauchten Herrenzimmer beobachtet hatte: Veras Freundin Charlotte flirtete ungeniert mit ihrem frisch verlobten Arthur. Und das, nachdem sie den beiden höchstpersönlich dieses noble Fest ausgerichtet hatte!

Was sollte Ysabel nur tun? Unmöglich, Vera ein Wort davon zu sagen. Sie sah so glücklich aus.

Im nächsten Moment wurde Ysabel seltsam schummrig und schwarz vor Augen.

22

Was für eine verrückte Idee! Vera hatte es gleich gewusst, aber Arthur hatte nicht auf sie hören wollen, hatte, wie so oft in den letzten Tagen, sogar ausgesprochen gereizt auf ihren Vorschlag reagiert, des schlechten Wetters wegen die Reise zu ihren Eltern nach Bonn per Bahn anzutreten.

»Kurz vor den Feiertagen ist in den Zügen die Hölle los«, hatte er behauptet. »Wie die Heringe wird man ins Abteil gepfercht. Jeder wird außer dem Koffer noch Tüten und Pakete voller Geschenke mit sich schleppen, und die feuchten Mäntel und Hüte sorgen für ein tropisches Klima. In ein solches Kabuff kriegst du mich nicht rein!«

Als sie geschwiegen hatte, war er ruhiger geworden, hatte sich alsbald aufs Überreden verlegt: »Mit deinem Käfer ist es viel bequemer. Das wird richtig romantisch, du und ich ganz allein. Nach dem Frühstück starten wir gemütlich und wechseln uns beim Fahren ab. Ehe du dichs versiehst, sind wir am späten Nachmittag oder frühen Abend bei deinen Eltern und haben unterwegs sogar noch ausreichend Pausen einlegen können. Wozu hast du das flotte Gefährt, wenn du deine Eltern nicht damit beeindrucken willst? So können wir sie an den Feiertagen zu Ausflügen einladen. Der Drachenfels interessiert mich. Auch Köln würde ich mir gern ansehen.«

»Mitten im Winter? Hast du eine Ahnung, wie trostlos es um diese Jahreszeit im Rheintal aussieht?«

An seinem entsetzten Augenaufreißen hatte sie erkannt, wie bildhaft er sich das im selben Moment gerade ausgemalt hatte.

»So schlimm ist es auch wieder nicht«, hatte sie eingelenkt. »Wenigstens werden wir keine Schneeketten brauchen, weil es keine Bergpässe zu überwinden gibt und es wahrscheinlich spätestens hinter dem Aichelberg zu schneien aufhört.«

Das aber war eine Fehleinschätzung gewesen, wie sich rasch zeigte. Das Schneetreiben begleitete sie bis ins Mittelrheintal. Hinzu kam ein heftiger Wind, der zwar keine Orkanstärke wie an der Küste erreichte, aber dennoch nicht zu unterschätzen war. In Frankfurt sollte es deswegen in den letzten Tagen bereits Tote gegeben haben. Mehr als ein Mal verspürte Vera unterwegs den Wunsch, die Fahrt abzubrechen und einen der Gasthöfe oder Hotels entlang der Landstraße anzusteuern. Davon aber wollte Arthur nichts wissen.

»Bald haben wir es geschafft!«, erklärte er. »Jetzt sind wir fast schon den ganzen Tag unterwegs. Da lohnt es nicht, kurz vor dem Ziel noch aufzugeben.«

Ausgerechnet ab Bingen, wo das Rheintal im Winter dank der Enge besonders düster wirkte, setzte die Dämmerung ein. Der eben noch weich fallende Schnee ging in strömenden Regen über. Die Scheibenwischer arbeiteten im Akkord. Schon kratzten die Wischblätter über die Frontscheibe und erzeugten einen unangenehmen Laut.

Die Bundesstraße schlängelte sich dicht am Flusslauf entlang, führte durch mittelalterliche Fachwerkstädte, die sich wie Perlen an einer Kette aneinanderreihten. An den Geschäften leuchtete Weihnachtsschmuck, der Regen aber ließ keine feierliche Stimmung aufkommen.

Nach dem Tanken übernahm Vera das Steuer. Erschöpft flegelte Arthur sich in den Beifahrersitz. Das Fahren erforderte höchste Konzentration. Ein Lastwagen folgte dem nächsten, auch die gedrängten Straßenverhältnisse in den Ortschaften verlangten ständige Wachsamkeit. War die Strecke einmal freier, musste Vera oft dennoch das Tempo drosseln, weil ein Wahnsinniger auf der Gegenfahrbahn ein waghalsiges Überholmanöver startete. Auf dem regennassen Asphalt spiegelte sich das Licht der Scheinwerfer und Schlusslampen, hinter den hektisch putzenden Scheibenwischern entstanden verwirrende Trugbilder. Immer wieder musste Vera die Augen zusammenkneifen, um besser zu sehen. Gelegentlich fürchtete sie, der Käfer gerate in einer Spurrille ins Schlingern und sie verlöre vollends die Kontrolle.

Kurz äugte sie nach rechts. Arthur war ganz in sich zusammengesunken. Wahrscheinlich schlief er. In den letzten Wochen hatte er viel zu viel gearbeitet. Immer unregelmäßiger hatte sie ihn zu Gesicht bekommen. Kurz nach der Verlobungsfeier hatte Charlotte es sich in den Kopf gesetzt, er müsse eine neue Fabrikhalle für die KiMa – die Kirchenreuth Maschinenfabrik – bauen. So gut das gemeint war, so viel zusätzliche Arbeit bedeutete es. Nie zuvor hatte er einen solchen Auftrag übernommen. Sein Metier war der Wohnungsbau. Gründlich und ehrgeizig wie er war, wühlte er sich seither durch Fachliteratur und Planungsbeispiele von Industriebauten. Das belastete ihn, zumal er sich wohl Vera zuliebe verpflichtet fühlte, Charlottes Wunsch zu erfüllen. Anders als vor ihrer Verlobung fuhr er abends häufig vom Büro gleich in seine ungemütliche Wohnung nach Haidhausen statt zu ihr in die Maxvorstadt. Das musste sich wieder ändern, beschloss sie. Nach den Feiertagen würde sie ihm ins Gewissen reden.

Sie passierten das Ortsschild von Boppard, gelangten zu den romantischen kleinen Villen mit ihren malerischen Vorgärten, die den südlichen Stadtrand prägten. Vera atmete auf. Die gemütliche Stadt kannte sie von Sonntagsausflügen im Sommer.

Von hier waren es ziemlich genau hundert Kilometer bis Bonn. In gut anderthalb Stunden wären sie am Ziel.

Ein merkwürdiges Geräusch drang an ihr Ohr. Sie erschrak. Das gewohnte Tuckern des Käfers verwandelte sich in ein ungleichmäßiges Husten und Spucken. Vera meinte, das Fahrzeug würde einen kleinen Satz machen, aber das bildete sie sich sicherlich nur ein.

Von Neuem keuchte es aus dem Motorraum im Heck. Zugleich ruckelte es, und das Auto verlor an Tempo.

»Hörst du das?« Sie stieß Arthur in die Seite.

Den Kopf nach vorn geneigt, schien er zu schlafen und reagierte nicht.

Wieder erklang das Spucken des Motors. Erneut ein Ruck. Sie kamen immer langsamer vorwärts.

»Was ist da los?« Jetzt überschlug sich ihre Stimme. Sie setzte den Blinker, wollte an den rechten Seitenrand fahren. Empört hupte der Lastwagenfahrer hinter ihr. Bremsen quietschten, Pfützenwasser spritzte auf.

»Bist du wahnsinnig? Wir sind mitten auf der Bundesstraße! Hier kannst du nicht halten.« Verärgert raunzte Arthur sie an.

»Aber der Motor …«, widersprach sie.

»Fahr weiter! Irgendwo wird schon eine Tankstelle auftauchen, an der wir stoppen und nachschauen können.«

Was hatte er nur? So hatte sie ihn noch nie erlebt. Mit zittrigen Fingern schaltete sie und fuhr an. Abwehrend verschränkte Arthur die Arme vor der Brust.

Die Straße wurde enger, wand sich durch die von schmalen, altersschiefen Fachwerkhäusern geprägte Stadt. Noch brannte in den Läden Licht und strahlte Weihnachtsauslagen an. Auf den schmalen Gehsteigen beidseits der Fahrbahn herrschte reger Betrieb. Immer wieder stießen die Schirme der Fußgänger gegeneinander. Vera musste gelegentlich abbremsen, weil ein

Passant auf die Fahrbahn auswich. Dazu erklang abermals das seltsame Husten und Spucken des Motors. Immer mühsamer schien der Käfer voranzukommen. Angespannt knetete Arthur die Hände.

Endlich erreichten sie den Marktplatz. Entschlossen steuerte Vera den Wagen an die Seite, hielt vor einer elektrisch beleuchteten Tanne an. Noch bevor Arthur protestieren konnte, stieg sie aus und hastete im Regen zum Ersten, den sie erspähte, um sich nach der nächsten Tankstelle oder Autowerkstatt zu erkundigen.

Sie hatten Glück. Nur zwei Querstraßen weiter befand sich eine Werkstatt, die auf Volkswagen spezialisiert und sogar noch geöffnet war, wie die Lichter in der Halle verhießen. Viel weiter hätten sie es kaum mehr geschafft. Mit letzter Kraft schleppte sich der Käfer in die kleine Halle und blieb mit einem allerletzten, empörten Spucken stehen. Beunruhigt stiegen Vera und Arthur aus.

Mit einem besonders hilflosen Augenaufschlag überzeugte Vera einen kahlköpfigen Mechaniker in einer viel zu weiten, dreckstarrenden Latzhose davon, trotz des anstehenden Feierabends noch einen Blick auf den Motor zu werfen. Genervt verdrehte Arthur die Augen. Oder bildete sie sich das ein?

Schon drehte er sich weg, zog den Kopf zwischen die Schultern, schlug das Revers seines Jacketts hoch und vergrub die Hände tief in den Taschen. Derart abweisend hatte sie ihn selten erlebt. Dringend musste er sich ausschlafen.

Klopfenden Herzens wandte sie sich wieder ihrem himmelblauen Käfer zu, der sich flügellahm zwischen einer mit undefinierbarem Werkzeug übersäten Werkbank und einer Hebebühne duckte. In der kleinen Halle dröhnten Hammerschläge auf Metall und Motorbrummen. Irgendwo wummerte ein Radio mit Tanzmusik, eine tiefe Männerstimme versuchte in falscher Tonlage, der Melodie hinterherzukommen.

»Dreck im Benzin«, erklärte der Mechaniker nach einem gründlichen Blick in den rückwärtigen Motorraum. Ausgiebig wischte er sich die ölverschmierten Finger an einem schmutzigen Lappen, was von keinem großen Erfolg begleitet war, und sah Vera aus seinem von Ölschlieren überzogenen Gesicht grinsend an.

»Vergaser und Benzinpumpe müssen ausgebaut werden. Auch der Benzinhahn unterm Tank muss raus. Und dann muss das alles gründlich gereinigt werden, damit der Käfer wieder flott wird. Der Tank sollte sicherheitshalber auch gut ausgespült werden. Bis morgen Mittag wird das bestimmt dauern.«

Eine Nacht Pause! Vera seufzte. In den bitteren Apfel mussten sie wohl beißen. Wahrscheinlich konnten sie froh sein, dass der Mechaniker die Reparatur überhaupt noch vor den Feiertagen annahm. Morgen war Heiligabend. Da wurde nur bis mittags gearbeitet.

Vera wollte bereits zustimmen und sich nach der nächsten Übernachtungsmöglichkeit erkundigen, als Arthur sich einmischte.

»Geht's heute noch? Wir müssen weiter.«

Zu Veras Entsetzen zog er einen Zwanzigmarkschein aus der Tasche und steckte ihn dem Mechaniker in die Brusttasche.

Der runzelte die Stirn und atmete hörbar ein, bevor er brummte. »Das ist eine große Aktion. Allein schaffe ich das nicht. Da muss ich den Meister fragen.«

»Tun Sie das«, erwiderte Arthur und zückte einen weiteren Geldschein, der denselben Weg in die Tasche des Mechanikers fand. Achtlos warf der den Lappen auf einen Werkzeugtisch und verschwand Richtung Büro, das sich hinter einer Glastür befand.

»Was soll das?«, fragte Vera leise. »Es ist doch egal, ob wir heute oder morgen …«

»Nein!«, unterbrach Arthur sie barsch und wandte sich ab.

Schweigend starrte er aus der offenen Werkstatttür auf die Straße. Ein Zug donnerte heran. Die Bahntrasse lag direkt gegenüber. Viel zu lang hämmerte ein Waggon nach dem anderen vorbei, bis die Strecke wieder frei war und von Neuem die Musik aus dem Kofferradio wie auch die falsche Männerstimme sowie das Klopfen der Werkzeuge an ihre Ohren drangen.

»Was ist los?« Vera stellte sich vor Arthur und musterte ihn besorgt.

Der Schlafmangel und die viele Arbeit allein konnten ihm nicht derart zusetzen. Er war kreidebleich. Sie meinte, Schweißperlen auf seiner Stirn zu entdecken. Fieberte er? Sie wollte ihm die Hand an die Wange legen, doch er wich aus.

»Wir können hier nicht übernachten«, erklärte er. »Wir müssen weiter. Sobald der Käfer wieder flott ist, schaffen wir es noch bis Bonn.«

»Wie du meinst«, lenkte sie ein. »Ich hol dir ein Glas Wasser.«

»Bleib!« Jäh hielt Arthur sie am Arm zurück. »Wir trinken später etwas.«

Der kahlköpfige Mechaniker kehrte mit einem jüngeren Burschen in einem ebenfalls viel zu großen Overall zurück. Offensichtlich ein Lehrling, der ihm zur Hand gehen sollte.

»Fünfzig Mark Aufschlag, und wir legen los«, sagte der Glatzkopf und schob die Hände in die ausgeleierten Hosentaschen.

»In Ordnung«, stimmte Arthur erleichtert zu.

Vera war sprachlos. War er bei Sinnen? Insgesamt kostete sie die Eile nun schon achtzig Mark mehr als nötig. Dafür hätten sie mehrere Nächte in einer Pension bleiben und noch üppig essen und trinken können.

Ein Blick in Arthurs Gesicht genügte, und sie sparte sich den Widerspruch. Selbst wenn es hundert Mark Aufschlag kostete, würde er auch die lieber zahlen, als eine Minute länger als nötig in Boppard zu bleiben.

»Wir sind kein Wartesaal.« Zu Arthurs Verdruss machte der Mechaniker ihnen unmissverständlich klar, dass er sie während der Reparatur nicht um sich haben wollte.

»Mir knurrt der Magen«, stellte Vera fest. Sie packte Arthur am Arm. »Lass uns eine Weinstube oder Gastwirtschaft suchen, in der wir noch etwas zu essen bekommen.«

Trotz dieses deutlichen Hinweises bewegte Arthur sich nur äußerst widerstrebend aus der Werkstatt fort. Dabei hatte es aufgehört zu regnen. Ebenso hatte sich der ungemütliche Wind gelegt. Nach der langen Autofahrt fand Vera es äußerst angenehm, sich an der frischen Luft zu bewegen.

»Sie werden das Auto schon ordentlich behandeln«, bekräftigte sie, als sie endlich auf der Straße standen. »Wertvolles ist ohnehin nicht drin. Die Mechaniker sahen nicht so aus, als würden sie gern *Bonjour Tristesse* oder Max Frischs *Stiller* lesen. Und im Zweifelsfall könnten meine Eltern es sicherlich verschmerzen, wenn wir ihnen die Bücher nicht unter den Weihnachtsbaum legen.«

Betont munter hakte sie sich bei Arthur unter. In weit ausholenden Schritten lief er los. Fast hatte sie den Eindruck, er steuerte zielsicher eine bestimmte Gasse an. Wie aber konnte das sein, wenn er zum ersten Mal in Boppard war? Seine verschlossene Miene hielt sie jedoch vom Fragen ab.

Schweigend liefen sie im Schatten der mittelalterlichen Stadtmauer nebeneinander her. Mystisch ragte der Turm einer Kirche in den dunklen Himmel. Die Straße verbreiterte sich zu einer Art Platz, auf dem ein beleuchtetes Schild auf eine Weinstube hinwies.

Sie hatten Glück. Gerade wollten die Wirtsleute die Türen schließen. Unvermutet kehrte Arthur seinen bewährten Charme heraus und überredete die Wirtin, sie doch noch einzulassen und ihnen eine heiße Suppe zu servieren.

Sein rapider Stimmungsumschwung binnen kaum einer halben Stunde verblüffte Vera. Noch mehr aber staunte sie, wie vergnügt er sie beim Essen wieder mit Schwänken aus seiner Jugend unterhielt.

»Habe ich dir eigentlich schon von Ludgers und meinen Tanzstunden erzählt?«, plauderte er drauflos, kaum dass die dampfenden Suppenteller aufgetragen waren. »Fräulein Biesig hieß die gute Dame, die uns Walzer und gutes Benehmen einzubläuen versuchte. Sie sah exakt so aus, wie man sich ein Anstandsfräulein vorstellt: groß, knochig, strenges Gesicht, strenge Frisur und noch strengerer Blick. Sie muss einen Besenstiel verschluckt haben, derart aufrecht bewegte sie sich. Als Name hätte Bissig besser zu ihr gepasst, so gnadenlos böse konnte sie werden, vor allem wenn Ludger seiner Tanzpartnerin beim Wiener Walzer auf den Füßen herumgetrampelt ist. Der Ärmste hat einfach kein Taktgefühl.«

»Was man von dir zum Glück nicht sagen kann«, erwiderte sie und griff nach seiner Hand. Ein Blick in seine Augen genügte, um zu wissen, dass er wohl auch gerade an ihr erstes gemeinsames Tanzen nach dem Fußballendspiel im letzten Sommer dachte.

Nachdem sie die Weinstube verlassen hatten, fiel er von Neuem in sein abweisendes Verhalten zurück. Den Hut tief ins Gesicht gezogen, die Hände in den Manteltaschen vergraben, lief er neben ihr her. Sichtlich erleichtert klemmte er sich nach Ende der Reparatur kommentarlos hinter das Steuer des Käfers und gab ordentlich Gas, als wollte er so schnell wie möglich aus Boppard herauskommen.

»Warum wolltest du die Reparatur nicht in Ruhe bis morgen abwarten?«, fragte Vera, nachdem sie bereits einige Kilometer gefahren waren.

Der Motor tuckerte im vertrauten Rhythmus, der Wagen lag gleichmäßig auf der Fahrbahn, und Arthur gab sich plötzlich wieder ähnlich heiter wie in der Weinstube. Es war, als hätte es seine seltsame Reaktion in der Werkstatt nie gegeben. Die Bundesstraße hatte sich inzwischen deutlich geleert. Die Lastwagen hatten wohl ihre Zielorte erreicht oder einen Platz zum Übernachten angesteuert. Ebenso waren weitaus weniger Autos unterwegs als noch am späten Nachmittag. Ein weihnachtlich anmutender Frieden lag über der Gegend. Dennoch klopfte Veras Herz heftig. Ihre Ruhe war dahin. Wieso hatte Arthur sich vorhin derart unnahbar gegeben?

»Warum hätten wir in Boppard übernachten sollen? Die Reinigung des Motors war doch rasch erledigt, wie du gesehen hast. Deine Eltern hätten sich nur unnötig gesorgt, wenn wir erst morgen gekommen wären«, antwortete er nach einer halben Ewigkeit.

»Ich hätte ihnen telefonisch Bescheid gegeben.«

Darauf schwieg er. Vera begriff, dass er nicht weiter darüber reden wollte. Sie zog sich seinen Wollmantel über die Schultern und beschloss zu schlafen. Für Bonn brauchte sie Kraft. Kaum wollte sie sich ausmalen, mit welchen Vorwürfen ihre Mutter sie noch vor dem Schlafengehen überfallen würde. Dass Vera sich bereits am ersten Advent ausgerechnet im Haus der Kirchenreuths verlobt hatte, war Rike bereits am Telefon mehr als einen verärgerten Kommentar wert gewesen. Noch dazu mit einem jungen Deutschen, von dem sie wenig mehr wusste als seine ausgezeichneten Noten aus dem Lateinunterricht!

Lange hatte Vera die bevorstehenden Fragen verdrängt. Mit jedem Kilometer, den sie sich Bonn näherten, schwappten sie deutlicher in ihr Bewusstsein. Eins stand fest: Entgehen konnte sie ihnen nicht.

»Wie schön, dass ihr endlich da seid!«, empfing ihr Vater sie gegen elf in der Nacht erstaunlich aufgekratzt an der Wohnungstür. Den Käfer hatten sie direkt vor dem Haus geparkt, einer ausladenden Villa aus der Gründerzeit unweit des Auswärtigen Amts in der Arndtstraße. In Hut und Mantel, bepackt mit Taschen und Koffern standen sie im schlecht beleuchteten Vestibül. Arthur balancierte einen voluminösen Blumenstrauß in der Hand, der während der aufreibend langen Autofahrt die gesamte Rückbank blockiert hatte. Vergeblich hatte Vera ihm den auszureden versucht. Rike war nicht die Frau, die auf solche Aufmerksamkeiten Wert legte, erst recht nicht im Winter. Trotzdem hatte Arthur die Blumen gekauft. Entsprechend skeptisch musterte Veras Vater Oscar das Ungetüm und machte keine Anstalten, den Weg die Treppe hinauf freizugeben oder ihnen gar mit dem Gepäck zu helfen.

»Lassen Sie alles am besten unten«, schlug er Arthur stattdessen vor. »Wir gehen sofort zur Pension hinüber. Es ist reichlich spät. Sicherlich wartet Frau Busch schon ungeduldig.«

»Wieso Pension?« Überrascht schaute Vera ihn an.

»Selbstverständlich haben wir für deinen Verlobten ein Zimmer außer Haus reserviert«, flötete Rike vom oberen Treppenabsatz und stieg elegant wie stets die Stufen zu ihnen herunter. »Wir wollen uns doch nichts nachsagen lassen. Oder muss ich euch an den berühmten Kuppeleiparagrafen erinnern? Dein Vater sitzt im Bundestag, Kind. Einen Skandal können wir uns nicht leisten. Morgen treffen wir uns am späten Vormittag und bereden alles Weitere in Ruhe.«

Verblüfft starrten Arthur und Vera sich an. Schon wieder trat Arthur Schweiß auf die Stirn. Vera ahnte, wie ihm zumute sein musste. So offen abgewiesen zu werden war nach der strapaziösen Fahrt ein Schlag ins Gesicht. Dieses Mal wehrte er sich nicht, als sie ihm die Hand zärtlich an die Wange legte.

»Bei Frau Busch habt ihr reserviert?«, erkundigte sie sich halb über die Schulter bei ihren Eltern. »Bestimmt hat sie auch für mich noch ein Zimmer frei. Spart euch das Mantelanziehen. Wir finden den Weg allein.«

23

Wie so oft wirkten einige Stunden Schlaf wahre Wunder. Nicht einmal die durchgelegenen Matratzen und das unbehagliche Frühstück unter den gestrengen Augen der Pensionswirtin, die Vera und Arthur an zwei weit auseinanderliegenden Einzeltischen platziert hatte, änderten mehr etwas daran. Arthur hatte zu seiner gewohnt guten Laune zurückgefunden, und Vera beschloss, einfach zu genießen, dass er wieder der Alte war. Die Tage mit den Eltern würden nervenaufreibend genug werden. Das hatten Rikes distanzierte Begrüßung und die Ausquartierung in die Pension bereits bewiesen. Arthur und sie mussten sich das Leben nicht auch noch gegenseitig unnötig schwer machen.

Bestens ausgeruht nutzten sie den Vormittag, um letzte Besorgungen für das Fest zu erledigen und anschließend einen ausgedehnten Spaziergang am Rheinufer zu unternehmen. Vera genoss es, Arthur einige der schönsten Ausblicke auf das Siebengebirge zu zeigen. Er dankte es ihr mit mehreren Dutzend zärtlichen Küssen und einer aufwühlenden Wiederholung seines Heiratsantrags unter einem Mistelzweig.

»Deine romantische Ader ist mir bislang ganz entgangen«, zog sie ihn in Anspielung auf seine Bemerkung im letzten Sommer auf, als sie Ludger kennengelernt und von seiner heimlichen Verlobung mit Ysabel erfahren hatte. »Und ich dachte schon, du hast deinen Purismus vom Reißbrett eins zu eins in dein Leben übertragen.«

»Noch solltest du nicht alles von mir wissen, sonst wird der Rest unseres Lebens reichlich langweilig.«

»Wie wahr.« Für den Bruchteil einer Sekunde war sie versucht, das Stichwort aufzugreifen und ihn auf sein Verhalten am Vorabend anzusprechen, dann aber versank sie in seinem strahlenden Lächeln. Viel wichtiger war, den Moment für eine weitere leidenschaftliche Umarmung fernab der strengen Blicke von Frau Busch oder Rikes Angst vor Kuppelei zu nutzen.

Eng umschlungen schlenderten sie weiter. Über Nacht war es aufgeklart. Das hatte zwar zu frostigen Temperaturen, aber zugleich auch zu einem trockenen, fast schon sonnigen Tag geführt. Nur der Wind blies weiterhin heftig, zerrte an Mantelaufschlägen, verwehte Hüte und Frisuren.

Veras und Arthurs rot gefrorene Gesichter kündeten von Weitem von dem Ausflug an der frischen Luft, wie Oscars schelmische Begrüßung verriet.

»So rot wie eure Nasen kann ich als Sozialdemokrat wohl selbst in Adenauers Augen nicht mehr werden.«

»Dem Kanzler reicht schon ein Blick auf dein rotes Haar, um zu wissen, woran er mit dir ist«, erwiderte Vera und freute sich, ihn in gewohnt fröhlicher Laune anzutreffen. Selbst seine Sommersprossen funkelten, als wäre Sommer, derart gut aufgelegt war er. Arthurs begeisterte Miene verriet ihr, wie sympathisch er ihm damit wurde. Das machte den ungeschickten nächtlichen Empfang wieder wett. Bestimmt würden die beiden bald dickste Freunde, hatte doch jeder von ihnen einen besonderen Hang zum Spott.

»Hand aufs Herz, mein Bester, sind Sie wirklich gebürtiger Münchner? Sie hören sich überhaupt nicht danach an.« Auch Rike schien beim Mittagessen bemüht, Arthur herzlicher willkommen zu heißen als bei der Ankunft.

Vera atmete auf. Zu viert saßen sie um den ovalen Tisch in dem Esszimmer mit der Stuckdecke, das Vera schon immer viel zu lieblich für ihre sonst ganz dem geradlinigen Bauhausstil frönenden Eltern fand. Warum sie sich diesen Chippendale-Fehltritt leisteten, blieb ihr ein Rätsel. Das blumige Geschirr und das viel zu schwere Silber passten zwar zu den Möbeln, aber noch weniger zu Rike und Oscar. Besonders ihre Mutter wirkte in ihrem schlichten grauen Kleid und mit dem strengen Kurzhaarschnitt reichlich deplatziert, wie sie überhaupt in ihrem ganzen Auftreten ein Relikt des aufregenden Berlin der Zwanzigerjahre blieb und aus dem beschaulichen Bonn der Adenauerzeit stets als Fremdkörper hervorragte.

»Muss jeder Münchner Dialekt beherrschen? Ihr Mann spricht doch auch Hochdeutsch und bezeichnet sich trotzdem als waschechten Münchner«, gab Arthur übermütig zurück.

Oscar quittierte das mit einem zustimmenden Nicken, Rike jedoch mit einem Hochziehen der Augenbrauen. Entschlossen spießte sie den letzten Rest ihres Kartoffelkloßes auf, tunkte damit die übrig gebliebenen Spuren Soße vom Teller und kaute das Ganze ausgiebig, ein eindeutiges Zeichen, wie sehr sie die Bemerkung missbilligte.

Wieder einmal hatte Vera sich also zu früh gefreut. So leicht ließ ihre Mutter sich nicht vom Charme eines Deutschen umgarnen, mochte er noch so wohlerzogen und gutaussehend sein.

Widerspruch flammte in ihr auf. Um sich zu beruhigen, beschäftigte sie sich ebenfalls mit dem Essen. Zu ihrer Freude hatte die gute Seele Änne ihr Leibgericht, rheinischen Sauerbraten mit Kartoffelklößen und Apfelkompott, zubereitet. Sogar an die Rosinen hatte sie gedacht.

»Damit du gleich wieder weißt, wo du daheim bist«, hatte sie vorhin augenzwinkernd gemeint, als sie sie in der Küche besucht hatten, Veras Lieblingsort und wahres Zuhause in der

Bonner Abgeordnetenwelt der Eltern. Ganz selbstverständlich hatte Änne Arthur sogleich unter ihre Fittiche genommen. Fast hätte sie ihm in die Wangen gezwickt, wie Vera amüsiert aufgefallen war, derart hingerissen war sie von ihm.

»Sie sollten mal zwei, drei Wochen hierbleiben, dann kriegen wir das mit Ihnen hin«, hatte sie ihm vorgeschlagen. »Ein bisschen Speck auf den Rippen würde Ihnen gut stehen, glauben Sie einer alten Frau wie mir.«

Warum konnte Rike nicht derart unkompliziert sein? Lag es tatsächlich daran, dass Arthur in ihren Augen wie alle Deutschen im Dritten Reich große Schuld auf sich geladen hatte? Waren die, die geblieben waren, in ihren Augen immer die Täter und die, die wie sie geflohen waren, stets die Opfer? Vera warf einen ratlosen Blick zu ihrem Vater. Der tat, als bemerkte er weder ihren stummen Hilferuf noch Rikes offenkundig reservierte Haltung.

»Stammen Ihre Eltern ebenfalls aus München?«, erkundigte Rike sich unterdessen, legte das Besteck ordentlich am Tellerrand ab und trank vom Rotwein. »Was haben sie vor dem Krieg gemacht?«

»Mein Vater war Architekt«, antwortete Arthur und beendete ebenfalls sein Essen. »Er hat im Büro meines Großvaters mütterlicherseits gearbeitet. Auf der Familienseite hat der Beruf bei uns eine lange Tradition. Meine Mutter hat auch einmal reingeschnuppert. So haben sich meine Eltern kennengelernt.«

Überrascht horchte Vera auf. Davon hatte er ihr noch nie etwas gesagt. Wie sehnte sie sich nach Details aus seiner Familiengeschichte! Ebenso gespannt wie ihre Eltern sah sie ihn an.

»Wie heißt die Familie Ihrer Mutter?«, hakte Oscar nach. »Vielleicht habe ich sie gekannt?«

»Das glaube ich kaum. Besonders bedeutend war sie nicht«, wiegelte Arthur schon wieder ab. Zu Veras Bedauern versteckte er das Gesicht hinter der gestärkten Serviette, mit der er sich die Lippen tupfte.

»Furchtbar, dass Ihre gesamte Verwandtschaft im Krieg umgekommen ist. Vera hat es mir erzählt.« Auch Oscar war fertig mit dem Essen und wischte sich den Mund.

»Aber doch unter ganz anderen Umständen als unsere Verwandten und Freunde«, merkte Rike an.

»Sie haben den Krieg nie gewollt«, stellte Arthur fest.

»Hinterher hat das niemand mehr.« Verärgert lachte Rike auf und begann, die gestärkte Stoffserviette sorgfältig zu falten. Das enthob sie der Verpflichtung, jemanden anzusehen. »Ich hoffe, aus Ihrer Familie war keiner in der Partei.«

»Warum sollten sie? Nur weil sie Deutsche waren und im Land geblieben sind?«

Arthur klang gereizt. Vergeblich versuchte Vera, ihn durch mahnenden Blickkontakt zu besänftigen. Sie wusste, wie gern Rike provozierte, erst recht, wenn sie sich vollkommen im Recht fühlte so wie bei diesem Thema.

»Möchtest du die Entnazifierungsunterlagen von Arthur sehen, bevor wir heiraten dürfen?«, wandte sie sich direkt an ihre Mutter.

»Vera!«, rief ihr Vater.

Rike schwieg.

»Können Sie sich für Ihre gesamte Familie verbürgen?«, setzte Arthur überraschend nach und schaute Rike dabei herausfordernd an.

Vera zuckte zusammen, auch Oscar war einen Moment lang irritiert. Rike spitzte den Mund. Beklemmende Stille senkte sich über den Tisch.

Arthurs Frage hing wie ein ungeheuerlicher Vorwurf in der Luft. Daran gab Vera sich eine Mitschuld. Sie hätte ihm längst mehr von ihrer Familie erzählen sollen. Bislang hatten sie lediglich kurz über ihr Exil gesprochen. Von den vielen Toten auf ihrer väterlichen Seite, die zu den Millionen jüdischer Toter gehörten, die in den Vernichtungslagern ein grausames Ende gefunden hatten, hatte sie ebenso wenig etwas gesagt wie zu den Opfern aus Rikes Verwandtschaft. Auch auf der Seite hatte niemand den Naziterror heil überstanden. Die einen waren ihm als kämpferische Kommunisten in blutigen Straßengefechten oder in den Konzentrationslagern zum Opfer gefallen, die anderen hatten sich zwar noch ins Exil retten können, waren seither aber nicht mehr dieselben. Einer von Rikes Brüdern war sogar voller Hoffnung nach Moskau geflohen, um sein Heil bei Stalin zu finden. Seine Spur verlor sich in den Weiten Sibiriens. Nicht einmal eine der Schwestern, die seit Kriegsende in Ostberlin lebte, hatte bei den Genossen, die inzwischen in der Regierung saßen, mehr über sein Schicksal herausfinden können.

»Eine interessante Frage, die wir uns aufgrund der furchtbaren Umstände nie ernsthaft stellen mussten«, griff Oscar nach langem Schweigen Arthurs Frage auf. »So ungeheuerlich es in dem Zusammenhang auch klingen mag – gelegentlich habe ich das Gefühl, wir sollten unser Schicksal als Glück begreifen. Wer weiß, welchen Wahrheiten wir uns sonst noch hätten stellen müssen?«

»Da muss ich mich wohl gerade verhört haben«, entschlüpfte es Rike. Fassungslos starrte sie ihren Mann am gegenüberliegenden Kopfende des Tisches an, bevor sie entrüstet nachsetzte: »Das wirst du kaum ernst gemeint haben, oder?«

Vera spürte, auf welch brüchiges Eis sie gerade zusteuerten. Wenn sich jetzt ihre Eltern über dieser heiklen Frage in die Haare gerieten, war die Situation gänzlich verloren. Für alle Zeit würde Rike Arthur den Vorwurf machen, schuld daran zu sein, dass sie sich mit ihrem Mann über die Schuld oder Unschuld ihrer von den Nazis ermordeten Familien gestritten hätte. Das war sicherlich noch schlimmer als ein überführtes Parteimitglied in der weiteren Verwandtschaft.

»Was ist für heute Nachmittag geplant?«, wechselte Vera das Thema. »Schmücken wir beide gleich nach dem Essen den Baum, Mama?«

»Eine gute Idee«, stimmte Oscar erleichtert zu. Offenbar war ihm ebenfalls klar geworden, welche Katastrophe es zu umschiffen galt. »Während ihr Frauen euch um den üblichen Tand kümmert, ohne den das Fest wohl nie zu überstehen ist, gönnen Arthur und ich uns in meinem Arbeitszimmer eine gute Zigarre. Erhard persönlich hat mir eine Kiste geschenkt. Sie mögen so etwas doch bestimmt? Außerdem kann ich Ihnen einen hervorragenden Cognac anbieten, den ich von einem alten Freund aus Frankreich geschickt bekommen habe.«

»Dazu kann ich wohl kaum Nein sagen«, erwiderte Arthur und schenkte Vera ein deutlich erleichtertes Augenzwinkern.

24

Es fehlte lediglich noch die Spitze. Der Ansicht war zumindest Vera. Um ihr bisheriges Werk zu begutachten, trat sie einige Schritte von der symmetrisch gewachsenen Tanne zurück. Das Holz des Parkettbodens knarrte unter ihren Sohlen. Das konnte auch die Weihnachtsmusik nicht überdecken, die aus der Musiktruhe erklang. Ein Kinderchor krähte widersinnig »Still, still, kein Geräusch gemacht«, darauf würde »Oh Tannenbaum« folgen. Vera kannte die Platte in- und auswendig. Ihr Abspielen gehörte ebenso zum festen Ritual am Nachmittag vor der Bescherung wie der Teller mit Weihnachtsplätzchen, den Änne vor ihrem Weggehen noch ins Wohnzimmer gebracht hatte, sowie der völlig überzuckerte Punsch, den Rike eigenhändig aufzusetzen pflegte. Andere mochten solche Traditionen seit Jahrzehnten pflegen, Vera und ihre Eltern befolgten sie erst seit ihrem Einzug in die Bonner Abgeordnetenwohnung vor fünf Jahren.

»Endlich wieder ein richtiges Zuhause«, hatte Rike damals zu ihrem und Oscars Erstaunen verkündet. Lange hatte sie sich nach Kriegsende der Rückkehr nach Deutschland verweigert und dann umso überraschender für sie alle quasi über Nacht das eher provinzielle Bonn zu ihrer neuen Heimat erklärt. Wahrscheinlich einzig aus dem Grund, weil sie nichts und niemanden hier kannte und nie zuvor am Rhein gewesen war. Das war in ihren Augen ein schwerwiegender Vorzug gegenüber München und ihrer Geburtsstadt Berlin, die sie nur widerwillig besuchte.

Vera war das einerlei. Mit Berlin verband sie kaum mehr eigene Erinnerungen, mit München dafür umso mehr. Und die waren überwiegend schön. Für sie zählte außerdem, in Bonn wieder einen festen Anlaufpunkt und dank Köchin Änne sogar so etwas Ähnliches wie ein Zuhause zu haben, zumindest in deren gemütlicher Küche mit ihren zauberhaften Gerüchen und wundervollen Naschereien.

Für einen Moment hielt sie inne und dachte an die gereizte Stimmung am Mittagstisch. Wie es aussah, hatten sie tatsächlich gerade noch einmal die Kurve gekratzt und den ganz großen Krach ausgerechnet an Heiligabend vermieden. Auch wenn ihr Vater Jude und ihre Mutter keine besonders gläubige Protestantin war, galt Weihnachten für sie seit jeher als Fest des Friedens. Schon mit Großmama Rebecca und Großpapa Daniel hatten sie früher in München den Abend einvernehmlich zelebriert. Ein paarmal war Vera sogar mit Rebecca in die Frauenkirche zur mitternächtlichen Christmette gegangen. Wenn Vera die Augen schloss, meinte sie den Weihrauch riechen und das Christuskind in der Krippe sehen zu können. Eine schlichte Zeichnung in Rebeccas Skizzenbuch erinnerte sie daran. Sie biss sich auf die Lippen, um nicht aufzuschluchzen.

In die Wohnung war andächtige Ruhe eingekehrt. Im Nebenzimmer schmauchten Arthur und Oscar wohl in bester Stimmung die dicken kubanischen Zigarren miteinander, wie der Geruch verriet, der unter dem Türspalt nach draußen zog.

Rike hatte bislang kein Wort mehr über Arthurs ungeheure Frage beim Essen verloren, wie sie überhaupt keine Silbe mehr über ihn fallen ließ. Ungewöhnlich. Vielleicht lag es an Weihnachten und dem berauschenden Duft der Tannenzweige, der Plätzchen und des Punsches, vielleicht aber auch an der Einsicht, dass Vera ihre Wahl bereits getroffen hatte. Ohne Rikes Rat und erst recht ohne ihre ausdrückliche Zustimmung.

Hoffnungsvoll sah Vera zum Baum. Alles würde gut werden. In den roten und silbernen Glaskugeln spiegelte sich das Licht der Wohnzimmerlampe, ließ den Baum schon jetzt erstrahlen.

Rike zwickte Kerzenhalter an die Zweige, die sie zuvor mit Seidenschleifen und Tannenzapfen bestückt hatte. Gleich würde sie Unmengen an Lametta zücken, um für weitere »Akzente« zu sorgen, wie sie das nannte. Seit Jahren führten sie jedes Mal aufs Neue die Diskussion, ob das nötig war. Vera mochte den Baum so schlicht wie möglich, Rike dagegen liebte es, ihn mit allem denkbaren Tand, wie Oscar es leicht abfällig bezeichnete, zu überfrachten. Hauptsache, es glitzerte und funkelte im Licht der Wachskerzen. Eigentlich würde der Tannenbaum besser ins verschnörkelte Chippendale-Ess- statt ins modern möblierte Wohnzimmer passen, doch Rike bestand trotzig auf dem Platz im halbrunden Erker.

»Nun gönnt mir die Freude. Jahrelang musste ich auf einen eigenen Baum verzichten«, pflegte sie ihren Hang zum Weihnachtskitsch zu rechtfertigen.

»Natürlich gönnen wir dir die Freude, nur denken wir auch an den armen Baum, der unter dem ganzen Kram fast zusammenbricht«, antwortete Oscar ihr stets amüsiert. »Zum Glück haben wir jetzt wenigstens eine Architektin im Haus, die sich etwas für die Statik einfallen lassen kann. Leider sieht man aber auch das Grün nicht mehr, wenn du dein Werk vollendet hast.«

Vera nahm die aus einer matten Silberkugel und einem glänzenden Kegel bestehende Spitze in die Hand. Trotz ihrer Größe würde sie die kleine Trittleiter benötigen, um sie oben am Baum anzubringen. Flink stieg sie die drei Stufen empor. Sie musste den Arm nach vorn strecken, damit sie die Tannenspitze zu fassen bekam, und balancierte auf den Zehenspitzen. Im selben Moment flammte auf der Straße ein gleißendes Licht auf und blendete sie. Sie torkelte, verlor fast das Gleichgewicht. Vor Schreck glitt ihr die Spitze aus den Fingern.

»Nein!«, schrie Rike entsetzt.

Zu spät. Ein leises Klirren verriet, dass das Glas auf den blanken Parkettdielen in tausend Stücke zersprungen war.

»Das letzte Stück aus dem Besitz deiner Großeltern«, stellte Rike überflüssigerweise fest und bückte sich, um die Scherben aufzusammeln.

»Tut mir leid.« Vera beeilte sich, von der Leiter herunterzukommen und ihr zu helfen.

»Ach herrje!« Mit einem Wisch fegte Rike die Splitter beiseite. »Immer machst du alles kaputt.« Sie richtete sich auf, verschränkte die Arme vor der Brust.

»Das war zwar äußerst ungeschickt, aber keine Absicht.« Auch Vera stellte sich wieder aufrecht hin.

»Gilt das auch für deine Verlobungsfeier bei den Kirchenreuths?« Hastig stürzte Rike ein Glas Punsch hinunter.

Daher wehte also der Wind. Vera hätte es sich denken können. So einfach konnte und wollte Rike Charlottes Initiative nicht übergehen.

Um etwas Zeit zu gewinnen, nahm Vera eine Kokosmakrone. Niemand verstand sich so gut darauf, sie außen knusprig und ihnen weich zu backen wie Änne. Für eine Sekunde genoss sie mit geschlossenen Augen. Vielleicht würde sich ihre Mutter unterdessen beruhigen. Seit Vera ihr zum ersten Mal von dem Wiedersehen mit Constantin und der neu begonnenen Freundschaft mit Charlotte erzählt hatte, hackte Rike darauf herum. Sie konnte es nicht ertragen, dass Vera Kontakt zu den Kirchenreuths pflegte, noch dazu ohne ihre Kontrolle.

»Hast du völlig verdrängt, was wir mit ihnen erlebt haben?« Nervös lachte Rike auf. »Muss ich dich tatsächlich erst an meine arme Freundin Ella erinnern? Längst in Sicherheit war sie damals schon bei uns in Paris! Jobst hätte nur mit Constantin nachkommen müssen, und alles wäre gut gewesen. Wer aber hat das verhindert? Natürlich die Kirchenreuths! Weil sie Constantin nicht gehen lassen wollten. Weil sie verhindern wollten, dass ihr einziger Enkelsohn bei seiner ›halbjüdischen‹ Mutter, wie man damals sagte, und seinem gelegentlich etwas unberechenbaren Vater aufwächst. Weil er damit außerhalb ihrer Reichweite gewesen wäre. Wie von Sinnen ist Ella gewesen, als die beiden nicht kamen. Nur zu verständlich. Natürlich musste sie noch einmal zurück, um zu versuchen, Mann und Kind den Klauen ihrer Schwiegerfamilie zu entreißen. Ausgerechnet da sind Jobst und sie mit dem Auto verunglückt. Begreifst du nicht, was das heißt? Die beiden könnten noch leben, wären die alten Kirchenreuths nicht so verbohrt gewesen!«

Herzzerreißend schluchzte sie auf, schlug sich die Hand vor den Mund. Nicht zum ersten Mal erlebte Vera, wie sehr es Rike nach wie vor schmerzte, über den Tod ihrer besten Freundin zu sprechen. Den hatte sie ebenso wenig verwunden wie all die anderen grausamen Verluste durch den Naziterror. Tröstend legte Vera ihr die Hand auf die Schulter. Unsanft drehte Rike sich weg.

»Du weißt genau, wie sehr dieser furchtbare Unfall auch die Kirchenreuths erschüttert hat«, begann Vera vorsichtig. »Die Eltern von Onkel Jobst sind über ihrem Kummer innerhalb eines Jahres verstorben, Charlottes Vater ist seither ein seelisches Wrack. Tante Viktoria hat sich um Constantin gekümmert und dafür gesorgt, dass er nicht allein …«

»Du wirst es nie verstehen.« Fassungslos schüttelte Rike den Kopf und wischte sich verschämt die feuchten Augenwinkel.

Vera tat es weh, zu sehen, wie sehr ihre Mutter unter der alten Geschichte litt und sich zugleich so vehement gegen ihren Beistand wehrte. Trotzdem war es an der Zeit, einen Schlussstrich zu ziehen, sonst entkamen sie dem Teufelskreis nie.

»So bitter es ist, aber das gehört der Vergangenheit an«, begann sie von Neuem. »Constantin, Charlotte und ich haben beschlossen, endlich nach vorn zu schauen. Constantin ist wie ein Bruder für mich. Auch Charlotte ist mir in den letzten Wochen ans Herz gewachsen.«

»Das ist nicht dein Ernst.«

»Gönnst du mir nicht, dass ich wenigstens die beiden wiedergefunden habe?« Das klang schriller als nötig.

Als Rike ihr die Erwiderung schuldig blieb, fügte sie noch aufgebrachter hinzu: »Nach all den Jahren, die ich mit euch in der Fremde verbringen musste, habe ich endlich einmal wieder eine Freundin.«

»Muss es ausgerechnet Charlotte von Kirchenreuth sein?«

»Wer sonst? Von meinen früheren Freunden ist niemand mehr da«, entgegnete Vera aufgebracht. »Leider weiß ich nicht, was aus Rosi und Brigitte, Rudi und Gerhard und all den anderen Kindern aus der Paradiesstraße geworden ist. Wahrscheinlich sind sie alle tot. Im Gegensatz zu euch habe ich mit unserem Weggang aus Deutschland jeden Kontakt zu meinen früheren Freunden verloren. Es sei zu gefährlich, habt ihr mir damals gesagt, für sie wie für uns. Ihr hattet gut reden. Während ihr Abend für Abend mit euren alten und neuen Freunden im Exil über euer weiteres Vorgehen diskutiert habt, habe ich wach gelegen und mir irgendwann sogar die schreckliche Annegret herbeigewünscht, damit ich wenigstens jemanden zum Spielen gehabt hätte. Wenn ich in den Parks von Paris die anderen Kinder mit ihren Freunden habe herumtollen sehen, war es besonders schlimm. Immer stand ich abseits und durfte nur zuschauen. Nächtelang habe ich mich in meinem Bett vor Heimweh nach meinen Kameraden verzehrt.«

»Dafür hattest du uns und Tante Ella, Judith, Wilma – alle unsere Freunde haben sich um dich bemüht und alles für dich getan. Du warst nie allein.«

»Nie allein ohne Erwachsene«, gab Vera empört zurück. »Aber immer allein ohne Freunde. In meinem Alter gab es niemanden. Nie sind wir lange genug irgendwo geblieben, damit mir Zeit blieb, Freundschaften zu schließen. In Paris haben wir häufiger die Hotels gewechselt als andere ihre Unterwäsche. Selbst in New York, wo ich endlich wieder in eine Schule gehen durfte und Freunde hätte finden können, bin ich immer allein geblieben.«

»Was war mit diesem toughen Eishockeyspieler? Bill hieß er, oder?«

Eine Sekunde war Vera irritiert. Sie hatte nicht gewusst, dass Rike ihre erste Highschool-Liebe überhaupt mitbekommen hatte. Sogar seinen Namen und seine Sportart hatte sie sich gemerkt. Ziemlich genau bei Kriegsende war es gewesen, dass sie mit ihm ausgegangen war. Da hatten Rike und ihre Freunde doch ganz anderes im Sinn gehabt als die ersten zarten Gefühle eines Teenagers.

»Bill war der Einzige, der sich mit mir abgegeben hat. Wahrscheinlich, weil er als Sohn eines Psychiaters und einer Dunkelhäutigen selbst ein Außenseiter war. Ich hatte längst verlernt, mit Gleichaltrigen umzugehen, mich ihnen anzuvertrauen und mich wie ihresgleichen zu fühlen.«

»Weil du es nicht wirklich gewollt hast«, stellte Rike fest. »Du hast immer sehr glücklich ausgesehen, wenn du dich mit deinen Büchern und Skizzenheften beschäftigt hast.«

»Was hätte ich auch tun sollen? Euch hat das nie groß interessiert. Ihr wart immer nur damit beschäftigt, was das Exil für euch und Papas Arbeit und für die Partei bedeutet. Da blieb keine Zeit, um sich mit mir und meinen lächerlichen Kinderproblemen auseinanderzusetzen.«

Erregt hielt sie inne, spürte, wie sie am ganzen Leib zitterte, weil die Erinnerung an die vielen einsamen Stunden sie übermannte.

»Glaub mir, ich hätte viel darum gegeben, mich mehr um dich kümmern zu können, aber das Leben im Exil war kein Zuckerschlecken, vor allem nicht, nachdem die USA in den Krieg eingetreten waren.«

»Der Krieg war weit weg.«

»Aber für uns Emigranten war damit die Gefahr zum Greifen nah. Das hast du damals noch nicht kapiert. Sei froh.«

»Ihr hättet es mir erklären können.«

Einen Moment starrten sie einander an, jede empört über die andere, die ihren Standpunkt nicht nachvollziehen konnte.

»Es gab auch so schon genug, was wir dir erklären mussten«, schob Rike nach, bevor sie ziellos aus dem Fenster starrte.

»Nach unserer Rückkehr ist es nicht besser geworden«, fuhr Vera nach einer kurzen Verschnaufpause fort. »Deutlich hast du mich dein Misstrauen gegen alle in Deutschland Gebliebenen spüren lassen. Wenn ich es gewagt habe, am Wochenende Studienkameraden zu uns nach Bonn einzuladen, hast du sie mit deinen bohrenden Fragen verschreckt. ›Hatten Sie Spaß in der Hitlerjugend?‹, ›Was hat Ihre Familie zu den Nürnberger Gesetzen gesagt?‹, ›Waren Ihre Eltern in der Partei?‹«

»Was hätte ich auch tun sollen?« Mit geröteten Wangen drehte Rike sich wieder zu ihr um. »Sie alle herzlich umarmen und mich dumm stellen, als wäre nie etwas gewesen, weder die Judenverfolgung noch die KZs oder gar die Gaskammern in Auschwitz?«

»Glaubst du, irgendwer hat sich deine Fragerei gern angehört, ganz egal, wie berechtigt sie war oder nicht? Oder danach überhaupt noch gern mit mir zu tun gehabt? An der Uni haben sie einen Bogen um mich geschlagen. Es hat sich herumgesprochen, was bei mir zu Hause an ›Freundlichkeiten‹ zu erwarten war. Genauso, wie jeder gleich kapiert hat, dass du Exilanten per se für die besseren Menschen hältst. Wer geblieben ist, muss schuld sein, so einfach ist das für dich. Ein Wunder, dass Arthur vorhin beim Essen nicht auch gleich wieder davongerannt ist.«

»Im Land der Täter läuft man zwangsläufig Gefahr, mehr Schuldigen als Unschuldigen zu begegnen«, erklärte Rike trocken.

»Wenn du davor Angst hast, hättest du nicht zurückkommen dürfen«, entgegnete Vera.

»Nur deinem Vater zuliebe bin ich wieder hier. Seinetwegen habe ich meine Bedenken so gut wie möglich hintangestellt. Das weißt du.«

»Es gibt hier aber nicht nur Täter«, stellte Vera klar. Sie hoffte, Rike merkte nicht, welchen Stachel sie ihr ins Herz bohrte. Bang kämpfte sie gegen die von Neuem aufkeimenden Zweifel an, was Arthur zu verbergen hatte, warum er vorhin Rikes Fragen ausgewichen war. Und warum er in Boppard derart abweisend gewesen war. Wieso erzählte er ihr freimütig die kleinsten Einzelheiten von seiner Schulzeit, nie aber von der Zeit danach und überhaupt nie viel von seiner Familie? Selbst Oscars harmlose Fragen nach dem Namen und Architekturbüro seines Großvaters mütterlicherseits hatte er unbeantwortet gelassen.

Sie musste das energisch von sich wegschieben, sonst hatten sie keine Chance. Sie liebte ihn. Jetzt erst recht. Er war ihr Leben. Nicht das, was ihre Eltern für sie entschieden hatten.

»Warum bin ich wohl zurück nach München?«

Die Frage hing wie eine Anklage im Raum. Rike schwieg.

»München ist mein Zuhause.« Veras Stimme wurde leise. »Dort habe ich die schönsten Jahre meiner Kindheit verlebt, meine Großeltern und Freunde um mich gehabt. Natürlich kann ich das nicht wiederhaben. Das ist vorbei. Großmama und

Großpapa sind tot, meine Freunde entweder auch oder in alle Welt verstreut. Die Häuser und Wohnungen, in denen sie und wir gelebt haben, sind kaputt. Trotzdem ist und bleibt München meine Heimat. Dort kann ich mir etwas Neues aufbauen, ganz nach meinen eigenen Vorstellungen. Charlotte und Constantin gehören dazu, ebenso einige andere, mit denen ich mich in den letzten Monaten angefreundet habe, ohne dass sie dir erst ihren Entnazifizierungsbescheid vorlegen mussten. Vor allem aber habe ich dort Arthur.«

Das klang trotziger als beabsichtigt, wie sie an Rikes Stirnrunzeln ablas. Hastig setzte sie nach: »Arthur liebt mich so, wie ich bin, und lässt sich sogar von dir nicht abschrecken. Damit das so bleibt, fahren wir am besten sofort zurück. Wer weiß, was dir am Ende noch einfällt, um auch ihn wieder zu vergraulen.«

Einen Moment begegneten sich ihre Blicke. Zu Veras Erstaunen lag in den Augen ihrer Mutter inzwischen eher Trauer denn Wut. Verlegen wandte sie sich ab.

»Möge der Himmel über deinen Träumen niemals einstürzen«, sagte Rike unvermittelt, als Vera schon fast an der Tür war.

Vera horchte auf. Solche Töne hatte sie noch nie von ihr gehört.

»Mögest du in deinem Glauben an deine Liebsten niemals enttäuscht werden«, fügte Rike ungewöhnlich sanft hinzu. »Den Himmel über seinen Träumen zusammenbrechen zu sehen ist eine der schlimmsten Erfahrungen, die man machen kann. Ebenso, mutterseelenallein dazustehen, nachdem man jemandem sein ganzes Vertrauen geschenkt hat. Ich hoffe, das alles bleibt dir erspart.«

25

Venedig hatte Ysabel sich anders vorgestellt, insbesondere nach dem, was Hannelore am Abend vor Veras Verlobung angedeutet hatte. Eine Stadt der Verliebten, eine Stadt, in die man durchbrannte. Das verhieß Romantik pur, so wie in den großen Liebesromanen, die in der *Hörzu* oder der *Münchner Illustrierten* in Fortsetzungen abgedruckt waren. So aber sah Venedig nicht aus.

Auch ihr erstes gemeinsames Silvester mit Ludger hatte sie sich anders ausgemalt. Doch sie durfte sich nicht beschweren, nicht nach den wundervollen Tagen und Nachrichten, die hinter ihr lagen. Sie zog die dicke Decke bis ans Kinn und schmiegte sich an Ludger. Keinesfalls sollte er das Gefühl haben, sie wäre enttäuscht. Dafür freute er sich zu sehr über die Reise. Nach der vielen Arbeit der letzten Monate im neuen Büro hatte er es sich wahrlich verdient, die Zeit unbeschwert zu genießen.

Dick bauschte sich der Nebel um sie, verschluckte nahezu sämtliche Geräusche. Lautlos glitt die Gondel dahin. Lediglich das Eintauchen des Ruders ins Wasser verursachte ein leises Klatschen.

Die Fassaden der Palazzi verschwanden im milchigen Dunst, der über den Kanälen hing, was Ysabel nicht sonderlich bedauerte. Gesehen hatte sie genug. Zwar waren die Paläste unbestreitbar prächtig, doch Ysabel hätte sich weniger bröckelnden

Putz und abblätternde Anstriche gewünscht. Auch der modrige Geruch, der einem ständig von dem brackigen Wasser und den feuchten Gemäuern in der Nase hing, wurde ihr allmählich zuwider. Hinzu kam, dass sie das Essen nicht gut vertrug. Zu viel Nudeln und Fisch für ihren Geschmack. Die blauen Lippen, die man von der Tintenfischsoße bekam, fand sie abstoßend. Alles wirkte morbid. Nie mehr würde sie Nudeln essen können, ohne an das siechende Venedig zu denken.

Zumindest regnete es nicht. Das war offenbar schon weitaus mehr, als man um den Jahreswechsel in der Lagunenstadt erwarten durfte. Auch vom berüchtigten Aqua alta, dem Hochwasser, waren sie bislang verschont geblieben. Dabei hatten die ergiebigen Regenfälle in Deutschland Schlimmes befürchten lassen. Offenbar stellten die Alpen tatsächlich eine unüberwindbare Hürde für die Wolken dar. Lediglich die Temperaturen waren dies- und jenseits der Berge ähnlich frostig. Ysabel schob die steif gefrorenen Fingerspitzen tiefer in die Taschen, vergrub das Kinn im dicken Wollschal. Eigentlich überhaupt kein Wetter, um stundenlang still sitzend übers Wasser zu schippern. Was aber sollte man sonst tun in Venedig, vor allem, wenn man so wie Ludger und sie ein wenig Zweisamkeit genießen wollte? Charlotte hatte viel zu viele Leute über Silvester in den Palazzo eingeladen, den sie angeblich von Freunden günstig gemietet hatte. Kaum einen Winkel hatte man dort ungestört für sich.

»Auf mich müsst ihr verzichten. Mir wird das zu viel Trubel«, hatte Charlottes Cousin Constantin gleich abgewinkt, als sie sich kurz vor Weihnachten bei einem Italiener in Schwabing getroffen hatten und Charlotte ihre Idee vom gemeinsamen Neujahr in der Lagunenstadt verkündet hatte. Zuerst war Ysabel über seine Absage verwundert gewesen, hingen die beiden doch sonst wie siamesische Zwillinge zusammen. Inzwischen aber verstand sie seine Beweggründe.

»Venedig ist nicht meine Stadt«, hatte er ihr beim Abschied zugeraunt. »Gerade um diese Jahreszeit ist es eher unheimlich. Erzähl mir hinterher, wie es dir so ergangen ist.«

Die Aufforderung hatte er mit einem innigen Blick begleitet, der sie reichlich überrascht hatte. Ebenso hatte sie erstaunt, wie selbstverständlich er zum Du übergegangen war. Bislang war sie ihm doch kaum aufgefallen, geschweige denn, dass sie einmal länger miteinander geredet hätten. Warum interessierte er sich auf einmal für ihre Meinung?

»Es wird Zeit«, erklärte Ludger und riss sie mitten aus ihren Gedanken.

Sie schreckte auf. Was tat sie da eigentlich? Saß eng an ihren Verlobten gekuschelt in einer Gondel und zerbrach sich den Kopf über einen anderen Mann! Zum Glück schöpfte Ludger keinen Verdacht, sondern hielt ihre Geistesabwesenheit wohl eher für einen Beweis ihres Entzückens. Sie beeilte sich, den Eindruck zu verstärken, und küsste ihn auf die Wange.

»Einfach zauberhaft, Liebster!«

»Trotzdem müssen wir zurück«, erwiderte er und verständigte sich mittels Gesten und betont deutlich ausgesprochenen Worten mit dem Gondoliere, damit er sie in die Nähe des Markusplatzes brachte. Um Punkt vier Uhr hatte Charlotte die ganze Mannschaft zum Nachmittagskaffee ins berühmte *Café Florian* eingeladen.

»Ihr wart nicht in Venedig, wenn ihr nicht ein Mal dort gewesen seid«, hatte sie erklärt.

Ysabel und Ludger waren sich schon bei ihrem gestrigen Blick auf die Karte einig gewesen, dass sie das *Florian* für überteuert hielten. Guten Kaffee und Kuchen gab es in anderen Ecken der Stadt ebenfalls, wie sie längst festgestellt hatten. Man musste nur etwas abseits der berühmten Sehenswürdigkeiten unterwegs sein. Trotzdem fügten sie sich Charlottes Wunsch. Immerhin hatte sie sie zusammen mit Helga und Hannelore, Eduard, Arthur und Vera und sogar mit Ysabels Schwester Margot für vier Tage in die Lagunenstadt eingeladen.

Auf Margots Anwesenheit hatte Ysabels Mutter bestanden.

»Auch wenn Ludger und du jetzt offiziell verlobt seid, könnt ihr nicht einfach so zusammen verreisen«, hatte Ysabels Mutter gemeint, als sie ihr beim gemeinsamen Weihnachtskaffee in Ludgers Elternhaus von der geplanten Reise erzählt hatten. Ludgers Vater hatte sogleich zugestimmt. »Denkt an euren Ruf. Als Geschäftsleute haben wir viel zu verlieren.«

Engelbert wollten sie nicht verärgern. Und ebenso wenig Ysabels Mutter vor den Kopf stoßen. Sie hatte in ihrem Leben genug mitgemacht. »Unnötige Schande« vor den Verwandten und Nachbarn in Wildenwart brauchte sie nicht auch noch.

»Das ist doch kein Problem«, hatte Charlotte auf Ysabels erste schüchterne Frage zu ihrer Erleichterung sofort geantwortet. »Selbstverständlich kommt deine Schwester mit. Glaub mir, ich weiß, wie große Schwestern sind. Im Palazzo gibt es mehr als genug Platz für alle. Du musst nicht einmal das Zimmer mit ihr teilen.«

Als Ysabel und Ludger mit dem ersten Glockenschlag das legendäre Café mit den unzähligen Nischen und Separees betraten, waren sie die Letzten aus ihrer Clique, die eintrafen. Hannelore und Helga hatten Margot ganz selbstverständlich unter ihre Fittiche genommen, was Ysabels Schwester erstaunlich gut gefiel. Die drei gluckten mit Eduard am unteren Ende des Tisches zusammen und amüsierten sich köstlich, wie ihr Kichern verriet. Ysabel vermutete, sie heckten einen Plan für einen abendlichen Streifzug aus. Margot war regelrecht aufgeblüht, als sie Hannelore und Helga kennengelernt hatte, von der Begegnung mit Eduard ganz zu schweigen. Für Ysabel hatte es ganz den Anschein, als hätte sich ihre große Schwester in Arthurs ruhigen, unauffälligen Kollegen und Studienfreund verliebt. Zwar fiel es ihr schwer, sich die beiden als Paar vorzustellen, weil sie keinem von beiden auch nur annähernd ähnliches Bauchkribbeln oder gar eine sinnesberauschende Leidenschaft wie Ludger und ihr zutraute, aber andererseits wäre das die Lösung ihrer Probleme. Frisch verliebt hätte Margot anderes im Sinn, als sich ständig weitere sündhaft teure »Belohnungen« für ihre schwesterliche Verschwiegenheit zu wünschen.

Zielsicher steuerte Ludger auf Arthur zu, der direkt neben Charlotte saß. Im ersten Moment ärgerte sich Ysabel. Die beiden würden doch nicht etwa gleich wieder übers Geschäftliche reden? Zuzutrauen wäre es ihnen. Schon beim Frühstück hatten sie das getan. Dann aber kam es ihr doch gelegen, weil Ludger seinen Freund von Charlotte ablenkte, die ganz selbstverständlich zwischen Arthur und Vera thronte. Ysabel nahm auf Veras zweiter Seite Platz. Seit Tagen hatten sie einander kaum zu Gesicht bekommen und außer den üblichen Neujahrswünschen noch kein Wort miteinander gewechselt.

»Habt Arthur und du auch etwas Schönes unternommen?«, erkundigte sie sich, sobald sie sich einen Kaffee und, auf Charlottes Drängen, auch ein Stück Kuchen bestellt hatte.

»Ich habe mir den Markusdom angesehen«, erwiderte Vera. Sie wirkte müde. Für Neujahr kein Wunder. Dennoch fürchtete Ysabel, dahinter könnte mehr stecken als nur die zurückliegende lange Silvesternacht.

»Die Mosaike sind sehr beeindruckend«, fuhr Vera fort. »Kaum zu glauben, dass sie größtenteils schon aus dem dreizehnten Jahrhundert stammen. Mit dem vielen Gold und den kräftigen Farben wirken sie sehr orientalisch. Zumindest stelle ich mir so den Schmuck der Basiliken und Moscheen im Orient vor. Leider war ich noch nie dort.«

Sie hatte hastig gesprochen. Unwillkürlich legte Ysabel ihr die Hand auf den Arm, lächelte sie aufmunternd an. Zum ersten Mal fühlte sie sich ihr gegenüber in der glücklicheren Position, was sie einerseits freute, andererseits belastete. Wie ein Schatten hing die Szene mit Charlotte und Arthur bei der Verlobungsfeier zwischen ihnen. Noch immer hatte Ysabel keine Idee, was sie davon halten und wie – oder ob überhaupt – sie Vera davon erzählen sollte.

»Das klingt toll«, hörte sie sich stattdessen sagen. Wieder einmal versuchte sie sich darin, einfach so zu tun, als wäre alles in bester Ordnung. Wahrscheinlich war es das auch. Immerhin hatte Charlotte die Verlobung für Vera und Arthur ausgerichtet und dabei keine Kosten und Mühen gescheut, um sie zu einem rauschenden Fest zu machen, das keiner so schnell vergaß, am wenigsten das gefeierte Paar. Auch jetzt hatte sie die beiden ausdrücklich zusammen zur Silvestersause nach Venedig eingeladen. Das würde sie wohl kaum tun, wenn sie ernsthaft an Arthur interessiert und Vera damit eine Rivalin für sie wäre. Noch dazu, wo Vera die Tochter der besten Freundin ihrer verstorbenen Tante war. Solche Szenarien gab es nur in Filmen. Oder in der Kolumne von Frau Irene in der *Hörzu*. Oder als Fortsetzungsroman in der *Münchner Illustrierten*.

»Ich werde Ludger vorschlagen, morgen gleich nach dem Frühstück hinzugehen«, fuhr sie voller Eifer fort. »Bestimmt war Arthur ähnlich begeistert wie du. Wenn er Ludger davon …«

»Ich war allein. Arthur hatte zu tun«, stellte Vera klar.

»An Neujahr in Venedig?«, hakte Ysabel ungläubig nach. »Baut er neuerdings auch hier? Die alten Gemäuer hätten es dringend nötig, aber soweit ich weiß, kennt er sich weder damit aus, ins Wasser zu bauen, noch, halb verfallene Gebäude herzurichten.«

»Es geht wohl um eine Fabrikhalle auf dem Festland in Mestre. Charlotte wollte sie Arthur als Beispiel für das zeigen, was sie sich von ihm für die KiMa bauen lassen will.«

»Was ist mit Ludger? Warum haben sie ihn nicht mitgenommen? Er ist Arthurs Kompagnon«, warf Ysabel empört ein.

»Charlotte wollte Arthur nur zeigen, was ihr in etwa vorschwebt. Natürlich wird er den Auftrag mit Ludger zusammen angehen, sobald es konkreter wird. Die beiden sind beste Freunde. Nie wird sie etwas auseinanderbringen, erst recht keine geschäftlichen Fragen. Darauf kannst du dich verlassen.«

Nun war es wieder Vera, die sicherer wirkte. Sogleich verschwand auch die Blässe aus ihrem Gesicht, und ihr Blick wurde lebendiger. Ysabel dagegen fühlte sich, als würde sie den festen Boden unter den Füßen verlieren. Schlimm genug, wenn Arthur Vera hinterging. Aber auch noch seinen Freund, der bereit war, für ihn durchs Feuer zu gehen?

»Wie war Weihnachten?«, wechselte Vera das Thema, nahm ihre Tasse mit beiden Händen und trank von der heißen Schokolade. »Du warst mit deiner Mutter und deiner Schwester am ersten Feiertag bei Ludgers Vater, nicht wahr? Damit ist eure Verbindung jetzt also ganz offiziell? Das freut mich so für euch! Wisst ihr schon, wann die Hochzeit stattfindet? Ich hoffe, ich bin eingeladen. Am liebsten würde ich hier in Venedig schon nach einem schönen Kleid schauen.«

»Natürlich heiraten wir im Mai«, erwiderte Ysabel. Insgeheim war sie Vera dankbar, das Gespräch darauf gebracht zu haben. Darüber redete sich weitaus besser als über Ludgers und Arthurs Geschäfte und mögliche Rivalitäten, für die es sicherlich keinen Grund gab. Sie durfte sich in nichts hineinsteigern. Es war Neujahr. Alles lag vielversprechend vor ihnen.

»Allerdings erst im nächsten Jahr«, setzte sie nach und zwang sich, ihre gesamte Konzentration auf das Gesagte zu richten. Es funktionierte. Ihre Augen begannen zu funkeln. Sehr genau sah sie vor sich, wie das Fest aussehen sollte. Noch glamouröser als das von Vera und Arthur bei den Kirchenreuths. Kein Wunder.

Es wurde von Ludgers Vater ausgerichtet. Für seinen einzigen Sohn. Seine ganze Familie.

»Warum lasst ihr euch so viel Zeit? Ihr seid euch doch längst mit allem einig.« Unerbittlich legte Vera den Finger in die schmerzende Wunde.

»Wir haben es nicht eilig. Es läuft uns ja nicht davon«, betonte Ysabel. »Dieses Jahr hat Ludger einfach noch sehr viel mit dem neuen Büro zu tun. In jedem Fall wird es ein großes, sehr romantisches Fest. Ludgers Vater ist schon jetzt selig. Nach dem Tod seiner Frau vor zwei Jahren wird es höchste Zeit, dass er wieder zu glücklicheren Anlässen einlädt, hat er gemeint. Außerdem hat ihm meine Mutter sehr gefallen. Jetzt will er auch ihr etwas Gutes tun. Nach allem, was seit dem Krieg hinter ihr liegt, hat sie es wahrlich verdient.«

»Ihr habt recht. Ihr müsst nichts überstürzen. Ihr wisst, dass ihr euch liebt und euer Leben miteinander teilen wollt. Das allein zählt. Ich freue mich so für dich!« Überschwänglich drückte Vera ihr die Hand und strahlte. »Auf dich als Schwiegertochter in spe ist Ludgers Vater bestimmt besonders stolz. Als dein früherer Chef weiß er ganz genau, wie tüchtig du bist. Eine bessere Frau kann er sich für seinen einzigen Sohn überhaupt nicht wünschen.«

»Danke.«

Veras Lob brachte Ysabel zum Erröten.

»Wie war es denn bei euch?«, erkundigte sie sich. »Was haben deine Eltern zu Arthur gesagt? Hat er bei ihnen wirklich noch einmal ganz förmlich um deine Hand angehalten? Sicherlich sind sie froh, dass du einen guten Mann gefunden hast. Vielleicht schaffen wir sogar eine Doppelhochzeit. Das wäre doch lustig.«

Kaum hatte sie das ausgesprochen, bereute sie ihren Vorstoß. Plötzlich war Veras Antlitz wieder blass.

»Wir mussten leider weitaus früher als beabsichtigt nach München zurück.«

»Wie schade! Was ist denn passiert? Hoffentlich nichts Schlimmes.«

Ysabel konnte sich beim besten Willen nicht vorstellen, warum die beiden ausgerechnet ihren ersten gemeinsamen Weihnachtsbesuch bei Veras Eltern hatten abbrechen müssen. Kaum dachte sie das, beschlich sie eine dunkle Ahnung: Veras Eltern waren mit ihrer Wahl nicht einverstanden! Das war zu befürchten gewesen.

»Meine Mutter und ich haben uns gestritten«, erwiderte Vera auch schon.

»Oh«, war alles, was Ysabel dazu einfiel.

Nach einer kurzen Pause lächelte Vera zu ihrem Erstaunen bereits wieder. »Es war nicht das erste Mal, und es wird auch nicht das letzte Mal gewesen sein. Es fällt ihr schwer, zu begreifen, dass ich auf eigenen Beinen stehe und mein eigenes Leben habe. Sie ist meine Vergangenheit, und Arthur ist meine Zukunft. Das ist wohl der wahre Grund, warum sie sich so schwer mit ihm tut.«

»Dabei ist er ein Traum-Schwiegersohn.« Ysabel zwinkerte ihr verschwörerisch zu.

»Eigentlich unfassbar, dass meine Mutter seinem Charme widerstanden hat. Das gelingt nur sehr wenigen Frauen. Mein Vater hat sich jedenfalls schon einmal gleich ordentlich mit ihm betrunken.«

»Das ist immer ein guter Anfang, um sich zu einer glücklichen Familie zusammenzuraufen.«

»Aber nicht unbedingt an Heiligabend«, erwiderte Vera. »Eigentlich wollte ich nach dem Streit mit meiner Mutter sofort abreisen. So musste ich bis zum nächsten Morgen warten. Zum Glück hatte ich doch noch einen schönen Abend bei meiner

Pensionswirtin. Wir haben es uns mit Käsebroten und Pfefferminztee gemütlich gemacht, während Arthur und mein Vater ihren Rausch ausgeschlafen haben und meine Mutter ihre alten Wunden geleckt hat.«

»Welche Pensionswirtin?«

Ysabel war verwirrt. Was erzählte Vera jetzt schon wieder?

Vera dagegen blühte bei ihren Erinnerungen von Neuem auf, wie ihr verzückter Gesichtsausdruck verriet.

Ehe sie ihr mehr von diesem seltsamen Weihnachtsabend berichten konnte, mischte Charlotte sich in die Unterhaltung ein. »Welche Geheimnisse tauscht ihr schon wieder aus? Lag unterm Weihnachtsbaum etwa ein neues Kochbuch? Lilo Auredens ›Was Männern so gut schmeckt‹ ist übrigens ab sofort das Geheimrezept jeder glücklichen Beziehung.«

Ysabel erschrak. Sie hatte nicht bemerkt, dass Charlotte aufgestanden und zu ihnen herübergekommen war. Lässig beugte sie sich vor, lehnte den Arm um Vera, stützte sich mit der anderen Hand auf Ysabels Rückenlehne ab.

»Wenn ihr beide euch so prächtig amüsiert, setzt ihr das heute Abend sicher gern fort«, erklärte sie leichthin. »Was haltet ihr davon, mit Jürgen und den anderen zusammen nach Guidecca überzusetzen? Dort gibt es ein fantastisches Fischlokal. Boot wie auch Tisch sind bereits reserviert. Ihr werdet entzückt sein. Da gehe ich jede Wette ein. Erzählt mir morgen beim Frühstück, wie es euch gefallen hat.«

»Kommst du nicht mit?«, fragte Vera.

Noch ehe Charlotte ihr antwortete, platzte Ysabel mit einer ihr gerade weitaus wichtigeren Frage dazwischen: »Und was macht Arthur?«

»Natürlich auf seine wunderschöne Verlobte aufpassen!«

Wie aus dem Nichts tauchte er ebenfalls bei ihnen auf, schob Charlotte beiseite und küsste Vera zärtlich auf die Stirn. Die ließ sich das gern gefallen und lehnte sich mit geschlossenen Augen an seine Schulter.

Ysabel wollte beruhigt aufatmen. So innig, wie die beiden miteinander taten, war wohl nichts zu befürchten.

Zufällig erhaschte sie einen Blick auf Charlotte und erschrak.

Wütend sah die auf Vera herunter.

Freundschaften aus Kindertagen sollte man im Erwachsenenalter vielleicht doch nicht auf Biegen und Brechen wiederbeleben, vor allem nicht, wenn ein so attraktiver Mann im Spiel war wie Arthur.

26

Allmählich wurde es Vera zu viel. An Arthurs langes Arbeiten hatte sie sich gewöhnt. Meist saß sie selbst als Letzte in Sandrarts Büro und feilte an ihren Entwürfen. Zu tun gab es genug, insbesondere für kreative Architekten, die pragmatische Ideen für den kostengünstigen Wiederaufbau wie auch für die rasche Beseitigung der Wohnungsnot vorlegten. Was Vera allerdings zunehmend aufstieß, war, dass Arthur wie schon vor Weihnachten auch seit der Rückkehr aus Venedig immer häufiger in seiner Wohnung übernachtete statt in ihrer. Kaum blieb ihnen Zeit allein miteinander. Jetzt waren sie am Sonntag auch noch zum Essen bei den Kirchenreuths eingeladen, und er hatte bereits zugesagt!

So gern Vera sich mit Constantin und Charlotte traf, hätte sie den freien Tag lieber allein mit Arthur verbracht. Es war wie verhext. Selbst die Autofahrt nach Venedig hatten sie zusammen mit Hannelore und Helga in ihrem himmelblauen VW Käfer zurückgelegt.

Über den missglückten Weihnachtsbesuch bei ihren Eltern hatten sie bislang ebenso wenig reden können wie über ihre gemeinsame Zukunft, geschweige denn über die bislang ungesagten Dinge aus seiner und ihrer Vergangenheit. Seit ihrem Streit mit Rike hingen die wie ein Damoklesschwert über ihnen. Schon auf der überstürzten Rückfahrt aus dem Rheinland hatte Arthur alles darangesetzt, beim kleinsten Stichwort auf ungefährlicheres Terrain wie die oft schon geschilderten Schulstreiche mit Ludger oder die abenteuerlichen Anglerausflüge mit seinem Vater an die oberbayerischen Seen auszuweichen. Die entscheidenden Jahre zwischen seinem Abitur und dem Studienbeginn direkt nach Kriegsende ließ er jedes Mal geschickt aus. Sobald Vera in einem Moment der Zweisamkeit zu einer Frage ansetzte, gelang es ihm binnen Sekunden, sie mit atemberaubenden Küssen und betörenden Liebkosungen davon zu überzeugen, die rare gemeinsame Zeit statt mit der unerquicklichen Vergangenheit besser mit der leidenschaftlichen Gegenwart zu nutzen. Nur zu gern ging sie darauf ein, auch wenn damit wieder einmal eine Chance zur Aussprache vertan war.

»Absagen können wir die Einladung bei den Kirchenreuths auf keinen Fall«, erklärte er nun entschieden.

Es war einer der selten gewordenen Abende zu zweit. In wenigen Tagen sollte das Sonntagsessen in der Villa in Nymphenburg stattfinden. Vorsichtig hatte Vera gerade diese Möglichkeit ins Spiel gebracht.

Hungrig schob er sich einen viel zu großen Bissen des Cordon bleu in den Mund, das sie mithilfe des Kochbuchs auf ihrem Herd fabriziert hatte, und kaute ausgiebig. Ein Schluck des herben Pfälzer Rotweins diente ihm zum Nachspülen, bevor er hinzufügte: »Sie haben schon so viel für uns getan.«

»Vor allem Charlotte«, erwiderte sie leicht verärgert.

»Das klingt nicht nach bester Freundin.«

»Nur weil wir Freundinnen sind, muss ich nicht immer gleich springen, sobald sie mit den Fingern schnippt.«

Das tat Arthur in ihren Augen inzwischen zu oft. Sie legte Messer und Gabel beiseite und schob den Teller weg. Bei dem Gedanken daran, wie sehr Charlotte ihn mit dem Auftrag für ihre Fabrikhalle in Beschlag nahm, verging ihr die Lust am Essen. In der folgenden Woche stand sogar eine neuerliche Reise der beiden nach Mestre an, um das an Neujahr besichtigte Gebäude des Chemiefabrikanten Favano vor Ort mit Arthurs inzwischen vorgelegtem Entwurf zu vergleichen. Natürlich würden sie über Nacht bleiben und auf Kosten der KiMa, der Maschinenbaufabrik der Kirchenreuths, im luxuriösen *Hotel Danieli* in Venedig absteigen.

»Favano plant ein ganzes Viertel mit Werkswohnungen für seine Mitarbeiter«, hatte Arthur geschwärmt. »Das interessiert Charlotte und mich natürlich brennend. Stell dir vor, sie würde so etwas für die KiMa planen, und Ludger und ich dürften das bauen! Damit hätten wir für die nächsten Jahre schon ausgesorgt.«

Vergeblich hatte Vera auf einen Hinweis gehofft, das könnte das Startsignal für sie sein, in seinem Büro einzusteigen.

»Hoppla! Entdecke ich da gerade eine ganz neue Seite an dir?« Schmunzelnd beendete auch Arthur sein Essen. »Eifersüchtig kenne ich dich noch gar nicht. Ich muss zugeben, es steht dir hervorragend. Schon immer habe ich mir gewünscht, dass eine Frau meinetwegen ihre Klauen ausfährt und die Zähne gefährlich fletscht.«

»Freu dich nicht zu früh!« Viel zu schnell ließ sie sich von seiner Neckerei anstecken. »Das könnte auch schnell nach hinten losgehen.«

»Zeig mir bitte sofort, wie.«

Er kam zu ihr, streckte die Hände nach ihr aus, um sie vom Stuhl an seine Brust zu ziehen. Nur zu gern bot sie ihm den Mund zum Küssen an.

Das Telefonklingeln riss sie aus der schönsten Erwartung.

»Lass es läuten«, flüsterte er und umschloss ihre Lippen mit den seinen.

Sie versank in seiner Umarmung. Darüber erstarb das Telefonklingeln, nur um nach einigen Sekunden von Neuem zu beginnen.

»Es muss etwas passiert sein.« Beunruhigt löste sie sich von ihm, um zum Bakelitapparat im Flur zu hasten.

»Papa!«, rief sie erstaunt. Sofort rutschte ihr das Herz in die Hose. Sonst telefonierten sie nur sonntags. Seit dem Eklat an Weihnachten nur äußerst knapp. Ihre Mutter beschränkte sich ganz auf den Austausch der üblichen Floskeln zu Wetter und allgemeinem Wohlbefinden.

Wenn ihr Vater unter der Woche abends gegen zehn anrief, verhieß das nichts Gutes.

»Entschuldige die späte Störung«, begann er umständlich. »Ich muss deinen Arthur sprechen. Ist er bei dir?«

»Moment.« Klopfenden Herzens reichte sie den Hörer an Arthur weiter, der mindestens so überrascht war wie sie. Bang blieb sie neben ihm stehen und lauschte.

Zum Glück entspannte sich Arthurs Mimik schnell. Bald huschte sogar ein Strahlen über sein Gesicht. Während er Oscars Ausführungen mit »Klingt wirklich interessant« und »Stimmt, das ist eine einmalige Chance« kommentierte, signalisierte er ihr gestenreich, dass kein Anlass zur Sorge bestand.

»Dein Vater hat einen sehr interessanten Tipp für mich«, erklärte er, sobald das Gespräch beendet war. Übermütig umfasste er ihre Taille und wirbelte sie im Kreis herum.

»Und deswegen ruft er so spät am Abend noch an?«

»Er hat bereits die morgige Ausgabe der *Süddeutschen Zeitung* vor sich. Dort wird über die Ausschreibung eines neuen Verwaltungsgebäudes der Stadt berichtet. Münchner Architekten seien ausdrücklich aufgerufen, ihre Unterlagen einzureichen, meint dein Vater. Also werden Ludger und ich uns morgen unbedingt genauer damit befassen.«

»Und deshalb ruft mein Vater abends um zehn hier an?« Vera

war verwirrt. »Hat er etwa bei der Ausschreibung seine Finger im Spiel? Passt bitte auf, nicht, dass euch einer Klüngelei vorwirft. Das würde meinen Vater ruinieren.«

»Keine Sorge. Er und die bayerische SPD haben nichts damit zu tun. Er wollte mich nur auf den Artikel hinweisen, damit mir das keinesfalls entgeht.«

»Wie fürsorglich.«

»Ich nehme es als Kompliment. Offenbar liegt ihm viel daran, dass wir mit unserem Büro weiterkommen, und außerdem traut er uns ein solches Projekt zu.«

»Erst einmal müsst ihr bei der Ausschreibung weiterkommen. Bestimmt bewerben sich viele andere Büros, die mindestens so gut sind wie ihr.«

»Zweifelst du etwa an unserer Genialität?«

»Vielleicht.«

»Warte! Dafür hast du dir eine Abreibung verdient.«

»Das traust du dich nicht.«

Im Scherz begannen sie miteinander zu rangeln. Bald gingen sie zum Küssen über und endeten irgendwann im Bett, wo sie sich ähnlich hungrig liebten wie beim ersten Mal.

»Ein Hoch auf euer Besäufnis an Weihnachten. So etwas schweißt Männer zusammen«, lästerte sie später, als sie sich unter einem der beiden voluminösen Plumeaus eng aneinanderkuschelten. Gedankenverloren wickelte sie sich die hellbraunen Härchen auf seiner Brust um die Finger.

»Ich weiß nicht, was du und mein Vater außer französischem Cognac und dicken kubanischen Zigarren noch miteinander geteilt habt. Du hast offenbar einen Stein bei ihm im Brett, sonst wäre er kaum so bedacht darauf, dass du diese Ausschreibung nicht verpasst.«

»Und das, obwohl er mich spätabends noch in der Wohnung seiner einzigen Tochter erwischt.«

»Zum Glück weiß meine Mutter anscheinend nichts davon, sonst käme sie gleich wieder mit ihrer Angst vor dem unsäglichen Kuppeleiparagrafen. Überhaupt würde sie Feuer und Galle spucken, wenn sie von eurem Gespräch erfahren würde.«

»Warum? Habe ich es mir derart bei ihr verscherzt? Ist sie sauer, weil dein Vater und ich so betrunken waren? Sind wir deshalb Hals über Kopf und ohne Abschied gefahren?«

Konnte das sein? Erstaunt horchte Vera auf. Schätzte er den Eklat bei ihrem Besuch in Bonn tatsächlich derart falsch ein, dass er jetzt so rührend unschuldig nachfragte? Einen Moment haderte Vera mit sich, ob sie Arthur die Wahrheit sagen sollte.

»Sei nachsichtiger mit deiner Mutter«, sagte er unvermittelt. »Sie meint das alles nur zu deinem Besten. Ihr Töchter neigt dazu, viel zu streng mit euren Müttern zu sein. Dabei überseht ihr die innige Liebe, die hinter ihrem Verhalten steckt.«

»Woher kennst du dich mit Müttern und Töchtern so gut aus?«, fragte sie überflüssigerweise und las im nächsten Moment in seinem tränennassen Blick bereits die Antwort.

»Ich hatte eine zwei Jahre jüngere Schwester.«

»Tut mir leid.«

Sie schlang die Arme um ihn und wiegte ihn wie eine Mutter ihr Kind. Lange spürte sie seinen Tränen auf ihren nackten Schultern nach, bis sein Weinen endlich verebbte und sein gleichmäßiges Atmen verriet, dass er eingeschlafen war.

Sein Schmerz ging ihr durch Mark und Bein. Was hatte er alles durchlitten: den Tod von Mutter, Vater, Schwester. Niemand aus seiner engsten Familie war ihm geblieben. Kein Wunder, dass er an Heiligabend so gereizt auf Rikes vorwurfsvolles Aushorchen reagiert hatte. Ebenso verständlich, dass er sich nichts sehnlicher wünschte, als wieder eine Familie zu haben und sich geborgen zu fühlen. Deshalb war ihm der Besuch bei ihren Eltern so wichtig gewesen. Und deshalb legte er inzwischen auch so viel Wert darauf, die Kirchenreuths miteinzubeziehen, weil er wusste, wie nah Constantin und seine verstorbenen Eltern ihnen gewesen waren.

Vom Streit mit Rike würde sie ihm nichts erzählen. Besser sollte sie versuchen, sich mit ihrer Mutter auszusöhnen und sie davon zu überzeugen, was sie mit Arthur gewinnen würde: einen überaus liebevollen und liebenswerten Schwiegersohn.

27

Obwohl Vera die Pläne nahezu in- und auswendig kannte und die Berichte in der Fach- und Tagespresse seit Monaten aufmerksam verfolgte, war sie überrascht. Vor Ort präsentierte sich die sogenannte Amerikanersiedlung am Perlacher Forst, in der die Mitglieder der US Army aus der nahen McGraw-Kaserne untergebracht werden sollten, noch wesentlich spektakulärer als erwartet. Selbst mitten im Januar war unter den unberührten Schneefeldern zu erahnen, wo im Sommer weitläufige Rasenflächen für Sport und Spiel zur Verfügung stünden. Kleinere und größere Baumgruppen, Reste der für die Siedlung abgeholzten Ausläufer des Perlacher Forsts, lockerten das Areal auf. Wenn im Frühjahr das erste Grün spross, würde das den naturnahen Charakter der Anlage noch stärker betonen. Riesige amerikanische Straßenkreuzer, die auf den ebenso riesigen Parkplätzen abgestellt waren, bewiesen, wie viel Platz selbst für Autos zur Verfügung stand. Die eigentliche Wohnbebauung begann mit einem großzügigen Abstand zum Straßenrand und, wie in Amerika üblich, mit niedrigeren Gebäuden. Die höheren folgten erst in zweiter Reihe, was die Offenheit der Anlage unterstrich. Leuchtstoffröhren entlang der Straßen und auf den Gehsteigen würden selbst an trüben Wintertagen für freundliches Licht sorgen. Das war das neue Wohnen!

Begeistert sog Vera die luftige, helle Atmosphäre ein. Trotz leichten Schneefalls und niedriger Temperaturen wäre sie gern noch länger draußen geblieben und hätte jede Kleinigkeit genauer in Augenschein genommen. Unweigerlich aber erreichten sie und ihr Chef, Hellmuth Sandrart, sowie ihr Kollege Siegfried Eisele das Cincinatti-Kino, in dessen Saal die feierliche Eröffnung der Siedlung stattfand. Bestimmt würde es später Gelegenheit geben, sich weiter umzusehen. Die Besichtigung einer Musterwohnung stand fest auf dem Programm. Auf die war Vera sehr gespannt. Wenn schon die Außenanlagen derart unkonventionell daherkamen, wie würden erst die Wohnungen aussehen?

Ihr Kopf platzte vor Ideen. Unbedingt wollte sie einmal beim Bau einer solchen Siedlung mitwirken. Das, was sie im letzten Sommer für den Forstenrieder Park geplant hatten, war dagegen kaum der Rede wert. Im Stillen ging sie durch, welche Großvorhaben in der Stadt demnächst anstanden und welche Chancen sie hätte, dabei als verantwortliche Architektin von Sandrarts Büro zum Zuge zu kommen. Noch kühner war der Traum, bei den Ausschreibungen als Partnerin von Arthurs und Ludgers Büro aufzutreten. Ihre Kompetenz für die wohldurchdachte, praktische und kostengünstige Innenausstattung von Wohngebäuden zusammen mit deren Ansatz vom optimierten Planen und Bauen wäre geradezu revolutionär. Darauf mussten sich die Bauherren voller Begeisterung stürzen!

Am liebsten wäre Vera sofort bei den beiden eingestiegen und hätte ihre gemeinsamen Chancen ausgelotet. Wieder eng mit Arthur zusammenzuarbeiten war ihr großer Traum. In letzter Zeit bremste Sandrart sie immer häufiger aus. Auf Dauer hatte sie bei ihm keine große Zukunft, das spürte sie.

»Für Sie ist das hier wohl wie Nachhausekommen, nicht wahr?«, stellte Eisele fest, als er ihr im Saal den Weg zu ihrem Platz wies. »Die amerikanische Art zu wohnen wird Ihnen wohl nach wie vor vertrauter sein als unsere deutsche. Das zeigen auch Ihre Entwürfe.«

Der etwas schummrigen Beleuchtung wegen konnte Vera seine Mimik nicht erkennen. Sie war jedoch sicher, er begleitete seine vermeintlich harmlose Frage mit einem äußerst süffisanten Grinsen.

»Neidisch?«, konterte sie mit einem Schmunzeln. »Wie man sieht, wird es sich in Zukunft auszahlen, solche Wohnformen aus dem Effeff zu kennen. Oder haben Sie vergessen, wie en vogue das Neue Bauen wieder ist? Schauen Sie mal in die alten Architekturbücher aus der Zeit vor 1933. Sie werden staunen, was Sie da schon alles finden. Heute bezeichnen wir das wieder als revolutionär. Dagegen sieht so manch amerikanischer Baumeister von heute alt aus.«

»Ich muss Ihrer Kollegin zustimmen«, schaltete sich ihr Chef nach einem tiefen Seufzer überraschend ein. Die schlichten Kinoklappstühle waren für seine Leibesfülle wenig komfortabel. Das Pressholz ächzte gefährlich unter seiner Last, als er sich darauf niederließ.

»Was wir hier sehen, ist weniger neu, als es auf den ersten Blick scheint«, fuhr er fort, nachdem er sich einigermaßen in der Enge zwischen Vera und Eisele eingerichtet hatte. »Alles schon einmal da gewesen. Wen aber interessiert das? Der Krieg hat die schwülstigen Fassaden zerstört. Nach dem Zusammenbruch wurde der Rest von Opas plüschigem Plunder mit dem anderen braunen Ballast unterm Schuttberg vergraben. Ab sofort wollen die Deutschen wohnen wie hier in ›Klein-Amerika‹: luftig, hell und schnörkellos glatt. Und vor allem ohne störende Erinnerungen an dunkle Zeiten. Diese Siedlung setzt Maßstäbe. An ihr sollten wir uns für unsere Entwürfe ein Beispiel nehmen. Allerdings benötigen wir noch ein zusätzliches Plus, sonst brauchen wir uns an keinen Ausschreibungen mehr zu beteiligen. Die

Konkurrenz schläft nicht. Schauen Sie sich um, wie viele Kollegen im Zuschauerraum sitzen. Die sind bestimmt nicht gekommen, weil sie die Rede des Oberbürgermeisters oder die Grußadressen der Honoratioren so spannend finden. Mit eigenen Augen wollen die sehen, was hier entstanden ist und wie sie das in Zukunft noch besser machen können. Wem da noch etwas Bahnbrechendes einfällt, der wird sich auf ewig ins Gedächtnis der Architektur einschreiben.«

Er begleitete seine ungewöhnlich lange Rede mit einer weit ausholenden Armbewegung. Vera verfolgte sie mit den Augen und blieb an Arthur und Ludger hängen. Keine vier Reihen hinter ihnen hatten sie Platz genommen. Vergnügt winkte Ludger ihr zu, Arthur dagegen nickte nur knapp und vertiefte sich gleich wieder in den Prospekt, der jedem Gast beim Betreten des Saals ausgehändigt worden war. Seine Beflissenheit amüsierte sie. Bestimmt wollte er auf Sandrart einen guten Eindruck machen. Am Vorabend hatte er gelästert, weil ihr Chef sie und Eisele unbedingt selbst in seinem luxuriösen Barockengel in die Cincinattistraße chauffieren wollte.

»Er will zeigen, dass er sich überhaupt noch hinter seinem Schreibtisch hervortraut«, hatte er beim Abendessen gemeint.

Tatsächlich war Sandrart seit Monaten, genau genommen seit Vera im Büro an der Erzgießereistraße arbeitete, öffentlichen Terminen ferngeblieben. Dass er an diesem Vormittag neben ihr saß, war ein eindeutiges Zeichen, für wie wichtig er die Siedlung am Rand des Perlacher Forsts hielt.

»Künftig will er sich wohl wieder stärker persönlich ins Gespräch einbringen«, hatte Arthur noch ergänzt.

»Hat er etwa Angst vor der Konkurrenz?«, hatte sie erwidert.

»Nicht meinetwegen«, war er ausgewichen.

Erst im Nachhinein hatte sie verstanden, was er ihr nicht direkt hatte sagen wollen: Dass Sandrart damit indirekt vermutlich der Kritik Rechnung trug, sie als verantwortliche Architektin für sämtliche wichtigen Wohnungsprojekte vorgeschickt zu haben, statt selbst für die Bauherren präsent zu sein.

Ein ungutes Gefühl beschlich sie. Noch einmal sah sie sich um. Erschreckte oder bestätigte es sie, festzustellen, eine der wenigen weiblichen Architekten im Saal zu sein? Häuser zu entwerfen und das Entstehen von Wohnsiedlungen zu begleiten schien wieder ausschließlich in Männerhand zu liegen. Waren die weiblichen Talente des Neuen Bauens mit Hitlers Machtergreifung vor etwas mehr als zwanzig Jahren tatsächlich für immer aus dem Metier verschwunden? Hatte es nach Kriegsende für sie keine neue Chance mehr gegeben? Dabei hatte Robert Vorhoelzer einst in der legendären Postbauschule gerade in München vielversprechende Kolleginnen gefördert. Wo waren sie hin? Von seiner begabten Schülerin Hanna Löv sprach niemand mehr.

Die Reden begannen. Auch dabei wechselten sich immer nur Männer ab. Keine einzige Frau war darunter, die ein höheres Amt oder eine Position in der Army bekleidete, und keine, die die Bauherren oder Bauträger repräsentierte.

»Du steigerst dich da in etwas hinein«, warf Ludger Vera vor, als sie nach der Besichtigung der Amerikanersiedlung im Hinterhofbüro in Sendling beisammensaßen und sie die ungleiche Geschlechterverteilung bei der Veranstaltung in der Amerikanersiedlung ansprach. Sandrart hatte ihr für den Rest des Nachmittags freigegeben, was sie einerseits freute, andererseits mit Argwohn erfüllte. Eisele hatte er im selben Atemzug auf einen Vorabendschoppen in der *Pfälzer Weinstube* am Odeonsplatz eingeladen.

»Das würde er mir nie vorschlagen«, hatte sie sich auf der Rückfahrt in Ludgers bordeauxrotem Opel Olympia empört.

»Wie würde das auch aussehen?«, hatte Arthur erwidert. »Jeder würde denken, ihr hättet etwas miteinander. Mit dir allein beim gemütlichen Glas Wein in der Öffentlichkeit gesehen zu werden, kann er sich als dein Chef nicht leisten.«

»Außerdem studieren sowieso nur noch wenige Frauen Architektur. Woher hätte da beim Festakt eine größere Zahl Architektinnen kommen sollen?« Ludger schüttelte den Kopf.

»Das ist doch genau das Problem!« Verwundert über sein Unverständnis sah sie ihn an.

Er, Arthur und sie befanden sich allein in dem lichtdurchfluteten Raum in der Alramstraße. Ysabel, Hannelore und Helga hatten bereits Feierabend gemacht, Eduard befand sich auf der Baustelle eines ihrer ersten größeren Projekte, einem Schulhausbau in Laim. Das Durcheinander auf den Tischen verriet, wie viel es in der jungen Firma zu tun gab. Dennoch regten sich weder Arthur noch Ludger darüber auf, dass die drei Frauen eigenmächtig nach Hause gegangen waren. Hannelore musste mitten in der Reinzeichnung ihren Tuschestift beiseitegelegt, Helga in der Anfertigung einer Kopie die Blaupause unterbrochen haben. Auch auf Ysabels Tisch gleich an der Tür bewiesen die aufgeschlagenen Rechnungsbücher, dass sie sehr spontan den Arbeitstag für beendet erklärt haben musste. Arthur und Ludger wussten dennoch, wie wenig die drei bei anderer Gelegenheit auf die strikte Einhaltung ihrer regulären Arbeitszeit bestanden.

»Die düsteren Nachkriegsjahre sind vorbei«, erwiderte Ludger. »Für die meisten Frauen stehen inzwischen andere Ziele im Vordergrund als die Verwirklichung im Beruf.«

»Der Mann zurück von der Front und die Frau zurück an den Herd«, fasste Vera sarkastisch zusammen. »Eigentlich ist dies das Ideal einer Zeit, die hinter uns liegen sollte.«

»Ich fürchte, du übertreibst etwas.« Arthur machte sich daran, auf der kleinen Herdplatte Wasser für das Aufbrühen von Kaffee aufzusetzen.

»Dass sich so viele Frauen nicht mehr für Architektur oder überhaupt ein Studium interessieren, hat weniger mit politischen Parolen als viel eher damit zu tun, wie gut es uns in Deutschland wirtschaftlich wieder geht«, meldete Ludger sich von Neuem zu Wort. Die Hände in den Taschen, baute er sich breitbeinig vor ihr auf. Sie saß auf dem niedrigen Sofa. Geradezu fürsorglich sah er auf sie herunter.

»Über diesen neuen Wohlstand sollten wir uns freuen. Wenn ich mich recht erinnere, bezeichnest du selbst in deinen Entwürfen die Küche als die Keimzelle des modernen Familienlebens. Der neue, möglichst standardmäßige Küchenkomfort ist also auch für dich Ausdruck des besseren Lebens, das sich die breite Masse endlich leisten kann. Seien wir stolz darauf! Das heißt doch nichts anderes, als dass die Frauen sich nach jahrelangem Trümmerräumen wieder ganz ihren Aufgaben im Haushalt und bei der Kindererziehung widmen dürfen, weil die Männer wieder ausreichend Geld für die Familie verdienen. Inzwischen sogar so viel, dass auch die Anschaffung von Luxusgütern wie Radio, Fernseher und Auto für breite Schichten finanzierbar ist. Selbst Urlaube in Österreich und Italien kann man sich mittlerweile leisten.«

»Mann mit zwei n wohlgemerkt.«

Vera bebte vor Empörung. Wie konnte er ihre Ideen nur derart verdrehen? Empört sprang sie auf. Hegte Ludger wirklich solche Gedanken? Glaubte er am Ende sogar daran? Fragend schaute sie zu Arthur. Warum mischte er sich nicht ein? Immerhin war Ludger sein bester Freund und Geschäftspartner. Unvorstellbar, dass er ihm solche Behauptungen durchgehen ließ. Die mussten doch auch ihn maßlos aufregen!

Arthur machte allerdings keine Anstalten, zu widersprechen. Als gäbe es nichts Wichtigeres, übergoss er in konzentrischen Kreisen das eigenhändig gemahlene Kaffeepulver im Porzellanfilter mit dem heißen Wasser aus dem Wasserkessel. So wurde der Kaffee in aller Ruhe gebrüht und nicht in größter Hetze zubereitet. Aromatischer Kaffeeduft zog durch den Raum. Arthur stellte den Wasserkessel ab, stemmte die Hände in die Seiten und grinste Vera an.

»Beneidenswert! Damit weißt du jetzt wenigstens, woran du als Frau im Wirtschaftswunder bist«, verkündete er augenzwinkernd. »Sobald wir verheiratet sind, stürzt du dich aufs Kinderkriegen und -großziehen, wäschst freitags die Wäsche und putzt die Wohnung, und ab Ostern fieberst du auf unseren gemeinsamen Sommerurlaub an der Adria hin. Dank meines vielversprechenden Wirtschaftswunderlohns können wir uns den ebenso leisten wie ein schickes Auto, eine tolle Musiktruhe im Wohnzimmer und gelegentlich einen Theater- oder Konzertbesuch. Endlich ist Schluss mit dem Abrackern im Büro! Wenn es ginge, würde ich glatt mit dir tauschen. Sandburgen bauen am Strand von Rimini oder einen Gemüsegarten anlegen hinterm Vorstadteigenheim scheint mir weitaus erfüllender als die leidigen Diskussionen mit den Bauherren oder der nervenaufreibende Kampf mit der Konkurrenz.«

Einen Moment war Vera irritiert. Arthurs meerblaue Augen blitzten amüsiert.

»Komm schon! Du weißt genau, wie sehr ich dich als meine Nachfolgerin bei Sandrart schätze. Als Architektenkollegin sowieso. Niemals würde ich dich als Nurhausfrau zu Hause sitzen lassen. Das wäre die Hölle auf Erden, für dich wie für mich.«

»Trotzdem bevorzugt ihr in eurem eigenen Büro Frauen eher für die leichteren Aufgaben, sprich: Ysabel am Empfang und fürs adrette Kaffeeservieren, Hannelore und Helga fürs Zeichnen«, stellte Vera fest. Ihr war immer noch nicht nach Scherzen zumute.

»Aus Arbeitgebersicht doch logisch«, schaltete Ludger sich wieder ein. »Am Ende heiratet ihr Frauen eh und verabschiedet euch spätestens mit dem ersten Kind an den heimischen Herd. Dort zu stehen und dem Gatten in der Praxis ein gemütliches Heim zu bereiten, entspricht wohl doch eher eurem Naturell, als am Reißbrett zu stehen und in der Theorie funktionale Küchen zu entwerfen.«

»Das ist jetzt nicht dein Ernst!« Vera war fassungslos.

»Ich schätze Frauen, die in ihrem Beruf ihre Erfüllung sehen, ganz gleich, ob als Buchhalterin, Zeichnerin, Architektin oder Ingenieurin«, stellte Arthur klar. »Schau dir beispielsweise Charlotte an. Die leitet sogar eine Firma, noch dazu im Maschinenbau, eine richtige Männerdomäne. Dafür bewundere ich sie.«

»Das merkt man«, entschlüpfte es Vera.

Jetzt war es an Arthur, sie verwundert anzusehen. Sie biss sich auf die Lippen, wandte den Blick zum Fenster. Das Schneegestöber war heftiger geworden. Längst waren die Spuren ihrer Schritte im Hof nicht mehr zu sehen. Eine dicke weiße Schicht deckte alles zu und sorgte für besondere Stille.

»Ich liebe dich.«

Ganz dicht trat Arthur vor sie hin, strich ihr eine Locke aus der Stirn. Das grelle Glühbirnenlicht tauchte sein Antlitz in unnatürliches Gelb. Das tiefe Blau seiner Augen stach umso intensiver daraus hervor. Er versuchte sich in einem schüchternen Lächeln. Natürlich wusste sie, wie gut er sich darauf verstand, die unterschiedlichsten Nuancen in diesen Gesichtsausdruck zu legen, dennoch erzeugte es auch jetzt wieder dieses Kribbeln in ihrem Bauch.

»Wir sollten uns nicht streiten. Vor allem nicht über solche Dinge«, fügte er hinzu.

»›Solche Dinge‹ sind enorm wichtig. Die müssen wir klären. Vor allem, wenn wir eine gemeinsame Zukunft haben wollen.«

»In Ordnung«, stimmte er ihr leise zu. »Du weißt, wie sehr ich deine Arbeit schätze. Und deine Ideen. Und überhaupt die

Tatsache, dass du dich mit deinen Vorstellungen so leidenschaftlich in die Projekte einbringst. Sie tragen deine Handschrift. Alle Achtung, du bist wirklich mit Leib und Seele bei der Sache. Dennoch solltest du dich gelegentlich etwas zurücknehmen. Du bist unserer Zeit oft weit voraus. Da können viele noch nicht mithalten.«

»Ludger beispielsweise?«

»Ludger beispielsweise.«

»Warum sagst du ihm das nicht einfach? Er steht dort hinten an seinem Tisch.« Mit dem Kopf zeigte sie in die Richtung.

Arthur sah zu Boden, sortierte mit den Schuhspitzen Staubflusen.

Sie wartete.

»Er ist mein bester Freund«, setzte er leise an und hob wieder den Blick. »Wir kennen uns seit Ewigkeiten. Außerdem sind wir jetzt Partner und arbeiten an unserem gemeinsamen Traum. Wir wissen, was wir aneinander haben und warum wir das miteinander tun. Dafür sind wir auch bereit, einige Abstriche am anderen zu machen. Niemand ist perfekt. Viel wichtiger ist es, sich jederzeit aufeinander verlassen und einander blind vertrauen zu können.«

»Das sollte wohl auch für uns gelten.«

»Das tut es.«

Er nahm sie in den Arm und bewies es ihr mit einem Kuss.

28

Einen wunderschönen guten Morgen!«, flötete Vera, als sie bestens gelaunt um kurz vor acht das Büro in der Erzgießereistraße betrat. Der verführerische Duft frisch gebrühten Kaffees zog durch den langen Flur. Wie üblich drückten sich einige der Kollegen aus dem Zeichensaal mit den Tassen in der Hand vor der kleinen Küche herum, plauderten über die jüngsten Fußballergebnisse oder die bevorstehenden Wintersportereignisse. Gut gelaunt grüßten sie Vera zurück. Vom Empfangstresen lächelte Rosemarie Gegenfurtner ihr freundlich zu. Die rothaarige Gisela Birnstock war dagegen noch damit beschäftigt, den Sitz ihrer Frisur in einem winzigen Taschenspiegel zu prüfen. Aus dem Kabuff der Buchhalterinnen Ulla Schmidt und Käthe Waldmüller drang albernes Kichern bis in die Garderobe. Im Vorbeigehen steckte Vera kurz den Kopf zu ihnen hinein, um den beiden ebenfalls einen guten Morgen zu wünschen.

»Haben Sie schon gehört?« Ulla kämpfte mit sich, um ihr Lachen zumindest für einige Sekunden in den Griff zu bekommen. Käthe wischte sich die Augenwinkel, bevor sie unter Glucksen hervorbrachte: »Das ist einfach zu komisch!«

»Ich glaub's einfach nicht – der Eisele und Turnen«, platzte Ulla heraus und hielt Vera einen zerknitterten Zeitungsausschnitt unter die Nase.

Neugierig griff sie danach. Tatsächlich fanden sich darauf ein Foto sowie ein kurzer Bericht, aus dem hervorging, dass der Architekt Siegfried Eisele bei den diesjährigen Vereinsmeisterschaften des Turnclubs Freimann in seiner Altersklasse sowohl am Barren als auch an den Ringen den ersten Platz erreicht hatte. In strammer Haltung und schlichtem, blauem Trainingsanzug nahm er den Pokal aus den Händen eines weißhaarigen Herrn entgegen. Interessiert ging Vera mit dem Artikel zum Fenster, um besseres Licht zu haben. War der zweite Mann neben dem Weißhaarigen nicht der mysteriöse Kamerad von der Baustelle an der Maxburg?

Die Ankunft ihres Chefs, Hellmuth Sandrart, unterbrach ihr Zeitungsstudium. Rasch gab sie Ulla das Blatt zurück und eilte in den Flur, wo Sandrart gerade seinen schneebedeckten Hut auf der Ablage in der Garderobe platzierte.

»Kann ich Sie sprechen?«, überfiel sie ihn, während er sich keuchend aus dem nassen Mantel schälte.

»Was gibt es?« Missmutig stapfte er sich auf der Matte den Schneematsch von den feinen Lederschuhen. Hässliche Salzränder zeichneten sich auf dem Schwarz ab.

An diesem Morgen war es einige Grad wärmer als die Tage zuvor, deren rekordverdächtige Frosttemperaturen in weiten Teilen Europas böse Erinnerungen an den zweiten Nachkriegswinter geweckt hatten. Auf vielen Baustellen hatten die Arbeiten eingestellt werden müssen, was zu Verzögerungen bei der Fertigstellung wichtiger Wohnungsprojekte führen würde. So gesehen empfand Vera das dichte Schneetreiben, das in den Nachtstunden eingesetzt hatte, trotz des damit verbundenen Chaos auf den Straßen als zarten Hoffnungsschimmer. Wenn es endlich Frühling wurde, stieg auch gleich wieder die Lust, auf den Baustellen voranzukommen. Noch immer gab es viel zu tun in der Stadt. Außer Wohnungen wurden Büros und vor allem Schulen dringend benötigt.

»Ich habe mir für die Ausschreibung in Untergiesing noch etwas einfallen lassen, das ich Ihnen gern zeigen würde«, verkündete sie stolz. Seit Tagen feilte sie an dem Entwurf. Er war die Krönung ihrer bisherigen Ideen und brachte das, was sie mit Neuem Bauen und gelungenem Wiederaufbau verband, auf den Punkt.

»Für die Wohnanlage in der Pilgersheimer Straße?« Über Sandrarts breites Gesicht huschte ein Lächeln. »Da bin ich gespannt. Wird höchste Zeit, dass uns da noch etwas Besonderes einfällt, sonst brauchen wir uns gar nicht erst zu bewerben. Inzwischen gibt es viel zu viele Architekten in der Stadt. Geben Sie Eisele Bescheid, damit er dazukommt und gleich mitkriegt, was Sie vorschlagen.«

Mit einem knappen Nicken zu den beiden Damen am Empfang stapfte er in sein Büro. Rosemarie Gegenfurtner sprang pflichtschuldigst auf, stöckelte auf ihren Pumps in die winzige Küche und stellte ein Tablett mit Tassen und Kaffeekanne zusammen, wie das hektische Geschirr- und Schranktürenklappern verriet.

Zu gern hätte Vera gegen Eiseles Teilnahme aufbegehrt. Wenn sie Sandrart ihre Idee zunächst allein präsentierte, erschien ihr das aussichtsreicher. Doch sie wusste, es war sinnlos. Neuerdings war ihr Chef für sie kaum mehr ohne den Kollegen anzutreffen. Wahrscheinlich bereute er inzwischen doch, sie und nicht Eisele nach Arthurs Weggang auf dessen Posten gehievt zu haben.

»Eine offene Küche halb ins Wohnzimmer ragend? Quasi wie eine Kneipentheke?« Mit einem fast schon angewiderten Blick wandte Eisele sich nur wenige Minuten später von den Entwürfen ab. Vera hatte Sandrart und ihm bislang kaum mehr als die gröbsten Eckdaten ihrer neuen Idee skizzieren können.

»Da zieht der ganze Essensdunst rein, und es sieht einfach viel zu unaufgeräumt aus.«

Ostentativ blies er Vera den Rauch seiner Zigarette ins Gesicht, als müsste er so schon allein die Vorstellung des Küchengeruchs bekämpfen. Zu dritt standen sie um den Besprechungstisch, der ebenso wie der riesige Schreibtisch in Sandrarts Büro eine auf Hochglanz polierte schwarze Tischplatte hatte. Erste Fingerabdrücke wie auch hässliche Ränder der Kaffeetassen zeichneten sich darauf ab. Hartnäckig bekämpfte Vera den Impuls, sie mit dem Ärmel ihrer Kostümjacke wegzuwischen.

Eiseles unflätige Bemerkung ärgerte sie, auch wenn sie damit gerechnet hatte. Dennoch hoffte sie, ihr Chef würde für sie Partei ergreifen. Sie wussten alle, dass sie dringend eine unkonventionelle Idee brauchten, um in der Ausschreibung gegenüber der Konkurrenz zu punkten. Die Besichtigung der Amerikanersiedlung wie auch Sandrarts Bemerkung beim Festakt hatten Vera auf die Idee mit der offenen Küche gebracht. Natürlich war sie ungewöhnlich. Aber auch gut. Daran bestand kein Zweifel.

Wie so oft blieb Sandrart die Antwort schuldig und verbarg stattdessen den riesigen Schädel hinter einer dicken Wolke aus Zigarrenqualm. Die Luft wurde zunehmend schlechter. Vera verspürte Hustenreiz. Eisele zündete sich bereits die dritte Zigarette seit Betreten des Raumes an. Beim Anblick seiner gelblichen Fingerkuppen hatte sie wieder das Bild aus dem Turnverein vor Augen, das Ulla und Käthe ihr eben gezeigt hatten. Wie wollte ein so notorischer Kettenraucher brillante Bocksprünge oder gar adrette Reckschwünge hinbekommen? Sie zwang sich, den Gedanken hintanzustellen. Abermals blickte sie zu ihrem Chef. Der machte keine Anstalten, Eiseles vernichtendes Urteil gebührend zu parieren.

»Selbstverständlich gibt es ein eigenes Fenster, das für eine direkte Belüftung der Küchenzeile nach außen sorgt«, verteidigte sie ihren Entwurf und zeigte auf die entsprechende Stelle im Plan. »Die veränderte Anordnung schenkt uns viel Gestaltungsspielraum für den Rest der Wohnung. Quasi als Fortentwicklung der Münchner Küche von Hanna Löv befindet sich die Hausfrau bei der Küchenarbeit mitten im Geschehen und nicht mehr in einem abgeriegelten, oft viel zu engen Kabuff. Die erhöhte Theke trennt den Kochbereich optisch klar vom Wohnbereich und schirmt gleichzeitig den direkten Blick auf Herd und Spüle ab. In den Schränken findet sich Stauraum für Geschirr, Töpfe sowie die direkt beim Kochen benötigten Lebensmittel und Gewürze. Für alles andere gibt es die Abstell- und Vorratskammer neben der Wohnungstür. Die bunte Resopaloberfläche der Einbaumöbel setzt zusätzliche farbliche Akzente, die den Wohn- und Essbereich auflockern. Man könnte die Farben etwa im Vorhangstoff, Möbelbezug oder in der Tapete aufgreifen.«

»Das ist doch alles viel zu amerikanisch«, schmetterte Eisele ihren Vorschlag ab. »Das passt einfach nicht hierher. Es ist zu …«

»Undeutsch?«, kam sie ihm mit einem süffisanten Schmunzeln auf der Suche nach dem richtigen Begriff zuvor.

Sandrart zuckte zusammen. Eiseles fahles Gesicht färbte sich dunkelrot.

»Das ist Ihr Vokabular«, versuchte er sich aus der Affäre zu ziehen und zerdrückte die Kippe im Aschenbecher. Mit zittrigen Fingern angelte er sich die nächste Zigarette aus der Schachtel.

»Die offene Küche schafft Platz für ein zweites Kinderzimmer«, setzte Vera ihre Ausführungen fort und wandte sich an den immer noch schweigenden Sandrart. »Als Alternative kann man den gewonnenen Raum auch für ein größeres Bad mit Fenster nutzen. Sinnvoll wäre es, beide Varianten zur Auswahl anzubieten. Nicht jede Familie legt Wert auf ein weiteres Kinderzimmer. Kinderlosen Paaren dürfte ein direkt zu belüftendes Bad wichtiger sein als ein weiterer Raum.«

»Gute Idee«, brummte Sandrart und legte die erst halbgerauchte Zigarre am Rand des Aschenbechers ab. Interessiert beugte er den massigen Oberkörper tiefer über den Plan, studierte mit zusammengekniffenen Augen die Quadratmeterangaben für die einzelnen Räume.

»Das mit der standardmäßigen Einbauküche für Wohnanlagen ist wohl Ihr Lebensthema.« Nach einigen hektischen Zügen an seiner Zigarette hatte Eisele sich wieder beruhigt. »Kein Wunder. Für Sie als Frau ist die natürlich besonders wichtig. Im Sommer haben Sie die ja bereits dem geschätzten Kollegen Brandt vorgeschlagen. Hat er Sie damals nicht schon auf die enormen Kosten hingewiesen, die den Vorschlag unattraktiv machen? Kaum ein Bauträger wird bereit sein, die zu übernehmen. Wenn der Mieter seine eigene Küche mitbringt, kommt das viel günstiger.«

»Die Kosten habe ich natürlich bereits überschlagen«, erwiderte Vera und beschloss, auf den Seitenhieb mit dem Lebensthema nicht einzugehen. Stattdessen zückte sie ein Papier mit einer entsprechenden Aufstellung und reichte es Sandrart.

»Die Einbauküchen sind eine hervorragende Möglichkeit, die Attraktivität der Wohnanlagen zu steigern. Bestimmt lassen sich die Hersteller auf Rabatte ein. Die Planung einer offenen Küche hängt allerdings nicht von einer kompletten Möblierung ab. Um den zusätzlichen Raumgewinn zu realisieren, genügt es, die baulichen Voraussetzungen zu schaffen und die Einrichtung den Mietern zu überlassen.«

»Da ist etwas dran«, war alles, was Sandrart nach einem anerkennenden Nicken bemerkte. Flink zückte er seine Lesebrille und überflog die Zahlenreihen auf dem Zettel.

Vera lächelte Eisele gewinnend an. Der kochte innerlich, wie sein verkrampftes Antlitz verriet. Genüsslich trank Vera an ihrem Kaffee.

»Gute Arbeit, Fräulein Cohn. Das beweist Ihr eigenständiges Denken und Ihre Fähigkeit, der Konkurrenz gegenüber einen bestechenden Wettbewerbsvorteil herauszuarbeiten.« Sandrart nahm die Lesebrille wieder ab, schaute erst zu ihr, dann zu Eisele, um sich ihrer beider Aufmerksamkeit sicher zu sein, bevor er nachsetzte: »Allerdings teile ich Herrn Eiseles Einwand. Eine solche Raumaufteilung entspricht in keiner Weise dem bei uns üblichen Muster. Niemals werden wir damit bei den Bauherren auf offene Ohren stoßen, geschweige denn erreichen, dass sie sich auf das Wagnis einlassen. Unterm Strich kommt es zu teuer, selbst wenn wir auf die fertige Einrichtung verzichten und lediglich die Raumaufteilung anbieten.«

»Aber …«, setzte Vera an. Als sie jedoch das triumphierende Funkeln in Eiseles sonst so müdem Blick entdeckte, brach sie ab. Es hatte keinen Zweck. Er hatte gewonnen. Sandrart schenkte seinem hanebüchenen Argument von der vermeintlichen deutschen Spießigkeit mehr Gewicht als ihrem Vorstoß, etwas Unkonventionelles zu wagen. Damit bremste er sie ausgerechnet in seiner eigenen Forderung aus, sich im Wettbewerb abzuheben, um die anderen Büros auszustechen. Resigniert rollte sie den Plan zusammen.

»Schade«, erklärte sie, als sie Sandrart das Blatt mit der Kostenaufstellung abnahm. »Es wäre unsere Chance gewesen, ein ähnliches Zeichen zu setzen wie das Neue Bauen vor knapp dreißig Jahren. Gerade die immense Begeisterung für die Amerikanersiedlung am Perlacher Forst hätten wir nutzen können, um eine offene Küchen-Wohnraum-Gestaltung populär zu machen.«

»An Ihnen liegt es nicht. Es ist allein meine Schuld«, erwiderte Sandrart nach einer längeren Pause und griff von Neuem nach seiner Zigarre, um einen langen, tiefen Zug daran zu tun. »Sie sind einfach noch zu jung. Ich habe Sie überschätzt. Es fehlt Ihnen schlichtweg an der nötigen Erfahrung.«

Was redete er da? Kaum traute sie ihren Ohren. Wieso kanzelte er sie auf einmal derart ab? Doch ganz gleich, was jetzt kam, sie würde ihm nicht noch den Triumph einräumen, sich etwas anmerken zu lassen. Es reichte schon, dass er ihr ausgerechnet vor Eisele in den Rücken fiel.

»Ihre Ideen sind spektakulär«, fuhr er gelassen fort und richtete seine massige Gestalt auf. »Wenn Sie jedoch auf Dauer als Architektin Erfolg haben wollen, genügt das nicht. Dann müssen Sie lernen, Ihre überschwängliche Kreativität zu zügeln und stattdessen ein gewisses Gespür zu entwickeln, um die Wünsche und Bedürfnisse des Bauherrn zu erkennen, noch ehe er sie ausgesprochen hat. Nur so erfahren Sie, was er wirklich will und was deshalb auch gut machbar und was unrealistische Luftschlossbauerei ist.«

»Das heißt, stur so bauen, wie es eh schon alle tun und wie es immer schon getan wurde. Adieu Fortschritt, adieu Moderne und herzlich willkommen im ewigen Gestern.«

»Sie sehen sich zu sehr als Visionärin. Wir Architekten stehen jedoch im Dienst unserer Auftraggeber und haben unsere eigenen Ideen den Wünschen unserer Bauherren unterzuordnen. Wenn wir ihnen erklären müssen, was wir vorhaben und zu welchem Zweck das Ganze gut ist, haben wir schon verloren. Dann ist die Idee einfach nicht gut, weil sie nicht den wahren Bedürfnissen unseres Auftraggebers entspricht und er nichts damit anfangen kann.«

»Da habe ich bislang wohl unter falschen Voraussetzungen bei Ihnen gearbeitet.«

Abwartend sah sie ihn an. Noch hegte sie eine Spur Hoffnung, dass sie einem unglücklichen Missverständnis aufgesessen war. Um ihm Zeit zu geben, raffte sie betont langsam die Unterlagen mit dem Entwurf und der Kostenaufstellung zusammen.

Sandrart blieb stumm.

Sie äugte zu Eisele. Um dessen Mundwinkel zuckte es. Die Szene war Balsam für sein seit Sommer arg in Mitleidenschaft gezogenes Ego. Jede Sekunde, die Sandrart zögerte, um sich ihr gegenüber zu erklären, war ein Triumph für ihn.

Arthur hatte es gewusst. Sie war ihrer Zeit voraus. Viele konnten nicht mithalten. Manche wollten es auch gar nicht.

»Wenigstens weiß ich jetzt, woran ich bin«, stellte sie leise fest und ging hinaus.

29

Sich zu verkleiden hatte Vera schon als kleines Mädchen geliebt. Nachmittagelang hatte sie mit Großmutter Rebecca in Schränken und Kommoden gewühlt, um aus bunten Schals, schimmernden Stoffen und ausladenden Hüten die verrücktesten Kostüme zu basteln. Rund um Fasching waren sie zur Hochform aufgelaufen. Mithilfe von Pappmachee, Gips und endlosen Metern Verbandsmull hatten sie sich in ägyptische Mumien nebst eindrucksvoller Maske verwandelt. Federn unterschiedlichster Herkunft wie auch Felle und Lederreste hatten ihnen genügt, um zu kriegerischen Apachen oder mysteriösen Azteken zu mutieren. Selbst als Eskimos und indische Maharadschas waren sie unterwegs gewesen. Besonderen Spaß hatte es ihnen bereitet, auch Veras Freunde mit Verkleidungen zu versorgen. Selbst die schüchterne Brigitte und der schmächtige Gerhard hatten dank ihrer Hilfe große Auftritte als freche Clowns gewagt. Sie hatten sich den Spaß nicht nehmen lassen, obwohl sie aufgrund ihrer jüdischen Herkunft von den offiziellen Kinderbällen in den Sälen der einschlägigen Hotels ausgeschlossen gewesen waren.

»Dann veranstalten wir eben unsere eigenen Feste«, hatte Veras Großvater Daniel erklärt und für literweise Limonade und Berge von Faschingskrapfen im heimischen Wohnzimmer gesorgt. Beim *Hirschvogl am Rindermarkt* hatte er neben Luftschlangen, Tröten und Luftballons noch die irrwitzigsten Scherzartikel besorgt, um die Kinderschar einen Nachmittag und oft noch einen Abend lang bei Laune zu halten.

»Du solltest über eine Karriere im Zirkus nachdenken«, hatte Veras Mutter Rike ihren Schwiegervater geneckt. Als gebürtiger Berlinerin war ihr der Sinn für die Albernheiten verschlossen geblieben. »Dass du ebenso ausdauernd über Sophokles und Nietzsche diskutieren kannst, wie du jetzt mit roter Pappnase und löchriger Hose Topfschlagen und Ringelreihen spielst, dürfte in der Manege eine echte Attraktion sein.«

»Leider wollen mich die Nazi-Clowns dort nicht sehen«, hatte er erwidert. »Dabei wären die düsteren Zeiten mit Humor für uns alle besser zu ertragen.«

An diesem Samstag Mitte Februar blätterte Vera wieder einmal voller Wehmut die Zeichnungen in Rebeccas Skizzenbuch durch, das an die glücklichen Stunden ihrer Münchner Kindheit erinnerte. In dem goldglänzenden, knöchellangen Kleid und mit der schwarzen Perücke auf dem Kopf hatte sie tatsächlich rudimentäre Ähnlichkeit mit Großmamas Verkleidung an ihrem letzten gemeinsamen Fasching anno 1938. Zumindest soweit sie das mit tränennassen Augen im Spiegel feststellen konnte. Schniefend wischte sie sich die Wangen trocken. Dabei verschmierte der dicke Kajalstrich. Ihre Großmutter hätte daraus sofort eine neue Idee kreiert und ihr Großvater dazu eine pfiffige Bemerkung parat gehabt. Was die zwei wohl dazu gesagt hätten, dass sie in diesem Aufzug gleich durch Hitlers protzigen Kunsttempel am Englischen Garten tanzen würde?

Constantin hatte seine Einladung aus dem letzten Sommer in Erinnerung gerufen und sie zu einem der Faschings-Künstlerfeste im sogenannten »Haus der Brunft« gebeten. Nach langem Überreden würde Arthur natürlich ebenso mit von der Partie sein wie Ysabel und Ludger, die erfreut die Karten genommen hatten. Auch Charlotte, Hannelore und Helga sowie Eduard, der seit Venedig Ysabels Schwester Margot den Hof machte, waren Feuer und Flamme gewesen.

»Das gehört zum Faschingspflichtprogramm!«, hatte Margot begeistert erklärt und sich mit Ysabel ans Zusammenstellen der Kostüme gemacht. Natürlich im *Beck am Rathauseck*, wie Ysabel seufzend eingeräumt hatte.

Seit Tagen sehnte Vera den Abend herbei. Die fröhliche Ausgelassenheit würde sie für eine Weile vom unerfreulichen Büroalltag mit dem ewig nörgelnden Eisele und dem plötzlich so distanzierten Sandrart ablenken. Nicht einmal bei Arthur konnte sie sich über die zwei ausweinen. Entweder war er in Sachen Charlottes Fabrikhalle oder sonstiger Aufträge unterwegs, oder er war schlichtweg zu erschöpft von beidem, um ihr geduldig zuzuhören.

Ein Schlüssel drehte sich im Schloss der Wohnungstür. Arthur! Wurde auch höchste Zeit. Noch einmal überprüfte sie ihr Aussehen, dann stürmte sie in den Flur. In Windeseile musste sie ihn jetzt in Cäsar verwandeln. Nur so machte ihr Kleopatragewand Sinn.

»Muss das wirklich sein?«, hatte er am Vorabend noch zu protestieren versucht. »Ohne mich wirst du dich dort besser amüsieren. Mir fehlt der Sinn für den Verkleidungsunsinn.«

»Das könnte dir so passen!«, hatte sie energisch erklärt und zwei Bettlaken um seine Hüften drapiert, um sie mit wenigen Stichen zu einer Toga zusammenzunähen. Sogar an die Goldbordüren hatte sie bei ihrem Einkauf im *Kaufhof am Stachus* gedacht. »Wenigstens zu Fasching musst du dich einmal gehen lassen. Jede Wette: Sobald wir dort sind, wirst du deinen Spaß haben.«

Das war sehr optimistisch gedacht, wie sie eine halbe Stunde später beim Betreten der mit bunten Papiergirlanden, Luftballons und Luftschlangen geschmückten Säulenhalle im Haus der Kunst feststellte. Arthur wirkte so ernst wie eine Gouvernante, die ihre aufgeregten Schützlinge auf den ersten Ball begleitet. Nicht einmal Hannelores und Helgas Anblick, die als Dick und Doof erschienen, entlockte ihm ein Schmunzeln.

»Warum steckt Arthur im Cäsarkostüm? Prinz Rühr-mich-nicht-an hätte besser gepasst, vor allem angesichts der Laune, die er ausstrahlt«, raunte Hannelore Vera ins Ohr, und Helga flüsterte: »Am besten besorge ich für ihn gleich ein Aschekreuz, dann kann er so tun, als wäre schon Aschermittwoch.«

»Besorg ihm lieber ein Glas Sekt oder Bowle, dann wird das schon«, verkündete Ludger grinsend. Sein tannengrüner Trachtenanzug verriet sich nur dank des Spielzeuggewehrs auf dem Rücken als Faschingsverkleidung. Erst mit Ysabel als Schwarzwaldmädel am Arm war der Aufzug vollständig. Dennoch sprühte er vor Vergnügen.

»Apropos Aschermittwoch«, tauchte Charlotte als mysteriöser Magier verkleidet bei ihnen auf und wedelte mit einem halben Dutzend Kinokarten durch die Luft. »Ich habe nächste Woche ein weitaus besseres Programm für uns als die leidige Büßermesse in der Frauenkirche. Wer kommt mit zur Uraufführung von Käutners ›Des Teufels General‹?«

»Applaus! Applaus! Wie immer macht meine Cousine das Unmögliche möglich und treibt sogar Karten für eine Premiere auf, für die es eigentlich gar keine Karten mehr gibt. Wetten, sie wird es sogar schaffen, uns beim nächsten Konklave in Rom unter die Kardinäle zu schleusen«, spottete Constantin. Die rotgrünen Zipfel seines Till-Eulenspiegel-Huts wippten munter in seinem Sprechrhythmus.

Vera wurde blass. Genau dieses Kostüm hatte sein Vater, Onkel Jobst, getragen, als sie ihr letztes gemeinsames Faschingsfest in München gefeiert hatten. Ob es tatsächlich noch dasselbe war? Tante Ella hatte es furchtbar peinlich gefunden, allerdings aus anderen Gründen als Charlottes Vater Falk und ihre Großeltern. Die waren ohnehin unangenehm berührt gewesen, dass die gesamte Familie Cohn nebst Oscars Eltern Tante Viktorias Einladung in die Villa an der Südlichen Auffahrtsallee angenommen hatte. Erst viele Jahre später hatte Vera begriffen, wie nah an der Katastrophe sie damals gewesen waren. Nur durch Zufall waren Onkel Falks Naziparteifreunde dem Fest ferngeblieben. Allein die Anwesenheit von Juden und Sozialdemokraten im Hause der Kirchenreuths, noch dazu in lustiger Verkleidung, hätte genügt, um die gesamte Unternehmerfamilie kaltzustellen. Genau das hatte Viktoria provozieren wollen, um ihrem Gatten endlich den Wahnsinn seiner braunen Kameraden vor Augen zu führen.

»Gefalle ich dir nicht?«, riss Constantin sie aus den Erinnerungen.

»Ist Till Eulenspiegel nicht längst außer Mode?«, mischte Ysabel sich treuherzig ein.

»Dafür ist das Schwarzwaldmädel absolut auf der Höhe der Zeit«, amüsierte Charlotte sich und wies mit ihrem silbern funkelnden Zauberstab Richtung Garderobe, wo gerade die nächsten drei jungen Damen in derselben Tracht und dem auffälligen Hut mit den roten Plüschkugeln erschienen. Im Saal befand sich mindestens ein Dutzend ähnlich Gekleideter, die einander mit missbilligenden Blicken musterten.

»Sonja Ziemann wird ihre helle Freude haben«, mischte sich Ysabels Schwester Margot ein, deren Pierotkostüm aus glänzend weißer Seide anzusehen war, wie teuer es gewesen sein musste. Umso schäbiger wirkte Arthurs Studienkollege Eduard neben ihr als Landstreicher. Trotzdem hielten die beiden innig Händchen. Insgeheim freute Vera sich, weil sie ahnte, wie viel neue Freiheit Margots Verliebtheit für Ysabel bedeutete.

»Wer konnte ahnen, dass die Ziemann mit dem Film eine derartige Mode lostreten würde? Dabei ist das auch schon fünf Jahre her.« Charlotte klemmte sich den Zauberstab unter den Arm und schnappte sich frech ein Glas Sekt von einem Tablett, das ein sichtlich genervter Kellner zu einem der reservierten Tische an der Wandseite balancieren wollte.

»Fünf Jahre sind doch keine Zeit, wenn man gerade tausend Jahre im Schnelldurchlauf hinter sich hat«, erwiderte Constantin bissig.

»Du musst es wissen.« Charlotte kippte den Sekt wie Wasser hinunter.

»Was schaut ihr so düster? Wir sind zum Vergnügen hier. Auf geht's!« Übermütig zwickte Hannelore Constantin in die Wange, und Helga schnappte sich Arthur.

»Du erlaubst, allergnädigste Kleopatra?«, fragte sie Vera mit einer tiefen Verbeugung, bevor sie ihn in den angrenzenden Saal schleppte.

Auch Ysabel wippte im Rhythmus der Swingmusik, die durch die offenen Flügeltüren herüberwehte. Max Greger lief am Saxofon zur Höchstform auf, seine Band versetzte den Saal in Ekstase. Ysabels Hüftschwung wurde deutlicher. Endlich verstand Ludger die unausgesprochene Aufforderung und verschwand mit ihr ebenfalls nach nebenan. Ehe Vera und Charlotte sichs versahen, standen sie allein im Gewühl.

»Lust auf echten Champagner?« Nach dem raschen Leeren des gestohlenen Sektkelchs verzog Charlotte das Gesicht. »Die süße Brühe muss ich unbedingt mit etwas Hochwertigerem nachspülen.«

Arm in Arm steuerten sie die Bar in einem zur Seeräuberspelunke umdekorierten Nebenraum an. Noch ehe Vera bezweifeln konnte, ob es dort nicht eher »Feuerwasser« oder klebrige Cocktails geben würde, perlte das von Charlotte georderte eisgekühlte Nass bereits in Kristallschalen vor ihnen.

»Auf uns!«, prosteten sie einander zu.

»Was hältst du von einer kleinen Entdeckungsreise?« Übermütig kippte Charlotte auch den Champagner in einem Zug hinunter. »Du wirst Bauklötze staunen, was man mit etwas gutem Willen aus dem ollen Nazi-Protzbau machen kann.«

So war es. Vera war hingerissen vom Einfallsreichtum der Künstlergenossenschaft, die die gigantischen marmornen Hallen mit Installationen und Gemälden ganz im Gestus der einst als »entartet« verfemten Kunst umgestaltet hatte. Jeder Saal stand unter einem anderen Motto. Sogar Teile des amerikanischen Offizierscasinos waren ausnahmsweise für die Normalsterblichen geöffnet und bunt dekoriert. Zusammen mit dem Faschingstrubel, dem sich die Narren in jedem Winkel ausgelassen hingaben, machte das die üble Geschichte des Gebäudes fast vergessen.

Der Swing aus dem Tanzsaal und die Hunderte auf seinen Rhythmus tanzenden Füße ließen den Boden erbeben. Immer wieder schlängelten sich Polonaisen zwischen den Säulen hindurch. Es wurde gelacht und gelästert, getrunken und gegessen, als hätte in den monströsen Räumen nie etwas anderes stattgefunden.

»Wie schön, dich einmal wieder ganz für mich zu haben«, sagte Charlotte mit ihrer dunklen, rauchigen Stimme, als sie in einer goldglänzenden Pyramidenbar erneut am Champagner nippten, und legte Vera besitzergreifend den Arm um die Taille.

Zu Veras Verdruss drängte sich um sie herum gut ein Dutzend weiterer Kleopatras in flimmernden Gewändern und mit schwarz glänzendem Haar. Mindestens ebenso viele Cäsaren in wallenden Togen machten ihnen den Hof. Man hätte meinen können, das alte Rom und das alte Ägypten hätten als Gemeinschaftsprojekt eine Invasion an die Isar gestartet. Inmitten dieser altertümlich anmutenden Schar schoss Charlotte mit ihrem dunkel schimmernden Magieraufzug den Vogel ab. Schon dank ihrer Größe und ihres androgynen Auftretens stach sie aus jeder Menge heraus.

»Wie lange haben wir es schon nicht mehr geschafft, mal unter uns zu sein«, fuhr Charlotte fort.

»An mir liegt es nicht. Du bist diejenige von uns, die ständig unterwegs ist und selten Zeit für Privates hat«, erwiderte Vera und rückte unwillkürlich eine Handbreit von ihr ab. So gern sie Charlotte hatte, so gern hielt sie auch etwas Abstand zu ihr.

»Seit du Arthur mit dieser Fabrikhalle beauftragt hast, sehe ich sogar ihn immer weniger. Das Ganze bringt ihn an seine Grenzen. Ständig willst du mit ihm neue Details besprechen oder Beispielbauten anschauen.«

»Eifersüchtig?« Charlotte trank einen tiefen Schluck Champagner und musterte sie über den Rand der Kristallschale. Nachdem sie das Glas wieder abgestellt hatte, zündete sie sich eine Zigarette an und steckte sie in eine lange Spitze. Voller Genuss nahm sie einen tiefen Zug. Im Weiterreden stieß sie den Rauch in feinen Kringeln dicht an Veras Wangen vorbei aus.

»Keine Sorge. Ich passe bestens auf dein Schmuckstück von Verlobtem auf. Solange er in meiner Obhut ist, wird ihm keine andere Frau zu nahe treten.«

»Dafür bin ich dir zu tiefstem Dank verpflichtet.« Vera verneigte sich huldvoll, wie es einer Kleopatra geziemte.

»Was ist mit dir und deiner Karriere? Kletterst du brav die Erfolgsleiter rauf?« Von Neuem griff Charlotte nach ihrem Glas und leerte es, als wäre es Sprudelwasser und nicht teuerster Moët et Chandon. »Du weißt ja: Wir Frauen müssen doppelt so gut sein wie unsere männlichen Kollegen, damit man unsere Fähigkeiten halbwegs anerkennt.«

»Mir kommt es so vor, als müssten wir eher drei- oder am besten sogar viermal so gut sein, bevor überhaupt jemandem auffällt, was wir draufhaben.« Vera beschloss, es der Freundin nachzutun. Das Thema hatte es verdient, mit mehr Abstand und vor allem alkoholgeschwängerter Leichtigkeit betrachtet zu werden, sonst lief sie Gefahr, in schlechter Laune zu versinken. Entschlossen stürzte sie den Rest ihres Champagners hinunter. Das kalte Prickeln im Hals erfrischte. Wohlweislich hatte Charlotte ihnen eine ganze Flasche bestellt.

»Das klingt nach bitterer Enttäuschung. Magst du mir dein Herz ausschütten?«

Abermals legte sie ihr den Arm um. Der viel zu schnell getrunkene Champagner auf leeren Magen tat ein Übriges, Vera die Zunge zu lösen. Nur zu gern schmiegte sie sich an Charlottes nach herbem Parfum duftende Seite und schilderte ihr die Erfahrungen der letzten Monate, angefangen bei Arthurs ersten Mahnungen vom letzten Sommer, sie argumentiere zu weiblich und konzentriere sich in ihren Entwürfen zu sehr auf typische Frauenthemen wie Küchen und Warmwasser für alle, bis hin zu Eiseles rüder Abfuhr für ihre fortschrittliche Küchentheke und Sandrarts unverständlichem Vorwurf, sie sehe sich zu sehr als Visionärin und zu wenig als Dienstleisterin für die Bauherren. Ludgers hanebüchene Schlussfolgerung, das beginnende Wirtschaftswunder lasse die Frauen erleichtert dem Beruf den Rücken kehren und begeistert an den heimischen Herd zurückeilen, verschwieg sie jedoch ebenso wie Arthurs Interpretation, sie sei ihrer Zeit zu weit voraus.

»Bau*herren* wohlgemerkt«, griff Charlotte einen ihrer Begriffe mit geradezu angewiderter Miene auf. »Das ist genau der Punkt. Leider sitzen an den entscheidenden Positionen fast immer noch Männer. Ich fürchte, das wird in Zukunft sogar noch öfter der Fall sein. Je steiler es mit dem Land bergauf geht, je dicker die Konten und Bäuche werden, desto mehr verschwinden die Frauen wieder von der großen Bühne. Gemeinhin wird das gern als Fortschritt getarnt. Von wegen ›mein Gehalt reicht für die ganze Familie‹ oder ›wir gönnen uns den Luxus, dass meine Frau nicht arbeiten muss‹ – gerade so, als wäre Hausarbeit das reinste Vergnügen und als ginge es allein ums Geldverdienen!«

Sie kippte das nächste Glas Champagner, als handelte es sich um einen Stampen billigen Korn, und warf die blonden Locken energisch in den Nacken. »Es wird Zeit, dass du dich von diesem Sandrart emanzipierst.«

»Moment mal«, hakte Vera ein. Zwar spürte sie schon deutlich, wie ihr der Alkohol zu Kopf stieg, dennoch war sie noch nüchtern genug, um Charlottes Gedankenkette zu folgen. »Du selbst hast mir einmal vorgeschwärmt, er besäße Größe.«

»Das waren andere Umstände«, wischte Charlotte den Einwand vom Tisch. »Nach Arthurs Kündigung hatte ich tatsächlich gehofft, er hätte dich aus Überzeugung auf den Posten gehievt, weil er damit ein Zeichen setzen wollte. Im Nachhinein war es anscheinend doch nur billige Rache an Arthur, damit der sieht, wie schnell er ersetzbar ist.«

»Und vor allem mit wem: einer frischgebackenen Architektin ohne Berufserfahrung«, ergänzte Vera bitter.

»Vergiss ihn.«

»Wen?«

»Na, diesen Sandrart! Er hat es nicht verdient, dass sein Büro von deinen genialen Fähigkeiten profitiert, ohne dass er bereit ist, dir das entsprechend zu honorieren.«

»Darüber habe ich auch schon nachgedacht«, räumte Vera ein und verdrängte den Gedanken, dass es Charlotte wieder einmal gelungen war, sie binnen kürzester Zeit dazu zu bringen, ihr Innerstes nach außen zu kehren, ohne dass sie Busenfreundinnen waren. »Allerdings ist es noch viel zu früh, um bei Arthur und Ludger im Büro einzusteigen. Abgesehen von der unsicheren Auftragslage braucht Ludger Zeit, bis er mich als gleichberechtigte Kollegin akzeptiert.«

»In deren Büro einzusteigen halte ich ohnehin für keine gute Idee«, stellte Charlotte fest und zündete sich die nächste Zigarette an, wozu sie den Arm von Veras Schulter nahm und sich wieder zu voller Größe aufrichtete. Irritiert rückte der Mann im Cowboykostüm auf der anderen Seite von ihr weg.

»Arthur und ich würden uns bestens ergänzen, auch Ludger wird auf Dauer …«

»Ihr habt keine Zukunft miteinander«, fuhr Charlotte ihr ungeduldig über den Mund. »Es tut nie gut, zu eng mit seinem Liebsten zusammenzuarbeiten. Früher oder später fliegen die Fetzen, entweder im Büro oder im Bett. Oder beides. Du solltest dir deine Unabhängigkeit bewahren und dir langfristig etwas Eigenes aufbauen. Was hältst du davon, wenn ich dich bei Leuweritz & Mangfall ins Gespräch bringe? Ich darf mich glücklich schätzen, sie persönlich zu kennen. Meines Wissens suchen sie gerade neue Mitarbeiter mit unkonventionellen Ideen. Soweit ich das als Fachfremde beurteilen kann, gelten sie derzeit als das beste Büro in München.«

»Sie gelten nicht nur als die Besten, sie sind die Besten«, stellte Vera ehrfürchtig klar. Gleich musste sie noch einmal einen großen Schluck Champagner trinken, bevor sie sich so weit gesammelt hatte, dass sie weiterreden konnte. »Woher kennst du sie? Wenn du mir bei ihnen einen Termin verschaffen …«

»Ich fass es nicht! Die zwei stehen hier mitten im Fasching und reden allen Ernstes über Berufliches. Habt ihr noch nicht genug Schampus intus? Dann wird's aber Zeit!«

Wie aus dem Nichts tauchte Hannelore neben ihnen auf. Den Spazierstock lässig über die Schulter gelegt, die Melone weit aus der Stirn geschoben, winkte sie Helga, Ysabel, Ludger und Arthur zu sich heran. Constantin dagegen tat, als stieße er aus eigenem Ansporn und nicht in ihrem Gefolge dazu. Margot und Eduard hatten sich wohl aus der Clique zurückgezogen.

»Zwei neue Flaschen Moët-und-Dingens«, bestellte Hannelore beim Barmann im weißen Jackett, der sich gerade beim Schütteln des silbernen Cocktailshakers verausgabte. »Geht alles zulasten der großen Blonden hier.«

»Habt ihr da wirklich gerade über die Arbeit geredet?«, erkundigte sich Ysabel leise bei Vera, nachdem das übermütige Anstoßen in der großen Runde erledigt war und jeder durstig trank.

»Nur kurz.« Auf einmal spürte Vera selbst, wie unangebracht das war. Sie hatte Arthur am Abend noch vorgeworfen, nie abschalten und sich vergnügen zu können, nur um es dann selbst so zu halten. Kaum wagte sie, einen Blick auf ihn zu werfen. Zum Glück hatte Charlotte ihn gleich in Beschlag genommen. Gewiss würde sie ihm nun rasch beweisen, wie unrecht Hannelore mit ihrem Vorwurf gehabt hatte und wie sehr ihr zur Ausgelassenheit zumute war.

»Sie will mir helfen, mehr aus meinen Ideen zu machen«, schob Vera als Erklärung Ysabel gegenüber nach. »Vielleicht verhilft sie mir zu meiner großen Chance.«

»Hoffentlich wirst du nicht enttäuscht. Denk auch an Arthur und an eure Liebe. Verlier sie nicht aus den Augen!«

Der Blick, mit dem Ysabel ihr zuprostete, irritierte Vera. Ehe sie jedoch nachhaken konnte, stellte Hannelore ihre Champagnerschale ab und forderte sie alle zur Polonaise auf.

»Weitermachen! Keine Müdigkeit vortäuschen!« Sie klatschte in die Hände. »Wir sind zum Feiern hier. Wer nicht mitmacht, zahlt die nächste Schampusrunde!«

»Dann mal los!« Zu Veras Erstaunen eilte Constantin zielsicher auf Ysabel zu und legte ihr von hinten die Hände an die Hüften. Umgehend schloss Charlotte sich an und griff nach Arthurs Händen, um sie sich um den Leib zu ziehen. Ihm blieb keine Wahl, als sich direkt hinter ihr einzureihen.

Vera beeilte sich, ihn wenigstens noch am Zipfel seiner wallenden Toga zu fassen, bevor die kleine Gruppe in den nächsten Saal entwischte. Auch wenn sie gerade mit Charlotte in Rekordtempo mehrere Gläser Champagner getrunken hatte, fühlte sie sich weitaus nüchterner als Arthur, der offenbar gar nicht mehr mitbekam, dass sie überhaupt noch da war.

So schnell aber ließ sie ihn nicht gehen. Wenn er einmal bereit war, sich ins Vergnügen zu stürzen, dann wollte sie dabei sein, koste es, was es wolle.

30

Als Vera den Schlüssel ins Schloss der Fahrertür steckte, um den himmelblauen Käfer abzusperren, zitterte ihre Hand noch immer. Sie zwang sich, tief durchzuatmen. Es bestand kein Grund mehr zur Aufregung. Sie hatte es hinter sich. Die Kündigung bei Sandrart war weitaus glimpflicher verlaufen als befürchtet. Wahrscheinlich war der »Barockengel«, wie Arthur ihn seiner imposanten Leibesfülle weiterhin gern titulierte, sogar froh gewesen, sie loszuwerden. Seit Wochen scharrte Siegfried Eisele mit den Füßen, um endlich auf die ihm in seinen Augen seit Langem zustehende Position von Arthur nachzurücken. Anders war es nicht zu erklären, dass Sandrart sie schon Ende der Woche ziehen ließ.

Damit stand ihrem Arbeitsbeginn bei Heinrich Mangfall und Georg Leuweritz Mitte März nichts mehr im Weg. Den nächsten Montag hatte sie sogar frei. Vielleicht konnte sie Arthur zu einem verlängerten Wochenende in den Bergen überreden. Die Schneelage war bestens. Höchste Zeit, dass sie es mit dem Skifahren wieder probierte. Ob es wahr war, dass man das, was man als Kind einmal gelernt hatte, als Erwachsener immer noch beherrschte?

Sie verstaute den Schlüsselbund in ihrer Handtasche, holte die Lederhandschuhe heraus und setzte sich den Hut auf die dunklen, kurzen Locken. Ein flüchtiger Blick ins Autofenster genügte, um ihr den richtigen Sitz der Frisur zu bestätigen. Was Arthur wohl sagen würde, wenn sie mitten am Nachmittag bei ihm im Büro auftauchte? Zur Feier des Tages sollte er früher Schluss machen und mit ihr in die Stadt fahren. Ihr Plan sah eine Tasse Kaffee in einem schönen Café vor, anschließend einen gemütlichen Bummel durch die Läden und zum Abschluss einen verschwenderischen Einkauf im *Dallmayr*, damit sie es sich abends in ihrer Wohnung bei ausgesuchten Delikatessen und feinem Wein gut gehen lassen konnten. Sie hatte sogar schon ein Rezept im Hinterkopf.

Beim Gedanken daran, was nach dem Essen sicherlich folgte, schmunzelte sie. Arthur würden die Augen ausfallen, wenn sie ihm ihr neues, sündiges Chiffonnegligé vorführte. Mohnrot mit schwarzen Spitzen! Es hatte ein Vermögen gekostet. Allein schon die Vorfreude auf sein genüssliches Grinsen war ihr das wert gewesen.

Gut gelaunt lief sie über den Bürgersteig. Seit Tagen lag der Schnee zentimeterhoch. Eine festgestampfte Schneise gab den Weg vom Straßenrand bis zur Haustür vor. Die glatten Sohlen ihrer feinen Lederpumps suchten trotz großzügig gestreuten Splitts vergeblich Halt. Im Hinterhof schlitterte sie tollkühn über das vereiste Pflaster zu Arthurs und Ludgers Büro.

»Überfall!«, posaunte sie beim Eintreten fröhlich, um noch in der offenen Tür stehen zu bleiben.

»Wo steckt Arthur?«

Zwar quoll sein Schreibtisch wie gewohnt vor Plänen und Unterlagen über, dennoch war auf den ersten Blick zu erkennen, dass er schon längere Zeit nicht mehr dort gesessen hatte. Es fehlten der Aschenbecher mit den ausgedrückten Kippen wie auch die Kaffeetasse, die sonst immer griffbereit neben dem Telefon stand. Auch der Bürostuhl war akkurat unter die Tischplatte geschoben. Wüsste Vera es nicht besser, hätte sie dank dieses Anblicks vermutet, Arthur wäre seit einigen Tagen verreist.

»Arthur ist bei einem wichtigen Termin in Salzburg«, erklärte Ysabel und kam hinter ihrem Schreibtisch hervor, um ihr Hut und Mantel abzunehmen und die Tür zu schließen. Der Ofen bollerte sonst vergeblich gegen die hereinwehende Winterkälte an.

»Gleich in der Früh ist er los«, fuhr sie fort, als sie von der Garderobe zurückkam. »Wird wohl wieder spät heute Abend. Hat er dir nichts gesagt? Ludger ist übrigens ebenfalls unterwegs, allerdings auf einer Baustelle in Allach.«

»Schade.« Vera bemühte sich, nicht allzu enttäuscht zu klingen. »Ich habe eine große Überraschung. Davon hätte ich Arthur gern sofort erzählt.«

»Hast du im Lotto gewonnen?« Ungefragt mischte sich Hannelore von ihrem Zeichenplatz vor dem rechten Fenster aus ein, ebenso legte Helga die Feile beiseite, mit der sie einen winzigen Holzquader für das Modell einer Schule geglättet hatte, und sah sie erwartungsvoll an.

»Gibt es was zu feiern?« Selbst der blasse Eduard, der sich einen Kaffee eingeschenkt hatte, kam neugierig mit der Tasse in der Hand zu ihr.

»Darf man dir etwa gratulieren?« In Ysabels Augen blitzte etwas auf, das Vera nicht zu deuten vermochte. Der prüfende Blick auf ihren Unterleib aber verriet, dass Ysabel wohl in eine völlig falsche Richtung dachte.

»Ich habe vorhin bei Sandrart gekündigt!«, verkündete sie freudestrahlend. »Nächste Woche Dienstag fange ich bei Leuweritz & Mangfall in Bogenhausen an.«

»Gratuliere! Das nenne ich eine steile Karriere.« Eduard hob die Tasse, um ihr zuzuprosten. Wie immer blieb seine Miene undurchdringlich. Niemand wusste, wie viel Ehrgeiz er selbst besaß, um eines Tages als Architekt weiterzukommen.

»Großartig!«, platzten Hannelore und Helga einstimmig heraus und applaudierten. »Das ist derzeit die beste Adresse in München.«

»Arthur wird stolz sein«, erklärte Ysabel sichtlich erleichtert, dass Vera nicht, wie offenbar von ihr befürchtet, vor ihr schwanger geworden war.

»Leider habe ich keinen Sekt dabei, um mit euch anzustoßen«, entschuldigte Vera sich. »Eigentlich wollte ich das Arthur erst einmal unter vier Augen erzählen und euch für Samstagabend zu einer kleinen Party zu mir nach Hause einladen.«

»Feiern können wir Samstag doch in jedem Fall.« Hannelore zwinkerte ihr zu.

»Ich bringe Nudelsalat mit«, wurde Helga gleich praktisch.

»Abgemacht«, ging Vera fröhlich auf das Angebot ein. »Dann entführe ich euch jetzt Ysabel für den Rest des Nachmittags, um das Büfett zu planen.«

»Gib's zu: Eigentlich bin ich nur der Lückenbüßer für Arthur, damit du jetzt nicht allein bist.«

Auch wenn Ysabel sich gern vorzeitig von der Büroarbeit verabschiedet hatte, wirkte sie dennoch ein wenig gekränkt, als sie wenig später bei Vera im Auto saß.

»Tut mir leid«, platzte Vera heraus und brach im nächsten Moment in Tränen aus. »Was soll ich denn tun? Außer Arthur, dir und Charlotte habe ich doch niemanden.«

»Was ist mit Constantin?«

Vera wischte sich mit einem Taschentuch das Gesicht. Es half nichts. Die Tränen flossen schneller, als sie die Wangen trocknen konnte. Verschämt hielt sie den Kopf gesenkt, schluchzte, tupfte, seufzte.

»Komm mal her!«

Überrascht spürte sie Ysabels Hände auf ihren Schultern. Sacht, aber bestimmt zog sie sie zu sich herüber, umarmte sie und wiegte sie wie ein Kind. Das tat gut. Endlich konnte sie den Tränen freien Lauf lassen und sich ganz ihrer Enttäuschung hingeben.

Ysabel duftete nach einem süßen Parfum. Ihr üppiger Busen war weich und warm, der Griff, mit dem sie sie hielt, beruhigend fest. Für einen Moment wähnte Vera sich zurückversetzt in ihre Kindheit, wenn sie in Großmama Rebeccas Armen ihren Kummer hatte loswerden können. Ysabel war zwar weitaus kleiner, aber ihre roten, dicken Haare wie auch die lustigen Sommersprossen und die fröhlichen grünen Augen erinnerten Vera ebenfalls an Rebecca. Wie sehr sehnte sie sich nach ihr zurück!

»Wie war das jetzt mit der Planung des Büfetts? Wollen wir das bei dir oder bei mir in Angriff nehmen? Ich hätte einige passende Rezepte aus der *Constanze* und der *Hörzu* parat. Im Kochbuch von Wilmenrod finden wir sicher auch etwas«, sagte Ysabel, als Vera sich beruhigt und sich mithilfe eines Taschentuchs, eines Kamms, frischen Lippenstifts sowie eines kritischen Blicks in den Rückspiegel wieder einigermaßen sortiert hatte.

»Wollen wir das auf morgen oder übermorgen verschieben? Was hältst du stattdessen von einem Bummel durch die Innenstadt? Im *Beck* zeigen sie die neue Frühlingskollektion.«

Sie startete den Motor und fuhr los. Im selben Moment fing es an zu schneien. Die Scheibenwischer quietschten über die Frontscheibe.

»Bei *Lodenfrey* haben sie auch schon umdekoriert«, griff Ysabel den Vorschlag begeistert auf. Sobald sie Veras leichtes Zusammenzucken bemerkte, beeilte sie sich, nachzusetzen: »Da kann man wirklich gut einkaufen. Da geht es ganz vornehm zu. Das wird dir gefallen.«

»Als ich Kind war, sind wir nie dorthin. Damals haben sie Uniformen für die Hitlerjugend und Mäntel für die SA geliefert.«

»Oh«, war alles, was Ysabel dazu sagte.

Vera tat es leid, die alten Geschichten aufgewärmt zu haben. Andererseits verblüffte es sie immer wieder aufs Neue, wie schnell sie in Vergessenheit geraten waren.

»Zumindest haben sie sich ihren Zwangsarbeitern gegenüber anständig benommen«, setzte sie nach. »Alles andere als selbstverständlich, wie man weiß.«

Sie hatten Glück. Der Schneeschauer war rasch vorbei. Sie konnten den Wagen direkt hinter dem Marienplatz in der winzigen Gruftstraße abstellen. Die Häuser auf der Rückseite des Neuen Rathauses waren bei einem der letzten Luftangriffe zerstört und nicht wiederaufgebaut worden. Inmitten des vom Schutt befreiten Platzes wirkte die Straße regelrecht verloren. Wenigstens gab es am Trottoirrand noch keine neumodischen Parkuhren, die gierig einen Groschen als Obolus fürs Wagenabstellen verschluckten. Zum Marienplatz waren es nur wenige Schritte.

»Lass uns lieber ins *Börsen-Café* gehen. Ich lade dich auf einen Kaffee und ein Stück Torte ein«, änderte Vera ihren Plan und führte Ysabel durch das nachmittägliche Gedränge zur Schäfflerstraße. Erstaunlich, wie viele Menschen Zeit hatten, um diese Zeit durch die Straßen zu bummeln.

»Mein Großpapa hat mir hier immer eine heiße Schokolade mit viel Sahne spendiert«, erzählte sie, sobald sie in dem Café an einem freien Tisch nahe dem Fenster Platz genommen und ihre Bestellung aufgegeben hatten. »Die Schokotorte ist ein Gedicht. Ihr Geheimnis ist die eingebackene Birne in einer Extraschicht Sahnecreme.«

Voller Vorfreude sah sie sich um. Das Interieur hatte inzwischen gewechselt und wirkte weich gedämpft. Ein flauschiger Veloursteppich in zartem Sandton bedeckte den einstmals kahlen Steinboden. Sessel und Bänke waren im selben Farbton samtgepolstert, die Wände stoffbespannt. Es herrschte nachmittägliche Kaffeekränzchenatmosphäre. Vorwiegend ältere Damen, denen man die vielen Kaffeehausbesuche längst wieder an der Leibesfülle ansah, hockten in Zweier- oder Dreiergruppen an den Tischen, den Hut auf dem frisch ondulierten Haar, um den Hals eine auffällige Kette und an den Fingern glitzernde Diamantringe. Voller Genuss gönnten sie sich zu Sahnetorte und Filterkaffee noch ein oder zwei Gläschen Likör, die die Kellner in den dunklen Anzügen unter beflissenen Verbeugungen servierten.

»Durftet ihr denn damals noch hier …«, erwiderte Ysabel erstaunt, woraufhin Vera sie brüsk unterbrach: »Mein Großpapa hat sich nie darum gekümmert, was er angeblich durfte oder nicht. Er war ein Münchner durch und durch. Warum hätte er sich von irgendwem verbieten lassen sollen, sich in seiner eigenen Stadt frei zu bewegen?«

»Dein Großvater muss ein toller Mann gewesen sein«, bemühte Ysabel sich hastig, sie zu besänftigen. »Meine Großeltern sind leider früh gestorben. Die einzige Verwandtschaft, die ich kennengelernt habe, sind Tante Irmi und Onkel Walter in Wildenwart. Auf die zwei hätte ich allerdings gerne verzichtet.«

»Dafür wirst du bald deine Mutter zu dir holen. Deine Schwester hast du ohnehin schon da. Seit sie mit Eduard angebandelt hat, ist sie richtig nett.«

Aufmunternd strich Vera ihr über den Arm. Sie bedauerte ihre unbeherrschte Reaktion. Ysabel hatte das Herz auf dem rechten Fleck. Mit ihrer Frage hatte sie nichts Böses im Sinn gehabt. Sie war auf dem Land groß geworden und hatte dort wenig von dem mitbekommen, was im Dritten Reich in München passiert war. Die unerquickliche Kindheit auf dem Hof der Verwandten hatte sie mit anderen Problemen konfrontiert. Juden hatte es dort sicherlich sowieso nicht gegeben.

»Seit Margot selbst bis über beide Ohren verliebt ist, sieht sie so manches lockerer.« Über Ysabels apfelrundes Gesicht huschte ein verschmitztes Lächeln.

Der Ober servierte Kaffee und Kuchen. Beim Anblick des großzügigen Stücks Schokotorte wich das kecke Lächeln auf

Ysabels Gesicht einem glücklichen Strahlen. Jede einzelne winterblasse Sommersprosse auf ihrem Nasenrücken begann zu leuchten. Voller Genuss verzehrte sie den Kuchen. Vera faszinierte ihr Anblick derart, dass sie fast vergaß, ihr eigenes Stück Kuchen zu essen.

»Wirklich lecker!« Nachdem der letzte Krümel verputzt war, wischte Ysabel sich mit der dünnen Papierserviette sorgfältig die Mundwinkel. »Ob die hohen Gäste der Stadt auch so etwas zu essen kriegen?«

»Wen meinst du?«

»Kaiserin Soraya natürlich«, erwiderte Ysabel, pikiert über ihre Begriffsstutzigkeit. »Hast du etwa nichts von ihrem Besuch in München am letzten Wochenende mitbekommen?«

»Wenig«, gestand Vera kleinlaut.

»Da hast du etwas verpasst«, sprudelte Ysabel los. Ihre Augen funkelten, derart versetzte sie allein die Erinnerung noch in Verzücken. »So etwas erlebt man nur ein Mal im Leben. Ludger und ich sind Sonntag am Bahnhof gewesen, als sie mit dem Zug aus Baden-Baden angekommen sind. Zum Glück hat Ludger einen Bekannten bei den Schandis. Deshalb wussten wir, welchen Weg sie nehmen würden, und sind schnell ins Auto gesprungen, um parallel zu ihrem Konvoi auf einer anderen Strecke zu ihrem Hotel zu fahren. Vor dem *Vierjahreszeiten* standen wir in der ersten Reihe, als sie sich auf dem Balkon gezeigt haben. Stell dir vor: Theoretisch könnte sie uns sogar gesehen haben!«

Sie hielt inne, spitzte kurz den Mund, um die Ungeheuerlichkeit dieser Vorstellung länger auszukosten. Vera fand das noch schöner als ihr lustvolles Verspeisen der Torte.

»Die Maximilianstraße war schwarz vor Menschen«, plapperte Ysabel weiter. »Zigtausend müssen es gewesen sein. Die Tram musste angehalten werden, weil auf der Fahrbahn nichts mehr ging. Es ist wirklich ein Märchen: eine halbe Deutsche auf dem Pfauenthron! Ihre Mutter ist ja Berlinerin. Hast du als Kind nicht auch in Berlin gelebt? Theoretisch könntet ihr euch auf einem Spielplatz begegnet sein. Sie ist doch so alt wie du.«

Rasch trank sie von ihrem Kaffee, der längst kalt geworden sein musste.

»Sie ist zwei Jahre jünger«, berichtigte Vera schmunzelnd und wunderte sich, wie gut sie dank der vielen Zeitungsberichte in *Spiegel* und *Süddeutscher Zeitung* auf dem Laufenden war. Nur den Besuch in München musste sie verdrängt haben. »Was hältst du zur Feier des Tages noch von einer heißen Schokolade mit ganz viel Sahne?«

Rasch gab sie die Bestellung auf, während Ysabel mit ihrer Schwärmerei fortfuhr: »So eine schöne Frau! Ihre Hüte, Mäntel und Kostüme sind unglaublich elegant. Kommt bestimmt alles direkt aus Paris. Der Pelz muss ein echter Persianer gewesen sein. Ein Vermögen wird der gekostet haben. In der Wochenschau war zu sehen, dass sie bei jedem Auftritt einen anderen Pelz trägt. In Hamburg auf der Hafenrundfahrt ist es ein schneeweißer gewesen. Dazu ihr schwarzes Haar und die dunklen Augen – sie hat hinreißend ausgesehen. Wie ein echter Filmstar. Apropos.«

Sie unterbrach sich nur kurz, um einen Schluck von der bereits gebrachten heißen Schokolade zu trinken.

»Köstlich!« Wie ein Kind fuhr sie mit der Zunge über die Oberlippe, um sich den Sahne-Schokoladen-Bart abzulecken. »Hast du in der *Münchner Illustrierten* die Fotos vom ›Bal Paré‹ gesehen? Gina Lollobrigida war Stargast. Und Sophia Loren war eine Woche später auf dem Kostümfest ›Qui-Qua-Quu‹. Die hätte ich beide auch gern mal in echt gesehen. In München trifft sich inzwischen die internationale High Society.«

»Dafür waren wir dank Charlotte auf der Premiere von Käutners ›Des Teufels General‹ und haben nur wenige Reihen hinter

Curd Jürgens gesessen.« Vera löffelte die Sahnehaube von der Trinkschokolade

»Stimmt. Was für ein Mann!«

»Von dem hat man als Frau mehr als von der Lollobrigida und der Loren.«

»Wir haben doch schon zwei Prachtexemplare als Verlobte«, stellte Ysabel leicht vorwurfsvoll fest.

»Beim heutigen Männermangel wirklich ein Sechser im Lotto«, erwiderte Vera spöttisch. »Wir sollten alles dafür tun, den Hauptgewinn nicht wieder zu verlieren. Da fällt mir ein: Hast du Lust, mit zum *Dallmayr* zu gehen? Den *Beck* machen wir ein anderes Mal. Ich will noch einige Kleinigkeiten für heute Abend besorgen, um Arthur zu verwöhnen. Wenn er von seinem Termin aus Salzburg kommt, wird er einen Bärenhunger haben. Mir schwebt Beefsteak Tatar vor. Das Rezept habe ich in der *Hörzu* entdeckt. Sardellen und Kapern hat schon meine Großmama bei *Dallmayr* gekauft. Vorab gibt es zum Aufwärmen eine Rinderbrühe. Die habe ich noch von Sonntag.«

»Langsam lernst du das mit dem umsichtigen Haushalten.« In Ysabels Stimme schwang Stolz mit.

»Dank meiner umsichtigen Lehrmeisterin kein Wunder.« Anerkennend drückte Vera ihr die Hand.

»Arthur wird sich freuen. Am besten bietest du ihm dazu noch ein eiskaltes Bier an. Dann hat er im Handumdrehen sämtlichen Stress im Büro vergessen.«

»Danke für den Tipp.« Zum wiederholten Mal wunderte Vera sich, wie sehr Ysabel in der Rolle der fürsorglichen Hausfrau aufging. Ob Ludger und sie später eine glückliche Ehe führen würden?

»Wirst du das künftig denn auch schaffen, abends für ihn zu kochen?«, erkundigte Ysabel sich besorgt. »Das Büro von Leuweritz & Mangfall ist in Bogenhausen in der Höchlstraße, oder?

Damit hast du einen viel längeren Weg als bislang. Da könnte es mit dem Einkaufen knapp werden.«

»Ab und an muss Arthur wohl auch mal an den Herd«, erwiderte Vera augenzwinkernd. »Es schadet nicht, wenn er seine Kochkünste ebenfalls verfeinert.«

»Das ist nicht dein Ernst!« Entsetzt riss Ysabel die grünen Augen auf. »Wie soll er das denn schaffen nach einem langen, anstrengenden Tag im Büro?«

»Genauso, wie ich das bislang geschafft habe. Dann muss er halt gelegentlich pünktlich gehen oder alles in der Mittagspause besorgen.«

»Weiß er das schon? Sicher wird er nicht begeistert sein. Noch ist das Büro im Aufbau. Da gibt es viel zu tun. Kaum vorstellbar, dass er kürzertritt. Er ist sehr ehrgeizig und hat große Pläne.«

»Die habe ich auch.«

»Aber du bist eine Frau …«

»… und Architektin. Ich bin ebenfalls sehr ehrgeizig und habe noch einiges vor in meinem Leben. Am besten natürlich mit ihm zusammen.«

»In Ludgers und Arthurs Büro?«

Das klang eher entsetzt als begeistert. Vera zuckte mit den Schultern. Solange Ludger seine seltsamen Ansichten vertrat, war das sicher nicht anzuraten. Sie würde immer nur mit ihm streiten. Aber darüber sprach sie besser nicht mit Ysabel. Das nachzuvollziehen fehlte ihr schlichtweg der Horizont.

»Zum Glück ist es nur vorübergehend«, lenkte Ysabel ein. »Für eine Weile kann Arthur sich bestimmt arrangieren.«

»Wieso nur vorübergehend?« Vera war perplex. Was wusste Ysabel, das sie nicht wusste?

»Sobald ihr heiratet, hörst du doch sicher auf zu arbeiten«, erwiderte die ganz selbstverständlich. »Oder spätestens, wenn du schwanger wirst. Bis dahin wird das Büro so gut laufen, dass ihr auf dein Gehalt nicht mehr angewiesen seid. Als Ehefrau unterstützt man seinen Ehemann ohnehin besser, wenn man keine eigenen Karrierepläne verfolgt, sondern sich ganz auf die häuslichen Aufgaben konzentriert. So hält man ihm den Rücken frei und baut ihm ein gemütliches Nest, in das er jederzeit gern heimkehrt. Sonst besteht die Gefahr, dass er sich noch anderweitig …«

Mitten im Satz schlug Ysabel sich die Hand vor den Mund, als wollte sie sich die restlichen Worte verbieten. Vera wartete verwundert, ob sie verraten würde, was ihr im Kopf herumgespukt war. Unauffällig sah sie auf die Uhr.

»Schon nach halb sechs! Jetzt haben wir uns aber ziemlich verplaudert. Bald ist Ladenschluss.« Vera winkte dem Ober, um zu zahlen.

In der Abenddämmerung wirbelten dicke Schneeflocken durch die Luft. Auf dem Trottoir bildete sich eine rutschige Schicht. Die Oberkörper gegen den neuerlichen Schneefall nach vorn gebeugt, liefen Vera und Ysabel Arm in Arm an der Rückseite des Rathauses entlang zur Dienerstraße. Trotz des zuletzt etwas angespannten Gesprächs war Veras Enttäuschung über den verpatzten Nachmittag mit Arthur längst verflogen. Die Vorfreude auf einen Abend bei romantischem Kerzenschein tat ein Übriges, den letzten Rest von Ärger schmelzen zu lassen.

Mit von der Kälte rot gefrorenen Nasen erreichten sie das traditionsreiche Delikatessengeschäft in der Dienerstraße. Ein Blick durch die Glasscheiben der Eingangstür verriet, dass sie nicht die Einzigen waren, die sich an diesem winterlichen Märzabend kurz vor Feierabend noch etwas gönnen wollten. Zielsicher führte Vera Ysabel zur Fleischtheke und orderte ein gutes Pfund Rinderhack aus der Hüfte. Die Freundin quittierte ihren neuerlichen Beweis hausfraulicher Tüchtigkeit mit einem erleichterten Nicken, obwohl sie angesichts des horrenden Preises zusammenzuckte. Außer Sardellen erstand Vera noch Worcestersauce, Mixed Pickles sowie ein Mischbrot. Flink packte sie alles in ihr Einkaufsnetz, das sie stets in der Handtasche hatte. Zuletzt wollte sie noch eine Packung feinen Kaffees in der Rösterei besorgen.

»Der ist hier viel zu teuer«, wehrte die Freundin mit geröteten Wangen ab und stellte sich ihr auffällig in den Weg, um sie in eine andere Richtung zu lotsen.

»Teuer, aber konkurrenzlos gut.«

Lächelnd wollte Vera sie beiseiteschieben, als sie beim Blick über Ysabels Schulter erstarrte. Das war wohl der wahre Grund für deren seltsames Verhalten. Das durfte nicht wahr sein!

Im nächsten Moment meinte sie, einen herben Schlag in die Magengrube zu erhalten. Ihr blieb die Luft weg. Geistesgegenwärtig packte Ysabel sie am Arm und zog sie in die angrenzende Pralinenabteilung. Zugleich sprudelte sie wie ein Wasserfall los.

»Du musst dir nichts dabei denken. Das sieht ganz anders aus, als es in Wirklichkeit ist. Bestimmt will Arthur von Charlotte nur einen Rat, womit er dich nachher überraschen und verwöhnen kann.«

»Aber sie hat ihn geküsst! In aller Öffentlichkeit! Und ihm hat es ganz offensichtlich gefallen. Wie lange stehen sie wohl schon da und halten Händchen? Schau nur, wie sie sich an ihn schmiegt und wie blöd er dazu grinst«, widersprach Vera. Sie fühlte sich elend wie nie zuvor. »Um ihm einen Rat zu geben, muss sie sich nicht derart eng an ihn heranwanzen. Was tut er überhaupt hier? Hast du nicht gesagt, er hätte einen langen Termin in Salzburg? Hier!«

Sie drückte Ysabel das Netz mit den Einkäufen in die Hand.

»Überrasch Ludger damit. Mir ist der Appetit vergangen.«

31

Erst als Vera wieder vor ihrem Auto stand, wurde ihr bewusst, wie lange sie ziel- und kopflos durch die Gegend gerannt sein musste. Mittlerweile bedeckte eine dicke Schneeschicht die himmelblaue Karosserie und sandte in der sternenklaren Dunkelheit ein mystisches Leuchten aus. Andächtige Stille lag über der verlassenen kleinen Straße hinter dem Rathaus. Auch der weite, leere Platz und die angrenzenden Wege waren menschenleer. In der Ferne quietschte eine Tram, die von der Perusa- in die Theatinerstraße einbog.

Mit bloßen Händen fegte Vera die Autofenster frei. Zum Glück war der Schnee nicht auf den Scheiben angefroren. Dennoch waren ihre Finger rasch steif von der Kälte. Nur unter Mühen gelang es ihr, den Schlüssel aus der Tasche zu zerren und den Käfer aufzusperren. Selbst ihre Füße waren in den nassen Lederpumps zu Eis erstarrt. Gaspedal und Kupplung konnte sie kaum richtig treten. Der Motor muckte einige Male, bis er endlich ansprang. Zitternd vor Kälte fuhr sie nach Hause.

›Nach Hause‹ – kaum dachte sie daran, schossen ihr von Neuem Tränen in die Augen. Niemand würde sie dort erwarten, für niemanden würde sie Abendessen vorbereiten. Dabei hatte sie es sich so schön ausgemalt, wie sie Arthur bei sich willkommen heißen und ihm bei Kerzenschein von ihrer Kündigung bei Sandrart und der neuen Stelle bei Leuweritz & Mangfall berichten würde. Es sollte eine Überraschung werden. Bislang hatte sie ihm noch kein Sterbenswörtchen von ihren Plänen erzählt und auch Charlotte um Stillschweigen gebeten.

Ausgerechnet Charlotte! Wie geschickt hatte die sich ihr als Freundin angedient, sie dazu ermuntert, ihr zu vertrauen und ihr ihre größten Geheimnisse anzuvertrauen. Vera wurde speiübel. Fast hätte sie die rote Ampel am Odeonsplatz übersehen. Im letzten Moment trat sie auf die Bremse. Der Käfer schlingerte über die schneeglatte Fahrbahn, bis er kurz vor der Kreuzung zum Stehen kam. Zum Glück querte kein Auto von links. Auch Fußgänger waren keine mehr unterwegs. Das wenigstens war gut gegangen.

Nicht gut gegangen war dagegen die Sache mit Arthur. Aufschluchzend biss Vera sich in die Faust, kniff die Augen zusammen, um den Sturzbach an Tränen zu unterdrücken. »Mögest du in deinem Glauben an deine Liebsten niemals enttäuscht werden«, hatte ihre Mutter Rike ihr nach dem Disput an Weihnachten hellsichtig gewünscht. Niemals hätte Vera gedacht, wie schnell genau das eintreffen würde. Eine tiefe Wunde klaffte in ihrer Brust. Ob sie sich jemals wieder schließen würde?

Die Ampel sprang auf Grün. Hinter ihr hupte jemand. Hastig wischte sie sich Augenwinkel und Wangen trocken, fuhr an. Wie konnte Arthur ihr das nur antun? Hätte sie ihm doch nie trauen dürfen? Ein Deutscher seines Alters, der nie über seine Zeit zwischen Abitur und Kriegsende sprach – wie hatte sie so leichtgläubig sein können!

Auch Charlotte hatte sie hintergangen. Dabei hatte Rike sie vor ihr gewarnt. In ihrer Gier nach Freunden hatte Vera sich völlig naiv auf Charlotte eingelassen, geflissentlich alle Warnsignale ignoriert. »Ihr habt keine Zukunft miteinander«, spukte ihr auf einmal durch den Kopf. Mit dieser zweideutigen Feststellung hatte Charlotte ihr auf dem Faschingsball davon abgeraten, mit Arthur zusammenzuarbeiten. Bitter lachte sie auf. Nun begriff sie, warum sie ihr die Bewerbung bei Leuweritz & Mangfall schmackhaft gemacht hatte. Nicht um ihrer Karriere willen, sondern weil sie sie damit von Arthur weglotste.

Über diesen Gedanken erreichte Vera das Appartementhaus in der Theresienstraße. Zwar registrierte sie beim Einparken einen grauen Käfer am Straßenrand, doch sie fühlte sich zu erschöpft, dem groß Bedeutung beizumessen. Sie hastete zum Aufzug. Mit jeder Etage, die der Lift nach oben glitt, sehnte sie sich stärker nach trockenen, dicken Socken und einer Tasse heißem Kamillentee, dem Allheilmittel von Großmama Rebecca. Als das helle Glöckchen das Erreichen des obersten Stockwerks verkündete, wusste sie, dass sie gleich im Bett dick eingehüllt in beide Plumeaus Rebeccas Skizzenbuch hervorholen und in den Zeichnungen ihrer heilen, verzauberten Münchner Kinderwelt versinken würde.

»Warum kommst du so spät? Wo hast du gesteckt?«

Kaum hatte sie die Wohnungstür aufgesperrt, kam Arthur ihr aus dem Wohnzimmer entgegen. Natürlich – der graue Käfer! Sie hätte gewarnt sein müssen. Verblüfft starrte sie Arthur an.

In der rechten Hand hielt er die obligatorische Zigarette, die linke steckte lässig in der Hosentasche. Auf seinem Antlitz lag eine Mischung aus Vorwurf und Sorge. Ihn jetzt in ihrer Wohnung in aller Unschuld anzutreffen, nachdem sie ihn vor gut zwei Stunden noch in aller Öffentlichkeit turtelnd mit Charlotte beobachtet hatte, schlug dem Fass den Boden aus. Sie musste an sich halten, ihn nicht sofort anzuschreien. Während er die Kippe zwischen die Lippen schob, um ihr Hut und Mantel abzunehmen, schleuderte sie die verdorbenen Schuhe in die Ecke und stürmte wortlos an ihm vorbei ins Bad, schlug die Tür zu und sperrte gleich zweimal ab.

Ihr Blick fiel auf das sündige mohnrote Negligé mit schwarzer Spitze, das über dem Bademantel hing. Zornig riss sie es vom Haken. Die zarten Chiffonträger platzten ab. Das befeuerte ihre Wut weiter. Blindlings stopfte sie es in den Abfalleimer und knallte den Deckel zu.

Als sie wenig später unter der Dusche heißes Wasser über die nackte Haut prasseln ließ, spürte sie einen Anflug von Erleichterung. Mit geschlossenen Augen reckte sie das Kinn dem Brausekopf entgegen und genoss die sich langsam in ihren Gliedern ausbreitende Wärme.

»Alles in Ordnung?«

Sobald sie das Wasser abdrehte, bemerkte sie das energische Klopfen an der Tür. Sie musste mindestens eine Viertelstunde lang geduscht haben. Wahrscheinlich hämmerte Arthur schon geraume Zeit gegen das Türblatt, ohne dass sie es registriert hatte. Trotzdem antwortete sie nicht, sondern frottierte sich gründlich ab, cremte sich von Kopf bis Fuß ein und schlüpfte in den ausgewaschenen Flanellpyjama. Bevor sie das Bad verließ, warf sie sich den gemütlichen Bademantel über und ging an dem verdutzten Arthur vorbei in die Küche.

»Was ist los?«

Natürlich folgte er ihr dicht auf den Fersen. Wenigstens rauchte er nicht mehr.

Schweigend setzte sie Wasser auf, hängte einen Teebeutel in ihre Lieblingstasse und wollte nach der Packung Butterkekse im Regal über dem Herd greifen. Im selben Moment schnellte seine Hand nach oben und umklammerte ihren Arm.

Sie ließ die offene Kekspackung los. In Zeitlupe sah sie sie hinunterpurzeln.

Ein Teil der Kekse landete in der Kasserolle auf dem Herd. Darin köchelte eine Tomatensuppe, wie sie bei der Gelegenheit erst bemerkte.

»Raus mit der Sprache!«, forderte Arthur sie auf. »Welche Laus ist dir über die Leber gelaufen? Warum behandelst du mich wie einen Schwerverbrecher und würdigst mich weder eines Wortes noch eines Blickes? Was habe ich dir getan?«

»Das fragst du noch?«, erwiderte sie aufgebracht und entwand sich seinem Griff mit einem kräftigen Ruck. Dabei stieß sie gegen den Stiel der Kasserolle und fegte sie von der Herdplatte. Rote Tomatensuppe spritzte vom Boden auf. Sie war kochend heiß. Erschrocken sprangen sie beide zur Seite. Dennoch trafen Vera einige der Spritzer an den nackten Füßen.

»Autsch!«, rief sie und rieb sich abwechselnd die bloßen Füße an den Schienbeinen.

»Verdammter Mist!«, fluchte Arthur. Auf seinen Hosenbeinen zeichneten sich ebenfalls Flecken ab. Er griff sich einen Lappen aus der Spüle und bückte sich hastig, um das Gröbste aufzuwischen.

»Das war unser Abendessen«, stellte er vorwurfsvoll fest. »Echt italienische Tomatensuppe vom *Dallmayr*. Dazu habe ich Pinot Grigio und als Nachspeise hausgemachte Tiramisu besorgt. Eigentlich wollte ich mit dir auf den Vertrag mit der KiMa anstoßen. Jetzt ist es ganz offiziell, dass Ludger und ich die neue Fabrikhalle bauen werden.«

»Gratuliere!« Sie schnappte sich ein Küchenhandtuch und rieb sich ebenfalls die Suppenflecken ab. »Darauf hast du doch bestimmt schon mit Charlotte angestoßen. Gab es wenigstens echten französischen Schampus? Den trinkt sie doch am liebsten flaschenweise. Der *Dallmayr* hat eine erlesene Auswahl. Das wird es dir wohl wert gewesen sein.«

Sie knüllte das Handtuch zusammen und drückte es Arthur in die Hände. Dann nahm sie sich die Sprudelflasche sowie das daneben stehende Wasserglas und flüchtete sich die Türe schlagend ins Schlafzimmer. Dort warf sie sich laut weinend aufs Bett.

Was für eine Unverfrorenheit! Allen Ernstes wollte er ihr eine lausige Tomatensuppe aus der Dose und günstigen Flaschenwein als Festmahl anbieten, nachdem er den Erfolg bestimmt bereits stilecht bei Schampus und Austern mit Charlotte zelebriert hatte! Zornig ballte sie die Hände und stieß einen markerschütternden Wutschrei aus. Sofort erklang ein verärgertes Gegen-die-Decke-Klopfen aus der Wohnung darunter. Das war ihr einerlei. Noch einmal wiederholte sie den Schrei.

Erst im nächsten Augenblick fiel ihr auf, dass Arthur neben ihrem Bett stand und befremdet auf sie heruntersah.

»Guck nicht so!« Verärgert setzte sie sich auf, zog die Knie an die Brust und umhüllte sich bis zum Kinn mit dem Plumeau. Angestrengt fixierte sie einen Punkt auf dem Schrank an der gegenüberliegenden Wand. »Pack lieber deine Sachen und verschwinde aus meiner Wohnung. Und am besten gleich ganz aus meinem Leben.«

»Bist du völlig verrückt geworden?«

Er wollte sich auf die Bettkante setzen. Energisch stieß sie ihn von dort weg.

»Hau ab! Sofort! Und lass dich nie wieder hier blicken.«

»Was soll das? Bin ich dir nicht einmal mehr eine simple Erklärung wert?«

»Die kannst du dir selber geben. Denk einfach an deinen Besuch beim *Dallmayr* mit Charlotte heute Abend. Und überhaupt an deine vielen angeblich so wichtigen Geschäftstermine mit ihr in den letzten Wochen und Monaten. Mehr muss ich dazu wohl nicht sagen.«

»Ich weiß leider immer noch nicht, wovon du redest.«

Er schüttelte den Kopf, machte allerdings auch keine Anstalten, zum Schrank zu gehen und seine Kleidung herauszuholen.

Das brachte für Vera das Fass zum Überlaufen. Unwillkürlich schlug sie das Plumeau zurück, sprang auf und öffnete den

Schrank. Stück für Stück zerrte sie seine Unterwäsche, Hemden, Hosen und Pullover heraus, warf alles achtlos aufs Bett und pfefferte zum Schluss noch schwungvoll die Jacketts samt Kleiderbügeln obenauf.

»Okay, okay«, versuchte er sie zu beschwichtigen. »Ich habe verstanden. Du hast mich mit Charlotte beim Einkaufen im *Dallmayr* gesehen und denkst jetzt wahrscheinlich, sie und ich …«

»Das denke ich nicht nur. Es war offensichtlich, dass es genau so ist. Frag Ysabel.«

»Die war auch dabei? Was willst du jetzt von mir hören? Was soll ich dir groß dazu sagen, außer, dass alles ganz harmlos gewesen ist?«

»So harmlos wie deine frechen Lausbubengeschichten aus deiner Schulzeit mit Ludger? Oder wie eure lustigen Schwänke aus eurer unvergleichlich schönen Jugend in Hitlers Lieblingsstadt? Sicher hast du noch einige weitere parat, die ich nicht kenne. Davon hast du schließlich unendlich viele auf jedes Stichwort hin immer sofort auf Abruf bereit.«

»Stopp, stopp, stopp!« Über ihren Sätzen war er erblasst. »Da wirfst du wohl einiges durcheinander. Am besten gehen wir ins Wohnzimmer, setzen uns an den Tisch und reden in aller Ruhe miteinander.«

»Worüber? Über deine unverfängliche Kindheit? Oder vielleicht doch einmal über deine Zeit in der Hitlerjugend und nach dem Abitur?«

»Ich dachte, es geht dir um mein Verhältnis zu Charlotte und warum wir heute gemeinsam beim *Dallmayr* gewesen sind?«

»Siehst du, schon wieder weichst du aus! Willst mich gleich wieder mit einer Flut an Erklärungen und Schilderungen überschütten, die mir vorgaukeln sollen, dass du jederzeit freimütig über dich und deine Vergangenheit sprichst. Dabei gibst du in Wahrheit nicht eine einzige ehrliche Silbe von dir preis!«

»Ich glaube, du bist etwas überanstrengt. Kein Wunder, bei der Kälte. Wahrscheinlich hast du Fieber. Warst du zu lange auf der Baustelle? Bist mit deinen dünnen Lederpumps im Schneematsch versunken und hast kalte Füße bekommen? Am besten mache ich dir Wadenwickel. ›Das hilft immer!‹, hat schon meine Großmutter gesagt. Oh, Entschuldigung!« Übertrieben schlug er sich die Hand vor den Mund. »Mit den alten Geschichten aus meiner Kindheit soll ich dich ja nicht mehr behelligen. Leg dich wieder ins Bett. Ich koche dir Tee und bringe dir eine Wärmflasche. Morgen muss der gute Sandrart wohl auf dich verzichten.«

»Sandrart muss künftig immer auf mich verzichten.«

Sie verschränkte die Arme vor der Brust und schaute Arthur herausfordernd an. Sie waren nahezu gleich groß, was es für ihn wohl unangenehm machte, ihr in diesem Moment direkt gegenüberzustehen, wie sein flackernder Blick bewies.

»Was soll das heißen?«, fragte er leise, allerdings war seiner Mimik zu entnehmen, dass er die Antwort bereits ahnte.

»Ich habe vorhin gekündigt. Der gute Eisele muss sich nur noch bis Ende der Woche gedulden, dann ist der Weg für ihn frei, und er wird endlich bei den wichtigen Projekten die Verantwortung übernehmen.«

»Und was wird aus dir?« Arthurs Stimme wurde rau.

»Ab nächster Woche findest du mich bei Leuweritz & Mangfall in der Höchlstraße in Bogenhausen. Darauf wollte ich eigentlich heute Abend mit dir anstoßen und dir Bœuf tartare mit Sardellen und Kapern servieren.«

»Das ist nicht dein Ernst.«

»Doch. Die Zutaten habe ich ganz frisch …«

»Du weißt, was ich meine: Dass du ausgerechnet bei Leuweritz & Mangfall anfängst.«

»Das war Charlottes Idee. Sie hat das dank ihrer guten Kontakte eingefädelt. Ein Wunder, dass sie dir noch keinen Ton davon verraten hat. Es war ihr sehr wichtig, mich dort unterzubringen. Inzwischen ist mir auch klar, warum.«

»So?« Auf einmal wirkte er geistesabwesend. Fahrig begann er, seine Kleidung auf dem Bett zusammenzuraffen.

»Das liegt doch auf der Hand!«, brauste Vera auf. »Unbedingt wollte sie verhindern, dass ich bei Ludger und dir anfange. So bin ich weit weg von dir und bekomme erst recht nicht mehr mit, wie viel sie mit dir ›geschäftlich‹ unterwegs ist. Aber das spielt jetzt ohnehin keine Rolle mehr. Weder werde ich je bei euch im Büro anfangen, noch werde ich mich künftig viel darum scheren, was du mit Charlotte treibst. Es ist aus und vorbei. Ab sofort gehen wir getrennte Wege.«

Sie streifte den Verlobungsring vom linken Finger und reichte ihn ihm. Ihre Hand zitterte, kaum wollte ihr die Stimme gehorchen. Arthur anzusehen gelang ihr erst recht nicht. Hastig wandte sie sich ab.

»Dann bleibt mir wohl nur, dir zu deiner neuen Stelle zu gratulieren. Ich hoffe, sie bringt dir all das, was du dir von dem Wechsel erhoffst. Leuweritz & Mangfall sind derzeit das beste und erfolgreichste Architekturbüro in der Stadt. Gewiss werden sie dein Talent zu schätzen wissen.«

Ohne sich zu ihm umzudrehen, wusste sie, dass er ihr die Hand hinhielt. Sie verschränkte die Arme vor der Brust. Er begriff, packte seine Sachen und ging.

Als sie die Wohnungstür draußen im Flur ins Schloss fallen hörte, warf sie sich von Neuem aufs Bett und weinte bitterlich.

32

Die Stimmung im Büro war angespannt. Ysabel bemühte sich um gute Laune, obwohl sie seit Tagen einem Rechenfehler in der Buchhaltung nachzuspüren hatte. Stunde um Stunde musste sie die endlosen Zahlenkolonnen im Journal durchforsten. Trotzdem versorgte sie alle aufmerksam mit frischem Kaffee, Sprudelwasser und Keksen sowie mit einem aufmunternden Lächeln.

Ludger sah kaum auf, als sie ihm einen Teller voll Süßem hinstellte. Gleich verschanzte er sich wieder hinter einem Berg Papierkram, der angeblich dringend erledigt werden musste. Eduard verkroch sich hinter seinem Zeichentisch und tat, als gäbe es nichts Wichtigeres als den Entwurf einer Garagenanlage für das Schulhaus in Laim. Sogar Hannelore, die sonst immer eine witzige Bemerkung auf der Zunge hatte, reagierte gereizt, als ihr beim Skizzieren eines Dachstuhls zum dritten Mal in Folge die Bleistiftmine abbrach.

»Kannst du bitte endlich mit der Singerei aufhören!«, raunzte sie Helga genervt an, die beim Zusammenkleben eines Modells für die Schulturnhalle vor sich hin summte.

»'tschuldigung«, murmelte Helga und verstummte.

Eindeutige Ursache für die Schlechtwetterwolke, die alle umfing, war Arthur. Sein gewohnter Charme war von heute auf morgen verflogen. Zwischen den Augenbrauen hatten sich zwei senkrechte Furchen eingegraben, die Mundwinkel hingen nach unten. Jeder sprach nur das Nötigste mit ihm, und er selbst antwortete wortkarg. Klappte etwas bei Hannelores Zeichnung oder Helgas Modell nicht auf Anhieb so, wie er es haben wollte, reagierte er ungeduldig.

Ysabel kannte den Grund für sein Verhalten, doch sie hatte Vera hoch und heilig versprochen, niemandem etwas von ihrem Eklat mit Arthur zu verraten, nicht einmal Ludger.

Als Arthur an diesem Vormittag zusammen mit Ludger das Büro verließ, um einen Termin wegen des Schulneubaus im Rathaus wahrzunehmen, atmeten die anderen erleichtert auf.

»Unser Prinz Rühr-mich-nicht-an hat wohl mal wieder seine dicke Rüstung angelegt, um nur ja niemanden an sich heranzulassen«, konstatierte Hannelore. Sie und Ysabel standen vor dem Spülbecken. Ysabel brühte frischen Kaffee auf, und Hannelore schnippelte an einer Handvoll ledriger Winteräpfel für den vormittäglichen Obstteller.

»Sieht mir ganz nach Streit mit seiner geliebten Vera aus«, diagnostizierte sie.

»Weißt du mehr?«, fragte Helga Ysabel neugierig, legte Pinzette und Klebstoff beiseite und kam zu ihnen herüber. Auch Eduard musste plötzlich dringend in der winzigen Kochnische sein Käsebrot auspacken.

Ein Blick darauf genügte, um Ysabel empört die Luft anhalten zu lassen. Camembert und Pumpernickel stammten aus ihren Vorräten! Da hatte sich Margot wieder einmal ohne zu fragen an ihrem Kühlschrankfach bedient.

»Heraus mit der Sprache«, drängte Hannelore unterdessen. »Ludger ist sein bester Freund. Ihm wird er was gesteckt haben, was der gewiss wiederum dir weitergetratscht hat.«

»Bestimmt ist Arthur sauer, weil Vera bei Leuweritz & Mangfall angefangen hat«, mutmaßte Eduard zwischen zwei herzhaften Bissen in sein dick mit Butter bestrichenes Brot. »Ausgerechnet bei denen! Die wollen sich auch an der Ausschreibung für das Bürohaus der Stadt beteiligen, heißt es. Da können wir einpacken. Gegen die haben wir keine Chance, besonders dann nicht, wenn Vera für sie arbeitet. Erstens ist sie wirklich gut, und zweitens haben Leuweritz & Mangfall mit solchen Projekten mehr Erfahrung als wir.«

»Und sicherlich noch das nötige Vitamin B«, ergänzte Hannelore mit einem bedeutungsvollen Augenaufschlag hinter ihrer Schmetterlingsbrille.

»Hat Vera wegen ihrer neuen Stelle die geplante Party letzten Samstag abgeblasen? Bei Leuweritz & Mangfall müssen alle rund um die Uhr rödeln, habe ich gehört. Freie Wochenenden sind da wohl passé. Dabei hatte ich mich schon so darauf gefreut, endlich ihre Wohnung zu sehen. Die Appartements in dem Hochhaus von Sep Ruf sollen der letzte Schrei sein. Jeder schwärmt davon.« Helga machte keinen Hehl aus ihrer Enttäuschung.

»Die Party wird sie sicher nachholen«, tröstete Eduard sie. Er sprach mit vollem Mund, dabei fielen ihm einige Krümel heraus, was Ysabel ekelte. »Wer so schick wohnt, muss das doch einmal herzeigen, ganz egal, wie viel er arbeitet.«

»Das glaube ich auch«, behauptete Hannelore.

Ysabel biss sich auf die Lippen. Veras und Arthurs Zerwürfnis ging die anderen nichts an. Niemals würde sie gegen Veras Willen etwas darüber verlauten lassen.

»Ich war mir eigentlich immer sicher, früher oder später würde Vera zu uns ins Büro kommen«, bekannte Helga. »Arbeit gäbe es mehr als genug. Und reinpassen würde sie bestens, findet ihr nicht?«

»Arthur hatte lange genug die Chance, sie zu fragen, ob sie bei ihm anfangen will«, stellte Hannelore trocken fest. »Dass er es nicht getan hat, spricht nicht gerade für ihn.«

»Warum?« Begriffsstutzig schaute Helga sie an.

»Weil es beweist, wie spießig er ist. Letztlich fürchtet er ihre Konkurrenz. Männer ertragen es nicht, wenn ihre Frauen besser sind als sie und ihnen ausgerechnet auf ihrem ureigenen Sektor zeigen, wo's langgeht.«

»Glaubst du?« Helga wirkte völlig erstaunt.

»Ludger hat auch noch ein Wörtchen mitzureden, wer bei uns arbeitet«, warf Ysabel aufgebracht ein. Es ärgerte sie, wie selbstverständlich Hannelore so tat, als wäre Arthur der alleinige Chef. Leider geschah das nicht zum ersten Mal. Ludger hielt sich viel zu sehr zurück. Mit seiner redegewandten Art überflügelte Arthur ihn oft. Andererseits war sie erleichtert, dass die Kollegen Veras Stellenwechsel als Ursache für Arthurs Groll betrachteten. Offenbar ahnte keiner etwas von seinem Fehltritt mit Charlotte. Sie konnte es selbst nach wie vor kaum glauben.

Sie machte sich große Sorgen um Vera. An besagtem Abend war sie ihr durch die Dunkelheit in den Englischen Garten gefolgt. Dann war es jedoch höchste Zeit gewesen, nach Hause zu fahren, um zu kochen. Damit Ludger nichts merkte, hatte sie sich zum ersten Mal in ihrem Leben ein Taxi gegönnt, um rechtzeitig vor ihm daheim zu sein. Das Bœuf tartare, das Vera ihr geschenkt hatte, wog den Luxus auf. Ebenso die Kosten für die Telefonate, die sie aus der benachbarten Vorstadtkneipe mit Vera zu führen versucht hatte, während Ludger später in ihrer Dachkammer nichts ahnend geschlafen hatte. Sie mutterseelenallein in der verrauchten Boazn, in der die rauen Bierbrauer aus dem Westend weit nach Mitternacht noch schafkopften – unglaublich, was sie für Vera riskiert hatte!

Drei Anläufe hatte es gebraucht, bis Vera endlich nicht mehr sofort den Hörer auf die Gabel geknallt hatte, sobald Ysabel sich gemeldet hatte.

»Ich verspreche dir, mir nichts anzutun«, hatte sie nach langem Zureden erwidert und »ganz großes Ehrenwort« hinzugefügt, bevor sie erzählt hatte: »Arthur habe ich rausgeschmissen. Nie mehr will ich ihn sehen. Und Charlotte kratze ich höchstpersönlich die Augen aus. Das Miststück!«

Ysabel hatte das nachvollziehen können und zustimmend geschwiegen. Daraufhin hatte Vera zu ihrer großen Überraschung »Du bist eine echte Freundin!« in den Hörer gewispert.

Das hatte Ysabel die Schamesröte auf die Wangen getrieben. Es berührte sie zutiefst, von der weitaus klügeren und erfolgreichen Vera als »echte Freundin« bezeichnet zu werden. Trotzdem quälte sie sich mit gewaltigen Gewissensbissen. Schon längst hätte sie ihr von ihrer Beobachtung bei der Verlobungsfeier im Haus der Kirchenreuths erzählen müssen. Deshalb beschränkte sie ihren Kontakt derzeit wohlweislich aufs Telefon. Ohnehin war Vera von der neuen Stelle viel zu sehr beansprucht, um Zeit für ihre gemeinsamen Koch- und Haushaltsabende zu haben. Zu Recht wäre sie bitter enttäuscht, sollte sie je von Ysabels Feigheit erfahren.

Wenn Ysabel an die vielen angeblichen Geschäftstermine dachte, die Charlotte und Arthur schon gemeinsam absolviert hatten, bevor Vera ihnen beim *Dallmayr* auf die Schliche gekommen war, wurde ihr schlecht. Wie offensichtlich Charlotte sich auch in Venedig und zuletzt beim Fasching im Haus der Kunst an Arthur herangemacht hatte! War das wirklich keinem der anderen aufgefallen? Hätte nicht auch Vera schon viel früher etwas merken müssen? Doch wie Ysabel es auch drehte und wendete: Sie blieb trotz allem eine schlechte Freundin, die Vera gegenüber nicht aufrichtig gewesen war.

»Du klingst fast so, als wäre es vor allem dir nicht recht, wenn Vera hier arbeitet«, riss Hannelore sie aus ihren Gedanken. Der vorwurfsvolle Ton verriet bereits Missbilligung.

»Ich dachte, ihr wärt Freundinnen?«, warf Helga ein. »Du bringst ihr doch das Kochen bei und gluckst bei ihr in der tollen Wohnung rum.«

Ysabel wurde heiß. Bestimmt war ihr Gesicht längst rot bis unter die Haarwurzeln. Verzweifelt schürzte sie die Lippen.

»Es ist … also ich denke … bestimmt sollten wir uns weniger um Vera …«, stammelte sie, während sie verzweifelt nach einer geschickten Antwort suchte, um weder Vera in den Rücken zu fallen, noch wie eine Intrigantin dazustehen.

Letztlich stimmte es ja: Es wäre ihr tatsächlich nicht recht, wenn Vera bei ihnen im Büro arbeitete. Allerdings nicht, weil sie sie nicht mochte oder ihr den Erfolg nicht gönnte, sondern aus Angst um Ludger. Bereits jetzt war Arthur ihm haushoch überlegen. Das hatte sich doch vorhin wieder gezeigt, als keiner daran gedacht hatte, dass Arthur nicht allein über Veras Einstellung zu entscheiden hatte. Immer häufiger nahm er zudem die Termine mit wichtigen Bauherren allein wahr. Begonnen hatte das zunächst völlig harmlos, als Charlotte nach Arthurs und Veras Verlobung den Auftrag mit der Fabrikhalle eingefädelt hatte, bis es sich als Gewohnheit festgesetzt hatte, dass Arthur Gespräche mit möglichen Auftraggebern ohne Ludger führte. Wie würde das erst werden, wenn auch noch Vera hier arbeiten würde? Die beiden würden Ludger komplett hintanstellen!

Natürlich mochte Ysabel Vera sehr und wusste, dass Vera auch Ludger mochte. Niemals würde sie ihn hintergehen. Plötzlich schämte Ysabel sich ob ihrer bösen Unterstellung.

Im selben Moment fiel ihr ein, dass sich diese Frage gar nicht mehr stellte. Vera hatte Arthur vor die Tür gesetzt und voller Ehrgeiz die neue Stelle bei Leuweritz & Mangfall begonnen. Es bestand keine Gefahr mehr, dass sie ins Büro eintrat. Sofort hellte sich ihre Miene auf.

»Vera hat sich doch längst entschieden.« Triumphierend strahlte sie die anderen an. »Wie Eduard schon sagt: Mit Leuweritz & Mangfall können Arthur und Ludger nicht mithalten. Dort stehen ihr alle Türen offen, um eine steile Karriere zu machen. Die kann ihr bei uns niemand bieten.«

»Was ist denn bei euch los? Wie heißt es so schön? ›Wenn die Katze aus dem Haus ist, tanzen die Mäuse auf dem Tisch.‹ Habt ihr nichts Besseres zu tun, als miteinander zu tratschen und Kaffee zu trinken? Wo steckt Arthur?«

Unbemerkt von ihnen hatte Charlotte das Büro betreten und sah sich pikiert um. Helga und Eduard beeilten sich, an ihre Arbeitsplätze zurückzukehren. Hannelore goss sich provozierend langsam noch einmal Kaffee nach, polierte die Gläser ihrer Brille, schnappte sich einen Apfelschnitz vom Obstteller und steckte ihn sich im Vorbeigehen dicht vor Charlottes Nase in den Mund.

»Vitamine und regelmäßige Pausen sind wichtig, um die Arbeitskraft zu erhalten«, verkündete sie kauend, bevor sie Charlotte mit einem aufreizenden Hüftschwung beiseiteschob und an ihren Platz zurückkehrte.

Ysabel war beeindruckt. »Ludger und Arthur sind bei einem wichtigen Auswärtstermin«, wandte sie sich bemüht freundlich an Charlotte. Dabei würde sie ihr für das, was sie Vera angetan hatte, am liebsten die Augen auskratzen. Schweren Herzens musste sie sich eingestehen, dass es nicht an ihr war, das zu tun. Aus dem Augenwinkel bemerkte sie Hannelores ermutigendes Kopfnicken.

»Heute werden sie keine Zeit mehr für dich haben«, stellte sie klar. »Soll ich für die nächsten Tage einen Termin mit den beiden notieren? Lass mich kurz nachschauen, ob und wann sie für dich eventuell wieder Luft im Kalender haben.«

33

Passend zum bevorstehenden Frühlingsbeginn lud Vera mit einwöchiger Verspätung zur versprochenen Party in ihr schickes Appartement ein. Ebenso passend versiegten die letzten Schneeschauer, und allmählich sprießte die berechtigte Hoffnung auf wärmere, sonnigere Zeiten.

Inzwischen hatte Ysabel zu ihrer Beruhigung festgestellt, dass Vera ihr weder ihr feiges Schweigen zu Charlottes Avancen gegenüber Arthur nachtrug – falls sie es überhaupt ahnte – noch bereit war, sich ob der geplatzten Verlobung in Sack und Asche zu hüllen. Überraschend vergnügt hatten sie in dieser Woche endlich einmal wieder ihren gemeinsamen Koch- und Haushaltsnachhilfestunden gefrönt. Allerdings war es Ysabel schleierhaft, für wen Vera künftig abends Schmorbraten oder Paprikagulasch zubereiten wollte. Viel zu eifrig stürzte sie sich auf ihre neuen Aufgaben bei Leuweritz & Mangfall.

»So bitter es ist, hat Großpapas lebenskluger Satz ›lieber ein Ende mit Schrecken als ein Schrecken ohne Ende‹ mehr denn je seine Berechtigung«, hatte sie behauptet und auf Ysabels verblüfftes Schweigen hinzugefügt: »Stell dir vor, ich hätte Arthur geheiratet und Jahre später festgestellt, dass er mich schon lange mit Charlotte hintergeht! Mit dem riesigen Auftrag für die Halle und den Kontakten, die sie ihm noch beschaffen will, hat sie ihn doch fest an der Angel. So etwas lasse ich mir nicht bieten!«

So sehr Vera sich auch bemüht hatte, entschlossen zu klingen, war Ysabel das verräterische Glitzern in ihren Augen nicht entgangen. Gerade, als sie ihr tröstend die Hand auf die Schulter hatte legen wollen, hatte Vera trotzig wie ein kleines Mädchen nachgesetzt: »Arthur und Charlotte habe ich übrigens nicht zu meiner Party eingeladen. Die zwei will ich so schnell ganz bestimmt nicht wiedersehen.«

Zu Ysabels Überraschung entpuppte sich Eduard als begnadeter und leidenschaftlicher Hobbykoch. Staunend verfolgte sie, wie er in der winzigen Küche von ihrer und Margots noch winzigerer Dachwohnung herumhantierte, um binnen kürzester Zeit eine Schüssel Spargelsalat, eine Platte mit russischen Eiern sowie einen Gurken-Kartoffel-Salat zu zaubern. Margot und ihr blieb nur, ihm beim Eier- und Kartoffelpellen zu helfen sowie Zwiebeln und Schinken zu würfeln. Den Rest erledigte er allein.

Die Haare hatten sie sich schon gewaschen, die Lockenwickler wippten munter auf ihren Köpfen. Aus dem Kofferradio auf dem Wandbord schepperte Musik. Übermütig tanzten sie sich trotz Messer in der Hand und Schürze vor der Brust für den Abend ein. Die Fingernägel würden sie sich nach dem Kochen lackieren und dabei das passende Make-up zu ihrer Kleidung besprechen. Tollkühn hatte Ysabel bereits beschlossen, ihr neues, korallenrotes Rosenkleid mit dem weiten Tellerrock zu tragen und dazu in die weißen Pfennigabsatzpumps zu schlüpfen. Seit Wochen fieberte sie der Gelegenheit entgegen, es Ludger vorzuführen. Ihm würden die Augen ausfallen, so gut kamen in dem ärmellosen Stück ihre Oberweite wie auch die schmale Taille zur Geltung.

»Das dürfte reichen«, erklärte Eduard stolz, als er die Salate und die russischen Eier mit Petersiliensträußchen garniert hatte. »Damit werden wir uns den Eintritt bei Vera wohl verdienen.«

»Ludger steuert sowieso noch eine Flasche teuren Sekt bei.« Ysabel begann, Messer, Brettchen und Kochtopf abzuspülen. Sie hasste Unordnung in der Küche.

»Was wird das hier?« Als hätte er ihre letzte Bemerkung gehört, tauchte Ludger in der offenen Tür auf und drehte das Radio ab. Missmutig wanderte sein Blick über Schüsseln und Platten.

»Unsere Beiträge für Veras Party.« Ysabel ärgerte sich, wie verzagt das klang. Alle drei standen sie mit gesenkten Köpfen da, als hätten sie etwas angestellt. Natürlich ahnte sie, woher Ludgers schlechte Laune rührte: Arthur musste ihm eben im Büro erzählt haben, nicht bei Vera eingeladen zu sein. Die beiden waren die Einzigen, die an diesem Samstagnachmittag gearbeitet hatten. Auch Hannelore und Helga waren mittags schon verschwunden, um sich für den Abend herzurichten. Aus Veras neuem Büro wie auch aus dem Appartementhaus waren weitere Gäste eingeladen. Da wollten alle den besten Eindruck machen und sich entsprechend in Schale werfen.

Verlegen spielte Ysabel an einem der Lockenwickler, drehte sich eine lose Haarsträhne um den Finger. Ob Arthur Ludger den wahren Grund für Veras Abfuhr genannt hatte, bezweifelte sie. Dazu war er zu feige. Noch immer war sie anscheinend die Einzige, die wusste, dass die zwei nicht wegen Veras neuer Stelle auseinandergegangen waren.

»Wir gehen nicht«, raunzte Ludger und verschwand zurück in den Flur.

»Was?«, rief Ysabel ihm entsetzt nach.

»Wir gehen in jedem Fall«, erklärte Margot und legte Ysabel den Arm um die Schulter. »Komm einfach mit uns, Schwesterherz.«

»Ich weiß nicht, ob Ludger will, dass wir …«, setzte Eduard vorsichtig an, woraufhin Margot ihn zurechtwies: »Ich bin nicht seine Leibeigene. Ich kann tun und lassen, was ich will. Falls du

Bedenken hast, darfst du gern hierbleiben. Ich nehme mir dann ein Taxi, um die Fressalien sicher in die Theresienstraße zu transportieren.«

»Danke.« Ysabel hauchte ihr einen Kuss auf die Wange. »Du hast recht. Wir sind keine Leibeigenen. Einen Versuch gebe ich Ludger noch, sonst komme ich mit dir.«

Das klang mutiger, als sie sich fühlte. Dennoch wusste sie, es war die richtige Entscheidung. Sie sollte ihm die Wahrheit sagen, sonst steuerte er mit Arthur gegen eine Wand. Wenn sein Freund nicht den Mumm hatte, ihm reinen Wein einzuschenken, musste sie ihn eben aufbringen.

»Sei vorsichtig, was du da sagst«, fuhr Ludger Ysabel verärgert über den Mund, sobald sie ihm klopfenden Herzens von ihrer Entdeckung beim *Dallmayr* und Veras Reaktion darauf erzählt hatte. »Niemals würde Arthur Vera hintergehen. Vergiss nicht: Ich kenne ihn seit Urzeiten. Ich weiß, was er tut und was nicht. So etwas passt ganz bestimmt nicht zu ihm.«

»Ich wollte es auch nicht glauben, aber immerhin habe ich mit eigenen Augen gesehen, wie er in aller Öffentlichkeit mit Charlotte herumpoussiert hat«, beharrte sie. »Dass er und Vera jetzt auseinander sind, beweist, dass es stimmt. Deshalb ist er auch nicht zur Party eingeladen. Und Charlotte sowieso nicht. Ruf an und frag nach, falls du mir nicht glaubst.«

»Hm«, war alles, was Ludger erwiderte.

Die Luft in ihrer Dachkammer war stickig. Die Frühlingssonne, die durch das Gaubenfenster hereinbrannte, besaß ungewöhnlich viel Kraft. Ysabel wollte das Fenster öffnen, doch im selben Moment drehte Ludger sich von ihr ab und stellte sich genau davor. Stumm starrte er hinaus.

Schweren Herzens wartete sie. Ihr Blick streifte das korallenrote Kleid, das auf einem Bügel hinter der Tür hing. Es war ein

Traum. Genau der Farbton, der ihr rotes Haar zum Leuchten brachte. Zwar fehlten nach dem langen Winter noch die Sommersprossen auf Nasenrücken und Armen, dennoch konnte man ihren feinen Teint schon erahnen. Unbedingt wollte sie das Kleid nachher anziehen. Vorher musste sie Ludger jedoch erst die Augen über seinen besten Freund öffnen.

»Du musst mit Arthur sprechen«, fasste sie sich ein Herz, gegen Ludgers schmalen Rücken anzureden. »Eben weil du ihn seit Urzeiten kennst und sein bester Freund bist. So kann es nicht weitergehen. Er rennt in sein Unglück, wenn er Charlotte von Kirchenreuth vertraut. Und wir alle mit.«

»Red keinen Unsinn!« Erzürnt fuhr er herum. »Was geht das uns an? Es ist seine Privatangelegenheit. Wenn er Charlotte lieber hat als Vera, muss er das selbst entscheiden. Natürlich ist das bitter für Vera. Ich kann nachvollziehen, dass du auf ihrer Seite bist, weil ihr inzwischen enge Freundinnen seid. Aber offenbar verstehen sich Arthur und Charlotte wirklich gut. Also sollten wir das akzeptieren.«

»Bist du blind?«, fuhr sie ihn an. »Merkst du nicht, worauf das hinausläuft? Charlotte wird dich demnächst auch ausbooten! Erst hat sie einen Keil zwischen Vera und Arthur getrieben, und als Nächstes bist du dran.«

»Wovon redest du?«

»Davon, dass Charlotte seit Wochen versucht, Arthur mit neuen Aufträgen zu ködern und dich aus dem Büro zu drängen.«

»Das ist nicht wahr!«

»Natürlich ist es wahr. Erinnere dich, wie es an Neujahr gewesen ist. Unbedingt musste sie allein mit ihm nach Mestre, um sich das Vorbild für die neue Fabrikhalle anzusehen. Warum hat sie dich nicht mitgenommen? Überhaupt durftest du bislang kein einziges Mal irgendwohin mitkommen, wenn es um dieses Projekt für die KiMa geht. Immer hat Charlotte eine andere

Ausrede parat, warum sie nur Arthur und nie dich bei einer Besprechung dabeihaben will. Ich wette mit dir, dein Name ist noch kein einziges Mal in einem der Gespräche gefallen. Keiner bei der KiMa wird überhaupt ahnen, dass euer Büro ›Brandt & Trautner‹ und nicht nur ›Brandt‹ heißt.«

Sie hatte sich in Rage geredet. Darüber war ihr entgangen, wie still Ludger geworden war. Als sie geendet hatte, räusperte er sich mehrmals, bevor er leise erwiderte: »Du willst nicht kapieren, wie Arthur und ich zusammenarbeiten. Wir sind die besten Freunde und vertrauen einander blind. Charlotte schafft uns neue Aufträge heran, Arthur kümmert sich darum, basta. Das funktioniert hervorragend. Den Teufel werde ich tun und mich in seine privaten Angelegenheiten mischen. So etwas mag bei euch Frauen üblich sein, wir Männer gehen anders miteinander um.«

»Wie schön für euch!« Zitternd vor Empörung schnappte Ysabel nach Luft. Wieder sah sie zu ihrem Kleid, sog das Korallenrot wie ein Signal in sich auf. Sie beruhigte sich. Es gelang ihr sogar, Ludger anzulächeln.

»Dann können wir ja jetzt zu Veras Party gehen. Wie du eben richtig festgestellt hast, ist sie meine Freundin. Natürlich muss ich deshalb unbedingt mit ihr auf ihre neue Stelle anstoßen. Wie aber sähe das aus, wenn ich alleine käme? Am besten begleitest du mich. Du hast es selbst gesagt: Was mit Arthur ist, geht uns nichts an. Es ist seine Privatsache und hat nichts mit uns zu tun.«

Ysabel tanzte, bis ihr die Füße glühten. Zum Glück hatte Vera den Nachbarn aus der Wohnung unter ihr ebenfalls eingeladen, sonst hätte er sicher längst die Polizei alarmiert, weil er fürchten musste, die Decke würde unter den wild trampelnden Füßen einstürzen.

Tatsächlich war es ein Wunder, dass in Veras Wohnzimmer so viele Paare Platz fanden. Noch dazu für Boogie-Woogie, Jive und Quickstep. Ab Mitternacht dämpfte jemand allerdings sowohl die Lautstärke als auch die Musik, das Licht sowieso. Bevorzugt wurden nun Slowfox, Blues und Langsamer Walzer miteinander getanzt.

»Ich muss unbedingt etwas trinken, sonst verdurste ich.« Behutsam löste Ysabel sich aus Constantins Armen, nachdem die letzten Takte von Frank Sinatras wunderschönem ›That's life‹ verklungen waren.

Erstaunt stellte sie fest, wie sehr sich die Reihen gelichtet hatten. Ein ganzer Schwung Gäste, vornehmlich aus Veras neuem Büro, musste sich in der letzten Stunde verabschiedet haben, ohne dass sie es bemerkt hatte. Sie bekam ein schlechtes Gewissen. Wo Ludger steckte? Seit einer gefühlten Ewigkeit hatte sie nur noch mit Constantin getanzt und nicht mehr nach ihm gesehen. Andererseits war er selbst schuld. Er hätte sie auch auffordern können. Sonst tanzte er gern und viel mit ihr.

Zum Glück entdeckte sie ihn beim Durchgang zu Bad und Schlafzimmer. Immer noch war er in ein angeregtes Gespräch mit Vera und einem ihrer neuen Kollegen vertieft. Hubert Stölzl hieß der, wenn sie sich recht erinnerte. Vera hatte ihn gleich bei ihrer Ankunft vorgestellt, also war er wohl wichtig. Sosehr Ysabel sich ärgerte, dass Ludger nie ganz von der Arbeit loskam und sofort ein fachliches Gespräch mit ihm begonnen hatte, so sehr beruhigte es sie auch. So fiel ihm nicht auf, wie lang und versunken sie immerzu mit Constantin getanzt hatte. Darüber errötete sie nun doch.

»Hoffentlich ist noch Bowle da«, unterbrach Constantin ihre Gedanken. Ganz selbstverständlich fasste er sie an der Hand und führte sie in die kleine Küche, in der das Büfett und die Getränke aufgebaut waren.

Viel war nicht mehr da von den Salaten und kalten Platten mit Kanapees, russischen Eiern, Fliegenpilzen und Käsewürfeln.

Auf den Blechen mit Streusel- und Butterkuchen war sogar nur noch eine Handvoll Krümel übrig. Im Bowlentopf schwamm eine klägliche Pfütze mit zwei gerupften Minzblättern.

»Da bleibt uns wohl nur noch Bier«, verkündete Constantin und eilte zum Balkon, auf dem einige Kästen kalt gestellt waren.

»Ist unser Ludger wahnsinnig?« Von hinten schob sich Hannelore heran und legte ihr besitzergreifend den Arm um die Taille. »Er sollte besser auf dich aufpassen, sonst steht bald die nächste Verlobung auf dem Spiel.«

»Selbst schuld, wenn er den ganzen Abend mit Architektenkollegen fachsimpelt«, verteidigte Helga Ysabel und hakte sich bei ihr ein.

»Wenigstens tut er ein gutes Werk und hält diesen Hubert bei Vera auf Abstand«, stellte Hannelore fest. »Der verfolgt doch ganz eindeutige Absichten.«

»Schlecht sieht er nicht aus«, warf Ysabel ein. »Und nett ist er auch.«

»Aber nur, wenn man auf Männer mit lichtem Haar und Brille steht«, erwiderte Hannelore grinsend.

Ysabel seufzte. Die Anspielung verstand sie sofort. Doch es kümmerte sie einen feuchten Kehricht, wie Hannelore Ludgers Aussehen fand. Die verscheuchte mit ihrer spitzen Zunge selbst einäugige, dickbäuchige Glatzköpfe, warum sonst war sie immer noch ohne Mann?

»Kaum lässt man dich einen Moment allein, wirst du sofort umschwärmt.« Mit zwei Flaschen Hellem kehrte Constantin in die Küche zurück und entkorkte das Bier.

»Auf uns und unsere wunderbaren Freundinnen!«

Erst stieß er mit seiner Flasche an Ysabels an, dann hielt er sie Hannelore und Helga zum Zuprosten entgegen.

»Auf die Kirchenreuths und ihre gelungenen Eroberungen.« Frech nahm Hannelore ihm die Bierflasche ab und trank ausgiebig, bevor sie sie an Helga weiterreichte, die ebenfalls sehr durstig schien.

»Wie fühlt Charlotte sich? Genießt sie es, Arthur und Vera auseinandergebracht zu haben?«, erkundigte Hannelore sich beiläufig bei Constantin.

»Woher weißt du …«, platzte Ysabel verdutzt heraus, bevor er sie unterbrach und Hannelore überraschend ruhig antwortete: »So bitter es ist, aber ich glaube, Vera ist bei der Sache nicht ganz unschuldig. Sie hätte Arthur nicht provozieren und zu diesem neuen Büro wechseln sollen.«

»Trotzdem ist es nicht die feine Art, wie Charlotte Arthur becirct. Der Verlobte einer Freundin ist tabu, ganz gleich, wie toll man ihn findet«, echauffierte Helga sich.

Ysabel meinte, ihren Ohren nicht zu trauen. Die hörten sich alle drei so an, als wüssten sie längst Bescheid. Dabei hatte niemand etwas gesagt, und alle hatten immer so getan, als vermuteten sie allein Veras neue Stelle als Ursache für Arthurs schlechte Laune.

»Was ist schon die feine Art?«, erwiderte Constantin, drückte Helga seine Bierflasche in die Hand und nahm Ysabel ihre ab, um sie Hannelore zu reichen. Ehe Ysabel begriff, wie ihr geschah, führte er sie zurück ins Wohnzimmer zum Tanzen. Enger als nötig zog er sie an sich, um beim Blues Wange an Wange mit ihr in Elvis Presleys ›Blue Moon‹ zu versinken.

34

Die neue Herausforderung tat gut. Durch ihren Wechsel zu Leuweritz & Mangfall hatte Vera so viel zu tun, dass ihr tagsüber wenig Zeit zum Luftholen blieb, geschweige denn zum Grübeln über die geplatzte Verlobung mit Arthur. Kam sie spätabends erschöpft aus dem Büro nach Hause, wurde es allerdings schlimm. Immer wieder kochten Zweifel in ihr auf, ob sie nicht überreagiert und aus einer Mücke den sprichwörtlichen Elefanten gemacht hatte. Dann aber sah sie Arthurs Gesicht vor sich, als sie ihm erzählt hatte, sie wechsele ihre Stelle. Offenbar gönnte er ihr den Karrieresprung nicht. Warum sonst hatte er derart unsouverän reagiert? Ihre Trennung war die richtige Entscheidung. Es lag nicht allein an seiner Turtelei mit Charlotte. Sie passten einfach nicht zusammen. Mit ihrem Willen zum beruflichen Vorwärtskommen hielt er ebenso wenig Schritt wie Ludger und so manch anderer. Wie sollten sie da eine gemeinsame Zukunft haben?

Wenn sie nur nicht so viel allein wäre! Das sagte Vera sich Abend für Abend. Gesellschaft würde sie sicherlich ablenken. Zugleich ging sie jeder Verabredung aus dem Weg, fürchtete sich vor den Fragen nach ihren Gefühlen, die früher oder später kommen würden. Constantin schmollte bereits. Seit der Party vor drei Wochen hatte sie auch Ysabel die Kochabende abgesagt. Zwar waren sie ihr sehr lieb geworden, derzeit aber ertrug sie sie schlichtweg nicht. Wen wollte sie in naher Zukunft noch mit raffinierten Abendessen verwöhnen?

Wie sie es auch drehte und wendete, landeten ihre Gedanken immer wieder bei Arthur. So stark sie sich nach außen gab, so tief verletzt war sie in ihrem Innern.

Nachts lag sie allein im Bett und brach beim Anblick des leeren Kopfkissens neben sich in bittere Tränen aus. Nicht einmal das Blättern in Großmama Rebeccas geliebtem Skizzenbuch konnte sie trösten. Im Gegenteil. Einige Male war sie sogar mitten in der Nacht wieder aufgestanden und mit dem Auto in die Paradiesstraße gefahren, hatte sich vor das Haus gestellt, das an der Stelle stand, an der sie früher gewohnt hatten. Irgendwie hatte sie wohl gehofft, der Zauber der heilen Kinderwelt ließe sich an Ort und Stelle von Neuem heraufbeschwören und würde alles wiedergutmachen. Sogar in die nahe Himmelreichstraße war sie spaziert, hatte sich durch die nächtliche Dunkelheit bis in den Englischen Garten gewagt, um all die Orte aufzusuchen, an denen sie als kleines Mädchen einmal sehr glücklich gewesen war.

Nirgendwo fand sie Trost. Stattdessen musste sie nur noch mehr weinen über all das, was sie in den letzten siebzehn Jahren verloren hatte. Und jetzt also auch noch Arthur, ihre erste große Liebe. Der Mann, dessentwegen sie sogar Prinzipien über Bord hatte werfen und die dunkle Vergangenheit hatte ruhen lassen wollen.

Wahrscheinlich hatte ihre Mutter recht. Es wäre besser gewesen, nie nach München zurückzukehren. Die alten Zeiten waren vorbei. Sie ließen sich nicht wiederbeleben. Nicht einmal durch die Liebe. Vor allem nicht durch die Liebe. Liebe machte blind und verleitete zu den schlimmsten Fehlern.

Dann ertappte sie sich doch wieder bei der Hoffnung, sich getäuscht und Arthur zu Unrecht eine Liebelei mit Charlotte vorgeworfen zu haben. Die beiden passten nicht zusammen. Arthur war so sanft und so verletzlich. Allein der Moment, als er ihr von seiner toten Schwester erzählt hatte … Niemals würde Charlotte ihn derart lieben können wie sie!

Leider aber musste sie wohl oder übel der Tatsache ins Auge sehen, dass das keine Rolle spielte. Sie hatte die Verlobung gelöst, ihre Beziehung beendet. Arthurs Reaktion hatte ihr bewiesen, wie richtig ihr Entschluss war. Es gab kein Zurück. Daran änderten auch Ysabels rührende Versuche nichts, ihr weiszumachen, Arthur hielte sich neuerdings fern von Charlotte, verkehre nur mehr beruflich in Gegenwart von Ludger mit ihr.

»Von mir aus darfst du dir mit dem Heiraten noch viel Zeit lassen. Du bist jung und hast noch viel vor, da rangiert eine eigene Familie ohnehin besser auf den hinteren Plätzen«, hatte ihr Vater sie unbeholfen zu trösten versucht, als sie ihn und ihre Mutter bei einem ihrer sonntäglichen Telefonate mit der Neuigkeit von ihrer Trennung überrascht hatte. Wohlweislich hatte sie sich über die Details ausgeschwiegen und nur vage erwähnt, mit Arthur aktuell nicht mehr dieselben Ziele zu verfolgen. Das war weder die ganze Wahrheit noch gelogen. Feinfühlig hatte ihr Vater darauf verzichtet, weitere Fragen zu stellen.

»Kümmere dich erst einmal um deine eigenen Träume, bevor du dir mit jemand anderem zusammen den Himmel darüber errichtest, um sie unter Dach und Fach zu bringen«, hatte der kluge Rat ihrer Mutter gelautet. Natürlich fühlte die sich in ihren Mahnungen von Weihnachten bestätigt. Dennoch verzichtete sie darauf, den Triumph auszukosten. Darüber war Vera sehr erleichtert. Vielleicht würde sie ihr eines Tages mehr erzählen. Vorerst war sie froh, dass Rike wohl dank ihres mütterlichen siebten Sinns darauf verzichtete, sich im selben Atemzug nach der Zukunft ihrer Freundschaft mit Charlotte zu erkundigen. Um sich die wahren Zusammenhänge zu erschließen, hatte ihr offenbar genügt, wie beiläufig Vera erwähnt hatte, sie ebenso wenig wie Arthur zu ihrer Party eingeladen zu haben. Mehr zu erzählen, hätte Vera nicht übers Herz gebracht.

»Haben Sie ein Viertelstündchen Zeit?« Vorwitzig schob sich an diesem Dienstagmorgen Mitte April Hubert Stölzls leicht gerötetes Gesicht durch den Spalt der halb geöffneten Bürotür. Kaum eine Sekunde später stand er neben ihrem Zeichentisch und schaute ihr über die Schulter.

»Natürlich.« Vera lächelte, zeichnete aber rasch weiter.

Stölzl war bislang der Einzige bei Leuweritz & Mangfall, der sich locker und unkompliziert gab. Daran hatte auch ihre Partyeinladung an die Kollegen nichts geändert. Im Büro herrschte generell ein distanzierterer Umgang untereinander als bei Sandrart oder gar bei Arthur und Ludger. Das war ihr schon am ersten Tag aufgefallen. Sie fand das umso erstaunlicher, als das Durchschnittsalter sowohl unter den Architekten als auch unter den technischen Zeichnern und Sekretärinnen erstaunlich niedrig war. Kaum einer war älter als Mitte dreißig. Sie entstammten also derselben Generation.

Möglicherweise färbte die Gegend, in der sich das Architekturbüro befand, auf die Atmosphäre ab. Die Höchlstraße im vornehmen Bogenhausen war nun einmal eine weitaus gediegenere Adresse als die Erzgießereistraße in der Maxvorstadt, in der Sandrarts Büro lag. Malzgeruch von Brauereien erschnupperte man hier nie. Dafür aber bald reichlich Rosen- und Fliederduft, denn die großzügigen Gärten, die die zumeist gründerzeitlichen Villen umgaben, wurden allesamt fachmännisch gepflegt und gaben bereits jetzt, kaum Mitte April, einen Vorgeschmack auf üppige Frühlingsfreuden.

Wie an vielen Ecken der Stadt waren auch in dieser Gegend der knapp zehn Jahre zurückliegende Krieg und die Verfolgung jüdischer Bürger nunmehr eine nebulöse Erinnerung. Bombenschäden hatte es nur sehr wenige gegeben. Von den früheren Eigentümern der prächtigen Häuser sprach keiner mehr, die einen, weil sie sie nie kennengelernt hatten, die anderen, weil sie sie vergessen wollten. Selbst Vera hatte nur noch rudimentäre Erinnerungen an äußerst spärliche Besuche mit ihren Großeltern bei Hochschul- und Künstlerkollegen in der Möhl- oder Maria-Theresia-Straße. In Großmama Rebeccas Büchlein fanden sich lediglich eine grobe Skizze des Wohn- und Atelierhauses von Bildhauer Hildebrand, das gleich um die Ecke lag, sowie eine vom Max-Weber-Platz, auf dem sich nach wie vor die Trambahnlinien kreuzten.

Das Büro von Leuweritz & Mangfall befand sich inmitten eines englisch anmutenden Gartens. Der Rasen war golfplatzkurz und dicht, die Rosenbüsche kräftig und schon jetzt mit ersten Knospen übersät. Das Gebäude gehörte zu den vielen beeindruckenden Villen, die sich vor allem jüdische Unternehmer, Gelehrte und Künstler zu Beginn des zwanzigsten Jahrhunderts im damals neu nach München eingemeindeten Bogenhausen hatten errichten lassen. Im Dritten Reich war das Viertel bei nationalsozialistischen Parteigängern beliebt gewesen. Die damals herrschenden Zustände hatten es ihnen erleichtert, sich die Besitztümer günstig anzueignen. Deshalb, so vermutete Vera, waren ihre Eltern und Großeltern nur selten mit ihr dort gewesen. Nach Kriegsende wurden einige Villen von den Amerikanern beschlagnahmt, manche zur Unterbringung von höherrangigen Armeeangehörigen, andere zur Einrichtung von Anlaufstellen für die vielen Hunderttausend ehemals Verfolgten des Naziregimes und für die wenigen Juden, die dem Grauen entkommen waren. Sogar die erste behelfsmäßige Synagoge hatte sich im Viertel befunden.

Daran aber gemahnte inzwischen ebenso wenig wie an den einstmals größten Schwarzmarkt Europas, der bis zur Währungsreform um die benachbarte Möhlstraße anzutreffen gewesen war.

Eines Tages, beschloss Vera, würde sie sich ausführlicher mit der Vorgeschichte des Hauses befassen, in dem sich das Büro befand. Bei Leuweritz & Mangfall schien keiner großes Interesse daran zu hegen. Das war leider in den meisten Fällen ähnlich.

»Die Loggia ist sehr großzügig bemessen«, holte Stölzl sie in die Gegenwart von Wohnungsentwürfen und Sozialbauprojekten zurück. Eine Zeit lang hatte er ihr beim Zeichnen schweigend zugesehen.

Sie legte den Stift weg und drehte sich um. Wie so oft hatte er sich viel zu nah hinter ihr aufgebaut. Warm hatte sie seinen Atem im Nacken gespürt. Sie trat einen Schritt beiseite, schob die Hände in die Taschen ihres weißen Kittels und musterte den älteren Kollegen.

Auch er trug den weißen Kittel zum Schutz der Pläne wie auch der Kleidung. Dass sich bei Leuweritz & Mangfall jeder, egal ob Architekt oder technischer Zeichner, sofort beim Betreten des Büros im Erdgeschoss der Villa damit einkleidete, war ein weiterer auffälliger Unterschied zu Sandrarts Büro. Stölzl knöpfte ihn jedoch selten zu, sodass darunter seine graubraunen Glencheck-Anzüge zu bewundern waren.

Er verschränkte die Arme vor der Brust, stützte das Kinn auf die angewinkelte rechte Hand und tat, als würde er durch seine dicken Brillengläser angestrengt ihren Entwurf für ein dreigeschossiges Wohngebäude mit Zweizimmerwohnungen nebst Bad, Wohnküche, Speisekammer und Loggia studieren.

Abgesehen von der Neigung zum Doppelkinn hatte er eine gewisse Ähnlichkeit mit Ludger. Sein gelblich blondes Haar war ebenso schütter, die Nasenspitze ebenso leicht nach oben gebogen wie die von Arthurs bestem Freund. Ansonsten aber war Stölzl mindestens einen Kopf kleiner, gut zehn, wenn nicht gar zwanzig Pfund schwerer und modisch interessierter. Dafür wirkte er ähnlich jugendlich unbeschwert wie Ysabels Verlobter. Von der ersten Begegnung an hatte Vera ihn gemocht, auch das eine Parallele zu Ludger, mit dem er sich auf ihrer Party vor drei Wochen auf Anhieb gut verstanden hatte.

»Die Loggien sind fast so groß wie das zweite Zimmer«, setzte er nach. »Die Herren von der Baugenossenschaft München-Südwest werden das heftig kritisieren. Es kostet zu viel Wohnraum.«

»Die Loggien sind nicht einmal halb so groß«, stellte Vera amüsiert klar. Bewusst hatte Stölzl übertrieben, um sie aus der Reserve zu locken. Nur zu gern erläuterte sie ihm deshalb noch einmal, worauf es ihr selbst beim Bau von einfachsten Wohnungen ankam.

»Wären sie nur so groß wie eine Fußmatte, sollte man sie sich besser gleich sparen. So aber bieten sie bei mildem Wetter zusätzlichen Wohnraum an der frischen Luft. Weil sie auf drei Seiten durch Hauswände umschlossen sind, können sie auch im Winter hervorragend genutzt werden. Man kann dort zum Beispiel Vorräte lagern oder Wäsche trocknen.«

»Da spricht die kluge Hausfrau.«

Er grinste süffisant. Vera sparte sich die Erwiderung, auch wenn sie sicher war, dass er einem männlichen Kollegen gegenüber anders reagiert hätte.

Zum Glück hatte sie letztens zufällig einen der zuständigen Herren von der Baugenossenschaft getroffen und aus seinen vagen Andeutungen herausgehört, welch großer Anhänger von praktikablen Lösungen für Küche wie Haushaltsbereich er war. Mit leuchtenden Augen hatte er ihr von der ›Münchner Küche‹ der Hanna Löv vorgeschwärmt, die seine Mutter vor fünfundzwanzig Jahren in all ihren Vorzügen zur Verfügung gehabt hatte. Etwas ähnlich Richtungsweisendes erhoffte er sich von den

Entwürfen für die Nachkriegsneubauten, an denen sie feilte. Sowohl Heinrich Leuweritz als auch Georg Mangfall ließen ihr bei den Entwürfen freie Hand. Anders als Sandrart befürchteten sie nicht, sie würde die Auftraggeber mit ihren visionären Vorschlägen überfordern oder an deren Bedürfnissen vorbei entwerfen. Das ermutigte sie.

»Ich bewundere Ihre soziale Ader. An solchen Details erkennt man die auf Anhieb«, lobte Stölzl unterdessen. »Damit kommen Sie wohl ganz nach Ihrem sozialdemokratischen Vater.«

»Auch mütterlicherseits bin ich entsprechend vorbelastet. Der Familienzweig entstammt einer Arbeiterdynastie aus dem Berliner Wedding.«

»Womöglich richtige Kommunisten? Das vergessen wir besser schnell wieder.« Verschwörerisch zwinkerte er ihr zu. »Ich verrate Ihnen kein Geheimnis, wenn ich Ihnen sage, dass weder Heinrich Mangfall noch Georg Leuweritz ein tiefrotes Herz besitzen.«

»Zumindest ist es ansatzweise hellrot. Sonst hätten sie mich mit der Familie im Nacken wohl kaum eingestellt.«

»Außergewöhnliche Talente müssen außergewöhnlich umworben werden. Wollten Leuweritz und Mangfall sich die Gelegenheit nicht entgehen lassen, eine junge Architektin von Ihrem Format in ihr Büro aufzunehmen, mussten sie Ihr Umfeld akzeptieren. Ein wahrer Glücksfall, dass Charlotte von Kirchenreuth die beiden auf Sie aufmerksam gemacht hat. Es wäre höchst ärgerlich gewesen, wenn uns Ihr Talent entgangen wäre. Mit Ihren Ideen werden Sie noch für Furore sorgen – nicht nur in der Fachwelt, da bin ich mir sicher.«

Könnte Sandrart das doch nur hören! Kein Wunder, dass Georg Leuweritz und Heinrich Mangfall so erfolgreich waren. Sie trauten sich etwas – und ermunterten ihre Mitarbeiter ebenfalls, Neues zu wagen.

Die Hände in den Hosentaschen, schlenderte Stölzl zu der Wand, an der ihre Entwürfe für die offene Küche hingen, die Eisele und Sandrart als zu amerikanisch und zu »spektakulär« empfunden hatten. Er nahm die Brille ab und betrachtete sie genauer. Zumindest entlockten sie ihm ein anerkennendes Nicken. Schon setzte er die Brille auf und drehte sich wieder um.

»Derzeit können wir jemanden wie Sie bestens bei uns gebrauchen, übrigens nicht nur zum Planen großzügiger Loggien. Die Sache mit den Genossenschaftswohnungen für München-Südwest legen Sie bitte vorerst beiseite. Die rangiert auf Ihrer Prioritätenliste ab sofort weiter hinten. Möglicherweise überlassen wir den Auftrag sogar einem anderen Büro. Stattdessen habe ich etwas völlig Neues für Sie.«

Er hielt inne, wartete auf ihre Reaktion. Um ihn nicht zu enttäuschen, setzte sie ein interessiertes Lächeln auf. Dabei liebte sie die Arbeit an den Genossenschaftswohnungen. Den einfachen Leuten mit einem kleinen Budget so viel Komfort wie möglich zu bieten, war ihr stets von Neuem Ansporn, sich etwas Besonderes einfallen zu lassen.

»Wie Sie wissen, beteiligen wir uns an der Ausschreibung der Stadt für das neue Verwaltungsgebäude«, ließ Stölzl die Katze aus dem Sack. »Die Verantwortung für das Projekt trage ich. Sehr gern würde ich Sie gleichberechtigt an meine Seite holen.«

Um seinen Worten mehr Nachdruck zu verleihen, legte er von Neuem eine Pause ein. Sie schwieg verblüfft. Mit einem solchen Angebot so kurz nach ihrem Eintritt ins Büro hatte sie nicht gerechnet.

Etwas überstürzt setzte er nach: »Leuweritz und Mangfall sind einverstanden. Die Entscheidung liegt allein bei Ihnen.«

Was sollte sie darauf antworten? Natürlich war es ein großes Kompliment, schon nach vier Wochen eine solche Aufgabe angeboten zu bekommen. Hubert Stölzl war kein unbeschriebenes

Blatt, weder bei Leuweritz & Mangfall noch unter den anderen Kollegen in München. Gerade beim Bau von öffentlichen Gebäuden sowie Geschäfts- und Bürokomplexen hatte er sich einen Namen gemacht. Sie dagegen war auf dem Sektor blutige Anfängerin. Was für ein ungleiches Paar würden sie als verantwortliche Architekten abgeben!

Das war jedoch nicht der einzige Haken an der Sache. Auch Arthur und Ludger bewarben sich für die Ausschreibung. In Arthurs Augen reichte es schon, dass sie zu Leuweritz & Mangfall gewechselt hatte, um ihn zu brüskieren. Sollte er auch noch von ihrer Beteiligung an der Bewerbung erfahren, konnte er das als persönlichen Affront verstehen. Schlimmstenfalls würde er befürchten, sie könnte vertrauliches Wissen über seine und Ludgers Arbeitsweise zum Vorteil ihres neuen Büros verwenden. Das würde sie nicht ertragen. Ach verdammt! Auch wenn es zwischen ihnen vorbei war, hing sie noch immer viel zu sehr an ihm. Sie biss sich auf die Lippen.

»Ihr Angebot ehrt mich«, begann sie zögernd. Jedes Wort wollte mit Bedacht gewählt werden. Abermals holte sie tief Luft und sah ihm in die weitsichtigen grauen Augen hinter den dicken Brillengläsern. »Doch ich kann es nicht annehmen. Meine Stärken liegen eindeutig im Wohn- und Altenheimbau. Ich fürchte, ich werde Ihnen keine große Hilfe …«

»Umso besser!«, fiel er ihr ins Wort, griff nach ihren Händen und strahlte sie an. »Das ist jetzt Ihre große Chance, sich in ein neues Gebiet einzuarbeiten. Sie bringen alles mit, worauf es ankommt: fachliche Kompetenz im Planen komplexer Gebäude sowie das nötige Interesse, um sich auf Neues einzulassen. Von Ihrer erfrischenden Art, nach ungewöhnlichen Lösungsansätzen zu suchen, ganz zu schweigen. Doktor Häutle von der Stadt hat mir da einiges über Ihre Ideen und Ihre umsichtige Vorgehensweise verraten. Es heißt, Sie würden selbst an heißes Wasser für sämtliche Altenheimbewohner denken, wenn andere nicht einmal einen Kaltwasseranschluss in den Zimmern vorsehen. Genau auf solche Detailversessenheit wird es bei dem Projekt ankommen.«

Er schmunzelte. Schlagartig wurde ihr klar, dass er ihr Zaudern durchschaute. Wahrscheinlich hatte Ludger ihm auf ihrer Party in seiner gutgläubigen Art begeistert erzählt, dass er und Arthur sich ebenfalls an der Ausschreibung beteiligten.

»Der Auftrag stößt auf gewaltiges Interesse«, fuhr Stölzl fort. »Der Stadtverwaltung ein neues Verwaltungsgebäude zu errichten, ist allen renommierten Architekturbüros ein Herzensanliegen. Die Konkurrenz ist immens. Lassen Sie uns ihnen gemeinsam die Stirn bieten.«

»Tut mir leid. Ich kann das nicht.«

Für den Bruchteil einer Sekunde verfinsterte sich seine Miene. Dann aber hatte er sich wieder unter Kontrolle. Gewinnend lächelte er sie an. »Sie werden staunen, was Sie alles können, liebe Vera. Vertrauen Sie mir.«

Er fasste sie am Ellbogen und drängte sie zur Tür. Halb im Flur zwang er sie jedoch, noch einmal stehen zu bleiben. Nah zog er sie zu sich heran, um ihr leise ins Ohr zuzuraunen: »Oder soll ich Leuweritz und Mangfall von meiner schlimmen Befürchtung erzählen? Unfassbar, wie dreist Sie mich im Interesse Ihres angeblich ehemaligen Verlobten über meine Ideen für die Ausschreibung aushorchen wollen.«

»Das ist doch verrückt!« Verärgert entzog sie sich seinem Griff. »Wie Sie selbst schon sagen, ist Arthur mein ehemaliger Verlobter. Niemals würde ich …«

»Man soll nie Nie sagen. Eine Lösung der Verlobung ist schnell als Behauptung in die Welt gesetzt, wenn man sich Vorteile davon erhofft.«

Brüsk wollte sie ihn zurechtweisen. Er trat einen Schritt weg. Heinrich Mangfall hatte den Flur betreten. Sie kniff die Lippen zusammen. Als ihr Chef sie und Stölzl entdeckte, hellte sich sein Gesicht auf. »Sie beide haben sich bereits verständigt? Schön, schön.«

In raschen Schritten stand er bei ihnen und sah erwartungsvoll zwischen ihnen hin und her. Seine braunen Augen zwinkerten nervös, ein Nervenleiden aus dem Krieg, wie Vera erklärt worden war. Er wippte auf den ungewöhnlich kleinen Füßen und verschränkte die Hände hinter dem Rücken. Das enthob Vera der unangenehmen Verpflichtung, ihm zur Begrüßung die Hand zu reichen. Es schauderte sie allein bei der Erinnerung, wie feuchtkalt sich seine Finger stets anfühlten, ganz gleich, ob es draußen warm oder kalt war.

»Wir sind gerade auf dem Weg in den Zeichensaal, damit Fräulein Cohn sich die ersten Entwürfe für die Ausschreibung ansehen kann«, erklärte Stölzl.

»Ich bin gespannt, was Sie dazu beisteuern.« Er wandte sich direkt an Vera. »Bei Sandrart wurden Sie letztes Jahr von Arthur Brandt eingearbeitet, nicht wahr? Ein Mann von famosem Talent! Wird gewiss nicht einfach, mit ihm mitzuhalten. Ich hoffe, Sie haben einiges von ihm aufgeschnappt. Beweisen Sie ihm, dass Sie inzwischen besser sind als er.«

35

Kaum zu glauben, dass wir das heute wirklich zusammen hierhergeschafft haben. Knapp zehn Tage nach deinem Geburtstag eine echte Leistung. Lass uns gleich auf dich und dein erstes Vierteljahrhundert anstoßen.«

Vergnügt bahnte Constantin Vera den Weg durch den vollbesetzten Biergarten. Sie folgte ihm dicht auf den Fersen. Die Anspielung auf ihren Geburtstag ignorierte sie. Es war ihr nicht zum Feiern zumute gewesen. Das vergangene Wochenende hatte sie bei ihren Eltern in Bonn verbracht, zutiefst dankbar, dass weder Rike noch Oscar sie auf Arthur und die geplatzte Verlobung angesprochen hatten. Die gute Seele Änne hatte ihr einen Frankfurter Kranz mit viel Buttercreme gebacken. Der hatte hervorragend geschmeckt. Mehr hatte sie nicht gebraucht.

»Du ahnst nicht, wie sehr ich mich freue, dass du mich nicht wegen Charlotte in Sippenhaft …«

»Lass uns bitte nicht über deine Cousine …«

»Verzeih. Wie unsensibel von mir! Trotzdem noch eins«, abrupt blieb er stehen. Fast wäre sie in ihn hineingelaufen.

»Ich finde es schade, wie überstürzt du den Kontakt zu ihr abgebrochen hast. Wir sind doch erwachsen! Ein klärendes Gespräch zwischen euch beiden hätte sicherlich …«

»Lass uns nicht mehr darüber reden. Es war bitter genug für mich. Zum Glück komme ich allmählich darüber hinweg.«

»Wie du meinst.« Enttäuscht schüttelte er den Kopf, dann wandte er sich um und lief weiter, eifrig Ausschau haltend nach einem freien Tisch.

Auch wenn sie nur zu zweit waren, erwies es sich als schwierig, Plätze zu ergattern. Es war zwar kühl und bewölkt, aber vor allem trocken, bestes Wetter für eine erste Fahrradtour im Frühling. Das musste sich halb München oder zumindest der westliche Teil der Stadt gedacht haben und war ebenso wie Vera und Constantin zum Forsthaus Kasten geradelt. Heerscharen von Fahrrädern lehnten an den Bäumen oder waren auf der Wiese dazwischen abgestellt. Die andere Hälfte der Münchner war offensichtlich zu Fuß vom Forstenrieder Park oder von Gauting herübergewandert.

»Hol uns bitte schnell zwei Radler.« Erschöpft sank Vera auf einen Stuhl. Endlich hatten sie einen kleinen Tisch am Rand des Biergartens erobert. »Wenn ich nicht bald etwas zu trinken bekomme, werde ich ohnmächtig.«

»Du bist nichts mehr gewohnt«, tadelte Constantin. »Du hättest dir Wasser für unterwegs einpacken müssen. Darauf hat dein Vater immer geachtet, wenn er früher mit uns geradelt oder gewandert ist.«

»Geh endlich, statt lange Reden zu schwingen.« Scherzhaft boxte sie ihn in die Seite. »Bis du wiederkommst, habe ich den Tisch gedeckt.«

Constantin staunte nicht schlecht, als er wenig später mit den beiden Krügen zurückkehrte. In der Zwischenzeit hatte sie ihrem Rucksack nicht nur eine zünftige karierte Tischdecke, sondern auch zwei Brotzeitbrettl, Besteck, Servietten, knusprige Brezn sowie ein Einmachglas mit Wurstsalat und eines mit Kartoffelsalat entnommen. Dazu zauberte sie noch knackige Würstchen und ein dickes Stück Käse aus dem Wachspapier.

»Für frische Gurken und Radieschen ist es leider noch viel zu früh im Jahr.«

»Auch so werden wir satt. Jetzt weiß ich zumindest, warum du vom Radeln so erschöpft bist. Du hast den halben Hausstand im Rucksack gehabt.«

»Und ab sechs Uhr in der Früh fleißig gekocht und vorbereitet«, ergänzte sie vergnügt. »Um die Zeit hast du dich sicher noch faul in den Federn gewälzt.«

»Ertappt. Nachher gibt es übrigens vorn an der Theke Ausgezogene. Ich habe schon zwei für uns reserviert und gleich einen Kaffee dazubestellt.«

»Das ist also dein Beitrag zu unserer Brotzeit! Wie immer lässt du andere für dich arbeiten.«

»Man muss halt wissen, wie man's am geschicktesten anstellt.« Hungrig biss er in eine der Würste.

»Das wusstest du schon als Bub. Auf dich und deine Faulheit!«

Sie prostete ihm zu. Er tat es ihr nach.

Voller Appetit machten sie sich an die Salate. Angewidert hielt Vera im Kauen inne, auch Constantin verzog den Mund.

»Zu viel Salz, stimmt's?«, erkundigte sie sich zaghaft.

»Und der falsche Essig.«

»Mir fehlt einfach Ysabels Talent fürs Kochen.« Enttäuscht füllte sie die Salate wieder in die Einmachgläser zurück und verstaute sie im Rucksack. Vielleicht hatte die Freundin einen Rat, wie sie die noch retten konnte. Oder die gute Seele Änne bei ihren Eltern in Bonn.

»Zum Glück sind die Brezn vom Bäcker und die Würste vom Metzger.« Spitzbübisch zwinkerte Constantin ihr zu. In Windeseile verputzte er seinen Anteil. Auch Vera war froh, das als Alternative zu haben. Außerdem waren die Ausgezogenen bald fertig. Gierig stürzten sie sich kurz darauf auch noch auf das ofenwarme Schmalzgebäck und tranken den dampfenden Kaffee dazu.

»Von meiner Faulheit solltest du dir ein großes Stück abschneiden.« Genüsslich schleckte sich Constantin die fettigen

Finger ab. »Du arbeitest zu viel. Das ist der erste freie Sonntag seit deinem Wechsel ins neue Büro. So geht das nicht weiter.«

»Letztes Wochenende hatte ich auch frei und bin zu meinen Eltern gefahren. Außerdem macht mir die Arbeit Spaß«, verteidigte sie sich und wischte sich sorgfältig die Hände an der Serviette ab. »Ich liebe es, Wohnungen zu entwerfen und Häuser zu bauen. Genau deshalb bin ich zurückgekommen. Schau dich doch um, wie rasant München wächst. Außerdem ist die Stadt jetzt schöner als je zuvor und weitaus moderner sowieso.«

»Das mag sein, aber ganz allein musst du das nicht stemmen. Deine neuen Chefs nutzen deinen Eifer weidlich aus. Gönn dir etwas mehr Abstand, sonst wirst du es bald bereuen.«

»Was habe ich denn noch außer meiner Arbeit?«, brach es unvermittelt aus ihr heraus. Zornig stopfte sie die Servietten in den Rucksack und war froh, Constantin nicht ansehen zu müssen. Auf einmal schwammen ihre Augen in Tränen. Warum musste er nur diese Wunde aufreißen? Ausgerechnet jetzt, da sie gehofft hatte, endlich darüber hinweg zu sein! Im letzten Moment konnte sie ein erbärmliches Aufschluchzen unterdrücken.

»Zum einen bin ich immer für dich da«, begann Constantin sanft. »Längst hätten wir unsere Tradition aus dem letzten Sommer wiederbeleben und sonntags auf den Spuren unserer Kindheit durch die Stadt schlendern können. Es gäbe noch so vieles, was wir uns gemeinsam ansehen sollten. Außerdem: Was ist mit Ysabel und euren Kochabenden?«

»Weiß nicht.« Verzweifelt zuckte sie die Schultern. Mit ihrer Beherrschung war es vorbei. Hemmungslos weinte sie los.

»Aber, aber!« Er kam zu ihr herüber und nahm sie in die Arme, wiegte sie.

»Danke.« Als die Tränen weniger wurden, löste sie sich von ihm und wischte sich die Wangen trocken. Er reichte ihr sein Taschentuch, bevor er sich wieder setzte. Wie in ihrer Kindheit hing ein zarter Rosenduft in dem feinen Baumwollstoff. Früher hatte seine Großmutter Isolde, das Hausmädchen, angewiesen, einen Tropfen Rosenöl in die Wäsche zu geben. Das schien über Isoldes Tod hinaus beibehalten worden zu sein. Ein Lächeln huschte über Veras verweintes Antlitz.

»Geht doch«, stellte Constantin zufrieden fest. »Genauso, wie du jetzt wieder lachen kannst, wirst du es auch schaffen, beruflich kürzerzutreten. Das frisst dich sonst auf.«

»Du hast gut reden. In eurer Firma setzt dir keiner das Messer auf die Brust. Du bist schließlich einer der Eigentümer. Charlotte lässt dir absolute Narrenfreiheit.«

»Weil sie weiß, dass ich nicht für dieses Zeug brenne. Da bin ich anders als mein Vater.«

»Warum bist du dann überhaupt Maschinenbauingenieur geworden?«

»Anders als du habe ich leider nie gewusst, was ich mit meinem Leben anfangen soll. Doch zurück zu dir: Was ist in deinem neuen Büro los? Steckt Charlotte dahinter, dass du dort derart vereinnahmt wirst? Soll ich mit ihr reden? Bestimmt kann sie für dich ein gutes Wort ...«

»Nein!« Das klang schroffer als gemeint. Eilig fügte sie hinzu: »Lass Charlotte bitte da raus. Es reicht, dass ich einmal zu viel auf sie gehört und mich auf diese Stelle gestürzt habe.«

»Trotzdem muss sich etwas ändern. Seit du bei Leuweritz & Mangfall arbeitest, schottest du dich von uns allen ab. Hannelore, Helga, Margot und Eduard fragen ständig nach dir, von Ysabel ganz zu schweigen. Nur weil du und Arthur euch getrennt habt, musst du doch nicht auch mit den anderen ...«

»Es geht einfach nicht«, schnitt sie ihm das Wort ab. Um ihn nicht ansehen zu müssen, beschäftigte sie sich mit der Verschnürung ihres Rucksacks. Ihre Finger zitterten zu stark, um eine ordentliche Schleife mit dem Lederband hinzubekommen.

»Erstens hab ich viel zu tun, und zweitens bringt es uns alle nur in Verlegenheit.«

Trotzig stellte sie den Rucksack zurück auf den Boden.

»Hängt es mit dieser Ausschreibung für das Bürogebäude zusammen, die du letztens erwähnt hast? Warum hast du dich überhaupt daran beteiligt? Du hättest deinen neuen Chefs klarmachen …«

»Wie denn?«, fiel sie ihm aufgebracht ins Wort.

»Du hättest ihnen sagen müssen, dass du wegen Arthur …«

»Denkst du, ich hätte das nicht versucht?«, brauste sie auf. Am Nachbartisch horchten sie auf und drehten die Köpfe neugierig in ihre Richtung. Leise fügte sie hinzu: »Sprich nicht von Dingen, von denen du keine Ahnung hast.«

»Ich bin immer für dich da, wenn du Unterstützung brauchst.«

Über den Tisch griff er nach ihrem Arm, drückte ihn sanft. Sie schwieg. Schon wieder spürte sie die Augen feucht werden. Eine erste Träne kullerte erneut über ihre Wange.

»Sag, wenn ich dir helfen kann. Manchmal genügt es schon, einfach mit jemandem zu reden.«

»Hör bitte auf.«

Zum Zeichen, dass das Gespräch für sie beendet war, räumte sie Teller und Kaffeetassen zusammen, rollte die Tischdecke, um sie oben quer über dem Rucksack festzuschnallen, und stand auf.

Schweigend gingen sie zu ihren Fahrrädern, befestigten den Rucksack dieses Mal auf Constantins Gepäckträger und radelten quer durch den Forstenrieder Park zurück in die Stadt.

»Pass auf dich auf«, mahnte Constantin. Er hatte sie bis in die Maxvorstadt begleitet und reichte ihr vor der Haustür den Rucksack. Als sie ihn nehmen und sich von ihm verabschieden wollte, hielt er sie noch einmal fest.

»Dein Ehrgeiz ist sicher wichtig, um in deinem Beruf unter all den Männern voranzukommen. Trotzdem solltest du wissen, wann du eine Aufgabe besser sausen lässt. Es kommen noch andere Gelegenheiten, dein Können unter Beweis zu stellen.«

»Würdest du Arthur und Ludger dasselbe raten?« Wütend riss sie sich los. »Schade. Aber so ist das wohl, wenn jemand, der selbst keinen Ehrgeiz besitzt, auf jemanden trifft, der noch etwas mit sich und seinem Leben anzufangen weiß.«

Kaum ausgesprochen, bereute sie ihre Worte. Was war nur mit ihr los, dass sie Constantin für ihren ganzen Kummer büßen ließ? Sie hob die Hand, um sie ihm versöhnlich auf den Arm zu legen. Er wich ihr aus.

»Du hast natürlich recht«, erwiderte er kleinlaut. »Ich bin der Letzte, der sich dir gegenüber klug aufspielen darf.«

»Du bist der Einzige, der sich mir gegenüber jemals klug aufspielen darf.«

Sie fiel ihm um den Hals und drückte ihn fest.

36

Als Vera am folgenden Morgen pünktlich um acht im Büro in Bogenhausen eintraf, fühlte sie sich wie gerädert. Vom langen Radeln auf dem harten Sattel schmerzte ihr das Gesäß. Außerdem quälte sie Muskelkater. Viel zu lange hatte sie sich nicht mehr richtig bewegt. Zu Schulzeiten in Amerika hatte sie regelmäßig gerudert, auch in Aachen hatte sie fast während des ganzen Studiums kontinuierlich trainiert. Seit sie in München lebte, hatte sie das sträflich schleifen lassen. Die Büroarbeit und das abendliche Kochen für Arthur hatten sie davon abgehalten.

Arthur! Bei allem, was sie dachte oder tat, landete sie früher oder später immer noch bei ihm. Dringend musste sich das ändern. Sie schluckte.

Das aber war nicht der alleinige Grund für ihre Unausgeschlafenheit. In der Nacht hatte sie lange wach gelegen und über Constantin nachgedacht. Das Resultat waren nun viel zu kleine Augen und reichlich Kopfschmerzen.

Constantin war ihr wirklich wie ein Bruder. Umso mehr nahm sie sich ihren gestrigen Disput zum Thema Ehrgeiz zu Herzen. Was ihm an Ehrgeiz fehlte, hatte sie tatsächlich zu viel. Und Charlotte auch. Und die leider nicht nur für die Firma. Wie sonst kam sie dazu, sich an Arthur heranzumachen, den Verlobten ihrer angeblich besten Freundin? Verzweifelt schüttelte Vera den Kopf. Schon wieder war sie in Gedanken bei Arthur gelandet. Höchste Zeit, am Schreibtisch zu sitzen und sich mit Arbeit abzulenken, richtig viel Arbeit, am besten bis spät in den Abend. Mit aller Kraft stemmte sie sich gegen die schwere Eingangstür der zum Bürohaus umfunktionierten Villa und schob sie auf.

Anders als bei Sandrart befand sich das Sekretariat nicht im Eingangsbereich, sondern in einem angrenzenden Büro. Die Tür zum großzügigen Vestibül, das dank Marmorboden und Stuckdecke sehr pompös wirkte, stand allerdings immer offen. Inge Fassbender erspähte Vera gleich beim Eintreten und kam ihr in ihren typischen Trippelschritten entgegen.

»Herr Leuweritz wünscht Sie zu sprechen. Er wartet schon.«

Der kleine Seitenhieb musste wohl sein, dabei war Vera überpünktlich. Es hieß jedoch, Leuweritz sitze jeden Tag spätestens um sieben in der Früh an seinem Schreibtisch. Seine Sekretärin musste dann ebenfalls da sein. Laut Vertrag begann die reguläre Arbeitszeit allerdings erst um acht. Der zweite Chef, Heinrich Mangfall, traf sogar ähnlich wie Veras früherer Chef Hellmuth Sandrart frühestens gegen halb neun ein.

Vera eilte zum Schrank, in dem die frisch gestärkten weißen Kittel hingen.

»Lassen Sie den erst einmal weg«, riet Inge Fassbender ihr an diesem Morgen jedoch. Über den Rand ihrer schmalen Brille hinweg musterte sie sie von oben bis unten. Ohne Zweifel prüfte sie, ob Veras Garderobe angemessen war, um bei dem eleganteren der beiden Büroinhaber vorzusprechen. Sie selbst trug stets schlichte, dafür umso besser sitzende dunkelgraue oder dunkelblaue Kostüme mit weißer Seidenbluse und farblich exakt darauf abgestimmten Pumps. Vera vermutete, das war eher Leuweritz' denn ihrem eigenen Geschmack geschuldet. Zufällig hatte sie Inge letztens im *Beck* dabei beobachtet, wie sie sich ein peppiges Sommerkleid mit schreiend buntem Blumenmuster für die Freizeit gekauft hatte.

»Danke, dann weiß ich Bescheid«, erwiderte Vera. Der Zusatz sollte Inge Fassbender signalisieren, dass sie durchaus ohne ihre Begleitung in Leuweritz' Büro fand. Anders als erwartet, quittierte die Sekretärin das jedoch mit einem aufmunternden Lächeln.

»Wird schon nichts Schlimmes sein, sonst hätte er Hubert Stölzl auch dazugebeten«, raunte sie ihr zu, als sie an ihr vorbei zum Flur ging. »Der ist auch schon längst im Haus.«

»Einen wunderschönen guten Morgen«, flötete Leuweritz und erhob sich von seinem Schreibtisch, um ihr entgegenzueilen. »Auch einen Kaffee?«

Schon sprintete er hinaus, um bei Inge welchen in Auftrag zu geben. Nicht zum ersten Mal bewunderte Vera sein sportliches Auftreten. Die langen Beine wie auch sein zäher Körperbau prädestinierten ihn zum Langstreckenläufer. Es war ihm zuzutrauen, dass er im ersten Morgengrauen eine Runde an der Isar lief, um sich fit zu halten. Dabei war er vermutlich nicht viel jünger als ihre Eltern.

»Ich habe ausgezeichnete Neuigkeiten.« Nach seiner Rückkehr aus dem Flur führte er sie galant zur Sitzecke mit den dicken, englischen Lederfauteuils, die seinem Büro einen Hauch von britischer Noblesse verliehen. Durch die bodentiefen Fenster fiel milchiges Morgenlicht, die Gardinen bauschten sich im zarten Maiwind. Schwer hing der Geruch nach Zigarren und schottischem Whisky im Raum. Der Raum erinnerte mehr an einen Londoner Herrenclub als an ein modernes Architekturbüro. Nicht einmal Pläne oder Skizzen fanden sich in greifbarer Nähe, geschweige denn ein Zeichentisch oder sonstige Utensilien eines Baumeisters. Sogar Leuweritz selbst wirkte dank seines feinen Anzugs wie auch des dezenten Seidentuchs, das er statt einer Krawatte um den Hals trug, wie einem englischen Landsitz entsprungen. Am rechten kleinen Finger blitzte ein Siegelring. Eigentlich würde eher Tee mit Milch und Zucker zu ihm passen statt starker, schwarzer Kaffee, wie ihn Inge jetzt auf dem Mahagonibeistelltisch abstellte.

»Unser Entwurf für das Verwaltungsgebäude der Stadt ist in der letzten Runde«, erklärte er, sobald sich die Tür hinter der Sekretärin geschlossen hatte. »Herzlichen Glückwunsch! Das ist ein entscheidender Baustein für Ihre weitere Karriere.«

»Woher wissen Sie …«, setzte Vera verblüfft an. Ihren Informationen nach sollte das Ergebnis der Ausschreibung erst im Lauf der Woche bekannt gegeben werden.

»Ich habe meine Quellen«, antwortete Leuweritz geheimnisvoll, träufelte sich spärlich Milch in den Kaffee und lehnte sich mit der Tasse in der Hand im Sessel zurück. Die langen Beine schlug er lässig übereinander.

Über sein hellhäutiges Gesicht huschte ein triumphierendes Schmunzeln. Da er aufgrund einer schweren Erkrankung in jungen Jahren sämtliche Körperbehaarung verloren hatte, hatte sein Anblick etwas Diabolisches. Die wimpern- und brauenlose Augenpartie unterstrich diesen Eindruck.

»Das ist großartig!« Vera brauchte noch einen Moment, um die Nachricht in ihrer ganzen Tragweite zu erfassen. »Weiß Hubert Stölzl schon Bescheid? Die grundlegende Idee stammt von …«

»Nicht so bescheiden!« Leuweritz' Schmunzeln wurde breiter. »Ohne Ihre tatkräftige Unterstützung wäre er wohl kaum so weit gekommen. Darüber sind wir uns alle einig.«

Er gab sich keinerlei Mühe, die Zweideutigkeit der Bemerkung zu kaschieren. Das ärgerte Vera. Was hatte Stölzl ihrem Chef gegenüber behauptet? Gerade wegen seiner unerhörten Unterstellungen letztens hatte sie bewusst alles vermieden, was auch nur im Entferntesten den Eindruck hätte erwecken können, sie würde irgendwelches Wissen von Arthur und Ludger in ihre Arbeit einfließen lassen.

»Sicherlich interessiert es Sie, mit wem wir in der letzten Runde der Ausschreibung konkurrieren.«

Statt die Katze aus dem Sack zu lassen, trank er in größter Ruhe seinen Kaffee, stellte Tasse mit Untertasse zurück auf den massiven Tisch. Es war ihm anzusehen, dass er es genoss, den Moment in die Länge zu ziehen. Schweren Herzens übte Vera sich in mehr Geduld, rührte Milch und Zucker in den Kaffee, trank ebenfalls.

»Es handelt sich um das Büro Brandt & Trautner«, erklärte er mitten in ihre Gedanken hinein.

»Schön.« Sie rang sich zu einem Lächeln durch.

»Das überrascht Sie nicht?«

»Sollte es?«

Entschlossen hielt sie seinem Blick stand. Das irritierte ihn für den Bruchteil einer Sekunde, dann nickte er zustimmend.

»Natürlich nicht«, beantwortete er seine Frage selbst. »Ihrem ehemaligen Verlobten eilt der Ruf voraus, besonders innovativ zu sein.«

Kurz hielt er inne, tat, als müsse er nachdenken. »Übrigens tut es mir leid, dass Sie Ihre persönliche Verbindung gelöst haben. Auch wenn wir als Büro ganz sicher davon profitieren. Andernfalls hätten Sie wohl nie bei uns angefangen. Nehmen Sie es sich bitte nicht zu sehr zu Herzen. Sie sind noch jung. Ihnen stehen alle Türen offen. Sowohl im Beruf als auch privat.«

Er massierte sich das glatte Kinn und spitzte mehrmals den Mund, sah in unergründliche Fernen.

»Nun gut!« Energisch schob er sich auf die vordere Kante seines Sessels, faltete die langen, manikürten Hände locker ineinander. »Lassen Sie uns Tacheles reden, wie es so schön heißt.

Es gibt viel zu tun. Heinrich Mangfall und ich gehen davon aus, dass Ihnen und Herrn Stölzl der Ernst der Lage bewusst ist. Ein so renommiertes Büro wie unseres hat sich bislang noch immer gegen seine Mitbewerber durchgesetzt, erst recht gegen solche vom Format eines Arthur Brandt. Die Ausgangslage für uns ist ausgezeichnet. Zum einen haben wir einen winzigen zeitlichen Vorsprung, weil wir schon jetzt von unserem Vorstoß in die Endrunde wissen. Ab sofort können wir weiter an der Verbesserung unserer Kernidee feilen. Außerdem wissen Sie bestens über die Arbeitsweise von Brandt & Trautner Bescheid. Es wird Ihnen ein Leichtes sein, das in unserem Sinn zu nutzen.«

Vera schluckte. Sie bebte vor Empörung, wie offen er aussprach, was er Ungeheuerliches von ihr verlangte. Natürlich würde sie alles daransetzen, genau das nicht zu tun.

Leuweritz erhob sich, sie ebenfalls. An der Tür reichte er ihr die Hand.

»Apropos Trautner, kennen Sie eigentlich die Baufirma von Ludgers Vater? Ein traditionsreiches Unternehmen. Gerade in den letzten beiden Jahrzehnten hat Engelbert Trautner immer wieder äußerst lukrative Aufträge erhalten. Das ging natürlich nur mit den entsprechenden Verbindungen. Inzwischen spricht er eher ungern darüber. Kein Wunder! Mittlerweile sind die früheren engen Kontakte nicht mehr opportun. Genauso wenig wie die einst so hoffnungsvolle Karriere seines Sohnes bei einer gewissen Institution, über deren Mitgliedschaft sich heutzutage ebenfalls jeder geflissentlich ausschweigt. Soweit ich weiß, ist Arthur Brandt damals mit Trautner junior dort gewesen. Seit frühester Jugend gehen die beiden miteinander durch dick und dünn. Sieht man ja auch jetzt an ihrem Büro. Egal, was früher war, was sie getan oder erlebt haben, sie halten fest zusammen. Das nenne ich Freunde fürs Leben. Beneidenswert.«

37

Vera hätte später nicht mehr zu sagen vermocht, wie sie aus Leuweritz' Büro hinaus- und in ihr eigenes Büro hinübergelangt war. Statt verzweifelt an ihrem Schreibtisch zu sitzen, müsste sie längst mit Hubert Stölzl und den anderen Mitarbeitern im Zeichensaal über die nächsten Schritte am Entwurf für das Bürogebäude beraten. Daran aber war gerade nicht zu denken.

Mit dem, was Leuweritz ihr buchstäblich zwischen Tür und Angel gesagt hatte, war geschehen, wovor sie sich seit Monaten am meisten fürchtete: Arthurs Vergangenheit holte sie ein! Nicht nur der Himmel, sondern der ganze Kosmos stürzte über ihren Träumen ein.

Und schon überkam sie die nächste Erkenntnis: Sie liebte Arthur noch immer! Sowenig sie imstande gewesen war, sich gegen das Verlieben zu wehren, so wenig konnte sie nun dafür tun, sich zu entlieben. Liebe war eine Macht, keine Laune.

Und die zwang sie nun, die Wahrheit über Arthur ans Licht zu zerren.

Die angeblich guten Geschäfte von Ludgers Vater im Dritten Reich interessierten sie dagegen wenig. Ähnliches traf auf einen Großteil der deutschen Unternehmer zu. Wo sollte man anfangen aufzuräumen? Den sogenannten »Persilschein« hatte der alte Trautner offenkundig erhalten. Also hatte er die Entnazifizierung durch die amerikanischen Besatzungsbehörden überstanden, war wahrscheinlich wie so viele als harmloser Mitläufer eingestuft worden, sonst hätte er seine Firma nicht selbst weiter leiten dürfen.

Aber Arthur und Ludger als stramme SS-Mitglieder – die Vorstellung war ungeheuerlich! Nichts anderes musste Leuweritz gemeint haben, als er von einer Mitgliedschaft der beiden in einer »gewissen Organisation« gesprochen hatte. Im Vergleich dazu wirkte Arthurs Liebelei mit Charlotte lächerlich harmlos. Aufschluchzend grub Vera die Zähne in die Faust, bis es schmerzte.

War das tatsächlich möglich? Konnte sie sich derart in ihm getäuscht haben? Leuweritz' Anspielungen fügten sich verblüffend gut in das Mosaik, das Arthur von seiner Vergangenheit präsentiert hatte. Über die unverfänglichen Erlebnisse aus seiner Jugend plapperte er wie ein Wasserfall – und lenkte damit geschickt von seinem Schweigen über die verfänglicheren Geschichten ab, die sich nach dem Abitur und vor Kriegsende zugetragen haben mussten.

Das war jedoch nur die eine Seite von ihm, wie Vera wusste. Sobald sie die Augen schloss, sah sie vor sich, wie bitter er über die verlorene Schwester weinte und welch heftige Vorwürfe er sich machte, seine Eltern im Stich gelassen und damit dem tödlichen Bombenhagel ausgesetzt zu haben. In jeder Träne, die er in ihren Armen vergossen hatte, hatte sie seine Verlorenheit gespürt. Akribisch hatte er einen Schutzwall um sich errichtet, gab den Prinzen Rühr-mich-nicht-an und tat sich unendlich schwer damit, jemand anderem außer Ludger zu vertrauen. Wie viele Wochen hatte sie darum gerungen, zu ihm vorzudringen? Nach dem ersten scheuen Versuch beim Fußballschauen im letzten Sommer hatte er sich über Wochen hinter der Maske aus vermeintlich witzigem Charme verschanzt, bevor er ihr endlich eine zweite Chance gewährt hatte. Dann aber hatte er sich ihr mit Haut und Haaren ausgeliefert. Deutlich hatte sie vor sich, wie er vor ihr auf die Knie gefallen war, um sie um ihre Hand zu bitten.

War jemand, der im Dienst der SS gestanden und die schändlichsten Verbrechen begangen hatte, wirklich zu einer solchen Geste fähig? Arthur wusste von ihrer Emigrantenkindheit ebenso wie von den überzeugten Kommunisten in Rikes Familie und auch von der jüdischen Hälfte ihrer Vorfahren auf Oscars Seite. Wäre er je ein überzeugter SS-Mann gewesen, hätte ihn das mit größtem Abscheu erfüllen müssen. Eine solche Überzeugung schüttelte man doch nicht einfach ab wie lästige Fliegen! Verzweifelt schlug sie die Hände vors Gesicht.

Da stieg ein anderes Bild vor ihr auf: Arthurs abweisendes Gesicht, als sie an Weihnachten auf dem Weg nach Bonn die Autopanne gehabt hatten. Geradezu panisch hatte er sich zunächst geweigert, in Boppard die Werkstatt zu verlassen. Erst in der Weinstube war er wieder zu sich gekommen. Verband er mit dem Ort eine bestimmte Erinnerung? Wieso redete er nicht darüber? Das konnte doch nur heißen, dass er sich nach wie vor dafür schämte, was er einst in Boppard erlebt oder getan hatte. Was konnte das sein? Von Neuem wurde ihr angst und bang.

Warum konnte er ihr nicht längst gleichgültig sein? Seit Wochen waren sie getrennt. Schlimm genug, dass sie sich offenbar bis über beide Ohren in einen ehemaligen Nazi verliebt hatte. Noch viel schlimmer war, dass sie nicht aufhören konnte, ihn zu lieben.

Wie hatte sie sich überhaupt in ihn verlieben können? Hatte ihr Instinkt ausgesetzt? Bislang war sie überzeugt gewesen, ein Gespür für Naziverbrecher zu besitzen. Mit einem Mal schämte sie sich vor sich selbst. Erschöpft stützte sie den Kopf zwischen die Hände, massierte sich die schmerzenden Schläfen, als könnte sie sich auf diese Weise von dem ewigen Kreisen um Arthur und ihre Liebe für ihn befreien.

»Das wird Ihnen guttun.« Ohne auf das »Herein« zu warten, trat Inge Fassbender nach kurzem energischem Anklopfen in ihr Büro und brachte ihr auf einem kleinen Tablett ein Glas Wasser, in dem eine Aspirin sprudelte, sowie eine Tasse italienischen Espressos, der aussah, als hätte sie frisch ausgepressten Zitronensaft hineingekippt.

»Hausrezept meiner Mutter«, erklärte sie und stellte beides neben dem Telefon ab. »Den einen hilft's beim Kater, den anderen bei Migräne. Ihren Augen habe ich vorhin schon angesehen, wie es heute um Ihren Kopf bestellt ist. Dieses drückende Wetter ist die Hölle.«

»Sie sind ein Engel! Genau das brauche ich jetzt.« Vera war gerührt. Natürlich war es weniger das seltsame Kaffeegebräu als vielmehr Inges Fürsorge, die Balsam für ihre Seele war. Bislang hatte die Sekretärin Abstand gehalten, obwohl sie kaum älter war als sie. Wie schon bei Sandrart war Vera auch bei Leuweritz & Mangfall die einzige Frau bei den Architekten. Unter den technischen Zeichnern waren drei, unter den Schreib- und Bürokräften dagegen ausschließlich Frauen. Umso schwieriger war es für Vera als einzige Höherrangige, unter den Kolleginnen Anschluss zu finden.

»Sagen Sie«, rief sie Inge nach, als die schon fast wieder zur Tür hinaus war.

»Ja?« Die junge Frau wandte sich noch einmal um.

»Seit wann arbeiten Sie eigentlich schon hier?«

»Seit fast acht Jahren«, kam es wie aus der Pistole geschossen.

»Das ist recht lange.«

»Ich war eine der Ersten, die die Chefs wieder eingestellt haben. Gleich nach der Handelsschule bin ich hierher.«

»›Wieder‹ – was heißt das?« Vera horchte auf. Sie hatte das eher aus einer spontanen Laune heraus gefragt, um mehr über

Inge herauszufinden, nun aber hoffte sie, dass die ihr vielleicht noch einige weitaus drängendere Fragen beantworten konnte. Erwartungsvoll sah sie sie an.

Inges vorteilhaft geschnittenes Kostüm betonte ihre rundliche Figur an den richtigen Stellen, das blonde, dauergewellte Haar war akkurat frisiert und ihr pausbäckiges Gesicht mit der schmalen Brille vor den graugrünen Augen dezent geschminkt. Bis in die kleinste Faser strahlte sie Selbstbewusstsein aus. Gehörte sie zu den seltenen Fällen junger, nicht akademisch gebildeter Frauen, die anders als Ysabel ihre Erfüllung in Beruf und Eigenständigkeit sahen? Wie wenig man doch ausgerechnet über diejenigen wusste, mit denen man tagtäglich zu tun hatte!

»Ich habe damals bei Leuweritz & Mangfall angefangen«, begann Inge, »genauso wie alle anderen, die seit der Zeit hier arbeiten. Das Büro hat es allerdings vorher schon gegeben. Ab wann, weiß ich nicht genau. 1945 wurde es geschlossen und Anfang 1947 wiedereröffnet, jedoch, wie gesagt, mit neuen Leuten. Die früheren Angestellten sind wohl im Krieg geblieben oder wollten nicht mehr hierher zurück.«

»Oder Leuweritz und Mangfall wollten sie nicht mehr«, entgegnete Vera leise.

Verdutzt starrte Inge sie an.

Hastig fügte Vera hinzu: »Wie das damals eben so war.«

Sie trank das Espresso-Zitronensaft-Gemisch und schüttelte sich angewidert. Mutig stürzte sie das Wasser mit der Aspirin hinterher.

»Wissen Sie noch mehr über die Zeit vor dem Krieg?«

»Nur, dass sowohl Heinrich Mangfall als auch Georg Leuweritz um 1930 ihr Examen abgelegt haben«, antwortete Inge vorsichtig. »Das hat Herr Leuweritz einmal erwähnt. Und dass sie nicht an die Front mussten. Sie waren beide u.k., also unabkömmlich gestellt, wie es so schön hieß. Bei Architekten nichts

Besonderes. Die wurden vor allem hier in der ›Hauptstadt der Bewe…‹ – Verzeihung.« Mitten im Wort unterbrach sie sich verlegen.

»Schon gut«, winkte Vera ab. »Ich dachte, Herrn Mangfalls Augenzucken wäre ein Kriegsleiden.«

»Na ja.« Inge dehnte die Vokale länger als nötig, bevor sie weitersprach. »In gewisser Hinsicht wohl schon.«

Sie zögerte einen Moment, dann kam sie noch einmal nah zu Veras Schreibtisch und flüsterte: »Als ganz junger Mann war er wohl bei der SA und hat bei einer Aktion gegen die Roten mitgemacht. Angeblich ist eine Granate direkt vor seinen Augen …«

»Was?«, platzte Vera entgeistert heraus. Das wurde ja immer besser! Einer ihrer Chefs ein mieser Intrigant, der sie mit kruden Andeutungen über Arthurs angebliche SS-Vergangenheit zum Spionieren anstiften wollte, der andere ein ehemaliger SA-Schläger, der sich offenbar schon früh in Hitlers Kampftruppen eingereiht hatte. Wo war sie da nur gelandet?

»Scht!«, versuchte Inge panisch, sie schnell wieder zu besänftigen. Das Strahlen auf ihrem pausbäckigen Gute-Laune-Gesicht war inzwischen gänzlich erloschen. »Kein Wort zu irgendwem! Niemand darf je erfahren, dass ich Ihnen das erzählt habe.«

»Keine Sorge«, lenkte Vera ein. »Ich schweige wie ein Grab.«

Zur Bekräftigung hob sie die Hand zum Schwur. Sie zitterte. Inge war wohl selbst zu durcheinander, um das zu bemerken.

»Befand sich das Büro vor Kriegsende auch schon in dieser Villa? Gibt es vielleicht noch irgendwo im Haus Unterlagen aus der Zeit?«

»Warum wollen Sie das wissen?« Plötzlich war Inge auf der Hut. Die sandelholzrot geschminkten Lippen verzogen sich zu einer dünnen, geraden Linie.

»Für meine weitere Arbeit am Ausschreibungsentwurf suche ich ungewöhnliche Ideen. Sie wissen ja …«, improvisierte Vera hastig und hoffte, Inge fiele nicht auf, wie angestrengt sie nach einer harmlosen Begründung suchte. Auf der Stelle musste sie mehr über ihre beiden Chefs wissen, ebenso über ihr gemeinsames Büro. Und natürlich über das Haus, in dem es sich befand. Was, wenn die beiden es sich zu Unrecht angeeignet hatten? Viele Anwesen aus der Nachbarschaft hatten im Dritten Reich unter zwielichtigen Umständen die Besitzer gewechselt. Und was, wenn tatsächlich stimmte, was sie im Lauf der letzten Stunde alles erfahren hatte? Nervös drehte sie den Bleistift auf ihrem Skizzenblock wie einen Kreisel, stoppte ihn mit der flachen Hand jäh ab.

»Es schadet nie, sich auf die Tradition zu besinnen«, setzte sie ihre holprige Begründung fort. »Vielleicht habe ich Glück, und Leuweritz & Mangfall haben früher schon einmal ein ähnliches Gebäude…«

»Aber damals hat man doch ganz anders gebaut«, stellte Inge argwöhnisch fest.

»Es gibt heutzutage vielfältige Anknüpfungspunkte an die späten Zwanziger- und frühen Dreißigerjahre«, erklärte Vera. »Denken Sie etwa ans Bauhaus oder an Vorhoelzers Postbauschule hier in München. Das moderne Neue Bauen geht mit den geraden Linien und der betonten Schlichtheit in eine ähnliche Richtung. Man kann sich also bestens von alten Entwürfen inspirieren lassen.«

»Sie sind die Architektin. Sie müssen es wissen«, gab Inge sich zu ihrer Erleichterung überraschend schnell geschlagen. Vermutlich war sie ebenfalls froh über die vermeintlich harmlose Erklärung. Die enthob sie der Verlegenheit, sich ihren Chefs gegenüber illoyal zu verhalten, wenn sie Vera Zugang zu den alten Unterlagen gewährte. »Aber das Büro von Leuweritz &

Mangfall kann nicht bis in die Bauhaus-Zeit zurückreichen, sonst hätten die beiden schon direkt nach ihrem Examen …«

»Wer weiß? Manche werden gleich von der Hochschule weg mit großen Aufträgen bedacht. Ob das bei unseren Chefs auch so war, lässt sich schnell herausfinden.«

»Ich zeige Ihnen das Archiv im Keller«, lenkte Inge ein, um das ihr augenscheinlich wenig angenehme Thema zu beenden. »Suchen müssen Sie dort allerdings allein. Denken Sie daran, sich den weißen Kittel überzuziehen, sonst verderben Sie sich Ihr schönes Kleid. Es ist staubig und feucht dort unten.«

Das Durchforsten der Papiere nahm Vera bald ganz in Beschlag. Je länger sie in den sorgfältig beschrifteten Mappen blätterte oder Rollen mit Plänen und Entwürfen von vor zehn, fünfzehn Jahren öffnete, desto mehr rückte der Schock über die Neuigkeiten aus Arthurs Vergangenheit für eine Weile in den Hintergrund.

Anders als von Inge prophezeit, war es in dem großzügigen Raum im Souterrain weder besonders staubig noch feucht. Er schien sogar regelmäßig penibel geputzt zu werden. Durch zwei breite Fenster mit Lichtschacht fiel ein wenig Tageslicht. An den vier Wandseiten zogen sich brusthohe Zeichenschränke mit den typischen flachen Schubladen für das Lagern großformatiger Zeichnungen wie auch Regale mit Fächern für Aufbewahrungsrollen von Plänen und anderen für Ordner und kleinere Mappen entlang. In der Raummitte befand sich ein Tisch zum Ausbreiten der Entwürfe. In einem Nebenraum lagerten akkurat beschriftete Ordner aus der Buchhaltung und dem Sekretariat.

Wider Erwarten erwies sich das Stöbern sogar tatsächlich als Inspirationsquelle. Vera war erstaunt, wie modern Leuweritz und Mangfall früher schon gedacht hatten. Daraus ließ sich sicherlich einiges für ihre jetzige Arbeit lernen. Vorrangig stammten die Projekte aus dem privatwirtschaftlichen Bereich. Es handelte sich um Büros für Immobilienfirmen, Galeristen, Anwälte oder Ärzte, daneben gab es Geschäftsgebäude, Apotheken, Buch- und Kunsthandlungen sowie Ein- und Mehrfamilienhäuser. Auf den ersten Blick nichts, was auf eine unrühmliche Vergangenheit oder gar auf eine direkte Verstrickung ihrer beiden Chefs in Naziverbrechen schließen ließ. Vielleicht aber lag in eben dieser offensichtlichen Unbelastetheit das Problem, ähnlich wie bei Arthur, der wie ein Wasserfall sprudelte, wenn es um Harmloses ging.

Vorsichtig rollte sie eine großformatige Skizze ein und verstaute sie in einem der metallenen Aufbewahrungsrohre. Die darunterliegenden Blätter gehörten in eine schwarze Sammelmappe, in der bereits ein dicker Stoß Skizzen lag. Vera schob die Blätter Kante auf Kante zu einem ordentlichen Stapel zusammen. Einige dickere widersetzten sich dem jedoch hartnäckig. Nach dem dritten oder vierten Versuch gab sie auf und zog die sperrigen Blätter aus dem Konvolut, um sie obenauf zu legen. Dabei rutschte eine Handvoll Fotos heraus und segelte zu Boden. Sie bückte sich, um sie aufzuheben. Im Wiederaufrichten betrachtete sie sie neugierig.

Auf den ersten Blick war klar: Bei dem halben Dutzend Herren auf den Abzügen handelte es sich um Architekten und technische Zeichner. In wadenlangen weißen Kitteln standen sie vor schräg gestellten Zeichentischen, hielten Lineale, Winkelmesser und Stifte in den Händen, als hätten sie mitten im Tun innegehalten, um sich vor der Kamera zu postieren.

Der Zeichensaal war eindeutig der im Erdgeschoss der Villa von Leuweritz & Mangfall, in dem Vera inzwischen längst von Stölzl erwartet wurde.

Das also waren die Herren, die hier einmal gearbeitet hatten! Die Frage war nur: wann genau? Und wer waren sie? Neugierig glitt ihr Blick über die Gesichter. Gut zu erkennen waren sie nicht. Sie trat vor eines der Souterrainfenster, hielt das Foto ins Licht und meinte in zwei der Herren Heinrich Mangfall und Georg Leuweritz zu erkennen, allerdings gut zwanzig, fünfundzwanzig Jahre jünger. Das passte zum Schnitt der Kleidung, die unter den offenen Kitteln hervorblitzte.

Bei Leuweritz war die Sache rasch eindeutig: Auch damals war er schon gänzlich ohne Haar gewesen.

Sie drehte das Foto um, entdeckte zu ihrer Freude auf der Rückseite eine handschriftliche Notiz mit Jahreszahl. »Im Zeichensaal 1931«. In der Villa existierte also in jedem Fall schon seit über zwanzig Jahren ein Architekturbüro, in dem ihre beiden Chefs tätig gewesen waren. Jetzt musste sie nur noch herausfinden, ob damals wirklich schon unter Mangfalls und Leuweritz' Leitung oder ob es Vorgänger gegeben hatte.

Mit zittrigen Fingern blätterte sie die weiteren Aufnahmen durch. Die zeigten weitgehend dieselbe Belegschaft wie auf dem ersten Foto, mal vor einer frisch ausgehobenen Baugrube, mal beim Richtfest neben der geschmückten Richtkrone oder im Garten der Villa. Auf Anhieb erkannte Vera den Treppenaufgang zur Veranda. Lediglich die Rosenbüsche und Bäume waren inzwischen üppiger und höher gewachsen.

Als sie sich die letzten beiden Fotos mit dem gezackten weißen Rand ansah, erstarrte sie. Auf dem einen stand ein Mann, der Arthur erschütternd ähnlich sah, mit einem etwa zehn- oder elfjährigen Jungen an der Seite vor der Villa! Es konnte sich nur um Vater und Sohn handeln, wie die auffällige Ähnlichkeit in der Statur sowie dasselbe spöttische Lächeln im Gesicht der beiden bewiesen. Auch hatten sie dieselben markanten Wangenknochen und denselben Ansatz zur hohen Stirn. Das Modell des neben den beiden geparkten Autos rückte die Aufnahme ebenfalls in die frühen Dreißigerjahre. Die Knickerbocker wie auch die Schirmmütze auf dem dunkelblonden Haar entsprachen genau der damaligen Mode.

Vera drehte das Foto um. Die Datierung auf der Rückseite gab ihr recht: »Arthur & Arthur, Frühjahr 1934« hieß es laut einer weiblich anmutenden Handschrift. Arthur war 1923 geboren. Also musste es sich um ihn und seinen Vater handeln. Ihr wurde flau.

»Mein Vater war Architekt«, hatte Arthur ihren Eltern an Weihnachten erzählt. Er sei im Büro des Großvaters mütterlicherseits tätig gewesen. Vermutlich hatte der die Kollegen Leuweritz und Mangfall also gekannt. Warum aber hatte Arthur das nicht erzählt? So stolz, wie er dort stand, war es eine große Sache für ihn gewesen, vor dem Haus abgelichtet zu werden, in dem die beiden arbeiteten. Daran musste er sich doch noch erinnern. Warum hatte man ihn und seinen Vater überhaupt dort fotografiert?

Sie hob das letzte Foto ins Licht. Wieder die Runde der Architekten in weißen Kitteln im Zeichensaal, dieses Mal jedoch in einer Reihe direkt vor der Kamera, sodass die einzelnen Gesichter besser zu erkennen waren. Frisuren und Kleidungsstil deuteten auf ein etwas späteres Aufnahmedatum als die anderen Fotos. Leuweritz und Mangfall waren rasch entdeckt. Zwischen ihnen hielt sich ein blasser Jüngling, wahrscheinlich ein Lehrling oder Student, der vorübergehend im Büro hospitierte. Von irgendwoher kam er Vera bekannt vor. Wahrscheinlich bildete sie sich das nur ein. Letztlich hatte er ein Allerweltsgesicht.

Ihr Blick wanderte weiter. Neben Leuweritz duckte sich ein älterer, dunkelhaariger Mann mit Brille, Schnauzer und altmodischem Spitzbart, der als Einziger keinen weißen Kittel trug und schmächtig wirkte. Ihm zur Seite hielt sich Arthur – oder vielmehr sein Vater. Im weißen Kittel im Zeichensaal! Die Hände stützte er auf den Schultern des Jungen von eben ab. Der aber war nun kein kleiner Junge mehr, sondern eindeutig ein Halbwüchsiger von vierzehn, fünfzehn Jahren. Stolz stand er vor ihm. Arthur!

»Hier stecken Sie.«

Hubert Stölzls vorwurfsvoller Ton erschreckte sie. Schuldbewusst fuhr sie herum.

»Ich wollte es nicht glauben, als Inge sagte, Sie würden hier unten in alten Entwürfen nach Ideen für unser Projekt suchen. Was soll das? Wir haben weitaus Wichtigeres zu tun. Seit mehr als einer Stunde warte ich oben auf Sie. Leuweritz hat Ihnen doch gesagt, wie dringend wir an unserem Entwurf … Was haben Sie da?«

Mitten im Satz brach er ab und kam zu ihr, nahm ihr die Fotos aus der Hand. Sie war noch zu perplex von dem, was sich da gerade in ihrem Kopf als weiterer Mosaikstein zu Arthurs Vergangenheit zusammenfügte, als dass sie sich dagegen hätte wehren können.

»Wo haben Sie die her?«

»Sie sind mir aus der Mappe gefallen, als ich diese Skizzen hier sortiert habe.«

Vera hatte sich wieder gefasst und ging zu dem Zeichenschrank, auf dem die besagte Mappe immer noch lag. Gebannt schlug sie sie auf, begann die Blätter durchzusehen und suchte nach einer Datierung oder sonstigen Beschriftung.

Die meisten waren nicht gekennzeichnet. Gerade als sie schon aufgeben und alles wieder sorgfältig einordnen wollte, sprang ihr ein Stempel ins Auge: »Architekturbüro Franz-Joseph Roth. München-Bogenhausen. Höchlstraße.« Sie entdeckte ihn auf der rückwärtigen Innenseite der Mappe sowie auf einigen weiteren Blättern. Wahllos öffnete sie zwei der tieferen Schubladen im Zeichenschrank, stieß dort auf weitere Mappen und Papiere mit besagtem Stempel des Architekturbüros Franz-Joseph Roth. Zu guter Letzt änderte sich der Stempel auf »Architekturbüro Franz-Joseph Roth & Arthur Brandt«. Der fand sich auf sämtlichen Unterlagen der Jahre 1934 bis 1938. Dann tauchte er nicht mehr auf, wich stattdessen der Firmierung »Heinrich Mangfall & Georg Leuweritz. München-Bogenhausen. Höchlstraße«.

»Haben Sie das gewusst?« Ihre Stimme klang so heiser, als hätte sie tagelang nicht mehr geredet. Sie räusperte sich. »Haben Sie gewusst, dass Leuweritz und Mangfall das Büro von Arthurs Vater und Großvater übernommen haben?«

»Sie nicht?« Stölzl schob die Fotos zusammen und sah sie verblüfft an.

»Was soll das heißen?« Eine Sekunde war sie irritiert. War seine Verwunderung echt? Sie verspürte den dringenden Wunsch, sich auf ihn zu stürzen, ihn an den Schultern zu packen und kräftig zu rütteln, um die Antwort aus ihm herauszuschütteln.

»Das ist doch kein Geheimnis«, erklärte Stölzl. »Franz-Joseph Roth war Jude. Um die Jahrhundertwende hat er so markante Gebäude wie das Kaufhaus *Hirschvogl am Rindermarkt*, die Brauerei Rossbach in Giesing sowie einige Villen hier in Bogenhausen erbaut. Schon bald nach der Machtergreifung hat er seinen arischen Schwiegersohn Arthur Brandt zum Partner ernannt. Das hat ihm allerdings nicht viel genutzt. Die Arisierungsstelle hat ihm und Brandt unterstellt, es handele sich um einen Scheinverkauf. Über mehrere Jahre zog sich der Prozess, wurde dann jedoch gegen Roth und Brandt entschieden. Wahrscheinlich ging es darum, eine Art Exempel zu statuieren. Dafür war die Münchner Arisierungsstelle bestens bekannt. Jedenfalls sind Leuweritz und Mangfall auf diese Weise zum Zug gekommen. Die beiden haben zuvor allerdings schon einige Jahre bei Roth und Brandt gearbeitet.«

Vera meinte, der Boden täte sich unter ihr auf. Warum hatte Arthur ihr das nie gesagt? Warum hatte er ihr seine jüdischen Wurzeln verschwiegen? Ausgerechnet ihr, die selbst einen jüdischen Elternteil hatte? Hatte er so wenig Vertrauen zu ihr? Oder schämte er sich deswegen? Der Schweiß brach ihr aus.

Leuweritz' Andeutungen von vorhin rückten Arthurs Verhalten in eine weitaus schlimmere Ecke. Ihr Vater hatte ihr einmal erzählt, sogenannte »Halbjuden«, also Männer mit einem jüdischen Elternteil, hätten sich während des Krieges in SS-Divisionen an der Ostfront besonders bewähren können, um ihren »rassischen Makel auszumerzen«, wie es damals geheißen hatte. War es das, was Arthur in die SS getrieben hatte? Wie konnte er damit leben? Von Neuem musste sie an seine bitteren Tränen denken, die er in ihren Armen über den Tod seiner Schwester und seiner Eltern vergossen hatte. Welche Schuld lastete auf ihm?

»Warum ist Arthur nicht wieder hier? In den letzten Jahren wurden doch einige Rückübertragungen und Entschädigungen …« Die Stimme wollte ihr nicht gehorchen. Es war zu viel, was ihr an diesem vermeintlich milden Frühlingstag an furchtbaren Dingen zugemutet wurde.

»Das fragen Sie ihn am besten selbst«, schlug Stölzl vor. »Ich meine gehört zu haben, es gäbe nach wie vor Ungereimtheiten mit seinen Angaben zu dem, was er zwischen Abitur und Kriegsende …«

»Hören Sie auf!« Vera presste sich die Hände auf die Ohren.

»Ich muss dringend an die frische Luft«, krächzte sie und rannte zur Tür.

»Aber wir müssen über den Entwurf …«

»Morgen! Ich kann gerade nicht mehr.«

38

Wie durch ein Wunder landete Vera mit ihrem himmelblauen Käfer unfallfrei in der Sendlinger Alramstraße. Dabei hatte sie sich weder an Geschwindigkeitsgrenzen noch an sonstige Verkehrsregeln gehalten und vor roten Ampeln erst im letzten Moment scharf gebremst. Sogar das Einparken gelang ihr auf Anhieb. Mit zitternden Händen schloss sie den Wagen ab und lief auf weichen Knien zum Büro im Hinterhaus.

Für den Rest des Tages hatte sie sich bei Inge Fassbender mit Migräne entschuldigt. Ein kaum wahrnehmbares Stirnrunzeln der Sekretärin hatte ihr signalisiert, dass die ahnte, wie wenig sie die Kopfschmerzen als vielmehr das, was sie im Archiv gefunden hatte, aus dem Büro trieb. Vera war es im Grunde gleichgültig, ob sie ihr glaubte oder nicht. Hauptsache, sie entkam Leuweritz und Mangfall, bis sie die Geschichte mit Arthur geklärt hatte. Ob Stölzl ihre Entdeckung im Archiv an die große Glocke hängte, interessierte sie vorerst ebenfalls nicht.

»Was für eine Überraschung!« Stürmisch fiel Ysabel ihr schon an der Eingangstür um den Hals. Auch Hannelore und Helga unterbrachen ihre Arbeit, um sie erfreut zu begrüßen.

Ludger winkte nur flüchtig von seinem Schreibtisch zu ihr hinüber. Ob er wirklich so vertieft in seine Unterlagen war? Oder war es ihm inzwischen peinlich, höflich zu ihr zu sein?

Immerhin hatte sie sich von seinem besten Freund getrennt. Dass er letztens dennoch auf ihrer Party gewesen war und sich sogar ganz angeregt mit ihr und Hubert Stölzl unterhalten hatte, war wohl allein Ysabel zu verdanken gewesen. Sein reserviertes Verhalten kam Vera jetzt allerdings gelegen. So musste sie ihm nichts vorspielen. Kaum hätte sie ihn kameradschaftlich umarmen wollen, nachdem sie vor kaum einer Stunde von seiner SS-Mitgliedschaft erfahren hatte.

Suchend wanderte ihr Blick weiter. Eduards Platz war leer, Arthurs ebenfalls.

»Arthur und Eduard sind auf einer Baustelle«, beeilte Ysabel sich zu erklären. »Die Schule in Laim …«

»Hast du schon deine Mittagspause gehabt? Ich lade dich zum Essen ein«, unterbrach Vera sie, um ihre Enttäuschung zu verbergen. Sosehr sie das Gespräch mit Arthur fürchtete, so gern hätte sie es hinter sich gebracht. Vielleicht war es ein Wink, erst mit Ysabel zu sprechen. Vielleicht konnte sie von ihr noch einiges erfahren, was sie über Arthurs und Ludgers Vergangenheit wissen sollte.

Bevor Ysabel die Einladung annahm, sah sie zu Ludger. Der tat weiter, als wäre er ganz ins Lesen der Schriftstücke auf seinem Schreibtisch versunken.

»Wunderbar!«, erwiderte sie dann. »Ich habe einen Bärenhunger. Ich mache mich nur schnell frisch.«

Sie schnappte sich die Tasche von ihrem Tisch und rannte in den hinteren Teil des Büros. Ihr weiter, bunter Rock über dem Petticoat wippte bei jeder Bewegung. Vor dem Spiegel über dem Waschbecken zog sie sich die Lippen nach und zupfte die rotblonden, in weichen Wellen fallenden Haare zurecht. Unwillkürlich strich auch Vera sich erst die kurzen, dunklen Haare, dann ihr knielanges, schmales Kleid glatt. Aus dem Augenwinkel bemerkte sie, dass sie nicht die Einzige im Büro war, die

Ysabel am Spiegel beobachtete. Auch Hannelore und Helga verfolgten amüsiert Ysabels Handgriffe.

»Fertig!«, verkündete Ysabel und kam mit einem strahlenden Lächeln auf den kirschroten Lippen zurück.

Arm in Arm schlenderten sie zu einem Gasthaus in der Nähe. Obwohl es erst Anfang Mai war, war es warm genug, um im Innenhof zu sitzen. Sie erwischten die letzten freien Plätze unter dem ausladenden Kastanienbaum.

Zwar war Vera nicht nach Essen zumute, Ysabel zuliebe bestellte sie dennoch eine Portion Leberkäs und Kartoffelsalat. Wie sähe das auch aus, wenn sie sie zum Essen einlud und selbst nur etwas trank?

»Was ist los?«, wagte Ysabel endlich zu fragen, sobald sie die ersten Schlucke von der eisgekühlten Cola getrunken hatten. »Wie kommt es, dass du unangemeldet bei uns auftauchst? Haben sie dir gekündigt? Oder hast du neuerdings eine Baustelle in der Nähe zu betreuen?«

»Weder noch. Ich muss einfach dringend mit dir reden.«

»Mit mir? Mitten am Tag?« Erstaunt riss Ysabel die Augen auf. »Dann muss es wirklich dringend sein. Wir hätten uns doch für heute Abend zum gemütlichen Kochen …«

»Wie gut kennst du Ludger wirklich?«

Kaum ausgesprochen, wusste Vera, wie ungeschickt das gewesen war. Sofort verschloss sich Ysabels für gewöhnlich offener Blick. Argwöhnisch fragte sie zurück: »Wieso?«

Fehlte nur noch, dass sie hinzugefügt hätte: »Was geht dich das an?«

»Verzeih. Ich wollte dich nicht erschrecken«, bemühte Vera sich um Schadensbegrenzung. Es fiel ihr schwer, zu lächeln. Zu sehr spukten ihr noch die Ungeheuerlichkeiten durchs Hirn, die sie in den letzten Stunden erfahren hatte. Doch Ysabel durfte sie nicht vor den Kopf stoßen. Sie war die Einzige, die ihr im

Moment helfen konnte, aus dem Irrgarten an furchtbaren Neuigkeiten herauszufinden.

»Wusstest du, dass Arthurs Vater ebenfalls Architekt gewesen ist?«, fuhr sie in möglichst harmlosem Plauderton fort. »Zusammen mit Arthurs Großvater mütterlicherseits hat er vor dem Krieg ein Büro in Bogenhausen besessen. Das heißt, nicht irgendeines, sondern das, in dem ich heute arbeite.«

»Leuweritz & Mangfall?« Ysabel horchte auf. »Wie kommst du darauf?«

»Das habe ich vorhin herausgefunden.«

»Bist du sicher?«

»Absolut. Mit eigenen Augen habe ich im Archiv unseres Büros Unterlagen mit dem Firmenstempel sowie entsprechende Fotos gesehen. Hubert Stölzl hat es mir bestätigt. Er war erstaunt, dass Arthur mir nie etwas davon erzählt hat.«

»Eigenartig. Aber was hat das mit Ludger und mir zu tun? Wieso willst du deshalb von mir wissen, wie gut ich ihn kenne? Denkst du, er hat ein ähnlich großes Geheimnis vor mir?«

»Ludger und Arthur sind seit Menschengedenken beste Freunde«, fuhr Vera bewusst umständlich fort. Sie wollte nicht voreilig auf den heikelsten Aspekt der Geschichte kommen und Ysabel mit der angeblichen SS-Mitgliedschaft der beiden vergrätzen.

»Auf den Fotos war Arthur etwa in dem Alter, ab dem die beiden im Theresien-Gymnasium zusammen die Schulbank gedrückt haben. Also kannten sie sich zu dem Zeitpunkt sicherlich. 1938 haben Leuweritz und Mangfall das Architekturbüro übernommen. Die Familie von Arthurs Mutter war jüdisch. Deshalb mussten sie …«

»Was?«

Erstaunt starrte Ysabel sie an. Davon hatte sie offenbar keine Ahnung gehabt. Vielleicht hatte nicht einmal Ludger das gewusst? Aber nein, das war Unsinn. Spätestens nach Erlass der

Nürnberger Rassengesetze und damit noch lange vor Einführung des Judensterns war es nahezu unmöglich gewesen, eine jüdische Abstammung zu verschweigen.

»Ludger muss das damals alles mitbekommen haben«, fuhr Vera fort. »Ich dachte, er hätte dir vielleicht …«

»Wenn du mehr darüber erfahren willst, warum fragst du ihn nicht selbst? Vielleicht verrät er dir, was er noch darüber weiß.«

»Ich glaube kaum, dass er mit mir darüber redet. Sonst hätte er schon längst etwas gesagt. Und jetzt, wo Arthur und ich nicht mehr verlobt sind und ich …«

Mitten im Satz brach Vera ab und trank an der Cola, um Zeit zu gewinnen. Es war wohl besser, sie verschwieg ihre Beteiligung an derselben Ausschreibung wie Arthur und Ludger. Bislang waren offiziell noch keine Namen von Mitarbeitern der Büros genannt worden. Ysabel wusste sicher noch nichts davon. Andernfalls wäre sie ihr vorhin bestimmt nicht um den Hals gefallen oder gar allein mit ihr essen gegangen. Und Ludger hätte es sowieso gar nicht erst zugelassen.

Leise seufzte Vera. Wie kompliziert alles geworden war! Das machte es ihr noch schwerer, die richtigen Worte für das zu finden, was ihr auf der Seele lag.

Ysabel schien ihre Verlegenheit zu spüren, deutete sie jedoch völlig falsch.

»Soll ich für dich mit Ludger sprechen?« Aufmunternd tätschelte sie ihr den Arm. »Natürlich nicht heute Abend, sonst kann er sich gleich denken, dass wir beide darüber geredet haben. Gewiss ergibt sich bald eine günstige Gelegenheit.«

»Danke. Das ist lieb von dir.«

Als wäre das das Stichwort, hoben sie beide ihre Gläser und prosteten einander zu.

Das Essen wurde serviert. Voller Appetit stürzte Ysabel sich auf den Leberkäs mitsamt dem Kartoffelsalat.

»Hast du keinen Hunger?«

Als ihr Teller bereits halbleer war, hob sie den Blick und schaute Vera verwundert an. Lustlos hatte Vera die Scheibe Leberkäs auf dem Teller herumgeschoben und eine winzige Gabelspitze Kartoffelsalat probiert. Schon hatte sie wieder genug. Bedächtig legte sie das Besteck beiseite und schob den Teller weg.

»Heraus mit der Sprache!«, forderte Ysabel sie auf, nachdem sie ihren Teller ordentlich leer gegessen und sich den Mund mit der dünnen Papierserviette abgewischt hatte. »Da gibt es doch noch etwas, was du wissen willst. Gern fühle ich Arthur vorsichtig auf den Zahn, ob er dir böse ist, weil du ausgerechnet bei Leuweritz & Mangfall …«

»Nein!«

Abermals erschrak Ysabel. Von Neuem ärgerte Vera sich über ihre Ungeduld.

»Natürlich passt ihm das nicht«, lenkte sie ein. »Aber er hätte längst den Mund aufmachen und mir die ganze Geschichte erzählen können.«

»Wann hätte er das tun sollen? Du hast ihm vorher nichts von deiner Bewerbung gesagt, und die Stelle bei Leuweritz & Mangfall hast du am selben Tag bekommen, als wir beide ihn mit Charlotte beim *Dallmayr* erwischt haben. Übrigens hält er immer noch größtmöglichen Abstand zu …«

»Schon gut«, unterbrach Vera sie und knetete nervös die Finger. Sie musste aufpassen, dass das Gespräch nicht in die falsche Richtung abdriftete.

»Erzählt Ludger dir eigentlich gar nichts von seiner Kindheit und Jugend?«, probierte sie ihr Glück von Neuem.

Dieses Mal traf sie offenbar den richtigen Ton. Ysabel trank zwar zuerst ihre Cola aus, dann aber antwortete sie erstaunlich unschuldig: »Dazu haben wir viel zu wenig Zeit. An Weihnachten hat sein Vater ein altes Fotoalbum ausgekramt und meiner

Mutter und mir einige Bilder von früher gezeigt. Sobald allerdings seine verstorbene Frau zu sehen war, hat er es nicht mehr ausgehalten und ganz furchtbar geweint. Stell dir vor, dieser große, massige Mann! Wie ein kleiner Junge heult er Rotz und Wasser über den Tod seiner Frau. Dabei ist der schon fast drei Jahre her. Was muss er sie geliebt haben!«

»Und Ludger?«

»Er hat wohl auch sehr an seiner Mutter …«

»Das meine ich nicht«, unterbrach Vera sie schon wieder viel zu ungeduldig, um sofort beschwichtigend hinzuzufügen: »Will er dir nie etwas von sich erzählen?«

»Das tut er ständig.« Ysabels grüne Augen leuchteten, beidseits ihres Mundes wurden lustige Grübchen sichtbar. »Jeden Tag unterhalten wir uns über uns und unsere Zukunft. Du weißt ja, wie gern er Luftschlösser baut und einem seine Pläne bis in die kleinste Einzelheit ausmalt. Bis nächstes Jahr im Mai, wenn wir endlich heiraten, wollen er und Arthur übrigens mehr Personal einstellen. Es sieht ganz so aus, als würden die Aufträge das bald hergeben. Dann haben wir sicher wieder mehr Zeit füreinander.«

»Wie schön für euch.«

Es hatte keinen Zweck, Ysabel zu drängen. Sie verstand einfach nicht, worum es Vera ging. Oder Vera drückte sich grundsätzlich falsch aus. Ihr Blick wanderte durch den vierseitig umbauten Innenhof.

Die Mittagszeit war längst vorbei, die übrigen Gäste verschwunden. Ordentlich waren die Stühle unter die Tische geschoben, die rot karierten Tischdecken glatt gestrichen, die Aschenbecher geleert und die grauen Bierseidel mit ausreichend Besteck und Servietten für den nächsten Ansturm aufgefüllt.

Plötzlich erklang stürmischer Jubel. Verwundert sah Vera zur rückwärtigen Mauer, auch Ysabel drehte den Kopf in die Richtung. Dahinter ragte eine zweistöckige Halle mit lang gestreckten Glasbausteinfenstern auf. Zwei davon waren halb gekippt. Aus ihnen drang aufgeregtes Kindergeschrei.

»Das ist unser Sendlinger Turnverein«, erklärte die Bedienung. Stolz trat sie zu ihnen an den Tisch. »Letzten Winter ham s' die Halle wiedereröffnet. Stellen S' sich vor – da erst sind die Flüchtlinge aus Schlesien fort. Neun Jahre ham s' da drinnen gehaust. Mindestens fünfzig Leute waren das. Man mag sich gar ned vorstellen, was das für ein Dreck gewesen sein muss! Mannsleut und Weibsleut Tag und Nacht miteinander dicht an dicht im selben Raum.«

Sie hielt inne und verdrehte bedeutungsvoll die Augen. Offenkundig besaß sie ganz konkrete Vorstellungen davon, was in der Enge der Turnhalle zwischen den verschiedenen Geschlechtern passiert sein musste.

»Aber jetzt ist's zum Glück vorbei. Jeden Tag ab halb drei turnen die Buben und Mädel aus dem Viertel, und abends gehen die Erwachsenen wieder hin. Bei den Herren ham wir übrigens einen echten Stadtmeister dabei. Am Reck war er letztens dem Turner vom Turnclub Freimann haushoch überlegen, nur am Barren und an den Ringen leider ned. Aber kein Wunder, wenn er jahrelang ned richtig hat üben können.«

Turnclub Freimann! Jäh hatte Vera den Zeitungsbericht über Siegfried Eiseles Triumph vor Augen, den Sandrarts Buchhalterinnen Ulla Schmidt und Käthe Waldmüller ihr Anfang des Jahres gezeigt hatten. Ebenso wusste sie auf einmal, wer der blasse Jüngling auf dem zweiten Foto aus dem Zeichensaal zwischen Mangfall und Leuweritz gewesen war. Natürlich kannte sie den, trotz oder gerade wegen seines Allerweltsgesichts, auch wenn er jetzt gut zwanzig Jahre älter war: Siegfried Eisele! Sie musste an die seltsame Begegnung letzten Herbst auf der Baustelle an der Maxburg denken.

Hatte der Fremde, der sich ihnen aus dem Novembernebel heraus genähert hatte, nicht angedeutet, Eisele hätte schon vor Sandrart-Zeiten hinter Arthur zurückstecken müssen? Also kannte Arthur ihn länger, als er zugegeben hatte. Vielleicht verriet Eisele ihr jetzt, da sie bei Sandrart keine Konkurrenz mehr für ihn war, was er über Arthurs Vergangenheit wusste. Natürlich interessierte sie ebenso, was er im Vorgängerbüro von Leuweritz & Mangfall zu tun gehabt hatte. Wie die anderen hätte auch er sie längst auf die Verbindung hinweisen können. Sie musste es nur geschickt anstellen, ihn zum Sprechen zu bringen. Eine vage Ahnung beschlich sie, wie ihr das gelingen konnte.

»Kann ich zahlen?«, wandte sie sich an die Bedienung.

»Leider ist es schon wieder viel zu spät, und ich muss zum nächsten Termin«, entschuldigte sie sich mit einem bedauernden Lächeln bei Ysabel, um die kleine Lüge zu überspielen. »Wollen wir morgen Abend bei mir kochen? Das haben wir schon so lange nicht mehr getan.«

»Darf ich Ludger mitbringen?«

»Gute Idee! Dann hätten wir jemanden, der essen muss, was wir beide brutzeln.«

»Wenn er gut gegessen hat, verrät er dir vielleicht auch etwas von seiner Kindheit und Jugend mit Arthur.« Aufmunternd zwinkerte Ysabel ihr zu. »Wäre doch gelacht, wenn wir den beiden und ihren Geheimnissen nicht auf die Schliche kämen.«

Vera stutzte. Ysabel überraschte sie immer wieder. Sie rang sich zu einem Lächeln durch. »Wenn du das sagst, werden wir ihn wohl zum Reden animieren können.«

39

Wild wirbelten die Gedanken in Veras Kopf durcheinander. Was für ein absurder Einfall, ausgerechnet Siegfried Eisele um Auskunft zu Arthurs Vergangenheit zu bitten! Nie hatte er einen Hehl daraus gemacht, wie wenig er von ihr hielt, erst recht nicht, nachdem sie an seiner statt auf Arthurs Stelle gerückt war. Noch dazu würde sie ihn an die seltsame Begegnung damals auf der Maxburgbaustelle erinnern müssen. Die war ihm außerordentlich unangenehm gewesen. Es war wohl alles andere als klug, daran anzuknüpfen, erst recht, wenn man auf sein Wohlwollen angewiesen war.

Fast war sie versucht, kurz vor dem Ziel umzukehren. In ihrer Verzweiflung wusste sie sich allerdings keinen anderen Rat. Wer außer ihm und Ludger konnte Arthur sonst noch vor Kriegsende gekannt haben? Ihre beiden Chefs, Leuweritz und Mangfall, sollte sie nach allem, was sie in den letzten Stunden über sie herausgefunden hatte, besser nicht nach Arthur und seiner Familie fragen.

Ködern wollte sie Eisele mit vertraulichen Informationen zur Ausschreibung der Wohnungsbaugenossenschaft München-Südwest. Seit sie mit Stölzl am Entwurf des städtischen Verwaltungsgebäudes feilte, hatte sie ihre Bewerbung dafür schweren Herzens zurückgezogen. Das Wissen über die Küchen- und Haushaltsvorlieben einer der Hauptverantwortlichen konnte Eisele wertvolle Vorteile gegenüber den Mitbewerbern verschaffen. Auch wenn er sich gewiss schwer damit tat, ihr persönliches Lieblingsthema aufzugreifen, verlockte ihn sicherlich die Aussicht, den geheimen Wünschen der Auftraggeber zu entsprechen, um den Auftrag zu ergattern.

Beim Betreten von Hellmuth Sandrarts Büro bereitete Rosemarie Gegenfurtner ihr einen unerwartet herzlichen Empfang. Kaum zu fassen, dass bereits zwei Monate vergangen waren, seit sie einander zuletzt gesehen hatten! Es kam Vera vor, als wäre es gestern gewesen, so wenig hatte sich im Büro verändert. Dabei war seither so viel geschehen.

Neugierig eilten auch Gisela Birnstock sowie Ulla Schmidt und Käthe Waldmüller aus dem angrenzenden Buchhaltungsbüro herbei.

»Sie haben Glück«, beantwortete Rosemarie ihr die Frage nach Siegfried Eisele. »Leider meidet er nach wie vor die Baustellen, so gut es geht. Sie finden ihn also in seinem Büro. Sicherlich hat er Zeit für Sie.«

Enttäuscht, dass Vera keine Zeit für einen Kaffeeplausch mit den ehemaligen Kolleginnen hatte, verabschiedeten sich die drei anderen Bürodamen wieder.

»Vielleicht schaffen wir demnächst einen gemeinsamen Biergartenbesuch«, rief sie ihnen nach. Es überraschte sie, wie interessiert die drei noch an ihr waren. Dabei war ihr Abgang aus Sandrarts Büro Mitte März recht abrupt erfolgt.

»Hoffen wir, dass das Wetter schön bleibt, dann wird daraus tatsächlich etwas«, erwiderte die rothaarige Gisela.

»Keine Sorge, auch bei Regenwetter entkommen Sie uns nicht!«, prophezeite dagegen Ulla, und Käthe ergänzte: »Das gemeinsame Schwitzen für den Barockengel in dem winzigen Kabuff verbindet fürs Leben.«

So munter das Willkommen in der Empfangsdiele gewesen war, so kühl reagierte Siegfried Eisele auf Veras Besuch. Flüchtig reichte er ihr die Hand und sah sie kaum an. Seine Haut fühlte sich feucht an. Die Fingerkuppen waren vom Rauchen gelb wie eh und je. Ein Blick auf den überquellenden Aschenbecher auf dem Schreibtisch bestätigte ihr, dass er eher noch mehr als weniger rauchte. Wie er als Turner am Barren und an den Ringen die Konkurrenz überflügelte, war ihr ein Rätsel. Die leicht gekrümmte Haltung, mit der er durch die Tage ging, wirkte noch unsportlicher als seine Zigarettensucht.

»Was kann ich für Sie tun?«, erkundigte er sich und bot ihr den Besucherstuhl vor dem Schreibtisch an. Zugleich bedeckte er die Pläne und Notizen, die obenauf lagen, mit einem großen Zeichenblatt.

Am liebsten hätte sie ihm versichert, nicht seine Projekte ausspionieren zu wollen. Dann aber verzichtete sie darauf. Allein die Vorstellung, dass sie das nötig hatte, war lächerlich. Stattdessen bot sie ihm ohne Umschweife ihre Unterstützung beim Projekt der Baugenossenschaft München-Südwest an.

»Was wollen Sie dafür?«

Argwöhnisch behielt Eisele sie im Auge, während er sich die nächste Zigarette anzündete. Ohne ihn um Erlaubnis zu bitten, erhob sie sich und öffnete das Fenster. Der Kopf drohte ihr zu platzen. Was gäbe sie für ein weiteres Espresso-Zitronensaft-Gebräu von Inge Fassbender! Gierig schöpfte sie frische Luft. Der Malzgeruch von den nahen Brauereien fehlte. Ungewöhnlich für einen Montag. Langsam drehte sie sich zurück in den schmalen Raum und sah sich um.

Es war ihr ehemaliges Büro, das sie vor einem knappen Jahr von Arthur geerbt hatte. Die Blätter des Gummibaums, der damals bereits den einzigen persönlichen Schmuck dargestellt hatte, waren inzwischen matt. Offenbar hatte die Putzfrau es aufgegeben, sie zu polieren, weil die nikotingeschwängerte Luft ihm ohnehin ständig zusetzte. Seltsamerweise wirkte er trotzdem proper wie eh und je, als wollte er allen beweisen, dass er auch unter ungünstigsten Bedingungen prächtig gedieh.

»Sagen wir, es ist ein Gefallen unter guten Kollegen«, beantwortete sie Eiseles Frage und lehnte sich rücklings gegen das Fenstersims. Der zarte Wind von draußen tat gut. Damit ließ sich die stickige Atmosphäre besser ertragen, die nicht allein vom Zigarettenrauch im Raum hing.

»Gute Kollegen?«, wiederholte er spöttisch. Beim Schmunzeln entblößte er die schlechten Zähne.

»Was verschafft mir die Ehre, von Ihnen neuerdings unter der Bezeichnung ›gute Kollegen‹ gefasst zu werden? Habe ich da etwa eine entscheidende Entwicklung in unserer Beziehung zueinander verpasst?«, fragte er weiter.

»Ihre lange Verbundenheit mit Arthur Brandt«, erwiderte sie wie aus der Pistole geschossen, bevor sie der Mut verließ. Hastig fügte sie hinzu: »Mittlerweile ist mir klar, dass Sie beide sich nicht erst hier bei Sandrart kennengelernt haben. Vorhin habe ich ein etwa zwanzig Jahre altes Foto gesehen. Darauf sind Sie und Arthur im Kreis des Architekturbüros Franz-Joseph Roth & Arthur Brandt in Bogenhausen zu sehen. Meine jetzigen Chefs, Georg Leuweritz und Heinrich Mangfall, haben das Büro 1938 von Arthurs Großvater und seinem Vater übernommen, wie ich außerdem herausgefunden habe.«

»Das haben Sie nicht gewusst? Das tut mir leid.« Sein Bedauern klang echt. Einen Moment hielt er inne, suchte ihren Blick und schüttelte dann nur stumm den Kopf. Langsam beugte er sich vor und fand wie durch ein Wunder noch ein Eckchen im vollen Aschenbecher, um den Zigarettenstummel auszudrücken. Sofort angelte er sich Nachschub aus der Packung. Beim Anzünden lehnte er sich wieder in seinem Stuhl zurück und sah sie aus zusammengekniffenen Augen an, während er das Streichholz zum Löschen durch die Luft wedelte.

»Wie ich höre, haben Sie Ihre Verlobung mit Arthur gelöst. Hat das zufällig etwas damit …«

»Nein«, fuhr sie ihm über den Mund. Warum nur hackten alle gleich darauf herum? »Erzählen Sie mir mehr von Arthur und sich. Sie beide kennen sich also weitaus länger, als ich vermutet habe. Hat das, was der Fremde in dem langen Mantel damals auf der Baustelle an der Maxburg angedeutet hat, etwas mit Ihrer Tätigkeit bei Arthurs Vater beziehungsweise seinem Großvater zu tun? Was haben Sie dort genau gemacht? Sie dürften damals gerade erst Ihr Abitur abgelegt haben. Oder ging es dem Mann um alte Geschichten aus dem Krieg? Um was genau? Wo waren Sie, und was hatten Sie in der Zeit mit Arthur zu tun?«

»Ein bisschen viel Fragen auf einmal.«

Schlagartig wechselte seine Stimmung. Er schnellte auf dem Stuhl nach vorn. Fast sah es so aus, als wollte er aufspringen und sie hinauswerfen. Im nächsten Moment jedoch hatte er sich im Griff, blieb sitzen und rang sich zu einem gequälten Lächeln durch.

»Sie lieben ihn noch immer, oder?«

Seine Stimme war leise, fast zart, in jedem Fall verständnisvoll.

Vera schoss das Blut ins Gesicht. Siegfried Eisele war der Letzte, mit dem sie über ihre Gefühle zu Arthur sprechen wollte. Schon wollte sie sich das verbitten, da wurde es nebenan im Zeichensaal unruhig.

Eisele und sie wandten die Köpfe zur Glaswand, die das Büro vom Saal trennte. In großen Schritten rauschte die massige Gestalt von Hellmuth Sandrart heran, im Mundwinkel eine glimmende Zigarre, um den Kopf die typische Rauchwolke. In Habtachtstellung standen die Zeichner und Architekten Spalier. Er schenkte ihnen jedoch keine Beachtung, sondern eilte zielsicher auf Eiseles Büro zu.

»Fräulein Cohn!«, rief er schon beim Öffnen der Tür.

Im ersten Moment meinte Vera, er wollte sie eigenhändig hinauswerfen, weil er sie ebenfalls der Spionage für ihr neues Büro verdächtigte. Dann aber entdeckte sie das wohlwollende Schmunzeln auf seinen fleischigen Lippen.

»Wie schön, Sie zu sehen!« Er nahm die Zigarre aus dem Mund und schüttelte ihr die Hand. »Haben Sie es sich anders überlegt und wollen wieder zu uns zurück? Bei Leuweritz & Mangfall wird eben auch nur mit Wasser gekocht, was?«

Eine Spur zu laut lachte er auf.

»Sie war zufällig in der Nähe und wollte nur Guten Tag sagen«, kam Eisele ihr mit der Antwort zuvor und erhob sich. Ostentativ wollte er sie zur Tür geleiten. Zögernd folgte sie ihm.

»Schade. Aber natürlich ruft die Arbeit. Das verstehe ich.« Sandrart nickte ihr zu.

»Grüßen Sie mir Arthur. Nein, nein, entschuldigen Sie.« Er hielt sie am Arm fest, schüttelte den Kopf über sich selbst. »Da bin ich gerade ordentlich ins Fettnäpfchen getreten. Rosemarie hat mir eben extra noch zugeflüstert, ich solle daran denken, dass Sie beide sich getrennt haben. Schade! Sie waren ein sehr schönes Paar, wie man so sagt. Beruflich wie privat, wenn Sie mir die Bemerkung gestatten.«

Von Neuem hüllte er sich mit einer dicken Zigarrenrauchwolke ein. Vera wusste nicht so recht, ob sie ihm das mit dem Fettnäpfchen abnehmen sollte. Sandrart verhielt sich zwar oft merkwürdig und vor allem schweigsam, aber nicht sonderlich tollpatschig. Dazu war er zu klug.

»Apropos«, fügte er nach einem weiteren tiefen Zug an der Zigarre hinzu. Dieses Mal stieß er seine berühmten Kringel in die Luft. Vera fürchtete, das Gemisch aus kubanischem Zigarren- und billigem Zigarettendunst in dem schmalen Büro nicht mehr lange auszuhalten. Es raubte ihr den Atem. Halb wandte sie sich ab.

»Wie ich höre, läuft das Büro Brandt & Trautner hervorragend. Angeblich suchen sie bereits händeringend weitere Architekten und Zeichner. Da werde ich meine Leute hier wohl festnageln müssen, sonst lassen die sich noch abwerben. Arthur ist beliebt. Und verdammt gut ist er obendrein. Da kann ich schwer mithalten. Wer hätte gedacht, dass er noch einmal auf die Beine kommen würde nach dem ganzen Schlamassel, der ihm alles genommen hat.«

Abermals zog er an der Zigarre, stieß eine Rauchwolke aus, hinter der für einige Sekunden sein gesamtes Antlitz verschwand. Aus dem Augenwinkel beobachtete Vera, wie Eisele das Gesicht verzog. War es Zufall, dass Sandrart ebenfalls von Schlamassel sprach so wie damals Eisele nach der Begegnung an der Maxburg und kurz darauf auch Arthur?

»Unfassbar, wie erfolgreich er inzwischen ist«, fuhr Sandrart fort. »Hätte ich ihm fast nicht mehr zugetraut. Lange hat es so ausgesehen, als hätte sich alles und jeder gegen ihn verschworen. Sehr mutig von ihm, ausgerechnet nach München, sozusagen in die Höhle des Löwen, zurückzukehren und hier den Neubeginn zu wagen. Was für ein Triumph, dass er es jetzt wohl tatsächlich geschafft hat.«

Von Neuem schüttele er den Kopf, richtete den Blick zu Boden, schwieg einige Atemzüge lang, bevor er Vera aufmunternd die Schulter tätschelte.

»Aber was erzähle ich das ausgerechnet Ihnen, Fräulein Cohn? Seien Sie froh, jung genug zu sein, um das damals aus einem anderen Blickwinkel erlebt zu haben. Da ist Ihnen einiges erspart geblieben, auch wenn Ihre Familie natürlich ebenfalls sehr gelitten hat. Unglück lässt sich nicht aufrechnen, erst recht nicht gegeneinander. Ziehen wir endlich einen dicken Schlussstrich unter das Gestern und schauen nach vorn. Alles andere macht uns nur bitter und einsam, was, Eisele?«

40

Fast war es wie früher, wenn sie mit Vera zu ihren wöchentlichen Kochabenden verabredet war. Nur dass Ysabel an diesem Abend reichlich aufgewühlt war, als sie am Sendlinger Torplatz in die Tram Richtung Maxvorstadt umstieg. Umsichtig balancierte sie ihren Korb durch das Gedränge. Unter einem Geschirrtuch hatte sie darin die Nachspeise verstaut, die sie bereits zu Hause zubereitet hatte. So konnten sie und Vera sich gleich ganz auf das Kochen der Hauptspeise konzentrieren. Bevor Ludger zum Essen in Veras Wohnung eintraf, bliebe ihnen dadurch ausreichend Zeit, um auch noch in Ruhe unter vier Augen miteinander zu reden. Das war dringend notwendig.

Was Vera am Vortag über Arthurs Familie und deren Architekturbüro erzählt hatte, beschäftigte Ysabel sehr. Seine Mutter war Jüdin gewesen. Das war ihr vollkommen neu. Natürlich verstand sie, dass er nicht darüber sprach. Wer tat das noch nach allem, was unter Hitler mit den Juden geschehen war? Inzwischen gab es sogar wieder Leute, die behaupteten, es sei alles nicht so schlimm gewesen und die Juden sollten sich nicht so anstellen. Die Deutschen hätten im Krieg auch unglaublich gelitten. Und erst danach! Alles wäre ihnen von den Siegern genommen worden. Eine ungeheure Einstellung, wenn man an die Bilder und Filme dachte, die die Amerikaner nach dem Krieg über die Verbrechen der Nazis an den Juden gezeigt hatten. Damals war Ysabel zwar noch ein kleines Mädchen gewesen, an die grausigen Fotos von halbverhungerten, nackten Menschen und riesigen Leichenbergen erinnerte sie sich dennoch nur zu gut. Die hatten Margot und sie sich heimlich angesehen, trotz des Verbots von ihrer Mutter und ihrem Onkel. Der hatte es als »unverschämte Lüge« abgetan, was in den Lagern im Osten mit den Juden passiert sei.

»Das sagen sie nur, weil sie Geld von uns haben wollen. Die Juden wollen immer nur unser Geld«, hatte er behauptet. »An was anderes als an Geld kann ein Jude gar nicht denken.«

Ysabel hatte sich gefragt, woher er das wusste. Weder in Wildenwart noch in Prien oder Traunstein war ihr je ein Jude begegnet und dem Onkel demzufolge wohl auch nicht. Aber natürlich war er schon älter und hatte vielleicht in München oder sonst wo mal eine Bekanntschaft gemacht. Letztlich war es egal. Sie hoffte nur, Arthurs Mutter war nicht in einem solch grausigen Lager vergast worden. Das konnte gar nicht sein, fiel ihr zu ihrer Erleichterung ein. Einmal hatte Arthur erzählt, seine Eltern seien bei einem der letzten Bombenangriffe auf München gestorben. Sie hoffte, das stimmte. Es wäre tausendmal besser, als seine Mutter in einer Gaskammer zu verlieren!

Vera mit ihrem jüdischen Vater musste das mit Arthurs jüdischer Mutter besonders nahegehen, auch wenn sie und ihre Eltern noch rechtzeitig ins Ausland hatten fliehen können. Ysabel haderte mit sich, ob sie sie darauf ansprechen sollte. Gestern war sie überrumpelt gewesen. War es nicht Fügung, dass Vera, die einen jüdischen Vater hatte, sich in jemanden verliebt hatte, der eine jüdische Mutter hatte? Oder war das jetzt schon wieder verboten, so zu denken, weil man unter Hitler die jüdische Herkunft so betont hatte und das jetzt besser nicht mehr tat? Angestrengt massierte Ysabel sich die Schläfen. Zum Glück hatte sie einen Sitzplatz in der Elektrischen und konnte den Korb auf dem Schoß halten, um ein wenig durchzuatmen.

In jedem Fall liebte Vera Arthur noch, sonst hätte sie ihr das alles gestern nicht so aufgeregt erzählt. Sonst wäre es ihr gleichgültig gewesen. Ob sie einmal bei Arthur vorfühlen sollte, wie es mit ihm und seinen Gefühlen für Vera stand? Wäre doch wundervoll, wenn sie Vera und Arthur wieder zusammenbringen könnte – gerade jetzt, da sich herausgestellt hatte, dass sie beide ein jüdisches Elternteil hatten! Allerdings musste sie äußerst behutsam vorgehen, damit Arthur ihre Fragen nicht als ungehörige Einmischung auffasste. Er war sehr empfindlich. Seit dem Bruch mit Vera war das noch schlimmer geworden.

Dank der Vorgeschichte verstand sie jetzt auch besser, warum er so sauer auf die Nachricht von Veras Wechsel zu Leuweritz & Mangfall reagiert hatte. Das musste wie eine Ohrfeige für ihn gewesen sein! Ysabel nahm sich vor, alles daranzusetzen, um ihm klarzumachen, dass Vera das nicht mit Absicht getan hatte. Mit voller Absicht hingegen hatte Charlotte Vera dorthin empfohlen. Das Miststück! Gewiss hatte sie gewusst, wie die Büros zusammenhingen. Ein schwacher Trost nur, dass ihr das nicht viel genutzt hatte. Seit Wochen ging Arthur ihr aus dem Weg.

Andererseits war es vielleicht gar nicht so schlecht, dass Vera ausgerechnet bei Leuweritz & Mangfall angefangen hatte. Im Geist malte Ysabel sich aus, wie sie ihre neuen Chefs davon überzeugte, Arthur das Büro seiner Familie zurückzugeben. Warum war das eigentlich nicht längst geschehen? Angeblich sollten die Juden doch alle ihre früheren Geschäfte und Firmen wiederbekommen. Höchstpersönlich hatte Adenauer das angeordnet. Oder galt das für Bayern nicht? Allmählich überstieg das alles Ysabels Horizont.

Wie gern würde sie sich mit Ludger darüber beraten. Leider hatte sie seit gestern Nachmittag nur kurz mit ihm telefoniert und am Morgen im Büro keine Chance gehabt, ihn unter vier Augen zu sprechen. Dabei brannte sie ähnlich wie Vera darauf, zu erfahren, was er über Arthurs Familie und deren Büro zu erzählen wusste. Nachher beim Essen würde sich sicherlich eine Gelegenheit ergeben. Vor Vera würde er nicht mit ihr streiten wollen.

Sie erreichte die Haltestelle an der Theresienstraße, nahe der Neuen Pinakothek oder dem, was davon übrig geblieben war. Auf der Baustelle der Alten Pinakothek direkt gegenüber herrschte Feierabendruhe. Müde eilten die Bürofräulein in ihren schicken Kostümen und die Angestellten in ihren grauen Anzügen achtlos daran vorbei. Ysabel beeilte sich ebenfalls, mit dem Korb am Arm das kurze Stück zu Veras Wohnung an der Ecke zur Türkenstraße zu laufen.

Das Kochen würde sie für eine Weile von den Grübeleien ablenken. Zum Glück hatte sie am letzten Freitagabend bei Clemens Wilmenrods Fernsehsendung gut aufgepasst und das Rezept für den exotischen Geflügelsalat mit Curry gleich mitgeschrieben. Längst hatte sie den einmal ausprobieren wollen. Der passte bestens zum milden Frühlingswetter. Als Nachtisch würde sie die Paradiescreme mit Mandarinen servieren, die sie am Morgen schon zu Hause in die edlen Sektschalen gefüllt hatte. Ludgers Vater hatte ihr die zu Weihnachten geschenkt. Jetzt musste sie aufpassen, damit die teuren Gläser im Korb heil blieben. Den ganzen Tag hatten sie im Kühlschrank des Büros gestanden. Um die leckere Creme vor den gierigen Schleckermäulern der Kollegen zu retten, hatte Ysabel drei zusätzliche Portionen für Hannelore, Helga und Eduard angerührt. Die mussten allerdings mit einfachen Kaffeetassen vorliebnehmen.

»Fürs schlichte Fußvolk tut es wohl auch das billige, angeschlagene Geschirr«, hatte Hannelore gelästert, während Helga und Eduard sich artig für den leckeren Nachtisch bei ihr bedankt hatten.

»Ludger ist ein Glückspilz«, hatte Eduard geschwärmt. »Bei dir geht die Liebe wirklich durch den Magen.«

»So ein Pech für dich, dass Margot im Gegensatz zu ihrer kleinen Schwester nichts fürs Kochen übrig hat«, hatte Helga ihn bedauert.

Darauf hatte Hannelore sie barsch zurechtgewiesen: »Die macht es im Gegensatz zu Ysabel genau richtig und lässt sich selbst auf Händen tragen. Warum sollen die Frauen immer diejenigen sein, die sich um alles kümmern? Die Herren der Schöpfung können doch auch die Ärmel hochkrempeln.«

»Stimmt«, hatte Helga zu ihrer Verwunderung nachdenklich beigepflichtet. »Ab sofort werde ich das so halten und weniger in der Küche tun, um mich mehr verwöhnen zu lassen.«

Warum Hannelore daraufhin säuerlich den Mund verzogen und Eduard hämisch gegrinst hatte, war Ysabel zwar nicht so ganz klar gewesen, aber aus den beiden wurde sie ohnehin nie schlau. Viel wichtiger war, dass sie das Dessert vor Ludger hatte verbergen können, weil der letzte Nacht gar nicht bei ihr übernachtet hatte und in der Früh gleich nach dem ersten Kaffee im Büro mit Arthur zu einem Termin aufgebrochen war.

Wie Ludger der Geflügelsalat wohl schmecken würde? Vera war bereits am Telefon Feuer und Flamme für den Vorschlag gewesen und hatte angeboten, alles Nötige zu besorgen. Das hatte Ysabel begrüßt. Beim Einkaufen achtete Vera nie auf den Pfennig. Auf dem Heimweg vom Büro in Bogenhausen wollte sie bei *Feinkost Käfer* in der Prinzregentenstraße Station machen und dort zwei große Hühnerbrustfilets für den Salat besorgen. Aus Kostengründen hätte Ysabel sich für das billigere Suppenhuhn entschieden, dessen Fleisch weitaus zäher war.

In Vorfreude auf die weiteren Köstlichkeiten half sie Vera wenig später in der Küche, die Einkaufstüten auszupacken. Auch beim Rest der von Vera eingekauften Zutaten handelte es sich nur um das Beste und Teuerste. Die Spargel- und Ananaskonserven waren ebenso erlesen wie der französische Weißwein, laut Etikett ein echter Chardonnay. Das klang exquisit. Verträumt schnupperte Ysabel am Baguette, das noch ofenwarm war und ganz anders duftete als das labbrige Weißbrot vom Bäcker im Westend. Vielleicht sollte sie Ludger zu einer Hochzeitsreise nach Frankreich überreden. Dort schien alles feiner zu sein, sowohl die Kleidung, wie man bei *Beck am Rathauseck* sah, als auch das Essen. Selbst das Glas Mayonnaise stammte aus Frankreich, was ihr ein besonderer Luxus schien. Im Handumdrehen hätte sie welche aus Eigelb, Öl, Senf, Zitronensaft sowie Salz und Pfeffer angerührt.

»Warum sich die Mühe machen, wenn es welche fertig zu kaufen gibt?« Verwundert sah Vera ihr über die Schulter, als sie sich eine Schürze umband, das Hühnerfilet heiß abwusch und in einen Topf mit kochendem Salzwasser gab.

»Aber es wäre viel billiger«, erwiderte Ysabel und schnippelte geschäftig eine Karotte und eine Zwiebel, die sie zusammen mit einem Bund Suppengrün ebenfalls ins Wasser warf. »Die Brühe, in der das Hühnerfleisch kocht, kannst du dir übrigens gut für morgen aufheben. Dann hast du gleich eine leckere Suppe.«

»Wenn ich dich in der Küche so umsichtig wirtschaften sehe, weiß ich, dass ich das nie lernen werde.« Vera entkorkte den Wein und goss ihn in Gläser. »Auf dich, die beste Köchin und Hausfrau der Welt.«

»Auf dich, die beste Architektin der Welt!«

Flink streifte Ysabel sich die Finger an der Schürze ab und hob das Glas.

»Lass das mal lieber nicht Arthur und Ludger hören.«

»Warum?«

Die Antwort blieb Vera ihr schuldig. Stattdessen deckte sie im Wohnzimmer den Tisch. Flink öffnete Ysabel unterdessen die Konservendose sowie das Glas mit dem eingekochten Spargel. Den Ananassaft goss sie in ein Glas ab, bevor sie eine Zitrone auspresste und die Mayonnaise in eine Schale gab, um sie zusammen mit dem Saft und den Gewürzen zu einer sämigen Sauce zu verrühren. Das Currypulver schenkte dem Ganzen eine wundervolle Farbe.

»Haben die beiden eigentlich schon Nachricht, wie sie bei der Ausschreibung für das Bürogebäude der Stadt abgeschnitten haben?«

Vera kam zu ihr in die winzige Küche zurück und sah ihr interessiert zu.

»Schnapp dir bitte ein Messer und schneide die Spargelstangen klein«, wies Ysabel sie an und nahm sich selbst die Ananasringe vor, bevor sie auf die Frage einging. »Heute Mittag kam ein Anruf von Doktor Häutle aus der Stadtverwaltung. Leider war weder Arthur noch Ludger im Büro. Morgen früh soll sich einer von ihnen bei ihm melden. Wenn er um Rückruf bittet, kann das eigentlich nur etwas Gutes bedeuten, oder?«

Erwartungsvoll sah sie Vera an. Die nickte zustimmend.

»Hat euer Büro schon Bescheid?«, schob sie neugierig nach. »Wie hieß noch gleich dein Kollege, der bei Leuweritz & Mangfall dafür zuständig ist: Staude oder Stölzl oder so ähnlich? Ludger fand ihn sehr nett. Auf deiner Party hat er sich bestens mit ihm unterhalten. Wäre wirklich ein Ding, wenn ausgerechnet dein Kollege mit Arthur und Ludger in der Endauswahl wäre. Wie Arthur wohl darauf reagieren würde? Seit du mir gestern die Geschichte mit dem Büro seines Großvaters und Vaters erzählt hast, frage ich mich das schon. Zum Glück hast du mit dem Projekt nichts zu tun. Das wäre sonst noch schlimmer für ihn. Bestimmt würde er denken, du würdest alles, was du über ihn und Ludger und ihre Ideen weißt, an deinen Kollegen …«

Erschrocken hielt sie inne. Eine seltsame Stille hing plötzlich im Raum. Was war sie nur für ein Trampel! Aus dem Augenwinkel sah sie, wie blass Vera geworden war.

»Ich glaube, das Hühnerfleisch ist gar«, erklärte sie. Hastig drehte sie die Herdplatte ab, nahm einen Teller aus dem Schrank und legte das Fleisch darauf, um es in kleine Würfel zu schneiden. »Bevor wir es zum Rest geben, muss es noch etwas besser abkühlen.«

Vera hörte ihr gar nicht zu. Völlig geistesabwesend stand sie neben ihr.

Im ersten Moment wusste Ysabel nicht, was sie tun sollte. Veras seltsame Reaktion konnte nur eins bedeuten.

»Verzeih!«, fuhr sie überstürzt fort. »Ich bin einfach zu dumm, sonst würde ich besser darüber nachdenken, was ich vor mich hin plappere. Natürlich würde Arthur niemals glauben, dass du wirklich … Ganz bestimmt weiß er, wie sehr er sich trotz allem … Das ist ja wohl selbstverständlich, dass dir keiner unterstellt, du würdest … Ach herrje!«

Statt weiter hilflos zu stammeln, schlang sie der einen Kopf größeren Freundin die Arme um den Hals und presste sich fest gegen sie.

»Glaub mir, ich weiß, dass du Arthur niemals verraten würdest, ganz egal, was er dir mit Charlotte angetan hat oder was dein neuer Chef von dir verlangt. Jedem, der das behauptet, kratze ich eigenhändig die Augen aus!«

Schweigend hielten sie sich in den Armen, jede lautlos weinend. Sie fühlte sich Vera verbunden wie nie und meinte zu spüren, dass es der Freundin ähnlich ging.

Das Klingeln an der Tür schreckte sie auf.

»Das wird Ludger sein.«

Behutsam löste Vera sich von Ysabel, wischte sich verschämt die Wangen trocken und eilte in den Flur, um zu öffnen. Ysabel atmete erleichtert auf. Ludger würde einen Rat wissen. Das war alles zu verworren! Unbedingt mussten sie offen darüber reden, was zu tun wäre, um dem Moment zuvorzukommen, in dem Arthur von allem erfuhr. Er würde es sonst in den falschen Hals kriegen.

Es war offensichtlich, dass Vera keine Wahl gehabt hatte. Was hätte sie tun sollen, ganz frisch angestellt bei Leuweritz & Mangfall? Die Arbeit verweigern? Unmöglich! Ebenso war klar, dass sie Arthur niemals mit Absicht hintergehen und bei der Ausschreibung gegen ihn antreten wollte, ganz egal, ob er etwas mit Charlotte hatte oder nicht. So etwas tat Vera einfach nicht.

»Wie schade um das feine Essen!«

Bedauernd legte Ysabel das Besteck beiseite. Der Geflügelsalat war ausgezeichnet gelungen. Den Unterschied zwischen Hühnerfilet und Suppenhuhn schmeckte man bei jedem Bissen. Auch das Baguette war wunderbar rösch, doch weder Vera noch sie hatten sonderlich großen Appetit. Dafür stopfte Ludger sich ungeachtet der kostbaren Zutaten riesige Portionen in den Mund und schlang alles ohne langes Kauen hinunter.

»Einfach köstlich!«, versicherte er mit halbvollem Mund und fasste quer über den Tisch nach ihrer Hand, um sie zur Bestätigung zu drücken. Dennoch war Ysabel sich sicher, er hatte nicht einmal bemerkt, dass er keinen simplen Kartoffel-, sondern einen Geflügelsalat aus auserlesenen Zutaten auf dem Teller hatte. Der anstrengende Arbeitstag hatte ihn zu hungrig gemacht, um noch irgendwelche Nuancen wahrzunehmen.

»Hauptsache satt, was?«, kommentierte Vera und hob das Weinglas, um mit ihm anzustoßen.

Beflissen kam er ihrer Aufforderung nach und stürzte ähnlich unachtsam wie das Essen auch den teuren Wein hinunter. Für ihn wäre Bier die bessere Wahl gewesen, derart durstig war er.

Vera schien das gleichgültig. Mittlerweile hatte sie die zweite Flasche entkorkt. Zumindest beim Trinken hielt sie mit Ludgers Tempo mit. Angesichts des leeren Magens war ihr der Alkohol jedoch schon ordentlich zu Kopf gestiegen, wie die geröteten Wangen und ihr leicht glasiger Blick verrieten.

»Wie war dein Tag?«, versuchte Ysabel, das Gespräch in Gang zu bringen. »Seid Arthur und du zufrieden mit dem, was euch die Herren von der Stadtverwaltung zu eurem überarbeiteten Schulhausentwurf gesagt haben?«

»Ist es nicht wunderbar, früher zusammen die Schulbank gedrückt zu haben und jetzt für neue Schülergenerationen die Gebäude für deren Lernen zu planen?«, schaltete Vera sich ein.

Ihre Stimme klang überraschend klar, als hätte sie die ganze Zeit Wasser und keinen Wein getrunken. Noch erstaunter horchte Ysabel auf, als sie begriff, worauf Vera mit ihrer vermeintlich harmlosen Einleitung hinauswollte: Ludger sollte ihr endlich von damals erzählen.

»Sicherlich redet ihr oft über eure gemeinsamen Erlebnisse, so lange, wie ihr beide euch schon kennt«, fuhr sie lächelnd fort. »Erzähl doch mal, wie war das eigentlich genau? Habt ihr euch oft nach der Schule besucht? Muss ein weiter Weg von eurem Haus in Pasing zu Arthurs Zuhause in Bogenhausen gewesen sein. Sozusagen einmal quer durch die Stadt von West nach Ost. Lustig, dass ihr beide ausgerechnet das Theresien-Gymnasium besucht habt. Das lag quasi auf halber Strecke zwischen euch.«

»Wie kommst du auf Bogenhausen?« Erstaunt hob Ludger zwischen zwei weiteren Gabeln voll Geflügelsalat den Blick. »Arthur und seine Eltern haben in der Rückertstraße gewohnt, gleich ums Eck von unserer Schule. Mittags habe ich häufig bei ihm gegessen, und anschließend hat er mir dann mit Latein und Altgriechisch geholfen. Ohne ihn hätte ich das Abitur wohl nie geschafft.«

»Dann befand sich in der Höchlstraße in Bogenhausen nur das Architekturbüro seines Vaters oder vielmehr Großvaters? Oder mussten Arthur und seine Familie dort ausziehen, nachdem Georg Leuweritz und Heinrich Mangfall das Büro übernommen haben?«, ignorierte Vera seine letzte Bemerkung.

»Was wird das hier? Ein Verhör?« Irritiert ließ Ludger die Gabel sinken.

»Keine Sorge.« Ysabel legte ihm beruhigend die Hand auf den Arm. »Vera will nur wissen, wie das mit Arthur und seiner Familie gewesen ist.«

»Warum fragst du mich das?«, brauste er an Vera gewandt auf. »Wenn Arthur nicht mit dir darüber reden will, erfährst du von mir auch nichts.«

In seinen Augen blitzte etwas auf, was Ysabel erschreckte. Auch Vera wich zurück.

Abermals war es das Läuten an der Wohnungstür, das zu Ysabels Erleichterung die gespannte Atmosphäre unterbrach. Wer aber wollte um diese Zeit noch Vera besuchen?

»Arthur!«, hörte sie die Freundin kurz darauf verwundert ausrufen, nachdem sie dem unerwarteten Gast die Tür geöffnet hatte.

41

Arthurs Vorwürfe brachen wie eine Sintflut über Vera herein. Kaum schaffte sie es, hinter ihm die Wohnungstür zu schließen, damit nicht die gesamte Nachbarschaft hörte, was er ihr entgegenschleuderte. Ohne Punkt und Komma fiel er über sie her. Derart außer sich hatte sie ihn noch nie erlebt. Letztlich war es egal, was er im Einzelnen sagte. Schon nach dem ersten Satz war klar, worum es ging. Was das Schlimmste war: Aus seiner Sicht musste sie ihm sogar zustimmen. Seit Hubert Stölzl sie zur Mitarbeit am Wettbewerbsentwurf für das städtische Verwaltungsgebäude aufgefordert hatte, rechnete sie damit, dass Arthur ihr das als persönlichen Verrat auslegte.

»Wie konntest du das nur tun?«, begann er noch relativ harmlos. »Wie konntest du so schnell bei Hubert Stölzl ins Projekt einsteigen? Hast du keine Sekunde daran gedacht, was das für mich heißt?«

Bald schon wurden seine Unterstellungen ungeheuerlicher, ebenso nahm seine Lautstärke zu. So sehr sie mit seiner Empörung gerechnet hatte, war ihr allerdings auch rasch klar, dass sich da bei ihm weitaus mehr Bahn brach als nur der Ärger über ihre Mitarbeit an dem Wettbewerbsentwurf. Zu ihrem Entsetzen steigerte er sich in einen Zorn hinein, der ihn sämtliche Grenzen einreißen ließ. Auf übelste Weise griff er sie direkt an.

»Machst du jetzt um jeden Preis Karriere? Ohne Rücksicht auf deine Freunde? Was haben Leuweritz und Mangfall dir versprochen, falls ihr den Auftrag bekommt? Wie arbeitet es sich überhaupt mit Hubert Stölzl im feinen Bogenhausen? Ist er wenigstens genial? Lernst du noch etwas von ihm, oder bringt ihr euch gegenseitig bei, wie man andere ausspioniert und sich fremde Ideen zu eigen macht? Hast du schon mit ihm angebandelt? Ist er für dich ein weiterer Steigbügelhalter auf dem Weg nach oben? Du scheinst es wahrlich eilig zu haben, noch weitaus eiliger, als ich gedacht habe. Wann fängst du an, am Stuhl von Leuweritz und Mangfall zu sägen? Vielleicht sollte ich die beiden warnen, nicht, dass es ihnen am Ende geht wie mir und sie sich verwundert die Augen reiben, wie schnell du an ihnen vorbeigezogen bist.«

Kurz hielt er inne, schluckte und raufte sich das Haar. Sein Blick war konfus, das fein gezeichnete Gesicht in eine hässliche Fratze verwandelt. Hemd, Krawatte und Anzug befanden sich in völliger Unordnung.

Sie wollte etwas erwidern, seinen unhaltbaren Behauptungen etwas Kluges und vor allem Beruhigendes entgegensetzen, doch sie war wie gelähmt und konnte ihn nur entgeistert anstarren.

Jäh stieß er sie beiseite, stürmte ins Wohnzimmer, wo Ysabel und Ludger reglos vor Entsetzen am Esstisch saßen und sich an den Händen aneinanderklammerten.

»Was macht ihr hier?«, blaffte er sie an. »Kapiert ihr nicht, was hier läuft? So ein Zufall, dass Vera euch ausgerechnet heute, wo klar ist, dass sie und wir in der Endrunde der Ausschreibung stehen, zum Essen eingeladen hat. Sogar zwei oder drei Flaschen teuren Wein ist ihr das wert! Passt nur auf, spätestens beim Dessert wird sie euch geschickt nach dem Stand der Dinge in unserem Büro ausfragen. Eine ganz Gerissene ist sie! Vor nichts schreckt sie zurück. Nicht einmal davor, ihr wohlgesinnte Menschen schamlos anzulügen. Gewissen hat sie keins.«

Abrupt fuhr er zu Vera herum. Wenige Schritte hinter ihm war sie stehen geblieben. Mit heiserer Stimme setzte er an sie gewandt nach: »Wie habe ich nur so naiv sein und mich dir ausliefern können? Wieso habe ich dir nur je vertraut?«

»Das wagst ausgerechnet du mich zu fragen?«, brach es aus ihr hervor. »Ausgerechnet du unterstellst mir schamlose Lügen und heimtückische Täuschungsmanöver? Wer von uns beiden hat denn wem seine Vergangenheit verschwiegen? Wer hat nicht ein Wort davon verraten, was es mit seiner Familie, seiner jüdischen Mutter und dem Büro seines Vaters und Großvaters auf sich hatte? Nicht einmal, als ich dir gesagt habe, ich würde zu Leuweritz & Mangfall nach Bogenhausen wechseln, hast du den Mut aufgebracht, mir die Wahrheit zu sagen. Von fremden Menschen muss ich die erfahren! Was glaubst du, was das für ein Gefühl gewesen ist, völlig ahnungslos dazustehen?«

Ihr brach die Stimme.

»Hört auf«, schaltete Ysabel sich ein. Sie bebte am ganzen Leib, als sie sich vom Stuhl erhob und sich zwischen Vera und Arthur stellte. Flehend schaute sie zwischen ihnen hin und her. »Tut euch das nicht an! Am Ende bereut ihr es bitter, was ihr euch da gerade an den Kopf werft. Lasst es gut sein und vertragt euch!«

Sie wollte sie beide an den Händen fassen, doch wie auf Kommando wichen sie zurück. Ludger schlug die Hände vors Gesicht und schüttelte den Kopf.

Aus unerfindlichen Gründen war es genau diese Geste, die für Vera erneut das Fass zum Überlaufen brachte.

»Gar nichts wird je wieder gut!«, rief sie. »Nie mehr werde ich mich mit Arthur und deinem Ludger je wieder vertragen. Weißt du überhaupt, wer hier vor uns steht? Selbst dich haben die beiden hinters Licht geführt.«

»Vera, bitte!«, mahnte Arthur plötzlich leichenblass. Ludger sackte unterdessen am Tisch in sich zusammen, als wollte er sich unsichtbar machen. Um nichts hören zu müssen, presste er sich die Hände auf die Ohren.

»So darfst du nicht reden«, meldete Ysabel sich abermals zu Wort, doch Vera war zu erzürnt, um darauf Rücksicht zu nehmen.

»So darf ich nicht reden?«, echote sie entrüstet. »Wenn einer hier so reden darf, dann bin das wohl ich. Ich erzähle dir jetzt auch, warum. Mit Ach und Krach sind meine Eltern und ich den Nazis entkommen, während viele meiner Freunde und deren Familien in den Vernichtungslagern umgebracht wurden. Meine Großeltern waren unter den Ersten, die man aus ihrem geliebten München nach Kaunas deportiert hat, um sie zu erschießen. Einfach so. Es waren ja nur Juden. Und von wem? Von der SS! Meiner Berliner Verwandtschaft ist es nicht besser ergangen. Das waren Kommunisten. Auch die haben sie ins Lager gesteckt und umgebracht. Vielleicht kannst du jetzt nachvollziehen, warum ich es nicht ertragen kann, zwei SS-Männer in meiner Nähe zu haben. Wer weiß, in welche Verbrechen sie an der Ostfront verwickelt waren. Sie werden einen guten Grund haben, nicht darüber zu sprechen.«

»Wovon redest du?«, fragte Ysabel verstört.

»Davon, dass Arthur und Ludger uns ihre Zeit bei der SS verschwiegen haben«, erwiderte Vera. »Direkt nach dem Abitur sind sie eingetreten. Wer weiß, was sie bis Kriegsende getan haben. Darüber reden sie ja leider nicht.«

Jetzt war es heraus. Zwei, drei Atemzüge lang hing lähmende Stille im Raum. Niemand rührte sich, keiner schaute den anderen an.

»Das ist nicht wahr!«

Ysabel taumelte, griff Halt suchend ins Leere. Ludger sprang auf, eilte zu ihr und wollte sie stützen. Jäh entzog sie sich ihm.

»Sag, dass das nicht stimmt!«, flehte sie mit tränenerstickter Stimme. »Niemals warst du bei der SS! Niemals hast du ein Gewehr in die Hand genommen und unschuldige Menschen erschossen, nur weil es Juden waren. Das glaube ich nicht! Das kann nicht sein.«

Langsam sank sie auf einen Stuhl, den Vera ihr hinschob. Statt sich zu erklären, ging Ludger vor ihr auf die Knie, vergrub den Kopf in ihrem Schoß. Unfähig, sich dagegen zu wehren, verschränkte sie die Hände rücklings hinter der Stuhllehne, um jeden weiteren Kontakt mit ihm zu vermeiden.

»Geht es dir jetzt besser?«, erkundigte Arthur sich leise.

Vera drehte sich zu ihm um.

Eine Weile starrten sie einander an, unfähig, sich zu rühren oder etwas zu sagen.

Wie gern hätte Vera sich auf ihn gestürzt, ihm eine Ohrfeige verpasst oder ihn geschüttelt oder angespuckt oder sonst etwas getan, um ihn ihren ganzen Abscheu spüren zu lassen!

Seltsamerweise aber fühlte sie sich dazu plötzlich nicht mehr in der Lage. Jetzt, da sie ausgesprochen hatte, was sie seit dem gestrigen Tag so unendlich quälte, ging es ihr in Wahrheit keinen Deut besser. Im Gegenteil. Fassungslos schaute sie ihn an und erkannte zu ihrer eigenen Verwunderung, dass da etwas an ihm war, das sie daran hinderte, ihn grundsätzlich zu verdammen. Wie schon gestern im Büro nach Leuweritz' Andeutungen war ihr auch jetzt wieder klar: Was er getan und verschwiegen hatte, verletzte sie gerade deshalb bis ins Mark, weil sie ihn noch immer liebte. Wer liebt, kann enttäuscht werden, wer tief empfindet, ist auch tief verletzlich.

Arthur war ebenfalls anzumerken, wie aufgewühlt er war. In den meerblauen Augen blitzte die Verlorenheit auf, die sie nur zu gut aus dem Moment kannte, als er in ihren Armen um seine Liebsten geweint hatte. Wie gern hätte sie die Hand gehoben und sie ihm sacht an die Wange gelegt, um ihn zu trösten.

Diese Geste aber versagte sie sich mit aller Kraft. Wie sollte sie je vergessen, wer er war und welche Grausamkeiten er ihr verschwiegen hatte?

»Bitte sagt endlich was!«, vernahm sie Ysabels Flehen in Arthurs Rücken. »Redet wenigstens jetzt mit uns darüber, was ihr getan oder erlebt habt. Wir können nicht einfach so tun, als wäre auf einen Schlag alles zwischen uns vorbei. Dazu lieben wir uns zu sehr. Auch wenn wir nichts mehr ungeschehen machen können, müssen wir gemeinsam überlegen, wie es weitergeht.«

Erstaunt sah Vera zu Ysabel. Zum zweiten Mal seit gestern Mittag musste sie sich eingestehen, das einfache Mädchen vom Land unterschätzt zu haben. Ysabel begriff viel eher als sie, worauf es ankam: Sie konnten einander nicht so einfach fallen lassen. Dazu empfanden sie alle viel zu viel füreinander. Ludger und Arthur mussten zu dem stehen, was sie getan hatten, und Ysabel und sie mussten ihnen zuhören. Das wenigstens waren sie einander schuldig. Keiner von ihnen würde sonst je seinen Frieden finden.

42

»Ich weiß gar nicht, wo ich anfangen soll«, gestand der sonst so wortgewandte Arthur unbeholfen ein, nachdem er sich schon die dritte Zigarette in Folge angezündet und halb geraucht im Aschenbecher ausgedrückt hatte. Vera, Ysabel und Ludger tranken unterdessen viel zu viel viel zu starken Mokka, jeder von ihnen nervös und trotzdem zu feige, das offen einzugestehen. Kaum brachten sie es über sich, einander anzusehen. Von miteinander reden ganz zu schweigen. Dennoch war Vera froh, Ysabel und Ludger jetzt bei sich zu haben. Allein mit Arthur hätte sie den Streit vorhin nicht überstanden. Wer weiß, was sie einander angetan hätten?

Die Sitzordnung am Tisch hatte sich wie von selbst ergeben: Vera und Ysabel eng nebeneinander mit den Rücken zur Wand, Arthur und Ludger ihnen auf der anderen Seite gegenüber. Zum Glück standen die Flügeltüren am Balkon weit offen, sonst wäre die Luft im Wohnzimmer rasch unerträglich geworden. Vera befürchtete, es genügte schon ein Funke des Streichholzes, das Arthur an seine Zigaretten hielt, um alles explodieren zu lassen.

Arthur rieb sich das Gesicht. Vera klammerte sich an Ysabel fest, um nicht aufzuspringen und ihm den Mund zuzuhalten, damit er schwieg. Zu groß war ihre Angst vor dem, was er gleich erzählen würde.

Was für ein Albtraum, in dem derjenige, den sie liebte wie niemanden sonst auf der Welt, eine derart düstere Geschichte haben sollte! Wollte sie die wirklich erfahren? Was kam danach? Schlug Liebe in Hass um? Konnte jemand von der Seite der Opfer wirklich etwas für jemanden auf der Seite der Täter empfinden? War Verzeihen möglich?

Über ihrem laut in den Ohren pochenden Blut musste sie überhört haben, was Arthur inzwischen gesagt hatte. Mit reichlich Verzögerung wurde ihr bewusst, dass er längst mit seiner Beichte begonnen hatte.

»Bislang habe ich kaum jemandem davon erzählt. Wer interessiert sich auch noch dafür? Wer mag zurückschauen und in dem wühlen, was seit Jahren vorbei und nicht mehr zu ändern ist? Alle sind mit ihrer Zukunft beschäftigt, bauen an dem, was künftig werden soll. Besser, schöner, zuversichtlicher, sorgloser, bequemer … Auch wir, liebe Vera, haben nächtelang am Himmel über unseren Träumen gezimmert. Diese Perspektive schien uns die einzige, die wirklich zählt.«

Sie fühlte sich ertappt. Natürlich hatten sie an den Plänen für eine gemeinsame Zukunft gesponnen. Nach allem, was an Entsetzlichem geschehen war, bestimmte die Angst vor dem, was im Vergangenen lauerte, die Blickrichtung für ihre ganze Generation.

»Wir können nicht in jedem Deutschen einen Schuldigen vermuten«, hatte Constantin ihr letzten Sommer geraten. Das hatte Vera zu beherzigen versucht, weil sonst eine Rückkehr nach Deutschland und ein Leben in Hitlers einstiger Lieblingsstadt unmöglich gewesen wäre. Schließlich war es auch die Stadt ihres Herzens und ihre Heimat, nach der sie sich so viele Jahre gesehnt hatte. Nun holte sie das Gestern doch wieder ein, und es zeigte sich auf sehr bittere Weise, wie leichtfertig es war, zu schnell Vertrauen zu fassen.

Von Neuem zündete Arthur sich eine Zigarette an, nahm einige hastige Züge, drückte sie aus und sah zu Ludger. Der schien in völlig andere Sphären entrückt, in jedem Fall unfähig, etwas zu sagen oder ihm gar beizuspringen bei dem, was er zu erzählen hatte. Seltsam. Aber auch wieder völlig normal. Nur zu gern überließ er Arthur das Reden wie auch die Führung. Das schien der Kern ihrer Beziehung, möglicherweise schon seit Jahren.

»Nach dem Abitur haben Ludger und ich uns tatsächlich zur SS gemeldet«, fuhr Arthur fort, konzentrierte seinen Blick auf den Aschenbecher, in dem die Zigarettenstummel wild aufeinandergeschichtet waren.

Der Kloß in Veras Hals schwoll weiter an. In ihren Ohren pochte es laut. Wie gut, dass Ysabel ihr mit einem Händedruck zu verstehen gab, bei ihr zu sein.

»Auch Ludgers Vater, Siegfried Eisele, Heinrich Mangfall und Georg Leuweritz und viele, viele andere waren Mitglieder«, setzte Arthur nach, sah noch immer nicht wieder auf. »Im Gegensatz zu den meisten haben zumindest Eisele und ich uns nicht wirklich freiwillig gemeldet und Ludger im weiteren Sinn auch nicht. Sein Vater bestand auf seinem Eintritt. Eisele und mir blieb dagegen keine andere Wahl, als uns zu dem Trupp zu melden. Das soll keine Entschuldigung sein. Und es macht es auch nicht besser«, kam er sogleich einem Einwand zuvor, steckte sich die nächste Zigarette zwischen die Lippen und inhalierte mit zusammengekniffenen Augen ganz besonders tief.

»Eiseles Geschwister und sein Vater waren Kommunisten, saßen ab 1933 immer wieder im KZ in Dachau. Ihm wurde versprochen, es ginge ihnen dort besser, sie kämen vielleicht sogar frei, wenn er sich ›freiwillig‹ zu einer der verrufenen Divisionen an der Ostfront meldete. Das war 1942. Im selben Jahr, als wir das Abitur gemacht und uns ebenfalls bei der SS gemeldet haben. Was Eisele in seiner Einheit genau getan oder erlebt hat, weiß ich nicht. Darüber spricht er bis heute nicht, bestimmt aus gutem Grund. Als ich ihn nach dem Krieg in Sandrarts Büro wiedergetroffen habe, hatte er diesen akribischen Reinheitsfimmel und eine furchtbare Angst vor Schmutz und Dreck. Irgendwer hat einmal behauptet, er wäre tagelang mit einem Dutzend toter Kameraden unter der Erde verschüttet gewesen, sozusagen lebendig begraben. Das würde seine Phobie bestens erklären.«

»Wie furchtbar!«, entschlüpfte es Ysabel.

Auch Vera war entsetzt. Kein Wunder, dass Eisele vermied, an einer offenen Baugrube zu stehen, und sich mit starkem Seifengeruch umhüllte. Wahrscheinlich hatte der ominöse Fremde damals an der Maxburg von der Geschichte gewusst. Und offenbar auch von Arthurs Verbindung zur SS. Wieder aber versuchte Arthur, sich um die entscheidenden Dinge zu drücken. Sosehr sie Eisele bedauerte, stieg von Neuem Wut in ihr auf. Es kostete sie unermessliche Kraft, nicht lauthals loszuschreien. Sie ballte die freie Hand zur Faust, bis die Knöchel schmerzten. Es half nichts.

»Du merkst es gar nicht«, platzte sie heraus und suchte Arthurs Blick. Mahnend krallte Ysabel ihr die Fingernägel in den Arm. Sie schüttelte die Hand der Freundin ab.

»Wieder kommst du nicht zur Sache. Wieder fängst du zwar an zu reden, aber sagen tust du nichts, wenigstens nicht das, was du sagen sollst. Eiseles Schicksal ist grauenhaft, kein Zweifel. Doch darum geht es jetzt nicht. Es geht um dich. Du, Arthur Brandt, musst reden! Und zwar darüber, was du zwischen Abitur und Kriegsende getan oder nicht getan hast. Warum tust du das nicht? Sag uns endlich die Wahrheit!«

Ysabel spitzte die Lippen, Ludger senkte das Antlitz. Arthur dagegen sah ihr erstaunlich offen entgegen. Zum ersten Mal, seit sie am Tisch saßen, hielt er weder eine Zigarette in der Hand, noch machte er Anstalten, sich eine aus der aufgerissenen

Packung zu angeln. Stattdessen nickte er. »Du hast recht. Ich bin ein Meister des Abschweifens. Über alles in meinem Leben kann ich reden, nur nicht über diese Zeit. Oh, Gott!«

Jäh schlug er sich die Hände vors Gesicht und sackte nach vorn. Dass er zu weinen begonnen hatte, verriet das Beben seiner Schultern. Zu hören war nichts.

Alles in Vera schrie danach, aufzuspringen und ihn in den Arm zu nehmen. Zusammen mit ihm wollte sie über das Entsetzliche weinen, über das er nicht reden konnte.

Zugleich wehrte sich alles in ihr aufs Heftigste dagegen. Wie sollte ausgerechnet sie, die Tochter eines linken Sozialdemokraten, eines Juden noch dazu, mit überzeugter kommunistischer Verwandtschaft mütterlicherseits, mit einem SSler über seine Vergehen weinen? Es war zum Wahnsinnigwerden! Sie wusste sich keinen Rat. Wie eine Ertrinkende klammerte sie sich an Ysabels Hand.

»Vielleicht sollte besser ich …«, meldete Ludger sich unerwartet zu Wort, räusperte sich, schaute unsicher zu Arthur, der weiterhin das Gesicht hinter den Händen verbarg. Das Beben seiner Schultern hatte aufgehört.

»Sicherlich macht es mehr Sinn, wenn ich erzähle, wie …«, fügte Ludger immer noch unsicher hinzu, »also, zumindest, wenn ich den Anfang schildere.«

Er hielt inne, holte noch einmal tief Luft, bevor er fortfuhr. »Eigentlich ist das, was Arthur da gesagt hat, nicht so ganz richtig, oder vielmehr hört es sich so an, als ob … Dabei war alles in Wahrheit ein wenig anders. Zwar hat er sich mit mir zusammen zur SS gemeldet, ist aber nie dort angetreten.«

Als wäre damit bereits eine große Hürde genommen, atmete er tief auf. Gerade als Vera den Sinn seines letzten Satzes so weit erfasst hatte, dass sie nachhaken wollte, fuhr er fort, erstaunlich flüssig und zielgerichtet, als hätte er sich bereits mit dem Entschluss, das Wort zu ergreifen, von einer zentnerschweren Last befreit. Ob Arthur ihm zuhörte oder überhaupt damit einverstanden war, schien ihm einerlei. Er wandte sich allein an Ysabel und Vera, schenkte Arthur keinen Blick mehr.

»Tatsächlich hat mein Vater auf meinem Eintritt bei der SS bestanden. Ganz dick war er seinerzeit mit einigen einflussreichen Herrschaften von der Partei. Das war gut fürs Geschäft. Ob er an deren Politik geglaubt hat, weiß ich bis heute nicht. Solange er sich auf diese Weise um Aufträge für das KZ in Dachau oder für die Großbauten der Partei in der Innenstadt drücken konnte, schien jedenfalls nichts dagegen zu sprechen. Der Umbau einer Villa in der Möhlstraße, der Anbau an ein Geschäft in der Innenstadt, der Neubau einer Fabrikhalle in Moosach – das waren Aufträge, die rein gar nichts mit Politik zu tun hatten und trotzdem von irgendwem übernommen werden mussten.«

Noch einmal hielt er inne, knetete die Hände und sah auf die Tischplatte, als läge dort ein Stichwortzettel.

Abermals musste Vera an sich halten, nicht zu drängen. Auch Ludger lief Gefahr, abzuschweifen. Der Blick zurück schien auch für ihn unerträglich. Wie sollten sie alle nur je wieder zusammenfinden? Von Neuem drohte sie Freunde an die Schrecknisse der Hitlerzeit zu verlieren.

»Einer der Parteibonzen, dessen Haus mein Vater kurz vor unserem Abitur im Frühjahr 1942 erweiterte, gab ihm den Tipp, mich nach der Schule in der SS Karriere machen zu lassen«, knüpfte Ludger wieder an seine Schilderung an. »Die Kriegsführung im Osten könne jeden kräftigen jungen Mann bestens gebrauchen, behauptete er. Zugleich werde das meinem Vater wichtige Kontakte bescheren, die dafür sorgen könnten, ihn auch künftig von weniger schönen Aufträgen in Dachau oder den berüchtigten Außenlagern zu verschonen. Gerüchte über meine Freundschaft zu Arthur und die Nähe meiner Eltern zu seiner Familie seien dagegen kontraproduktiv. Aktuell stehe eine schärfere Regelung für privilegierte Mischehen an, also Ehen zwischen einem jüdischen und einem arischen Ehepartner. Die Söhne aus diesen Verbindungen könnten demnächst ihren Teil dazu beitragen, den Makel der ›nicht reinrassig arischen‹ Herkunft loszuwerden, indem sie sich zu einer SS-Sondereinheit im Osten meldeten.«

»Das war der Strohhalm, an den sich viele aus unserem Freundes- und Bekanntenkreis geklammert haben«, schaltete Arthur sich unvermittelt wieder ein.

Nur zu gern überließ Ludger ihm sogleich das Wort.

»Wie vielen es gelungen ist, weiß ich nicht. Bis auf Eisele habe ich keinen von damals wiedergetroffen. Mir selbst hat allerdings das Zeug zum Helden gefehlt«, erklärte Arthur und zündete sich erst eine Zigarette an, bevor er weitersprach.

»Zwar habe ich es noch geschafft, mich zusammen mit Ludger bei der zuständigen Stelle für die SS zu bewerben, aber schon da war mir klar, wie ungeeignet ich für den Kriegseinsatz bin, von besonderer Bewährung zugunsten meiner Familie ganz zu schweigen. Allein der Gedanke, eine Waffe in die Hand nehmen zu müssen, verursachte mir Schweißausbrüche. Andererseits: Wozu wäre ich fähig, wenn jemand meiner Mutter oder Schwester die Pistole an die Schläfe setzen würde? Die Gerüchte über Massenerschießungen von Alten, Frauen und Kindern, von Vergewaltigungen, Metzeleien und angezündeten Synagogen häuften sich. Die gab es wirklich, auch wenn das heute keiner mehr wahrhaben will. Hieße ›besondere Bewährung‹ nicht, bei so etwas in vorderster Linie zu stehen?«

Dieses Mal war es Vera, die die Hände vors Gesicht schlagen und aufschluchzen musste. Zu deutlich sah sie die Aufnahmen aus dem Osten vor sich, die nach dem Krieg über solche Ereignisse kursiert hatten. Gut erkennbar schob sich Arthur ins Bild. Er trug eine Uniform und ein Gewehr. Weiter wollte sie gar nicht denken.

»Ich bin weggelaufen, ganz feige, mitten in der Nacht, als alle geschlafen haben«, hörte sie Arthur leise sagen.

Vorsichtig atmete sie auf.

»Zuerst habe ich noch gedacht, ich springe am besten gleich von der Großhesseloher Brücke.« Seine Stimme wurde lauter, fester. »Dann würde ich mit meiner Feigheit niemandem zur Last fallen. Doch selbst dazu fehlte mir der Mut. Als ich neben den Gleisen stand und in die Tiefe schaute, war es vorbei. Ich wusste, dass ich nicht einmal das fertigbringen würde.«

Abermals hielt er für einige Sekunden inne. Vera biss sich auf die Lippen.

»Seltsamerweise musste ich da plötzlich an Tante Irmi denken, eine entfernte Cousine meines Vaters«, erzählte Arthur endlich weiter. »Vor dem Krieg hatten wir sie einige Male auf ihrem Weingut im Rheintal besucht. ›Wenn du denkst, es geht nicht mehr, kommt irgendwo ein Lichtlein her‹, hatte sie damals zu mir gesagt. Das hatte mir sehr imponiert. ›Es gibt immer einen Weg‹, hatte sie noch gemeint. ›Selbst aus der schlimmsten Lage findet sich immer ein Ausweg. Niemals aber gibt es wirklich einen Grund, aufzugeben.‹ Mein Vater hat mir später erzählt, ihr Sohn hätte sich nach seinem Einsatz bei Verdun vor den Zug geworfen. Deshalb redete sie so. Zu ihr bin ich dann gefahren, ohne Abschied von meinen Eltern und ohne einen Gedanken daran, welcher Gefahr ich sie mit meiner Flucht nach Boppard aussetzen würde.«

Als müsste er die Fahrt ins Rheintal noch einmal unternehmen, rauchte er die Zigarette hektisch zu Ende. Durch den Spalt zwischen ihren Fingern beobachtete Vera, wie sein Blick in unergründliche Ferne glitt, bis er den Zigarettenstummel fahrig im

Aschenbecher ausdrückte. Langsam ließ sie die Hände sinken. Sie dachte an eine andere Fahrt ins Rheintal. Bei Schnee und Regen hatte die im letzten Winter stattgefunden. Und ausgerechnet in Boppard hatte eine Autopanne sie mehrere Stunden festgehalten. Kein Wunder, dass Arthur damals derart nervös auf die Zwangspause reagiert hatte.

»Alles Weitere hat Tante Irmi geregelt«, fuhr er fort. »Sie hat gewusst, was zu tun war. Ohne Zögern hat sie mich bei sich aufgenommen, hat einfach jedem erzählt, ich sei vom Fronteinsatz zurückgestellt, um ihr auf dem Weingut zu helfen. Ihr wurde das sogar geglaubt. Wahrscheinlich muss man seine Lüge nur dreist genug vertreten, damit man mit ihr durchkommt. Vielleicht hat es aber auch daran gelegen, dass ihr kurz zuvor verstorbener Ehemann ein sehr hohes Tier in der Kreisleitung der NSDAP gewesen war. Sie selbst war ebenfalls eine überzeugte Nazisse, zumindest hat sie nach außen nie einen Zweifel daran gelassen, hinter Hitler und seinen kruden Ideen zu stehen. Dass ich annähernd blond und blauäugig bin, war wohl ein weiterer Vorteil. Nie hätte jemand etwas Jüdisches in mir vermutet, erst recht nicht in Tante Irmis Verwandtschaft, so laut, wie sie gegen das jüdische Gesindel gepoltert hat.«

Bevor es weitergehen konnte, brauchte er die nächste Zigarette, die letzte in der Schachtel. Vera zog die Augenbrauen hoch. Als er die Flamme am Streichholz auswedelte, schenkte er ihr ein flüchtiges, entschuldigendes Lächeln, das erste an diesem Abend. Es traf sie tief ins Herz. Beschämt senkte sie den Blick. Was hatte sie ihm eben noch alles zugetraut?

»Die beiden französischen Zwangsarbeiter, die Tante Irmi zugeteilt waren, haben mir den waschechten Arier jedenfalls abgenommen. Leider war es zu gefährlich, ihnen reinen Wein einzuschenken. Dabei haben wir über zwei Jahre Seite an Seite hart in den steilen Weinbergen geschuftet. Doch Krieg ist nie eine gute Zeit, um leichtherzig Vertrauen zu schenken. Jeder hat zu viel zu verlieren. Bevor Mitte März 1945 die Amerikaner in die Stadt kamen, sind die beiden verschwunden. Ich hoffe, sie haben es unbehelligt bis nach Hause geschafft. Mir ist das jedenfalls gelungen, allerdings habe ich mich bei meiner Rückkehr nach München rasch gefragt, wozu das alles gut gewesen ist. Meine Eltern und meine Schwester sind im Bombenhagel gestorben, unser Zuhause war zerstört, und meine Großeltern sind nach Theresienstadt deportiert worden. Ausgerechnet ich, der ich mich drei Jahre zuvor feige davongeschlichen hatte, ohne mich um sie zu kümmern, bin der Einzige, der übrig geblieben ist. Von Über*leben* will ich nicht reden. Das wäre eine Anmaßung.«

Von Neuem schlug er sich die Hände vors Gesicht und gab sich den Tränen hin. Dieses Mal gab Vera dem Verlangen nach, aufzustehen, ihn in die Arme zu nehmen, tröstend zu wiegen und mit ihm gemeinsam zu weinen. Was hatte er alles durchgemacht! Und dennoch hatte er die geliebte Familie verloren, hatte kein Zuhause, hatte schier gar nichts mehr. Wie klein und schäbig fühlte sie sich mit einem Mal. Ob er ihr je verzeihen konnte, was sie ihm unterstellt hatte?

»Und du, Ludger? Was ist mit dir? Was hast du gemacht?«, hörte sie Ysabel mit zitternder Stimme zaghaft fragen. Behutsam löste sie sich von Arthur, hob den tränenverschleierten Blick. Auch Arthur wandte sich dem Freund zu, drückte ihm ermutigend die Hand.

Ludger behagte die Aufmerksamkeit gar nicht. Nervös nestelte er an seiner Brille, räusperte sich einige Male, bevor er heiser erwiderte: »Erspart mir, euch zu erzählen, was ich an der Front gesehen habe. Ihr könnt euch nicht vorstellen, wozu Menschen imstande sind. Dabei hatte ich noch Glück. Der Parteibonze aus München, der, wie gesagt, meinem Vater meinen Eintritt bei der

SS nahegelegt hatte, hat weiter schützend die Hand über mich gehalten. Papa hat das ein kostenlos eingebautes Schwimmbad und einen nicht berechneten Dachgeschossausbau gekostet. Schon nach der Grundausbildung bin ich in einem Bautrupp gelandet, musste nie mehr die Waffe in die Hand nehmen oder gar auf jemanden schießen. Doch auch so war es die Hölle, glaubt mir.«

»Vor allem anfangs, als man dich für eine Weile in Verdacht gehabt hatte, mir beim Untertauchen geholfen zu haben«, sprang Arthur ihm abermals bei. »Ohne die Bereitschaft deines Vaters, dem besagten Parteibonzen auch noch das Ferienhaus am Tegernsee auf eigene Kosten herzurichten, wäre das übel ausgegangen. Wie durch ein Wunder hat der Herr von der Partei sogar dafür gesorgt, dass meine Eltern meinetwegen keine großen Scherereien bekamen. Unglaublich, wie leicht es sein konnte, Spuren zu verwischen, wenn einem der Richtige half. Offiziell hieß es, ich sei nach einem der ersten britischen Bombenangriffe auf München verschollen, vermutlich tot. Weiter nach mir gesucht wurde daraufhin nicht mehr. Bis heute werde ich das weder deinem Vater noch besagtem Herrn vergessen.«

»Das klingt, als gäbe es den einflussreichen Herrn noch immer.« Zaghaft legte Vera Arthur den Arm auf die Schultern, hoffte, er würde ihre Nähe weiter ertragen.

»Nicht nur das«, entgegnete er und schmiegte sich zu ihrer Erleichterung bereitwillig an ihre Seite. »Sein Einfluss ist sogar noch größer geworden. Rechtzeitig hat er die Seiten gewechselt und es verstanden, als gänzlich unbelastet eingestuft zu werden.«

»Wie so viele andere, die es nicht waren«, ergänzte sie. »Da haben die alten Seilschaften weiter bestens funktioniert.«

»Aber du und dein Vater seid hoffentlich auch sofort entnazifiziert worden«, mischte Ysabel sich ein und streckte über den Tisch die Hand nach Ludgers aus. »Nach allem, was ihr …«

»Dafür hat Arthur sofort gesorgt«, beruhigte er sie und drückte ihre Hand.

»Das war das Mindeste«, ergänzte Arthur. »Du und deine Eltern habt mir auch nach dem Krieg weiter tatkräftig beigestanden. Ihr habt mir geholfen, wieder einen Weg zurückzufinden, im Entwerfen, Planen und Bauen von Häusern eine Möglichkeit zu sehen, das Erbe meiner Familie fortzuführen, um denen ein schützendes Dach über dem Kopf zu errichten, die es bitter nötig haben. Das ist wahre Freundschaft. Ohne euch wäre ich wahrscheinlich doch noch von der Großhesseloher Brücke …«

»Das darfst du nicht einmal denken«, mahnte Ludger. »Sonst wäre wirklich alles umsonst gewesen.«

Sie hielten inne, ein jeder für eine Weile in die eigenen Gedanken versunken.

»Was ist aus deiner Tante Irmi geworden?«, erkundigte Vera sich schließlich. »Warum haben wir sie nicht besucht, als wir Weihnachten zu meinen Eltern unterwegs gewesen sind? Sie wohnt doch in Boppard, oder?«

»Tante Irmi ist tot«, erwiderte Arthur tonlos. »Kurz bevor die Franzosen im ersten Nachkriegssommer von den Amerikanern die Besatzung im Rheintal übernommen haben, ist sie im Weinberg mit dem Traktor verunglückt. Da war ich schon längst wieder in München. Gleich nach dem Einmarsch der Amis hatte sie mich fortgeschickt.«

»Wir hätten ihr Blumen aufs Grab legen können.«

»Das hätte ihre Familie nicht gewollt.«

»Sie hatte Familie? Warum haben wir die nicht …«

»Es sind Neffen und Nichten von der Seite ihres Mannes. Ich kenne kaum ihre Namen, weiß nur, dass sie das Weingut verkauft haben. Ganz eilig hatten sie es damit. Sie wohnen in Düsseldorf. Mit mir wollen sie nichts zu tun haben.«

»Dabei könntest du deine Tante zur Heldin krönen.«

»Das stünde unter Vorzeichen, die sie niemals hätte dulden wollen.«

»Also war sie doch eine Nazisse?«

»Ohne Tante Irmi hätte ich das alles nicht überstanden. Dafür werde ich ihr immer dankbar sein«, wich Arthur dem Punkt aus. »Genauso wie den Menschen, die hier in München für meine Familie und mich da gewesen sind.«

»Was ist eigentlich mit dem Büro von Leuweritz & Mangfall? Warum machst du deine Ansprüche darauf nicht …«

»Nein!«

Sein jähes Aufbrausen erschreckte Vera. Ratlos sah sie zu Ludger, der nur bedächtig den Kopf schüttelte, ob über ihre Frage oder Arthurs Aufbrausen, war nicht zu erkennen.

Vergebens fischte Arthur nach der Zigarettenschachtel, brauchte eine Weile, bis er begriff, dass sie inzwischen leer war. Niemand der anderen rauchte. Auch das fiel ihm in dem Moment wohl ein. Um seine zitternden Finger ruhigzustellen, verschränkte er die Hände ineinander.

»Auch wenn Leuweritz und Mangfall meiner Familie 1938 einen viel zu niedrigen Preis bezahlt haben, kann ich das Büro nicht mehr für mich reklamieren. Meinen Anspruch darauf habe ich schon lange verloren«, stellte er mit heiserer Stimme fest, räusperte sich energisch, um dann lauter hinzuzufügen: »Sie waren Schüler meines Vaters und Großvaters. Sie haben das Büro in ihrem Sinn fortgeführt, meinen Vater sogar weiter bei sich beschäftigt, obwohl die Arisierungsstelle das nach dem Verkauf nicht gern gesehen hat.«

»Das war doch wohl selbstverständlich!«, empörte Vera sich, froh, sich damit etwas Luft zu machen. Arthurs Geschichte erschütterte sie, ebenso ihr eigenes Versagen, ihm schon allein aufgrund der bösen Andeutungen von Leuweritz misstraut zu haben. Ganz geschickt hatte ihr Chef die zwar als reine Vermutungen lanciert, allerdings genau gewusst, wie leicht sie damit zu ködern war. Sie hatte nicht einmal nachgefragt, was er damit meinte. Von Neuem überkam sie tiefe Scham.

»Du solltest die Gerüchte über deine angebliche SS-Vergangenheit so schnell wie möglich aus der Welt schaffen, nicht nur, um das Erbe deiner Familie zurückzuerhalten«, mahnte sie Arthur. »Wer weiß, welcher Strick dir eines Tages daraus gedreht wird. Denk nur an den aktuellen Wettbewerb. Leuweritz hat mir gegenüber zwar nur vage Verdächtigungen geäußert. Im Zweifelsfall macht jemand anderer daraus allerdings rasch böse Unterstellungen.«

»Wenn nötig, lässt sich die Wahrheit jederzeit beweisen. Aber das steht jetzt nicht zur Debatte.«

Seine Naivität machte Vera sprachlos. Oder steckte noch etwas anderes dahinter?

»Du willst das Büro nicht zurückhaben, weil du dich schuldig fühlst«, sprach Ysabel aus, was ihr im selben Moment als erschreckende Erkenntnis durch den Kopf schoss.

»Dafür nimmst du sogar in Kauf, als SS-Mann dazustehen«, ergänzte Vera. »Immer noch machst du dir Vorwürfe, weil du weggelaufen bist und deine Familie alleingelassen hast. So darfst du nicht denken! Das eine hat mit dem anderen nichts zu tun. Bestimmt wäre es im Sinn deines Vaters und Großvaters ...«

»Ich habe eine viel bessere Idee!« Unerwartet unterbrach Ysabel sie und sah sie alle ringsum mit strahlenden Augen an. »Gleich morgen früh geht Vera zu ihren beiden Chefs und sagt ihnen, was sie inzwischen über das Büro und die Geschichte mit Arthurs Familie weiß. Und erwähnt natürlich, dass Arthur eigentlich Anspruch auf Rückgabe hätte. Auf die aber verzichte er, sofern Leuweritz & Mangfall im Gegenzug von der Ausschreibung zurücktreten und Arthur und Ludger das Projekt überlassen.«

»Was, wenn sie nicht darauf eingehen?«, fragte Vera. Im nächsten Moment ärgerte sie sich über ihren Kleinmut.

»Ich will die Ausschreibung nicht durch Druck auf meinen Konkurrenten gewinnen. Ich will den Auftrag mit dem besseren Entwurf bekommen.« Entschlossen ballte Arthur die Faust.

»Typisch!«, schaltete Ludger sich amüsiert ein. »Nie kannst du etwas einfach mal annehmen, immer musst du selbst etwas tun.«

»Weil ich es hasse, untätig zu sein. Jahrelang musste ich abwarten, was mit mir passiert«, entgegnete Arthur. »Du ahnst nicht, wie gern ich die Ärmel aufkrempele, um mein Schicksal selbst in die Hand zu nehmen.«

»Das wollen wir doch alle«, pflichtete Vera bei. »Auch Leuweritz und Mangfall werden dir nichts schenken, verlass dich drauf. Dafür sorgt schon Hubert Stölzl, dessen ganzer Ehrgeiz in den Entwurf geflossen ist. Er würde ihnen die Hölle heißmachen, sollten sie auf den Vorschlag eingehen. Trotzdem werde ich ihnen morgen meine Kündigung überreichen. Ich kann und will nicht mehr an dem Projekt mitarbeiten.«

»Komm endlich zu uns!«, rief Ysabel begeistert. »Händeringend suchen wir gute Architekten für den Wohnungsbau. Seit Arthur und Ludger sich so viel mit Büros, Schulen und Fabrikhallen beschäftigen, liegt dieser Bereich bei uns nahezu brach. Dabei liegt doch genau darin die Zukunft.«

»Hört, hört«, konstatierte Arthur belustigt. »Ich glaube, wir müssen aufpassen, Ludger, sonst haben wir bald nicht mehr viel im Büro zu sagen.«

»Das kommt davon, weil ihr so viel außer Haus seid«, gab Ysabel ungerührt zurück.

»Mit Vera hätten die Frauen dann sogar die Überhand«, stellte Ludger fest.

»Was nicht das Schlechteste wäre, wenn unser Büro im Wohnungsbau sein Geld verdienen will«, entgegnete Ysabel. »Wir

Frauen wissen einfach, worauf es dabei ankommt, weil wir die meiste Zeit in den Wohnungen verbringen.«

»Da ist etwas dran.« Zustimmend nickte Arthur. »Lasst uns auf unsere heimliche Chefin anstoßen. Ich hoffe, es ist noch von dem sündhaft teuren Chardonnay da. Wäre doch eine Schande, wenn ihr den vorhin nur getrunken habt, um eure Wut zu ertränken.«

Vera war erleichtert, ihn mittlerweile wieder guter Laune zu sehen. Sie beeilte sich, eine neue Weinflasche aus dem Kühlschrank zu holen. Ysabel stellte die Gläser bereit.

»Auf Ysabel und ihren guten Durchblick!« Arthur hob als Erster sein Glas, um Ysabel zuzuprosten. Das Glühen ihrer Wangen brachte die Sommersprossen zum Leuchten.

»Auf uns alle und darauf, dass wir uns endlich über die Vergangenheit ausgesprochen haben«, ergänzte Vera.

»Moment! Da fehlt noch etwas«, protestierte Ludger.

Erstaunt sahen sie ihn an. Er blinzelte mit seinen weitsichtigen Froschaugen hinter den dicken Brillengläsern. Vera war sich nicht sicher, ob amüsiert oder verärgert. Sein schmales, rötliches Gesicht gab wenig preis.

»Von dir wissen wir noch nicht das Wichtigste, meine Liebe«, wandte er sich an Ysabel.

Die stutzte, erblasste. Halt suchend tastete Vera nach Arthurs Hand und war froh, dass er ihr nach allem, was geschehen war, den Arm um die Schultern legte und sie nah zu sich heranzog. Für eine Sekunde schloss sie die Augen, badete sich von Neuem in der lang vermissten Nähe.

»Als das Küken in unserer Mitte hast du uns zwar immer unbeschwert an sämtlichen Geheimnissen deiner Kindheit und Jugend auf dem Land teilhaben lassen«, fuhr Ludger fort. »Ungeklärt ist aber leider immer noch, wie du aus einer unscheinbaren Ilse zu einer so attraktiven Ysabel mit Ypsilon hast werden können.«

»Du heißt in Wahrheit Ilse?« Arthur fasste sich zuerst. »Warum hast du deinen Namen geändert?«

»Ich wollte so gern etwas Besonderes sein«, antwortete Ysabel kleinlaut.

»Wenn du wüsstest, wie schön es ist, nichts Besonderes zu sein«, erwiderte Vera, »sondern einfach nur so wie alle anderen. Was gäbe ich dafür!«

»Für mich bist du immer etwas Besonderes, egal, ob als Ilse oder Ysabel«, beeilte Ludger sich, Ysabel zu versichern. Offenbar dämmerte ihm gerade, was er mit seiner vermeintlich flapsigen Bemerkung angerichtet hatte. »Lass uns so schnell wie möglich heiraten, damit wir auch ganz schnell ganz besondere Kinder miteinander bekommen.«

Zärtlich umarmte und küsste er sie.

»Du hast es aber plötzlich beängstigend eilig«, kommentierte Vera amüsiert.

»Sollten wir uns nicht ein Beispiel an ihm nehmen?«, fragte Arthur leise und betrachtete versonnen das Geturtel seines Freundes.

Schon wollte Vera ihm zustimmen, da regte sich ein Widerstreben in ihr.

»Was hast du?« Arthur bemerkte ihr Zaudern sofort. »Ist mein langes Schweigen doch ein …«

»Nein!«, unterbrach sie ihn und schüttelte den Kopf. »Das heißt doch, also, in gewisser Weise …«

Sie presste die Lippen zusammen, senkte den Blick. Es fiel ihr schwer, die richtigen Worte zu finden. Ausgerechnet sie, die ihm leichtfertig schier Ungeheuerliches zugetraut hatte und froh sein musste, wenn er ihr das nicht nachtrug, rang nun darum, ihm wieder vollends vertrauen zu können.

»Eine Erklärung bist du mir noch schuldig«, sagte sie schließlich und sah ihn eindringlich an.

In schneller Abfolge huschte ein Gemisch aus Erschrecken, Ratlosigkeit und dem verzweifelten Versuch, Zuversicht zu bewahren, über sein Antlitz.

»Was war mit Charlotte?«, erkundigte sie sich rundheraus. »Hast du mit ihr …?«

»Mit Charlotte? Ich? Denkst du tatsächlich, ich hätte mit ihr … Nein. Niemals!« Vehement wies er die Unterstellung zurück, um nach einer kurzen Pause kleinlaut hinzuzufügen: »Auch wenn ich zugeben muss, dass ich vor einigen Wochen im *Dallmayr* beinahe eine große Dummheit begangen hätte.«

Von Neuem hielt er inne, biss sich auf die Lippen, fuhr sich mit der Hand mehrmals übers Gesicht, um sie nicht ansehen zu müssen. Erst stockend, dann immer hastiger redete er weiter: »Nach dem langen Tag in Salzburg und dem Vertragsabschluss mit ihrer Firma war ich sehr müde. Mein Kopf war wohl ausgeschaltet, nur meine Instinkte haben noch funktioniert. Unbestreitbar ist Charlotte eine schöne Frau. Das weiß sie selbst nur zu gut. Wir hatten einen erfolgreichen Tag, einen leeren Magen und auch schon ein, zwei Gläser Sekt intus. Im Eifer des Gefechts sind wir uns leider nähergekommen, als es für uns beide gut gewesen ist. Erst im letzten Moment hat uns das zufällige Auftauchen von Doktor Häutle gerettet. Du weißt, wie der auf weibliche Wesen reagiert. Sein plumpes Verhalten hat mich zur Vernunft gebracht. Charlotte hat sich schrecklich über Häutle geärgert. Nach und nach ist mir dann klar geworden, was ich fast getan hätte. Ich habe mich entsetzlich geschämt. Dass du uns ausgerechnet in dem peinlichen Moment gesehen hast, hat es noch schlimmer für mich gemacht. Seither bin ich Charlotte geflissentlich aus dem Weg gegangen.«

Für einen Moment stutzte Vera. Machte er es sich nicht zu einfach? Dann aber hatte sie vor Augen, wie gierig der Baurat aus der Stadtverwaltung Frauen mit seinen Blicken verschlang.

Bei der selbstbewussten Charlotte war er damit an die Richtige geraten. Bestimmt hatte sie ihm im *Dallmayr* eine entsprechend schlagfertige Antwort auf seine Avancen erteilt. Und Arthur damit unverhofft aus ihren eigenen Fängen befreit. Unvermittelt musste Vera lachen.

»Du glaubst mir?«, hakte Arthur vorsichtig ein.

»Was bleibt mir übrig?« Sein banges Gesicht amüsierte sie. »Erstens weiß ich aus eigener Erfahrung, wie leicht Charlotte einen überrumpelt, Dinge zu tun, die man eigentlich nicht tun wollte. Und außerdem kann ich mir nur zu gut vorstellen, wie sie und Häutle da aufeinandergeprallt sind. Das muss ein Anblick für die Götter gewesen sein! Schade, dass ich das nicht mehr gesehen habe.«

»Heißt das, ich darf auf eine neue Chance bei dir hoffen? Wollen wir bald wieder gemeinsam am Himmel über unseren Träumen bauen?«

»Soll das ein neuer Antrag sein?«

»Möchtest du ihn mit oder ohne Kniefall?«

»Vor allem mit einem langen Kuss.«

43

Ysabel fühlte sich an diesem Morgen, als könnte sie die ganze Welt umarmen. Der lange Abend bei Vera steckte ihr zwar noch in den Knochen. Auch Arthurs und Ludgers Schilderungen über ihre Jugend hatten sie sehr mitgenommen. Grauenhaft, sich vorzustellen, was Ludger im Krieg erlebt haben musste, wenn er immer noch nicht darüber reden konnte. Mehr als neun Jahre lag das alles schon zurück! Natürlich hatte sie ihm versprochen, für ihn da zu sein, ganz egal, ob er ein Leben lang schweigen oder eines Tages doch noch darüber reden wollte. Dafür hatte er ihr später in ihrer winzigen Dachkammer den Himmel auf Erden bereitet. Zum Glück waren Margot und Eduard außer Haus gewesen.

Die Aussicht, schon in wenigen Wochen offiziell Ludgers Frau zu sein, versüßte ihr die Hochstimmung weiter. Nicht einmal Eduards schlechte Laune konnte sie erschüttern. Ob Margot ihn geärgert hatte? Bestimmt hatte sie sich wieder über seinen mangelnden Ehrgeiz beklagt, und Ysabel musste das ausbaden. Kleinkariert regte er sich über einen Fehler in der ersten Abrechnung für den Schulhausbau in Laim auf, als gäbe es kein größeres Unglück, als vom zuständigen Referat in der Stadtverwaltung fünfzig Mark zu viel zu verlangen.

»Tief durchatmen«, nahm sie Eduard bestens gelaunt den Wind aus den Segeln. »Noch ist das nicht an die Stadt rausgegangen, und durchgebrannt bin ich mit dem Geld auch nicht.«

»Das wäre eine schöne Blamage gewesen, wenn sich herausgestellt hätte, dass wir nicht einmal unser eigenes Honorar richtig berechnen können«, echauffierte er sich.

»Wenigstens habe ich uns zu viel statt zu wenig zugeschustert«, gab Ysabel zurück.

»Was haben sie dir denn heute früh in den Kaffee getan?«, spottete Hannelore, als sie den Disput mitbekam.

»Du nimmst neuerdings Drogen?« Neugierig kam Helga hinter ihrem Schreibtisch hervor und musterte Ysabel. »Das hätte ich dir am allerwenigsten zugetraut.«

»Du willst nicht wissen, was man Ysabel alles zutrauen kann«, erklärte Hannelore und rückte ihre Schmetterlingsbrille auf der langen Nase zurecht. »Wer seinen Namen so exzentrisch schreibt, hat es faustdick hinter den Ohren.«

»Meine einzige Droge ist Ludger«, erwiderte Ysabel vergnügt. »Stellt euch vor, wir heiraten jetzt doch noch diesen Sommer.«

»Gratuliere!« Überschwänglich fiel Helga ihr um den Hals.

»Da schließe ich mich an«, fand auch Eduard zu einem versöhnlichen Ton zurück.

»Dann sollten wir uns ganz schnell um unsere Garderobe kümmern«, schlug Hannelore unternehmungslustig vor. »Wann genau steigt denn das große Fest?«

»Sobald wir wissen, wann Vera und Arthur …«

Erschrocken schlug Ysabel sich die Hand vor den Mund. Jetzt hatte sie sich doch verplappert!

Sofort schnappte Hannelore das auf. »Die zwei heiraten auch? Also sind sie wieder zusammen?«

»Ich habe es gleich geahnt, als Arthur heute früh so von innen heraus gestrahlt hat.« Verzückt verdrehte Helga die Augen. »Die beiden sind einfach füreinander geschaffen.«

»Dann fängt Vera sicher bald doch bei uns an. Leuweritz und Mangfall werden es ebenso wenig dulden wie Arthur, dass sie in einem anderen Büro arbeitet, noch dazu, wo wir jetzt in der Endrunde der Ausschreibung gegeneinander antreten.«

Aus Eduards Worten ließ sich nicht heraushören, wie er das meinte und was er von Veras Mitarbeit an Stölzls Entwurf wusste. Ysabel hoffte, er ahnte nichts.

»Was ist hier schon wieder los? Wieder einmal Partystimmung, sobald die Chefs aus dem Haus sind?«

Überraschend trat wieder einmal Charlotte ins Büro. Im selben Moment fiel Ysabel ein, dass sie dieses Mal tatsächlich einen Termin mit Arthur hatte. In der ganzen Aufregung hatte sie den glatt vergessen.

»Magst du einen Kaffee? Arthur braucht auf der Baustelle noch etwas länger. Nimm so lange einfach Platz.«

Ysabel rang sich zu einem entschuldigenden Lächeln durch und wies auf die Besprechungsecke. Noch immer musste sie sich Charlotte gegenüber arg zusammenreißen. Nach dem gestrigen Abend aber war sie zumindest keine Gefahr mehr für Vera.

»Denk bitte an Milch und Zucker!«

Charlotte schlenderte zu den Sitzgelegenheiten.

Wie immer trug sie einen dunklen Hosenanzug mit weitem Bein und trotz ihrer ohnehin schon beachtlichen Größe abenteuerlich hohe Pumps. Lässig warf sie die schmale Handtasche auf einen der Sessel und nahm in einem anderen mit übereinandergeschlagenen Beinen Platz. Gleich würde sie Zigarette, Zigarettenspitze und Feuerzeug hervorkramen und zu rauchen beginnen.

Durch die frisch geputzten Fensterscheiben fiel die Maisonne auf die vier Stahlrohrsessel, die Arthur inzwischen durchgesetzt hatte, und tauchte sie in warmes Licht. Ysabel war froh, auf dem Weg ins Büro an einen frischen Blumenstrauß gedacht zu haben.

In der schlichten Vase machte der sich auf dem Glastisch bestens. Das verlieh der kühl gehaltenen Möblierung etwas Gemütlichkeit, auch wenn sie die Charlotte am allerwenigsten gönnte.

»Du bist schon da? Bin ich zu spät?«

Schon rauschte Arthur zur Tür herein. Ludger folgte ihm auf den Fuß und kam zu Ysabels Freude gleich zu ihr, um sie mit einem Kuss zu begrüßen. Dennoch ließ sie sich nicht von ihm ablenken. Argwöhnisch behielt sie Charlotte im Blick.

»So wichtig wie die anderen Aufträge scheint die Fabrikhalle der KiMa für euch offenbar nicht mehr zu sein.« Charlotte erhob sich aus dem Sessel und baute sich in voller Größe vor dem etwas kleineren Arthur auf. »Oder wächst euch die Arbeit über den Kopf? Vielleicht solltet ihr für eine bessere Organisation eurer Termine sorgen. Über eine Woche ist es her, dass du dich bei uns auf der Baustelle hast blicken lassen, und auch jetzt kommst du zu spät zu unserer Besprechung.«

Sie begleitete ihre Bemerkung mit einem ostentativen Blick auf die goldene Armbanduhr am linken Handgelenk.

»Manchmal kommt Unvorhergesehenes dazwischen«, entschuldigte er sich. »Auf dem Weg zu unserem Termin sind Ludger und ich allerdings schon bei eurer Baustelle vorbeigefahren und haben uns nach dem Stand der Dinge erkundigt. Alles läuft nach Plan. Im Herbst könnt ihr die Halle in Betrieb nehmen. Falls du dennoch Zweifel an unserer Arbeit hast, solltest du dir besser einen anderen Architekten suchen.«

»Was heißt das? Willst du mir das Projekt vor die Füße schmeißen? So kurz vor Schluss? Hast du keine Lust mehr? Ist dir die Arbeit an einer schlichten Fabrikhalle nicht mehr gut genug? Wie scharf warst du noch Anfang des Jahres auf den Auftrag! Damals wolltet ihr noch jeden Schuppen bauen. Setz doch deinen Lakaien daran. Ludger wird wohl noch hinkriegen, was du entworfen hast. Allzu kompliziert ist es nicht, da hat selbst er eine Chance.«

»Sprich nicht so über meinen Partner!«, stellte Arthur zu Ysabels Genugtuung mit drohendem Unterton in der Stimme klar.

Plötzlich wurde es mucksmäuschenstill im Büro. Nicht einmal das Kratzen eines Zeichenstifts auf Papier war zu hören. Aus dem Augenwinkel sah Ysabel, dass sich Hannelore, Helga, Eduard und Ludger zwar bemühten, so zu tun, als beschäftigten sie sich mit den Dingen auf ihren Schreibtischen. Dennoch hatten sie alle wohl ebenso wie sie die Ohren gespitzt, um mitzuverfolgen, was sich zwischen Charlotte und Arthur entlud. Der Streit zwischen den beiden war überfällig. Kerzengerade standen sie einander gegenüber, jeder bis zur letzten Faser des Körpers angespannt.

»Am besten vereinbaren wir einen neuen Termin. Heute sind wir beide zu gereizt, um in Ruhe miteinander zu sprechen«, erklärte Arthur unvermittelt und wandte sich von Charlotte ab.

Ysabel spürte, wie jetzt alle zu ihr sahen. Hastig blätterte sie den Kalender auf und wartete mit gezücktem Bleistift auf Anweisungen.

»Typisch für dich, Arthur!«, lachte Charlotte verärgert auf. »Wenn es brenzlig wird, weichst du aus. Nun gut. Mir soll es recht sein. Macht eh keinen Sinn, dich auf Biegen und Brechen gegen deinen Willen auf etwas festzunageln. Schade. Wir wären ein gutes Team geworden. Aber zwingen werde ich niemanden zu seinem Glück. Übergib die Verantwortung für die Halle an Eduard. Mehr will ich gar nicht mehr von euch. Das war's dann. Viel Erfolg weiterhin.«

Sie klemmte sich ihre Tasche unter den Arm und stolzierte zur Tür. Reglos sah Arthur ihr nach, ebenso folgten die anderen ihr mit den Augen.

Gerade wollte sie die Tür öffnen, als die bereits aufschwang.

»Vera!«, rief Charlotte überrascht.

»Du hier?«, erwiderte Vera nicht weniger erstaunt.

»Charlotte wollte gerade gehen«, beeilte Ysabel sich überflüssigerweise, die Situation zu erklären.

44

Vera fand als Erste zur Sprache zurück, lächelte Charlotte aufmunternd an.

»Du willst wirklich schon gehen? Bleib doch bitte noch. Es gibt etwas zu feiern. Außerdem haben wir uns schon so lange nicht gesehen.«

»An mir hat es nicht gelegen.« Charlotte blieb reserviert.

»Ich weiß«, räumte Vera ein. »Längst hätten wir uns aussprechen sollen. Lass uns wieder gut sein.«

Sie hielt ihr die Hand hin. Charlotte zögerte einen Moment, dann ergriff sie sie.

»Ich habe fantastische Neuigkeiten«, rief Vera übermütig in die Runde im Büro. »Den Sekt zum Anstoßen habe ich dieses Mal gleich mitgebracht.«

Zum Beweis hielt sie die Tüte in der linken Hand hoch.

»Ich glaube, wir wissen schon …«, sagte Hannelore, und Helga nickte begeistert, doch Arthur fiel ihr ins Wort. »Das könnt ihr noch gar nicht wissen. Da gehe ich jede Wette mit euch ein.«

»Ich auch!«, pflichtete Ysabel ihm hastig bei.

»Lasst sie doch einfach mal erzählen«, schlug Ludger vor, »sonst erfahren wir nie, worum es geht.«

»Leuweritz und Mangfall haben meine Kündigung akzeptiert!«, platzte Vera mit dem Wichtigsten heraus und stellte sich nah zu Arthur. Das Folgende ging zwar vor allem ihn etwas an, die anderen durften es allerdings auch gleich hören. Früher oder später würden sie es ohnehin erfahren.

»Zuerst waren sie alles andere als erfreut, dann aber haben sie schnell kapiert, dass ihnen gar nichts anderes übrigbleibt, als einverstanden zu sein. Keinen Tag länger kann ich bei ihnen arbeiten, auch wenn Hubert Stölzl alles daransetzt, mich umzustimmen. Offenbar fürchtet er, im Wettbewerb gegen euch ohne mich keine Chance zu haben. Das fasse ich als Kompliment für die Ideen, die ich bislang zum Entwurf beigesteuert habe. Letztlich beweist das, er traut mir zu, dir und Ludger Paroli zu bieten. Dabei nennt Mangfall dich einen ›Mann von famosem Talent‹.«

»Du hast gekündigt? Bist du verrückt?« Es hatte einige Zeit gedauert, bis Charlotte begriff. Entgeistert sah sie Vera an. »Erst soll ich für dich Himmel und Hölle in Bewegung setzen, damit Leuweritz & Mangfall dich nehmen, und dann wirfst du nach gerade einmal zwei Monaten schon wieder das Handtuch. Das ist doch nicht zu fassen!«

»Tu nicht so, als hättest du das alles nur Veras wegen getan«, mischte Ysabel sich ein.

Vera wollte sie bremsen, doch Ysabel war nicht zu beirren. Nah stellte sie sich vor Charlotte hin

Gegen die elegante, dunkel gekleidete und hoch aufgeschossene Blonde wirkte die weitaus kleinere und zierliche Ysabel nur auf den ersten Blick machtlos. Der ehrliche Zorn, der in ihren Augen funkelte, schenkte ihr eine unerwartete Überlegenheit. Von Neuem war Vera beeindruckt.

»In Wahrheit hattest du es nur auf Arthur abgesehen«, fuhr Ysabel fort. »So schnell wie möglich sollte Vera ganz tief in Arbeit versinken, damit sie keine Zeit mehr für ihn oder sonst wen hatte, der sie hätte zur Vernunft bringen können. Leider wusstest du genau, wie dir das gelingt: indem du sie bei ihrem

Ehrgeiz packst. Den hat die neue Stelle bei Leuweritz & Mangfall in jedem Fall bei ihr geweckt. Fast wäre deine Rechnung aufgegangen und Vera hätte ausgerechnet bei den Leuten Karriere gemacht, die das Büro von Arthurs Familie übernommen haben. Arthur sollte glauben, Vera wolle ihm damit eins auswischen. Zum Glück ist der Schuss nach hinten losgegangen. Gerade noch rechtzeitig haben sich die beiden ausgesprochen und wieder versöhnt. Bald werden sie heiraten.«

Ihre letzten beiden Sätze unterlegte sie mit deutlichem Triumph in der Stimme.

»Wovon redest du?« Verständnislos schüttelte Charlotte den Kopf. »Was haben Leuweritz & Mangfall mit Arthurs Familie zu tun? Und wieso hätte ich hoffen sollen, Vera hätte ihm damit ...«

»Dann hast du das gar nicht gewusst?«, unterbrach Vera sie.

»Was?« Charlotte wurde ungeduldig. Ihre dunkle Stimme klang tatsächlich heiser.

»Dass Leuweritz und Mangfall 1938 das Architekturbüro von Arthurs Vater und seinem jüdischen Großvater Franz-Joseph Roth gekauft haben.«

»Das ist mir absolut neu.« Charlotte schien tatsächlich überrascht. Langsam holte sie Zigarette, Spitze und Feuerzeug aus der Tasche. Bereitwillig gab Arthur ihr Feuer. Sie verschränkte die Arme vor der Brust, rauchte einige hastige Züge.

Inzwischen hatten sich alle im Halbkreis um sie versammelt.

Für einen Moment spürte Vera von Neuem die alte Wut gegen Charlotte in sich aufwallen. Doch nach den Erfahrungen der letzten Tage hatte sie sich vorgenommen, künftig nicht mehr eher über jemanden zu urteilen, ehe sie nicht auch dessen eigene Version der Geschichte zu Ende gehört hatte. Noch einmal wollte sie jemandem nicht derart unrecht tun wie Arthur. Viel zu bereitwillig war sie auf Leuweritz' hinterlistige Andeutungen hereingefallen.

»Wenn ich das gewusst hätte, wäre es sehr dumm gewesen, Vera zu Leuweritz & Mangfall zu schicken«, rechtfertigte Charlotte sich unterdessen. »Wäre das eines Tages herausgekommen, hätte Arthur mir das nie verziehen.«

»Da ist was dran«, stimmte Vera zu, auch Arthur nickte bestätigend.

»Ich gebe zu, Arthur gefällt mir«, fuhr Charlotte nach dem Anzünden der nächsten Zigarette fort. Bewusst vermied sie, jemanden anzusehen. »Da ist wohl nichts dabei. Ich bin nicht die erste Frau, der es so geht. Als Vera mir auf dem Faschingsball von ihren Plänen erzählte, hier im Büro einzusteigen, klingelten bei mir sämtliche Alarmglocken. Natürlich wollte ich das verhindern. Das hätte die beiden nur enger zusammengeschweißt. Zum Glück hatte ich einige Tage zuvor von Hubert Stölzl erfahren, dass Leuweritz & Mangfall händeringend talentierte junge Architekten suche. Ihn und das Büro kenne ich erst seit letztem Jahr. Damals hatten sie für unsere Firma einen Umbau geplant. Dass ich Vera dorthin empfahl, geschah also wirklich aus dem Schreck an jenem Abend heraus. Niemals hätte ich sie dorthin geschickt, wenn ich über den Zusammenhang mit Arthurs Familie Bescheid gewusst hätte. Das müsst ihr mir einfach glauben.«

Von Neuem rauchte sie einige Züge, richtete den Blick dabei aus dem Fenster. Ihr scharf konturiertes Profil war wunderschön. Nicht nur im Stil ähnelte sie der Dietrich. Sie konnte glatt als deren jüngere Schwester durchgehen.

»Letztlich war sowieso alles für die Katz.« Charlotte drehte sich wieder zu ihnen um. »Oder denkt ihr, ich hätte nicht mitbekommen, wie Arthur sich nach dem Streit mit Vera von mir zurückgezogen hat? Man soll wirklich nicht den Freund der besten Freundin ins Visier nehmen. Damit kann man nur verlieren. Zu Recht, wie ich jetzt weiß. Bitte verzeiht mir.«

In ihren blauen Augen schimmerten Tränen, als sie zwischen Vera und Arthur hin und her sah. Ihre Unterlippe bebte. Fast sah es so aus, als würde sie tatsächlich gleich weinen.

Ein ungewohnter Anblick. Gegen ihren Willen verspürte Vera Mitleid. So tough Charlotte tat, war sie in Wahrheit genauso auf der Suche nach echten Freunden wie sie alle. Sie hatte eine neue Chance verdient.

»Wir müssen wohl erst einmal wieder lernen, was es heißt, einander zu vertrauen und dieses Vertrauen auch selbst wert zu sein«, stellte Vera nachdenklich fest. »Ab sofort starten wir einen neuen Versuch. Die erste Herausforderung ist, dass du bei unserer Hochzeit unsere Trauzeugin wirst. Was hältst du davon?«

»Und was ist mit Constantin?« Charlotte brauchte noch etwas, bevor sie darüber jubeln konnte.

»Wir brauchen zwei Trauzeugen«, schaltete Arthur sich ein. »Bei der Doppelhochzeit mit Ysabel und Ludger fallen die beiden dank anderweitiger Verpflichtungen aus.«

»Das heißt, wir müssen uns auch andere Trauzeugen als euch beide suchen?« Ludger zwinkerte Ysabel zu. »Ich glaube, ich hätte da schon eine Idee. Oder denkst du, deine Schwester und Eduard würden auch noch mit zum Standesamt …«

»Moment mal!«, protestierte Hannelore. »Es reicht schon, dass ihr vier aus zwei Anlässen ein Fest macht. So billig kommen Margot und Eduard uns nicht davon. Die können sich da nicht auch noch mit anhängen. Im Interesse der Gäste gehören Massenhochzeiten ab sofort verboten.«

Eduard kam gar nicht dazu, seine Meinung kundzutun. Die plötzlich im Raum hängende Option, ebenfalls bald unter die Haube zu kommen, wie auch die Aussicht, Ludgers Trauzeuge zu werden, überrumpelten ihn völlig. Das amüsierte nicht nur Vera. Hannelore meinte gar, ihn beruhigend in die Wange zwicken zu müssen.

»Keine Sorge, noch ist das nicht ansteckend. Helga und ich stehen dir bei. Bei uns findest du im Zweifelsfall immer Asyl.«

»Abhauen gilt nicht! Jeder badet selbst aus, was er angerichtet hat.« Arthur lachte.

»Warum sollte es Eduard besser gehen als uns?«, schaltete sich auch Ludger vergnügt ein. »Eine Dreierhochzeit wäre nicht die schlechteste Idee.«

»Margot würde das nicht wollen.« Ysabel blieb unerwartet ernst. »Sie ärgert sich schon, dass ich vor ihr heirate.«

»Noch hätte sie die Chance, schneller zu sein«, warf Arthur ein.

»Ob ihr das gelingt, hängt jetzt allein an dir, mein lieber Eduard.« Aufmunternd tätschelte Ludger ihm die Schulter.

»Wenn ihr uns auch noch die dritte Hochzeitsfeier vorenthalten wollt, sollte Margot wenigstens nicht auch noch hier anfangen zu arbeiten. Das wird mir dann ein zu großer Familienbetrieb. Zwei Ehepaare sind mehr als genug.« Pikiert nahm Hannelore die Schmetterlingsbrille von der Nase und putzte die Gläser mit dem Zipfel ihres dünnen Sommerpullovers.

»Ist denn schon beschlossen, dass Vera bei uns einsteigt?« Wieder einmal brauchte Helga etwas länger, um zu begreifen.

Schon wollte Ysabel das offenbar freudestrahlend bejahen, da musste Vera sich nun doch ein Herz fassen und ihr einen Strich durch die Rechnung machen.

»Ich kann dich beruhigen, Hannelore, es bleibt hier bei einem Ehepaar. Meine Gegenwart beschränkt sich auch in Zukunft auf gelegentliche Besuche.«

»Aber gestern Abend haben wir doch schon ...«, setzte Ysabel sichtlich enttäuscht an.

»Arthur und ich haben letzte Nacht lange darüber gesprochen«, fiel Vera ihr sanft, aber bestimmt ins Wort. »Es wäre wirklich keine gute Idee, wenn wir beide so eng miteinander arbeiteten. Berufliches und Privates trennen wir besser.«

»Schade. Ich habe gerade angefangen, mich an den Gedanken zu gewöhnen, deine spektakulären Ideen für Küchen und Loggien in unsere Überlegungen zum rationalisierten Wohnungsbau zu integrieren.« Ludger wurde ernst. »Beides hätte sich gut als eigene Module entwickeln lassen.«

»Und ich habe mich so darauf gefreut, mit dir im selben Büro zu sitzen.« Ysabel war sichtlich enttäuscht. Verschämt wischte sie sich die Wangen.

»Es ist wirklich besser so.« Tröstend legte Vera ihr den Arm um die Schultern. »Arthur und ich brauchen gelegentlich Abstand zueinander.«

»Eigentlich hättest du dann bei Leuweritz & Mangfall bleiben können«, schaltete Charlotte sich ein. »Wenn Hubert Stölzl so große Stücke auf deine Mitarbeit hält und Arthur über alles Bescheid weiß, spricht doch nichts dagegen.«

»Doch!«, entgegnete Vera heftig, hielt jedoch inne, um sich vor dem Weitersprechen zu beruhigen. Angestrengt überlegte sie, wie sie ihre Weigerung am besten rechtfertigte, ohne den wahren Grund zu verraten. Dass Hubert Stölzl sie dazu hatte zwingen wollen, Arthur und Ludger auszuspionieren, und auch Georg Leuweritz sich nicht für unseriöse Methoden zu schade gewesen war, hängte sie besser nicht an die große Glocke. Stichhaltige Beweise hatte sie keine – und außerdem nicht die geringste Lust auf eine hässliche Auseinandersetzung vor Gericht. Im schlimmsten Fall drehte man den Spieß um und unterstellte ihr, sie würde damit für die Arisierung des Büros von Arthurs Familie Rache nehmen wollen. Immerhin war sie als seine zukünftige Ehefrau direkt betroffen und entstammte noch dazu ebenfalls einer jüdischen Familie. Das genügte inzwischen leider schon wieder, um krude Verschwörungstheorien in Umlauf zu bringen.

»Mir liegt mehr daran, Wohnungen zu entwerfen, keine Bürogebäude«, kam ihr endlich als Argument in den Sinn. Das stimmte tatsächlich! Begeistert fügte sie hinzu: »Sandrart hat mir ein gutes Angebot gemacht.«

»Sandrart? Aber dann musst du dich ja wieder mit Eisele arrangieren.« Ysabel schüttelte verwundert den Kopf.

»Der wechselt zu Leuweritz & Mangfall. Das wollte ich euch eben schon sagen.« Vera strahlte, froh, wie sich letztlich alles zum Guten fügte. »Dort kann er endlich aufsehenerregende Bürogebäude entwerfen und sich einen Namen machen. Davon hat er schon immer geträumt.«

»Wie schön! Dann hat jeder seinen Platz gefunden.« Ludger wirkte zufrieden.

»Das in jedem Fall«, bestätigte Arthur und drückte Vera fest an sich.

»Endlich!« erwiderte sie und schloss beglückt die Augen.

Epilog

München, 24. Juni 1955

Was für ein Traum aus Sahne, Zuckerguss und Marzipan! Drei Stockwerke hoch. Obenauf hielten sich Plastikbraut und -bräutigam unter einem dünnen Baldachin aus zartem Gaze feierlich an den Händen und strahlten vor Glück in alle Ewigkeit.

Vera war hingerissen. Kaum registrierte sie, wie am gegenüberliegenden Tischende für Ysabel und Ludger exakt dieselbe Torte aufgetragen wurde. Für einen Moment schloss sie die Augen und sandte einen innigen Dank an die Instanz im Himmel oder sonst wo, die für die Erfüllung der größten Lebenswünsche verantwortlich war. Was sie sich als Achtjährige beim Auspusten der Geburtstagskerzen innig ersehnt und die letzten siebzehn Jahre kaum mehr zu hoffen gewagt hatte, war tatsächlich wahr geworden: Sie war in ihr geliebtes München zurückgekehrt und hatte hier ein neues Glück und neue Freunde gefunden!

Zwar konnten das einige ihrer liebsten Menschen, allen voran Großmama Rebecca und Großpapa Daniel, nicht mehr miterleben. Dafür waren andere, inzwischen ihr ähnlich wichtig gewordene Menschen, insbesondere Ysabel und Ludger, dazugekommen. Von ihrer großen Liebe Arthur ganz zu schweigen. Hoffentlich ging er ihr nie mehr verloren. Rasch verstärkte sie ihr Dankeschön aus tiefster Seele.

»Jetzt geht's ans Anschneiden!«

Sacht berührte Arthur sie am Arm. Als sie die Augen öffnete, hielt er ihr das Messer hin. Eine weiße Tüllschleife verzierte den Griff. Sie wollte es nehmen, er aber ließ es nicht los.

»Das sollten wir gemeinsam versuchen«, erklärte er lächelnd. »Falls du es schon vergessen hast: Ab sofort sind wir Mann und Frau. Keiner kämpft mehr für sich allein, sondern ab sofort wir beide immer zusammen.«

»Solange es nur ums Torteanschneiden geht, habe ich kein Problem damit«, erwiderte sie und küsste ihn keck auf die Nasenspitze. »Und natürlich, solange wir es gemeinsam tun. Solltest du eines Tages allerdings die Absicht haben, das Kommando allein übernehmen zu wollen, steige ich aus.«

»Hört, hört!«, spottete Constantin, der direkt neben ihr stand. »Kaum zwei Stunden verheiratet, und schon geht das Gezeter los, wer von euch beiden das Sagen hat. Dabei hast du als Ehefrau viele Rechte an deinen Ehemann abgegeben. Oder hast du vergessen, das Kleingedruckte zu lesen? Als Freund und Trauzeuge hätte ich dich warnen können, aber meinen Rat hast du wieder einmal nicht hören wollen.«

»Wozu braucht man Feinde, wenn man solche Freunde hat?« Theatralisch rollte Arthur die Augen.

»Ich finde es sehr schön, wieder so viele Freunde um mich zu haben.«

Glücklich maß Vera die Gästeschar an der langen Tafel in Engelbert Trautners Garten. Ludgers Vater hatte es sich nicht nehmen lassen, die Doppelhochzeit auszurichten. Das Wetter war ihnen hold, und so versammelten sie sich alle unter lauschigen Obstbäumen an einem langen, festlich eingedeckten Tisch. Am hinteren Ende des Gartens war sogar ein Podium aufgebaut. Darauf sollte später getanzt werden. Engelbert hatte eigens eine stadtbekannte Swingkapelle engagiert, »damit die jungen Leute ihren Spaß haben«.

Zuvor aber hieß es nach dem umfangreichen Mittagessen erst einmal starken Kaffee zu trinken und sich mit einer Vielzahl von Kuchen, Torten und Gebäck für den weiteren Verlauf des Nachmittags zu stärken. Während die Gäste munter weiterfeierten, würden sich die beiden Brautpaare am frühen Abend in die Flitterwochen verabschieden. Ysabel und Ludger planten eine Reise an die Adria, Vera und Arthur wollten an die Amalfiküste.

»Einmal die Sonne bei Capri im Meer versinken sehen«, hatte Vera sich gewünscht.

»Einmal nur? Dafür lohnt sich die weite Reise gar nicht«, hatte Arthur schmunzelnd erwidert.

»Solange du mir von den Caprifischern singst, lohnt sich alles im Leben mit dir.«

»Dann tut es eigentlich auch ein tragbarer Plattenspieler und ein Picknick am Ammersee«, hatte Arthur weiter gelästert, sich aber natürlich doch zum Buchen eines Hotels bequemt.

Ostentativ hatte Vera geseufzt, sich insgeheim jedoch über seinen leichten Ton gefreut, mit dem er die Alltagsdinge anzugehen pflegte. Ein Wunder, wenn man bedachte, was alles hinter ihm lag. Nicht auszudenken, wenn es ihnen nicht rechtzeitig gelungen wäre, ihr Schweigen zu brechen und böse Missverständnisse aus dem Weg zu räumen.

Ein weiteres Mal wanderte ihr Blick zufrieden über ihre Gäste. Wie sie es sich erhofft hatte, war eine ansehnliche Zahl zusammengekommen, um ihre und Arthurs wie auch Ysabels und Ludgers Hochzeit zu feiern. Neben ihren Trauzeugen Charlotte und Constantin natürlich Margot und Eduard als Ysabels und Ludgers Trauzeugen sowie Hannelore und Helga, außerdem fast die gesamte Belegschaft aus Hellmuth Sandrarts Büro unter Führung der unermüdlichen Chefsekretärin Rosemarie Gegenfurtner. Sogar der Barockengel höchstpersönlich und Siegfried Eisele waren erschienen. Seit Eisele auf Veras Vorschlag zu Leuweritz & Mangfall gewechselt hatte, war er wie ausgewechselt. Vera erkannte ihn kaum wieder. Sie freute sich, dass auch Inge Fassbender mit am Tisch saß und ausgelassen feierte. Sie hatte sie schon zu einigen gemeinsamen Kinoabenden überreden können. Allmählich füllten sich die Leerstellen wieder, die der Verlust der Kindheitsfreunde verursacht hatte.

Am schönsten fand Vera jedoch, dass ihre Mutter Rike ihr persönliches Gelöbnis gebrochen hatte, nie mehr Münchner Boden zu betreten.

»Wenn dein ganzes Herz daran hängt, ausgerechnet an der Isar zu leben, muss ich mich wohl oder übel fügen«, hatte sie anfangs noch wenig begeistert erklärt. Die Freude von Veras Vater Oscar, dass sein einziges Kind sich in seiner früheren Heimat München wieder ein Zuhause einrichtete, versöhnte Rike anscheinend ebenfalls mit der einst zutiefst verhassten Stadt und ihren Bewohnern.

»Wenn erst einmal ganze Viertel und Straßenzüge eure Handschrift tragen, ist bald sicher nichts mehr von Hitlers Lieblingsstadt übrig«, hatte sie gesagt und sich sogar zu einer Rundfahrt durch die Innenstadt überreden lassen. Vera und Arthur hatten ihr gezeigt, wie selbstbewusst München sich aus den Ruinen zu einer neuen, modernen Stadt erhob.

»Die kulturelle Nutzung der einstigen Parteibauten ist das Beste, was man damit machen kann«, hatte Oscar zufrieden beim Anblick der überraschend intakt gebliebenen Gebäude am Königsplatz erklärt. »Allein die Vorstellung, wie sich die braunen Bonzen in der Hölle schwarzärgern, weil man in Hitlers ehemaligem Arbeitszimmer jetzt Englisch und amerikanische Geschichte lernt, gefällt mir.«

»Zum Glück haben sie in der ehemaligen Parteizentrale außerdem einen geeigneten Platz für die Nachfolger der Monuments Men gefunden«, stimmte Rike zu. »Vielleicht haben wir

Glück, und sie finden eine Spur zu Rebeccas verschollenen Bildern. Das wäre die Krönung.«

»Der Triumph wäre vollkommen, wenn ihre Werke eines Tages im Haus der Kunst zu sehen wären«, wünschte Oscar sich.

»Vielleicht erleben wir das alle sogar noch«, prophezeite Vera lächelnd.

»Dafür würde ich alles tun«, hatte Constantin verkündet.

Wider Erwarten freundeten sich Veras Eltern rasch mit Ludgers Vater Engelbert an. Dabei hatte Vera der ersten Begegnung ihres sozialdemokratisch gesinnten jüdischen Vaters und ihrer kommunistisch geprägten Mutter mit dem durch und durch marktwirtschaftlich orientierten Bauunternehmer voller Bedenken entgegengesehen. Noch dazu, wo Engelbert einst aus pragmatischen Überlegungen mit den Nazis paktiert hatte.

»Wer weiß, wie ich mich an seiner Stelle verhalten hätte«, zeigte Oscar sich versöhnungsbereit. Ähnlich hatte er schon an Weihnachten Arthurs Erzählungen kommentiert. »Wenigstens hat er Arthur geholfen und versucht, seinen Einfluss bei den Nazis für ihn und seine Familie zu nutzen.«

»Solange jeder zu seiner Vergangenheit steht und sich zu seiner Verantwortung für das Geschehene bekennt, bin ich zu allem bereit«, bekundete Rike daraufhin einen überraschenden Sinneswandel. »Das ist unser Land und unser aller Geschichte. Im Interesse unserer Zukunft müssen wir uns ihr gemeinsam stellen, sonst haben am Ende doch die Falschen gesiegt.«

»Bewundernswert, wie offen deine Eltern sind«, erklärte Charlotte, die die Unterhaltung beim gemeinsamen Abendessen nach Rikes und Oscars Ankunft im Hotel mitverfolgt hatte. »Dabei wäre es verständlich, wenn sie einen großen Bogen um uns alle schlügen.«

Charlotte nutzte die Gelegenheit, um sich lange unter vier Augen mit Oscar zu unterhalten. Dabei konnte sie erstmals jemandem ihr Herz über ihre unbelehrbare Schwester Klara ausschütten, die sie nicht mehr lieben, aber auch nicht wirklich hassen konnte für das, was sie getan hatte.

Rike hatte das trotz ihrer neuen Versöhnungsbereitschaft argwöhnisch beäugt. Die Kirchenreuths waren und blieben ein rotes Tuch für sie. Das hing vor allem mit den Erlebnissen ihrer geliebten Freundin Ella zusammen. Deshalb hatte sie sich Charlottes Eltern gegenüber zunächst sehr reserviert verhalten. Erst, als Viktoria ihr ganz selbstverständlich ein Spitzentaschentuch reichte, weil ihr bei der Trauungszeremonie im Standesamt Tränen der Rührung kamen, war das Eis zwischen ihnen gebrochen. Der mittlerweile im Rollstuhl sitzende Falk fand ohnehin bald ihr ganzes Bedauern.

»Er ist wirklich gestraft«, hatte sie Vera in einem günstigen Moment auf dem Weg zum Mittagessen zugeflüstert. »Für den Rest seines Lebens fühlt er sich für den Unfalltod von Constantins Eltern verantwortlich. Das hätten weder Ella noch Jobst gewollt. Aber trösten lässt er sich nicht. Und um endgültig Schluss zu machen mit seinem jämmerlichen Dasein fehlt ihm die Kraft. Entsetzlich! Das wünscht man wirklich niemandem.«

Vera war selig, wie harmonisch sich alles ergeben hatte, trotz der mitunter heiklen Verflechtungen aus der Vergangenheit. An diesem Tag zumindest schien keiner dem anderen etwas nachzutragen. Ausgelassen prosteten sie einander zu. Sogar Ysabels bäuerliche Verwandte aus Wildenwart, die den Städtern gegenüber sonst sehr argwöhnisch waren, fügten sich bestens in die Gesellschaft.

Ihre Mutter strahlte vor Glück. Unlängst hatte Ysabel ihr Versprechen wahr machen und sie nach München holen können. Jetzt lebte sie in Ysabels ehemaligem Zimmer im Westend. Sollte auch Margot heiraten, würde sie die Wohnung ganz für sich haben. In Berthas Lebensmittelladen in der nahen Gollierstraße hatte sie sogar eine Anstellung gefunden.

»Irgendwas muss ich zu tun haben«, hatte sie ihren Töchtern erklärt, die ihr das Arbeiten hatten ausreden wollen. »Den ganzen Tag auf dem Sofa sitzen und auf feine Dame machen kann ich nicht.«

Es war ein Tag, um die ganze Welt zu umarmen! Fröhliches Lachen wetteiferte mit munterem Vogelgezwitscher und emsigem Insektengebrumm in den Büschen und Bäumen. Ein bunter Schmetterling hüpfte auf die Marzipanrose vor Veras Teller.

»Du isst gar nichts von der köstlichen Torte«, riss Arthur Vera aus ihren Gedanken und deutete auf den Teller mit dem Kuchenstück.

»Ich kann einfach nicht mehr. Mir ist, als müsste ich gleich platzen«, erwiderte sie.

»Hoffentlich platzt du vor Glück und nicht nur, weil du so viel gegessen hast.«

»Das tue ich ganz sicherlich, aber erst, nachdem ich dir mein Geschenk gegeben habe.«

»Das trifft sich gut. Ich habe auch noch eine Überraschung für dich.«

»Wollen wir für eine Weile irgendwohin verschwinden?«

»Gute Idee. Auf der Veranda ist die große Bank unter dem Rosenbogen frei.«

Arthur fasste sie an der Hand. Sie griff nach ihrer Tasche und raffte mit der zweiten Hand den wadenlangen, schwingenden Rock. Auf weißen Stöckelschuhen lief sie neben ihm über die Wiese zum Haus. Ihr Herz raste. Mehr als ein Mal knickte sie auf dem weichen Grund um, gab jedoch ihr Bestes, um mit Arthur Schritt zu halten.

Außer Atem erreichten sie die schmale Bank und nahmen unter dem Bogen mit dichten roten Rosen Platz. Genau der richtige Ort für Verliebte, fand Vera. Klopfenden Herzens zog sie Großmama Rebeccas Skizzenbuch aus der Tasche und reichte es Arthur.

»Das Wertvollste, was ich besitze«, erklärte sie mit tränenerstickter Stimme. »Ab sofort will ich es mit dir teilen. Lass uns gemeinsam an den schönsten Ecken Münchens in Erinnerungen schwelgen. Großmama Rebecca und Großpapa Daniel hätten dir gefallen. Ihr hättet viel Spaß miteinander gehabt.«

»Den werden wohl auch wir beide haben«, erwiderte Arthur gerührt. »Vor allem, wenn wir weiterhin so viel gemeinsam haben. Hier.«

Mit zitternden Händen zog er ein kleines, in Seidenpapier geschlagenes Päckchen aus der Jackeninnentasche und gab es Vera. Vor Aufregung gelang es ihr kaum, das Geschenkband zu lösen.

»Ein Skizzenbuch!«, stellte sie voller Entzücken fest und blätterte den in Leder eingeschlagenen Band mit feinstem Zeichenpapier durch.

»Ich dachte, wir könnten darin in Skizzen festhalten, an welchen Orten wir glücklich sind«, sagte Arthur. »Auch wenn wir im Vergleich zu deiner Großmutter sicherlich weniger zeichnerisch begabt sind.«

»Darauf kommt es gar nicht an«, erwiderte Vera und fiel ihm um den Hals. »Es geht nur darum, für alle Zeiten den Himmel über unseren Träumen in Erinnerung zu behalten.«

Sie schloss die Augen und wünschte sich das ganz fest, hoffte inständig, es möge in Erfüllung gehen, auch wenn sie dazu keine Kerzen auszupusten hatte.

Dank

Für die vielen Hinweise rund um die Geschichte des Berufsstands der Architekten in Deutschland, vor allem zum Umgang mit der Zeit des Nationalsozialismus, danke ich Barbara Wohn ganz herzlich. Ebenso für die vielen Informationen zur Arbeitsweise in Architekturbüros.

Stellvertretend für die vielen, die mir von ihren Erlebnissen in den frühen Wirtschaftswunderjahren erzählt haben, geht mein Dank an meine Eltern, Anneliese und Willi Zimmer. Bitte erzählt mir noch mehr Geschichten aus der Zeit, in der ihr jung wart!

Meinem Vater verdanke ich außerdem sehr interessante Informationen über das Studium der Bauingenieure in Aachen Anfang der Fünfzigerjahre. Auch dafür allerherzlichsten Dank!

Thomas Hirschfeld danke ich für ein sehr aufschlussreiches Gespräch, das mir einen entscheidenden Mosaikstein zu Arthur beschert hat.

Meiner Autorenkollegin Beatrix Mannel ein großes Dankeschön für die hilfreichen Fragen, die sie mir stets genau zum richtigen Zeitpunkt gestellt hat. Ebenso danke ich meiner Agentin Franka Zastrow für die stete Aufmunterung, Veras Geschichte zu erzählen, und Christa Schauer für ihre berechtigte Kritik nach dem ersten Lesen.

Dies ist mein zehnter Roman, der im Knaur Verlag erscheint. Dafür ein ganz besonderer Dank an das hervorragende Team, das mich seit so vielen Jahren so wunderbar betreut, allen voran an Christine Steffen-Reimann für die unermüdliche Begleitung von der ersten Idee bis zum fertigen Buch, Steffen Haselbach für die wertvolle Unterstützung, Regine Weisbrod für das konstruktive Lektorat, Michaela Lichtblau für die ausgezeichnete Herstellung, Patricia Keßler für die Pressebetreuung, Hanna Pfaffenwimmer für das Veranstaltungsmanagement. Last but not least ein großes Danke an die vielen guten Verlagsgeister im Hintergrund, die für mich als Autorin ihre Arbeit im Verborgenen tun. Ein ganz besonderes Dankeschön an die Vertreterinnen und Vertreter im Außendienst, die so zuverlässig dafür sorgen, meine Bücher via Buchhandel erfolgreich an die Leserinnen und Leser zu bringen.

Ihnen, meine lieben Leserinnen und Leser, danke ich von ganzem Herzen für Ihr Interesse. Ihnen mit meinen Geschichten einige schöne (Lese-)Stunden zu bereiten, ist mir eine große Freude. Ich hoffe, das ist mir auch mit diesem Roman gelungen.

Falls Sie zumindest einen Teil von Veras München einmal mit eigenen Augen sehen möchten, kommen Sie doch einmal mit auf meine Romanspaziergänge. Auch zum Thema Wirtschaftswunder und Wiederaufbau wird es die geben. Die aktuellen Termine finden Sie auf: www.heidi-rehn.de

Vielleicht auf ein Wiedersehen und hoffentlich auf ein Wiederlesen!

Ihre Heidi Rehn

München, im Herbst 2017

Leseprobe aus

CLAUDIA & NADJA
BEINERT

Revolution im Herzen

Die heimliche Liebe des Karl Marx

April 2018 Knaur Verlag

Erschöpft lief ich auf das schwarze Stadttor zu, aber nach der Hälfte des Weges stoppte ich. Ein außergewöhnlicher Friedhof war rechts neben mir aufgetaucht. Darin standen traurige Frauenfiguren aus Stein, so groß, dass ich ihre Gesichter von der Straße aus erkennen konnte. Schöne, traurige Gesichter waren es, ihre Züge so fein geschnitten wie die von Hilga Klempe. Ich ging um eine edle Kutsche herum und betrat den Friedhof. Diese ungewöhnlichen Grabsteine musste ich mir einfach aus der Nähe anschauen. Vielleicht gefiele mir einer ja so sehr, dass ich ihn für Pabbis Grab nachmachen lassen würde.

Viele der prächtigen Grabsteine standen entlang eines Pfades. Die traurig dreinschauenden steinernen Frauen saßen auf Sockeln und Tafeln, sie wirkten so lebensecht. Wehmütig verlor ich mich in ihrem Anblick, ihre Traurigkeit erinnerte mich an meine Mutter. Und Pabbi? Er lag noch immer unter einem Holzkreuz. So viel stand auf den Steinen und Gedächtnistafeln geschrieben, dass ich mir wünschte, ich könnte es lesen. Der Weg entlang der Gräber führte mich auf die Kapelle zu, Silberlinden und Buchen wuchsen zwischen den Gräbern. Der Friedhof war leer, die Menschen vermutlich noch in den Kirchen der Stadt bei der Sonntagsmesse. Aus der Kapelle kam ein Rascheln. Hoffentlich war das nur der Wind. Ich wusste von Geistern, die Menschen auch außerhalb des Hauses verfolgten, mit ihnen sprachen und Dinge verlangten. Der Hufschmied von Sankt Wendel soll sogar einmal einen Geist gefragt haben, ob die Himmelsleiter aus Holz oder gutem Eisen geschmiedet wäre.

Ich ging an der Kapelle vorbei und bog in einen Seitenweg ein. Dort zog mich eine Frauenfigur an, die ganz aus schwarzem Stein gearbeitet war. Ihr Haar reichte bis zu den Zehenspitzen hinab, sie war die einzige Figur, die lächelte. Plötzlich ließ mich lautes Gebell herumfahren. Der Hund war riesig und hatte ein langhaariges schwarzes Fell. Tasso in Sankt Wendel war kleiner gewesen, aber ebenso schwarz. Der Hund war aufgeregt und hielt auf den Eingang der Kapelle zu, in dem jetzt eine vornehme, junge Dame auftauchte. Ihr Lächeln fesselte meinen Blick, sodass ich mich ihr unwillkürlich näherte. Ihr Kleid war himmelblau und besaß aufgeplusterte Ärmel unter dem weißen Überhang. An ihrem linken Handgelenk hing ein Sonnenschirm, an ihrem rechten ein von goldenen Kordeln gehaltener Taschenbeutel. Jetzt trat ein Junge aus der Kapelle neben sie, der aber längst nicht so fröhlich wirkte wie sie. Er blickte erschreckend düster drein.

Der Hund stand nun fast vor den beiden und knurrte sie mit steifem Oberkörper und über den Rücken gebogenem Schwanz böse an. Er war angriffsbereit, die Anzeichen dafür kannte ich von Tasso. Ich vermutete, dass sein Herrchen in der Kapelle aufgebahrt lag und er die Besucher als Bedrohung empfand.

»Edgar, mon petit frère?«, rief die junge Dame in Richtung des Friedhofseingangs, während sie mit ihrem Schirm abwehrend nach dem Hund stieß. Die Sonnenstrahlen ließen den himmelblauen Stoff ihres Kleides glänzen. Der Junge neben ihr wollte das Tier sogar mit einer lästigen Handbewegung und den Worten »Mach endlich den Weg frei, du unnützer Fleischfresser!« vertreiben.

Der Hund senkte seinen Kopf und zog die Lefzen zurück, sodass ich seine Zähne sehen konnte. Die Abwehrbewegungen der Frau machten ihn nur noch aggressiver.

»Geh weg!«, verlangte diese nun gleich ihrem Begleiter, aber der Hund näherte sich ihnen zähnefletschend weiter.

Bis auf zehn Schritte war ich heran. »Sie müssen sich steif wie einen Baum machen!«, rief ich, und weil ich nicht wusste, wie ich so vornehme Leute ansprechen sollte, fügte ich noch ein »Gnädige Herrschaften« hinzu.

Der düstere Junge blickte abschätzig zu mir herüber und wollte mich – seinem Gesichtsausdruck nach zu urteilen – gerade für meine Einmischung tadeln, als der Hund laut bellte. Er war inzwischen nah genug, um nach dem Kleid der jungen Frau oder dem Taschenbeutel an ihrem Handgelenk zu schnappen.

Als er vom Bellen zum Knurren überging, traute ich mich erneut, sprach diesmal aber nur die junge Dame an: »Ziehen Sie Ihre Hände in die Ärmel Ihres Kleides zurück, lassen Sie Schirm und Beutel fallen und dann stehen Sie so bewegungslos, wie es nur geht.« Ich versuchte, genauso ernsthaft wie ein Erwachsener zu sprechen, denn Menschen konnten durch Hundeangriffe zu Tode kommen!

Zu meiner Überraschung ließ sie Sonnenschirm und Taschenbeutel wirklich fallen. Der düstere Junge neben ihr beschimpfte den Hund weiter und trat sogar nach ihm.

»Schauen Sie das Tier nicht an, das fordert es heraus!«, riet ich ihr. »Stellen Sie sich seitlich zu ihm und schauen mich an.« Den Jungen interessierte das nicht.

Mit ihren engstehenden dunkelbraunen Augen fixierte sie mich kurz verunsichert, dann folgte sie meinen Worten. Sobald Hunde Angst riechen, ermutigt sie das zu einem Angriff. »Sie machen das gut, gnädige Dame.« Es klang seltsam, dass eine wie ich eine wie sie lobte.

Als Nächstes griff ich mir einen losen, herumliegenden Ast und klopfte damit auf den Boden, und wie erhofft, kam der Hund nun auf mich zu.

»Gehen Sie langsam zum Eingang des Friedhofes«, sagte ich in ruhigem Tonfall und klopfte dabei weiter mit dem Ast vor mir auf den Boden. Mein Blick traf sich in diesem Moment mit dem des düsteren Jungen. Er besaß pechschwarze Augen, blauschwarze Haare sowie eine ungewöhnlich dunkle Hautfarbe. So tief gebräunt war nicht einmal einer der Bauern aus Sankt Wendel gewesen, obwohl diese viele Tage lang bei brennendem Sonnenschein auf den Feldern ackern mussten.

Er fixierte mich scharf. Es war, als wollte er mich mit seinem Blick in die Knie zwingen.

Als ich nicht zurückwich, richtete er sich zuerst den Kragen am Hals wie ein Erwachsener und ging dann mit erhobenem Kopf davon. Die Dame schaute kurz noch einmal zur Kapelle, nahm Sonnenschirm und Taschenbeutel wieder auf und folgte ihm. Als sie den Friedhofsausgang schon fast erreicht hatte, hörte ich sie rufen: »Karl, das war mal ein Abenteuer!«

Langsam legte ich den Ast beiseite und öffnete mein Bündel. Eine der beiden Windeln knotete ich zu einem Ball und warf ihn dem Hund hin. Er sprang sofort darauf zu und biss sich fest. Obwohl der düstere Junge weg war, war ich überzeugt, seine unangenehme Gegenwart noch immer in der Luft um mich herum spüren zu können. Ob alle Jungen in Trier so unfreundlich waren?

Als ich wieder aufschaute, war die junge Dame, diesem Karl folgend, gerade durchs Friedhofstor geschlüpft. Ihr mit einer blauen Schleife verzierter Schutenhut hing ihr verrutscht am Hinterkopf. Das Schleifenband hätte auch von Barbara sein können.

Ich wickelte das Schachkissen und die Tabakdose in die verbleibende Windel und ging ebenfalls zum Friedhofseingang. Der Hund beachtete mich nicht mehr, Marias Windel gefiel ihm viel zu gut als Beißlappen. Mein letzter Blick galt noch einmal der schwarzen, lächelnden Frau.

»Komm schnell!«, hörte ich da jemand vor dem Tor rufen.

Die Stimme gehörte der Dame im himmelblauen Kleid, und sie schaute aus dem Fenster der edlen Kutsche, die mir, bevor ich den Friedhof betreten hatte, schon aufgefallen war. Ihr Gesicht tauchte zwischen schweren Vorhängen auf. »Hier in der Kutsche bist du in Sicherheit!«, sagte sie und winkte mich zu sich heran, ihr Taschenbeutel baumelte ihr am Handgelenk wie ein Spielzeug.

Ich zögerte. Jetzt lugte neben ihr ein Jungengesicht aus dem Fenster, mit ebenso dunklem, glänzendem Haar wie dem ihren und genauso hübsch wie sie. »Edgar, mon petit frère, du bist viel zu neugierig für dein Alter.« Sie wuschelte ihm durchs Haar.

»Baronesse, gnädiges Fräulein, können wir jetzt zurückfahren?«, fragte der Kutscher ungeduldig. Der Mann saß in einem gestreiften Gehrock und mit Zylinder auf dem Bock. »Ich musste Ihrem Vater versprechen, dass wir uns beeilen.« Die beiden vorgespannten Schimmel schnaubten. Sie sahen aus wie Nebelstreif und Schneeflocke mit ihren wallenden, weißen Mähnen. Erst jetzt wurde mir bewusst, was der Kutscher gerade gesagt hatte. *Baronesse, gnädiges Fräulein.* Ich knickste schnell, mein Magen knurrte dabei.

»Einen Moment noch, Kutscher!«, entgegnete die Baronesse, ohne sich von mir abzuwenden, ich kam gerade wieder aus dem Knicks hoch. Sie öffnete die Tür der Kutsche und streckte mir ihre Hand entgegen. Anders als noch kurz zuvor bei der Kapelle trug sie jetzt weiße Handschuhe. »Steig schnell herein!«

Ich wollte ihre Handschuhe nicht beschmutzen, aber bevor ich weglaufen konnte, griff sie auch schon zu und zog mich am Arm in die Kutsche.

Die mit Samt überzogene Bank, auf der ich landete, war weicher als alles, worauf ich jemals gesessen hatte.

Die Baronesse schaute mich mit großen Augen an. »Ich hoffe, du bist auch unversehrt davongekommen?« Jetzt, wo wir uns so nah waren, erkannte ich, dass sie einige Jahre älter als ich sein musste. Neben ihr saß der Junge, den sie »Edgar, mon petit frère« genannt hatte. Als ich mich zur Seite wandte, fuhr ich zusammen. Da war er wieder, der unangenehme Junge mit der düsteren Miene. Karl! Er würdigte mich keines Blickes. »Kann es endlich weitergehen?«, brummte er stattdessen nur, wobei er das Wort »es« merkwürdig zischend aussprach.

Ganz gewiss wollte ich niemanden aufhalten. Das Loch auf Kniehöhe meines Kleides starrte wie ein aufgerissenes Auge in die

Kutsche. Verlegen schob ich mein Bündel darüber und senkte den Blick. Ich war reichen Menschen noch nie so nahe gewesen.

»Ich bin Baronesse Jenny von Westphalen«, sagte sie und streckte mir forsch ihre Hand entgegen. »Und das ist mein Brüderchen Edgar und sein Freund Karl.«

»Angenehm«, stammelte ich und rückte auf der Sitzbank ein Stück nach vorne. Zumindest mit dem Kopf deutete ich einen Knicks an.

»Und du bist?«, wollte Baronesse Jenny von Westphalen wissen. Vom Kutschbock draußen kam ein drängendes Klopfen. »Ja, ja«, murmelte sie, gab dem Kutscher aber kein Zeichen, sondern hielt sich weiterhin an mich. »Wie heißt meine Retterin denn nun?«

Ich hob den Blick. »Ich bin Lenchen Demuth aus Sankt Wendel.« Ihre eng zusammenstehenden Augen blitzten auf, als ich zudem noch vortrug, dass ich zum Dienen nach Trier gekommen war.

»Hast du Lust, uns auf eine kleine Kutschfahrt zu begleiten, Lenchen?« Vorfreudig klatschte die Baronesse in die Hände.

Ich fühlte mich nicht wohl neben dem düsteren Jungen, aber ich wagte nicht, ihr zu widersprechen, und so nickte ich.

Die Baronesse gab dem Kutscher endlich das lang ersehnte Zeichen, und wir fuhren mit einem heftigen Ruck los. Als wir richtig in Fahrt gekommen waren, streckte sie den Kopf aus dem Fenster.

»Schneller, schneller!«, rief Karl da auf einmal, sprang an das zweite Fenster, streckte gleichfalls seinen Kopf ins Freie und schlug mit der Faust so heftig gegen die Wand zum Kutschbock, dass es wummerte.

Alle lachten daraufhin, während ich mich in meine Ecke drückte. Es ging langsamer und schneller, wieder langsamer und wieder schneller, und die Baronesse und die beiden Jungen amüsierten sich.

»Plus vite, plus vite!«, rief sie. Sie hatte Freude daran, sich vom Wind die Locken zerzausen zu lassen, ihre Schute war ihr auf den

Rücken gerutscht. Wenn es besonders ruckelte, stieß die Baronesse spitze, fröhliche Schreie aus. Ich hatte reiche Leute noch nie so ungeniert lachen gehört.

Als es nicht mehr schneller ging, schlug Karl noch einmal mit der Faust gegen die Wand zum Kutschbock. »Gib endlich dein Bestes, du bist immer noch zu lahm!«, schrie er dem Kutscher zu. Erst da musste sich die Baronesse vor Schwindel hinsetzen, aber selbst jetzt lachte sie noch.

Ich war heilfroh, als wir endlich in die Stadt einfuhren. Die Jungen hatten ihre Köpfe wieder ins Innere der Kutsche gezogen und zupften ihre Kleidung zurecht. Beide trugen einen Anzug mit Weste, darunter ein Hemd mit breitem, weißem Kragen und eine vornehme Binde um den Hals.

Die Kutsche hielt an. Der düstere Karl stieg aus und verabschiedete sich knapp. Ich klebte bleich vor Schrecken mit dem Rücken an der Kutschwand. Erst als er wirklich nicht wieder zustieg und wir erneut anfuhren, atmete ich erleichtert auf.

Wenige Straßen weiter hielten wir vor einem riesigen Haus an.

»Voilà! Wir sind angekommen. Das ist unser Häuschen.« Die Baronesse wollte gerade aussteigen. Aber der junge Herr Edgar verlangte: »Bitte noch eine Runde!«

»Nächsten Sonntag wieder, Brüderchen. Wenn wir es übertreiben, lassen sie uns nie wieder alleine spazieren fahren.«

»Schade«, nörgelte er, die Halsbinde hing noch immer schief aus seiner Weste heraus.

Die Baronesse strich ihrem Bruder das Haar glatt, band ihm die Schleife am Hals neu und steckte deren Enden unter die Weste. »Beim nächsten Mal nehmen wir einen papiernen Drachen mit, den wir aus dem Fenster halten, ja?«

In diesem Moment wünschte ich mir, meine Geschwister ebenfalls bald wieder streicheln und ihnen liebevoll zureden zu können.

»Oh ja!«, meinte der junge Herr Edgar sofort wieder besser gelaunt. »Kommt Karl auch wieder mit? Er ist so mutig!«

Während der Fahrt war Karl immer wieder aufgesprungen und hatte mir dabei gegen die Knie getreten. Dem jungen Herrn Edgar war das auch passiert, aber der hatte sich dafür entschuldigt. Ich hoffte, dem düsteren Karl nie wieder zu begegnen.

»Meinetwegen!«, gestand die Baronesse dem Bruder zu. »Karl kann mitkommen, wenn dir das so wichtig ist.«

Verschwörerisch tippten die Geschwister die Fingerspitzen aneinander, wahrscheinlich ein geheimes Zeichen zwischen den beiden, dann stieg der junge Herr Edgar aus. Bevor die Baronesse ihm folgte, griff sie nach dem Schutenhut auf ihrem Rücken, setzte ihn sich wieder auf den Kopf und schob ihr wildes Haar darunter.

»Baronesse, gnädiges Fräulein, dem Herrn Baron hatte ich versprochen, Sie nur kurz zum Friedhof zu fahren. Er wird mich nie wieder herbestellen«, trug der Kutscher vor.

Durch das Fenster beobachtete ich, wie der Mann bang seinen Zylinder vor der Brust befingerte.

»Keine Angst, Herr Hansmann, ich regele das. Vielen Dank, dass Sie meinen Anweisungen gefolgt sind.« Schwungvoll drehte die Baronesse sich nun wieder zu mir, ich saß noch immer in der Kutsche. »Folge mir, Lenchen.«

In der Hoffnung auf etwas zu essen, nahm ich mein Bündel auf, zögerte aber, ihr zu folgen, sodass die Baronesse mich am Arm aus der Kutsche und ins Haus ziehen musste. Wie versteinert blieb ich nach wenigen Schritten stehen, alles war so prächtig. Von überall her blendete es mich. Das lag an den Dutzenden von Lichtern, die auf kleinen Tischen direkt vor den Wänden standen. Sie rochen nicht nach vergammeltem Fleisch, wie ich es von den Unschlittlichtern aus Sankt Wendel gewohnt war. Die Lampen ähnelten einem schmalen Gefäß, von dem am oberen Ende so etwas wie ein Arm abging. Dort sah ich auch den Docht herausragen. Eine Öllampe gar? Ihr Licht war faszinierend lebhaft und hell und verstärkte das Leuchten der sonnengelben Wände. Bei all der Pracht kam ich mir armselig vor. Unvermittelt bewegte sich meine Hand in Richtung Knie, wo das Loch in meinem Kleid prangte.

Ein hagerer Herr mit Adlernase, mit winzigen, in die Stirn frisierten Löckchen, trat auf die Baronesse zu. »Johanna Bertha Julie von Westphalen, du bist zu spät zurück!«, sagte er ernst. Er war in einen edlen Gehrock mit doppelt gereihten Knöpfen so groß wie Murmeln gekleidet, auf denen ein gelber Adler prangte. Der gleiche Adler war auch in dem Wappen zu sehen, das über allen Türen hing, die vom Eingangsbereich abgingen.

»Es tut mir sehr leid, Väterchen«, sagte die Baronesse und fügte, ohne Luft zu holen, hinzu: »Bitte seien Sie deshalb auch Herrn Hansmann nicht gram, er ist lediglich meinen Anweisungen gefolgt. Ich nehme alle Schuld und Strafe ganz allein auf mich.«

Die Eingangstür hinter mir stand noch immer offen.

»Du weißt, dass du die Verantwortung für deinen Bruder trägst?«, fragte der Baron streng.

Sie trat vor ihren Vater, nahm seine Hände und legte sie auf ihre Schultern. Die Hände des Barons zitterten, als hätte er sie kurz zuvor in Eiswasser getaucht, was aber nur für jemanden wie mich zu sehen war. Für jemanden, der sich mit dem Zittern auskannte.

»Natürlich bin ich mir der Verantwortung bewusst. Ich passe auf mon petit frère auf wie auf meinen Augapfel. Das wissen Sie doch, Väterchen.« Die Wangen der Baronesse schimmerten frisch himbeerrot. Sie zupfte an dem Seidentuch am Hals ihres Vaters. Es war mehrfach gebunden und endete vorn in einer Schleife wie bei ihrem Bruder.

»In der Kapelle bei Ralfine habe ich vor Schmerz leider die Zeit vergessen.« Sie legte ihren Kopf an die Brust des Barons. »Ich vermisse sie so sehr.«

»Trauer entschuldigt kein schlechtes Benehmen, das musst du noch lernen. Wir müssen der Gesellschaft allzeit ein Vorbild sein«, mahnte der Baron, woraufhin sie sich nur noch enger an ihn schmiegte.

»Damit Edgar und ich auf andere Gedanken kommen, sind wir dann noch ein bisschen mit der Kutsche umhergefahren«, gestand die Baronesse weiter und schaute aus ihren eng zusammenstehenden, dunkelbraunen Augen zu ihm auf. »Nur ein bisschen rumgefahren, wissen Sie, ohne auszusteigen. Der Sohn des Justizrates war auch dabei. Und danach ging es uns auch besser. Vraiment! *Wirklich!*«

Der düstere Karl war also der Sohn eines Justizrates. Das klang nach einer reichen Familie, was mich daran erinnerte, dass ich mir schnellstmöglich eine Stelle als Dienstmädchen suchen musste. Vielleicht kannten die vornehmen von Westphalens ja sogar jemanden, der dringend fleißige Hände brauchte?

Der Baron umschloss die Finger der Baronesse mit seiner zittrigen Hand. »Ist schon gut, Jenny. Ich weiß, wie nah Ralfine euch stand. Sie war die Beste, die wir jemals hatten.«

Ich starrte die beiden an, weil sie so liebevoll miteinander umgingen.

»Deine Mutter hat sich bereits Sorgen gemacht.« Der Baron wies auf eine Tür hinter sich. »Geh und besänftige sie. Sie wartet im Damensalon auf dich.« Er zog seiner Tochter die Schute tiefer ins Gesicht. »Deine Mutter mag es nicht, wenn deine Haare so zerzaust sind.«

»Merci, Väterchen. Sie sind zu gut zu mir!« Sie küsste ihn auf die Stirn. »Sie sind der Beste! Aber sagen Sie das ja nicht Mütterchen.«

Ich stand da und bestaunte die Baronesse. Sie zeigte so viel Gefühl, obwohl ich dabei war. Als mich der Blick des Barons streifte, knickste ich sofort.

»Du hast einen Gast mitgebracht?« Er straffte die Schultern. »Wer ist das Mädchen?«

Die Baronesse zog mich neben sich. »Das ist Lenchen Demuth.«

»Guten Tag, Lenchen Demuth«, sagte der Baron. Kurz lächelte er.

Zur Sicherheit knickste ich erneut.

»Da war dieser riesige Hund, der sich mir in den Weg stellte. Er bellte und knurrte, sodass ich es mit der Angst zu tun bekam.« Die Baronesse hob ihre Arme und formte ihre Hände zu Klauen. »Und da tauchte Lenchen auf und hat mich vor ihm gerettet. Sie war wirklich mutig, sie ist ma salvatrice!«

Der Baron schaute mich aufmerksam an. Ich wusste nicht, was »ma salvatrice« bedeutete, aber für mutig hielt ich mich nicht. Ein bisschen wusste ich zwar über Hunde Bescheid dank Tasso, aber das war auch alles.

»Stand Karl dir in dieser Situation denn nicht zur Seite?«, wollte der Baron wissen.

»Gewiss tat er das! Er war direkt neben mir, aber Karl kennt sich nicht mit Hunden aus, er mag sie nicht. Helfen konnte nur Lenchen, und deswegen möchte ich sie Mütterchen vorstellen.« Die Baronesse lächelte ihren Vater noch einmal liebevoll an, dann zog sie mich an ihm vorbei in den von der Eingangshalle abgehenden Flur. Dort machte sie mir einen Mittelscheitel und flocht mir das Haar. Nachdem sie mir den Zopf im Nacken ins Kleid gesteckt und sich ebenfalls Haar und Schute gerichtet hatte, klopfte sie an die vorderste Flurtür.

»Herein, bitte!«, kam es von drinnen.

Die Baronesse atmete tief durch und zog mich hinter sich am kleinen Finger in den Damensalon. Ich dachte dabei an den düsteren Karl und dass es zu ihm passte, dass er keine Tiere mochte. Ich konnte seine Tritte gegen meine Knie noch immer spüren.

Die Baronin von Westphalen saß mittig auf einem Kanapee mit vergoldeten Armlehnen, dessen dicke gelbe Polster die Farbe von Senf hatten. Ein schwerer Duft von Rosen wehte mir entgegen. Bedächtig legte sie ihren Stickrahmen ab. »Kind, wo bist du nur so lange gewesen?« Auf dem Tisch vor ihr standen Schalen mit glitzernden Perlen.

Die Baronesse löste die Schnürung ihres Capes, reichte es mir und nahm neben ihrer Mutter auf dem senfgelben Kanapee Platz.

Im Folgenden berichtete sie ihr sehr genau, was sich vor der Friedhofskapelle zugetragen hatte, und schmückte es zusätzlich noch anschaulich mit Gesten und Beschreibungen aus. Währenddessen betrachtete ich unter halb gesenkten Lidern heraus die Baronin. Sie trug ein hochgeschlossenes, tannennadelgrünes Kleid, das ihr bis unters Kinn reichte.

»Ich habe gewusst, dass es keine gute Idee war, euch allein aus dem Haus zu lassen«, äußerte sich die Baronin besorgt.

»Väterchen sagt, dass ich lernen muss, Verantwortung zu übernehmen!«, erwiderte die Baronesse überzeugt. »Und das geht nur, wenn ich nicht den ganzen Tag hier eingeschlossen bin.«

»Vor allem ist deine Gesundheit wichtig, Jenny. Seit wenigen Tagen erst bist du genesen. Zu viel Aufregung ist nicht gut für dich und …«

»Ich bin mopsfidel, wirklich!«, versicherte diese und sah dabei mich und dann wieder ihre Mutter an. »Und ihr habe ich es zu verdanken. Sie ist ma salvatrice, *meine Retterin.*«

Die Baronin blickte zu mir herüber. Dabei erstarrte ihr bisher liebevoller Gesichtsausdruck.

»Lenchen ist sehr geschickt im Umgang mit Tieren«, erklärte die Baronesse weiter.

Ich geschickt? Fast verschluckte ich mich an meiner eigenen Spucke. Dass ich tollpatschig sei und nicht einmal eins und eins zusammenzählen könnte, hatte Hilga oftmals gespottet. Du würdest doch jedes Geschirr schneller zerdeppern, als die Herrschaft es nachkaufen kann!

»Mütterchen, sehen Sie, auch Ralfine war klug und geschickt«, beharrte die Baronesse, »aber die Schwindsucht hat sie uns genommen.«

Ralfine musste die Frau gewesen sein, wegen der die Baronesse die Friedhofskapelle aufgesucht hatte. »Lenchen könnte doch Ralfines Stelle einnehmen«, schlug sie vor. »Sie ist zum Dienen nach Trier gekommen.«

Ich sollte im Hause eines Barons dienen? Verunsicherung überkam mich, und die Haare auf meinen Armen stellten sich mir auf. Was meine Anstellung betraf, hatte ich immer nur an eine normale Handwerks- oder Kaufmannsfamilie gedacht. Ich war ein Mädchen mit Zitterhänden, und im Hause eines Barons gab es viel zu viele wertvolle Sachen, die zu Bruch gehen konnten.

»Wir brauchen niemanden, der sich mit Tieren auskennt, Jenny.« Die Baronin nahm wieder ihren Stickrahmen sowie Nadel und Faden auf und fädelte eine rote Perle auf.

»Ich bin harte Arbeit gewöhnt«, erklärte ich leise. »In Sankt Wendel habe ich unsere Wäsche gewaschen, die Dielen geschrubbt und Nachttöpfe geleert.«

Die Baronin reagierte nicht auf meine Worte. Sie nahm die nächste Perle auf, stach mit der Nadel in den gespannten Stoff und zog den Faden so fest, dass die Perle ein fester Bestandteil der Stickerei wurde, welche später wohl einmal eine stachelige, langstielige Rose zeigen sollte.

»Seit zwei Wochen sind wir fast ohne Dienstpersonal, Mütterchen. Angela kocht den ganzen Tag, sie kann nicht auch noch putzen!« Demonstrativ schob die Baronesse nun ihren Schutenhut vom Kopf. »Seit so vielen Tagen schon muss ich mich alleine ankleiden und frisieren. Und so etwas kommt dabei heraus.« Sie deutete auf ihre vom Fahrtwind zerzausten Locken. »Wenn man mich so in der Gesellschaft oder gar auf dem nächsten Ball sieht, nicht auszudenken wäre das!«

Die Baronin ließ vom Stickrahmen ab und schaute mit strengem Blick mehrmals zwischen ihrer Tochter und dem Loch in meinem Wollkleid hin und her.

»Bitte, Mütterchen, erlauben Sie es!«, drängte die Baronesse.

Die Baronin erhob sich vom senfgelben Kanapee und trat vor mich hin. Sie war groß und kräftig gebaut, ganz anders als der Baron, der von schmaler Statur war und diese auch an seine Tochter weitergegeben hatte.

»Zeig mir dein Dienstbuch!« Sie hielt mir die geöffnete Hand hin und krümmte mehrmals hintereinander den Zeigefinger, wie es Erwachsene tun, wenn man ihnen etwas reichen soll. »Dienstboten müssen bei Antritt ihrer neuen Stellung die rechtmäßige Verlassung der vorherigen Herrschaft nachweisen. Das besagt die preußische Gesindeordnung.«

Preußische Gesindeordnung? »Ich habe kein Dienstbuch, gnädige Frau«, gestand ich.

»Ich nehme kein Mädchen ohne beglaubigtes Dienstbuch. Diese Zeiten sind vorbei. Tut mir leid, Jenny.«

»Dorothea aus Urweiler ist auch in Trier«, sagte ich in der Hoffnung, das Mädchen aus dem Nachbardorf habe es als Dienstmädchen zu einem solch guten Ruf gebracht, dass schon die bloße Nennung ihres Namens die Baronin gnädig stimmen würde, aber die schaute mich nur irritiert an.

»Mütterchen, Sie hätten Lenchen mit dem wilden Hund, diesem Ungeheuer, sehen sollen. Lammfromm war er am Schluss, weil Lenchen ihr Leben für mich riskiert hat!«

»Ach, Kind!«

»Stellen Sie sich nur vor, wie es sein wird, wenn man in den Salons von Trier darüber spricht, dass die Familie des Barons von Westphalen die Fußböden eigenhändig wienert. Was würde das für unseren Ruf bedeuten?«

Darauf wusste die Baronin keine Antwort, nach einer Weile wandte sie sich wieder mir zu. »Ich gebe dir vier Wochen Zeit, um dich zu beweisen, weil es der ausdrückliche Wunsch meiner Tochter ist«, sagte sie. Bei diesen Worten zeigte sie mir wieder ihr ausdrucksloses Gesicht. Beim Anblick ihrer Tochter wiederum bestimmte Warmherzigkeit ihre Züge: »Und Jenny, du wirst dein Verantwortungsbewusstsein unter Beweis stellen, indem du sie nach deinen täglichen Schulstunden und Verpflichtungen jeweils am Nachmittag in unseren Haushalt einweist.«

Die Baronesse schluckte, dann sagte sie: »Vielen Dank, Mütterchen. Sie sind die Beste. Aber verraten Sie dies ja nicht Väterchen!« Sie lächelte zufrieden, und ich musste bei ihren Worten gleichfalls lächeln.

»Du sollst vierundzwanzig Taler im Jahr erhalten«, sagte die Baronin, »sofern du die Probezeit überstehst. Für jeden Dienstmonat zwei. Und wenn du morgen früh deinen Dienst antrittst, bist du reingewaschen!«

»Sehr wohl«, brachte ich gerade noch heraus, dann blieb mir die Luft weg. Vierundzwanzig Taler? Das war mehr, als Dorothea aus Urweiler bekam! Schon die Hälfte würde genügen, damit meine Familie ein Jahr lang nicht mehr hungern müsste. Sogar Fleisch an den Sonntagen wäre damit möglich, und Pabbi könnte ich bald einen großen Grabstein kaufen. Die kleine Maria würde zu einem kräftigen Mädchen heranwachsen, das im Winter sogar Lederstiefel trug. In meinem Inneren tobte es, mein Herz hämmerte.

»Komm, Lenchen!« Die Baronesse zog mich am kleinen Finger aus dem Raum. »Ich zeige dir deine Kammer.«

Mein Herz schlug auch dann noch heftig, als sie mich ins Dachgeschoss hinaufführte. Dort öffnete sie die erste Tür links und deutete hinein. »Hier wirst du wohnen.«

Wie gebannt blieb ich unter dem Türstock stehen, mein Bündel glitt mir aus der Hand. Die Kammer besaß ein Fenster, durch das viel Tageslicht fiel. Außerdem standen ein Tisch mit einer Waschschüssel, eine alte Truhe und ein Bett darin. Auf dem Bett lag eine einfache Decke, kein Federbett wie bei Dorothea. Durch das Fenster der großen Dachgaube fielen Sonnenstrahlen direkt auf das Bett, so als deutete eine Hand vom Himmel auf es hinab. Pabbi?

Meine Hände waren feucht, ich wischte sie an meinem Wollkleid ab. Nach einer Weile tat ich einen zaghaften Schritt in den Raum hinein. Einen Haken gab es allerdings an der ganzen Sache: Ich würde den düsteren Karl wiedersehen müssen, denn er war der Freund des jungen Herrn Edgar.